Douglas Kennedy

Douglas Kennedy est né à New York en 1955, et vit entre Londres, Paris et Berlin. Auteur de trois récits de voyages remarqués, dont *Au pays de Dieu* (Belfond, 2004 ; Pocket, 2006), il s'est imposé avec, entre autres, *L'homme qui voulait vivre sa vie* (Belfond, 1998 ; Pocket, 1999), en cours d'adaptation cinématographique, et *La poursuite du bonheur* (Belfond, 2001 ; Pocket, 2009), suivis de : *Une relation dangereuse* (Belfond, 2003 ; Pocket, 2005), *Les charmes de la vie conjugale* (Belfond, 2005 ; Pocket, 2009), *La femme du V*e (Belfond, 2007 ; Pocket, 2009) et *Quitter le monde* (Belfond, 2009, Pocket, 2010). En 2008, les éditions Belfond ont également publié son roman culte, *Piège nuptial*, dans une nouvelle traduction.

**Retrouvez l'actualité de Douglas Kennedy sur
www.douglas-kennedy.com**

UNE RELATION DANGEREUSE

DU MÊME AUTEUR
CHEZ POCKET

DOUGLAS KENNEDY

UNE RELATION DANGEREUSE

Traduit de l'américain par Bernard Cohen

BELFOND

Titre original : *A special relationship*.
publié par Hutchinson, Londres.

Le papier de cet ouvrage est composé de fibres naturelles, renouvelables, recyclables et fabriquées à partir de bois provenant de forêts plantées et cultivées durablement pour la fabrication du papier.

© Douglas Kennedy 2003. Tous droits réservés.
© Belfond 2003, pour la traduction française
ISBN : 978-2-266-19924-7

Un autre pour Amelia et Max
Un autre pour Grace

« Dans mon énorme ville il fait... nuit
Quand je quitte la maison endormie.
Peut-être me croit-on de quelqu'un l'épouse ou la fille
Mais tout ce qui occupe mes pensées, c'est la nuit. »

Elaine FEINSTEIN, *Insomnia*.

1

J'AVAIS FAIT LA CONNAISSANCE DE TONY HOBBS DEPUIS UNE DEMI-HEURE quand il m'a sauvé la vie.

Cela risque de paraître un peu mélodramatique, je sais, mais c'est vrai. En tout cas aussi vrai que ce qui peut sortir de la bouche d'un journaliste.

Je me trouvais en Somalie, un pays que je n'avais jamais eu l'intention de visiter jusqu'au jour où, par la magie d'un coup de téléphone reçu au Caire, j'ai été envoyée d'urgence là-bas. Un vendredi après-midi. Comme la plupart des autres résidents étrangers dans la capitale égyptienne, je consacrais ce jour de repos officiel dans la semaine musulmane à... me reposer. Plus précisément, j'étais en train de prendre un bain de soleil au bord de la piscine du club Guezirah, jadis le havre des fonctionnaires britanniques sous le règne du roi Farouk, de nos jours le rendez-vous exclusif du beau linge cairote et des divers expatriés basés en Égypte. Comme tout était d'un calme absolu ce jour-là, j'avais quitté le bureau à une heure, décidée à m'accorder ce luxe dans la vie d'un correspondant de presse : un moment de répit. Et au soleil. Car si ce dernier brille à profusion dans la région, mes collègues et moi n'avions guère le loisir de lézarder sous ses rayons. Surtout moi ; avec mon poste de « correspondant volant », j'étais censée couvrir à moindre coût

11

l'ensemble du Moyen-Orient et toute l'Afrique de l'Est... Et c'est ce qui m'a valu le coup de fil déjà mentionné.

« Sally Goodchild, c'est vous ? » Chargée de crachouillis transatlantiques, la voix, de toute évidence américaine, m'était inconnue.

« En effet. » Je me suis redressée sur la chaise longue, pressant mon mobile contre l'oreille pour atténuer le bavardage incessant d'un quatuor de dames égyptiennes installées près de moi. « Qui est-ce ?

— Dick Leonard, à la rédaction. »

J'ai attrapé en hâte un calepin et un stylo dans mon sac avant de trouver un coin plus calme sous la véranda. « La rédaction », c'était mon employeur. Le *Boston Post*. Et s'ils m'appelaient sur mon portable, ils devaient avoir leurs raisons.

« Je suis nouveau, a poursuivi Leonard, et aujourd'hui je remplace Charlie Geiken, qui est absent tout le week-end... — Geiken, le chef du service étranger. Mon patron direct. — Enfin, je suis sûr que vous êtes au courant, pour les inondations en Somalie...

— Il y a des inondations en Somalie ? » ai-je laissé échapper. Ce que je voulais dire, en fait, c'était : « Ça n'est pas déjà arrivé il y a cinq ans ? »

« Vous n'êtes pas au courant, alors ? »

Une règle d'airain de la profession de journaliste : ne jamais avouer que l'on a pu perdre le contact avec le reste du monde ne serait-ce que cinq minutes. J'ai enchaîné tout de suite :

« Ça a commencé quand ?

— Il y a deux heures environ, d'après CNN. Et à en croire toutes les agences, celles de 1997 étaient de la petite bière, à côté.

— Où exactement, en Somalie ?

— La vallée de Juba.

— Et le bilan, pour l'instant ?

— On n'a pas de chiffres précis, mais au moins quatre villages ont été rayés de la carte. Ils pensent que les morts et les disparus vont se compter par milliers. Et donc la rédaction voudrait avoir quelqu'un là-bas. Vous, en fait. Vous pouvez partir tout de suite ? »

Il n'y a pas trente-six réponses possibles à ce genre de question. Une seule. Et il faut la donner sans marquer la moindre hésitation, si l'on ne veut pas entendre sa « motivation » mise en doute ensuite. Pour ma part, en quatre années de correspondance étrangère, je n'avais jamais réagi autrement que par un « oui » déterminé aux demandes de mes supérieurs. En dépit de son renom, le *Boston Post* était un journal qui n'avait en aucun cas les moyens d'un *New York Times* ou d'un *Washington Post*. Dès qu'une urgence se présentait dans la vaste zone qui m'était confiée – et qui, soit dit en passant, semblait particulièrement abonnée aux catastrophes naturelles et aux événements sanglants –, j'étais tenue d'endosser mon uniforme de pompier de l'info et de filer dare-dare sur les lieux.

C'est ainsi que, quatre heures seulement après l'alerte, j'étais en vol pour Mogadiscio, prête à affronter les caprices imprévisibles d'Ethiopian Airlines et un changement d'avion à Addis-Abeba. Il était à peine minuit lorsque je suis sortie dans la touffeur africaine de la capitale somalienne avec l'espoir de trouver un taxi et un lit d'hôtel. Le chauffeur que j'ai fini par convaincre de me prendre ne se contentait pas de conduire comme un kamikaze : il a entrepris d'enchaîner les routes les plus secondaires pour rejoindre le centre-ville, m'entraînant sur des chemins non seulement cahoteux mais aussi déserts. Comme il a eu un petit rire quand je lui ai demandé pourquoi il avait choisi ce drôle d'itinéraire, j'ai sorti mon téléphone cellulaire, composé un numéro et intimé l'ordre au réceptionniste de l'hôtel Central d'appeler aussitôt la police pour les prévenir que j'avais été enlevée par un chauffeur de taxi dont le véhicule était immatriculé... Car j'avais mémorisé la plaque avant de monter, oui. Sans me laisser le temps de terminer, l'intéressé s'est répandu en excuses et s'est empressé de rejoindre l'axe principal en me suppliant de ne pas lui causer d'ennuis.

« Mais c'était un raccourci, franchement...

— En pleine nuit, alors qu'il n'y a pas un chat sur la route ? Vous voulez que je croie ça ?

— Ils... Ils seront à l'hôtel ? La police ?

— Si vous me conduisez à bon port, je retéléphonerai pour dire que tout va bien. »

Un mensonge éhonté : je n'avais jamais appelé l'hôtel. Dans mon départ précipité, je n'avais pas eu le temps de réserver, ni même de les faire prévenir de mon arrivée. J'avais donc appuyé sur les touches au hasard avant de japper dans un téléphone non connecté en priant pour que ma voix ne flanche pas et pour que ma mise en scène soit assez convaincante. Elle l'avait été, visiblement. Et si je devais un jour raconter cette petite histoire à mon chef, Charlie Geiken aurait sûrement son commentaire habituel, qui lui servait à illustrer mes hauts faits : « C'est bien notre Sally, ça... Mlle Fonceuse. » Je n'avais aucune intention de rapporter l'incident à Charlie, cela dit. Contrairement à tant de journalistes, je n'ai jamais été tentée de me mettre en valeur à tout prix : un reste de mon éducation Nouvelle-Angleterre, sans doute. C'est toujours une tierce partie qui a relaté à Charlie les « exploits » pour lesquels il m'a affublée de ce sobriquet.

Personnellement, je trouvais ce « Mlle Fonceuse » un peu puéril, pour ne pas dire paternaliste. Mais je l'ai accepté de bonne grâce les rares fois où il m'a appelée ainsi en ma présence : de sa part, c'était un compliment sincère. Il faut croire que je m'étais gagné au journal la réputation de quelqu'un qui se débrouillait toujours pour « ramener son papier », malgré les obstacles et les dangers survenant en travers de sa route. Pour moi, ce n'était pas être « fonceuse », c'était être consciencieuse. Faire son boulot en essayant de garder tous ses os entiers. Et c'est en appliquant ce principe que je suis arrivée entière à l'hôtel Central de Mogadiscio, non sans accepter les excuses renouvelées du chauffeur. Ou que, après quatre heures de sommeil, j'ai réussi à entrer en contact avec l'antenne de la Croix-Rouge internationale en Somalie et à les convaincre de m'accepter dans l'un des hélicoptères en partance pour la zone du désastre.

Il était à peine neuf heures quand nous avons décollé d'un aéroport militaire aux abords de la capitale. Je me suis retrouvée assise à même le plancher glacé de l'appareil, aux côtés de trois envoyés de la Croix-Rouge. C'était un vieil hélico poussif et bruyant, qui a fait une inquiétante embardée à tribord au décollage, nous projetant tous les quatre contre les lourds harnais de sécurité fixés à la paroi que nous avions bouclés avant de quitter terre. Une fois que le pilote a pu le stabiliser, le type en face de moi m'a décoché un grand sourire et m'a crié : « Eh bien, c'est ce qu'on appelle un bon départ ! »

Malgré le rugissement des pales, j'ai perçu son accent britannique. En l'observant plus attentivement, j'ai conclu qu'il n'avait rien du travailleur humanitaire habituel. Pas seulement à cause de cette remarque pince-sans-rire lancée d'un ton désabusé alors que nous avions apparemment frôlé le crash, pas seulement pour son pantalon et sa chemise en jean délavé, complétés par des lunettes en écaille très « tendance », ni en raison de ses traits bronzés qui, de pair avec ses cheveux blonds blanchis par le soleil, lui donnaient un air de baroudeur non dénué de charme, surtout si l'on aimait ce genre de regard qui trahit l'insomniaque chronique

– et je dois avouer que j'aime plutôt... Non, l'indice qui m'a vraiment convaincue que ce type n'était pas de la Croix-Rouge a été ce sourire espiègle, où on lisait même une amorce de flirt, après un décollage aussi éprouvant pour les nerfs. J'en ai donc déduit qu'il devait être journaliste.

Je discernais tout aussi clairement qu'il était en train de me jauger, de m'évaluer, sans doute sur le point de parvenir à la même conclusion à mon sujet. Et, bien entendu, je me suis demandé « comment » il me voyait. Pas comme je me juge moi-même, ai-je espéré fugacement. Certes, ainsi que le notait souvent mon regretté père, j'ai une certaine tendance à ne pas me faire de cadeau. J'ai toujours pensé que j'avais une tête à la Emily Dickinson, un de ces visages de Nouvelle-Angleterre anguleux, un brin sévères et dont la pâleur permanente, héritage de mes ancêtres puritains, ne cédait pas même sous de longues expositions au soleil. D'après un homme qui, dans un lointain passé, avait voulu m'épouser – et me transformer au passage en mère au foyer dans quelque banlieue américaine, sort que je rejetais catégoriquement –, j'avais un « genre de beauté spécial ». La formule, qui avait sur le coup provoqué une franche hilarité de ma part, m'a paru plus tard appartenir à la catégorie des compliments indirects, à l'instar de l'épithète de « fonceuse ». Il est vrai que ce même garçon, en une autre occasion, m'avait confié qu'il admirait la façon dont je me « maintenais en forme » – un expert en déclarations passionnées, on le voit –, ce qui soulignait tout simplement l'absence de kilos superflus. Enfin, au moins n'avait-il pas dit que je « tenais bien le coup », ou qu'« on ne m'aurait jamais donné la quarantaine », puisque j'avais déjà trente ans quand je l'ai connu. Cela étant, je reconnais que mon visage si « spécial » n'a pas été vraiment marqué par le temps et que mes cheveux châtains, coupés raisonnablement court, n'ont pas encore une seule touche de gris. Même si j'approche à grands pas du milieu de ma vie, je peux encore passer pour quelqu'un qui vient à peine de franchir la barrière des trente ans.

Si l'inconnu était en train d'évaluer mon âge, en tout cas, il a dû être tiré de ses supputations quand l'hélico a soudain viré brutalement sur la gauche et quand le pilote, mettant tous les gaz, a pris de l'altitude. Au cours de cette ascension peu délicate qui nous a presque décollés du plancher, nous avons perçu au-dehors le son caractéristique de tirs d'artillerie antiaérienne, un bruit que j'avais appris à bien connaître au cours de plusieurs reportages dans la bande de Gaza. L'Anglais avait déjà plongé la main dans son sac en toile et en sortait une paire de jumelles. Sans prêter attention aux protestations de l'un des deux représentants de la Croix-Rouge, il s'est dégagé de son harnais de sécurité pour aller se poster devant l'un des hublots.

« On dirait qu'ils essaient de nous flinguer ! » a-t-il hurlé par-dessus le rugissement des moteurs à plein régime. Il était forcé d'élever la voix mais elle restait calme, voire amusée.

« Qui ça, "ils" ? lui ai-je crié.

— Les milices. Les connards habituels. – Il gardait les jumelles vissées sur ses yeux. – Les mêmes rigolos qui ont semé la panique pendant les dernières inondations.

— Mais pourquoi viser un hélico de la Croix-Rouge ?

— Parce qu'ils ont des munitions. Ils tirent sur tout ce qui bouge et qui a l'air étranger. C'est un sport, pour eux. – Il s'est tourné vers le duo toujours harnaché à côté de moi. – Votre gus, là, dans le cockpit ? Il sait ce qu'il a à faire ? »

La question était amicale, détendue, mais les hommes n'ont pas soufflé mot. Ils étaient blancs de peur. L'Anglais m'a adressé un nouveau sourire, carrément narquois, et à cet instant j'ai songé que cet énergumène était à la fête.

Je ne lui ai pas rendu la politesse mais je n'ai pas non plus serré les dents, ni laissé la moindre frayeur paraître sur mes traits. Je m'étais depuis longtemps fait un point d'honneur de ne pas céder à la panique dans ce genre de situation, tout simplement parce que l'expérience m'avait appris que la seule et unique solution est de respirer à fond, de garder la tête froide et l'espoir de s'en sortir. Donc, j'ai fixé mon regard sur une ligne de rivets du plancher et je me suis répété en silence : *Ça va aller, ça va aller, ça va...*

L'hélico a de nouveau basculé, arrachant l'Anglais de son hublot – voilà ce que c'est de ne pas attacher sa ceinture... – et le projetant à travers la cabine. Il a pu saisir son harnais in extremis et s'y cramponner.

« Rien de cassé ? » lui ai-je demandé.

Un autre sourire, cette fois légèrement crispé.

« Pour l'instant, non. »

Trois coups de roulis sur la droite, à vous mettre l'estomac à l'envers, suivis d'une nouvelle accélération donnant l'impression de nous avoir écartés du danger. Pendant dix minutes très tendues, nous avons entendu des missiles sol-air passer en sifflant près de nous à deux reprises. Puis nous sommes descendus en virant et j'ai risqué un coup d'œil au-dehors. Le spectacle m'a coupé le souffle : en bas, la terre était submergée à perte de vue. Le Déluge universel puissance cinq. L'eau avait tout anéanti. Des cabanes et des troupeaux dérivaient. Et mon regard est tombé sur le premier cadavre. Il flottait sur le ventre, suivi par quatre autres corps sans vie, dont deux si petits qu'il ne pouvait y avoir aucun doute, même de cette hauteur : des enfants.

Tout le monde était aux hublots, à présent, captivé, horrifié par l'ampleur de la catastrophe. Mais le silence effaré qui régnait dans la cabine a été de courte durée, car l'hélicoptère a encore changé de cap, fonçant vers ce qui de loin semblait un plateau assez élevé pour avoir échappé à l'inondation. J'ai aperçu une grappe de jeeps et de camions militaires arrêtés en tous sens. Oui, c'était bien ça : notre pilote avait visiblement l'intention de nous poser au milieu du chaos d'un campement de l'armée somalienne, avec des dizaines de soldats errant sans but autour de caisses et d'armes vétustes éparpillées sur le sol. Plus près de nous, trois jeeps blanches portant l'insigne de la Croix-Rouge, et une quinzaine de représentants de l'organisation humanitaire qui agitaient les bras dans notre direction. Ce qui comptait pour eux, c'était les moyens de secours que nous transportions ; nous, les passagers, étions de peu d'importance. Mais quelque chose clochait : à cent mètres de l'équipe de la Croix-Rouge, un groupe de militaires somaliens nous faisaient également signe d'approcher en secouant gaiement leurs fusils.

« Ça risque d'être amusant, a soufflé l'Anglais.

— Pas si c'est comme l'autre fois, a grommelé l'un de nos compagnons.

— Pourquoi, qu'est-ce qui s'est passé ? l'ai-je interrogé.

— Ils ont essayé de nous dévaliser.

— C'est arrivé assez souvent, en 1997, a fait remarquer l'Anglais.

— Tout le temps, même !

— Vous étiez là aussi, en 1997 ? ai-je demandé à ce modèle de flegme britannique.

— Hé oui. C'est un pays charmant, la Somalie. Surtout sous cinq mètres de flotte. »

Nous sommes passés au-dessus des soldats et du groupe de la Croix-Rouge. Ces derniers ont eu l'air de comprendre le petit jeu auquel nous nous livrions car ils se sont précipités dans leurs jeeps et sont partis à toute allure vers la zone dégagée où nous nous disposions à atterrir. J'ai jeté un coup d'œil à l'Anglais. Il avait à nouveau ses jumelles collées au hublot, et ce sourire chargé d'ironie qui ne cessait de s'élargir...

« On dirait qu'ils font la course pour nous accueillir », a-t-il annoncé.

J'ai vérifié par ma fenêtre. Le sol approchait rapidement. Une douzaine de militaires somaliens couraient à toutes jambes vers nous.

« On dirait, oui ! » ai-je crié au moment où l'hélico se posait sans ménagement.

L'envoyé de la Croix-Rouge qui était assis près de moi s'est levé d'un bond pour aller déverrouiller la porte principale. Les autres ont gagné le fond de la cabine et se sont activés sur les filets et les sangles qui retenaient de hautes piles de caisses, matériel médical et vivres en sachets.

« Besoin d'un coup de main ? leur a demandé l'Anglais.

— Ça va aller, a répondu l'un d'eux. Mais vous, vous feriez mieux d'y aller avant que l'armée arrive.

— Le village le plus proche, c'est par où ?

— À un kilomètre environ, droit au sud. Mais il n'existe plus.

— Exact. » Il s'est tourné vers moi : « Vous venez ? »

J'ai acquiescé d'un signe avant de lancer un regard interrogateur au responsable de la Croix-Rouge :

« Qu'est-ce que vous allez faire avec ces soldats ?

— Oh, comme d'habitude : les occuper pendant que le pilote se met en liaison radio avec leur QG, si on peut appeler ça ainsi, pour qu'ils donnent l'ordre à un officier quelconque de nous lâcher les baskets. Vous deux, vous devriez vous éclipser, vraiment. C'est quelque chose dont ils ne comprennent pas l'intérêt, les journalistes.

— On y va. Merci pour la balade. »

Nous avions à peine sauté à terre que l'Anglais m'a donné une tape sur l'épaule en me montrant du doigt les trois jeeps de la Croix-Rouge. Nous sommes partis en courant, pliés en deux, et une fois cachés derrière l'un des véhicules, nous avons inspecté la scène. Nous avions eu le bon réflexe, à l'évidence, car les soldats encerclaient déjà l'hélico sans avoir remarqué notre défection. Quatre d'entre eux couchaient en joue les employés de l'organisation humanitaire tandis qu'un autre les invectivait ; pourtant ils ne semblaient pas impressionnés le moins du monde. De ma place, et avec le bruit des pales, je ne captais pas tout mais il était clair que l'équipe avait déjà joué ce jeu risqué et savait exactement comment « occuper » les assaillants, gagner du temps. L'Anglais m'a décoché un petit coup de coude. « Les arbres, là-bas », a-t-il soufflé en désignant du menton un petit bosquet d'acacias à une cinquantaine de mètres. J'ai hoché la tête sans répondre. Après avoir vérifié une dernière fois que les soldats restaient près de l'appareil – et commençaient à ouvrir une caisse de matériel médical –, nous avons foncé en avant. Vingt secondes à découvert, guère plus, mais qui m'ont paru interminables. S'ils nous surprenaient en train de courir ainsi, je le savais, leur réaction immédiate serait d'ouvrir le feu. Mais nous n'avons pas entendu de cris menaçants ni de détonations, et nous nous sommes jetés à l'abri d'un tronc. Pas essoufflés, ni l'un ni l'autre, mais lorsque mon regard a croisé le sien j'ai surpris dans ses yeux un reflet de la tension suscitée par cette course. Voyant que j'avais noté ce reste de peur, il a retrouvé son sourire désabusé.

« Parfait, a-t-il chuchoté. Vous croyez qu'on peut arriver là-bas sans prendre une balle ? »

Il montrait un autre bouquet d'arbres et de maigres buissons au bord de la zone inondée. Je lui ai rendu son sourire : « Je ne prends *jamais* de balles. » Un rapide signe de tête et nous sommes repartis au galop vers notre abri suivant. Cette fois, la course a duré près d'une minute, dans un silence total où je n'entendais que les hautes herbes se coucher en sifflant sous mes pieds et le métronome obstiné de mon cœur. L'anxiété était là, oui, mais comme plus tôt, en vol, je m'efforçais de focaliser mes pensées sur un objet précis. Ma respiration, en l'occurrence. L'Anglais me devançait de quelques mètres. Il allait atteindre le couvert quand il s'est arrêté net. J'ai pilé moi aussi, n'arrivant pas à croire ce que je voyais : il reculait de deux pas, les bras en l'air, et un soldat a surgi des buissons devant lui. Jeune, très jeune : pas plus de quinze ans. Il braquait son fusil sur l'Anglais, qui tentait de le raisonner avec un grand calme. Brusquement, le garçon s'est rendu compte de ma présence, il a tourné son arme vers moi, et là j'ai fait un très mauvais calcul : au lieu de m'immobiliser complètement, de lever les mains et d'éviter tout mouvement trop brusque, je me suis jetée au sol, certaine qu'il allait me tirer dessus. Il a eu un cri de colère, parce que j'avais disparu de son champ de vision, puis j'ai entendu un coup partir et je me suis plaquée encore plus par terre, le tambour de mon cœur battant durement contre mes côtes. Un autre hurlement m'a poussée à commettre une seconde erreur : lever la tête, juste à temps pour voir qu'il s'apprêtait à appuyer une nouvelle fois sur la détente. Mais déjà l'Anglais avait plongé dans ses jambes et le faisait tomber à la renverse. Je m'étais remise debout et je courais vers eux lorsqu'une détonation a retenti, mais le canon était pointé vers le ciel. J'ai vu mon compagnon prendre son élan et lui envoyer son poing dans le ventre. Le garçon a émis un gargouillis étranglé, suivi d'un jappement de douleur quand l'Anglais a abattu sa lourde botte sur la main qui tenait le fusil.

« Lâche-le, a-t-il ordonné.

— Enculé ! » a beuglé le soldat adolescent. La pression de la botte s'est accentuée et il a dû abandonner son arme, que l'Anglais a saisie et braquée sur lui en deux secondes.

« Je déteste la grossièreté », a-t-il annoncé en se préparant à tirer.

Recroquevillé sur lui-même en position fœtale, le garçon plaidait pour sa vie en sanglotant. Je me suis approchée de mon imprévisible collègue :

« Vous n'allez quand même pas... »

Il m'a interrompue d'un clin d'œil puis, se penchant sur l'enfant en uniforme :

« Tu as entendu mon amie ? Elle ne veut pas que je te tue. Mais tu étais prêt à la buter, elle. »

L'autre n'a pas répondu. Il se pelotonnait et pleurait comme le gosse terrorisé qu'il était. L'Anglais gardait un calme étonnant, même si je voyais sa main trembler sur l'arme.

« Je pense que tu devrais demander pardon à mon amie, non ?

— Pardon, pardon, pardon, pardon », a bredouillé l'adolescent. L'Anglais m'a regardée, un sourcil levé :

« Accepté ? – J'ai acquiescé d'un signe. – Tu as de la chance. Mon amie est d'humeur généreuse, aujourd'hui. Comment est ta main ?

— Ça... fait mal.

— Désolé. Bon, tu peux y aller, si tu veux. »

Le garçon s'est relevé en frissonnant, le visage strié de larmes. Son pantalon arborait une grande tache sombre à l'entrejambe. Il nous observait d'un air paniqué, ne pouvant croire qu'il allait s'en sortir vivant. L'Anglais a été vraiment correct. Il a posé une main rassurante sur l'épaule de l'enfant-soldat :

« Tout va bien. Tu n'as pas à t'en faire, mais il faut que tu me promettes une chose : ne dis à personne de ton unité que tu nous as vus. Compris ? » Il a hoché la tête plusieurs fois, sans pouvoir quitter le fusil des yeux. « Très bien. Une question, pour finir : est-ce que l'armée patrouille le long du fleuve, par ici ?

— Non ! Notre camp n'existe plus. Sous l'eau. Et moi j'ai perdu le contact avec les autres.

— Et le village à côté ?

— Plus rien.

— Tout le monde a été noyé ?

— Y en a qui ont pu aller sur la colline.

— Où elle est, cette colline ? – Le jeune soldat a tendu le doigt vers un chemin broussailleux qui partait du bosquet. – C'est loin d'ici, à pied ?

— Une demi-heure. »

L'Anglais s'est tourné vers moi :

« C'est là-bas qu'on aura notre papier.

— Ça me va, ai-je répondu, sensible à cette complicité professionnelle qu'il venait d'établir si naturellement.

— Cours vite, maintenant, a-t-il lancé au garçon.

— Mais mon fusil...

— Désolé, je le garde.

— Je vais avoir des ennuis...

— Dis qu'il a été emporté dans l'inondation. Et rappelle-toi ta promesse, hein ? Tu ne nous as jamais vus. Entendu ?

— C'est... C'est promis.

— Bravo. Allez, vas-y. »

Après un petit signe de tête, le garçon a filé dans la direction de l'hélicoptère. Quand il a été hors de vue, l'Anglais a posé une main sur ses yeux avec un grand soupir.

« Quelle merde...

— On est assez d'accord. »

Il a ôté sa main pour me regarder :

« Ça va ?

— Oui... À part que je me sens complètement idiote. »

Il a eu une moue sarcastique.

« Vous l'avez été, oui. Mais ça arrive à tout le monde. Surtout quand on se retrouve d'un coup devant un gosse avec un fusil automatique. À ce propos... »

Le pouce levé, il m'a fait comprendre qu'il serait bon de se remettre en route. Sans tarder. Nous nous sommes donc enfoncés dans les taillis pour rejoindre le chemin qui zigzaguait le long des champs inondés. Nous avons marché un bon quart d'heure, sans un mot. Je l'observais pendant qu'il ouvrait la route au milieu de cette désolation. Il prenait soin de mettre autant de distance que possible entre les militaires et nous, tout en guettant le moindre son suspect. Il s'est arrêté à deux reprises, un doigt sur les lèvres, et nous n'avons repris la marche qu'une fois certains que personne ne nous suivait. Sa manière de porter le fusil confisqué ne cessait de m'intriguer : au lieu de le mettre en bandoulière, il le gardait dans la main droite, le canon vers le sol, aussi loin de son corps que possible. À cette vue, j'ai compris qu'il n'aurait jamais tiré sur le soldat : il était bien trop mal à l'aise avec une arme à feu.

Au bout d'un moment, il a désigné deux grands rochers plats au bord de l'eau. Nous nous sommes assis, toujours en silence, toujours aux aguets. Rassuré, il a fini par lâcher d'une voix normale :

« J'imagine que si ce gamin nous avait balancés ses camarades seraient déjà là, maintenant.

— Vous lui avez fichu une sacrée frousse, c'est certain.

— Il le fallait. Parce qu'il nous aurait abattus, sans y réfléchir à deux fois.

— Je sais. Merci.

— De rien. » Il m'a tendu la main. « Tony Hobbs. »

Je me suis présentée. Sa question suivante était toute prête :

« Vous travaillez pour qui ?

— Le *Boston Post*. »

Il a réprimé une moue amusée.

« Ah bon ?

— Oui. Nous avons quelques correspondants à l'étranger, figurez-vous.

— Ah ouuuui ? a-t-il fait en imitant mon accent. Et vous en êtes une, donc ?

— Il semblerait », ai-je répliqué en singeant ses intonations. Il l'a pris de bonne grâce, je dois dire.

« Bon, et vous êtes basée où ?

— Al-Quahira. Ça vous dit quelque chose ? »

Il a ri.

« Mais oui. C'est mon coin préféré de Lituanie. »

À mon tour de m'esclaffer.

« Et vous... Attendez que je devine. Vous êtes du *Sun* ?

— Incroyable. Comment vous avez vu ça ?

— C'est écrit sur votre front.

— Oui. En fait, c'est le *Chronicle*. »

Je me suis efforcée de ne pas paraître impressionnée, même s'il venait de nommer « le » quotidien de référence en Grande-Bretagne.

« Sûr ?

— On parie ?

— C'est ce qui arrive, quand on bosse pour une feuille de chou. On doit supporter les grands airs des types "importants".

— Ah bon, j'ai des grands airs ?

— Il m'a fallu deux minutes dans l'hélico pour m'en rendre compte. Vous venez de Londres ?

— Du Caire.

— Hein ? Non, je connais le gars de votre journal, là-bas ! Henry... quelque chose.

— Bartlett. En arrêt maladie. Un ulcère, je crois. Alors ils m'ont fait rappliquer de Tokyo il y a une dizaine de jours.

— J'ai été en poste à Tokyo ! Il y a quatre ans.

— Eh bien, il faut croire que je vous suis à la trace... »

Des pas, soudain. Tony a attrapé le fusil posé contre le rocher. Le bruit se rapprochait. Et des pleurs d'enfant, très faibles. Nous nous sommes levés d'un bond. Une jeune Somalienne a surgi en courant, un bébé dans les bras. Elle devait avoir moins de vingt ans et le nourrisson, à peine deux mois. Elle était d'une maigreur terrible, lui d'une immobilité effrayante. Dès qu'elle nous a aperçus, elle s'est mise à bredouiller et à crier dans sa langue, que ni Tony ni moi ne comprenions. Elle faisait de grands gestes en direction du fusil tout en implorant mon aide par des mimiques désordonnées, en montrant du doigt alternativement le ventre et la bouche de l'enfant. Tony a tout de suite compris la peur que l'arme lui inspirait et il l'a écartée en articulant d'une voix posée :

« Nous ne vous ferons pas de mal. Nous voulons vous aider. »

Cela n'a fait que rendre la jeune femme plus affolée et incohérente. Sans préavis, Tony a jeté le fusil dans les flots, derrière nous, où il est allé rejoindre les décombres à la dérive. Son geste a paru surprendre la Somalienne, qui s'est encore rapprochée de moi en essayant de me dépeindre l'état de son bébé. J'ai posé une main sur son bras pour tenter de la calmer. Par gestes, elle m'a fait comprendre que l'enfant souffrait de déshydratation due au manque d'eau potable et surtout à une diarrhée persistante, l'une des causes principales de la mortalité infantile en Afrique. Quand elle avait voulu lui donner quelques gouttes à boire, il avait tout recraché.

« Il doit recevoir des soins tout de suite, ai-je déclaré à Tony.

— Dans ce cas, amenons-le aux types de la Croix-Rouge.

— Mais... et le village ?

— Ce petit, c'est un peu plus urgent. »

J'ai baissé les yeux sur l'enfant. Il semblait ne plus avoir de vie en lui.

« Donnez-le-moi », ai-je dit à sa mère, et il a fallu que je le répète en m'aidant de gestes. Quand elle a compris, elle l'a serré contre elle. C'était mon tour de supplier. J'ai tenté de lui expliquer qu'il pouvait recevoir une assistance médicale non loin de là, que c'était sa seule chance de survie. « S'il vous plaît, s'il vous plaît... », répétais-je. Ses yeux étaient emplis de peur, d'inquiétude pour son bébé, mais aussi de méfiance bien compréhensible. Soudain, pourtant, elle m'a quasiment jeté le nourrisson dans les bras.

« Ramenez-la à l'hélico, ai-je demandé à Tony. Moi, je cours.

— Entendu. »

J'ai refait le chemin inverse en moins de dix minutes, ne m'arrêtant qu'à deux reprises pour reprendre mon souffle et m'assurer que le bébé ne souffrait pas trop de la course. En débouchant à terrain découvert, j'ai constaté avec soulagement que plusieurs jeeps de l'armée somalienne étaient garées autour de l'appareil et que la bande de soldats incontrôlés avait visiblement été rappelée à la discipline. Lorsqu'ils m'ont vue arriver en courant, plusieurs militaires ont saisi leur arme, mais ils se sont écartés avec respect en voyant qu'il s'agissait d'une femme tenant un enfant dans ses bras. Je suis allée droit à l'hélicoptère, où les deux membres de l'équipe de la Croix-Rouge étaient encore en train de décharger du matériel.

« Qui est le médecin, ici ? » ai-je crié sans plus d'explications. L'un des deux s'est retourné et son regard s'est immédiatement porté sur le bébé.

« C'est moi. Où vous l'avez trouvé ? »

J'ai raconté en quelques mots notre rencontre avec la mère, l'état critique du nourrisson. Déjà le toubib demandait à son compagnon de lui sortir des médicaments. Il m'a pris l'enfant des bras pour monter en hâte dans l'hélico, où je l'ai suivi. Il m'a demandé d'ôter ma veste et de l'étendre sur le sol, avant de poser l'enfant dessus tout en donnant de brèves instructions à son collègue, arrivé avec une trousse d'urgence. En quelques minutes, il l'avait placé sous perfusion, avait retiré le haillon qui couvrait le bas du petit corps, nettoyé et pansé les plaies purulentes de son postérieur. J'ai attendu autant que je pouvais puis :

« Il va s'en tirer ?

— Peut-être que oui, peut-être que non. Il était tout près de la mort quand vous êtes arrivée. Heureusement que vous avez couru. »

Sans un mot, j'ai quitté la cabine et me suis laissée aller contre la carlingue bosselée, assaillie par la fatigue. Je me félicitais d'avoir arrêté de fumer huit mois plus tôt, mais comme j'aurais aimé une cigarette à ce moment... Peu après, j'ai vu Tony s'approcher. Il portait presque la femme. Un regain d'énergie, sans doute due à l'accumulation d'adrénaline au cours des dernières heures, m'a permis de me précipiter pour l'aider à la soutenir. Il m'a aussitôt demandé comment allait le bébé.

« Sa vie tient à un fil. Et elle ?

— Je crois qu'elle souffre de déshydratation, elle aussi. »

C'était peu de le dire. Elle s'est tout bonnement effondrée dès que nous l'avons hissée dans l'hélico. Après avoir crié à son assistant de préparer une autre perfusion, le médecin nous a poliment invités à déguerpir avec un « Vous ne pouvez rien faire de plus ».

Pas question non plus de rejoindre le village dévasté : l'armée barrait désormais le chemin que nous avions parcouru plus tôt. Nous avons donc battu en retraite jusqu'à l'antenne de la Croix-Rouge, où j'ai informé le responsable de la présence de villageois réfugiés sur une colline à deux kilomètres de là. Avec un accent suisse des plus guindés, il m'a répondu :

« Nous sommes au courant, oui. Nous enverrons l'hélicoptère dès que l'armée nous aura donné l'autorisation.

— Laissez-nous venir avec vous.

— C'est impossible. Les militaires ne nous permettent que trois membres de l'équipe.

— Dites-leur que nous en faisons partie, a suggéré Tony.

— Nous avons besoin de gens spécialisés là-bas !

— Envoyez-en deux, alors, et dites qu'elle ou moi sommes de... »

Nous avons été interrompus par l'arrivée d'un officier, un gros bonhomme adipeux doté de lunettes teintées d'aviateur et d'une cravache coincée sous le bras. Il s'en est servi pour tapoter l'épaule de Tony.

« Vous ! Papiers. » Il a répété la même mise en scène avec moi. Nous lui avons tendu nos passeports. « Accréditations Croix-Rouge ! » a-t-il beuglé. Tony s'est lancé dans une explication plutôt tirée par les cheveux, comme quoi nous les avions oubliées en partant. L'officier a levé les yeux au ciel et l'a coupé d'un seul mot infamant : « Journalistes ! » Puis, se tournant vers les soldats : « Vous les mettez dans le prochain hélico pour Mogadiscio. »

Et c'est ainsi que nous avons regagné la capitale sous escorte militaire, ou presque. Lorsque nous nous sommes posés dans une base de l'armée, je craignais que nous ne soyons arrêtés. Mais un peu avant l'atterrissage, l'un des soldats m'a demandé si j'avais des dollars sur moi. « Peut-être », ai-je répondu prudemment avant de tenter ma chance : pourrait-il nous trouver un véhicule qui nous ramènerait à l'hôtel Central pour un billet de dix ? « Tu donnes vingt et c'est bon », a-t-il répondu. Et sitôt à terre il a réquisitionné une jeep pour nous conduire au centre.

En chemin, nous avons rompu le silence que nous avions observé depuis notre expulsion de la zone sinistrée.

« Pas grand-chose à écrire, hein ? ai-je fait remarquer.

— Quoi, le *Post* ne sauterait pas sur le récit du sauvetage d'un bébé somalien ?

— Non. Parce que, petit *a*, cet enfant n'est pas sorti d'affaire, petit *b* je n'ai aucun moyen de vérifier son état, et petit *c* mes chefs ont horreur qu'on se hausse du col. Modestie et discrétion : Nouvelle-Angleterre, quoi.

— Dans mon canard, au contraire, c'est très bien vu, de nos jours.

— Dans ce cas, écrivez-la, l'histoire. Dites que c'est vous qui avez couru avec un gosse dans les bras pendant dix minutes.

— Je ne pourrais pas, non.

— Je parie que si. »

Il a ri de bon cœur.

« Oui, c'est vrai. Mais je ne le ferai pas.

— Pourquoi ?

— J'ai encore deux ou trois scrupules déontologiques qui tiennent le coup. »

Après avoir réussi à obtenir deux chambres au même étage, nous sommes convenus de nous retrouver une fois nos papiers envoyés. Environ deux heures plus tard, j'avais transmis par e-mail deux feuillets et demi relatant l'étendue de la catastrophe et la désorganisation apparente des secours – et aussi le fait qu'un hélicoptère de la Croix-Rouge avait été pris pour cible par les rebelles. On a frappé à ma porte. C'était Tony. Avec une bouteille de whisky et deux verres. « Ça m'a l'air très bien. Entrez ! »

Il n'est ressorti qu'à sept heures le lendemain matin, et en ma compagnie puisque nous devions prendre le premier avion pour Le Caire. Dès le premier instant où je l'avais vu dans l'hélico, je savais que nous finirions au lit si l'occasion s'en présentait. Ainsi vont les choses, dans ce métier. Pour les correspondants internationaux, avoir une vie conjugale ou même une relation stable relève du miracle, et les opportunités d'éprouver le grand frisson se comptent sur les doigts de la main. Résultat : quand on trouve quelqu'un à son goût, mieux vaut saisir le moment car les aléas de l'information ne permettent pas souvent de dire où l'on se trouvera le jour suivant.

En me réveillant à côté de Tony ce jour-là, pourtant, ma première idée a été : *Nous vivons dans la même ville !* Et la suivante, très inhabituelle pour moi, fut : *J'aimerais bien le revoir un de ces quatre.* Le soir même, à vrai dire. Puis il a bougé, s'est étiré, a tardé un instant à se rappeler où il était – et plus précisément encore avec qui il était –, m'a caressé la joue. Il a eu un sourire assez fabuleux avant de murmurer : « Content de te voir. »

J'ai vu qu'il était sincère. Tout comme j'ai compris que, oui, il était très possible que je sois tombée légèrement amoureuse.

2

JE NE ME SUIS JAMAIS COMPTÉE DANS LA CATÉGORIE DES ROMANTIQUES IMPÉNITENTES. Au contraire, je me flattais d'une tendance certaine à prendre la fuite quand il était question de se risquer trop loin sur le terrain savonneux de l'amour. Un trait de caractère que n'a pas manqué de souligner mon seul et unique fiancé il y a environ sept ans, le jour où j'ai rompu avec lui.

Richard Pettiford. Avocat à Boston. Intelligent, cultivé, équilibré. Je l'aimais bien, vraiment. Le problème, c'est que j'aimais aussi mon travail.

« Tu ne penses qu'à partir, tout le temps, a-t-il commenté lorsque je lui ai annoncé que je venais d'être nommée correspondante du *Post* à Tokyo.

— C'est important, dans ma carrière.

— Tu as dit ça aussi quand ils t'ont envoyée à Washington.

— Mais c'était seulement en renfort pour six mois. Et je t'ai vu tous les week-ends.

— N'empêche, c'était partir.

— C'était une super-occasion. Comme d'aller à Tokyo.

— Moi aussi, je suis une super-occasion.

— En effet. Tu l'es. Et moi aussi. Donc, viens avec moi à Tokyo.

— Je ne passerai pas associé si je m'en vais.

33

— Et si je reste, je ne ferai pas une bonne épouse d'associé d'un des plus fameux cabinets de Boston.

— Si tu m'aimais vraiment, tu resterais. »

J'en ai perdu la voix, mais je me suis vite ressaisie. Avec un petit rire :

« Alors c'est que je ne t'aime pas. »

Ces mots ont définitivement scellé la fin d'une relation de deux années : après un aveu pareil, il est assez difficile de revenir sur ses pas. Tout en étant sincèrement attristée que nous n'ayons pas pu « gagner ensemble », pour reprendre une expression que Richard utilisait un brin trop souvent à mon goût, je savais aussi que je n'aurais pas pu jouer le rôle de femme au foyer « moderne » qu'il me proposait. Si je l'avais accepté, mon passeport porterait aujourd'hui quelques tampons des Bermudes et autres destinations touristiques, non les vingt pages de visas les plus divers que j'ai accumulés au cours des années. Je n'aurais jamais vécu au Japon, ni séjourné à Shanghai, Pékin, Hong Kong et même Pyongyang, sans parler de la douzaine de pays d'Afrique et du Moyen-Orient que j'ai couverts après mon transfert de Tokyo en Égypte. Et je ne me serais en aucun cas retrouvée sur un vol Addis-Abeba – Le Caire, agréablement euphorisée par l'alcool, en compagnie d'un collègue aux reparties aussi cyniques que plaisantes, avec qui je venais de passer la nuit...

« Alors c'est vrai, tu n'as jamais été mariée ? m'a demandé Tony tout en remplissant à nouveau nos gobelets à café avec une bouteille de scotch qu'il cachait dans son sac, EgyptAir proscrivant les boissons alcooliques sur tous ses vols.

— Ne prends pas cet air surpris. Je ne craque pas si facilement, c'est tout.

— Je garde ça en mémoire.

— La correspondance internationale et le mariage, ça ne marche pas ensemble.

— Ah bon ? Je n'avais pas remarqué.

— Ah, ah. Et toi, alors ? Non plus ?

— Tu plaisantes ou quoi ?

— Même pas failli ?

— Tout le monde a failli se marier une fois. Toi, par exemple.

— Comment sais-tu ça ? me suis-je étonnée en m'efforçant de garder un ton amusé.

— Parce que ça arrive à tout le monde.

— Tu l'as déjà dit.

— Bien vu. Laisse-moi deviner : tu as laissé le gars en plan parce qu'on t'a proposé ton premier poste à l'étranger, et...

— Hé, mais c'est qu'il est perspicace !

— Pas tant que ça. Simplement, c'est toujours comme ça, non ? »

Il avait raison, bien entendu. Et il a été assez avisé pour ne pas me harceler de questions sur ce « gars », ni sur d'autres aspects de ma trépidante vie sentimentale, ni même sur mon enfance. En outre, la discrétion qu'il a manifestée après avoir compris que j'avais moi aussi échappé au piège conjugal m'a favorablement impressionnée. À mes yeux, c'était la preuve qu'au contraire de la plupart des reporters que j'avais connus il me voyait autrement qu'une « petite nana » passée sans transition de la rubrique Mode au reportage de guerre. Il n'a pas essayé non plus de m'épater avec son expérience professionnelle, ni de me rappeler que le *London Chronicle* avait une influence internationale bien supérieure à celle du *Boston Post*. Sur ce plan, il m'a d'emblée traitée d'égal à égale. Il s'est montré intéressé par les contacts que j'avais tissés au Caire, d'autant que le poste était nouveau pour lui, et il a volontiers échangé avec moi des anecdotes sur le travail de correspondant au Japon. Le mieux, c'est qu'il avait envie de me faire rire et y parvenait avec une facilité déconcertante. Très vite, je découvrais que M. Tony Hobbs n'avait pas seulement un bagout inépuisable, il savait remarquablement bien raconter, avec une ironie et un sens critique rares, surtout lorsqu'il était question de la douteuse moralité de notre profession. Au hasard de la conversation, ainsi : « En pleine horreur du Rwanda, je tombe sur ce mec du *Mail*, qui vient d'arriver de Londres. On partage une jeep pour aller voir un camp de réfugiés. On arrive à se faire accepter là-bas. Un spectacle dantesque, des centaines de personnes déplacées, qui ont perdu tout ou partie de leur famille, encore sous l'emprise de la terreur... Et au retour, tu sais ce qu'il me dit, M. l'Envoyé spécial ? "Bon, ils ont l'air d'être convenablement nourris, au moins..." Admirable sensibilité. »

Nous n'avons pas arrêté de bavarder pendant tout le voyage. Comme depuis le premier instant de cette matinée, d'ailleurs, et je ne manquais pas d'être étonnée par cette confiance qui s'était immédiatement installée entre nous. Certes, nous faisions le même métier, nous avions beaucoup d'expériences communes, mais, surtout, nous partagions apparemment la même approche de l'existence : une farouche volonté d'indépendance – quelque peu désabusée, à vrai dire – et une vraie passion pour notre job. À l'instar de la plupart des journalistes, nous n'aurions pu admettre ouvertement le fait que nous aimions notre travail, et que bon an mal an nous avions la chance de mener une vie intéressante. Les règles non écrites de la profession exigeaient au contraire de critiquer nos chefs respectifs, de railler les petites intrigues propres à toute rédaction et de constater avec un certain fatalisme que la correspondance internationale est un jeu réservé aux jeunes, dans lequel il est peu courant de passer la barre des cinquante ans sans être considéré comme une anomalie.

« Ce qui m'en laisse huit avant de passer à la trappe, a constaté Tony alors que nous volions quelque part au-dessus du Soudan.

— Quoi, tu es si jeune ? Je t'aurais donné au moins dix ans de plus.

— Hé, tu as la dent dure, toi !

— J'essaie.

— Non, tu y arrives très bien... pour une fille de province.

— OK, là c'est toi qui marques, ai-je reconnu en lui donnant une bourrade.

— Pourquoi ? On doit compter les points ?

— Bien sûr. »

Il était tout à fait l'aise dans ce style de reparties pince-sans-rire, je le voyais bien. À l'instar de nombre de Britanniques que j'avais connus, il appréciait cet exercice verbal et pour le « sport » et aussi parce que c'était un bon moyen d'éviter des sujets très sérieux ou qui auraient pu le conduire à se révéler trop. Pendant ce vol, il avait adopté un ton badin chaque fois que la conversation semblait déboucher sur un terrain plus personnel. Si une telle réserve était compréhensible – après tout, nous en étions encore à la phase d'observation mutuelle –, elle m'a cependant conduite à me demander s'il serait possible de découvrir vraiment sa personnalité profonde. Car j'avais encore une raison de m'étonner : en quatre années et quelques, Tony Hobbs était le premier homme que j'avais envie de connaître mieux.

Je ne le lui ai pas dit, primo parce que je ne voulais pas mettre la pression sur lui, secundo parce que je ne suis jamais partie à l'assaut de quiconque. À notre arrivée, nous avons partagé un taxi jusqu'à Zamalek, le quartier plus ou moins chic où habitent la plupart des étrangers en poste au Caire. Son appartement était à deux rues du mien, avons-nous découvert, mais il a tenu à me déposer d'abord. Alors que nous allions nous garer devant mon immeuble, il a sorti une carte de visite de sa poche.

« Voilà où me joindre. » J'ai pris une des miennes et j'ai noté six chiffres au dos. « Et ça, c'est le numéro chez moi.

— Merci. Alors tu m'appelles, d'accord ?

— Non, c'est à toi de faire le premier pas.

— Tu ne serais pas un peu vieux jeu ? a-t-il remarqué, sourcils levés.

— Je ne crois pas. Mais je ne ferai pas le premier pas. Entendu ? »

Il s'est penché pour me donner un long baiser.

« Compris. Et... c'était super.

— Oui. »

Il y a eu un silence gêné pendant que je rassemblais mes affaires.

« Alors à bientôt, sans doute...

— Oui, a-t-il confirmé avec un sourire. À bientôt. »

Une fois seule dans l'appartement silencieux, j'ai passé la majeure partie de la demi-heure suivante à me reprocher d'avoir joué au plus fort, pour changer. « À toi de faire le premier pas » : quelle idiotie ! Lui faire porter la responsabilité d'une nouvelle rencontre alors que j'étais toute prête à le revoir une, deux, trois fois... Et alors que je savais pertinemment que des hommes comme Tony Hobbs ne croisaient pas mon chemin tous les jours. Mais je n'avais guère d'autre solution que d'écarter ce douloureux sujet de mon esprit. Ainsi, après m'être presque assoupie dans mon bain, je me suis effondrée sur mon lit pour disparaître pendant près de dix heures, les deux nuits précédentes ne m'ayant pas accordé beaucoup de sommeil. Debout à sept heures, j'ai pris un rapide petit déjeuner avant d'allumer mon ordinateur portable et de me lancer dans la composition de ma « Lettre du Caire », une chronique hebdomadaire plus personnelle que le reportage, dans laquelle je pouvais narrer en détail mon expédition à bord d'un hélicoptère de la Croix-Rouge devenu pendant un moment la cible volante des rebelles. Lorsque le téléphone a sonné, vers midi, j'ai sauté dessus. « Bonjour, ici le premier pas », a lancé Tony.

Dix minutes plus tard, il passait me prendre dans l'idée d'aller déjeuner, mais nous ne sommes jamais arrivés jusqu'au restaurant. Nous nous sommes jetés l'un sur l'autre sitôt la porte ouverte. Bien plus tard, allongé près de moi, il m'a demandé : « Eh bien, qui fait le deuxième pas, maintenant ? »

Si ce n'était pas donner dans les clichés de la parfaite histoire d'amour, je dirais qu'à partir de ce moment-là nous sommes devenus inséparables, un terme non dénué de mièvrerie quand nous n'étions ni l'un ni l'autre très bons pour les roucoulements. Mais c'est un fait que je tiens cet après-midi pour le point de départ officiel de notre relation, le moment où chacun de nous a commencé à occuper une place déterminante dans la vie de l'autre. Et, à ma plus grande surprise, ce changement s'est passé le plus facilement du monde : l'entrée en scène de Tony Hobbs n'a été accompagnée par aucune des hésitations, aucun des doutes habituels, ni bien entendu par les transes souvent caricaturales qui accompagnent un coup de foudre. Autonomes tous les deux, accoutumés à puiser un équilibre dans nos propres ressources, nous étions l'un et l'autre préparés à respecter et à apprécier cette indépendance.

Chacun de nous, du moins en apparence, prenait avec humour les petits travers nationaux de l'autre. Il pouvait ainsi se rire gentiment d'une certaine tendance américaine à tout prendre au pied de la lettre, que du reste je ne niais pas, ce besoin de questionner à tout bout de champ, de passer la moindre situation au crible de l'analyse, et je ne cachais pas mon amusement devant son recours permanent au haussement d'épaules ironique. Mais il arrivait toujours à me désarmer par la vivacité de ses commentaires et son cynisme de bon aloi. Sur le terrain, il faisait également preuve d'une témérité réfléchie, ne fuyant jamais les risques mais au contraire marchant droit vers le danger. J'ai pu le vérifier environ un mois après le début de notre liaison, lorsque nous avons appris un soir qu'un autobus de touristes allemands en visite aux pyramides avait été mitraillé par des islamistes. Sans perdre un instant, nous avons sauté dans ma voiture et mis le cap sur le Sphinx. Une fois sur les lieux du massacre, Tony a réussi à convaincre les soldats égyptiens de le laisser franchir le périmètre de sécurité et monter dans le bus éclaboussé de sang, quand bien même le bruit courait que les terroristes avaient laissé des charges explosives derrière eux. Le lendemain, le ministre égyptien du Tourisme avait consacré sa conférence de presse à essayer de prouver que l'attaque avait été l'œuvre d'« éléments étrangers », jusqu'à ce que Tony l'interrompe en brandissant un communiqué arrivé par fax à son bureau et par lequel les Frères musulmans du Caire revendiquaient la totale responsabilité de la boucherie. Non seulement il avait lu le texte dans un arabe presque sans faute, mais il avait ensuite sommé le responsable officiel d'expliquer pourquoi il mentait de cette façon.

Courageux, Tony ne se montrait sur la défensive que sur un seul sujet : sa taille. Je lui avais pourtant assuré plus d'une fois que sa stature relativement modeste ne me gênait pas du tout ; au contraire, je trouvais plutôt attendrissant qu'un homme par ailleurs tellement sûr de lui – à juste titre – puisse développer ce complexe. J'ai compris aussi qu'une part importante de sa personnalité extravertie, de son engagement intellectuel et physique dans son travail dérivait précisément de ce sentiment d'infériorité dû à sa petite taille. Au fond de lui, il ne se jugeait pas « à la hauteur », il avait l'impression d'être tenu à l'écart d'un monde dans lequel il ne se tiendrait jamais de plain-pied. Il m'a fallu un moment pour déceler ce point faible, d'autant plus paradoxal qu'il le dissimulait derrière un toupet convaincant. J'en ai eu un exemple explicite lors d'une scène impliquant l'un de ses compatriotes, un certain Wilson, le correspondant du *Daily Telegraph*. Bien que n'ayant pas atteint la quarantaine, ce dernier était déjà affligé d'une calvitie galopante et d'une accumulation de chair flasque qui, pour reprendre l'image de Tony, le faisait ressembler à la tranche d'un camembert laissé en plein soleil. Je ne lui avais jamais accordé une grande attention, même si son élocution languide, ses bajoues précoces et la grotesque saharienne sur mesure qu'il portait sans arrêt avec une chemise à carreaux haute couture le plaçaient à la limite de la caricature. Tout en lui manifestant une grande amabilité, Tony ne pouvait pas le souffrir, et cet après-midi au club Guezirah n'a rien fait pour arranger les choses.

Faisant bronzette torse nu au bord de la piscine, Wilson avait exceptionnellement abandonné son uniforme de reporter de BD pour un bermuda en tissu écossais complété de chaussures en daim et de chaussettes blanches. Le spectacle n'était pas des plus heureux. Après nous avoir salués, il a demandé à Tony s'il rentrait en Angleterre pour Noël.

« Pas cette année, non.

— Vous êtes de Londres même ?

— Comté de Buckingham, en fait.

— Où donc ?

— Amersham.

— Ah, oui, oui... Amersham. Ça se trouve tout au bout de la ligne, n'est-ce pas ? Vous prenez un verre avec moi ? »

Sans remarquer l'ombre qui était passée sur le visage de Tony, Wilson a appelé un serveur, commandé trois gin tonics et s'est absenté quelques minutes aux toilettes. Sitôt hors de portée de voix, Tony a sifflé entre ses dents :

« Petit prétentieux de merde !

— Voyons, Tony..., ai-je murmuré, étonnée par ce brusque accès de fureur si peu caractéristique de lui.

— "Ça se trouve tout au bout de la ligne, n'est-ce pas ?" a-t-il répété en singeant les intonations onctueuses de Wilson. Il fallait qu'il le place, hein ? Qu'il case sa petite vacherie. Quel mec puant !

— Attends ! Il a seulement dit que...

— Je sais pertinemment ce qu'il a dit ! Et ce qu'il *voulait* dire, le sagouin !

— Mais encore ?

— Tu ne peux pas comprendre.

— C'est sans doute trop subtil pour moi, ai-je reconnu de bonne grâce. Ou bien je suis une idiote d'Américaine qui ne pige rien à l'Angleterre.

— Personne ne pige l'Angleterre.

— Même quand on est anglais ?

— Surtout quand on est anglais ! »

Cependant, Tony ne comprenait que trop bien son pays, notamment sa place dans la hiérarchie sociale anglaise telle qu'il me l'avait présentée. Amersham, c'était une de ces tristes banlieues de Londres au conformisme accablant. Il haïssait ce coin, même si son unique sœur – qu'il ne voyait plus depuis des années – y était restée vivre avec leurs parents. Avant d'être emporté par sa vieille passion pour les Benson and Hedges, son père avait été employé de l'état civil municipal et promu à la tête de ce service cinq ans avant sa mort. Sa mère, elle aussi disparue, avait exercé la fonction de réceptionniste à la clinique chirurgicale située juste en face du modeste pavillon mitoyen où Tony avait grandi sans marques d'affection exubérantes de ses géniteurs. Mais, contrairement à sa sœur, il avait reçu d'eux une certaine dose d'ambition, complétée évidemment par l'une des principales obsessions de la culture britannique : ne jamais oublier son rang dans la société. Ainsi qu'il me l'a raconté : « Il y avait à l'époque un gros bonnet de l'équipe Thatcher qui n'arrêtait pas de rabâcher ce que son paternel lui avait dit quand il était tout jeune : "Si tu veux quoi que ce soit dans la vie, tu devras grimper sur ton vélo pour le chercher." Et c'était toute la philosophie de mon père, ça : prends ton vélo ! Il voulait que je réussisse, que je travaille dur et bien, mais sans jamais me croire sorti de la cuisse de Jupiter. "N'oublie pas d'où tu viens, ne fais surtout pas comme ceux qui se prennent pour ce qu'ils ne sont pas." Autrement dit, même si tu arrives un jour très haut, en étant parti de rien, il y aura toujours quelqu'un pour te voir tel que tu étais au départ, et ce jusqu'au jour de ton enterrement. »

Bien que déterminé à fuir et à oublier Amersham, le fils du digne M. Hobbs avait voulu contenter son père en décrochant son entrée à l'université de Leeds. Une fois ses diplômes obtenus – avec les félicitations du jury en langue et civilisation anglaises, un détail que, à sa manière flegmatique, il allait mettre très longtemps à me révéler –, il avait cependant décidé de s'accorder un an ou deux avant de rentrer dans le monde du travail. Avec deux amis, il était parti sac au dos pour Katmandou et avait fini par échouer au Caire. Au bout d'un mois de cette escale imprévue, il était embauché par une feuille de chou locale, l'*Egyptian Gazette*, couvrant les accidents de la route, les vols à la tire et autres sujets d'actualité palpitants. Très vite, cependant, il avait offert ses services de pigiste en Égypte à des titres londoniens, et après un an il plaçait régulièrement des papiers dans le *Chronicle*. Lorsque leur correspondant avait été rappelé en Grande-Bretagne, la rédaction en chef lui avait proposé de reprendre le poste. Depuis, il appartenait corps et âme à l'équipe, se débrouillant pour passer d'un pays à un autre, à l'exception d'une période de six mois « au desk », au milieu des années quatre-vingt, au cours de laquelle il avait menacé de démissionner s'ils ne le renvoyaient pas au plus vite sur le terrain. Certes, en dépit de l'image de reporter de guerre solitaire qu'il cultivait tant, il avait dû se plier aux règles des nominations et ronger son frein dans des postes « pépères » comme Francfort, Tokyo ou Washington, une ville qu'il détestait par tous les pores ; mais au-delà de ces nécessaires concessions à la discipline d'entreprise, il avait consacré une grande énergie à esquiver tous les pièges de l'enfermement domestique et professionnel qui guettent tellement de nos contemporains.

Bref, il avait fait comme moi.

« Écoute, je finis toujours par casser ce genre de trucs, lui ai-je déclaré alors que nous nous connaissions depuis environ un mois.

— Ah, c'est ce que c'est, pour toi. Un truc.

— Tu comprends ce que je veux dire.

— Oui. Je ne devrais pas mettre un genou à terre et demander ta main, car tu as la ferme intention de me briser le cœur.

— Non, ce n'est pas ma "ferme intention", ai-je répondu en riant.

— Alors tu voulais dire... quoi, exactement ?

— Eh bien, que... »

Je me suis sentie idiote, d'un coup.

« Oui, j'écoute ? a insisté Tony, tout sourire.

— Je voulais dire que... ah... que c'est une maladie, de ne pas savoir tourner sa langue dans sa bouche. Et j'en suis atteinte. Et je n'aurais jamais dû sortir quelque chose d'aussi stupide.

— Tu n'as pas à t'excuser, tu sais.

— Ce n'est pas ce que je fais ! l'ai-je contré, soudain un peu contrariée. Ou plutôt si. Si, parce que... »

Que de confusion, que d'hésitations ! Mais une fois encore Tony a réagi par un sourire amusé, avant de reprendre posément :

« Donc, tu n'as pas l'intention de rompre ?

— Je ne crois pas, non. Parce que, euh... je ne sais pas si tu vas m'écouter mais...

— Bien sûr que je t'écoute.

— Eh bien... je suis sacrément heureuse avec toi, et rien que ça, ça me déstabilise d'une façon... Je n'ai pas ressenti quelque chose de comparable depuis des siècles, et je peux seulement espérer que c'est pareil pour toi, parce que je ne voudrais pas perdre mon temps avec quelqu'un qui ne serait pas sur la même longueur d'onde et qui... »

Il a scellé mes lèvres par un baiser plein de fougue. Puis, se redressant :

« Est-ce que ça répond à ta question ?

— Euh... »

Les actes valent plus que les paroles, je suppose, et pourtant j'aurais aimé, à ce moment, qu'il exprime tout haut ce que j'avais essayé de formuler. Mais si je n'étais pas très douée pour laisser parler mon cœur, Tony se montrait encore plus réservé que moi sur ce terrain. Et c'est pourquoi j'ai été sincèrement – et agréablement – surprise de l'entendre ajouter au bout de quelques secondes : « Je suis très content que tu ne rompes pas. »

Était-ce une déclaration d'amour ? Je l'espérais, je le voulais, car je me savais plus que « légèrement amoureuse ». Tout comme je n'ignorais pas que ces quelques phrases balbutiantes par lesquelles je m'étais reconnue heureuse étaient sans doute la plus audacieuse confidence dont j'étais capable. J'ai toujours eu du mal à exprimer mes sentiments, je l'admets à nouveau. Sur ce plan, je ressemble à mes professeurs de parents, qui, tout en étant une source constante d'encouragement et de soutien pour leurs deux filles, n'ont jamais abandonné une réserve presque guindée lorsqu'il s'agissait de manifester leurs émotions.

« Tu sais, je ne me rappelle pas une seule fois où j'aie vu papa et maman s'embrasser, m'a confié Sandy, ma sœur cadette, peu après leur mort dans un accident de la route. Et ils n'étaient pas non plus très forts en caresses et chatouilles... Mais ce n'était pas important, hein ?

— Non, ai-je répondu en refoulant mes larmes. Pas du tout. »

Et là, elle a totalement craqué, emportée par des sanglots si violents que sa peine m'a fait penser aux lamentations d'une pleureuse. À cette période, je ne manifestais presque pas mon chagrin devant les autres, peut-être parce que j'étais encore trop sous le choc de leur brutale disparition pour pouvoir pleurer. On était en 1988, je venais d'avoir vingt et un ans. Je devais recevoir mon diplôme du Mount Holyoke College et entrer à l'essai au *Boston Post* quelques semaines plus tard. J'avais trouvé un appartement à partager avec deux amies dans la zone de Back Bay et ma toute première auto, une Coccinelle un peu rouillée qui m'avait coûté mille dollars. Je venais d'apprendre que j'avais réussi mes examens de fin d'études avec mention d'excellence et mes parents étaient aux anges, évidemment. Lorsqu'ils sont arrivés en voiture le week-end pour assister à la cérémonie de fin d'année, ils étaient dans un tel état d'euphorie, peu courant chez eux, qu'ils ont tenu à se joindre à la grande fête sur le campus. Je voulais qu'ils passent la nuit sur place, mais ils étaient obligés de rentrer le soir même à Worcester, afin d'être présents à une importante réunion de leur paroisse le lendemain matin, car, comme beaucoup de libéraux de la côte Est, ils étaient des membres actifs de l'Église unitarienne. Juste avant de prendre le volant, mon père m'a serrée dans ses bras et m'a dit qu'il m'aimait. Il était transfiguré. Deux heures plus tard, sur l'autoroute 91 en direction du sud, il s'est assoupi en conduisant. Leur véhicule a rompu la glissière de sécurité médiane avant d'aller s'encastrer dans une auto qui arrivait en sens inverse, une Ford break avec une famille de cinq personnes à bord. Deux des passagers, une jeune mère et son bébé, perdirent la vie dans le choc. Mes parents aussi.

Pendant toute la période de deuil, Sandy s'attendait que je perde le contrôle de mes émotions, ainsi qu'elle le faisait constamment elle-même. Elle considérait avec un mélange d'inquiétude et de ressentiment mon calme apparent, pourtant il suffisait de passer un instant avec moi pour comprendre à quel point j'étais traumatisée. Mais c'est un fait que Sandy a toujours été la grande émotive de la famille, et le seul repère vraiment stable dans mon existence. Nous étions unies, même si nos caractères n'auraient pas pu être plus différents, moi toujours désireuse de réaffirmer mon indépendance, elle casanière et heureuse de l'être. Elle avait suivi la voie tracée par nos parents en choisissant l'enseignement, avait épousé un prof d'éducation physique, s'était installée avec lui dans une banlieue de Boston et avait eu trois enfants avant d'atteindre ses trente ans. Dans le processus, elle avait négligé de surveiller sa ligne au point de friser les soixante-quinze kilos – ce qui n'est jamais flatteur chez une femme de moins d'un mètre soixante – et n'arrêtait pas de grignoter toute la journée. J'essayais de temps à autre d'insinuer qu'elle ferait bien de mettre un cadenas sur son frigo, sans insister cependant : ce n'est pas mon style et Sandy était si fragile devant la moindre critique, si prompte à rire ou à pleurer... et tellement gentille !

C'était aussi la seule personne à qui je n'avais jamais rien caché de moi-même, jusqu'aux mois qui ont suivi la mort de nos parents. A ce moment, je me suis enfermée dans une coquille, personne n'aurait pu lire en moi, et je me suis absorbée entièrement dans mon nouveau travail au journal. Le chef du service Faits divers – où j'avais été affectée d'office – m'aurait volontiers accordé un congé pour raisons familiales avant même que je ne commence, mais j'ai tenu à me présenter à mon poste dix jours après les obsèques et dès lors j'ai fonctionné au régime de douze heures quotidiennes, me portant volontaire pour les reportages les plus ingrats. Rapidement, j'ai acquis la réputation d'une bosseuse qui a du flair pour traquer l'info.

Un mois s'était écoulé à ce rythme lorsque, rentrant chez moi un soir, j'ai croisé sur le trottoir un couple d'à peu près l'âge de mes parents qui descendait Bolyston Street main dans la main. Ils n'avaient rien d'exceptionnel. Juste un homme et une femme proches de la soixantaine qui se tenaient la main. C'est peut-être ce qui m'est allé droit au cœur, ce contraste entre leur aspect très conventionnel et le fait que – contrairement à tant de couples du même âge – ils avaient l'air de se réjouir d'être ensemble... comme papa et maman jadis. En tout cas, sans avoir conscience de ce qui m'arrivait, je me suis retrouvée soudain à me raccrocher à un réverbère tellement je pleurais. Incapable de me ressaisir, incapable d'échapper à la vague de chagrin qui m'avait finalement rattrapée et déferlait sur moi. Je suis restée ainsi un long moment, agrippée à cette drôle de planche de salut, aveuglée de larmes, sentant l'abîme du désespoir s'ouvrir sous moi, insondable. Brusquement, une main ferme s'est posée sur mon épaule. C'était un policier. Il m'a demandé si j'avais besoin d'aide. J'avais envie de crier « Je veux voir mes parents ! », j'étais redevenue l'enfant de six ans que nous gardons tous en nous et qui aura toujours ce besoin désespéré de protection dans les pires épreuves de sa vie, mais j'ai eu assez de force pour reprendre un semblant d'équilibre. Je lui ai expliqué que j'étais en deuil et qu'il me fallait seulement un taxi pour rentrer à la maison. Il a réussi à en arrêter un presque tout de suite, un exploit à Boston, mais il est vrai qu'il portait un uniforme. Puis, après m'avoir aidée à m'installer à l'arrière, il m'a certifié à sa manière un peu bourrue, un peu maladroite, que « pleurer, c'est le seul moyen de faire sortir tout ça ». Je l'ai remercié. J'ai été capable de me maîtriser pendant le trajet mais, aussitôt arrivée à l'appartement, je me suis jetée sur mon lit et me suis abandonnée à une nouvelle crise de larmes. Je ne sais pas combien de temps elle a duré. Ce dont je me souviens, c'est d'avoir repris connaissance à deux heures du matin, roulée en boule, épuisée mais aussi soulagée que mes deux colocataires aient été de sortie ce soir-là. Je n'aurais pas voulu qu'on me voie dans un état pareil.

À mon réveil le lendemain, j'avais encore les traits bouffis de chagrin, les yeux rouges et tout le corps moulu, mais je n'ai pas recommencé à pleurer. Je ne pouvais me permettre une nouvelle descente dans ce néant de désespoir. Un masque stoïque sur le visage, je suis partie au travail, simplement parce que c'est la seule chose qui reste à faire dans ce genre de situation.

Une mort accidentelle est à la fois une complète absurdité et une totale tragédie. Toujours. C'est ce que j'ai voulu expliquer à Tony la seule fois où je lui ai parlé de cette expérience : « Quand le hasard le plus arbitraire t'enlève les êtres les plus importants de toute ton existence, tes parents, tu en viens assez vite à mesurer la fragilité de tout, absolument tout. Et tu comprends que la prétendue sécurité n'est rien de plus qu'une couche de vernis qui peut craquer à n'importe quel moment.

49

— C'est pour ça que tu as décidé de devenir correspondante de guerre ? »

Je n'ai pu m'empêcher de rire à sa question, avant d'avouer : « Tu m'as eue, là. »

En réalité, il m'a fallu pas moins de six années pour passer des « faits div » à la section des grands reportages, avec un bref crochet par les pages éditoriales, décidément trop collet monté à mon goût. Et il y a enfin eu la première nomination hors du siège, ce remplacement à Washington qui m'a été proposé alors que je sortais avec Richard Pettiford depuis environ huit mois. Mon premier petit ami stable après des années de rencontres occasionnelles : je me distanciais tout de suite des hommes qui me paraissaient trop en demande, ou trop compliqués, ou trop mal dans leur peau, ou trop possessifs pour me laisser la marge d'indépendance dont j'avais besoin. Si jusqu'alors aucun n'avait eu grâce à mes yeux, Richard, pour sa part, était d'une intelligence exceptionnelle et... il n'était pas collant. J'étais très séduite, non seulement parce que c'était toujours agréable de parler avec lui, mais aussi parce qu'il me répondait sur mon propre terrain et avait été capable de supporter notre première séparation de longue durée. Mon éloignement à Washington avait même donné un piquant indéniable aux week-ends passés ensemble. Et puis, avec la proposition du poste de Tokyo, nous nous sommes retrouvés au pied de ce mur inévitable dans toute relation amoureuse, quand il s'agit de décider s'il existe un avenir au-delà des mirages de la passion initiale, si l'un et l'autre sont prêts à s'engager ou si au contraire il vaut mieux rompre avant de s'exposer inévitablement à la peine et à l'amertume d'un nouvel échec. Si Richard avait trouvé le moyen d'être basé au Japon pendant un an – son étude avait une représentation là-bas –, je l'aurais peut-être épousé sur-le-champ. Mais il avait d'autres plans pour sa carrière, tout comme moi. Nous ne sommes pas arrivés à trouver une solution de compromis : la séparation était écrite. Il en a éprouvé de la colère, au début, notamment à cause de la réplique plutôt abrupte par laquelle j'avais annoncé mon intention, mais il a finalement reconnu qu'il n'était pas très malin de s'abandonner aux nuages toxiques de l'acrimonie, si fréquents dans les ruptures.

« Oui, tu voulais davantage Tokyo que Richard, a plaisanté Tony lorsque je me suis finalement décidée à lui confier cet épisode de mon passé.

— Attends ! Si je m'étais mariée avec Richard, je vivrais dans une banlieue de rupins, genre Wellesley, et j'aurais sans doute deux gosses et une jeep Cherokee, et je ferais peut-être des piges pour le cahier « Vie pratique » du *Post*. Et ce n'aurait pas été si atroce, non, mais j'aurais eu à taire une frustration terrible. Pourquoi ? Parce que je n'aurais pas connu les coins les plus fous de ce monde, ni eu le quart des émotions que j'ai éprouvées, sans parler de la chance de vivre des situations limites... et tout ça en étant payée !

— Et tu ne m'aurais pas rencontré, non plus.

— Exact, ai-je approuvé en lui donnant un baiser. Je ne serais pas tombée amoureuse de toi et... – Je me suis arrêtée, encore plus ébahie que lui par ce que je venais de dire. – Oups. Comment j'ai pu laisser passer ça ? »

Il m'a embrassée à son tour, visiblement ému.

« Je suis content que tu l'aies fait. Parce que je ressens la même chose.

— Vraiment ?

— N'aie pas l'air si surprise, tout de même !

— Non, non, ai-je fait en lui caressant la joue. Pas surprise mais... Contente, moi aussi. Très contente. »

Le mot était faible, en vérité. Je n'en revenais pas, d'être si amoureuse, et surtout de savoir que ce sentiment était partagé par le genre d'homme que j'avais toujours secrètement rêvé de rencontrer tout en étant persuadée que c'était peu probable, mes confrères étant généralement plutôt calamiteux. Pourtant, sans doute gouvernée par une prudence innée, j'avançais dans cette relation en mesurant chacun de mes pas et surtout en refusant de me demander si elle existerait encore la semaine ou le mois suivants.

Tony évoluait dans le même état d'esprit, je le sentais, mais aussi avec un certain scepticisme très « british » qui lui servait à esquiver les situations ou les choix trop déstabilisants pour lui. Fort typiquement, il restait d'une discrétion remarquable sur sa vie amoureuse passée, malgré une ou deux allusions au fait qu'il avait été une fois tout près de se marier – « Et puis ça s'est mis à cafouiller et ce n'est peut-être pas plus mal ». J'aurais bien voulu plus de détails, puisque j'avais fini par lui confier mon histoire avec Richard, mais il s'est empressé de changer de sujet et je n'ai pas insisté, convaincue qu'un jour viendrait où il me raconterait. D'ailleurs, après deux mois de coexistence avec lui j'avais parfaitement compris à quel point il détestait se sentir « cuisiné », harcelé de questions. Indépendants et soucieux de notre vie privée, nous nous sommes tous deux abstenus d'informer de notre aventure nos collègues basés au Caire, non par crainte du qu'en-dira-t-on mais tout simplement parce que, sans avoir eu à nous consulter, nous pensions que cela ne regardait personne. Pour les autres, il n'y avait entre nous rien de plus qu'une complicité professionnelle.

C'est du moins ce dont j'étais persuadée jusqu'à l'après-midi où Wilson, l'adipeux correspondant du *Daily Telegraph*, non content de me montrer que je me trompais, m'a aussi appris que Tony avait eu une liaison qui lui avait causé quelques blessures sentimentales, notamment parce que l'objet de sa flamme...

l'avait laissé tomber. Avec Elaine Plunkett, une journaliste irlandaise travaillant pour la BBC à Washington à la même époque que lui, cela avait été selon Wilson « une sorte de coup de foudre » à la faveur duquel Tony s'était soudain surpris en pleine *terra incognita* du « sérieux béguin ». Apparemment, cette Plunkett était belle, intelligente et drôle, ce qui constitue toujours une redoutable combinaison, et elle aussi très accrochée, du moins jusqu'au moment où, alors qu'ils se connaissaient depuis environ un an, elle avait laissé entendre que la cohabitation ne lui aurait pas déplu. Brusquement, Tony s'était mué en bloc de glace. Pire, il avait aussitôt accepté un reportage en forme d'échappatoire, trois semaines pour couvrir les élections dans un Guatemala à feu et à sang, avant de se rendre compte à quel point il avait été idiot de fuir la femme dont il était amoureux. Il l'avait bombardée de coups de téléphone depuis l'Amérique centrale, sans parvenir à lui parler. De retour à Washington, convaincu qu'elle avait ignoré ses appels, il aurait tout donné pour la revoir, obéissant à la réaction si masculine de brûler pour ce qu'il venait de rejeter. Lorsqu'il avait enfin réussi à la rencontrer, elle lui avait déclaré que son comportement prouvait amplement qu'il ne l'aimait pas, et qu'elle-même n'avait aucune envie de perdre son temps avec quelqu'un qui détalait tel le lapin à l'instant où un projet de vie commune était mentionné.

Toujours selon Wilson, Tony avait été réellement atterré par la rupture. Il l'avait suppliée de lui accorder une seconde chance, lui avait juré qu'il ferait tout pour mériter à nouveau son amour, mais ses supplications n'avaient eu aucun résultat. Pendant quelques semaines, il lui avait téléphoné à des heures indues, s'était présenté chez elle à l'improviste. Elle avait fini par échapper à ce siège frénétique en organisant à la hâte un long congé en Australie, non sans lui laisser une lettre dans laquelle elle le sommait de l'oublier et de passer à autre chose. Pour rendre la thérapie encore plus efficace, elle avait demandé à l'un de leurs collègues à Washington de voir Tony en tête à tête pour lui faire comprendre qu'il commençait à se donner fâcheusement en spectacle et qu'il avait intérêt à se ressaisir avant que ses chefs n'apprennent que leur journaliste-vedette était en train de se comporter comme un adolescent terrassé par un gros chagrin d'amour.

Toute cette histoire, Wilson me l'a racontée au restaurant de l'hôtel Sémiramis. Il m'avait proposé ce déjeuner au téléphone, en m'annonçant qu'il « était temps d'avoir une petite conversation ». Avec ce ton légèrement pompeux qu'il avait toujours, on aurait pu croire qu'il s'agissait d'une faveur concédée par quelque altesse royale, ou qu'un repas à la cafétéria du Sémiramis constituerait pour moi une expérience inoubliable. En effet, il a mis à profit ce moment pour me soutirer des tuyaux sur diverses personnalités du gouvernement égyptien et sur le plus grand nombre possible de mes informateurs au Caire. Je me suis prêtée au jeu de bonne grâce, l'une des lois non écrites du journalisme stipulant que l'on partage volontiers ses sources, en tout cas les moins importantes. Quand il s'est mis à parler de Tony, soudain, j'ai été nettement plus sur mes gardes, après le soin que nous avions apporté à maintenir notre relation loin des regards indiscrets. C'était le comble de la naïveté, évidemment : dans des postes comme Le Caire, le petit monde des correspondants ne peut jamais conserver un secret très longtemps. N'empêche, sa question m'a laissée sans voix quelques secondes :

« Et comment va M. Hobbs, dernièrement ?

— Mais... bien, je pense. »

Wilson, à qui ce mouvement d'hésitation n'avait pas échappé, a eu un petit sourire en coin.

« Vous "pensez" ?

— Je ne peux pas le savoir à sa place.

— Oui, oui, je vois...

— Mais si vous vous inquiétez de sa santé, vous pouvez toujours appeler son bureau, non ?

— Intéressant bonhomme, ce Hobbs, a-t-il noté en ignorant ma remarque.

— Dans quel sens ?

— Oh, dans le sens de célèbre. Célèbre pour son imprudence et pour son incapacité à satisfaire ses chefs à long terme.

— Je l'ignorais.

— À Londres, tout le monde sait que Hobbs est une catastrophe en matière de politique interne au journal. Le franc-tireur absolu. Mais il a également beaucoup de talent, et c'est pourquoi ils ont supporté ses frasques si longtemps. »

Il a attendu une réaction de ma part, mais comme je restais silencieuse il a souri encore une fois, jugeant que ce silence était une nouvelle preuve de mon embarras, en quoi il avait parfaitement raison. Puis, d'un ton onctueux :

« Vous n'ignorez sans doute pas non plus que sur le plan sentimental il a toujours été... comment dire... un taureau qui fonce sur tout ce qui bouge, si vous m'excusez l'image. Avec les femmes, j'entends.

— Vraiment indispensable, ce commentaire ? » ai-je contré d'une voix posée.

Il a paru étonné, mais en forçant la note pour se récrier théâtralement :

« C'était juste pour parler, voyons ! Je me faisais l'écho de rumeurs, or c'est une des grandes traditions de la vie journalistique, vous ne le nierez pas. Et puisqu'on en est aux rumeurs concernant Anthony Hobbs, la plus persistante est sans doute celle de la femme qui a finalement brisé ce cœur indomptable. Elle remonte à loin, certes, mais... »

Il s'est délibérément interrompu et je suis tombée dans le panneau comme une crétine :

« Qui ? Quelle femme ? »

C'est là qu'il m'a servi toute la saga Elaine Plunkett, que j'ai écoutée avec un intérêt coupable et une répugnance grandissante, notamment parce que Wilson avait adopté un ton de conspirateur en maintenant une apparence de frivolité. C'était un trait que j'avais déjà remarqué chez certains Britanniques, surtout lorsqu'ils s'adressent à un Américain, et plus encore à une Américaine : ils nous croient tellement incapables de recul, tellement sérieux, tellement balourds qu'ils sont décidés à attaquer notre carapace en prétendant tout prendre à la légère, quand bien même ils sont en réalité des plus sérieux. Wilson, qui pratiquait assidûment ce style, y ajoutait une pincée de malveillance à peine voilée. Ce jour-là, pourtant, je n'ai pas perdu un mot de ses paroles : il parlait de l'homme que j'aimais. Et grâce à ce même Wilson, je découvrais qu'une autre femme avait causé un chagrin terrible à Tony.

Je n'ai pas été blessée par cette découverte, cependant. Je ne voulais pas me laisser aller bêtement à la jalousie, commencer à me ronger en me disant que c'était elle qui avait choisi de rompre ou, plus douloureux encore, qui avait été le grand amour de sa vie. Mais le rôle joué par Wilson m'inspirait un profond dégoût, en revanche, et je me suis promis de lui taper sur les doigts sans ménagement dès qu'un moment opportun se présenterait dans son monologue :

« ... Alors bien sûr, quand Hobbs a fondu en larmes devant notre gars à Washington... Christopher Perkins, vous le connaissez ? L'indiscrétion faite homme ! Mais bon, il se trouve que Hobbs s'est mis à pleurer dans son verre un soir qu'il se soûlait avec Perkins. Vous imaginez, tout Londres connaissait l'histoire dans les vingt-quatre heures. Et personne n'y a cru ! Hobbs, le dur à cuire, le taureau des plaines afghanes, perdant les pédales pour une journaleuse...

— Comme moi, vous voulez dire ? – Il s'est forcé à rire mais n'a rien trouvé à répondre. – Allez, répondez à ma question. Je ne vous mordrai pas.

— Quelle question ?

— Si je ressemble à cette fille, cette Elaine Plunkett.

— Comment je le saurais ? Je ne l'ai jamais rencontrée.

— Oui, mais je suis une "journaleuse", comme elle. Et je couche avec Tony Hobbs, comme elle. »

Long silence. Wilson essayait de ne pas trahir sa gêne. Sans succès.

« Je... Je ne savais pas que...

— Menteur. »

Je l'avais prononcé avec un sourire, mais le mot ne l'a pas moins atteint aussi durement qu'une gifle et tout son visage s'est crispé.

« Qu'est-ce que vous venez de dire ? »

Mon sourire s'est élargi :

« Je viens de dire que vous étiez un menteur. Et vous l'êtes.

— Écoutez, je pensais...

— Quoi ? Que vous pouviez jouer ce petit jeu de faux jeton avec moi et vous en tirer comme ça ?

— Je ne jouais aucun...

— Menteur. »

Nouveau silence, pendant lequel il s'est un peu trémoussé sur son vaste derrière en pétrissant son mouchoir dans son poing.

« Je... Je ne voulais pas insulter qui que ce soit, franchement.

— Menteur. »

Il a cherché des yeux le serveur avant de bredouiller :

« Je... Je vais être en retard. »

Je me suis penchée jusqu'à me retrouver nez à nez avec lui puis, toujours sur un ton jovial :

« Vous savez quoi ? Vous êtes exactement comme tous les petits bizuteurs que j'ai connus : dès qu'on vous mouche, vous partez la queue entre les jambes. »

Il s'est levé, a quitté la salle sans un mot et j'ai alors appris cette leçon : les Anglais ne demandent jamais pardon, surtout quand ils savent qu'ils sont en tort.

« Je ne crois pas que les Américains s'excusent très souvent, non plus, a observé Tony lorsque je lui ai fait part de ce dernier constat.

— Ils sont mieux éduqués à le faire que tes concitoyens, en tout cas.

— Parce qu'ils baignent depuis le début dans toute cette culpabilité puritaine... et dans l'idée que chaque chose a un prix.

— Alors que vous autres Anglais...

— ... nous pensons que nous avons le droit de tout faire... peut-être. »

À ce moment, j'ai été tentée de lui rapporter l'intégralité de ma conversation avec Wilson, mais je me suis ravisée. Que je sois au courant de l'affaire Plunkett ne pourrait rien simplifier, au contraire. Il risquait de se sentir exposé aux regards, ou pire : embarrassé, un état émotionnel que les Britanniques redoutent au plus haut point. De toute façon je ne voulais pas lui dire que le fait d'avoir appris cette histoire m'inspirait encore plus d'amour pour lui, car elle prouvait qu'il était sensible, vulnérable à la déception sentimentale. Paradoxalement, je trouvais cette fragilité rassurante, elle venait rappeler qu'il était capable de souffrir, lui aussi.

À peu près deux semaines plus tard, j'allais avoir

l'occasion de juger Tony sur son propre terrain, dans son pays. Sans préavis, il m'a demandé un matin : « Une virée à Londres pour quelques jours, ça te dirait ? » Il était convoqué à la rédaction pour un entretien. « Rien de terrible, simplement mon déjeuner annuel avec le rédacteur en chef, m'a-t-il expliqué en ajoutant : Un petit séjour au Savoy, tu ne serais pas contre ? »

Il n'a pas eu besoin d'en dire plus pour me convaincre. Mon seul et unique passage à Londres remontait au début des années quatre-vingt, bien avant que je ne commence à travailler à l'étranger, dans le cadre de l'un de ces absurdes « tours d'Europe » en deux semaines qu'accomplissent certains jeunes Américains. Ce que j'avais pu voir de Londres en quatre jours m'avait plu : monuments, musées, deux bonnes représentations théâtrales et un aperçu de la confortable existence menée par ceux qui peuvent se payer une maison en plein Chelsea. Une vision plutôt sélective de cette ville, donc, et ce n'est pas précisément en descendant au Savoy que j'aurais pu avoir accès à la face sombre de la capitale, mais j'ai néanmoins été assez impressionnée par la suite que l'on nous a donnée, avec vue sur la Tamise et bouteille de champagne de bienvenue.

« C'est de cette façon qu'ils traitent tous leurs correspondants, à ton journal ? me suis-je enquise aussitôt.

— Tu plaisantes ? Non, le directeur est un vieux copain, c'est tout. On a sympathisé du temps où il dirigeait l'Intercontinental de Tokyo, et depuis il m'héberge chaque fois que je passe par Londres. Comme ça n'arrive qu'une fois par an, je ne risque pas d'être pris pour un pique-assiette.

— Tu me rassures.

— Pourquoi ? Tu as eu peur qu'il ait une mauvaise idée de moi ?

59

— Non, j'ai eu peur que tu aies violé une des lois d'airain de notre profession : ne jamais rien payer de sa poche, autant que possible. »

Il m'a entraînée vers le lit en riant. Il tenait à ce que je boive une coupe avec lui mais j'ai dû refuser.

« Ça ne va pas être possible. Je suis sous antibiotiques.

— Depuis quand ?

— Depuis hier, quand je suis allée voir le toubib de l'ambassade pour mon angine. » Le médecin de la légation des États-Unis suivait la plupart des expatriés américains au Caire.

« Tu as une angine ?

— Tu veux voir ? ai-je proposé en ouvrant grande la bouche.

— Non merci. C'est pour ça que tu n'as rien bu dans l'avion, alors ?

— Avec ces médicaments, c'est déconseillé.

— Tu aurais dû m'en parler.

— Pour une angine ?

— Ah, un vrai petit soldat !

— Exactement.

— Bon... Mais je suis déçu, quand même. Avec qui je vais bien pouvoir picoler, maintenant ? »

La question n'était qu'une formule, pourtant : pendant nos trois journées londoniennes, nous avons retrouvé chaque soir certains de ses confrères ou amis, dont j'ai apprécié la compagnie sans exception. Il y a eu le dîner que Kate Medford, une de ses anciennes collègues au *London Chronicle* qui présentait maintenant le principal bulletin d'informations sur BBC Radio 4, a organisé en notre honneur avec Roger, son oncologue de mari, à leur domicile de Chiswick, un quartier tranquille et verdoyant. Il y a eu une sortie très très arrosée – pour Tony, sinon pour moi – avec Dermot Fahy, chroniqueur à l'*Independent,* brillant causeur et coureur impénitent qui a passé son temps à me lorgner, au grand amusement de Tony. « Dermot fait pareil avec n'importe quelle femme », devait-il m'expliquer après. Le dernier jour, nous avons rejoint un ex-journaliste du *Telegraph*, Robert Matthews, qui venait de gagner pas mal d'argent avec son premier thriller et qui a tenu à nous inviter à dîner dans un restaurant aux prix abusifs, The Ivy. Il a bu sans modération du vin à soixante livres la bouteille en nous offrant quelques anecdotes tristement comiques à propos de son récent divorce, contées avec un humour noir très réussi qui ne pouvait dissimuler combien il souffrait de cette expérience.

Toutes les fréquentations de Tony étaient ainsi : loquaces, amusantes, couche-tard, très portées sur la bouteille et s'exprimant avec aisance sur tous les sujets à l'exception d'eux-mêmes, ce qui m'a fortement impressionnée. Alors que Tony ne les avait pas vus depuis près d'un an, les activités professionnelles de chacun n'étaient abordées que brièvement dans les conversations, et toujours sur le ton de la plaisanterie. Par exemple : « Les gus d'Al-Qaida ne t'ont toujours pas flingué, Tony ? » Même si des questions d'ordre personnel apparaissaient au hasard du dialogue, comme le divorce de Robert, elles étaient immanquablement relativisées par une certaine distance sardonique. Quand Tony s'est gentiment enquis de la santé de sa fille adolescente, qu'une persistante tendance à l'anorexie avait plusieurs fois conduite tout près de la mort, Kate s'est contentée de lâcher, avant de passer à autre chose : « Oh, c'est un peu ce que Rossini disait à propos des opéras de Wagner, tu sais ? "Il y a quelques magnifiques quarts d'heure." »

Ce qui était pour moi le plus surprenant dans ce registre de communication, c'est que si chacun parvenait à donner assez d'informations à ses interlocuteurs quant à l'état de sa vie et de ses affaires, il ou elle s'arrangeait toujours pour changer rapidement de cap dès que l'échange approchait un terrain un peu personnel. Très vite, j'ai découvert qu'on jugeait inapproprié d'aller dans ce sens quand plus de deux personnes, et surtout un élément étranger comme moi, participaient à la conversation. Mais je dois avouer que ce type d'échange, qui faisait la part belle aux mots d'esprit et à l'ironie, était loin de me déplaire. Les thèmes les plus sérieux étaient toujours considérés avec un sens aigu de l'absurdité de toute chose, sans jamais basculer dans la gravité souvent sentencieuse que peuvent revêtir les conversations de table aux États-Unis. Ainsi que Tony me l'avait certifié une fois, la grande différence entre « Yankees » et « Rosbifs », c'est que les premiers considèrent la vie comme une affaire sérieuse mais non désespérée, tandis que les seconds pensent qu'elle est sans espoir mais pas sérieuse du tout...

En trois soirées londoniennes, j'ai pu me convaincre de la pertinence de cette remarque mais aussi de ma relative aisance à prendre part à ce badinage, ce qui a semblé ravir Tony. Quoi de plus normal ? Il était content de me voir à l'aise avec ses amis, et pour ma part j'appréciais d'être en société à ses côtés. J'aurais bien aimé le « montrer », moi aussi, mais mon unique amie à Londres, Margaret Campbell, était en voyage. Une déception, car j'avais compté passer un moment avec elle pendant que Tony assisterait à ce déjeuner annuel avec son rédacteur en chef. À la place, j'ai pris le métro jusqu'à Hampstead, je me suis promenée le long des allées patriciennes et j'ai traîné une heure dans les jardins du Heath en me répétant que tout cela était bien agréable, peut-être parce que, après la folie urbaine du Caire, son monumental surpeuplement et son inconcevable saleté – je n'étais pas près d'oublier le jour où j'avais trébuché sur un cadavre juste à la sortie de la gare centrale –, Londres m'apparaissait comme un archétype de méticulosité bien ordonnée. Au bout d'une journée, j'avais bien sûr également remarqué les papiers dans les rues, les graffitis sur les murs, les sans-abri dormant sur le trottoir et la congestion automobile, mais je me résignais à ce revers de la médaille, qui appartient par essence au quotidien de toute grande ville. Tout regard est par nature sélectif. Et lorsqu'on a une suite au Savoy, qu'on passe ses soirées avec des gens cultivés, que l'on consacre son temps à flâner à Hampstead ou dans les musées, ou sur les bords de la Tamise au coucher de soleil, et à admirer les vitrines de Selfridges, Londres peut facilement sembler un endroit de rêve. Surtout pour trois jours, et surtout quand il s'agit d'un séjour d'amoureux.

Tony lui-même a reconnu que le fait d'être ensemble lui faisait voir la ville sous un jour plus favorable qu'il ne l'avait regardée depuis des années. À nouveau il se sentait « en phase » avec la vieille métropole. Il n'a en revanche fait aucun commentaire particulier sur son déjeuner avec son patron, à part qu'il s'était bien déroulé. C'est seulement le surlendemain, alors que nous volions vers Le Caire depuis plus d'une heure, qu'il m'a soudain fixée avec attention :

« Il faut que je te parle de quelque chose.

— Ça a l'air sérieux, ai-je remarqué en posant le roman que j'étais en train de lire.

— Sérieux, non. Intéressant, disons.

— Mais encore ?

— Eh bien... Je n'ai pas voulu aborder ça plus tôt, pour ne pas que nous passions nos deux derniers jours à Londres à en discuter.

— Discuter de quoi, exactement ?

— Du nouveau job que mon chef bien-aimé m'a proposé à notre déjeuner.

— Et quel genre de job ?

63

— Chef du service étranger. »

Il m'a fallu quelques secondes pour assimiler l'information.

« Bravo, Tony. Et tu as accepté ?

— Non. Pas pour l'instant. Parce que...

— Oui ?

— ... je voulais d'abord en parler avec toi.

— Parce que cela signifie ton retour à Londres.

— En effet.

— Toi, tu le veux, ce poste ?

— Disons que Son Altesse a indiqué très explicitement que je "devrais" le prendre. Tout comme il a clairement laissé entendre qu'après vingt ans passés sur le terrain il était temps que je vienne un peu m'encroûter au QG. Je peux contester leur décision, évidemment, mais je ne pense pas que je l'emporterai, cette fois. Et puis ce n'est pas vraiment un placard, la direction du service international...

— Non. Donc tu vas accepter ?

— Je crois que je n'ai pas le choix. Mais ça ne veut pas dire que je doive rentrer à Londres, hum... tout seul. »

Il s'est tu. J'ai pris un instant pour réfléchir avant de me lancer :

« Bon, moi aussi, j'ai du neuf. Mais avant, j'ai un aveu à te faire. Les deux sont liés, d'ailleurs.

— Un aveu ? Quel aveu ?

— Je ne suis pas sous antibiotiques, je n'ai pas d'angine mais je ne peux quand même pas boire d'alcool. La nouvelle, c'est que je suis enceinte. »

3

IL A BIEN PRIS LA CHOSE, TONY. Pas de saut de carpe, ni de cri d'effroi, ni de pâleur soudaine. Il y a eu un flottement, certes, mais qui n'aurait pas été stupéfait, à sa place ? Après une pause, il m'a pris la main et l'a serrée.

« C'est une bonne nouvelle.

— Tu penses vraiment ça ?

— Absolument. Et toi, tu es certaine que... ?

— Certaine comme on peut l'être après deux tests de grossesse.

— Et tu veux... le garder ?

— J'ai bientôt trente-cinq ans, Tony. Je suis entrée dans la phase du "maintenant ou jamais". Mais que je veuille le garder ne signifie pas que tu sois forcé d'être là, toi aussi. Même si je préférerais, évidemment. En tout cas, si...

— Je veux être là !

— Sûr ?

— À cent pour cent. Et je veux que tu viennes à Londres avec moi. – Pour le coup, c'est moi qui ai perdu mes couleurs, soudain, au point de l'inquiéter. – Tu te sens bien ?

— Oui. Un peu sonnée, c'est tout.

— À cause de quoi ?

— À cause du tour que cette conversation est en train de prendre.

— Quoi, tu es inquiète ? »

C'était peu de le dire. J'avais réussi à refouler mon anxiété pendant notre séjour en Angleterre, sans parler de la semaine précédente, lorsque mon médecin au Caire m'avait appris que le premier examen s'était révélé positif, mais elle n'avait pas quitté mon esprit une seconde. Non sans raison, car si j'étais heureuse de cette nouvelle, une autre partie de moi-même, et non la moindre, se sentait terrifiée par la perspective d'une grossesse. C'était peut-être lié au fait que, vu ma carrière, je ne m'étais encore jamais « imaginée » enceinte. Aux pulsions hormonales propres à toute femme, au désir de maternité que j'avais ressenti de temps à autre, j'avais toujours répliqué par une inflexible realpolitik, défendant ma chère indépendance contre un engagement aussi important que celui de devenir mère. Je n'étais pas « activement » opposée au principe d'avoir un enfant, non, c'était juste que l'hypothèse paraissait hautement improbable dans le contexte professionnel et personnel qui était le mien.

Au-delà de la surprise, l'annonce de ma grossesse a donc eu sur moi l'effet d'un tremblement de terre. Et je n'avais aucune idée de la manière dont Tony recevrait la nouvelle : serait-il totalement horrifié ? Allait-il s'enfuir ? Mais l'être humain est imprévisible, ô combien, et pendant le reste du vol il m'a certifié que cet événement, additionné à son transfert à Londres – qui ne devait pas intervenir avant trois mois –, était un signe que nous envoyait le destin pour nous encourager à prendre des décisions fondamentales. J'ai eu envie de répliquer que « destin » était un bien grand mot pour désigner un moment d'égarement pendant lequel l'urgence du désir nous avait fait négliger de recourir au préservatif coutumier, mais je comprenais ce qu'il voulait dire : tout simplement, cela tombait au bon moment parce que nous nous convenions si bien. Créer un foyer représentait certes un tournant notable pour chacun de nous, et de même nous allions devoir nous faire à la vie de bureau, car pour ma part j'étais sûre de pouvoir décrocher un job à l'antenne londonienne du *Post*, mais sans doute l'heure était venue de nous résigner à l'inévitable. De nous « ranger », en d'autres termes.

N'empêche, je n'arrivais pas à croire que Tony me tienne ce discours, et malgré son habituelle et charmante maladresse j'en suis venue à me demander s'il ne me servait pas des phrases déjà préparées. J'en étais sûre, même : Tony Hobbs était en train de me faire une déclaration en bonne et due forme.

« Tu parles de mariage, là ? lui ai-je demandé carrément lorsqu'il a achevé sa petite tirade.

— Eh bien... Euh, oui, je suppose », a-t-il reconnu en évitant mon regard.

J'aurais eu besoin d'une vodka bien tassée, brusquement. Dommage que... À la place, je me suis réfugiée derrière un diplomatique « Il faut que je réfléchisse », et à son grand mérite il n'a pas insisté.

Pendant toute la semaine suivante, il n'est pas revenu une seule fois à la charge, et là encore j'ai apprécié sa discrétion naturelle. Je comprenais parfaitement pourquoi sa déclaration à bord du vol pour Le Caire m'avait paru si laborieuse, si touchante, quand bien même exprimée en des termes d'une modestie confondante, comme : « Ça signifierait me supporter pour le reste de ta vie mais... » Nous nous sommes laissé le temps de la réflexion, donc, ou plutôt il me l'a laissé, même si nous nous parlions au téléphone deux fois par jour et si nous avons eu un déjeuner très agréable au cours duquel aucun de nous n'a abordé l'énorme point d'interrogation qui planait au-dessus de nos têtes. Au café, pourtant, je lui ai demandé :

« Alors, tu as donné ta réponse au journal ?

— Non. J'attends toujours certaine info de... hum, quelqu'un. »

Il y a des détails, des gestes qui, à des instants cruciaux de l'existence, peuvent acquérir une immense signification. Le sourire timide dont il a accompagné sa remarque était de ceux-là, et il m'a empli d'amour pour Tony. Malgré la pression à laquelle il était soumis pour prendre une décision rapide, il se refusait à me brusquer. Cette approche pleine de tact contrastait fortement dans mes souvenirs avec celle de Richard, qui en essayant de me persuader de l'épouser avait plus d'une fois dépassé les bornes, jusqu'à me traiter, par déformation professionnelle sans doute, à l'instar d'un juré qu'il s'agit de convaincre par tous les moyens. Je savais que pour Tony cette « info » tant attendue devrait venir à son heure, et c'est pourquoi j'ai répondu par une autre question :

« Mais ils te laissent toujours trois mois pour revenir ?

— Oui. Simplement, mon boss a besoin de savoir ce que je décide avant la fin de la semaine. »

Nous en sommes restés là.

Je ne me suis pas contentée de réfléchir – longtemps –, j'ai aussi passé plusieurs coups de fil, dont le premier à Thomas Richardson, le rédacteur en chef du *Post*, avec lequel j'avais toujours entretenu des relations plutôt cordiales. J'avais conscience de passer ainsi par-dessus la tête de mon supérieur direct, Charlie Geiken, que j'aimais beaucoup mais qui ne décidait jamais de la moindre nomination sans l'accord de son supérieur. Geiken avait horreur des changements, d'ailleurs, alors que Richardson était connu pour accepter ou refuser sur-le-champ, sans laisser traîner les choses, en bon Yankee de la vieille école qu'il était. Je me suis donc montrée très directe lorsque ce dernier m'a rappelé, lui expliquant mon histoire : j'allais épouser un journaliste du *Chronicle* et j'avais l'intention de vivre en Angleterre, je considérais le *Post* comme ma famille, je n'envisageais pas de le quitter mais j'allais avoir besoin d'un congé maternité de trois mois dans un peu plus d'un semestre...

« Quoi, vous êtes enceinte ? m'a-t-il interrompue sans pouvoir masquer son étonnement.

— Ça en a l'air, oui.

— Mais c'est une excellente nouvelle, Sally ! Et je comprends parfaitement que vous désiriez que l'enfant naisse à Londres.

— En fait, nous n'allons pas déménager avant trois mois.

— Oui. Eh bien, je suis sûr qu'on peut trouver une solution avec notre bureau londonien. Ils ne sont que deux, vous savez, et Sue Silvester, la deuxième correspondante, n'arrête pas de parler de revenir à Boston... Ça ne pouvait pas mieux tomber pour vous. »

J'avoue que la facilité avec laquelle mon patron avait déjà arrangé mon transfert a provoqué une sorte de panique en moi. Désormais, je n'avais plus aucune excuse pour ne pas suivre Tony. Non que j'en aie cherché vraiment une, certes, puisque je m'étais convaincue que c'était le bon choix, même si la perspective de la maternité et d'une vie « rangée », terme haï, me faisait parfois encore frémir. En apprenant à Tony que j'aurais certainement un travail à Londres sans avoir à quitter le *Post*, et en lui assurant que je ferais tout pour que notre nouvelle vie soit satisfaisante, je lui ai confié mon appréhension devant l'ampleur de ces changements, et comme il fallait s'y attendre sa réaction a été de me rassurer avec humour : je n'allais pas prendre le voile, non, nous n'allions pas nous enterrer dans quelque impossible banlieue, je continuerais à être active professionnellement, et si au final nous découvrions l'un et l'autre que la routine londonienne était trop pesante, rien ne nous obligeait à la subir jusqu'à la fin de notre vie.

« En plus, ni toi ni moi ne sommes du genre à enfermer l'autre à double tour, pas vrai ?

— C'est exclu, en effet.

— Ravi de l'entendre, a-t-il approuvé en riant. Alors, dans ce cas, je ne pense pas que ce soit aberrant de prévoir le mariage pour très, très bientôt, si ?

— Qu'est-ce qui te rend tellement romantique soudain ?

— La conversation que j'ai eue avec l'un des zigues du consulat avant-hier, tout simplement. »

Le « zigue » en question lui avait laissé entendre que, au plan administratif, mon arrivée en Grande-Bretagne se passerait bien plus aisément si nous étions officiellement mariés, tandis que j'aurais à supporter des mois de tracasseries bureaucratiques si je demeurais célibataire. Une fois encore, je ne pouvais que rester songeuse devant la rapidité et l'importance des changements survenant dans mon existence. Mais c'est ce que l'on appelle le destin, non ? Vous avancez seule sur le chemin de la vie, dont vous croyez connaître plus ou moins le tracé, notamment quand vous atteignez un certain âge. Puis vous rencontrez quelqu'un, vous le laissez prendre de la place et soudain vous voilà embarquée sur le terrain glissant de l'amour, et vous passez un appel téléphonique très longue distance au seul membre de votre famille proche encore vivant pour lui annoncer que non seulement vous êtes enceinte pour la première fois à trente-cinq ans mais aussi que...

« Tu vas te... marier ? s'est exclamée Sandy d'une voix où se mêlaient la surprise et l'incrédulité.

— C'est ce qu'il y a de plus pratique, oui.

— Pratique comme de se retrouver en cloque à ton âge ?

— Ç'a été un accident, crois-moi.

— Oh, je te crois ! Tu es la dernière à pouvoir faire ça intentionnellement. Et Tony, comment prend-il tout ça ?

— Très bien. Mieux que moi, en fait... Il parle même de se "ranger" sans que le terme le fasse frémir, apparemment.

— Peut-être qu'il a pigé quelque chose que tu ne vois toujours pas, toi.

— Quoi ? Que nous devons tous nous résigner au même sort ? »

Il y avait une pointe d'agressivité dans ma réplique. Bien que Sandy eût toujours approuvé mes vagabondages professionnels, elle avait maintes fois soupiré que je finirais vieille fille et que le moment viendrait où je regretterais d'avoir esquivé la maternité. Mon parti pris d'indépendance ne pouvait certes que l'inquiéter, elle, mère de trois enfants, divorcée et exilée en lointaine banlieue. Non qu'elle eût éprouvé une sorte de jalousie à mon égard, ni accueilli avec une certaine joie maligne la nouvelle que j'allais me passer la corde conjugale au cou. Mais savoir que je serais bientôt maman, moi aussi, me rapprochait brusquement d'elle, et elle en était heureuse. Cela signifiait aussi que j'allais redescendre sur terre.

« Attends, attends... Je ne t'ai jamais dit de te retrouver enceinte, si ?

— Non. Tu as juste passé ces dix dernières années à me demander quand j'allais enfin me décider.

— Et maintenant c'est fait ! Je suis si contente pour toi. Il me tarde de rencontrer Tony.

— Tu n'as qu'à venir au Caire pour le mariage. La semaine prochaine.

— La... quoi ? Pourquoi si vite ? » Puis, quand je lui ai expliqué que c'était un moyen d'éviter les demandes de permis de séjour et de travail alors que nous avions moins de trois mois pour nous installer à Londres : « Pfff, tout ça est un peu... vertigineux.

— À qui le dis-tu. »

Sandy ne pourrait pas être présente, je le savais. Non seulement elle n'avait pas l'argent ni la disponibilité pour un tel voyage, mais en outre, sortir des limites territoriales américaines constituait pour elle une expédition chez les Zoulous. Même si nous avions résolu les obstacles matériels, elle aurait trouvé le moyen de se dérober devant une telle aventure. « Je ne suis pas comme toi, moi, m'avait-elle souvent confié, je ne suis pas du tout attirée par... tout ça. » C'était l'un des nombreux aspects que j'appréciais en elle : sa totale lucidité envers elle-même.

« Que veux-tu, je suis limitée », avait-elle remarqué un jour, constat que j'avais trouvé d'une sévérité très exagérée, car c'était une femme intelligente et cultivée qui avait réussi à poursuivre sa vie lorsque son mari l'avait quittée trois ans plus tôt. Un mois après ce départ en forme de tremblement de terre, Sandy avait décroché un poste de professeur d'histoire dans une petite école privée de Medford et s'était ainsi débrouillée pour continuer à payer les traites de la maison et nourrir ses trois enfants, ce qui, l'avais-je assurée, témoignait de plus de cran que se faufiler entre les balles de divers foyers de haine moyen-orientaux. Et désormais c'était mon tour de recevoir mon baptême de feu sur le front de l'existence domestique... Malgré l'électricité statique de la ligne de téléphone égyptienne, Sandy a tout de suite perçu l'angoisse qui se tapissait dans ma voix : « Tout ira bien ! Mieux que bien, même. Super. Et puis ce n'est pas comme si tu devais renoncer à ton travail ou te retrouver à Lowell ! » Elle mentionnait là l'un des endroits sans doute les plus déprimants du Massachusetts. « C'est à Londres que tu vas ! Et après toutes ces guerres que tu as couvertes, tu vas voir : être mère, ce n'est pas très différent. » J'ai éclaté de rire, non sans me demander par-devers moi si elle pouvait dire vrai...

Les semaines suivantes ne m'ont guère laissé le loisir de ruminer les bouleversements de mon existence, notamment parce que la région était à nouveau en proie à l'un de ses soudains accès de délire : crise gouvernementale en Israël, tentative d'assassinat sur la personne d'un important ministre égyptien, naufrage d'un ferry sur le Nil, au nord du Soudan, avec au moins cent cinquante victimes... Souffrir de nausées matinales tout en travaillant ne rendait ma situation que plus banale, en regard d'événements aussi dramatiques. Et puis je me rassurais en dévorant les multiples livres de conseils aux futures mamans commandés sur amazon.com, cherchant en eux ce soulagement factice auquel aspire celui qui vient d'apprendre sa prochaine participation à un dangereux périple et se jette sur tous les guides de voyage disponibles. Ainsi, de retour du bureau où j'avais eu à écrire un papier sur une alerte au choléra dans le Delta, je me plongeais dans l'étude des coliques infantiles, du biberon de cinq heures, de la croûte de lait et d'autres termes de ce jargon de nursery que je découvrais peu à peu.

Voilà justement ce qu'il y a de fascinant à couvrir journalistiquement une région comme celle-ci : ses convulsions font ressortir avec une rare acuité la fondamentale absurdité de l'existence la plus « normale ». Car enfin, quelle importance peuvent avoir les malaises de la grossesse face à un kamikaze qui entraîne avec lui dans la mort tous les passagers d'un autobus sur une route d'Israël ? Que valent les petits tracas suscités par un déménagement du Caire à Londres lorsqu'on suit en même temps le procès de trois terroristes égyptiens qui peut se conclure par la peine capitale ?

« Tu sais ce qui me plaît le plus, au Moyen-Orient ?

ai-je dit à Tony la veille de notre mariage. Que tout soit tellement "trop", tellement fou, tellement étranger à la moindre notion de prétendue normalité.

— C'est vrai, mais comme tu le sais aussi bien que moi, la plupart des Égyptiens pensent que leur existence n'a rien d'exceptionnel, aussi délirante soit-elle.

— Oui, mais pour moi ce n'est pas du train-train, donc ça remet tout dans sa juste perspective, et ça me permet d'échapper à la routine.

— Tandis qu'à Londres il n'y aura que ça ? De la routine ?

— Je n'ai pas dit ça.

— Mais ça t'inquiète tout de même.

— Un peu, oui. Pas toi ?

— Ça va être un changement, disons.

— Oui. Surtout, tu auras beaucoup plus de ballast dans ta cale.

— Ce n'est pas de toi que tu parles, n'est-ce pas ?

— Un peu.

— Eh bien, je n'ai rien contre un peu plus de ballast. Je suis content, même.

— Alors si tu l'es, je le suis aussi, ai-je murmuré en lui donnant un baiser.

— Il va y avoir un temps d'adaptation mais tout se passera bien. Et puis crois-moi, Londres a sa propre folie... »

Cette dernière remarque m'est revenue en mémoire un mois et demi plus tard, alors que nous volions vers la Grande-Bretagne. Le journal de Tony avait offert le voyage en classe affaires à son nouveau chef du service étranger et à la nouvelle femme de celui-ci. Leur générosité allait jusqu'à nous héberger pendant les six premières semaines dans un appartement de fonction près de la rédaction, à Wapping, le temps que nous trouvions une maison. Et ces largesses ont aussi pris la forme d'une grosse Mercedes noire, qui nous attendait à la sortie du terminal de Heathrow et dans laquelle nous avons entrepris l'interminable trajet jusqu'au centre en pleine heure de pointe vespérale.

Tandis que nous avancions au ralenti sur l'autoroute, j'ai pris la main de Tony. Le contact de l'alliance en platine, encore une nouveauté pour moi, m'a rappelé la cocasse cérémonie au siège de l'état civil du Caire, authentique pétaudière où nous avions été déclarés unis par un fonctionnaire qui était une réplique égyptienne de Groucho Marx. Et maintenant nous étions là, dans les embouteillages de la M 4, quelques mois seulement après notre folle équipée en Somalie, et l'étape suivante était... Wapping.

Cela a été un choc, Wapping. Une fois sorti de la voie rapide, le chauffeur a mis cap au sud à travers des quartiers résidentiels. Les immeubles de brique rouge uniformes ont peu à peu cédé le pas à une confusion de styles architecturaux où les villas édouardiennes côtoyaient des HLM qui n'auraient pas détonné à Varsovie et des bâtisses empreintes de l'agressivité du capitalisme triomphant. C'était un après-midi du début de l'hiver, il faisait déjà sombre, mais malgré le peu de lumière ce paysage m'a confirmé une vérité essentielle de Londres : cette ville est une entreprise de désorientation systématique, un catalogue d'architecture aussi long et varié qu'un menu de restaurant chinois, une pagaille urbaine où les très riches et les très pauvres se retrouvent souvent proches voisins. J'avais bien entendu déjà remarqué cet aspect fourre-tout lors de mes premières visites, mais comme n'importe quelle touriste j'avais concentré mon attention sur ce qu'il y avait de plus plaisant à regarder et... j'avais soigneusement évité Londres Sud. De plus, j'étais alors en congé, j'avais donc replié momentanément mes antennes de journaliste. Là, au contraire, ce que j'observais le nez collé à la vitre de la Mercedes était la cité où j'allais vivre. Les trottoirs mouillés, les poubelles trop pleines, les fast-foods en enfilade, la soudaine harmonie d'une allée de demeures élégantes, une grande tache de vert – les jardins de Clapham, m'a appris Tony –, un dédale de ruelles peu avenantes – Stockwell et Vauxhall –, puis des immeubles de bureaux, une vue grandiose sur le Parlement, encore des bureaux, encore de la brique rouge anonyme, l'incongruité Tudor de Tower Bridge, puis Wapping : des résidences neuves et sans âme, une sorte de caserne aux murailles surmontées de fil barbelé, avec de grands portails en acier...

« C'est la prison du coin ? ai-je demandé à Tony.

— Non, a-t-il répondu en riant, c'est l'endroit où je travaille. »

Cinq cents mètres plus loin, nous nous sommes arrêtés devant un cube d'appartements. Nous sommes montés au quatrième étage par l'ascenseur. Le couloir était tapissé d'un papier peint anémique, avec au sol une moquette d'un marron sans caractère. Devant l'une des portes en bois verni, le chauffeur a sorti deux clés de sa poche et nous en a tendu chacun une. « À toi l'honneur », m'a proposé Tony. Je suis entrée dans ce qui aurait pu être une suite de Holiday Inn. Un mobilier passe-partout, un salon d'environ trois mètres sur trois, une seule chambre de la même taille, une kitchenette, une minuscule salle de bains. Les deux fenêtres donnaient sur une cour intérieure. « Eh bien, ai-je murmuré après avoir jeté un coup d'œil général, ça nous encouragera à trouver une maison au plus vite... »

C'était mon ancienne camarade de fac, Margaret Campbell, qui devait m'aider dans cette entreprise. Je l'avais appelée quelques semaines plus tôt du Caire pour lui apprendre, dans l'ordre, que j'allais m'installer à Londres, que je venais de me marier et que j'étais enceinte.

« Rien d'autre ? a-t-elle demandé d'un ton amusé.

— Non, c'est tout. Heureusement.

— Eh bien, je serai enchantée de t'avoir ici. Tu vas voir, tu finiras par l'aimer, cette ville.

— Ce qui signifie ?

— Qu'il suffit de s'habituer, c'est tout. Viens déjeuner avec moi dès que tu te seras posée. Je te refilerai les bons tuyaux. Mais j'espère que vous avez le portefeuille bien garni. Parce que, comparé à ici, Zurich est un coin donné. Et très amusant, aussi. »

À en juger par la demeure de deux étages où elle résidait avec sa famille à South Kensington, et où je suis allée la voir un après-midi peu après mon arrivée, il n'y avait pas de souci à se faire pour les finances de Margaret. Elle avait développé un certain style BCBG depuis notre dernière rencontre. Le genre de femme encore jeune qui affectionne les foulards Hermès et les twin-sets. Après avoir renoncé à un poste important à la Citibank pour jouer les mères au foyer postféministes, elle avait suivi son avocat de mari à Londres, un confortable déplacement de deux ans. En dépit de ses allures d'épouse d'homme important, pourtant, elle restait ma grande amie de jadis, et elle avait toujours la langue aussi bien pendue.

« Oui... Je crois que ça dépasserait légèrement notre budget, ai-je constaté en jetant un regard circulaire sur son salon.

— Oh, ce n'est pas nous qui payons les soixante plaques du loyer.

— Soixante... mille livres ? me suis-je exclamée.

— Eh bien, c'est South Kensington, tout de même... Tu sais, même un petit studio dans un quartier moins chic, tu ne t'en tirerais pas à moins de mille livres par mois. C'est fou, je reconnais. C'est le prix à payer pour être admis ici. Voilà pourquoi je crois que vous devriez vraiment penser à acheter quelque chose, vous deux. »

Comme ses deux enfants passaient la journée à l'école et que je ne commencerais à travailler qu'au bout d'un mois, Margaret a décidé de m'accompagner dans ma chasse au petit nid douillet. Tony, trop content de m'abandonner cette tâche, s'est montré étonnamment conciliant devant la perspective d'acquérir un pied-à-terre. Il faut dire que ses collègues du journal ne cessaient de lui répéter qu'un seul moment d'hésitation dans le jeu de piste immobilier à Londres pouvait être fatal. Cependant, je n'ai pas tardé à m'apercevoir que le plus modeste des pavillons « en bout de ligne » de métro allait chercher dans les deux cent soixante mille livres. Tony avait mis de côté les cent mille livres qui lui revenaient dans la vente de la maison de ses parents à Luton. Pour ma part, j'avais économisé au cours des dix dernières années l'équivalent de vingt mille livres, en plusieurs petits placements. Tout de suite à l'aise dans son rôle de conseillère, Margaret a décidé qu'un quartier nommé Putney serait notre destination et notre destin. Alors que nous roulions vers le sud dans sa BMW, elle m'a vanté les avantages de ce paradis :

« Le marché immobilier est très actif, tous les services sont à deux pas, tu es au bord de la Tamise et tu as une liaison directe pour Tower Bridge, ce qui est parfait pour Tony, vu où il bosse. Bon, maintenant, il y a des zones de Putney où il n'y a rien à moins d'un bâton cinq, mais...

— Quoi, un million et demi ?

— Ça n'a rien d'exceptionnel, ici.

— D'accord, à Chelsea, à Kensington ! Mais à... Putney ? C'est déjà pratiquement la banlieue, non ?

— Comme tu y vas ! Le coin est à une douzaine de kilomètres de Hyde Park, à peine. Dans cette dingue de ville, c'est un jet de pierre. Enfin, un million cinq, c'est le prix d'une grosse baraque à Putney Ouest. Là, on va juste au sud de Lower Richmond Road. De jolies petites rues bien tranquilles qui terminent sur la berge. La maison est peut-être un peu juste, question superficie... Il n'y a que deux chambres à coucher, mais on peut aménager le grenier et... »

Une camionnette blanche lui a coupé la parole en nous doublant férocement, évitant de peu la collision. Elle s'est arrêtée dans un hurlement de pneus. Le chauffeur, un jeune avec les cheveux en brosse et de très vilaines dents, s'est précipité vers nous. Il était l'agressivité incarnée.

« Vous foutez quoi, exactement, bordel ? »

Margaret ne s'est pas laissé démonter par sa grossièreté.

« Ne me parlez pas de cette manière, a-t-elle répliqué avec le plus grand calme.

— Je parle comme je veux, connasse !

— Crétin, a-t-elle lancé en redémarrant, laissant sur place le type qui nous adressait un geste obscène.

— Charmant, ai-je noté après qu'elle eut mis une certaine distance entre l'énergumène et nous.

— C'était un spécimen de cette espèce méprisable que l'on appelle le Livreur Aigri. Une particularité londonienne. Ils te cherchent sans cesse des histoires. Encore plus si tu as une voiture correcte.

— Impressionnant, ton sang-froid.

— Oui ? Un petit conseil, si tu veux survivre à Londres : ne jamais essayer de se faire accepter, ne jamais arrondir les angles. Si les Anglais détestent une chose, c'est qu'on cherche à se faire bien voir. Surtout quand on est étranger. Sois plus américaine que nature et tout se passera parfaitement. Laisse entendre que tu es anglophobe sur les bords, même. Ils ne t'en respecteront que plus. »

Je l'ai vue mettre ses théories en pratique peu après avec l'agent immobilier obséquieux qui nous a présenté cette fameuse maison de Sefton Street : chaque fois qu'il tentait d'enjoliver les défauts criants de son produit, depuis l'immonde moquette à motif cachemire jusqu'à la salle de bains mouchoir de poche en passant par le papier peint à bon marché qui cachait certainement un cauchemar de plâtrier, elle contre-attaquait sur le mode « Vous devez plaisanter, là ? », jouant à fond la carte de la Yankee qui met sans cesse les pieds dans le plat, et ce dans le but évident de le décontenancer. Elle y est parvenue.

« Et vous attendez sérieusement quatre cent quarante mille pour *ça* ? »

Chemise rose à col en pointe, cravate de soie et costume sombre, l'agent s'est forcé à sourire.

« Putney a toujours été une zone très prisée, madame.

— Ouais, bon, mais il n'y a que deux chambres à coucher, enfin ! Et regardez-moi l'état général !

— Je reconnais que la décoration est un peu... fatiguée.

— Fatiguée ? Vous voulez dire préhistorique ? Quelqu'un est mort ici ?

— Le vendeur est... le petit-fils des derniers occupants, a bredouillé le pauvre bougre.

— Qu'est-ce que je te disais ? a triomphé Margaret en se tournant vers moi. Rien n'a bougé ici depuis les années soixante. Et c'est en vente depuis... – L'agent a esquivé son regard inquisiteur. – ... Allez, avouez !

— Quelques semaines, mais... je suis sûr que le vendeur est prêt à entendre une proposition.

— Quatre cent dix », a chuchoté Margaret à mon oreille.

Ils se sont finalement mis d'accord sur quatre cent vingt, mais seulement deux semaines plus tard. Entre-temps, nous avions sillonné la capitale chaque matin, rencontré d'autres agents et vérifié régulièrement qu'un demi-million de livres ne valait pas grand-chose sur le marché immobilier londonien. Pour moi, qui n'avais jamais été propriétaire, cette quête était aussi nouvelle que la maternité, mais je pouvais compter sur un guide fort expérimenté en la personne de Margaret, qui connaissait les quartiers potentiellement en hausse et ceux qu'il fallait éviter. Au bout d'une bonne vingtaine de visites en sept jours, nous étions devenues à coup sûr un fléau ambulant pour les professionnels et avions même trouvé un surnom pour notre duo : les Abominables Américaines. Jamais ouvertement impolies, non, mais avec une nette tendance à poser trop de questions, à commenter tout haut les défauts, à discuter systématiquement les prix et, dans le cas de Margaret, à manifester une connaissance des arcanes de l'immobilier local bien supérieure à ce que l'on aurait pu attendre d'une Yankee.

Décidée à trouver quelque chose avant de reprendre le travail, j'avançais dans cette tâche comme si je livrais une course contre la montre et en appliquant mes réflexes journalistiques, c'est-à-dire en cherchant à parvenir à la maîtrise la plus complète – même totalement superficielle – du sujet en un minimum de temps. L'après-midi, lorsque Margaret retournait à ses enfants, je repartais en métro pour mieux inspecter telle ou telle zone, attentive à la proximité des cliniques, des écoles, des espaces verts, bref, à ce que Margaret appelait ironiquement les « facteurs maman » et que je devais désormais prendre en considération. Certains quartiers encore abordables au nord de Londres, tels Crouch End, Kentish Town ou Tufnel Park, m'ont paru trop déprimants quand bien même ils jouissaient du prestige de se situer au nord, justement. Et c'est ainsi que, de station en station, ma recherche m'a inexorablement ramenée à Putney, non sans un moment d'hésitation pour une petite maison de Clapham, qui certes

81

jouissait d'un environnement impeccable mais nécessitait une rénovation complète, et dont les propriétaires ne voulaient pas descendre au-dessous de quatre cent quatre-vingt mille livres. J'ai donc demandé à revoir celle de Sefton Street.

C'était plus un cottage qu'une maison de ville, d'accord, mais aux deux petits salons du rez-de-chaussée avait été ajoutée une cuisine sur cour dont les installations surannées pourraient être remplacées sans énormes frais par un kit tel qu'en proposent de grandes surfaces comme Ikea. À l'étage, l'agent immobilier m'a certifié qu'un parquet ancien se trouvait sous l'horrible moquette, promesse confirmée par l'expert venu faire un état des lieux la semaine suivante. Il y avait des défauts – les sanitaires d'un rose saumon vomitif – mais aussi des avantages, comme une installation de chauffage toute neuve, l'électricité refaite... Et la perspective d'un vaste bureau dans les combles aménagés, ce qui a été mon grand argument lorsque j'ai finalement réussi à traîner Tony sur place quelques jours après ma seconde visite. Il m'a suivie de pièce en pièce, m'écoutant tracer le tableau du havre domestique qui se trouvait là en germe, et son unique commentaire a été : « On se croirait exactement dans la bicoque où j'ai passé toute mon enfance. » Mais le projet de transformation du grenier a vaincu ses réticences, surtout lorsque je lui ai annoncé que je pourrais sacrifier un petit plan d'épargne en actions que j'avais aux États-Unis pour, avec sept mille livres, lui aménager le bureau-studio dont il rêvait tant, le refuge où il pourrait écrire les livres qui le libéreraient du journalisme et confirmeraient ses ambitions littéraires depuis si longtemps frustrées.

Car, en deux semaines à Londres, Tony avait déjà conclu que la routine du *Chronicle* était une prison à peine dorée. C'était peut-être le contraste du travail de bureau après vingt années passées sur le terrain, ou la découverte que Fort Wapping était un champ de mines, un dédale de rivalités personnelles et de luttes pour le pouvoir, ou le fait que son poste de chef du service étranger, comme il le reconnaissait non sans réticence, était simplement « de la gestion bureaucratique à échelle planétaire ». Bref, quelle que fût la raison, Tony ne s'habituait pas à sa nouvelle vie, même si, fidèle à lui-même, il avait le plus grand mal à exprimer son insatisfaction sans détour. Chaque fois que je tentais d'aborder le sujet, il se voulait rassurant, affirmait qu'il avait seulement besoin de « prendre ses marques ». Il ne révélait son malaise que très rarement, par exemple le jour où nous avons décidé de marcher un long moment dans le quartier alors que notre offre venait d'être acceptée et que nous revenions voir la maison.

Sortis du métro, nous avons franchi le pont de Putney, pris à droite Lower Richmond Road, mais au lieu de poursuivre dans cette direction je l'ai entraîné sur le chemin de berge, suivant les méandres de la Tamise vers l'ouest. C'était la première fois que Tony avait un aperçu de la zone en plein jour, et apparemment il appréciait le calme de la rive, la sérénité bucolique du parc municipal de Putney, qui s'étendait juste derrière notre future demeure, et même les boutiques raffinées et les bars à vin qui se succédaient le long de l'artère principale. Quand nous sommes entrés dans Sefton Street, cependant, je l'ai vu observer la concentration de jeeps et de Land Rover indiquant clairement quel genre de familles avaient découvert et peuplé le quartier. De jeunes couples aisés pour qui ces charmants petits cottages n'étaient qu'un début, un investissement grâce auquel – Margaret me l'avait expliqué – ils pensaient passer à des résidences plus cossues après la naissance du deuxième enfant et la promotion au travail.

« Ce n'est pas une rue, c'est une garderie », a maugréé Tony alors que nous croisions une procession ininterrompue de poussettes et de breaks Volvo munis de sièges pour bébé. Puis, avec un rire sec : « Et ils commencent tôt, en plus ! On va avoir l'air de croulants, quand on vivra ici.

— Parle pour toi.

— Oh, ça va arriver très vite, "le landau dans le couloir". Comme tu ne l'ignores pas, c'est ainsi que...

— J'ai lu le livre, merci. » Il faisait allusion à *Promesses contrariées*, un essai devenu classique du très pontifiant critique littéraire des années trente Cyril Connolly, qui stigmatisait les dangers et tentations auxquels ne devrait pas s'exposer un bon écrivain, tels le journalisme, la paternité ou le mariage. « De toute façon, tu l'oublieras facilement, ce terrible landau, quand tu seras dans ton studio sous les toits. Parce que c'est la vraie raison pour laquelle nous allons faire ces dépenses supplémentaires, pour que...

— Inutile de me le rappeler.

— Sept mille livres, oui. Pour que tu puisses avoir enfin un endroit où écrire.

— Écrire quoi ? Un énorme chèque tous les mois, de quoi payer le plus gros emprunt immobilier des temps modernes. »

Je me suis arrêtée pour le regarder bien en face.

« S'il te plaît, chéri. Cesse de réagir comme si on t'expédiait sur l'île d'Elbe ou à Sing Sing. Ce n'est qu'une maison, d'accord ? On a fait les comptes, on sait qu'on peut assumer les traites et...

— On peut tout juste.

— Écoute-moi. Si ça devient trop contraignant sur le plan financier, ou si on se sent piégés là-dedans... Au diable ! On n'aura qu'à récupérer nos billes, revendre cette fichue baraque et nous trouver du boulot dans un endroit pas cher et sympa. Qu'est-ce que tu dirais du *Kathmandu Chronicle* ? »

Tony a ri de nouveau, de bonne grâce cette fois. La preuve que ce petit assaut d'anxiété était terminé.

« Désolé, désolé, s'est-il expliqué sur ce ton un peu hésitant qu'il avait presque toujours. Simplement, tout ça fait tellement... comment dire... responsable.

— Je ressens la même chose, exactement. »

Sauf que je n'avais plus le temps de me préoccuper de mes sentiments, soudain. Une fois la promesse de vente signée, c'est moi qui me suis chargée de l'inspection de salubrité, du dossier à la banque, de trouver un entrepreneur pour les combles et la rénovation générale, de choisir les matériaux et les couleurs, d'écumer les magasins de décoration, de parlementer avec les peintres et les plombiers... Et tout cela au moment où j'entamais le second trimestre de ma grossesse, ce qui s'est révélé bien plus facile que je ne le craignais puisque les nausées matinales avaient cessé. Là encore, Margaret m'a été d'une aide précieuse en répondant à mes innombrables questions, en me guidant dans le dédale de la Sécurité sociale et en m'expliquant comment m'inscrire auprès du médecin local. C'était un cabinet de groupe, en fait, et après m'avoir fait remplir une pile de formulaires l'assistante m'a annoncé que je serais suivie par une certaine McCoy.

« Vous voulez dire que je ne peux pas choisir mon médecin ?

— Bien sûr, vous pouvez. N'importe lequel, celui que vous voulez. Donc si vous ne désirez pas voir le Dr McCoy...

— Je n'ai pas dit ça ! Simplement, je ne sais pas si c'est elle qui me convient le mieux.

— Oui ? Et comment voulez-vous le savoir avant de l'avoir rencontrée ? »

La logique était imparable, même si je n'ai pas vraiment apprécié le « ces Américains, tous des niais ! » qui se discernait assez clairement dans le ton narquois de l'assistante. Il se trouve que j'ai eu un très bon contact avec Sheila McCoy, une Irlandaise à la quarantaine affable qui, quelques jours plus tard, m'a posé une série de questions précises avant de m'indiquer qu'un obstétricien avait été « désigné » pour me suivre. Si je ne voyais pas d'objection à traverser le fleuve pour me rendre à Fulham, bien entendu.

« Le Dr Hughes est quelqu'un de très expérimenté. Très respecté. Il consulte à Harley Street mais pour les prises en charge Sécurité sociale il travaille au Mattingly. Je pense que vous aimerez : c'est l'un des hôpitaux les plus récents, à Londres. »

Margaret s'est esclaffée quand je lui ai rapporté cette conversation.

« C'était sa manière de prévenir qu'elle ne veut pas te donner le choc de ta vie en t'envoyant dans l'un de ces hostos de l'époque victorienne.

— Mais pourquoi a-t-elle décidé que j'en voulais un "récent" ?

— Parce que tu es américaine ! Tout ce qui est neuf, tout ce qui brille, tu aimes. En tout cas, c'est ce dont n'importe qui est persuadé ici. Cela dit, en matière d'hôpital, je préfère que ce soit neuf et que ça brille !

— Je n'aime pas trop qu'on me "désigne" un gynéco, non plus. C'est peut-être un toubib de énième catégorie ?

— Elle a dit qu'il consulte à Harley Street.

— Ça fait très Dickens, non ?

— Et comment ! La première fois que j'ai entendu qu'ils appelaient "chirurgie" le cabinet de mon médecin traitant...

— Tu crois que c'est parce qu'ils opèrent sur place ?

— Que veux-tu que je te dise ? Je ne suis qu'une Yankee propre et neuve. Mais bon, Harley Street, c'est là où se retrouve tout le gratin médical de Londres. Et ici les grands pontes font aussi de l'hôpital public. Donc, tu as sans doute récolté un gynéco de première. En tout cas, c'est mieux d'accoucher dans une clinique subventionnée. Les médecins sont pareils et le suivi est meilleur, surtout s'il arrive un pépin. Ne touche pas à leur bouffe, c'est tout. »

« Neuf et propre » ne s'appliquait certainement pas à M. Desmond Hughes, dont j'ai fait la connaissance une semaine plus tard dans un bureau de l'hôpital Mattingly. C'était un homme frêle, au nez en forme de bec, qui m'a paru raide et compassé. J'ai découvert à cette occasion qu'en Angleterre on ne donne pas du « docteur » aux spécialistes, mais du « sir », parce qu'ils sont considérés comme bien plus que de simples médecins. Il était également une vivante image du bon goût britannique dans son costume à rayures impeccablement coupé et complété d'une chemise bleu ciel à manchettes blanches et d'une cravate noire à pois. La consultation a été des plus rapides. Après m'avoir inscrite pour une échographie, il a pris ma tension, m'a vaguement tâté l'abdomen et a déclaré qu'apparemment tout semblait se dérouler « sans surprise ». La mienne a été de voir qu'il ne me posait aucune question quant à mon état général, aussi ai-je pris l'initiative, alors qu'il paraissait sur le point de conclure la visite. Poliment, bien entendu, je lui ai demandé :

« Voulez-vous que je vous parle de mes nausées matinales ?

— Vous en avez ?

— Non, plus maintenant. »

Il m'a lancé un regard perplexe.

« Donc ce n'est plus un problème, n'est-ce pas ?

— Mais est-ce que je dois m'inquiéter si cela se reproduit de temps à autre ?

— Par "de temps à autre", vous entendez... ?

— Deux ou trois fois par semaine.

87

— Mais vous n'êtes jamais "physiquement" mal, exact ?

— Non, c'est juste un début de... nausée.

— Eh bien, c'est donc qu'occasionnellement vous ne vous sentez pas parfaitement bien.

— Rien de plus ?

— Rien de terrible, non, a-t-il répondu en me tapotant la main. Votre organisme passe par quelques transformations en ce moment, voilà tout. Aviez-vous autre chose à me signaler ? » J'ai fait non de la tête, avec l'impression d'avoir été gentiment mais très fermement remise à ma place. « Très bien, a-t-il conclu en refermant mon dossier et en se levant. Je vous reverrai dans six semaines. Et, hum... Vous travaillez, n'est-ce pas ?

— En effet. Je suis journaliste.

— Journaliste. Ah. Mais vous n'avez pas une mine excellente. Donc, pas de surmenage, entendu ? »

Tony n'a pas caché son amusement en écoutant le soir même mon récit de la consultation.

« Tu viens de découvrir deux principes de base chez les grands manitous de Harley Street : primo, ils détestent qu'on pose des questions ; secundo, il faut toujours qu'ils t'infantilisent.

— Surtout quand on est une femme. Tu penses que j'ai trop posé de questions, vraiment ?

— Je n'y étais pas.

— D'après ce que je t'ai raconté.

— Tu as sans doute pris de court Sa Seigneurie. Les grands hommes tels que Desmond Hughes ne s'attendent pas à ce que leurs patients ouvrent la bouche.

— Je me suis sentie comme une gosse.

— Je te l'ai dit, ils adorent ça.

— Surtout avec une Américaine.

— N'en fais pas toute une histoire.

— Mais c'est vrai, j'aime bien poser des questions. »

Tony s'est contenté de sourire, l'air de dire : « Eh bien, tu n'as pas choisi le bon pays. »

Hughes avait cependant posé un bon diagnostic : j'étais fatiguée, et la grossesse n'était pas seule en cause. La recherche de la maison puis le lancement des travaux s'ajoutaient à mon effort pour trouver des repères à Londres. Le premier mois était passé comme un mirage, une succession de problèmes à régler, un défi lancé au temps, la découverte de la multitude de petits tracas que signifie devenir propriétaire, parmi lesquels une polémique avec le plombier à propos de la meilleure place pour la machine à laver la vaisselle dans la cuisine. Payer un lourd emprunt ne suffisait pas, il fallait aussi se transformer en expert de la chose domestique. Les semaines avaient filé ainsi, et soudain je devais rejoindre mon nouveau poste.

Le bureau londonien du *Boston Post* se résumait à une pièce dans l'immeuble de Reuters, Fleet Street. Mon collègue, Andrew DeJarnette Hamilton – il signait ses papiers « A. D. Hamilton » – était, à vingt-six ans, un de ces éternels potaches qui s'arrangent toujours pour caser dans la conversation qu'ils ont été à Harvard. Il ne cachait pas que son emploi actuel n'était pour lui qu'un tremplin vers les titres les plus prestigieux, *New York Times* ou *Washington Post* à tout le moins. Pour aggraver le tableau, c'était aussi un anglophile acharné, qui avait déjà adopté les voyelles les plus languides de l'accent britannique et voulait montrer qu'il ne s'habillait que chez le bon faiseur de Jermyn Street. Enfin, c'était un snob de la côte Est qui manifestait le même dédain pour mon Worcester natal que ce gros lard de Wilson à l'égard des origines ban-lieusardes de Tony. Étant donné que nous allions devoir cohabiter dans ce placard, pourtant, j'ai décidé de l'ignorer et de me consacrer à fond à mon travail. Et nous avons réussi à établir un accord sur nos prérogatives respectives : je me chargerais de l'essentiel de la vie politique et sociale tandis que sa chasse gardée serait la culture, les sujets « magazine » et les portraits de célébrités qu'il pourrait caser à nos chefs de Boston. Cela me permettait d'être le plus souvent possible hors du bureau, et ainsi j'ai entrepris la longue et difficile poursuite de contacts fiables à Westminster tout en essayant de me familiariser avec la structure sociale britannique et ses byzantines subtilités. Il y avait aussi, oui, une barrière linguistique à surmonter. Un mot mal choisi, alors qu'en théorie je parlais la même langue que les Britanniques, pouvait conduire à des quipro- quos gênants : comme Tony aimait à le souligner, en Angleterre, les rapports de classe se donnent à lire même dans les conversations les plus anodines.

J'ai pu m'en rendre compte un après-midi où un livreur s'est présenté à Putney avec quelques meubles que j'avais achetés chez Habitat. Comme le salon était encore un vrai chantier – nous ne devions emménager que la semaine suivante –, je lui ai demandé de tout mettre dans l'autre pièce.

« Le divan, je le mets aussi là-bas ?

— Le quoi ? Ah, vous voulez dire le canapé ! »

Il a pris un air profondément outragé.

« Pas besoin de monter sur vos grands chevaux », a-t-il marmonné, soudain très hostile. Un pourboire de dix livres n'a pas suffi à le dérider et il est parti fâché. Pendant le dîner, j'ai décrit la scène à Tony, qui a levé les yeux au ciel de manière comique :

« Tu te rends compte de ce que tu as fait ?

— Quoi ? C'est un canapé, je l'ai appelé un canapé !

— Non, tu as souligné qu'il avait employé un terme peu courant dans ton vocabulaire. Ici, ce sont les gens du peuple qui disent "divan". Donc, pour lui, tu n'étais qu'une bourge qui se payait sa tête de prolo.

— Tu plaisantes, j'espère. »

Mais non. Pas du tout. À telle enseigne que j'ai écrit un court article, assez amusant je pense, sur les nuances de vocabulaire de chaque côté de l'Atlantique et sur le fait que les mots n'étaient jamais neutres au pays de Shakespeare. Quand il a lu ma copie, A. D. Hamilton est devenu vert. Il soutenait que j'avais empiété sur son territoire.

« Le zigue de la culture, dans ce bureau, c'est moi !

— Exact, mais mon sujet, c'est "Langage et appartenance de classe", donc c'est de la politique. Et la ziguette de la société, dans ce bureau...

— Dorénavant, vous devrez me consulter avant d'écrire ce genre de choses.

— Vous n'êtes pas le chef ici, mon vieux.

— Mais c'est moi qui ai le plus d'ancienneté !

— Quelle rigolade ! Je travaille dans ce journal depuis bien plus longtemps que vous.

— Et moi ça fait deux ans que je suis à Londres ! Donc je suis plus haut dans la hiérarchie.

— Désolée, je ne me dispute pas avec les petits pleurnicheurs. Surtout quand ils se donnent des airs de lord. »

Après cet échange d'aménités, nous avons veillé l'un et l'autre à nous éviter autant que possible, ce qui s'est révélé moins difficile que prévu puisque je pouvais désormais écrire à la maison. Au cinquième mois, ma grossesse devenue évidente était une bonne excuse pour travailler chez moi. Nous n'étions pas « installés » pour autant, loin de là. Les murs du salon n'avaient pas encore été replâtrés. La cuisine était équipée mais le sol restait une chape de béton glacé attendant son parquet, dont la livraison avait déjà un mois de retard. Quant au grenier, les travaux avaient été brutalement interrompus lorsque l'artisan avait été appelé au chevet de sa mère mourante à Belfast ; cinq semaines après il était encore apparemment de l'autre côté de la mer d'Irlande. Mais la chambre d'enfant était terminée, au moins. Comme toujours perfectionniste jusqu'à l'obsession, j'avais choisi avec l'aide de Margaret le meilleur berceau, le couffin le plus adéquat, tout jusqu'au matelas à langer et à la crème pour bébés. Le bois clair du lit d'enfant – comme on disait ici plutôt que « berceau », autre nuance transatlantique – allait bien avec le papier peint rose, le parc à jeu était en place... Et le contraste n'était que plus saisissant avec l'autre chambre encombrée de cartons et de cintres, et avec notre salle de bains où pas un seul carreau n'avait été posé.

Était-ce en raison de l'état peu accueillant de notre maison que Tony se faisait de moins en moins visible ? Apparemment, il était submergé de travail. Non seulement il n'arrivait que rarement à boucler ses pages avant dix heures du soir mais, récemment débarqué dans la rédaction, il devait aussi consacrer un temps fou à écouter les doléances de son équipe et à tailler le bout de gras avec ses correspondants tout autour de la planète. Si je pouvais comprendre la pression de ses nouvelles fonctions, j'avais plus de mal à accepter qu'il fuie toute responsabilité lorsqu'il s'agissait de traiter avec les corps de métier intervenant sur notre chantier. Et tout en invoquant la tension harassante au bureau, il pouvait glisser des remarques du style : « De toute façon, vous autres Américains êtes les meilleurs pour faire marcher les gens à la baguette. » Ce que je ne trouvais pas follement amusant, pas plus que son comportement de plus en plus renfermé ne me paraissait facile à vivre. Autant sa réserve initiale m'avait paru stimulante, attirante en ce qu'elle provoquait le désir de mieux le connaître, de découvrir le sésame donnant accès à ses pensées, autant elle semblait un obstacle souvent irritant lorsqu'il était question de fonder un foyer ensemble, et ce dans un pays, une culture, un contexte qui étaient les siens mais que je devais chaque jour apprendre à mieux connaître.

« On pourrait voir des amis à toi, pour nous changer les idées, ai-je suggéré un soir alors que nous venions de terminer un dîner tardif dans la cuisine à moitié achevée.

— Tu ne proposes quand même pas de les inviter ici ?

— Chéri, je suis sans doute idiote mais pas complètement stupide.

— Ce n'est pas ce que je voulais dire.

— Non, je ne pensais pas leur faire partager ce... chaos. Mais enfin, ce serait sympa de revoir des gens qu'on a rencontrés la première fois qu'on était à Londres ensemble.

— Bien sûr, a-t-il acquiescé en haussant les épaules. Si tu veux.

— Quel enthousiasme !

— Si tu as envie de les appeler, vas-y.

— Ce ne serait pas mieux si l'invitation venait de toi ?

— L'invitation à quoi ?

— À se retrouver pour faire quelque chose ensemble ! On habite dans une capitale de la culture. Les meilleurs théâtres du monde. Les meilleurs concerts. Des expos fantastiques. Mais toi et moi avons été tellement accaparés par le boulot et par cette fichue maison que nous n'avons rien pu voir, jusqu'ici.

— Tu voudrais aller... au théâtre ? a-t-il relevé, avec la même intonation que si je venais de lui suggérer de nous rendre à une cérémonie de quelque secte d'illuminés.

— Oui. J'aimerais bien.

— Pas trop mon truc, en fait.

— Kate et Roger trouveraient peut-être ça bien,

eux ? ai-je risqué, mentionnant le couple d'amis qui nous avait reçus à dîner lors de notre voyage.

— Tu pourrais leur demander », a-t-il conclu avec une pointe d'exaspération dans la voix, une nuance que j'avais commencé à noter de plus en plus souvent chaque fois que je disais quelque chose... d'exaspérant, sans doute.

J'ai néanmoins téléphoné à Kate Medford dès le lendemain. Ayant eu son répondeur, j'ai laissé un message détendu annonçant que nous étions maintenant à Londres, Tony et moi, que j'étais devenue une auditrice assidue de son émission sur Radio 4 et que nous aurions été enchantés de les revoir. Il lui a fallu cinq jours pour me répondre mais, quand elle s'est décidée, elle s'est montrée très amicale. Et pas mal pressée, aussi.

« Comme c'est charmant de donner des nouvelles ! » À la mauvaise qualité de la liaison, j'ai compris qu'elle m'appelait sur son portable. « Alors j'ai appris que vous étiez là avec Tony...

— Vous avez peut-être aussi appris que nous attendons un bébé pour dans trois mois environ.

— Oui, la rumeur publique a également retenu ça. Félicitations. Je suis si contente pour vous deux !

— Merci.

— Et je crois vraiment que Tony finira par s'habituer à la vie à Fort Wapping, vous savez.

— Vous... Vous lui avez parlé ? ai-je demandé, éberluée.

— On a déjeuné ensemble la semaine dernière. Il ne vous l'a pas dit ?

— Oh... C'est que je n'ai plus toute ma tête, ces derniers temps. Le travail, la grossesse, essayer d'aménager la maison...

— Ah oui ! C'est à Putney, j'ai su.

— Oui.

— Tony Hobbs à Putney. Qui l'eût cru ?

— Roger va bien ? ai-je lancé, préférant changer de sujet.

— Complètement débordé, comme toujours. Et vous ? Vous vous acclimatez ?

— Plutôt. Voilà, je voulais vous dire que la maison pourrait à peine servir d'étable, pour l'instant, donc encore moins encore accueillir des amis, mais...

— Ah, ah ! Je suis sûre que vous exagérez.

— Je préférerais. Enfin, je me disais que... on pourrait tous se retrouver un soir et... je ne sais pas, aller au théâtre, peut-être...

— Au théâtre ? a-t-elle répété d'une voix grandiloquente. Je ne me rappelle pas la dernière fois que nous y avons mis les pieds.

— C'était juste une idée, me suis-je hâtée de reconnaître, très mécontente de mon embarras, sans doute manifeste.

— Une idée charmante. Simplement, nous avons une telle vie en ce moment, Roger et moi... Mais nous serions charmés de vous voir. Peut-être un brunch, un de ces dimanches ?

— Parfait, oui.

— Bien. Laissez-moi en toucher deux mots à Roger et je vous rappelle. Oh, je dois filer ! Très contente que vous vous acclimatiez. Bye. »

Lorsque Tony est rentré, bien après onze heures ce soir-là, je n'ai pas attendu longtemps pour faire remarquer :

« J'ignorais que tu avais déjeuné avec Kate Medford la semaine dernière. »

Il s'est servi une vodka avant de répondre :

« En effet. J'ai déjeuné avec Kate la semaine dernière.

— Pourquoi ne pas me l'avoir dit ?

— Parce que je suis censé te raconter ce genre de choses ?

95

— Mais... tu savais que j'avais l'intention de l'appeler pour lui proposer une sortie tous les quatre, et...

— Et quoi ?

— ... et quand je t'en ai parlé il y a quelques jours, tu as réagi comme si tu ne l'avais pas vue depuis notre arrivée à Londres.

— Vraiment ? a-t-il rétorqué d'un ton toujours égal. Il se trouve que nous avons travaillé ensemble, Kate et moi. Et maintenant elle dirige l'un des programmes d'info les plus importants du pays ; nous avons en commun certaines préoccupations journalistiques, vois-tu. Et elle pense également que je suis un contact intéressant en tant que chef du service étranger du *Chronicle*. Et donc... » Il a délibérément omis de terminer sa phrase, comme si la preuve de mon ignorance des obligations sociales des uns et des autres avait été suffisamment établie. Puis, avec un sourire amène : « Alors, qu'a-t-elle pensé de ton idée d'une petite soirée au théâtre, Kate ? »

Soutenant son regard hautain, j'ai réprimé l'envie soudaine mais pressante de traiter mon mari de crétin.

« Elle a proposé un brunch un dimanche, ai-je répliqué en me forçant à sourire aussi.

— Cela me paraît une très agréable perspective. »

Nous en sommes restés là.

Quelques jours plus tard, j'étais assise dans une salle de théâtre... avec Margaret. Nous avons vu une reprise, excellemment interprétée et tout aussi excellemment mise en scène, du *Rosmersholm* d'Ibsen au National. C'était après une journée qui avait commencé pour moi avec l'arrivée des plâtriers à huit heures du matin et s'était terminée par l'envoi de deux papiers à ma rédaction. Le temps de traverser la Tamise et j'avais failli manquer le lever de rideau. J'avais choisi la pièce en raison des critiques élogieuses que j'avais lues mais il m'a fallu à peine vingt minutes pour me rendre compte que je nous avais entraînées dans un interminable et accablant voyage au cœur de la déprime scandinave. À l'entracte, Margaret s'est tournée vers moi : « Eh bien, ça chauffe sec ! » Deux heures plus tard, au milieu du deuxième acte, mes yeux se sont fermés. Et ce sont les applaudissements qui m'ont réveillée en sursaut.

« Qu'est-ce qui se passe, à la fin ? ai-je demandé une fois dehors.

— Le mari et la femme se jettent ensemble d'un pont. Et ils meurent.

— Argggh ! Non, c'est vrai ? Mais pourquoi ?

— Oh, tu sais... L'hiver norvégien qui n'en finit pas, rien à faire de sa peau, etc.

— Heureusement que je n'ai pas emmené Tony. Il aurait rempli la demande de divorce au vestiaire.

— Quoi, il n'est pas fou d'Ibsen, monsieur le mari ?

— Il ne peut pas supporter tout ce qui est un peu "culturel". J'ai vu ça très souvent dans ma profession, le journaliste qui se pique d'être un béotien. Tu te rends compte, quand je lui ai proposé d'aller au théâtre avec un couple d'amis à lui, il... »

Et je lui ai raconté mon échange avec Tony, ainsi que mon coup de fil à Kate Medford.

« Je te parie que tu n'entendras pas un mot d'elle avant au moins quatre mois, a pronostiqué Margaret après mon récit. Et puis, paf ! elle va t'appeler un jour. Toute sympa, elle va te dire qu'elle a été "horriblement bousculée" mais que ce serait "charmant" de vous voir, toi, Tony et le bébé, et voyons, est-ce que tu serais libre dimanche dans six semaines ? Et là, tu vas te demander : "Quoi, c'est comme ça que ça marche, ici ? Est-ce qu'elle fait ça uniquement parce qu'elle se sent obligée de le faire ?" Et dans les deux cas la réponse sera oui, trois fois oui. Ici, même tes bons amis garderont toujours leurs distances. Pas parce qu'ils t'évitent, non ! Parce qu'ils croient t'importuner, ou que tu n'as pas vraiment envie de les voir trop souvent. Tu pourras essayer de les convaincre du contraire par tous les moyens, ce sera peine perdue. C'est comme ça, ici. Un Britannique mettra un an ou deux à s'habituer à toi avant de décider que vous êtes amis. Une fois le problème résolu, ce sera un véritable ami mais n'empêche, il continuera à maintenir la distance. Pourquoi ? Parce que c'est ce qu'on leur apprend dès le berceau.

— Voilà pourquoi aucun de nos voisins n'a pensé à venir faire connaissance...

— Ouais. Sonner à ta porte avec un petit cadeau de bienvenue comme ça se fait en Amérique... Tu n'y penses pas ! Ils auraient trop peur de déranger.

— Et c'est aussi la raison pour laquelle les gens sont si froids entre eux dans la rue, dans les magasins ? »

Margaret a éclaté de rire.

« Ah, tu as remarqué ça ? »

J'avais bien été forcée de le constater, notamment par l'attitude du bonhomme qui tenait le kiosque à journaux, près de chez nous. M. Noor. Toujours levé du pied gauche, celui-là. Au bout de six mois à lui acheter les quotidiens chaque matin, je ne l'avais jamais vu sourire, ni à moi ni à quiconque. Mes efforts en vue de le dérider, ou du moins d'échanger quelques banalités polies, étaient restés vains. Mon âme de journaliste s'interrogeait sur la cause profonde d'une si tenace misanthropie : une enfance malheureuse à Lahore ? Un père qui le battait pour une broutille ? Ou bien était-ce la perte de repères, la brutale rupture : avoir été arraché du Pakistan et propulsé dans le froid et la grisaille du Londres des années soixante-dix où il allait vite découvrir qu'il ne serait qu'un « Paki », un « basané », exclu à jamais par une société qui n'avait que mépris pour lui et ses semblables ?

Quand j'ai tenté de vérifier l'exactitude de cette dernière hypothèse auprès de Karim, l'épicier installé juste à côté du kiosque de M. Noor, j'ai provoqué un accès de tonitruante hilarité.

« Hein ? Ce gonze a jamais vu le Pakistan de sa vie ! Il vient d'une cité de Croydon. Je le sais parce que mon cousin Art, il est de là-bas, aussi. Connaissez Croydon, pas vrai ? »

J'ai acquiescé de la tête. Deux fois à Croydon, oui. La première pour faire le pied de grue pendant six heures dans l'univers délicieusement orwellien de l'Agence de l'immigration et de la naturalisation avant de recevoir mon permis de résidence permanente en Grande-Bretagne, la seconde afin de choisir un kit de cuisine à monter soi-même, en compagnie d'un Tony ne cessant de maugréer qu'Ikea représentait pour lui la quintessence de l'enfer petit-bourge. Moi, j'avais surtout pensé que Croydon était peut-être le coin le plus moche de la Terre. Et c'était l'avis de quelqu'un qui était né et avait grandi à Worcester, Massachusetts...

« Pensez pas que ce soit à cause de vous ou quoi, m'a assuré Karim. Ce gonze traite tout le monde pareil. Y a rien à expliquer. C'est qu'un aigri, voilà c'que c'est. »

Karim, pour sa part, était toujours gai comme un pinson, toujours ravi de me voir. Même par ces sombres matinées londoniennes où la pluie tombait depuis huit jours, où le thermomètre frisait le zéro sans descendre au-dessous et où chacun avait perdu l'espoir de jamais revoir le soleil, il se débrouillait pour conserver toute sa jovialité, en tout cas en public. Cela s'expliquait peut-être par le fait qu'à trente ans à peine il était, avec son frère aîné Fayçal, à la tête de trois petits magasins dans le sud de Londres et qu'il avait plein d'autres projets. Je me suis souvent demandé si son solide optimisme et sa bonne humeur, alors qu'il était lui aussi né en Angleterre, ne venaient pas de cette confiance en soi tellement... américaine, finalement.

Le lendemain de ma soirée norvégienne avec Margaret, pourtant, je n'avais besoin de rien chez Karim, et c'est donc le grincheux M. Noor qui a été mon premier contact avec l'humanité. Il était radieux, comme d'habitude. Ayant pris un exemplaire du *Chronicle* et du *Guardian*, je suis allée me planter devant lui : « Comment allez-vous ce matin, monsieur Noor ?

— Une livre dix, a-t-il marmonné sans me regarder.

— Comment allez-vous ce matin, monsieur Noor ? ai-je répété sans faire mine de sortir mon argent.

— Une livre dix », s'est-il entêté, presque en criant.

J'étais décidée à aller jusqu'au bout, désormais. C'était *Le train sifflera trois fois* en plein Putney.

« Comment allez-vous ce matin, monsieur Noor ?

— Payez-moi, c'est tout.

— Comment allez-vous ce matin, monsieur Noor ? » ai-je insisté, de plus en plus fort.

Il a lâché un soupir indigné.

« Je... Je vais bien.

— J'en suis très heureuse », ai-je conclu avec un large sourire. Je lui ai tendu la monnaie et lui ai fait un signe d'au revoir.

Je m'étais éloignée de deux pas quand j'ai senti une main se poser sur mon épaule. C'était une femme d'une quarantaine d'années qui avait attendu son tour derrière moi, le *Guardian* sous le bras. Elle paraissait enchantée et m'a dit, assez haut pour que le vendeur de journaux l'entende :

« Bien joué ! Ça lui pendait au nez depuis des années. »

M. Noor regardait laborieusement ailleurs. L'inconnue m'a tendu la main :

« Julia Frank. Vous habitez au 27, non ?

— En effet. » Je me suis présentée à mon tour.

« Eh bien moi, je suis juste en face, au numéro 32. Contente d'avoir fait votre connaissance. »

J'aurais bien aimé traîner un peu, engager la conversation avec elle, mais j'étais déjà en retard à mon interview avec un ancien de l'IRA devenu romancier – les républicains irlandais sont très populaires, à Boston. Aussi me suis-je contentée d'un « Passez me voir quand vous voulez », auquel elle a répondu par un aimable sourire. Était-ce une façon de donner son accord ou une nouvelle preuve de l'énervant quant-à-soi des Londoniens ? Enfin, elle avait pris l'initiative du contact pour me féliciter d'avoir fait face au butor, et cela a suffi à me donner la pêche pour le restant de la journée. À telle enseigne que le soir, alors que Tony parcourait à nouveau du regard le champ de bataille dans lequel nous vivions en secouant la tête avec une sombre incrédulité, je lui ai pris la main avant de lancer gaiement :

« Tout finira par s'arranger, tu verras !

— Tout va très bien, a-t-il répondu d'une voix morne.

— Pourquoi dis-tu ça, puisque tu ne le penses pas ?

— Parce que tout va très bien. »

Et il s'est esquivé dans la pièce d'à côté.

Mais non, tout n'allait pas très bien. Je l'ai découvert en me réveillant en sursaut à cinq heures du matin.

Quelque chose se passait dans mon corps, que je ne comprenais pas mais qui n'allait pas, mais alors pas du tout. Et pendant le bref moment qu'il m'a fallu pour parvenir à cet inquiétant constat, je me suis retrouvée face à une sensation que je n'avais plus éprouvée depuis des années : la peur.

4

C'ÉTAIT COMME SI UN BATAILLON ENTIER DE PUNAISES M'AVAIT ATTAQUÉE pendant mon sommeil. Tout mon épiderme était en feu. Une sorte de démangeaison généralisée que rien ne pouvait calmer.

« Je... je ne vois pas d'inflammation, a fait Tony quand il m'a découverte toute nue dans la salle de bains, en train de me gratter comme une possédée.

— Je ne l'ai pas inventé ! ai-je répliqué, indignée à la pensée qu'il puisse croire à quelque réaction psychosomatique.

— Ce n'est pas ce que je dis, mais... »

Je me suis regardée dans la glace. Il avait raison. Les seules marques sur ma peau étaient celles que mes ongles avaient laissées. Brusquement, je me suis sentie à la fois honteuse et morte de peur, honteuse de me donner en spectacle devant lui et terrorisée par l'hypothèse que ces atroces picotements ne soient qu'un produit de mon imagination. Même si la souffrance était telle que j'aurais été capable de me passer une râpe à fromage sur le corps.

Tony m'a aidée à entrer dans le bain brûlant qu'il avait fait couler. Sur le coup, la sensation a été insupportable mais, une fois habituée, j'ai commencé à ressentir ses effets apaisants. Assis sur le rebord de la baignoire, ma main dans la sienne, Tony m'a raconté pour me distraire une de ses anecdotes de baroudeur. La fois où, couvrant le énième conflit en Érythrée, il avait attrapé des poux et avait été contraint de demander au barbier du village de lui raser la tête.

« Tu ne peux pas imaginer la saleté du rasoir qu'il a empoigné. Et je peux te dire qu'il sucrait pas mal les fraises, aussi. À la fin, non seulement je me suis retrouvé chauve mais j'aurais presque eu besoin de points de suture ! Et même sans un cheveu dessus, mon crâne continuait à me gratter à un point inimaginable... Alors le vieux zigue m'a enveloppé la tête dans une serviette chaude. Effet immédiat : plus de démangeaisons. Juste quelques brûlures au premier degré. »

J'ai passé mes doigts dans sa chevelure, cherchant des cicatrices introuvables, mais ce n'était pas le moment de lui demander s'il s'agissait là encore de l'un de ses récits de guerre apocryphes. J'étais trop contente de l'avoir auprès de moi, de sentir sa sympathie. Lorsque je suis sortie du bain une heure plus tard, complètement soulagée, il a continué à me traiter avec la plus grande gentillesse, me frictionnant à l'aide d'une serviette, saupoudrant ma peau de talc et me reconduisant doucement au lit, où je me suis rendormie. Pour me réveiller en sursaut vers midi. Le calvaire recommençait.

Au début, j'ai cru être au milieu d'un rêve particulièrement prenant, à l'instar de ces cauchemars où l'on est persuadé de tomber tête la première dans un ravin jusqu'au moment où l'on atterrit sur son oreiller. Avant même d'avoir recouvré toute ma conscience, j'étais persuadée qu'une autre nuée d'insectes malfaisants avait colonisé mon épiderme. Puis j'ai compris que c'était réel, les démangeaisons avaient repris, avec une virulence redoublée. Cette fois, la panique était totale. Tout en me dépouillant de mon pyjama, j'ai couru à la salle de bains pour inspecter mon corps dans le miroir, en quête de rougeurs ou de suppurations, notamment dans la région abdominale. Rien. J'ai donc rempli la baignoire d'eau très chaude et me suis glissée dedans. À nouveau, le soulagement a été immédiat, la chaleur agissant comme un anesthésiant, mais quand je suis sortie les démangeaisons ont repris. Et le talc n'arrangeait rien, au contraire. J'étais épouvantée. Un autre bain, dans lequel j'ai mariné une bonne heure. La torture a repris à l'instant où ma peau a retrouvé le contact de l'air. J'ai enfilé un peignoir et me suis précipitée sur le téléphone pour appeler Margaret.

« Je suis en train de perdre la boule, ai-je commencé sans préambule avant de lui décrire mes symptômes, d'autant plus effrayants qu'ils ne se manifestaient sous aucune forme visible.

— Si ça te gratte autant, ce ne peut pas être seulement psychosomatique.

— Oui, mais on ne voit rien !

— C'est peut-être une irritation interne ?

— Ça existe, ça ?

— Je ne suis pas toubib, d'accord ? Mais si j'étais toi j'arrêterais de me monter un cinéma et j'irais en voir un, de médecin. Un vrai. Tout de suite. »

J'ai aussitôt suivi son conseil. La standardiste m'a informé que Sheila McCoy était prise pour le reste de la journée, mais devant mon insistance elle m'a trouvé un rendez-vous avec un autre praticien du cabinet médical, un certain Dr Rodgers. Proche de la cinquantaine, le crâne dégarni et froid comme un glaçon, celui-ci m'a demandé d'enlever tous mes vêtements et m'a inspecté le corps en hâte. C'est seulement quand j'ai été rhabillée qu'il m'a communiqué son diagnostic : sans doute une allergie sous-cutanée à quelque chose que j'avais mangé. Mais je ne m'étais pas écartée de mon alimentation ordinaire au cours des derniers jours, me suis-je étonnée.

« Oui. Mais la grossesse provoque toujours des réactions physiques inattendues.

— C'est affreux, ce que ça démange... Je n'en peux plus.

— Il faut patienter encore une journée, disons.

— Vous ne pouvez rien me donner contre la douleur ?

— Pas vraiment, puisqu'il n'y a pas de signe visible. Essayez l'aspirine, si cela devient trop difficile.

— Et si je demande une autre opinion ? »

Il m'a lancé un regard interloqué :

« Une autre quoi ? »

Une demi-heure plus tard, j'avais de nouveau Margaret en ligne.

« Le vrai toubib rosbif : avale deux aspirines et serre les dents.

— Celle qui me suit d'habitude est bien meilleure.

— Alors retéléphone et exige de la voir. Ou, mieux, dis qu'elle doit passer chez toi. Ils acceptent de faire ça quand ils ont le couteau sous la gorge.

— Il a peut-être raison, ce type. Si ce n'est qu'une allergie...

— Quoi ? Deux mois à Londres et tu es déjà dans le trip "Je souffre avec le sourire" ? »

En fait, c'était ma nature de ne pas me plaindre. Et après la nuit que j'avais infligée à Tony, je voulais m'en tenir strictement au code de conduite du correspondant international : même quand ça va mal, on ne pleurniche pas. C'est pourquoi j'ai essayé de m'occuper en déballant des caisses de livres de notre déménagement, puis en feuilletant quelques récents numéros du *New Yorker* que je n'avais pas eu le temps de lire, et j'ai aussi repoussé l'envie d'appeler Tony au journal. Au bout d'un moment, pourtant, ma résistance était à bout. Une fois encore, je me suis déshabillée et j'ai commencé à me gratter avec une telle férocité que mes

épaules ont été bientôt striées d'égratignures san-
glantes. Enfermée dans mon dérisoire refuge, la salle
de bains, j'ai laissé échapper un cri où se mêlaient la
rage et la peur pendant que la baignoire se remplissait.
Je me suis ébouillantée, sans plus de résultat. J'ai fini
par téléphoner à Tony, qui sans un instant d'hésitation
m'a déclaré qu'il arrivait. Il m'a trouvée une heure plus
tard dans l'eau, dont la température plus qu'élevée ne
m'empêchait pas de frissonner de tous mes membres.
Il m'a aidée à me rhabiller, m'a installée dans la
voiture de fonction que le journal venait de lui accorder
et m'a conduite directement à l'hôpital Mattingly.

La salle d'attente des urgences était comble. Tony
est allé trouver la réceptionniste pour lui demander de
me faire passer en priorité, puisque j'étais enceinte.

« Elle a des saignements ? Des signes d'hémorragie
interne ?

— Non, mais...

— Alors il faut attendre, comme tout le monde.

— Mais...

— Allez vous rasseoir, s'il vous plaît. Vous devez
attendre votre tour, sauf si... »

À ce moment, mon corps a fourni la raison que la
fonctionnaire réclamait : les démangeaisons et les fris-
sons se sont unis en un spasme convulsif qui ne m'a
pas laissé le temps de comprendre ce qui m'arrivait. Je
me suis sentie partir en avant et tout est devenu noir.

Quand j'ai repris conscience, je me trouvais sur un
lit d'hôpital en fer, le bras hérissé de multiples tubes
de perfusion. Plus encore que groggy : comme si
j'émergeais d'un long sommeil sous narcotiques. J'ai
mis un moment à comprendre où j'étais. Une salle
commune occupée par une douzaine de patientes,
toutes reliées à des goutte-à-goutte, des moniteurs,
toute la batterie du savoir-faire médical moderne. J'ai
réussi à distinguer l'heure sur la pendule à l'autre bout

de la pièce. 15 h 23. Et une vague lumière grisâtre derrière les rideaux. Mais je me rappelais maintenant être arrivée la nuit avec Tony. J'avais donc été hors circuit pendant, voyons... dix-sept heures d'affilée ?

En plissant les yeux pour chercher le bouton d'appel à mon chevet, j'ai ressenti une vive douleur dans toute la partie supérieure du visage, et j'ai découvert que j'avais un gros pansement sur le nez et que mes pommettes étaient enflées, brûlantes. J'ai pressé la sonnette plus fort. Une infirmière est enfin arrivée. De petite taille, type afro-cubain, et son nom sur le badge... Une nouvelle décharge douloureuse quand j'ai forcé sur mes paupières pour le déchiffrer. Howe, elle s'appelait.

« Bienvenue, m'a-t-elle dit avec un sourire tranquille.

— Qu'est-ce que... que m'est-il arrivé ? »

Elle a consulté le tableau clinique au pied de mon lit.

« Un petit évanouissement en salle d'attente, on dirait. Vous avez de la chance que votre nez ne soit pas cassé. Et vous avez encore toutes vos dents.

— Et le bébé ? »

Je l'ai observée avec anxiété pendant qu'elle lisait à nouveau les annotations.

« Pas d'inquiétude. Il va bien, le bébé. Mais vous... c'est autre chose.

— Qu'est-ce que j'ai ?

— Le chef de service, M. Hughes, passera vous voir ce soir.

— Il y a un risque que je perde l'enfant ?

— Il faut attendre M. Hughes, je vous assure...

— Vous ne pouvez pas me répondre ?

— Il... M. Hughes est très pointilleux sur ce que les infirmières doivent dire ou pas.

— En gros. Un détail. S'il vous plaît ! »

Elle a jeté un regard nerveux à la ronde, comme si

les murs avaient des oreilles. Ses yeux sont revenus sur la feuille de soins, et elle a enfin murmuré :

« Prééclampsie, vous savez ce que c'est ? – J'ai secoué la tête. – Un problème d'hypertension artérielle. C'est très courant, chez les femmes enceintes.

— Ça peut mettre en danger la grossesse ?

— Oui, ça peut, mais nous allons surveiller cela de près. Et le résultat dépendra beaucoup de vous. Il faut que vous soyez prête à mener une vie très, très calme ces prochains mois. »

Formidable ! Juste ce que je voulais. J'étais submergée de fatigue, soudain, peut-être à cause des médicaments qu'ils m'avaient administrés, ou bien était-ce la conséquence de cet interminable évanouissement ? Mes dernières réserves d'énergie m'avaient quittée. Je n'avais même plus la force de me redresser dans le lit, mais j'étais soudain prise d'un terrible besoin d'uriner. Pas le temps de me redresser, d'appeler pour que l'on m'aide à me rendre aux toilettes. En deux secondes, une mare chaude et collante s'étendait sous mes fesses. Un gémissement désespéré est monté de mes lèvres ; déjà l'infirmière avait sorti son talkie-walkie et alertait le personnel. Soudain, deux garçons de salle furent là, impressionnants. L'un d'eux avait le crâne rasé et un piercing à l'oreille, l'autre était un sikh filiforme, la tête prise dans le turban de rigueur.

« Je suis confuse, vraiment..., leur ai-je bredouillé.

— Pas de quoi, chérie, a rétorqué Crâne d'Œuf. Rien de plus normal que ça.

— Ça... ça ne m'était jamais arrivé, ai-je gémi tandis qu'ils me soulevaient du lit pour m'installer dans une chaise roulante, avec ma chemise de nuit collée au corps.

— Première fois, vraiment ? s'est étonné le rasé. Le bol que vous avez. Mon copain ici présent, il pisse dans son froc tous les jours. Pas vrai, mec ?

— N'écoutez pas mon collègue, madame, a répondu le sikh d'une voix soyeuse. Il faut toujours qu'il raconte des bêtises.

— Collègue ? Je croyais qu'on était potes ?

— Pas si tu m'accuses de faire sous moi, a-t-il répliqué en commençant à me pousser vers le couloir tandis que la boule à zéro nous suivait, intarissable.

— C'est votre problème, ça : on peut jamais rigoler avec vous, les Indios.

— Ah bon ? Je rigole tout le temps... quand c'est rigolo. Mais si un Rosbif se met à...

— Rosbif ? Tu m'as appelé Rosbif ?

— Non, je parlais des Rosbifs en général. Inutile de prendre ça pour toi, s'il te plaît.

— Général ou pas, je suis pas été au charbon toute ma vie pour...

— Je ne suis pas allé, l'a corrigé l'autre.

— Ouais, sûr, mon ami... Oh pardon, "collègue", c'est ça ? – Il s'adressait à moi, maintenant. – Henry Higgins, qu'il s'appelle, vous y croyez ? Pourquoi il se fâche ?

— Et pourquoi les Anglais n'apprennent pas à leurs enfants à parler correctement ?

— Oh, écrase ! »

Ils avaient l'air d'un vieux couple avec vingt ans de récriminations réciproques derrière eux, et si je n'avais pas été dans un tel état j'aurais trouvé la scène amusante, vraiment. Avec moi dans le rôle de la petite fille qui a sali son lit et se retrouve là, perdue, sans recours. Pitoyable au point que les deux garçons ont dû me soulever et me caler contre le lavabo en attendant qu'une infirmière se présente. La quarantaine bien en chair et pleine d'allant, avec un accent qui fleurait le Yorkshire, elle m'a débarrassée de ma chemise de nuit trempée en faisant couler un bain chaud et en prononçant quelques phrases rassurantes. Quand mon regard est tombé sur la glace devant moi, pourtant, j'en suis restée tétanisée. L'image même de la femme battue : un nez énorme, bardé de pansements, les deux yeux au beurre noir et cerclés d'un halo d'un jaune maladif... J'avais vieilli de dix ans en l'espace d'une nuit.

« Quand c'est le nez qui prend, ça paraît toujours plus spectaculaire, a-t-elle noté en remarquant mon affolement. Mais ça guérit très vite, aussi. Dans trois, quatre jours, vous serez à nouveau toute jolie et mignonne. »

Je n'ai pu m'empêcher de rire, d'abord parce que je ne m'étais jamais considérée comme « mignonne », mais aussi à cause du contraste saisissant entre ces paroles rassurantes et mon apparence de phénomène de foire.

« Vous êtes yankee, pas vrai ? – J'ai hoché la tête. – Jamais rencontré un Yankee qui soit pas sympa. Bon, la vérité c'est que j'en ai connu juste deux, dans toute ma vie. Et vous faites quoi ici ?

— Mon mari est anglais.

— Ah, je savais bien que vous aviez de la classe ! »

Avec prévenance, elle m'a aidée à me plonger dans le bain. Elle m'a frictionnée doucement, me cédant le gant pour que je me charge des endroits les plus intimes, puis m'a séchée et m'a passé une chemise de nuit propre. Et elle n'a pas arrêté de parler de tout et de rien, du début à la fin, comme si elle savait que ce constant pépiement était capable de me distraire de mes sombres pensées, de mon humiliation. Une réaction toute britannique face à une situation aussi gênante, dont l'intrinsèque gentillesse sous ces allures bourrues m'est allée droit au cœur. Mon lit avait été refait quand elle m'y a reconduite, et elle m'a aidée à m'allonger en murmurant : « Maintenant, ne vous inquiétez de rien, ma belle. Tout ira bien. »

Je savourais la propreté des draps frais lorsque

« mon » infirmière est passée, m'informant que Tony avait téléphoné et que, sachant que M. Hughes ferait sa visite vers sept heures, il allait essayer d'être là.

« Il s'inquiète pour vous.

— Vous ne lui avez pas dit que j'avais... que je m'étais salie... ?

— Ne soyez pas bébête, a-t-elle répliqué avec un petit rire. Ah, ne vous accordez pas un petit somme maintenant, M. Hugues a appris ce qui vous était arrivé et il voudrait qu'on vous fasse une échographie avant son arrivée.

— Donc... il pense que le bébé est en danger ? ai-je demandé, reprise par la panique.

— Des idées pareilles, ça ne peut pas vous faire du bien, vous savez...

— Mais il faut que je sois au courant, s'il y a un risque de le...

— Il y en aura, oui, si vous continuez à vous mettre dans des états pareils. Le stress joue un rôle important dans une prééclampsie. C'est pour cette raison que vous avez eu cet évanouissement, hier soir.

— Mais si c'est seulement un problème de tension artérielle, pourquoi aurait-il besoin d'une échographie ?

— Il veut simplement être sûr que...

— Que quoi ?

— ... que tout est normal. »

Cela n'était guère rassurant. Pendant tout l'examen, je n'ai pu quitter des yeux les formes confuses sur le moniteur. J'ai fini par demander à la radiologue, une Australienne qui devait avoir à peine vingt-trois ans, si elle remarquait quelque chose d'inquiétant.

« Tant que M. Hughes n'a pas vu, il vaut vraiment mieux que...

— Oh, allez !

— Franchement, il n'y a aucune raison de... »

Je n'ai jamais entendu la fin de la phrase. Les démangeaisons avaient repris d'un coup, se déchaînant cette fois dans la région du pelvis et de l'abdomen, notamment là où elle avait étalé le gel pour l'examen. En moins d'une minute, c'est devenu tellement insupportable que j'ai dû la supplier de me laisser me gratter. Dès qu'elle a eu retiré les deux tampons pressés sur mon ventre, j'ai attaqué férocement la peau de tous mes ongles. La jeune radiologue m'observait, effarée.

« N'y allez pas si fort.

— Je... ne peux pas. Ça me rend cinglée !

— Mais vous allez vous faire du mal. Et au bébé aussi. »

Je me suis arrêtée net, luttant contre la douleur. Je me suis forcée à fermer les yeux, ce qui a réveillé les élancements sur ma face tuméfiée et brusquement couverte de larmes.

« Ça va ? s'est enquise la jeune fille.

— Non !

— Attendez-moi une seconde. Et surtout, surtout, ne recommencez pas à vous gratter comme ça... »

Un siècle a paru s'écouler. Cinq minutes, en fait, à en croire l'horloge sur le mur. Je me suis accrochée aux barreaux du lit, sur le point de hurler. La radiologue a réapparu avec l'infirmière Howe, qui a aussitôt examiné la surface de mon ventre avant de donner quelques ordres dans son talkie-walkie. Elle a posé une main sur mon bras.

« Vous allez avoir de l'aide, tout de suite.

— Quoi... Qu'est-ce que vous allez faire ?

— Vous donner quelque chose pour calmer les démangeaisons.

— Mais si... – Je me suis reprise alors que ma voix montait dangereusement dans les aigus. – Mais si c'est seulement dans ma tête ?

— C'est ce que vous croyez ?

— Je ne sais... pas.

— Pour vous gratter de cette manière, il doit y avoir une autre raison.

— Vous êtes sûre ? »

Elle a souri doucement.

« Vous n'êtes pas la première femme enceinte à qui ça arrive. »

Une aide-soignante est entrée dans la pièce, portant un plateau en inox chargé de flacons. Elle a retiré le gel avant de badigeonner mon ventre d'un liquide rose et pâteux. Ça a instantanément apaisé mon épiderme. L'infirmière m'a tendu un gobelet et deux comprimés que j'ai contemplés avec méfiance.

« C'est un sédatif, rien de très fort.

— Je n'ai pas besoin de ça.

— Je pense que si.

— Je ne veux pas être abrutie quand mon mari va arriver.

— Vous ne le serez pas. Juste plus calme.

— Mais je *suis* calme ! »

Son silence a mis fin à mes protestations, prouvant mieux que dix phrases l'inanité de ma réaction. Je n'étais pas calme, non. J'ai avalé les cachets et je me suis laissé ramener à mon lit en chaise roulante.

Tony est arrivé en retard, juste avant huit heures. Il avait quelques journaux roulés sous le bras et un bouquet de fleurs tristes à la main. L'infirmière ne m'avait pas menti : je n'étais pas groggy, simplement engourdie, consciente d'être sous l'effet d'un tranquillisant. Et tout à fait capable de discerner les efforts qu'il faisait pour masquer son inquiétude tandis qu'il approchait de mon chevet.

« J'ai une si sale tête ?

— Ne dis pas d'âneries, a-t-il chuchoté en se penchant pour déposer un rapide baiser sur ma joue.

— Ah bon, j'avais cru... À *ta* tête.

— Je m'attendais à pire, vu comment tu t'es affalée hier soir.

— Trop gentil. Pourquoi ne m'as-tu pas téléphoné de toute la journée ?

— Parce que l'infirmière en chef m'a dit que tu n'avais plus été parmi nous jusqu'à trois heures.

— Oui, mais après ?

— Trois réunions, mes pages à boucler... Pas vraiment libre, quoi.

— Tu veux dire, comme avec moi ? Je suis un boulet pour toi, non ? »

Son soupir agacé était sa manière de m'indiquer qu'il n'appréciait pas le tour de cette conversation, mais toute droguée que j'étais j'avais besoin de continuer à jouer la femme délaissée. En fait, j'étais absolument furieuse contre la terre entière, notamment contre cet étranger assis sur une moitié de fesse au bout de mon lit, apparemment oublieux du fait que c'était lui qui m'avait entraînée dans ce marasme en m'engrossant. Cet égoïste puant, ce petit salaud, ce... Et ces deux comprimés devaient me rendre mon calme ? Pourtant, j'ai affecté le ton de la sérénité personnifiée pour le relancer :

« Tu pourrais au moins demander si l'enfant va bien.

— Je... j'ai parlé à l'infirmière en arrivant, donc...

— Mais tu ne m'as pas parlé à moi, si ? »

Encore un soupir, proche de l'exaspération. Il devait compter les minutes, maintenant, pressé de quitter les lieux et de passer une autre nuit loin de ma fastidieuse présence. Avec un peu de chance, j'allais encore m'effondrer tête la première le lendemain, ce qui m'obligerait à rester enfermée ici plus longtemps...

« Je me suis fait du souci pour toi, tu sais.

— Bien sûr. Tu as l'air mort d'inquiétude, Tony.

— C'est ça qu'ils appellent "dépression posttraumatique", alors ?

114

— Oh, je vois. Essaie de me cataloguer comme la mégère de service. Et maudis le jour où tu m'as rencontrée.

— Mais qu'est-ce qu'ils t'ont fait prendre, bon sang ? »

Une voix derrière lui :

« Valium, vingt-cinq milligrammes quatre fois par jour. Mais d'après ce que je viens de surprendre, le traitement n'a pas précisément les effets attendus. »

M. Desmond Hughes se tenait au pied de mon lit, relevant d'une main la feuille de soins qu'il parcourait des yeux, ses lunettes à double foyer perchées tout au bout du nez.

« Est-ce que le bébé va bien, docteur ? ai-je demandé sans perdre de temps en formules de politesse.

— Bonsoir, madame Goodchild. – Il a tourné son regard vers Tony. – Et vous êtes M. Goodchild, je présume.

— Tony Hobbs.

— Ah, d'accord, a concédé l'important praticien d'un ton signifiant qu'il avait pu apercevoir ce nom dans mon dossier, éventuellement, mais qu'il n'irait pas jusqu'à l'admettre. Eh bien, madame Goodchild, comment vous sentez-vous ? Les dernières vingt-quatre heures n'ont pas été des plus agréables, je comprends.

— L'enfant, docteur ? Il va bien ?

— D'après les résultats de l'échographie, le fœtus ne court pas de danger immédiat. Mais nous allons un peu vite en besogne, là. Je vois que vous avez été hospitalisée en urgence pour prurit idiopathique.

— Comment ?

— Démangeaisons chroniques. Cela n'est pas exceptionnel chez les femmes enceintes, et c'est souvent lié à la prééclampsie. Laquelle, vous ne l'ignorez pas, est tout bonnement...

— De l'hypertension ?

— Excellent. Cliniquement parlant, les raisons peuvent être physiologiques ou psychologiques, ou un mélange des deux. Si l'on néglige le problème, il peut finir par devenir dommageable aussi bien pour la mère que pour l'enfant. C'est pourquoi je vous ai prescrit une médication au Tiatholon, ce qui devrait ramener la pression artérielle à la normale, surtout lorsqu'elle est combinée au Valium.

— Je n'en reprendrai pas, du Valium.

— Tiens ! Pourquoi donc ?

— Parce que je n'aime pas ça.

— Il y a bien des choses que l'on n'aime pas dans la vie, madame Goodchild. Même si elles sont bénéfiques pour vous.

— Comme quoi ? Les épinards ? »

Tony a toussoté nerveusement.

« Euh, Sally...

— Quoi ?

— Si M. Hughes pense que le Valium peut t'aider...

— M'aider ? Le seul résultat, c'est que je n'arrive même plus à parler !

— Ah oui ? a observé le médecin, un sourcil levé.

— Très drôle.

— Je ne pensais pas faire de l'esprit, madame Hobbs.

— Madame Goodchild, d'accord ? Lui, c'est Hobbs, et moi Goodchild. »

Ils se sont consultés brièvement du regard. Qu'est-ce qu'il m'arrivait, enfin ? Je perdais la boule ou quoi ?

« Désolé, madame Goodchild. Et je ne suis pas en mesure de vous forcer à prendre un médicament que vous réprouvez, bien entendu, même si mon diagnostic me conduit à croire que cela limiterait notablement un certain état de stress.

— Oui, et moi, le mien me laisse penser que ça me

116

bousille la tête. Donc je ne touche plus à cette saleté, merci.

— C'est votre droit le plus entier. Et c'est mon devoir de vous le déconseiller.

— J'ai compris, ai-je reconnu à voix basse.

— Mais au moins vous accepterez de prendre le Tiatholon ? Oui ? Eh bien, c'est déjà quelque chose. Je vous demanderai seulement de consulter votre médecin traitant deux fois par semaine, afin que nous soyons sûrs que votre tension artérielle revient à la normale.

— Entendu.

— Et nous continuerons à traiter le prurit avec cette même lotion ?

— D'accord.

— Bien... Oh, encore deux précisions. Premièrement, cette pathologie, la prééclampsie, constitue un réel danger. Le risque de perdre l'enfant ne doit pas être sous-estimé. En conséquence, il est essentiel que vous vous épargniez au maximum les efforts physiques ou des situations de tension émotionnelle jusqu'à votre terme.

— Ce qui signifie ?

— Qu'il faut vous arrêter de travailler à compter de...

— Comment ? Impossible. Je suis journaliste, correspondante ici, j'ai des responsabilités, je dois...

— Oui, vous avez des responsabilités envers votre enfant et envers vous-même. La médication que nous vous apportons est une garantie partielle, qui ne se conçoit que dans un contexte de repos absolu.

— Vous ne m'écoutez pas, docteur ! Je ne vais certainement pas renoncer à mon travail pour un... »

Tony m'a interrompue en me prenant fermement l'épaule.

« Et la deuxième chose que vous vouliez nous dire, monsieur Hughes ? » a-t-il demandé.

117

Le médecin ne me quittait pas des yeux. Il s'est raclé la gorge.

« L'échographie est légèrement préoccupante quant à l'état général de l'utérus. Avec l'hypertension artérielle venue s'ajouter à cela, il est fortement conseillé que, hum, vous vous absteniez de toute relation sexuelle jusqu'à l'accouchement. Est-ce clair ? – Il a adressé un infime signe de tête à Tony, qui avait rougi d'un coup. – Je vous reverrai dans quinze jours, madame Goodchild. »

Et il s'est dirigé vers le lit suivant.

« Désolée, ai-je murmuré au père de mon bébé.

— De quoi ?

— Devine.

— Ce n'est pas comme si c'était toi qui le voulais, si ?

— Oui, mais je suis quand même désolée. »

Il a haussé les épaules, réfléchi un instant.

« On peut faire face à ça.

— Et que je n'aie plus le droit de travailler, on peut aussi ?

— Chaque problème en son temps... – Il a jeté un coup d'œil à sa montre. – Bon, il va falloir que je retourne au journal.

— Mais je croyais que tu avais bouclé tes pages...

— Je n'ai jamais dit ça. Il se trouve que, pendant que tu étais dans les vapes, le vice-Premier ministre de la Fédération de Russie a été formellement accusé de participation à un réseau pédophile et que la guerre civile a repris en Sierra Leone, pour changer.

— Tu as quelqu'un à Freetown, non ?

— Jenkins. Pas mauvais, pour un pigiste. Mais si le truc continue à se développer à ce rythme, il faudra qu'on envoie quelqu'un de la rédaction.

— Toi, peut-être ?

— Ce serait trop beau.

118

— Si tu en rêves tant, vas-y. Ne te gêne pas pour moi.

— Pas d'inquiétude là-dessus », a-t-il rétorqué d'un ton posé mais définitif. C'était la première fois qu'il exprimait sans détour sa frustration d'avoir été pris au piège par sa vie.

« Merci de mettre les points sur les *i*, au moins.

— Tu sais parfaitement ce que je voulais dire.

— Eh bien non, justement.

— Je dirige la section étrangère. Quand on occupe ce poste, on ne se désigne pas envoyé spécial pour aller suivre le énième conflit en Sierra Leone. Mais on doit retourner à la rédaction jusqu'à ce que la dernière page soit à la compo.

— Alors vas-y ! Ne te gêne pas pour moi.

— Tu te répètes, ce soir. »

Il a déposé les journaux et ses fleurs maladives sur la table de nuit avant de m'embrasser rapidement sur le front, toujours à sa façon guindée.

« Tu crois qu'ils vont te laisser sortir demain ?

— J'y compte bien.

— Je t'appelle le plus tôt possible. Peut-être que je pourrai passer demain avant d'aller au journal. »

Il n'a pas téléphoné, cependant. À huit heures et demie du matin, quand j'ai essayé de le joindre à la maison, je n'ai pas obtenu de réponse. Une heure plus tard, au *Chronicle*, on m'a dit qu'il n'était pas arrivé. Et son portable était sur répondeur. J'ai laissé un message plutôt froid : je venais d'avoir l'autorisation de sortie, mais l'hôpital préférait que je sois accompagnée pour rentrer chez moi. Par mon cher mari, par exemple. Il était près de midi quand le téléphone a sonné sur ma table de nuit. C'était lui, aussi neutre que le gouvernement helvétique.

« Bonjour. Pardon d'avoir été bousculé.

— Au point de ne pas répondre, même à la maison, même à huit heures et demie ?

— On est quel jour ?

— Mercredi.

— Et je fais quoi, tous les mercredis matin ? »

Je me suis mordu la lèvre. Tous les mercredis, il avait un petit déjeuner de travail avec son rédacteur en chef au Savoy, ce qui l'obligeait à sortir bien plus tôt que d'habitude. Je le savais, et il savait que je le savais, et donc je n'étais qu'une idiote. Pourquoi chercher les histoires de cette manière ?

« Je suis désolée.

— Pas de quoi, a-t-il répondu d'une voix détachée, insouciante presque. Comment te sens-tu ?

— Horrible. Mais leur lotion agit vraiment, je n'ai plus de démangeaisons.

— C'est déjà ça. À quelle heure ils voudraient que tu t'en ailles ?

— Eh bien... maintenant, par exemple.

— Je vois... Bon, je devais déjeuner avec le zigue qui supervise l'Afrique au Foreign Office, mais je peux annuler. »

Je me suis sentie sur la défensive, à nouveau. Pourquoi ne pas m'en avoir parlé la veille ? Cherchait-il une échappatoire ? Ou bien était-ce la situation en Sierra Leone qui s'était soudain détériorée ? Ou bien... C'était bien là le problème, avec Tony, un problème qui s'était nettement aggravé dernièrement : je n'arrivais jamais à être sûre de rien. Il évoluait derrière un écran de fumée. À moins que ma méfiance n'ait été le résultat de ma fatigue, des diverses petites surprises que ma grossesse ne cessait de me prodiguer ? Dans tous les cas, il était inutile de faire renaître la tension entre nous tout simplement parce qu'il était incapable de me ramener à la maison.

« Non, ce n'est pas la peine. Je peux me débrouiller.

— Tu es sûre ?

— Je vais appeler Margaret, voir si elle est libre...

— Je pourrais t'envoyer une voiture du journal.

— Non. Trouve-nous juste quelque chose de bon chez Marks and Spencer pour le dîner.

— Je ne devrais pas rentrer trop tard, ce soir.

— Super. »

Efficace, Margaret est arrivée dans la demi-heure suivante. Elle a essayé de masquer sa stupéfaction en découvrant l'état de mon visage.

« Dis-moi simplement une chose...

— Non. Ce n'est pas Tony qui m'a fait ça.

— Tu n'es pas obligée de le couvrir, tu sais.

— Non, non... Franchement. »

Je lui ai résumé les événements des deux derniers jours, y compris ma charmante explication avec Hughes et mon refus de me transformer en citoyenne d'honneur de cette contrée nommée Valium...

« Tu as eu sacrément raison. Surtout si ça doit te mettre de sale humeur.

— On ne peut pas dire que ça m'ait calmée.

— Et Tony, comment a-t-il pris tout ça ?

— Britannique jusqu'au bout des ongles. Le flegme en personne. Et il n'a pas bronché quand Hughes nous a privés de sexe jusqu'à la naissance du bébé. »

Elle n'a pas eu la réaction amusée ou indignée à laquelle je m'attendais. Au contraire, elle a murmuré :

« Je connais ça, oui.

— Ah bon ?

— Oh oui. Quand j'attendais Emma. Deux fausses couches après avoir eu Sarah, donc mon gynéco a été catégorique : pas de pénétration tant que la gosse n'était pas dehors.

— Et Alexander, il l'a bien pris ?

— Disons que maintenant je connais au moins une chose sur les hommes. Pour eux, il y a toujours pire qu'une pipe bâclée : pas de pipe du tout. »

Non seulement elle m'a reconduite chez moi, mais

elle m'a installée dans le lit, elle m'a préparé à déjeuner et a absolument tenu à aller faire des courses pour réapprovisionner les placards, que Tony avait laissés plutôt vides. À son retour, elle a nettoyé la cuisine, dont il ne s'était guère plus préoccupé, avant d'insister pour changer mes draps.

« Ta femme de ménage, elle vient tous les combien ? m'a-t-elle demandé en roulant en boule la housse de couette.

— Une fois par semaine.

— Demande-lui d'être là tous les deux jours. Cette maison en a bien besoin.

— Impossible. Nous n'avons pas les moyens. Surtout en tournant sur un seul salaire, à présent...

— Quoi, le *Post* ne va pas te mettre à la porte comme ça, si ?

— Tu veux parier ? Ils sont aussi serrés que le reste de la presse écrite. Ça fait un moment que la direction parle d'économiser sur les postes à l'étranger. Avec ce qui m'arrive, ils seront trop heureux de se débarrasser de moi.

— Mais avec des indemnités, tout de même ?

— Si j'étais aux États-Unis, peut-être, mais certainement pas à Londres.

— Tu vas trop vite en besogne, je crois.

— Non, je suis fidèle à moi-même : la Yankee réaliste. Et c'est aussi pour ça que je vois bien que ce serait une dépense de trop, avec les remboursements, les travaux, tout ça...

— Bon, alors dans ce cas je t'enverrai la mienne une fois par semaine, d'accord ?

— Tony n'acceptera jamais.

— Mais pourquoi, enfin ?

— On appelle ça "l'orgueil masculin", non ?

— Il n'a pas besoin d'être au courant ! Tu n'auras qu'à lui raconter que tu as fait un peu de ménage, quand il rentrera mettre les pieds sous la table.

— Tu te rends compte à quel point c'est vieux jeu, ce que tu dis ?

— On s'en fiche ! L'important, c'est que tu aies la vie aussi facile que possible pendant les six prochains mois. Un peu d'aide une fois par semaine, ça ne peut pas te faire de mal !

— En effet... Mais admettons que *ma* fierté m'interdise d'accepter ta charité ?

— Charité, mon œil ! Un petit cadeau, rien de plus. Un cadeau d'adieu avant que je me tire d'ici.

— Que tu... quoi ?

— On est rappelés à New York. Alexander a appris la nouvelle hier seulement.

— Vous repartez... quand, exactement ?

— Le mois prochain. »

Le coup était rude pour moi. Je n'avais pas d'autre amie que Margaret, à Londres.

« Merde, ai-je soupiré.

— C'est le mot juste, oui. Je n'arrête pas de me plaindre de l'Angleterre, mais je sais que tout ça va me manquer quand je serai à nouveau enferrée dans notre banlieue dorée, à jouer les mamans football, à détester toutes mes semblables et à me demander pourquoi tout le monde a la même dégaine.

— Alexander ne pourrait pas demander à rester plus longtemps ?

— Ça ne marcherait pas. De toute façon, la boîte, pour lui, c'est comme l'armée : un ordre est un ordre.

— Pareil pour Tony et son journal. Il a beau jouer les indépendants, il est dévoué corps et âme à son employeur. C'est bien pour ça qu'on s'est retrouvés à Londres.

— Oui, eh bien crois-moi, d'ici trois mois je vais t'envier.

— M'envier quoi ? L'hiver qui n'en finit pas ? L'essence à presque un dollar le litre ? Ou que j'aie envie d'enfiler un sac-poubelle chaque fois que je descends dans le métro ?

— Tout ça, ouais... Et le fait que c'est rasoir, irritant, tout ce que tu veux, mais au moins c'est... intéressant.

— Intéressant comme l'état de cette maison ?

— Préviens les artisans qu'ils n'auront pas un penny tant que le travail ne sera pas terminé et tu vas voir comment ils vont se bouger, ces enfoirés. En attendant, je vais dire à Tcha – c'est ma fée du logis – de venir ici une fois par semaine et de ramener un peu d'ordre dans tout ça. »

Ce soir-là, je n'ai pas évoqué l'offre de Margaret devant Tony. Ni quoi que ce soit d'autre d'ailleurs, car à son retour j'ai eu tout juste la force de me traîner jusqu'au lit, submergée par la fatigue.

« Quoi, tu ne veux pas goûter le curry vindaloo que j'ai pris chez Marks and Spencer ? » m'a-t-il lancé de la cuisine.

C'était presque risible. Rapporter à quelqu'un qui souffre d'hypertension le plat le plus pimenté que l'on puisse trouver... Du Tony tout craché, à nouveau. Incapable de se mettre dans la peau d'autrui. Ce trait de caractère qui pouvait avoir du charme en Égypte, dans un contexte où les journalistes étrangers – moi parmi les autres – devaient forcément faire preuve d'un certain nombrilisme pour fonctionner devenait insupportable alors que nous étions censés jouer les futurs parents au foyer. Ou plutôt était-ce moi qui étais supposée accepter ce rôle, car il manifestait depuis le début un complet dédain pour tout ce qui semblait domestique, comme le choix de notre dîner le prouvait encore une fois. Je n'ai pas voulu épiloguer là-dessus, pourtant.

« Un curry, maintenant... Ça risquerait de me flanquer des cauchemars, j'en ai peur.

— Alors deux ou trois beignets aux oignons ?

— Tony... Tout ce que je voudrais, là, c'est dormir pendant des mois et découvrir en me réveillant que je ne suis plus enceinte.

— Mais non, tout ira bien.

— C'est sûr. Dès que je n'aurai plus l'air d'une femme battue.

— Personne ne croirait ça, de toute façon.

— Ah ? Et pourquoi ?

— Parce que je t'arrive à peine à l'épaule. »

J'ai réussi à émettre un faible rire, non sans songer que c'était exactement la réaction que Tony cherchait à provoquer en moi chaque fois qu'il percevait l'amorce d'une vraie dispute. J'étais trop épuisée pour ajouter ce constat peu rassurant à la liste de mes sujets d'inquiétude : ma propre santé, la crainte de perdre mon enfant, l'idée que des mois d'abstinence sexuelle risquaient de nous aigrir l'un et l'autre, et de creuser encore plus la distance que Tony semblait vouloir mettre entre nous deux... Sans pouvoir aller plus loin dans ces sombres pressentiments, j'ai sombré dans un sommeil de plomb. Onze heures d'affilée.

Je me suis réveillée au petit matin. Une sorte de béatitude somnolente, doublée de la stupéfaction d'avoir dormi si longtemps. Tony était de l'autre côté du lit, immobile comme une souche. Je me suis glissée dans la salle de bains, essayant vainement de ne pas regarder mon visage ravagé dans la glace. Dès que j'ai eu fini d'uriner, les démangeaisons ont recommencé. J'ai cherché le flacon de Calomine, du coton, et je me suis badigeonné le ventre. J'ai pris deux comprimés de Tiatholon, les yeux sur la boîte de Valium que Hughes avait voulu que j'emporte. Revenue à pas feutrés dans la chambre, j'ai observé en silence les caisses de déménagement encore empilées dans un coin, le parquet qui n'avait toujours pas été traité, les cintres surchargés, toutes ces preuves comme quoi j'avais fini par adopter les manières négligentes de Tony, sa facilité à se contenter d'un intérieur aussi peu accueillant. Après avoir trouvé mon peignoir abandonné sur le sol, je suis allée à la cuisine en passant devant des pots de peinture oubliés, un seau de plâtre figé, encore du désordre, encore de la saleté, d'autres preuves – s'il en était besoin – que je vivais dans un taudis. Je me suis préparé un café. Mon regard a dérivé par la fenêtre. Il ne pleuvait pas mais il faisait encore nuit noire, à 6 h 3...

Des mots ont commencé à se former dans ma tête. Voilà. Tu peux toujours essayer de te proclamer maîtresse de ton destin, de te raconter que tu tiens ta vie en main, il n'empêche que tu finis toujours par te retrouver dans des endroits, dans des situations où tu n'avais même pas imaginé d'échouer. Ce capharnaüm qui te sert de maison à Londres, par exemple... Ce moment d'apitoiement sur moi-même a été bref, pourtant. Sans doute parce que mon éducation Nouvelle-Angleterre me poussait à serrer les dents, toujours, et que l'un de mes ancêtres puritains devait certainement me murmurer à ce moment que mon abattement était honteux, qu'il n'y avait qu'une réplique au désarroi qui guette si souvent : travailler, encore travailler, travailler plus dur. Le hic, c'était que, par la bouche de M. Hughes, la Faculté venait de m'interdire de mettre cette stoïque théorie en pratique. Pis, de me condamner à un personnage que j'abhorrais par-dessus tout, celui de la petite femme au foyer qui « attend que ça se passe ».

Les yeux perdus sur les toits mouillés et les cheminées d'usine que l'aube commençait juste à dessiner, et tout en regrettant amèrement de ne pas être en condition d'aller faire un tour sur les berges du fleuve, ma destination favorite chaque fois que je me sentais trop écrasée par tout cela, j'ai néanmoins décidé que oui, il fallait aller de l'avant. Être « positive ». Rétablir une relation de confiance avec Tony. Rendre enfin cette maison habitable. Apprendre à apprécier Londres. Et surtout, surtout, parvenir au bout de ma grossesse sans faire courir de risque à l'enfant...

Pour commencer dignement à appliquer ces bonnes résolutions, j'ai servi à mon époux le petit déjeuner au lit, dans la version britannique complète, sans oublier un bol de ces haricots rouges en sauce qui me soulevaient le cœur mais qu'il aimait tant.

« Que me vaut cet honneur ? s'est-il étonné en me voyant déposer sur ses genoux un imposant plateau chargé d'œufs brouillés, de bacon, de champignons, de toasts beurrés... et des infâmes haricots.

— Je voulais juste faire un geste.

— Pour quelle raison ?

— Pour rien ! On peut être gentil sans avoir une raison, non ?

— Hum... Oui. Bien, alors... merci, je suppose.

— "Je suppose" ? Ça veut dire quoi, ça ?

— Mais... rien, rien du tout. Merci pour le petit déjeuner, d'accord ?

— Oui. Et merci pour avoir gâché le moment.

— Je ne veux rien gâcher, compris ? Je t'en prie, ne commence pas à me reprocher de...

— Il n'y a aucun reproche. Simplement, je n'apprécie pas que tu m'accuses de...

— Franchement, tu devrais peut-être essayer le Valium, tu sais ? Ces réactions que tu as sont... »

J'ai mis fin à ce dialogue de sourds en tournant les talons et en claquant la porte derrière moi. Avec le peu de forces qui me restaient, je me suis traînée dans l'autre chambre et suis tombée sur le petit lit d'appoint. Ma peau me démangeait atrocement, à nouveau, ultime récompense pour toute la « positivité » que je venais de manifester, à laquelle s'ajoutait le triste constat que nous étions désormais en mesure de déclencher une scène de ménage des plus grotesques sous le moindre prétexte. Environ vingt minutes plus tard, pourtant, Tony est entré après avoir frappé. Il avait une tasse fumante à la main.

« Tu as pris ton temps, ai-je remarqué d'une voix lasse.

— Il fallait que je finisse cet énorme petit déjeuner que tu m'as préparé, non ? Tiens, j'ai pensé que ça te ferait du bien. »

Il a placé la tasse sur la tablette. Je me suis retournée mais la seule odeur du breuvage m'a écœurée.

« Quoi, tu n'en veux pas ?

— Tu sais parfaitement que je ne bois pas de thé.

— Oui, je fais tout de travers, compris !

— Ne recommence pas.

— Je n'ai rien commencé, bon D... ! »

Il s'est arrêté au dernier moment. Un sourire hésitant est apparu sur ses lèvres tandis qu'il venait s'asseoir près de moi et me passait une main dans les cheveux.

« Un point pour moi, ai-je murmuré.

— Comment tu te sens ?

— Comme quelqu'un qui essaie de voir quand même le bon côté des choses, si ça existe...

— Tu as meilleure mine, en tout cas.

— Menteur.

— Va te regarder dans la glace, si tu ne me crois pas. On ne croirait presque plus que tu sors d'un bombardement.

— C'est censé être encourageant ?

— En gros, oui. Et pour faire encore mieux dans ce sens, qu'est-ce que tu dirais si je prenais ma journée pour rester avec toi ?

— Que ce serait adorable.

— Ouais, je pensais bien que ça me vaudrait deux ou trois bons points... »

Dans l'après-midi, toutefois, Tony a été averti que son pigiste en Sierra Leone avait été arrêté et il a dû partir en hâte au journal, mais je ne lui en ai pas voulu, cette fois : c'était une urgence, c'était son travail et je lui étais reconnaissante d'avoir passé quelques heures avec moi, de cette preuve d'amour et de ses efforts pour me remonter le moral. Quand il est revenu le soir – avec la bonne nouvelle que le journaliste local avait été finalement relâché –, je me sentais presque bien. Et, pour la première fois depuis trois jours, la sensation d'avoir un piolet planté dans mon crâne commençait à se dissiper. À la fin de la semaine, le rétablissement s'était confirmé : plus de démangeaisons, ni ces brusques accès de colère irrationnelle qui m'avaient moi-même inquiétée. Le coup de téléphone de mon chef au *Post*, que je redoutais mais que je savais inévitable, n'a pas troublé ce calme retrouvé.

« Nous nous faisons tous beaucoup de souci pour vous, a entamé Thomas Richardson avec son paternalisme coutumier.

— Si tout va bien, je serai de retour au travail dans un semestre, au maximum. En comptant mes trois mois de congé maternité légal. »

Un court silence de l'autre côté de l'Atlantique m'a fait comprendre que mon sort avait déjà été scellé.

« Oui... Il se trouve malheureusement que nous avons dû modifier un peu la grille de nos correspondants à l'étranger, d'autant que la direction financière réclame des économies. Dans ce cadre, le bureau de Londres a été limité à un seul poste. Et comme vos ennuis de santé vous mettaient hors course...

— Je vous l'ai dit, c'est seulement une affaire de six mois.

— Certes, mais A. D. est celui qui a le plus d'ancienneté, il fait tourner la boutique en ce moment, et... »

Et il était évident que le sinistre A. D. avait intrigué pour avoir ma peau depuis que je l'avais informé du verdict médical, mais je me suis abstenue de mentionner ce facteur.

« Si je comprends bien, monsieur Richardson, vous me mettez à la porte ?

— Je vous en prie, Sally ! Nous sommes un journal respectable, pas une multinationale qui ne voit que le chiffre d'affaires. Nous essayons de traiter notre personnel au mieux. Ainsi, votre salaire sera intégralement maintenu pendant les trois mois à venir. Et si vous désirez revenir parmi nous ensuite, nous vous trouverons un poste, c'est promis.

— À Londres ?

— Euh, je vous l'ai dit : à partir de maintenant, nous n'aurons qu'un seul correspondant à Londres.

— Donc, je devrai revenir à Boston si je veux avoir du travail ?

— En effet.

— Vous savez bien que c'est impossible, pour l'instant. Je viens de me marier, j'attends un bébé...

— Je comprends parfaitement, Sally. Mais il faut que vous soyez compréhensive, vous aussi. C'est vous qui avez décidé de vous installer à Londres. Nous nous sommes montrés très arrangeants, je crois. Maintenant, vous voilà contrainte de demander un congé longue durée, et non seulement nous vous payons trois mois mais nous vous garantissons un emploi quand vous serez en mesure de reprendre. Cela ne sera pas à Londres, non. Que voulez-vous, les choses évoluent... »

J'ai poliment mis fin à la conversation en le remerciant de son offre et en lui affirmant que j'allais y réfléchir, quand bien même nous savions l'un et l'autre qu'il était exclu que je l'accepte. En d'autres termes, ceux qui avaient été mes employeurs au cours des seize dernières années venaient de m'annoncer qu'ils pouvaient se passer de moi.

Si Tony a été content d'apprendre que j'allais pouvoir continuer à payer une partie des traites pendant les prochains mois, je me demandais en mon for intérieur comment nous serions ensuite capables d'assurer un remboursement mensuel de deux mille quatre cents livres alors que son salaire net ne dépassait pas les quatre mille livres. Et sa réponse passe-partout, « Oh, on devrait s'en sortir », n'avait rien de particulièrement rassurant. Malgré l'inquiétude, cependant, et même si j'étais quasiment confinée à la maison désormais, mon état de santé s'améliorait de jour en jour. J'avais retrouvé un sommeil normal et ma tension, lors de mon premier examen de routine, s'est révélée à peine plus élevée que d'habitude. Quinze jours plus tard, lorsque je suis retournée voir le Dr Hughes à l'hôpital, il a même parlé de « splendide rétablissement ».

« Vous avez décidé de reprendre le dessus, visiblement, a-t-il constaté en retirant son stéthoscope.

— Ce doit être de l'autosuggestion, une spécialité américaine, ai-je avancé, ce qui lui a arraché un rire brévissime.

— En tous les cas, le progrès est remarquable. Je m'attendais à vous voir clouée au lit un mois ou plus.

— Alors, vous pensez qu'il n'y a plus de danger ?

— Ce n'est pas exactement ce que j'ai dit. Nous savons maintenant que vous êtes sujette à l'hypertension et nous devons donc rester vigilants. Votre terme est dans dix semaines environ. Pas de surmenage, et pas de stress.

— J'essaie de faire au mieux.

— Je vous recommande de rester allongée autant que possible. Et je le répète : il faut s'abstenir de relations sexuelles avec... hum, pénétration. À cause de la possibilité de... de bousculer la matrice.

— Croyez-moi, docteur : c'est l'abstinence complète, sur ce plan.

— Euh... oui. Très bien. Brave garçon. »

Nous en sommes restés sur cette remarque sibylline, qui paraissait presque se référer... à moi. Tony ne se plaignait pas de cette contrainte, sans doute parce qu'il n'était pas du genre à exprimer tout haut sa frustration mais aussi, peut-être, parce que je veillais à ce qu'il ne soit pas entièrement privé de gratifications sexuelles. Ces trois fellations hebdomadaires n'étaient pas que de l'altruisme de ma part, c'était une assurance qu'une partie de moi croyait prendre face au risque qu'il puisse avoir envie d'aller « voir ailleurs ». Quand j'ai évoqué ce point devant Margaret, elle m'a approuvé :

« Donne-lui un minimum de satisfaction et ton bonhomme ne te mettra pas tout de suite les cornes.

— Qu'est-ce que tu entends par "pas tout de suite" ?

— C'est inévitable ! Tôt ou tard, sa queue l'entraînera ici ou là.

— Comment peux-tu soutenir une chose pareille alors que tu ne le connais même pas ? ai-je protesté tout en songeant qu'elle avait raison.

— Hé, ne prends pas ça pour toi ! Je ne parle pas de Tony, là, je parle des mecs en général. Aussi refoulés et collet monté qu'ils paraissent, ce sont tous des opportunistes sans scrupules dès qu'il s'agit de sexe. Tout ce qui bouge et semble libre, ils sont partants. Pour citer mon regretté père lorsqu'il donnait des conseils à mon petit frère : "Ne refuse jamais une tournée qu'on t'offre, ou une paire de fesses gratuite, parce que c'est peut-être la dernière pour toi." »

Si Tony se montrait arrangeant, donc, il ne lui venait pas à l'esprit que j'aurais pu, moi aussi, avoir besoin d'une certaine dose de plaisir. Le jour où j'ai laissé entendre que deux ou trois orgasmes par semaine ne seraient pas un luxe insensé pour moi, il en est resté sans voix.

« Mais je croyais...

— Quoi ?

— Je croyais que... bon, que ça ne t'intéressait pas, en fait.

— Et qu'est-ce qui t'a conduit à cette conclusion ?

— Mais... eh bien, depuis que M. Hughes nous a interdits de... ça, quoi...

— Pénétration. Ce n'est pas un gros mot, tu sais. Et ça ne signifie pas que tu ne dois plus me toucher.

— Mais... tu es enceinte ! Je pensais que ça ne te disait plus trop.

— Oui ? J'ai manifesté d'une manière quelconque que je me vouais à la chasteté complète jusqu'à la naissance ?

— Non, non...

— Alors d'où tu as sorti cette idée ?

— Je ne sais pas... Je... croyais, c'est tout... »

Et il s'est esquivé de la chambre à sa façon tellement horripilante, comme chaque fois qu'il se sentait embarrassé puis décidait de nier le problème en le fuyant. La moindre perspective de conflit semblait l'horrifier, ce que je trouvais étrangement ironique de la part de quelqu'un qui s'était fait un nom en se jetant dans les zones de guerre les plus dangereuses du monde. La différence, c'est que l'on peut relater un affrontement armé sans y investir ses émotions, tandis qu'une vulgaire dispute conjugale oblige à s'impliquer... À moins de réagir à l'instar de Tony : en prétendant qu'elle n'existe pas.

Chaque fois que je tentais un commentaire à propos de cette attitude, il me reprochait en retour ma « naïveté d'Américaine », une de ses formules favorites sous laquelle il regroupait la propension des habitants du Nouveau Monde à « dire les choses pour qu'elles paraissent moins dures ». Il était allé jusqu'à me citer une remarque de Tocqueville, qui en son temps avait pensé que la tragédie ne pouvait pas exister pour les Américains. Et il avait ajouté :

« C'est ça, ton problème. Croire que tout a une solution, que tout peut se réparer. Sauf que la majorité de ce qui "casse", dans la vie, n'attend même pas ton intervention.

— C'est *mon* problème ?

— Je parlais d'un trait de société. Une généralisation, ça s'appelle.

— Plutôt désobligeante, ta généralisation.

— Ne le prends pas personnellement.

— Ce qui est encore une tare typiquement américaine, bien sûr. Les Anglais, au contraire, sont tellement philosophes... Comme vos supporters de foot, si fair-play et bons perdants quand leur équipe reçoit une raclée.

— Tu ne vas pas comparer une bande d'abrutis avec tout le pays !

— Ah, moi je n'ai pas le droit de généraliser, alors... »

Il avait souri. Ces petites escarmouches verbales, qui se faisaient de plus en plus fréquentes, se terminaient toujours relativement bien parce qu'elles nous servaient, parce qu'elles masquaient ce que ni l'un ni l'autre ne voulait voir. Oui, je pouvais m'élever parfois contre les « tactiques d'évitement » de Tony mais en réalité je jouais le même jeu que lui, je me répétais que tout allait bien, finalement. La maison était toujours en chantier ? Je n'étais toujours pas emballée par la vie londonienne ? Il fallait se résigner au fait que Tony Hobbs habitait une sphère à laquelle je n'avais pas accès ? D'accord, mais on « discutait », on arrivait encore à se faire rire. N'est-ce pas le grand secret des couples qui « fonctionnent » ?

« Comme Laurel et Hardy, tu veux dire ? s'est intéressée Margaret quand je lui ai exposé cette théorie.

— Ce que je cherchais à expliquer, c'est juste...

— ... que cette histoire ne va pas marcher et que ça te fiche une trouille bleue ?

— Eh bien... quelque chose dans ce genre, oui.

— Oui. Pendant les premiers mois de n'importe quel mariage, ce n'est pas rare. Parce que ce n'est pas toujours rigolo, il faut avouer. Surtout quand on a une grossesse difficile comme toi... Mais bon, si vous arrivez encore à vous chamailler gentiment, ça doit prouver que tu peux faire avec son...

— Son quoi ?

— Rien.

— Vas-y, termine.

— Eh bien, entre lui et moi, le courant n'est pas vraiment passé. »

L'euphémisme était impressionnant. En réalité, Tony s'était montré particulièrement abrupt à la fin du dîner auquel Margaret nous avait conviés chez elle, se lançant dans une houleuse controverse géopolitique avec Alexander, le très conservateur époux de mon amie, et jouant les agents provocateurs avec un plaisir à peine dissimulé. L'effet avait été d'autant plus saisissant qu'il avait d'abord été capable de charmer la compagnie avec des souvenirs espiègles de ses équipées tiers-mondistes ou des notations pleines d'humour sur la culture britannique. Margaret aurait été sous le charme s'il ne s'était pas brusquement embarqué dans une diatribe anti-États-Unis qui avait aussitôt placé Alexander sur la défensive et jeté un froid général. Malgré cela, au retour, dans la voiture, il avait remarqué d'un ton dégagé :

« Ça s'est superbement passé, je crois. Non ?

— Je crois que tu mériterais des gifles, à certains moments. »

Cela m'a valu un silence obstiné jusqu'à la maison, puis encore du silence quand nous nous sommes couchés. Le lendemain, j'ai eu cependant droit à un petit déjeuner au lit, à un baiser sur les cheveux et à deux phrases avant qu'il ne file au bureau : « Sur la table de la cuisine, j'ai laissé un mot de remerciement pour Maureen, euh, Margaret... Ne l'envoie que si ça te plaît, évidemment. » Avec ses hiéroglyphes qu'un docteur en égyptologie aurait eu du mal déchiffrer, Tony avait écrit :

> *Chère amie,*
> *Ravi d'avoir fait votre connaissance. Le repas était grandiose, la conversation aussi. Dites à votre mari que j'ai beaucoup apprécié notre petit duel politique. J'espère que les autres ne l'ont pas trouvé trop animé. Mais que serait la vie sans une bonne discussion de temps en temps ? Avec la ferme intention de vous rendre bientôt l'hospitalité,*
>
> *T. H.*

J'ai posté la lettre, évidemment. Et Margaret m'a téléphoné le surlendemain, tout aussi évidemment :

« Je peux te parler franchement ?

— Vas-y.

— Bon. En lisant son mot, une formule s'est formée toute seule dans mon esprit : un "charmant salaud". Et, oui, je sais : j'aurais dû garder ça pour moi. »

Je ne lui en ai pas voulu, néanmoins, parce qu'elle avait mis le doigt sur une vérité : la tendance de Tony à prendre des airs de misanthrope dès qu'il avait l'impression de s'être montré trop gentil.

« Ça doit prouver que tu peux faire avec son... » En fait, je n'avais pas besoin de demander à Margaret de compléter sa remarque. Son caractère, son outrecuidance, son... Bref, tout ce qu'il était.

Au cours des dernières semaines de ma grossesse, toutefois, quelque chose d'inattendu est arrivé : une certaine harmonie s'est installée entre nous. Non que nous ayons été à couteaux tirés auparavant, puisque de toute façon il refusait que la moindre animosité soit ouvertement exprimée. Disons que l'atmosphère s'est soudain détendue, comme si nous avions tacitement décidé de revenir à la simplicité initiale de notre relation, au temps où nous portions le même regard ironique sur la vie et où nous partagions le même respect de notre indépendance respective.

Il n'y a pas eu de sa part je ne sais quelle révélation transcendantale qui l'aurait poussé à abandonner sa défiance cynique envers tout ce qui n'était pas lui-même. Plus simplement, je commençais sans doute à me faire à ses côtés rébarbatifs, et lui devait avoir accepté mon entêtement à ne rien vouloir laisser dans le non-dit. Je me demandais parfois si notre coexistence ne se réduisait pas à cela, précisément : ignorer autant que possible les aspects les plus irritants de l'autre. Mais pour en revenir à la formule magique du mariage réussi, n'est-ce pas dans ces concessions mutuelles, dans le choix d'éviter les sujets de discorde, qu'elle pourrait résider ?

Au-delà de ces tentatives d'analyse, le constat était évident : nous recommencions à avoir du bon temps ensemble. Comme pour nous encourager, la grisaille qui pesait depuis des mois sur la ville a brusquement lâché prise, me révélant les joies de l'été londonien, ces longues et douces soirées où le soleil teintait chaque objet de ses reflets maltés jusqu'à dix heures, ce parfum de gazon coupé de frais qui montait de tous les parcs, cette brise venant rafraîchir la cité surchauffée – mais jamais accablée par la touffeur moite de

Boston en juillet –, cette urbanité détendue que j'avais vainement attendue des Londoniens à mon arrivée et qui faisait maintenant oublier leur brusquerie renfrognée. Oui, je reconnais qu'à l'instar de nombre de mes compatriotes je m'étais formé de loin l'image d'une capitale baignée par une courtoisie délicieusement surannée, certainement pas d'un endroit où le mot *fuck* paraissait le plus employé dans la rue. Là, pourtant, c'était comme si notre détente conjugale s'était étendue à toute la ville, comme si malgré trois ou quatre averses quotidiennes le baume solaire venait réchauffer tous les cœurs et encourager une aménité générale.

À cette détente à la fois personnelle et collective est venue s'ajouter une autre découverte : les meilleurs aspects de Londres, et aussi les plus subtils, tenaient à une certaine « gravité » qui, loin d'être pompeuse, se moquait sans cesse d'elle-même. Devenue une fan des stations 3 et 4 de la BBC, radio classique pour la première, d'informations et de débats pour la seconde, j'ai apprécié le fait qu'au contraire des États-Unis, le discours politique pouvait ici s'articuler autour de véritables idées, de controverses intellectuelles qui restaient stimulantes. Il y avait quelque chose de rafraîchissant, aussi, à allumer mon poste et à tomber sur un programme consacré à des trucs de jardinage dont je n'avais jamais entendu parler, ou sur une table ronde analysant avec compétence et finesse tous les enregistrements disponibles de la *XIe Symphonie* de Chostakovitch.

Même si mon état m'empêchait d'abuser des sorties, Tony m'a emmenée à l'Albert Hall pour le concert des Proms, et j'ai pu voir comment six mille mélomanes pouvaient se comporter en adolescents farceurs jusqu'à ce que la musique commence, imposant un silence et une concentration extraordinaires, alors que le programme donnait la part belle à l'école atonale de l'après-guerre et que l'ambiance sonore faisait penser à un interminable accident de voiture. Je me suis rappelé quelques concerts à Boston, quand les organisateurs s'étaient risqués à aborder des œuvres bien plus accessibles, de Ligeti par exemple, provoquant le malaise outragé de l'assistance, exprimé sous forme de quintes de toux irrépressibles. Ici, en revanche, je sentais une ouverture d'esprit que ne contrariait pas la difficulté, voire l'aridité, et qui se manifestait également dans le refus de se laisser impressionner par la réussite sociale ou professionnelle. Comme aimait à le remarquer Tony, « dans ce pays, le pire défaut que tu puisses avoir, c'est de te donner de l'importance. S'il y a quelque chose de bien en Angleterre, c'est que personne ne se prend au sérieux ».

J'avais conscience de mener une existence privilégiée, évidemment, et je ne m'en plaignais certes pas, surtout dans le contexte difficile d'une ville aussi énorme que Londres. Ainsi que je le constatais toujours plus, chacun, ici, devait se trouver un jardin secret pour survivre au stress quotidien. C'est pourquoi les gens gardaient un silence hermétique dans le métro ou le bus, évitaient de croiser votre regard sur le trottoir, suivaient leur chemin soigneusement isolés au sein de la multitude. Il n'y avait ni la décontraction de la rue new-yorkaise que j'avais pu constater à Manhattan, ni la politesse innée des Bostoniens, et je mesurais chaque jour mieux la justesse de la remarque de Margaret : les relations de bon voisinage étaient considérées comme un manque de discrétion. Un signe de tête, peut-être une brève remarque à propos du temps qu'il ferait le lendemain : c'était tout ce que l'on pouvait attendre de gens vivant à deux pas de chez vous. Au-delà de la réserve et des conventions sociales, il y avait là un trait du caractère anglais que j'apprenais à connaître, ce profond scepticisme envers soi-même qui pouvait se résumer par : « Qu'est-ce que vous pouvez me trouver d'intéressant, de toute façon ? »

Mes voisins restaient donc de parfaits étrangers. Après notre rencontre devant le kiosque à journaux, Julia Frank n'était jamais passée me voir. Un matin, je me suis traînée – il n'y avait pas d'autre terme, à ce stade de ma grossesse – jusqu'à sa porte avec l'idée de l'inviter à prendre un café. Je suis tombée sur le facteur, qui m'a appris qu'elle était partie en voyage pour tout l'été, et je suis rentrée chez moi, déçue, attristée par cette extrême solitude qui allait donc être mon lot, sans travail, sans même la force de m'inscrire à un gymnase local...

J'avais certes fait l'expérience de cet isolement au début de ma correspondance au Caire, lorsque je rentrais à mon appartement après le travail, dans une ville où une femme n'était pas censée sortir seule le soir. Alors j'ai pris mon mal en patience, essayant d'occuper mon esprit autant que possible tout en évitant les efforts physiques, ainsi que le médecin me l'avait recommandé. Je poursuivais les artisans au téléphone avec un succès très relatif, je triais peu à peu mes papiers personnels qui s'étaient accumulés dans des boîtes depuis quatre ans, je m'obligeais à lire en français une heure par jour, je m'efforçais de ramener un semblant d'ordre dans une maison dévastée par ces travaux sans fin. Crâne rasé, boucle d'oreille dorée, Billings, le chef de chantier au sourire éternel, se contentait de me répéter que les bons professionnels étaient surchargés de commandes.

« J'vous avais prévenu depuis l'début, non ? C'est encore une chance que vous nous ayez trouvés, franchement !

— Quand même...

— Demandez autour de vous, ma poulette. De nos jours, un artisan compétent, c'est plus rare qu'une fille canon... Enfin, vous voyez.

— Mais si ce n'est pas terminé quand le bébé sera là ?

— Allez, allez, ne plissez pas ce joli front...

— Épargnez-moi vos airs supérieurs, s'il vous plaît.

— Quels airs supérieurs ? Il faut juste que vous gardiez la foi, comme dans la chanson, vous savez ? Un peu de patience. On vous laissera pas tomber !

— Entre-temps, vous ne pourriez pas ranger votre matériel dans un coin ?

— Ah, je dois filer, là. Mais je vous envoie quelqu'un jeudi matin, promis.

— Vous avez déjà dit ça.

— Oui ? Alors, à très bientôt. »

La seule aide fiable sur laquelle je pouvais compter était Tcha, la femme de ménage de Margaret, une minuscule Thaïlandaise qui devait avoir dépassé la cinquantaine et qui malgré sa timidité maladive – elle s'exprimait pourtant dans un anglais correct – déployait une énergie rare. En une journée de travail acharné, elle a fait disparaître la pagaille laissée par les ouvriers, mais quand j'ai voulu la payer pour cet extra elle m'a annoncé que sa patronne avait pris en charge la dépense.

« J'ai l'impression d'être la cousine pauvre, avec toi, ai-je objecté quand j'ai eu mon amie au téléphone.

— Oui, on m'appelle la bonne Samaritaine.

— Nous sommes loin d'être réduits à la mendicité, tu sais ?

— C'est un petit cadeau, disons. Ça ne se discute pas.

— Je ne peux pas accepter.

— Tu n'as pas le choix. C'est mon cadeau d'adieu : six mois de Tcha, deux fois par semaine.

— Six mois ? Tu es folle !

— Non, riche !

— Je suis gênée, vraiment.

— Il n'y a pas de quoi.

— Tu es trop gentille. Et je voudrais tellement que tu restes...

— C'est le revers de la médaille, quand on est mariée à un type important. Le salaire est gros mais on ne choisit pas où on vit. Un pacte faustien, si tu veux.

— Tu es ma seule amie, à Londres.

— Je te l'ai dit, ça finira par changer. Un jour. Et puis je serai toujours au bout de la ligne si tu as besoin de quelqu'un sur qui te défouler... À moins que ce soit toi qui reçoives les appels à l'aide de ta malheureuse copine enfoncée dans la guimauve de la banlieue new-yorkaise ! »

Deux jours après, elle était partie. Le lendemain, Tony, cloué à la maison par un embarras gastrique, a ouvert de grands yeux en voyant Tcha débarquer à neuf heures du matin.

« Je croyais qu'elle ne venait que les lundis...

— Elle travaille aussi les jeudis, depuis la semaine dernière. »

C'était un mensonge, le nouvel horaire avait commencé un mois plus tôt, déjà.

« Tu as besoin d'elle si souvent ? Pourquoi ?

— Tu n'as pas remarqué l'état de cette baraque, Tony ? Et il se trouve que je suis un peu enceinte, aussi.

— Tu aurais quand même dû m'en parler.

— Depuis quand t'intéresses-tu aux questions ménagères ?

— C'est trente livres de plus par semaine.

— Oui. Le prix d'un repas à Pizza Express.

— Ça fait mille cinq cents livres par an. Sur les cinquante mille nets que je gagne, je trouve que ça...

— Jouer les experts-comptables, je ne pensais pas que c'était ton genre.

— Pas plus que de végéter dans le train-train domestique.

— Pardon ? Tu plaisantes, j'espère ?

— Tu vois très bien ce que je veux dire.

— Eh bien non, pas du tout. Si je me rappelle bien, c'est toi qui as insisté pour que je vienne à Londres avec toi, alors que je te laissais la possibilité de...

— Ouais, ouais. Je connais la musique.

— Hein ? Je n'ai jamais soulevé cette question, jusqu'ici ! Comment oses-tu me...

— Tu veux bien rabattre ton caquet ?

— Va te faire foutre, toi et tes expressions à la gomme ! Je ne rabattrai rien du tout. Je ne vais pas te laisser m'accuser de t'avoir enfermé dans une existence étriquée quand tu pouvais très bien décider de...

— D'accord, d'accord, tu as gagné. Maintenant, si tu veux bien, je vais aller me recoucher. Parce que je suis sur le point de gerber, là. »

Je l'ai regardé en silence, effarée par son ton méprisant. D'une voix sourde, j'ai fini par répliquer :

« Espèce de petit minable. Tout ça pour quelques billets, de quoi payer une femme de ménage qui m'aiderait à nettoyer ce bouge ! Tu sais pourtant très bien ce que le médecin a dit... » Comme il me tournait le dos en haussant les épaules, j'ai continué un peu plus fort : « Oh, c'est intelligent, cette réaction ! Te débiner, pour changer... Mais le plus affligeant de toutes ces mesquineries, je vais te le dire : ce n'est même pas toi qui paies Tcha ! »

Il s'est retourné.

« Qu'est-ce que tu racontes ?

— C'est Margaret qui a payé toutes ces heures de travail. Mon amie Margaret.

— Pourquoi elle ferait ça, bon Dieu ?

— Pour me rendre service. Un cadeau. Pour moi. Incroyable, non ?

— Tu as joué les miséreuses devant elle, c'est ça ?

— Toujours ta grande classe.

143

— Oui ou non ? »

Il hurlait, maintenant. Je ne l'avais jamais vu dans cet état.

« Tu me crois capable de faire une chose pareille ?

— Pour qu'elle te fasse l'aumône de cette façon...

— C'est un cadeau ! Tu peux comprendre ça ? Sa manière à elle de m'aider.

— Il est exclu que tu acceptes. Je ne veux plus de cette femme ici. À partir de maintenant !

— Mais... Pourquoi ?

— Pourquoi ? Parce que je n'ai pas besoin de la charité d'une richarde américaine à la con !

— Ce n'est pas de la charité, sale petit s...

— Arrête avec ces "petits" ! – Il y a eu un silence tendu, qu'il a fini par rompre : – Elle termine aujourd'hui et elle s'en va.

— Elle a été payée pour six mois. Et j'ai besoin d'elle.

— On trouvera quelqu'un d'autre.

— Une fois par semaine ?

— D'accord ! Deux fois, si tu y tiens tellement !

— Ce qui fera mille cinq cents livres pour un semestre. Tu vois, je sais compter, moi aussi ! Et tout ça pour quelle raison ?

— Parce que je ne tolérerai pas que...

— Parce que tu es offensé dans ta vanité de petit-bourge !

— Tu me... dégoûtes. »

Soudain vidée de mes forces, je suis restée sans voix, frissonnante, puis j'ai murmuré : « Elle ne s'en ira pas. Mets-toi ça dans la tête. Elle reste. » Et j'ai quitté la pièce aussi vite que je pouvais. D'instinct, j'ai trouvé refuge dans la chambre d'enfant, où je me suis effondrée sur le fauteuil en osier, secouée de sanglots hystériques. Des mois de fureur rentrée – tout ce temps où j'avais supporté les sautes d'humeur de Tony, ses airs maussades, les travaux interminables, l'indifférence acharnée de toute cette ville – se libéraient brusquement des multiples cordons sanitaires que j'avais imposés à mon indignation. C'était comme si mes larmes ne devaient plus jamais s'arrêter. Seule l'idée que je risquais de faire du mal à mon enfant m'a enfin permis de reprendre un certain contrôle sur moi-même. Je suis restée assise, épuisée, stupéfaite par l'intensité de cette crise, moi qui n'avais jamais pleuré facilement.

Pendant une demi-heure au moins, j'ai tenté de réfléchir à toute cette frustration accumulée sous la frêle coquille des apparences, dans un mariage. On peut se mordre la langue, tendre la joue gauche, se forcer au silence et puis, un jour, les bornes sont franchies, une stupide dispute à propos de la femme de ménage prend les proportions d'un tremblement de terre. La coquille se rompt, révélant un mépris longuement accumulé, le besoin de décocher les piques les plus blessantes, un horrible désir de revanche. Les dégâts sont considérables et le plus effrayant, c'est qu'il a suffi d'à peine une minute pour que tout l'édifice tombe en pièces...

La porte s'est ouverte. Pâle, crispé, Tony s'est approché sans me regarder dans les yeux.

« Ça va mieux, maintenant ?

— Je pense, oui.

— Bien. Alors... Si tu veux la garder, je n'ai pas d'objection.

— D'accord.

— Mais il y a une chose. Ne m'appelle plus jamais "petit". Jamais. »

Sur ce, il a quitté la pièce.

Une heure plus tard, il dormait profondément quand j'ai risqué un coup d'œil dans notre chambre. Il s'est réveillé en début de soirée. Sa fièvre était tombée. Il a poliment accepté une tasse de thé lorsque je lui ai

145

demandé s'il voulait quelque chose. J'étais encore sous le coup de cette scène affreuse mais lui paraissait l'avoir déjà oubliée.

« On n'a rien de prévu, ce week-end ? s'est-il enquis d'un ton dégagé à mon retour de la cuisine.

— Non, autant que je me rappelle.

— D'où te vient cette sombre humeur ?

— À quoi tu t'attendrais, franchement ?

— Je ne comprends pas.

— Enfin ! Après une dispute pareille, tu ne voudrais tout de même pas que...

— Bah, c'est de l'histoire ancienne, ça.

— Ce n'est pas si facile, pour moi.

— Donc on est libres, vendredi et samedi ?

— Mais... oui.

— Parfait. Il faut que j'aille à Bruxelles, ces deux jours-là. Grosse réunion des ministres des Affaires étrangères de l'Union européenne. Le journal tient à ce que j'y sois.

— C'est pour ça que tu me demandais ? Vas-y et amuse-toi bien.

— S'amuser à Bruxelles ? Je ne pense pas que ce soit possible. Mais s'il n'y a rien de prévu...

— Rien, non. »

Au cours des jours suivants, nous sommes restés à distance polie l'un de l'autre. Fidèle à lui-même, Tony faisait comme si ce qui s'était passé s'apparentait à une amusante bataille de polochons. Au contraire, je repassais sans cesse le film de la dispute dans ma tête, analysant chaque phrase, chaque sous-entendu, cherchant un sens à cette brusque explosion d'hostilité. Il avait raison de souligner ma tendance à tout vouloir expliquer et à ne tourner la page qu'après une bonne dose de questionnements torturés. Mais, cette fois, les choses étaient allées assez loin pour me conduire inexorablement au constat que j'avais épousé quelqu'un qui ne parlait pas la même langue que moi. Ce n'était même plus les nuances divergentes qu'un mot anglais peut acquérir dans la bouche d'un Britannique ou d'un Américain : notre confrontation m'obligeait à envisager que nous ne puissions jamais trouver un terrain d'entente, lui et moi, que nous allions rester des étrangers forcés par les circonstances à vivre sous le même toit. Certes, l'harmonie fusionnelle est rare, y compris dans les couples les plus unis. Certes, on ne peut jamais prétendre connaître quelqu'un de fond en comble. Dans notre cas, cependant, la découverte était plus grave : j'en étais venue à me demander si je serais un jour capable de me résigner à ce mur de Berlin émotionnel que Tony avait édifié autour de lui et que je n'arrivais pas à franchir.

Était-il réellement convaincu que je l'avais poussé dans une prison d'ennui domestique, condamné à au moins dix-huit ans de responsabilité paternelle ? Mais c'était lui qui avait proposé le mariage, insisté pour que je vienne à Londres... En était-il arrivé à me soupçonner d'avoir fait exprès de me retrouver enceinte dans le seul but de renforcer mon emprise sur lui ? Avait-il eu peur d'être mal jugé par ses collègues s'il m'abandonnait en chemin ? S'était-il senti obligé de lier son sort au mien ?

Je pouvais envisager toutes les suppositions, Tony n'en demeurait pas moins une énigme. Et je n'avais pas le recours de lui enjoindre de me parler franchement, puisqu'il en était incapable, pas plus que je n'arrivais à savoir s'il m'aimait, ni même s'il appréciait ma compagnie. Tout en lui était surcodé, indéchiffrable. Il pouvait avoir des moments de grande tendresse, aussitôt suivis de longues périodes glaciaires au cours desquelles je me demandais s'il y avait autre chose que du ressentiment dans son cœur, et puis soudain arrivait une marque d'affection inattendue...

Comme lorsqu'il est revenu de ce week-end à Bruxelles avec un magnifique Mont Blanc pour moi, un stylo à plume ruineux qu'il avait vu dans une vitrine de la Grand-Place et acheté dans la minute. Deux jours plus tard, cependant, nous étions de nouveau sur notre banquise conjugale.

Souvent, je me disais qu'il se sentait peut-être dépaysé dans cet univers de la vie en couple auquel son tempérament le disposait si peu, et dans lequel nous étions tous deux entrés par la force des circonstances plus que par choix. D'autres fois, lorsque tout cela devenait trop oppressant, j'en venais à décider qu'il était tout bonnement incapable de s'intéresser à qui que ce soit d'autre que sa fascinante personne. Je lui en voulais de ne pas communiquer avec moi mais je m'attribuais la responsabilité de son attitude. Pour le reste, j'avais été folle de me marier avec quelqu'un que je connaissais si peu.

« On épouse toujours un inconnu, non ? » a objecté Sandy au cours de l'une de nos conversations quotidiennes, qui lui permettaient d'assister presque en direct à ma lente descente dans les affres de la déception conjugale. Tout en déplorant d'être si loin de moi, elle savait m'écouter, donner de temps à autre un avis chaleureux, et toujours tenter de m'aider à remettre mes petits problèmes en perspective : « Tu as un exemple parfait avec moi. Depuis le début, je me suis persuadée que Dean était fondamentalement un type stable, prévisible, presque ennuyeux. Je me suis convaincue que c'était un bon point, finalement, parce que au moins je pourrais toujours compter sur lui. Quand je l'ai rencontré, c'était exactement ce dont j'avais besoin : quelqu'un d'honnête et de sérieux. Et ensuite, quoi ? Après dix ans de stabilité et trois gosses dans la foulée, il découvre que cette vie si stable et si prévisible est ce qui pouvait lui arriver de pire. Il rencontre la nana de ses rêves, cette connasse écolo... Garde forestière dans le Maine, tu imagines ! La fille de mère Nature en personne ! Et il se tire avec elle dans une cabane perdue au fin fond d'un parc national. Toi, au moins, tu n'ignores pas que ton bonhomme est du genre compliqué. D'après mon expérience, c'est plutôt un atout. Mais bon, ça, tu le sais déjà... »

Peut-être, en effet. Abordant ma dernière semaine de grossesse, je ne cessais de me répéter qu'il fallait accepter les caprices du hasard, raisonner ses espoirs, prendre la vie comme elle venait, garder la tête haute et autres clichés optimistes. Quand Tony m'a annoncé qu'il devait effectuer un aller-retour à La Haye pour préparer un grand papier sur la Cour internationale chargée des crimes de guerre, mais qu'il y renoncerait si je pensais que c'était trop proche de la date estimée pour l'accouchement, j'ai répondu : « Mais non, chéri, ne t'inquiète pas. » Et quand il m'a téléphoné des Pays-Bas le lendemain matin en me promettant qu'il prendrait un avion pour Londres à neuf heures du soir, j'ai trouvé que c'était gentil de sa part. Et quand je me suis retrouvée devant la mine renfrognée de M. Noor en allant acheter le journal, je me suis dit que c'était son problème, non le mien. Et quand mes yeux ont parcouru la triste grisaille de ces rues, j'ai décidé qu'elles paraîtraient avenantes dès que l'été arriverait. Et quand je suis entrée dans ma cuisine en chantier, j'ai pensé que les ouvriers finiraient bien par revenir un jour et que tout serait merveilleux.

Toute la journée a passé ainsi, dans cette litanie d'autopersuasion, à peindre la vie en rose. À la nuit tombée, toutefois, j'ai dû m'étendre, assaillie par la fatigue. Je somnolais déjà, mais une étrange sensation m'a tenue vaguement éveillée : j'avais l'impression d'être partie quelque part, sans savoir où. Un endroit obscur et humide, tellement humide... Brusquement, je suis revenue à la pleine conscience. Il faisait nuit noire dehors. Mon regard a dérivé sur le réveil. 18 h 48. Mais pourquoi le lit semblait-il... mouillé ? Ce n'était pas un rêve, alors...

Je me suis redressée d'un bond, repoussant la couette. Les draps étaient trempés. Mon pyjama aussi.

J'avais perdu les eaux.

5

JE N'AI PAS PANIQUÉ, NI MÊME EU UN MOUVEMENT DE SUR-
PRISE. Je me préparais depuis tellement longtemps à ce
moment que j'ai agi comme si je suivais une check-list.
Sortir péniblement du lit, aller au téléphone, appeler
la compagnie de taxis que j'utilisais d'habitude. Vingt
minutes d'attente, m'a annoncé le standardiste. « Je
suis sur le point d'accoucher, ai-je répliqué avec un
calme surnaturel.

— Vous me charriez, m'dame ? »

Je me suis retenue pour ne pas rire.

« Pas du tout. Il faut que je sois à l'hôpital Mattingly
au plus vite.

— Ah, c'est sérieux, alors ?

— Très.

— Je vous envoie une voiture dans trois minutes,
maximum.

— Merci. »

Ensuite, comme le mobile de Tony sonnait occupé,
j'ai téléphoné sur sa ligne directe au journal et je lui ai
laissé un court message, lui demandant de se rendre à
l'hôpital dès qu'il rentrerait à Londres. Puis j'ai enlevé
mon pantalon de pyjama et mon tee-shirt mouillés,
passé des vêtements aussi flottants que possible,
attrapé la petite valise que j'avais préparée depuis des
jours. On a sonné à la porte d'entrée au moment où je

descendais prudemment les escaliers. Un type court et massif, crâne rasé, anneau doré à une oreille, une cigarette coincée entre les dents qu'il a jetée dans le caniveau en découvrant mon énorme ventre. Il s'est précipité pour me soutenir :

« Bon Dieu, vous êtes *vraiment* enceinte !

— Ce n'est pas une blague, non, ai-je répondu, le souffle coupé par le brusque spasme de douleur qui me tordait l'abdomen.

— Vous inquiétez de rien, a-t-il commandé en m'installant à l'arrière du taxi. On va y être en deux secondes. »

Il s'est montré à la hauteur de sa promesse, filant sur Wandsworth Bridge avant de prendre des petites rues pour esquiver les bouchons, jouant du klaxon afin d'écarter passants et cyclistes... Sa célérité était la bienvenue car je commençais à avoir l'impression qu'une monstrueuse créature avait attrapé mes viscères entre ses doigts informes, décidée à m'entraîner sur des territoires de souffrance jusqu'alors inconnus. Chaque fois que je laissais échapper un cri d'agonie, le chauffeur appuyait encore plus sur l'accélérateur tout en me suppliant de « tenir le coup ». Finalement, il a pilé devant l'entrée principale du Mattingly et s'est précipité à l'intérieur pour revenir aussitôt avec deux garçons de salle poussant une civière. Ils m'ont aidée à sortir sur le trottoir.

« Vous avez été extraordinaire, ai-je dit au chauffeur. Combien je vous dois ?

— C'est la maison qui offre, a-t-il répliqué en allumant une autre cigarette d'une main qui tremblait un peu. Mais vous pouvez lui donner mon nom, peut-être !

— Vous vous appelez comment ?

— Sid. »

Quelques secondes plus tard, je passais les portes battantes de la maternité, étendue sur mon lit roulant, et une infirmière menue, aux traits asiatiques, se penchait sur moi. Tout en enfilant une paire de gants jetables qu'elle avait prise sur un chariot, elle m'a annoncé qu'elle allait procéder à une palpation de vérification. Même si elle s'y prenait aussi doucement que possible, ses doigts ont produit le même effet que des serres effilées se plantant dans mon corps. Comme je réagissais plutôt bruyamment, elle m'a lancé un coup d'œil :

« C'est difficile, n'est-ce pas ?

— Atroce, vous voulez dire !

— Je vais appeler un médecin dès que j'aurai...

— Il me faut une péridurale... tout de suite.

— Le médecin doit d'abord...

— Une péridurale, merde ! Tout de suite ! »

Elle m'a regardée, stupéfaite par ma véhémence, puis m'a tapoté l'épaule :

« Je vais voir ce que je peux faire. »

Dix minutes sont passées, dix minutes de torture tellement extrême que j'aurais pu signer n'importe quel aveu, me désigner responsable de la Révolution française ou du réchauffement de la planète. L'infirmière est finalement revenue avec un brancardier.

« Où vous étiez, bon sang ? ai-je hurlé.

— Calmez-vous, s'il vous plaît. Il y avait trois patientes avant vous aux ultrasons.

— Je ne veux pas de vos foutus ultrasons ! Je veux une péridurale ! »

Ils ont échangé un regard qui me classait définitivement parmi les folles furieuses et, sans un mot, m'ont conduite en salle d'examen, où le radiographe m'a enduit le ventre d'une épaisse couche de gel avant de déposer les sondes dessus. Un gros bonhomme est entré dans la pièce. Il portait une chemise à carreaux et une cravate en tricot sous sa veste blanche, un pantalon en velours côtelé et des bottes de chasse vertes. On aurait cru un gentleman-farmer dans ses terres, à un saisissant détail près : les bottes étaient éclaboussées de sang.

« Je m'appelle Kerr. Le suppléant de M. Hughes aujourd'hui. Nous avons une petite difficulté, je crois comprendre ?

— Il faut... une péridurale... tout de suite !

— Nous allons voir dans quelques secondes ce que... »

Le technicien l'a interrompu avec une formule que personne ne voudrait jamais entendre dans un contexte pareil :

« Vous devriez regarder ça, monsieur. »

Kerr s'est penché sur les écrans. Ses yeux se sont dilatés une seconde mais il s'est redressé calmement et s'est disposé à agir sans manifester la moindre anxiété. Il a murmuré quelques mots à une aide-soignante, parmi lesquels j'ai discerné avec horreur ceux de « réanimateur bébé », puis il a enfilé des gants de chirurgien et m'a demandé si je pouvais me soulever un peu afin que l'infirmière puisse retirer ma culotte.

« Qu'est... qu'est-ce qui se passe ?

— Il faut que je vous examine. Cela risque d'être un peu... inconfortable. »

Ces euphémismes... J'ai rugi de douleur dès que ses doigts se sont posés sur moi. Il a adressé un signe de tête à l'infirmière qui m'avait aidée à ouvrir les jambes.

« Quand vous êtes-vous alimentée pour la dernière fois, madame Goodchild ?

— Je... j'ai mangé un toast il y a environ six heures.

— Lavage d'estomac », a commandé M. Kerr.

Tout s'est accéléré autour de moi, sans que j'aie la moindre idée de ce qui m'arrivait, mais une autre vague de souffrance m'a arraché un hurlement au lieu de la question que je voulais poser.

« Je fais venir un anesthésiste, a annoncé tranquillement le médecin. Nous allons devoir pratiquer une césarienne. »

Sans me laisser le temps de réagir, il m'a expliqué que le bébé s'était retourné, se présentant désormais par le siège. Pire encore, il semblait que le cordon ombilical s'était enroulé autour de son cou, et c'est ce qu'il avait voulu vérifier au toucher, mais la position du fœtus l'en avait empêché...

« Il ne va pas vivre ? l'ai-je coupé.

— Le moniteur fœtal indique que le cœur bat régulièrement. Mais il faut agir vite. »

Deux nouvelles aides-soignantes sont entrées en hâte, chacune poussant un chariot. Une femme d'origine indienne en blouse blanche s'est approchée de moi :

« Dr Chaterjee, anesthésiste. Nous vous faisons une générale, et comme vous avez ingéré quelque chose dans les dernières douze heures le lavage d'estomac est obligatoire. » J'ai poussé un grognement mais déjà l'une des assistantes s'avançait avec un long tube lubrifié dans la main.

« Ouvrez grande la bouche, s'il vous plaît. Ce n'est pas très plaisant, je sais, mais nous allons essayer de faire au plus vite. »

« Pas très plaisant ». Le tube me brûlait la gorge, bloquait ma respiration tout en descendant impitoyablement vers mon estomac. J'avais l'impression de me noyer, j'ai voulu crier que j'étouffais mais j'étais incapable de former un son cohérent. Remarquant mon affolement, l'assistante a murmuré : « Encore un peu de patience. Respirez par le nez. » Elle est arrivée au fond, a appuyé sur une touche de l'appareil près d'elle et cela a été comme si on venait d'allumer un aspirateur dans mon ventre. Les larmes me sont montées aux yeux. Je me suis sentie au bord de la nausée. « On le retire, maintenant. » Le tube a parcouru le chemin inverse, m'écorchant à nouveau. Dès qu'il a été dehors, j'ai été prise de vomissements, rien de plus qu'un peu de bave sanguinolente. On m'a épongé la bouche. Déjà le Dr Chaterjee appuyait une boule de coton mouillé sur ma main gauche. « Ça va piquer un peu, a-t-elle prévenu en enfonçant l'aiguille de sa seringue dans la chair. Maintenant, comptez à rebours, à partir de dix. » J'ai marmonné entre mes dents : « Dix, neuf, huit... » Après, je ne me rappelle plus.

C'est étrange, de disparaître du monde des vivants sous l'effet d'une injection. Dans l'univers de l'anesthésie, il n'y a pas de rêve, pas de notion du temps, juste un vide absolu où le cerveau n'est plus assailli par aucune pensée, aucun souci. Au contraire du sommeil, toujours perméable, l'isolement chimique est total. Et après les moments traumatisants que je venais de passer, c'était exactement ce qu'il me fallait. Du moins jusqu'à mon réveil.

Me rappeler où j'étais, d'abord. Rien de facile, quand tout ce que mes yeux pouvaient discerner à travers mes paupières engluées était l'éclat aveuglant d'un néon au-dessus de ma tête, et mes oreilles capter une toux bronchitique, entrecoupée de hoquets révulsants. Je baignais dans un brouillard poisseux qui faisait paraître chaque son menaçant et s'opposait à mes efforts de reconstituer lentement le puzzle : hôpital, quelqu'un qui tousse, je suis dans un lit, ma tête va exploser, j'ai mal partout, mon enfant est...

« Venez ! » ai-je hurlé soudain, tentant de me redresser pour appeler à l'aide et découvrant alors que toute la partie inférieure de mon corps ne répondait plus.

Un visage d'Antillaise aux traits délicats est apparu dans mon champ de vision.

« Vous êtes réveillée ?

— Le bébé...

— C'est un garçon. Trois kilos sept. Félicitations.

— Je... je peux le voir ?

— Il est en salle de soins intensifs.

— Il... Quoi ?

— C'est juste la précaution d'usage après un accouchement difficile.

— Le cordon... autour du cou... Son cerveau a été touché ?

— Je ne sais pas.

— Je veux le voir.

— Bien sûr. Mais il faut d'abord que vous récupériez des suites de la césarienne.

— Non ! Maintenant !... S'il vous plaît... »

L'infirmière m'a considérée un instant.

« Je vais vérifier. »

Elle est revenue au bout de quelques minutes.

« M. Kerr vient tout de suite.

— Je vais voir mon enfant ?

— Parlez à M. Kerr. »

Il est arrivé, égal à lui-même, sinon que ses bottes étaient encore plus tachées de sang. À cause de moi, sans doute.

« Alors, comment se sent-on ?

— Mon fils... Comment va-t-il ?

— La césarienne s'est bien passée, surtout pour un siège. Et le cordon ombilical n'était pas aussi serré autour de son cou que je l'avais craint. Donc, en gros...

— Pourquoi l'avez-vous emmené ?

— C'est toujours ce que l'on fait, notamment après un accouchement aussi complexe. Et puis il a fallu l'oxygéner dans les minutes qui...

— Comment ?

— Le placer sous oxygène. Il est arrivé un peu faible mais il a bien réagi à la ventilation.

— Donc, son cerveau n'a pas été atteint ?

— Je vous l'ai dit, j'ai eu la satisfaction de constater

que le cordon n'avait pas exercé une pression trop importante. Nous avons tout de suite cherché des traces d'hémorragie cérébrale au scanner. Il n'y en a pas. Dans un jour ou deux, nous ferons un encéphalogramme et une IRM pour être sûr que tout est en ordre sur le plan neurologique. Mais pour l'heure il vaudrait mieux ne pas penser à tout cela.

— J'ai besoin de le voir !

— Ce dont vous avez "besoin" avant tout, madame Goodchild, c'est de repos. Vous avez perdu beaucoup de sang pendant l'opération, au point que nous... bien, nous avons été inquiets pour vous. Tant que je ne serai pas certain que vous ne courez plus aucun risque postopératoire, je préfère que vous...

— Cinq minutes, pas plus. C'est tout ce que je demande. »

Kerr a réprimé une grimace. Apparemment, il n'avait pas l'habitude de voir ses patientes contester ses recommandations, pas plus qu'il ne se montrait à l'aise devant le ton suppliant que j'avais adopté. Il a réfléchi un instant, puis :

« Vous êtes consciente que son apparence actuelle est susceptible de vous affecter ? Les soins intensifs en pédiatrie, ce n'est pas l'endroit le plus réconfortant qui soit...

— Je sais, oui. »

Il s'est mordu les lèvres, le regard baissé, se demandant sans doute s'il pouvait prendre la responsabilité de me laisser quitter mon lit. Après un moment de réflexion, il a levé les yeux :

« Cinq minutes, pas plus. D'accord ?

— Oui... merci.

— Vous comprenez qu'il faudra rester le plus au calme possible pendant une semaine, environ. Le temps que la cicatrisation soit satisfaisante et que votre organisme retrouve son équilibre. Voilà. » Il s'éloignait déjà quand il s'est retourné : « Ah, et mes meilleurs vœux, n'est-ce pas ? Le père est-il au courant ? »

Depuis mon arrivée à l'hôpital, c'était la première fois que mes pensées allaient à Tony. Lorsque j'ai demandé à l'infirmière s'il avait appelé, elle m'a répondu que non, à sa connaissance, mais qu'elle allait vérifier avec les autres et pourrait lui passer un coup de fil, si je lui donnais le numéro. J'ai regardé l'horloge. Six heures et quart. Il était peut-être encore au journal. Il avait eu mon message, donc... J'allais proposer de m'en charger moi-même quand deux aides-soignants se sont présentés avec un fauteuil roulant spécialement équipé pour les patients sous transfusion.

« Vous devriez y aller tout de suite, m'a suggéré l'infirmière. Ils vont très vite avoir besoin du fauteuil ailleurs, pas vrai, vous deux ?

— C'est un modèle très demandé, oui, a plaisanté l'un d'eux. Allez, ma jolie, on vous emmène voir votre mouflet. »

J'ai noté en hâte les trois numéros de Tony sur le papier qu'elle me tendait. Déjà, les deux mastards, qui avaient la carrure de lutteurs professionnels, me soulevaient sans effort du lit tout en collectant les multiples tubes de goutte-à-goutte. En me retrouvant soudain assise, j'ai été prise de vertige. Mon estomac s'est soulevé, quelques violentes nausées m'ont secouée, laissant un goût affreux dans ma bouche et mes yeux noyés de larmes. L'infirmière a essuyé mon visage moite. « Vous êtes sûre que vous pouvez ? » J'ai hoché la tête et elle a autorisé d'un signe les deux aides-soignants à y aller.

Nous avons traversé la maternité, passant entre des lits où de récentes accouchées reposaient, un berceau près d'elles. Au bout d'un long couloir, nous avons attendu devant un ascenseur de service. Quand la porte a coulissé, j'ai vu que nous allions avoir de la compagnie : une femme âgée sur une civière roulante, raccordée à une batterie de moniteurs et de sondes, dont la respiration heurtée évoquait les râles de l'agonie. Nos yeux se sont croisés deux secondes, j'ai lu dans les siens une terreur sans nom et je me suis dit : *Une vie s'achève, une autre commence... Si mon fils s'en tire.*

Deux étages plus haut, nous avons atteint l'unité de soins intensifs pédiatrique. Le plus jovial de mes deux accompagnateurs s'est penché pour chuchoter à mon oreille : « À votre place, ma jolie, je ne regarderais pas tant qu'on n'est pas arrivés à votre bébé. Croyez-moi, c'est pas mal déprimant, là-dedans. »

J'ai suivi son conseil, gardant les yeux au sol. Cela ne m'a pas empêchée d'être frappée par le silence déconcertant qui régnait ici : pas une voix, juste le murmure continu des appareils médicaux, les bips réguliers venus rappeler qu'un petit cœur continuait à battre. J'avais les paupières closes, maintenant, effrayée de découvrir quelque chose qui me hanterait pour le restant de ma vie. Le fauteuil s'est arrêté. « On y est, ma jolie. » J'ai lutté contre une partie de ma volonté pour oser un regard, et...

Je savais qu'il était dans une couveuse, et certes, son corps minuscule paraissait encore fragile dans ce sarcophage de plastique. Je m'attendais aussi à voir des fils et des tubes, mais pas ce fouillis qui l'environnait de toutes parts, jusqu'aux deux tuyaux transparents plongés dans chaque narine. Il avait le visage ridé d'un vieillard, et enflé aussi, comme... un pruneau, oui. Étrange, étranger, et terriblement vulnérable. Une idée à la fois incongrue et affolante m'a assaillie : et si ce n'était pas « lui », si ce n'était pas mon fils ? J'avais lu qu'une mère était submergée d'amour en voyant son enfant pour la première fois, que la fibre maternelle s'exprimait au premier instant. Mais moi, comment pouvais-je me sentir indestructiblement liée à cette infime créature que l'on me présentait sous une cloche transparente et qui faisait pour l'heure penser à quelque inquiétante expérience médicale ?

Aussitôt, une honte cuisante m'a tenaillée, doublée d'une horrible hypothèse, presque un constat : peut-être étais-je tout simplement incapable d'amour maternel. Mais dans ce tourbillon émotionnel une autre voix s'est soudain élevée en moi, toute de rationalité et d'apaisement : « Tu es en plein choc postopératoire, ton enfant est dans un état grave, tu as perdu du sang, tu es encore sous le coup de l'anesthésie... Dans une telle situation, tu vois ton bébé sous un aspect déprimant et tu ne voudrais pas avoir l'impression de perdre tous tes repères ? Qui pourrait réagir autrement ? »

Tout en essayant de ramener le calme en moi, j'ai à nouveau regardé le nourrisson et attendu que « l'instinct » m'emporte dans son torrent. Je n'ai ressenti que de la peur. Une peur irrépressible, non seulement à l'idée que ses fonctions vitales aient été affectées mais aussi en me demandant si j'avais la force de me confronter à tout... ça. J'avais envie de pleurer pour lui, et pour moi également. Encore autre chose : j'aurais tout donné pour m'enfuir de cette salle.

Comme s'il avait senti ce que j'éprouvais, l'aide-soignant le plus bavard m'a effleuré l'épaule :

« On vous ramène à votre lit, ma jolie. »

J'aurais voulu approuver d'un signe. À la place, j'ai plaqué mon poing contre ma bouche pour étouffer un sanglot.

« Je suis sûr qu'il va s'en tirer, a-t-il murmuré. C'est ce qui arrive, presque toujours. »

Je n'ai rien répondu, mais je n'en croyais pas un mot.

Retour à mon lit. Après un moment pour retrouver mes esprits, j'ai pris un petit miroir posé sur ma table de nuit. Un visage cendreux, figé par les analgésiques qui continuaient à circuler dans mes veines, était devant moi. J'avais déjà vu ce masque hagard sur d'autres personnes : des rescapés d'un attentat à la bombe titubant dans les décombres. Je me suis laissée retomber sur les draps d'hôpital raides et froids. Des mots se sont formés dans ma tête. *En chute libre. J'ai basculé dans un néant mais je suis trop paumée pour réagir.*

Les larmes ont jailli, non de douleur cette fois, ni de désolation, mais avec une rage bruyante, dans une plainte presque animale. L'infirmière qui s'est précipitée à mon chevet a dû croire que c'était une réaction à la vue de mon enfant, doublée d'un accès de dépression finalement commun après une césarienne, mais la réalité était beaucoup plus simple, et plus effrayante : je ne savais pas pourquoi je pleurais. Je ne ressentais rien. Toute émotion formulable m'avait quittée, sinon ce besoin de hurler, hurler encore, au point de couvrir les phrases de réconfort qu'elle tentait de prononcer. Je ne comprenais pas ce qui m'arrivait, sinon que je pleurais parce qu'il fallait que je pleure, et que j'étais incapable de m'arrêter.

« Madame Goodchild... Madame Goodchild... Sally... ? »

Sans l'écouter, repoussant ses mains loin de moi, je me suis recroquevillée en position fœtale et j'ai mordu l'oreiller pour essayer en vain de stopper mes sanglots. L'infirmière avait dû appeler du renfort sur son talkie-walkie puisque je l'ai entendue échanger quelques mots avec l'une de ses collègues arrivée en poussant un chariot. Après quelques secondes, j'ai senti qu'on relevait la manche de ma chemise de nuit sur mon bras gauche. « Le docteur dit que cela va vous aider, Sally. » Je n'ai pas répondu car mes dents étaient toujours fichées dans l'oreiller. À nouveau, une aiguille s'est plantée dans ma chair et à nouveau j'ai éprouvé cette sensation de basculer dans un vide tentateur.

Mon réveil n'a pas été aussi brutal ni aussi pénible qu'après l'accouchement. Je suis revenue au monde peu à peu, avec la bouche comme le Sahara et le cerveau cotonneux. Quand mes yeux ont commencé à s'ajuster à la lumière, ils sont tout de suite tombés sur une petite carafe d'eau à mon chevet. En quelques secondes, je l'avais attrapée et vidée. Instantanément, j'ai été prise d'un besoin pressant d'uriner mais j'arrivais à peine à bouger, à cause des cicatrices et des tubes de perfusion. J'ai appuyé sur le bouton pour appeler l'infirmière. Celle qui s'est présentée m'était inconnue. Dowling – d'après son badge – était une femme mince et nette d'une quarantaine d'années, avec un accent d'Irlande du Nord. Elle dégageait une notable sévérité.

« Oui ?

— Je dois aller tout de suite aux toilettes.

— À ce point ?

— À ce point, oui ! »

Avec un soupir discret mais très clairement agacé, elle s'est penchée pour prendre un bassinet émaillé sous mon lit et m'a demandé sans cérémonie de « soulever le postérieur ». J'ai essayé d'obéir mais j'étais incapable de bouger. « Il va falloir que vous m'aidiez. » D'un air pincé, elle m'a saisie par les cuisses, a glissé l'urinoir sous moi en rabattant ma chemise de nuit sur mes jambes.

« Voilà, allez-y. »

Facile à dire. Outre le fait que je me sentais comme une oie blanche embauchée dans une vidéo pour fétichistes, j'étais obligée de me poser la question : y a-t-il beaucoup de gens qui peuvent pisser couchés ?

« Vous devez m'aider, ai-je tenté.

— Ah, on n'est pas facile... »

Si mon cerveau n'avait pas été dans un tel brouillard, je l'aurais volontiers remise à sa place. En grommelant, elle m'a attrapée par une épaule pour me soulever le torse. Ma vessie a enfin pu se vider, envahissant le lit d'une chaleur moite et d'une violente odeur chimique qui lui a immédiatement fait plisser les narines de dégoût.

« Mais qu'est-ce que vous avez bu ? s'est-elle exclamée avec une sorte d'indignation méprisante.

— Vous vous adressez toujours à vos malades de cette manière ? »

C'était Tony. Il était arrivé derrière elle et j'ai vu ses yeux me découvrir dans cette disgracieuse position – à cheval sur un bassinet – et aussi dans l'état anémique et semi-nauséeux où je me trouvais. Il m'a adressé un signe de tête, un bref sourire, avant de faire face à l'infirmière, qui, comme tous les petits chefs surpris en train de tyranniser une victime, s'était soudain radoucie et jouait les innocentes.

« Je ne voulais rien dire de blessant.

— Si, vous vouliez, a-t-il répliqué, le regard fixé sur son badge. Et je vous ai vue la malmener, aussi. »

Décomposée, elle s'est tournée vers moi :

« Je suis désolée. C'est un mauvais jour pour moi mais je ne cherchais certainement pas à...

— Retirez ce bassin et laissez-nous », l'a interrompue Tony, cinglant.

Elle a obtempéré, allant même jusqu'à me reborder soigneusement dans mon lit.

« Vous... vous avez besoin de quelque chose d'autre ?

— Oui : du nom de votre supérieure », a lancé Tony, ce qui a suffi à la faire déguerpir précipitamment.

« Alors, cette pièce de théâtre, c'était comment, madame Hobbs ?

— Où étais-tu passé ?

— On ferait peut-être mieux de commencer par le plus important. Comment va notre fils, par exemple. Et comment tu vas, toi.

— Je sais comment il va, ai-je murmuré en détournant la tête. Mal.

— Ce n'est pas ce qu'ils m'ont dit la nuit dernière.

— Tu... tu es venu ?

— Oui. Tu dormais. L'infirmière de garde m'a appris que tu avais été un peu...

— "Agitée", c'est ça ? Ou bien elle a laissé tomber les périphrases british et a dit que j'avais complètement perdu la boule ?

— C'est comme ça que tu le vois, Sally ?

— Par pitié, épargne-moi tes putains d'airs raisonnables, Anthony. »

Je l'ai vu tressaillir devant cet accès de sale caractère, et devant les larmes qui m'étaient brusquement venues aux yeux.

« Tu préférerais que je revienne plus tard ? »

J'ai réussi à maîtriser mes sanglots, tout en secouant la tête. Après quelques secondes, j'ai soufflé :

« Alors, tu étais là, hier soir ?

— Oui. Je suis arrivé juste avant onze heures. Directement de l'aéroport. Mais ils m'ont expliqué...

— ... qu'ils avaient dû me droguer parce que je n'arrêtais pas de pleurer ?

— ... que tu avais traversé un mauvais moment et qu'ils avaient décidé de te donner quelque chose pour dormir.

— À onze heures, tu étais là ?

— Je viens de te le dire.

— Et pourquoi pas avant ?

— Parce que j'étais à La Haye, tu le sais bien, bon sang... Enfin, encore une fois, nous avons plus important à discuter. Jack, par exemple.

165

— Jack ? Qui est-ce ? »

Il m'a observée avec un certain effarement.

« Mais... notre fils.

— Je ne savais pas qu'il avait déjà reçu un nom.

— On en a parlé il y a quatre mois, Sally.

— Non, pas du tout.

— Le week-end à Brighton ? Sur la promenade ? »

La conversation à laquelle il faisait allusion m'est soudain revenue en mémoire. Une fin de semaine où il avait été question d'« envoyer balader tous les soucis », d'après lui, sauf qu'il n'avait cessé de pleuvoir, que Tony avait souffert d'une légère intoxication alimentaire après avoir commandé des huîtres dans un restaurant prétentieux et que j'avais conclu que le mélange d'élégance cossue et de ringardise de Brighton expliquait sans doute pourquoi les Anglais raffolaient tellement de cette station balnéaire. Avant de se mettre à vomir ses tripes dans notre suite au Grand Hôtel – surclassement offert par la direction –, nous avions en effet tenté brièvement quelques pas sur le front de mer détrempé et Tony avait en effet mentionné qu'il aimait bien le prénom Jack, pour un garçon. Ma réponse, dont je me souvenais parfaitement, avait été mot pour mot : « Oui, Jack, c'est pas mal... » Et c'était cela qu'il avait pris pour un accord en bonne et due forme !

« J'ai juste dit que...

— ... que ça te plaisait, Jack. Et je l'ai pris pour une approbation, je m'en excuse.

— Ce n'est pas si grave. Un petit malentendu sans conséquence. »

Assis sur le bord du lit, il a croisé les jambes avec nervosité.

« Eh bien, en fait...

— En fait quoi ?

— Ce matin, je suis passé à l'état civil de Wandsworth et j'ai pris les formulaires de déclaration. Je... j'ai mis Jack Edward Hobbs... Edward à cause de mon père, bien sûr. »

Je l'ai dévisagé, d'abord trop indignée pour parler, puis :

« Tu n'avais pas le droit... Merde, tu n'as pas le droit !

— Moins fort, s'il te plaît.

— Tu me demandes d'écraser quand je découvre que tu...

— On était en train de parler de Jack, Sally.

— Il ne s'appelle pas comme ça, compris ? Je ne veux pas qu'on lui impose un nom qui...

— Sally ? La déclaration n'est pas enregistrable sans ta signature, évidemment. Donc, si tu veux bien ar...

— Arrêter quoi ? De m'exprimer ? Il faudrait que je joue à ces conneries de flegme anglais pendant que mon fils est là, en train de... mourir ?

— Ce n'est pas le cas.

— Si, ça l'est ! Il va mourir et je... je m'en fiche. Tu m'entends ? Ça m'est complètement égal ! »

Je me suis laissée retomber sur les oreillers et j'ai tiré les couvertures sur ma tête, terrassée par une nouvelle crise de désespoir. Comme la veille, je sentais un vide affreux en moi. Des chuchotements ont commencé à s'élever près de mon lit. Tony avait dû appeler une infirmière. Des bribes de phrases me parvenaient, dérisoires : « ... après un accouchement difficile », « ... une épreuve terrible pour elle, la pauvre » et, pire encore, « elle sera en pleine forme d'ici quelques jours »... Étouffant des hurlements de rage entre mes dents serrées, j'ai attendu ce qui allait suivre, une main sur mon bras, la piqûre de l'aiguille... Cette fois, pourtant, je n'ai pas été expédiée au pays du néant. C'était comme si une force surnaturelle m'avait immobilisée dans les airs et que mon regard impavide tombait sur l'agitation d'en bas avec la distraction bienveillante d'une touriste ayant abusé du champagne et qui se retrouve soudain dans un quartier de la ville dont elle n'avait jamais entendu parler. Ni endormie, ni vraiment consciente : je flottais, tout simplement, et je suis restée dans ce merveilleux détachement jusqu'au lendemain matin, quand je me suis découverte incroyablement mieux, même si je n'étais pas sûre d'avoir dormi. Les vifs rayons de soleil entrant par la fenêtre jouaient avec les ombres de mon cerveau comme dans un plan de film policier classique. Pendant ces dix premières secondes de lucidité sur une planète inconnue, il n'y avait plus de passé, plus de présent et surtout plus d'avenir.

La réalité est revenue, hélas ! avec une intensité si douloureuse que j'ai tendu le bras vers mon unique salut, le bouton d'appel. Le visage sévère de la transfuge d'Irlande du Nord est apparu dans mon champ de vision. Après le savon que Tony lui avait passé, ses manières s'étaient nettement radoucies.

« Bonjour, bonjour, madame... Goodchild. Vous avez dormi comme un ange, on dirait ! Et regardez ce qui est arrivé pendant que vous vous reposiez ! » J'ai vaguement distingué trois masses florales au pied de mon lit. L'infirmière a retiré les cartes qui les accompagnaient et me les a tendues. Un bouquet du rédacteur en chef du *Chronicle*, un autre du service étranger du même journal, les collègues de Tony, et le troisième de Margaret et Alexander.

« Quelle beauté, n'est-ce pas ? » s'est extasiée Dowling. Je les ai regardés, incapable de me faire une opinion. Des fleurs, c'est tout. « Et maintenant, une tasse de thé, peut-être ? » Elle continuait ses assauts d'amabilité. « Un petit déjeuner à grignoter ?

— Mon fils. Il y a des nouvelles ?...

— Je ne suis pas au courant mais je peux me renseigner pour vous tout de suite.

— Ce serait... aimable à vous. Et si je pouvais, euh... »

Devançant ma demande, elle a installé le bassinet sous moi, cette fois avec la plus grande prévenance, et l'en a bientôt retiré, rempli d'un bon litre d'urine nauséabonde.

« Quelle odeur, ai-je soupiré quand elle m'a aidée à me radosser aux oreillers.

— À cause des médicaments, c'est tout. Et la cicatrice, toujours douloureuse ?

— Oui.

— Ça va continuer au moins une semaine. Maintenant, si je vous apportais un peu d'eau, que vous puissiez vous débarbouiller et vous brosser les dents ? »

Service cinq étoiles... Après l'avoir remerciée, je lui ai encore demandé si je pouvais avoir des nouvelles de Jack.

« Ah, vous avez déjà un nom pour lui !

— Oui. Jack Edward.

— Très bien. Très respectable. Je reviens donc avec du thé et des nouvelles de Jack. »

Jack. Jack. Jack... Soudain, j'ai été envahie par une honte cuisante, intolérable, inimaginable. « Il va mourir et je m'en fiche. Tu m'entends ? Ça m'est complètement égal. » Comment avais-je pu dire une monstruosité pareille ? Pour proclamer cette indifférence devant le sort de mon fils, il fallait que j'aie... perdu la raison. Au lieu de trouver des excuses à ce moment d'égarement – dépression postnatale, effets psychologiques des tranquillisants, que sais-je encore –, je me suis abandonnée à l'autoflagellation systématique. J'étais indigne d'être mère, épouse, et même d'être comptée parmi l'humanité. Dans un coup de folie, j'avais insulté ce qui m'importait le plus au monde, mon bébé, mon mari. Tout ce qui pourrait m'arriver de pire, désormais, serait entièrement ma faute... Mais surtout, la rage qui m'avait brusquement possédée la veille avait complètement disparu, et je n'avais qu'une idée : voir Jack au plus vite, être avec lui.

L'infirmière Dowling est revenue avec un plateau et des informations.

« D'après ce qu'on m'a dit, votre petit bonhomme se porte bien. Ils sont très contents de son évolution et pensent qu'il pourra sortir de l'unité de soins intensifs d'ici un ou deux jours.

— Je pourrai aller le voir ce matin ?

— Aucun problème. »

J'ai à peine touché à mon petit déjeuner. Mon appétit était loin d'être revenu, mais aussi j'étais tenaillée par le désir de parler à Tony au plus vite, de lui demander pardon pour ma conduite aberrante et de lui assurer que personne ne comptait plus dans ma vie que Jack et lui. Oui, j'allais tout de suite signer la déclaration d'identité, et notre fils s'appellerait Jack Edward, bien sûr, parce que... parce que... Oh non, pas ça !

Les larmes étaient revenues. Un nouvel accès de désolation, imparable, insupportable, absurde... Mais, ai-je réussi à raisonner alors, comment un chagrin monté du plus secret de mon cœur pouvait-il s'expliquer, se justifier ? Et il était impossible à maîtriser. Comme cela m'était déjà arrivé, cependant, je restais étrangement consciente de mon état, avec l'appréhension d'être cataloguée folle à lier par l'équipe médicale... Alors, j'ai encore une fois mordu l'oreiller, en comptant à rebours à partir de cent avec la ferme intention d'avoir recouvré mon état normal une fois parvenue à zéro.

Je n'articulais pas un son et pourtant j'avais l'impression d'être en train de hurler les chiffres. Et que mes yeux allaient jaillir des paupières hermétiquement closes. J'allais exploser quand je les ai rouvertes et un hurlement est sorti de ma bouche :

« Trente-neuf ! »

Dowling ainsi qu'un garçon de salle qu'elle avait dû appeler à la rescousse ont fait un pas en arrière, terrorisés. Ils devaient croire que j'avais sombré dans la démence. Ils n'étaient pas loin de la vérité.

« Qu'est-ce que... Que se passe-t-il ? a-t-elle bredouillé.

— Un... cauchemar !

— Mais vous étiez réveillée !

— Non... Je me suis rendormie, ai-je menti.

— D'accord. Et maintenant ?

— Ça va, ai-je murmuré en passant une main sur mon visage trempé. Juste un mauvais rêve. »

L'infirmière en chef est arrivée sur ces entrefaites. C'était une imposante Antillaise qui respirait la compétence et qui, je l'ai perçu d'emblée, ne me prenait absolument pas au sérieux.

« Vous avez peut-être besoin d'un autre calmant, madame Goodchild.

— Non ! Non, je vais parfaitement bien », ai-je prétendu en maîtrisant ma voix autant que possible car je ne voulais surtout pas être renvoyée dans cet au-delà cotonneux.

— J'aimerais vous croire mais je vois sur votre feuille de soins que ce n'est pas le premier incident. Cela n'a rien d'anormal, après un accouchement difficile. Nous devons toutefois être vigilants et c'est pourquoi, en cas de récurrence, nous...

— C'est fini, ai-je assuré avec toute la conviction possible.

— Mon but n'est pas de vous intimider, madame Goodchild. J'essaie simplement de vous expliquer que vous passez par une réaction très compréhensible qui demande une attention médicale particulière.

— Un cauchemar, je vous l'ai dit. Je... je promets que ça n'arrivera plus. Plus jamais. »

Après un rapide coup d'œil à Dowling, la responsable du service a soupiré :

« Entendu. Nous ne tenterons pas un nouveau traitement pour l'instant, mais si jamais vous avez une autre crise, nous...

— Il n'y en aura pas ! ai-je plaidé d'une voix beaucoup trop aiguë, puis, avec de nouveaux efforts pour me maîtriser : Je voudrais tellement voir mon fils, vous comprenez ?

— Ce sera envisageable une fois que M. Hughes aura terminé sa visite du matin.

— Ah... Il faut attendre jusque-là ?

— Une heure environ, c'est tout.

— Mais enfin... ! » Surprenant un nouveau regard préoccupé entre les deux infirmières, je me suis forcée au calme. « Pardon, désolée. Vous avez raison, j'attendrai d'avoir vu le docteur, bien sûr.

— Parfait, a approuvé la supérieure de Dowling. Encore une fois, ne vous inquiétez pas trop de ce qui vous arrive, après ce par quoi vous êtes passée. »

Elle a posé rapidement une main sur mon bras, m'a souri et a tourné les talons. Dowling a fait de même après m'avoir passé le téléphone comme je lui avais demandé. Personne n'a décroché à la maison, ce qui n'a pas manqué de me chiffonner : il était huit heures et demie et Tony était fondamentalement un lève-tard. Mais il a répondu sur son portable, et j'ai été soulagée d'entendre le bruit de la circulation derrière sa voix.

« Je regrette, Tony, je regrette tellement...

— Tout va bien, Sally.

— Non ! Non... Ce que j'ai dit hier, c'était...

— Tu ne le pensais pas.

— C'était affreux.

— Tu étais en état de choc. Ce sont des choses qui arrivent.

— Ça n'excuse pas ce que j'ai dit à propos de... Jack. »

Il est resté silencieux quelques secondes.

« Alors tu aimes bien ce nom, maintenant.

— Oui. Et toi aussi, je t'aime bien. Plus que je ne peux l'exprimer.

— Pas besoin de me sortir les violons ! Bon, quelles sont les dernières nouvelles, pour le petit ?

— Je ne pourrai rien savoir tant que le toubib n'est pas passé.

— Compris.

— Et toi ? Tu viendras quand ?

— Fin d'après-midi.

— Tony, je...

— J'ai mes pages à boucler.

— Et tu as des adjoints aussi. Je suis sûre que ton chef est de tout cœur avec...

— Tu as reçu le bouquet ?

— Oui. Et un de Margaret, aussi. Tu l'as prévenue, alors ?

— C'est ta meilleure amie, non ?

— Merci.

— J'ai eu Sandy, également. Je lui ai tout expliqué, ton état, etc., et je lui ai conseillé d'attendre un jour ou deux avant de t'appeler. Elle m'a déjà retéléphoné trois fois pour prendre de tes nouvelles, évidemment.

— Et tu lui as dit quoi ?

— Que tu reprenais des forces petit à petit. »

Connaissant ma sœur, j'étais convaincue qu'elle se faisait un sang d'encre malgré ces paroles rassurantes. Si elle ne pouvait pas me parler, devait-elle penser, c'est que j'étais dans un sale état. Mais j'approuvais entièrement la décision de Tony : autant j'adorais Sandy, autant je voulais lui épargner le choc de me sentir si faible à l'autre bout de la ligne.

« Tu as bien fait.

— Bon, il faut que je file. J'essaierai d'être là en début de soirée, d'accord ?

— Très bien », me suis-je forcée à acquiescer alors que j'aurais eu besoin de lui à mes côtés là, tout de suite...

Mais qui aurait désiré ma compagnie ? J'étais devenue une sorte de démente prenant tout au tragique et déversant sa bile sitôt la bouche ouverte. Rien d'étonnant que même Tony ait préféré m'éviter. Je suis restée les yeux au plafond pendant l'heure suivante, avec cette question qui revenait sans cesse m'assaillir malgré mes efforts pour la repousser : mon enfant avait-il eu le cerveau abîmé ? J'étais incapable d'imaginer comment il était possible de se comporter en mère dans un pareil cas. Comment supporter cela ? Quel enfer insondable pouvait s'étendre devant nous, à jamais ?

M. Hughes s'est présenté à dix heures, accompagné de l'infirmière en chef et toujours tiré à quatre épingles dans son costume à rayures impeccablement coupé, avec une chemise rose et une cravate à pois noirs. Son maintien était celui d'un cardinal visitant une paroisse déshéritée. Il lui a fallu une quinzaine de minutes dans sa ronde pour arriver jusqu'à mon lit. Après un bref salut de la tête, il a étudié en silence la feuille de soins. Puis :

« Eh bien, madame... – Il a vérifié mon nom sur le papier. –... Goodchild, j'imagine que cela n'a pas été agréable mais...

— Comment va mon fils ? »

Il s'est raclé la gorge, reportant son regard sur la feuille pour manifester sa désapprobation après avoir été aussi cavalièrement interrompu.

« Je viens de le voir. Toutes les fonctions vitales sont normales. J'ai parlé au chef de service, le Dr Reynolds. Il m'a dit qu'un électro-encéphalogramme a été

174

pratiqué ce matin. Pas de signe de complications neurologiques, mais naturellement ils vont aussi pratiquer une IRM, pour plus de sûreté. Vers midi, je pense. Il aura les résultats dans la soirée. Bien entendu, il voudra vous voir à ce moment-là.

— Vous pensez qu'il y a eu des lésions cérébrales ?

— Écoutez, madame Goodchild. Je comprends fort bien votre inquiétude, n'importe quelle mère dans votre cas réagirait de la même façon, mais je ne suis pas ici pour me livrer à des hypothèses et à des spéculations. C'est le terrain du Dr Reynolds, non le mien.

— Mais vous croyez quand même que les résultats de l'encéphalogramme...

— ... sont encourageants, oui. Et maintenant, me permettez-vous de jeter un coup d'œil à l'ouvrage de M. Kerr ? »

Après avoir tiré les rideaux qui entouraient mon lit, l'infirmière en chef m'a aidée à soulever ma chemise de nuit, puis elle a enlevé les compresses de ses doigts gantés. Pour moi, qui n'avais pas encore vu mes cicatrices, le spectacle était dantesque et je n'ai pu m'empêcher de lâcher un petit cri horrifié auquel le médecin a répondu en souriant avec condescendance : « Oui, l'aspect n'est pas formidable, pour l'instant. On croirait une blessée de guerre, n'est-ce pas ? Mais dès que les points de suture auront été retirés, je vous assure que votre mari n'aura aucune raison de se plaindre. » J'ai été tentée de répliquer : « On s'en fiche, de mon mari ! C'est moi qui vais devoir garder ces horribles cicatrices ! » J'ai choisi de me taire, cependant : ma situation était déjà assez compliquée. Comme s'il lisait dans mes pensées, le Dr Hughes a repris :

« Par ailleurs, je crois comprendre que vous avez aussi traversé une phase émotionnelle, disons, un peu agitée.

— Oui, mais c'est terminé.

— Hier encore, vous avez eu besoin de sédatifs.

— C'était hier. Je me sens très bien, maintenant. »

La patronne des infirmières lui ayant chuchoté quelques mots à l'oreille, il m'a observée, sourcils levés.

« On m'apprend que vous avez eu une petite crise ce matin.

— Rien d'important.

— Vous savez, il n'y a aucune honte à perdre un peu les pédales après un accouchement. C'est plutôt courant, en fait. Tout cela vous dérange pas mal les hormones. Ainsi, je crois qu'un court traitement aux antidépresseurs aurait...

— Je n'ai besoin de rien, docteur. Sauf de voir mon fils.

— Oui, oui, je comprends... Et je suis sûr que notre brave dame ici présente pourra vous faire conduire là-haut quand nous en aurons terminé. À propos, il est clair que vous serez encore parmi nous pendant six ou sept jours, au moins. Nous voulons être sûrs que vous vous portez comme un charme avant de vous relâcher dans ce monde cruel... »

Il a gribouillé quelques notes sur la feuille de soins, a chuchoté deux ou trois consignes à l'infirmière puis m'a salué d'un : « Bonne journée, madame Goodchild, et ne vous en faites pas trop ! »

Facile à dire pour toi, grand homme...

Une demi-heure plus tard, mes pansements changés, j'étais de nouveau à l'unité de soins intensifs de pédiatrie. J'avais encore suivi la consigne de mon ange gardien en traversant la salle, et lorsque j'ai ouvert les yeux sur Jack ils se sont immédiatement emplis de larmes. Aucun changement alarmant dans sa situation : il était toujours encombré de tubes, si petit et vulnérable dans la couveuse en plexiglas. Mais désormais je ressentais un terrible besoin de le prendre dans mes bras et de le serrer contre moi, complété par la peur irrépressible de le perdre ou de le voir condamné à une existence gâchée par quelque déficience mentale... Soudain, j'ai été certaine que, quoi qu'il arrive, je pourrais y faire face. Comme j'aurais voulu que tout se passe bien pour lui, cependant ! Et comme je me sentais impuissante, aussi ! Il était trop tard pour revenir en arrière. Nous ne sommes que les jouets du destin, les otages de ce qu'il décide de mettre sur notre chemin...

Je pleurais, mais cette fois sans la sensation de vide écrasant qui m'avait assaillie les jours précédents. Je pleurais sur Jack, pour Jack et pour ce qui risquait de lui arriver...

L'aide-soignant, qui s'était tenu à l'écart, a fini par revenir devant moi. Il m'a tendu une boîte de Kleenex : « Il vaudrait mieux que nous redescendions », a-t-il proposé à voix basse.

L'infirmière Dowling m'attendait avec un air ravi : « M. Hughes a dit que vous n'aviez plus besoin de toutes ces perfusions. Plus de tubes : c'est un pas vers la liberté, non ? Comment va le petit ?

— Je ne sais pas, ai-je répondu d'une voix blanche.

— Je suis sûre que tout ira bien pour lui, a-t-elle chantonné, et la banalité de ces mots creux sonnait pour moi comme un crissement d'ongles sur un tableau noir. Et maintenant, que voulez-vous pour déjeuner ? »

J'ai refusé la moindre nourriture, ainsi que sa proposition de me louer un poste de télévision et son offre d'une éponge mouillée pour me rafraîchir. Je voulais juste être seule, étendue sous les couvertures, fuyant la cacophonie du monde, et c'est ainsi que j'ai passé la journée, comptant les heures avant l'arrivée de Tony et dans l'attente que le pédiatre nous présente un tableau technique de l'état de notre fils. J'étais consciente mais étrangement détachée, et je me suis rendu compte que cette distance n'était finalement pas un choix de ma part : une force extérieure avait pris possession de mon cerveau et m'encourageait à tenir le reste de l'univers à distance, à m'enfermer en moi-même.

Enfin, il a été six heures. À ma grande surprise, Tony a surgi à la minute promise, avec un bouquet de fleurs et une nervosité que j'ai tout de suite trouvée attendrissante.

« Tu dormais ? a-t-il demandé en s'asseyant sur le bord du lit et en me déposant un baiser sur le front.

— Une sorte de sommeil, ai-je articulé, encore groggy mais me forçant à me redresser.

— Comment tu te sens ?

— Oh... Tu te rappelles *La Nuit des morts vivants* ? C'est à peu près ça.

— Des nouvelles d'en haut ?

— Non... Tu as l'air nerveux. »

Il s'est forcé à sourire, sans répondre. Il n'y avait rien à dire tant que le pédiatre ne serait pas venu nous parler, de toute façon. L'anxiété pesait si fort sur nous que le silence était encore la plus sage réponse.

Il n'a duré qu'une minute ou deux, heureusement, puis une infirmière nous a annoncé que le Dr Reynolds nous attendait dans un bureau près de la salle d'IRM, au cinquième étage. Nous avons échangé un regard inquiet, Tony et moi. La forme de cette convocation semblait indiquer qu'il n'avait rien de bon à nous dire. Un aide-soignant est arrivé avec le fauteuil roulant mais Tony lui a expliqué qu'il se chargerait de me pousser. Au cinquième, nous avons suivi un long couloir avant d'être invités à passer dans une petite pièce occupée seulement par un bureau en fer, trois chaises et une visionneuse de radiographies au mur. S'asseyant près de mon fauteuil, Tony a eu un geste très inhabituel : il m'a pris la main. Il voulait me réconforter et, ce faisant, me laissait entendre à quel point il était angoissé.

Le Dr Reynolds est entré avec un dossier et une grande enveloppe en papier kraft. Grand, costaud, la trentaine. Je l'ai dévisagé avec l'œil d'un accusé devant le membre du jury qui s'apprête à lire la sentence, mais son expression était impénétrable.

« Pardon pour le retard... – Il avait déjà ouvert l'enveloppe et fixé le film de l'IRM sur l'écran de vision. – Comment allez-vous, madame Goodchild ?

— Assez bien.

— Tant mieux, a-t-il commenté avec un sourire plein de sympathie prouvant qu'il était au courant de mes récentes frasques.

— Et notre fils, docteur ? est intervenu Tony.

— Justement, j'y arrive. Ceci est l'image du cerveau de l'enfant, a-t-il expliqué en nous montrant ce qui, à mes yeux inexpérimentés, aurait aussi bien pu être un champignon vu en coupe transversale agrandie. Après discussion avec le neurologue et le radiologue de notre service, nous sommes parvenus à la même conclusion : l'aspect est parfaitement normal. Ce qui, complété par l'encéphalogramme de ce matin, nous conduit à penser qu'il n'y a pas eu de lésion cérébrale. »

La pression de la main de Tony autour de la mienne s'est accentuée. Peu lui importait qu'elle soit trempée d'une sueur glacée, alors. C'est seulement à ce moment que je me suis rendu compte que j'avais baissé la tête et fermé les yeux, à l'instar de quelqu'un s'apprêtant à recevoir un coup. Je me suis redressée et j'ai relevé les paupières.

« Vous "pensez" qu'il n'y a pas eu de lésion. Est-ce que l'IRM permet de rendre cette conclusion définitive ? »

Reynolds m'a adressé un nouveau sourire presque compatissant.

« Le cerveau est un organe plein de mystères, voyez-vous. Après une naissance difficile, où la question est de savoir s'il a été privé d'oxygène à un moment ou à un autre, on ne peut être certain à cent pour cent qu'il n'y ait pas eu de lésions internes. Cela étant, toutes les observations cliniques prouvent que...

— Donc il y a de quoi s'inquiéter ! l'ai-je coupé, perdant patience.

— À votre place, j'irais de l'avant avec optimisme.

— Mais vous n'êtes pas à ma place, docteur. Et comme vous faites plus que laisser entendre que le cerveau de notre fils a été endommagé...

— Ce n'est pas ce que le docteur vient de dire, Sally !

— Je sais ce qu'il a dit : il y a une possibilité que le cerveau ait manqué d'oxygène et, en conséquence...

— S'il vous plaît, madame Goodchild, est intervenu Reynolds d'un ton calme. Je comprends votre préoccupation mais, avec tout le respect que je vous dois, je la trouve un peu... exagérée. Encore une fois, il n'y a aucune raison de s'inquiéter, vraiment.

— Comment pouvez-vous affirmer une chose pareille ? Comment ? Vous admettez vous-même ne pas être certain à cent pour cent...

— Du calme, Sally.

— Toi, tu n'as pas à me dire ce que...

— Assez ! »

La véhémence de sa réaction m'a fait taire, mais aussi découvrir brusquement, et avec consternation, ce que mon accès de rage contre un spécialiste plein de prévenance avait d'irrationnel.

« Je suis vraiment confuse, docteur Reynolds. Je...

— Vous n'avez pas à vous excuser, madame Goodchild. Je sais que tout cela a été très difficile. Si vous avez d'autres questions, je serai ici demain à la même heure. »

Sur ce, il a pris congé. Quand il a quitté la pièce,

Tony m'a regardée un long moment avant de retrouver la parole :

« Tu pourrais m'expliquer ce que tu cherchais avec cette comédie ? »

J'étais incapable de soutenir son regard.

« Je ne sais pas. »

6

COMME PRÉVU, ILS M'ONT GARDÉE ENCORE CINQ JOURS À L'HÔPITAL, au cours desquels j'ai pu rendre régulièrement visite à Jack. Le troisième, j'ai été en mesure de me rendre aux soins intensifs sans fauteuil roulant. J'ai sonné à la porte et j'ai été escortée par une infirmière jusqu'à la couveuse de mon fils, toujours sans ouvrir les yeux jusqu'à ce qu'elle me fasse comprendre par une tape sur l'épaule que nous étions arrivées.

Parfois, je me surprenais à le contempler comme s'il s'était agi de quelque sculpture hyperréaliste agressivement moderne, une nature morte de nourrisson environné de tubes, exposée sous une bulle en plastique. Ou bien je pensais au célèbre film d'Andy Warhol, *Empire*, cet unique plan statique de l'Empire State Building qui durait huit heures. Regarder Jack participait d'une sensation similaire : il était là, immobile, à part de temps à autre un fugace et fragile mouvement des doigts... Cela ne m'empêchait pas de projeter les pensées les plus inattendues sur lui, au contraire. Par exemple, j'espérais qu'il allait aimer le youpala que je lui avais acheté, ou je me demandais si ses couches seraient aussi dégoûtantes que je l'imaginais, s'il préférerait les dessins animés de la Warner ou ceux de Disney – pourvu qu'il soit un fan de Bugs Bunny ! –, s'il serait persécuté par l'acné comme je l'avais été à treize ans...

J'allais un peu vite en besogne, c'est vrai. Mais un bébé, c'est comme une page blanche sur laquelle toute une histoire peut s'écrire, et en le contemplant dans sa prison transparente j'étais obsédée par la peur qu'il ne lui soit pas donné de vivre, ou qu'il connaisse une existence misérable, et tout cela parce qu'il s'était déplacé de quelques malheureux centimètres dans la matrice. Un événement sur lequel ni lui ni moi n'avions eu le moindre contrôle avait complètement bouleversé nos perspectives, notre avenir. Même si Reynolds avait raison de se montrer optimiste, ces premiers jours traumatisants n'allaient-ils pas me hanter à jamais, me transformer en l'une de ces mères envahissantes, toujours à couver leur progéniture et à s'angoisser dès que leur fils de dix ans descendait les escaliers ? Ou bien allais-je me résigner à vivre dans la hantise d'un nouveau coup du destin, incapable d'échapper à une sourde mais impitoyable angoisse ?

L'infirmière qui m'avait ouvert la porte s'est approchée. Une Irlandaise de moins de trente ans, d'un calme olympien.

« Il est beau comme tout, a-t-elle déclaré, les yeux sur Jack. Vous voudriez le prendre dans vos bras ?

— Euh... oui. »

Après avoir débranché quelques fils, elle l'a sorti de la couveuse et me l'a tendu. J'ai tenté de le bercer contre moi, intimidée – malgré les encouragements de l'infirmière – par ses perfusions qui restaient accrochées à son petit corps. Le sourire que j'arborais n'était qu'un masque, et j'en avais conscience. Parce qu'il n'y avait en moi aucune trace d'instinct maternel envers cet enfant que je tenais maladroitement et que j'avais hâte de rendre à des mains plus compétentes.

« Tout va bien, a dit l'infirmière lorsque j'ai fait mine de le lui donner. Vous avez le temps.

« — Est-il vraiment en bonne santé ? ai-je chuchoté après l'avoir serré à nouveau contre moi d'un geste contraint.

— Mais oui, magnifique.

— Vous êtes sûre qu'il n'y a pas eu de lésion cérébrale ?

— Le Dr Reynolds en a parlé avec vous, non ? »

Si, bien sûr, et avec quelle bêtise j'avais réagi ! Aussi ridicule qu'à cet instant où je répétais les mêmes questions idiotes, où je me laissais aller aux mêmes doutes et où je n'étais pas capable de garder mon fils dans les bras...

« Il a dit que tout semblait normal, d'après lui.

— Alors voilà ! a-t-elle conclu d'un ton enjoué en me reprenant Jack. Contrairement à d'autres bébés ici, il va très bien s'en tirer, votre p'tit père ! »

Je me suis raccrochée à son pronostic pendant les journées suivantes, l'invoquant telle une sorte de formule magique chaque fois que je me sentais à nouveau sur le point de perdre pied – pour être franche, cela m'arrivait assez souvent –, de sombrer dans le désespoir. Je comprenais néanmoins l'importance de faire bonne figure devant les autres, à commencer par les deux hommes qui m'observaient avec attention, à l'affût du premier signe d'« instabilité », à savoir le Dr Hughes et Tony.

Tous deux passaient fréquemment me voir, le médecin s'attardant dix bonnes minutes à chacune de ses tournées matinales pour inspecter mes cicatrices et m'interroger sur mon moral, non sans consulter l'infirmière en chef du coin de l'œil au cas où mon comportement en son absence aurait démenti mes réponses optimistes. Un matin, après l'interrogatoire d'usage, il a déclaré :

« Eh bien, tant mieux. Encore deux nuits chez nous et vous pourrez rentrer à la maison.

— Avec mon fils ?

— Il faudra poser cette question au Dr Reynolds, n'est-ce pas ? C'est son domaine. Bon, y a-t-il un autre problème que vous voudriez aborder ?

— Mes... seins, ai-je risqué en baissant les yeux.

— Oui, qu'est-ce qu'ils ont ?

— Ils sont assez... durs.

— Avez-vous rejeté du lait depuis l'accouchement ?

— Bien sûr. Mais depuis quarante-huit heures ils sont... comme de la pierre. »

Comme si on les avait remplis de ciment à prise rapide, aurais-je été plutôt tentée de dire, mais devant le Dr Hughes...

« Syndrome postnatal classique, a constaté le médecin sans lever les yeux de mon dossier. Les canaux galactophores ont tendance à se contracter, d'où cette impression de dureté... Hum, en tout cas c'est ce que l'on m'a raconté. » L'infirmière en chef a réprimé un sourire. « Il est possible de soulager cela, toutefois. Vous montrerez à notre patiente comment s'y prendre, n'est-ce pas ? Bien. En tout cas, je suis heureux d'entendre que vous vous sentez mieux, madame Goodchild. »

Lorsque Tony est arrivé le soir, pourtant, j'étais près de hurler, non dans un nouvel accès de dépression mais à cause de l'instrument de torture dans lequel ils avaient emprisonné mon sein gauche. Une fois en marche, ce cône en plastique relayé à un réservoir pompait obstinément le lait, et si je m'y étais soumise depuis le début afin de nourrir Jack dans sa couveuse, l'effet produit par ce monstrueux aspirateur était devenu insupportable dans l'après-midi, quand l'un des canaux s'était bouché et que l'infirmière en chef avait augmenté la force d'aspiration, provoquant une douleur fulgurante.

Tony a ouvert de grands yeux en me découvrant

agrippée des deux mains au matelas, le téton gauche trois fois plus enflé que l'autre, et sans doute avec un visage de folle tant je me contenais pour ne pas lâcher des cris de bête blessée.

« Mais... qu'est-ce que tu fais ?

— Tais-toi », ai-je soufflé, ne répondant plus de moi.

J'ai étouffé un gémissement lorsque le canal s'est débouché, expulsant un jet de liquide aqueux dans le cône. Tony se taisait, effaré par le spectacle. À la fin, j'ai débranché la pompe, reboutonné ma chemise de nuit et remercié Dieu, Allah, l'ange Moroni, qui on voudra, que le supplice soit enfin terminé. Pour la journée, certes, car l'infirmière m'avait précisé qu'il faudrait recommencer cette charmante opération chaque jour si je ne voulais pas que les canaux se rebouchent.

« Ça va, maintenant ?

— J'ai été mieux dans ma vie, ai-je tenté de plaisanter avant de lui expliquer rapidement la fonction de cette pratique abominable.

— Bon... Et comment va notre petit gars ?

— Il pourra quitter les soins intensifs demain. Si Reynolds confirme. Et puisqu'ils sont prêts à me laisser sortir dans deux jours, tu risques de te retrouver avec nous à la maison avant d'avoir pu dire ouf.

— Ah... D'accord.

— Ton enthousiasme est réconfortant.

— Non, je suis content, vraiment. C'est juste que la rédaction m'a prévenu seulement aujourd'hui qu'ils voulaient que je fasse un saut à Genève cette semaine. Une conférence de l'ONU sur les...

— Pas question.

— Mais puisque tu vas sortir...

— Exactement. Tu devras trouver quelqu'un d'autre pour y aller.

— Aucun problème », a-t-il répondu ; un grand soulagement pour moi car c'était la première fois dans notre histoire commune que je me permettais d'intervenir sur son emploi du temps.

S'il avait été conclu dès le départ que le mot « non » ne figurerait pas dans notre vocabulaire domestique, je ne me voyais en aucun cas passer ma première nuit hors de l'hôpital seule avec Jack. Après le premier moment de surprise devant la fermeté de ma réaction, Tony est passé à un registre peu fréquent chez lui :

« J'appelle Sa Seigneurie dès ce soir pour lui expliquer que c'est impossible. Et je te garantis un dîner de bienvenue aux petits oignons, avec Marks and Spencer aux fourneaux. Le champagne viendra d'ailleurs.

— Pas de champagne ?

— Je croyais que tu ne pouvais pas boire, a-t-il lancé en riant.

— Je supporterais bien un verre. »

Ensuite, nous sommes montés ensemble voir Jack. Profondément endormi, il paraissait heureux de vivre. La nurse de garde nous a appris que le Dr Reynolds avait donné son feu vert pour qu'il soit installé dans ma chambre le lendemain. Au lieu de m'enthousiasmer, la nouvelle m'a causé une véritable terreur : savoir qu'il serait entièrement sous ma responsabilité, désormais...

Le matin suivant, pourtant, j'ai vu le pédiatre approcher de mon lit.

« Je ne veux surtout pas vous inquiéter mais, apparemment, Jack a la jaunisse.

— La quoi ?

— C'est une complication sans conséquence qui affecte près de la moitié des nouveau-nés, en général il leur faut dix jours à peine pour se remettre.

— Mais comment a-t-il attrapé ça ?

— Eh bien, dans la définition acceptée, les ictères... – les jaunisses – sont dus à l'augmentation du taux de bilirubine dans le sang. C'est un pigment jaune produit par l'hémolyse, la destruction des globules rouges. Les nourrissons y sont particulièrement exposés parce qu'ils ont plus de globules rouges que les adultes mais aussi parce que l'enzyme du foie qui neutralise la bilirubine est peu développée chez eux.

— Mais qu'est-ce qui provoque cette augmentation de...

— De bilirubine ? En général, cela provient du lait maternel.

— Vous voulez dire que je lui ai donné la jaunisse ?

— Madame Goodchild...

— Vous m'expliquez tranquillement que je l'ai... empoisonné ! »

J'avais conscience que ma voix était montée trop haut, signe avant-coureur que je connaissais déjà, mais j'étais incapable de réagir autrement, en premier lieu parce que je ne comprenais pas moi-même ce qui m'y poussait.

« Vous n'avez rien à vous reprocher, madame Goodchild, a rétorqué le médecin avec le plus grand calme. On ne peut rien faire pour prévenir ce mécanisme chimique et ensuite, je vous l'ai dit, c'est une maladie extrêmement répandue chez les nouveau-nés.

— Une maladie... dangereuse ?

— Seulement si le taux de bilirubine devient trop élevé.

— Et dans ce cas ?

— Dans ce cas ? a-t-il répété en changeant nerveusement de position. Cela peut affecter le cerveau. Les exemples sont rarissimes, je le répète, et pour l'instant votre fils ne manifeste aucun signe de... »

Ce n'était plus le docteur que j'écoutais mais une voix qui s'était élevée dans ma tête pour répéter une litanie : « Tu l'as empoisonné ! Et cela ne fera qu'aggraver ses lésions ! Et tu es la seule à blâmer pour tout, absolument tout... »

« Madame Goodchild ? » J'ai rouvert les yeux. Le pédiatre me considérait d'un air préoccupé. « Vous allez bien ?

— Quoi ?

— J'ai eu l'impression que vous n'étiez plus là, un instant.

— Si, si...

— Vous avez entendu ce que je disais ? Que vous n'aviez pas à vous juger responsable ?

— Oui...

— Dix jours, au maximum. Pendant lesquels nous devrons le garder ici, mais encore une fois c'est la procédure normale. Vous comprenez ? Bien, voudriez-vous venir le voir, maintenant ?

— D'accord », ai-je répondu mécaniquement, et à nouveau Reynolds m'a regardée avec une nette inquiétude.

Là-haut, la coloration jaunâtre que mon fils avait soudain acquise était atténuée par la lumière bleutée de la salle de soins intensifs. Et il a fallu que le pédiatre attire mon attention sur la décoloration des pupilles pour que je la remarque. Je n'avais pas besoin de preuves visibles de l'état de Jack, cependant. Je savais qu'il était malade. À cause de moi.

Sitôt redescendue, j'ai appelé Tony pour le prévenir. Comme j'insistais sur le fait que la jaunisse avait été provoquée par mon lait, il a fini par se récrier :

« Tu es certaine que tu n'as pas été catholique, dans une vie antérieure ? Vu la façon dont tu te vautres dans la culpabilité...

— Je ne me vautre dans rien du tout. Je constate simplement que ses ennuis viennent de moi.

— Tu dis n'importe quoi, Sally.

— Bon, accuse-moi de...

— On parle de jaunisse, là, pas de foutu sida ! Et puisque le toubib pense que ce sera réglé en une dizaine de jours, tu...

189

« — Tu ne m'écoutes même pas ! ai-je hurlé dans le combiné.

— Parce que tu es ridicule. »

Et il a raccroché. Mais à son arrivée, le soir, j'avais réussi à m'extraire de cet accès d'autoflagellation et je me suis d'emblée excusée d'avoir crié au téléphone, à quoi il a répondu un « Pas grave » peu chaleureux. Nous sommes montés voir Jack ensemble. Après avoir posé quelques questions précises à l'infirmière de garde, Tony lui a demandé – et il était clair qu'il le faisait surtout pour que j'entende la réponse de mes propres oreilles :

« Donc il n'y a pas d'inquiétude à se faire ?

— Le rétablissement devrait être complet, sans effets secondaires.

— Tu vois, a soufflé Tony en me prenant le bras. Tout va bien. »

J'ai hoché la tête mais je n'étais pas convaincue. Il « devrait » se rétablir complètement ? Elle n'était donc pas sûre. Ce qu'elle savait de science certaine, en revanche, c'était que je l'avais empoisonné avec mon lait. Mais je me suis gardée de le mentionner à voix haute. Mieux valait éviter un nouvel esclandre, d'autant que tout le monde me regardait d'un drôle d'air... J'ai donc joué ce personnage raisonnable et pondéré pendant les trente-six heures suivantes, jusqu'à ce que l'autorisation de sortie me soit accordée comme prévu.

Étrangement, j'étais partagée entre la tristesse de laisser mon fils derrière moi et la conviction qu'il serait mieux dans l'espace confiné de l'unité de soins intensifs, là où... je ne pourrais plus lui faire de mal. Oui, la voix impérieuse qui m'avait suggéré que tout était ma faute continuait à résonner en moi, à prendre le pas sur celle de la raison. Quitter l'hôpital a donc été un soulagement, d'autant que Tony, non seulement avait préparé un dîner, mais avait tenu sa promesse en embauchant la femme de ménage de Margaret, Tcha, dont la vigoureuse intervention avait rendu la maison à peu près vivable. Et il y avait une bouteille de laurent-perrier dans le frigo, aussi, mais lorsqu'il m'en a tendu une coupe je n'ai pu m'empêcher de penser que je ne revenais pas vraiment triomphante au bercail, loin de là... Enfin. J'ai vidé mon verre d'un trait. Tony m'a resservie.

« Tu avais soif, on dirait.

— Ça s'appelle "avoir besoin d'un remontant".

— Je te reçois cinq sur cinq. »

J'ai bu jusqu'à la dernière goutte, à nouveau.

« Heureusement que j'ai pris deux bouteilles, a-t-il constaté en remplissant encore ma coupe. Tout va bien ? »

J'ai décidé que la question n'attendait pas de réponse. Pour une fois, je n'avais aucune envie de me lancer dans de longues considérations sur mon humeur et mes émotions. Le tableau était assez clair, et assez déprimant : je revenais de la maternité sans mon enfant, persuadée qu'il serait bien mieux loin de moi.

« Grandes nouvelles sur le front domestique, a annoncé Tony. Les ouvriers étaient là, aujourd'hui, et...

— Sans blague.

— ... et le chef de chantier, comment s'appelle-t-il, déjà ? L'Irlandais ? Collins ? Non, Billings. Il a pris de tes nouvelles et quand je lui ai dit que le bébé était en couveuse... Tu aurais dû voir la mauvaise conscience catholique lui tomber dessus ! Aussitôt, il m'a promis qu'il allait ramener du renfort et qu'ils essaieraient de tout terminer dans la quinzaine.

— Ah, c'est agréable de savoir qu'un nourrisson au cerveau peut-être esquinté est l'argument magique pour un artisan qui...

— Arrête, a soufflé doucement Tony en me servant une nouvelle rasade de champagne.

« — Quoi, j'avais bu le dernier ?

— Apparemment. Est-ce que je mets le dîner à réchauffer ?

— Attends que je devine : curry vindaloo ?

— Presque : chicken tikka masala.

— Tu sais que je déteste la bouffe indienne.

— Si c'est le cas, tu as choisi le mauvais pays.

— Ouais. Exactement. »

Il s'est rembruni, mal à l'aise.

« Je... je vais m'activer un peu à la cuisine.

— Très bien. Pendant ce temps, je vais me déboucher un canal dans le nibard. »

Car mes seins pesaient à nouveau comme du béton, pour rendre cette soirée de retrouvailles encore plus agréable. Un beau début, vraiment. Réfugiée dans la salle de bains – toujours sans carreaux au sol –, je me suis assise sur le siège des toilettes, j'ai branché ma pompe et n'ai poussé que trois cris mal étouffés avant que le lait consente enfin à jaillir de mon téton droit. Le sein gauche, tellement trituré ces derniers jours qu'il devenait moins récalcitrant, a répondu au bout de cinq minutes. Après, j'ai jeté le contenu du réservoir dans le lavabo. Sans y penser, je me suis retrouvée dans la chambre du petit, effondrée sur la chaise en rotin ; j'ai rivé les yeux sur le berceau vide et soudain j'ai sombré dans la même caverne sans fond qu'après l'accouchement. Autour de moi, les murs gaiement colorés se sont transformés en un cube ténébreux qui ne cessait de rétrécir, jusqu'au moment où j'ai dû repousser ses parois des bras et des jambes pour l'empêcher de m'écraser et...

« Mais qu'est-ce que tu fais ? »

La voix de Tony m'a tirée brusquement de cette chute dans le puits de mes angoisses, tout en me ramenant à une peu glorieuse réalité. J'étais affalée contre un mur, les ongles crispés sur le parquet.

« Sally, tu ne te sens pas bien ? »

Là encore, il m'était impossible de répondre, d'abord parce que je n'étais pas certaine de savoir où j'étais. Sans un mot, je l'ai laissé me hisser sur mes pieds, me guider jusqu'à la chaise. Un mélange d'inquiétude et de mépris se lisait sur son visage, expression que j'avais vue chaque fois que je revenais de l'une de ces crises. Celle-ci s'est dissipée aussi soudainement qu'elle était venue, d'ailleurs. À peine assise, j'ai retrouvé d'un coup ma lucidité et je me suis entendue demander :

« Le dîner est prêt ?

— Qu'est-ce que tu fabriquais par terre, Sally ?

— Je... je ne sais pas, franchement. Comme un évanouissement.

— Mais tu avais l'air de te débattre, de vouloir fuir cette chambre...

— C'est ce qui arrive quand on a trois verres de champagne sur un utérus vide. »

J'ai trouvé le jeu de mots hilarant, au point d'éclater de rire sans pouvoir m'arrêter pendant qu'il m'observait en silence.

« Oh, allez, Tony ! Ça vaut un vingt en mauvais goût, au moins !

— Tu ferais peut-être mieux de ne plus boire, ce soir.

— Avec de la cuisine indienne à t'écorcher la langue ? Tu plaisantes ou quoi ? »

Mais c'était en fait une bonne blague version Tony puisque nous attendaient sur la table un énorme bol de spaghettis alla carbonara couverts de parmesan râpé, une grande salade, un pain aillé entier et un chianti *classico* assez correct. Une nourriture qui m'allait droit à l'âme, après des jours de rata hospitalier. J'ai mangé comme un otage à son premier repas en liberté, et pourtant je ne me sentais pas libre, pas du tout. C'était tout simplement une distraction momentanée avant de... de quoi ? Alors que j'avais cru m'être débarrassée de la frustration qui s'était emparée de moi, l'épisode sinistrement surréaliste de la chambre de Jack venait de me prouver le contraire. L'explication donnée à Tony était sans doute la bonne : avaler du champagne après une longue période de sobriété n'avait rien apporté de bon à un organisme déjà chamboulé. Et puis j'avais craqué en voyant ce petit berceau désert...

« Après ma performance de tout à l'heure, je crois que je vais me faire mormone pour ce soir. Désolée.

— Comme tu voudras, a-t-il répondu avec une froideur plutôt déprimante.

— Merci pour ce superbe dîner.

— De la cuisine de traiteur. Je n'appellerais pas ça "superbe".

— En tout cas, c'était très gentil de ta part. »

Il a haussé les épaules et le silence est tombé, que j'ai fini par rompre :

« J'ai peur, Tony.

— Il y a de quoi. Tu viens de passer des moments très durs.

— Ce n'est pas seulement ça. C'est pour Jack. Si jamais il...

— Tout le monde te l'a expliqué là-bas, non ? Les fonctions vitales sont normales. Les examens ont été positifs. Il n'y a aucune raison de se torturer.

— Mais Reynolds n'a pas été absolument formel.

— Sally !

— Je crois de plus en plus... Je suis pratiquement convaincue qu'il essaie de nous préparer à l'éventualité que Jack ait été atteint dans son développement. Enfin, c'est quelqu'un de très bien, de très honnête – surtout en comparaison de ce Hughes, avec ses grands airs –, mais c'est d'abord un toubib, non ? Pour le moment, son vrai problème, c'est nous. Jusqu'à ce que le petit sorte de chez eux. Donc, il nous en dira aussi peu que possible, d'ici là.

— J'aimerais bien que tu ne te mettes pas à jouer les théoriciennes de la conspiration généralisée.

— Il n'est pas question de théories à la con, Tony ! C'est de notre enfant qu'il s'agit. Et notre enfant, tel qu'il est, entame sa deuxième semaine confiné en salle de soins intensifs et...

— Et tout le monde est satisfait par son évolution. Combien de fois faut-il te le répéter ? Tu as définitivement perdu toute logique ?

— Tu me traites de folle, là ?

— Je dis que tu es en plein irrationnel, c'est tout.

— J'ai le droit de l'être ! Parce que... parce que... »

La rage était montée d'un coup, et c'est surtout au visage stupéfait de Tony que je m'en suis rendu compte. Un accès aussi brutal que fugace, car elle m'a quittée en quelques secondes. Mais cette fois ce n'était pas comme après l'une de nos disputes, quand la colère s'éteignait peu à peu et que, voyant qu'il ne s'excuserait pas – il en semblait congénitalement incapable –, je finissais par prendre l'initiative de ramener la paix entre nous. Là, c'était... bizarre, faute de meilleure définition. En un clin d'œil, je pouvais me transformer en furie, puis...

« Je crois que je ferais mieux d'aller m'étendre. »

Tony continuait à fixer sur moi un regard perplexe.

« Bien... Si tu veux que je t'aide à retourner au lit. »

Je n'y avais pas été depuis mon arrivée à la maison, alors pourquoi ce « retourner » ? Il ne remarquait donc jamais rien ?

« Non, je me débrouille. »

Dans la chambre, j'ai passé mon pyjama et me suis couchée en remontant les couvertures par-dessus ma tête. J'ai attendu le sommeil, attendu, mais je restais douloureusement éveillée tout en éprouvant une immense fatigue. Les idées se télescopaient dans mon cerveau, des bribes de scénarios plus épouvantables les uns que les autres. Par exemple, mon fils ayant atteint les trois ans, prostré dans un fauteuil, incapable de me voir, de sentir le monde autour de lui, tandis qu'une psychologue hyperrationnelle me suggérait de « penser à un établissement spécialisé, peut-être, quelque part où il pourrait être assisté vingt-quatre heures sur vingt-quatre... ». Mais à cet instant l'enfant catatonique bondissait de son siège pour se mettre à éructer des sons incohérents, renversait la table basse, se débattait contre les meubles en hurlant pour fuir le salon et se jeter dans la salle de bains, où il brisait le miroir de son poing. Et alors que je venais le calmer, bander sa main ensanglantée, mes yeux tombaient sur mon reflet dans un débris de glace : j'étais vieillie par ces trois années jusqu'à en devenir méconnaissable, n'ayant qu'une vie gâchée devant moi après avoir détruit celle de mon pauvre petit garçon. Mais je ne pouvais pas continuer à m'apitoyer ainsi sur moi-même parce que soudain il commençait à se frapper le front contre le rebord du lavabo et...

« Tony ! »

Pas de réponse. Bien sûr, puisque j'étais seule dans la chambre. 2 h 5 au radio-réveil. Comment ce cauchemar était-il venu, puisque je ne dormais pas. Je dormais ? Toutes les lampes étaient allumées. Je me suis levée et je m'apprêtais à descendre au rez-de-chaussée, pensant le trouver devant un film, lorsque j'ai remarqué la lumière dans l'escalier encore en bois brut qui conduisait à son bureau.

L'aménagement du grenier avait été achevé pendant que j'étais à l'hôpital et, visiblement, Tony avait consacré beaucoup de temps à y créer son espace. Trois murs d'étagères accueillaient ses nombreux livres, les CD soigneusement alignés couvraient d'autres étagères, une petite chaîne stéréo et une radio de reporter étaient installées sur la grande table que je l'avais aidé à choisir chez Conran. Un ordinateur Dell tout neuf trônait en face d'un fauteuil ergonomique dans lequel Tony était enfoncé, les yeux braqués sur l'écran couvert de mots.

« C'est... impressionnant, ai-je lancé derrière lui.

— Content que tu aimes. »

J'ai eu envie d'ajouter qu'il aurait pu employer un peu de son énergie à débarrasser de leurs caisses les espaces communs de la maison, tant qu'il y était, mais j'ai préféré tenir ma langue. Elle ne m'avait joué que des mauvais tours, dernièrement.

« Quelle heure est-il ? a-t-il murmuré, encore perdu dans ses pensées.

— Deux heures passées.

— Tu n'arrivais pas à dormir ?

— Si on veut. Toi non plus ?

— Je travaille depuis que tu es allée te coucher.

— Sur quoi ? Un article ?

— Sur le... roman, en fait.

— Ah oui ? »

Dès nos premiers jours au Caire, il avait évoqué une possible incursion dans la création romanesque, laissant entendre qu'une fois revenu à l'existence monotone de Londres il aurait enfin le loisir de s'atteler à la saga graham-greenesque qu'il projetait depuis des années. Je m'étais parfois demandé s'il aurait la discipline et le souffle nécessaires à l'écriture d'une œuvre de fiction : comme beaucoup de journalistes de terrain, il aimait attendre le dernier moment pour composer son papier dans l'urgence, sous la pression stimulante de l'heure du bouclage. S'enfermer dans une pièce pour y tisser lentement une histoire, jour après jour, était une tout autre expérience, surtout pour lui qui se vantait de ne jamais avoir consacré plus de deux heures à rédiger un article. Mais je le découvrais maintenant au travail, en pleine nuit, et c'était une agréable surprise.

« Excellente nouvelle, Tony !

— Bah... Peut-être que ça ne vaudra rien.

— Et peut-être que ce sera très bien ! » – Il a haussé les épaules. – Tu as beaucoup avancé ?

— Quelques dizaines de feuillets.

— Et donc... ?

— Comme je l'ai dit, je n'ai pas la moindre idée de ce que ça pourra donner.

— Mais tu vas continuer, n'est-ce pas ?

— Ouais. Jusqu'à ce que l'inspiration me lâche, ou que je me rende compte que ça ne sert vraiment à rien. »

Je me suis approchée pour poser une main sur son épaule.

« Je ne te laisserai pas abandonner.

— C'est un engagement formel ? a-t-il plaisanté en se décidant enfin à me regarder.

— Oui. Et aussi...

— Quoi ?

— Je regrette, pour tout à l'heure. »

Ses yeux sont repartis sur l'écran.

« Oui... Je suis certain que tu te sentiras mieux demain. Si tu arrêtes de te faire du souci. »

Quand je me suis réveillée à sept heures, Tony n'était pas dans le lit avec moi. Je l'ai trouvé endormi sur le canapé convertible de son bureau, qu'il avait ouvert. Une petite pile de feuilles était rangée à côté du clavier. Plus tard, je lui ai apporté une tasse de thé qu'il a acceptée d'une main hésitante, seulement à moitié réveillé.

« Tu as travaillé tard ?

— Pas trop, non.

— Tu aurais pu me rejoindre.

— Je ne voulais pas te déranger ».

La nuit suivante, il a agi de la même façon. À neuf heures du soir, de retour de ma deuxième visite de la journée à Jack, j'ai été choquée de le découvrir devant son ordinateur alors qu'il m'avait expliqué qu'il ne pourrait pas me rejoindre à la maternité en raison d'une nouvelle crise quelque part, au Mozambique si je me rappelle bien. Nous nous étions même un peu accrochés à ce sujet au téléphone dans l'après-midi, et j'ai laissé transparaître mon mécontentement :

« Je croyais que tu devais rester tard au journal.

— On a bouclé plus tôt que prévu.

— Oui. Et tu n'as pas eu l'idée de foncer à l'hôpital pour voir ton fils.

— Je suis rentré il y a un quart d'heure à peine.

— Et tu t'es remis à ton roman comme ça, tout de suite ?

— En effet.

— Tu veux me faire gober une chose pareille ?

— J'avais l'inspiration, a-t-il expliqué sans la moindre touche d'ironie.

— Oui. Je suppose que tu veux dîner, maintenant ?

— Non. J'ai pris un sandwich au journal. Franchement, j'ai seulement envie d'écrire, là. Si ce n'est pas un problème...

— Tu ne veux pas savoir comment va ton fils ?

— Je le sais. J'ai téléphoné là-bas vers six heures, l'infirmière de garde m'a fait un topo complet. À toi aussi, j'imagine. »

J'en aurais hurlé de fureur. À la place, j'ai tourné les talons, je suis allée avaler quelque chose sur le pouce à la cuisine. Échaudée par mon expérience de la veille, je me suis limitée à un doigt de vin. Puis j'ai rempli un verre pour Tony, que je lui ai apporté dans sa retraite.

« Merci, a-t-il lancé distraitement.

— Comment ça avance ?

— Bien, bien, a-t-il concédé d'un ton qui laissait

entendre que j'étais en train de l'interrompre dans sa lancée.

— Tu veux regarder les infos de dix heures ?

— Je préfère continuer. »

À minuit, j'ai passé la tête par sa porte.

« Je vais me coucher.

— D'accord.

— Tu viens ?

— Dans un petit moment. »

Quinze minutes plus tard, quand j'ai éteint ma lampe, il n'était pas descendu. Et le lendemain matin, le lit était vide à côté de moi. Cette fois, cependant, il n'a pas eu droit à une tasse de thé. Vers dix heures, je l'ai vu descendre l'escalier d'un pas chancelant, l'air épuisé. Sans un bonjour, il a lancé :

« Pourquoi tu m'as laissé dormir si tard, bon sang ?

— Puisque apparemment nous vivons chacun de notre côté, désormais, je n'ai pas à te servir de réveille-matin.

— Je passe deux nuits sur le canapé et tu parles déjà de vivre chacun de notre côté !

— Je me demandais juste si tu essayais de me faire passer un message. Avec cette agressivité qui ne dit pas son nom.

— Mais qu'est-ce que tu racontes ? J'ai travaillé tard, c'est tout. Sur ce roman que tu veux tellement que j'écrive ! Alors quel est le problème ?

— Je suis simplement...

— Tu es simplement susceptible à un point dingue. »

Sa réplique m'a prise de court, et je n'ai pu que murmurer :

« Peut-être...

— Eh bien, tu ne devrais pas. Et je viendrai à l'hosto ce soir. Et on dormira ensemble. D'accord ? »

Il est en effet arrivé aux soins intensifs à huit heures

ce soir-là, avec un retard que je n'ai pas relevé. J'étais assise depuis un long moment devant le berceau, les yeux plongés dans ceux de Jack qui répondaient enfin, paraissaient me regarder le regarder. Pour la première fois depuis des semaines, j'avais le sourire aux lèvres.

« Viens voir, ai-je soufflé à Tony, qui s'est accroupi pour avoir le visage au niveau de celui de son fils.

— Je t'avais dit que tout irait bien », a-t-il remarqué au bout de quelques secondes.

Oui, c'était vrai, mais quel besoin de le rappeler à cet instant précis ?

« Il nous regarde vraiment, ai-je chuchoté, trop émerveillée pour répliquer au commentaire sentencieux de Tony.

— On dirait, oui. Salut, toi ! Fais la connaissance de tes parents, pauvre gosse !

— Ce sera un garçon très heureux. Parce que nous ferons tout pour ça.

— Je te présente ta mère, une Américaine, et donc une optimiste incurable », a persiflé Tony tandis que Jack continuait à nous fixer tout en se demandant certainement où il était, et quel était ce mystère que l'on appelle la vie.

Plus tard, Tony s'est couché près de moi, *Le Consul honoraire* de Graham Greene à la main. Même si les relations sexuelles étaient exclues dans mon état, j'aurais apprécié quelques caresses mais, fidèle à lui-même, il s'est contenté de me déposer un rapide baiser sur la joue pour me souhaiter bonne nuit. Et le lendemain matin... il était en haut, affalé sur le canapé-lit. Le tas de feuilles à côté du clavier avait grossi.

« Visiblement, tu es très inspiré, la nuit.

— C'est un bon moment pour écrire.

— Et ça te fournit aussi une excuse pour ne pas être dans un lit avec moi.

— Mais j'étais avec toi !

— Combien de minutes ?

— C'est important ? Tu dormais, de toute façon.

— Oui. Dès que j'ai fermé les paupières, tu t'es précipité en haut.

— Si tu veux, oui. Mais je me suis couché avec toi comme tu l'avais exigé, exact ?

— Euh... sans doute, ai-je concédé, sentant que la discussion ne menait nulle part.

— Et le roman avance.

— Très bien.

— Donc, où est le problème ?

— Il n'y en a pas, Tony. »

Je ne le soupçonnais pas moins de préparer habilement ses arrières en perspective du moment où Jack serait enfin à la maison. Son roman constituerait le prétexte idéal pour échapper aux réveils et aux biberons nocturnes. Le canapé du bureau serait son refuge. Mais je n'ai pas osé soulever ce point, sachant qu'il se bornerait à lever les yeux au ciel et à me laisser passer pour l'enquiquineuse que je n'avais jamais voulu être. Plutôt que d'essayer de me confronter à ce monument de déni, j'ai résolu de préserver avant tout la paix domestique, notamment dans l'intérêt du bébé qui serait bientôt avec nous. Sourire et serrer les dents : la maxime conjugale par excellence.

En partie pour oublier ces sombres pensées, j'ai consacré la majeure partie des jours suivants à donner un aspect plus satisfaisant au foyer que notre fils allait remplir de sa frêle mais essentielle présence. Billings et ses hommes étaient d'ailleurs de retour : le poids de la culpabilité semblait avoir été opérant, ou alors Tony avait arrêté de les payer. Non sans me bombarder de questions au sujet de la santé du « p'tit père », le contremaître de Belfast m'a juré que tout le gros œuvre serait terminé en une semaine. Sa sollicitude m'a réellement touchée. Après s'être comporté de façon irresponsable, nous avoir menti sans relâche et laissé globalement entendre qu'il nous faisait une faveur en acceptant ce chantier, il révélait enfin ses bons côtés. J'ai songé qu'il était à coup sûr dans la situation de tant d'artisans, obligés de tenir un carnet de commandes plus rempli qu'ils ne pouvaient l'assumer et jonglant en permanence avec les clients. Mais il semblait presque transfiguré. L'idée d'un petit enfant en danger encourage la plupart d'entre nous à révéler le meilleur d'eux-mêmes... sauf lorsque, comme Tony, on se construit une muraille pour repousser la moindre angoisse, le moindre doute, la moindre notion de l'injustice aveugle dont le destin fait si souvent preuve.

Je commençais cependant à le connaître suffisamment pour parvenir à discerner ce qui se passait en lui derrière ce cordon sanitaire d'apparente impassibilité. Sincèrement contente qu'il s'absorbe autant dans son roman, je comprenais néanmoins que ce serait encore un mécanisme de défense derrière lequel il se tiendrait loin de moi et des éventuels problèmes que Jack pourrait poser. Ce matin-là, quand j'ai mentionné le comportement distant de Tony au cours d'un échange téléphonique avec ma sœur, Sandy a eu la dent plutôt dure :

« Tu vas voir qu'il va essayer d'obtenir de retourner au Caire, un de ces jours. Tout seul.

— Non. Il a peur, mais il se tait.

— Ouais. Assumer ses responsabilités, c'est tellement chiant...

— Chacun a sa manière de réagir à une situation angoissante.

— Et la sienne, c'est de faire l'autruche. »

Depuis mon retour à la maison, nous nous parlions deux ou trois fois par jour. Très inquiète pour moi et pour l'enfant, Sandy aurait sauté dans le premier avion pour Londres si elle avait réussi à joindre son ahuri d'ex-mari, parti pour un trekking d'un mois à travers les Appalaches avec sa sportive petite amie, mais sans son portable. L'énorme point d'interrogation qui pesait sur l'avenir de Jack ne l'a cependant pas paralysée, au contraire : elle a bombardé de coups de fil tous les obstétriciens et pédiatres qu'elle connaissait à Boston et dans la région, obtenant informations, conseils et diverses variantes de la formule « Il faut faire quelque chose ! », la réponse à toutes les crises dont nous sommes tellement friands, aux États-Unis...

La nouvelle, ce jour-là, c'était que selon le mari de son amie Maureen, qui n'était autre que le responsable du service de neurologie pédiatrique à l'hôpital central de Boston, « ..."si le bébé réagit sensoriellement après sept jours de traitements postopératoires, c'est très bon signe."

— Exactement ce que me disent les toubibs d'ici...

— Oui, mais ils ne sont pas chefs de clinique de l'un des meilleurs hostos d'Amérique !

— Oh, ils ont été excellents, vraiment, ai-je affirmé, préférant passer sous silence la pédanterie de M. Hughes.

— Eh bien, si j'avais un ou deux millions en banque je vous ferais évacuer par avion sanitaire à l'instant, toi et Jack.

— C'est gentil, mais ce n'est pas exactement l'Ouganda, ici.

— À voir. Bon, tu te sens mieux, aujourd'hui ?

— Oui, très bien », ai-je répondu prudemment.

Je lui avais certes parlé d'un « petit moment de déprime », mais sans entrer dans les détails, d'abord pour ne pas l'affoler inutilement et aussi parce que j'étais presque convaincue que ces accès de désespoir ne reviendraient plus. Comme d'habitude, cependant, Sandy n'a pas été dupe de mon apparente sérénité.

« J'ai une amie, Alison Kepler... Elle est infirmière en chef à la maternité de Brigham et elle...

— Bonté divine, Sandy ! La moitié de Boston doit être au courant que j'ai eu un enfant !

— Et alors ? L'important, c'est l'assistance médicale que je peux te fournir par procuration. Donc, Alison m'a dit que la dépression postnatale se produit souvent par vagues successives.

— Mais ce n'est pas ce que j'ai !

— Tu n'es pas au courant ? Quand on est déprimé, en général, on ne s'en rend pas compte. Comment pourrais-tu être si sûre que tu ne l'es pas ?

— Parce qu'il m'arrive d'avoir terriblement les boules contre Tony et, si tu ne savais pas ça, quand on est déprimé, on n'est même pas capable de s'énerver contre son mari... Ni contre sa sœur.

— Pourquoi tu aurais les boules contre moi ? »

Pourquoi tu ne peux jamais avoir un peu d'humour ? ai-je eu envie de hurler dans le combiné. Mais elle était ainsi faite, ma merveilleuse sœur : dans son univers absolument logique, il n'y avait pas de place pour le double sens, le troisième degré, l'ironie. Pour cette raison, elle n'aurait jamais survécu une semaine à Londres.

Mes bonnes dispositions ne pouvaient qu'être encouragées lorsque, arrivant à l'hôpital à dix heures et demie le mercredi matin, j'ai appris que Jack avait enfin quitté l'unité de soins intensifs.

« Vous êtes certaine qu'il n'a plus rien ? ai-je demandé à l'infirmière.

— Croyez-moi, on ne l'aurait pas fait sortir si on n'était pas sûrs de sa guérison.

— Oui, pardon. C'est que je m'inquiète pour un oui ou pour un non, maintenant.

— Bienvenue au club des mamans ! »

Elle a appelé la nursery « normale », deux étages plus bas, pour leur garantir que j'étais bien la mère de Jack Hobbs – « On n'est jamais trop prudent, de nos jours » –, et l'une de ses collègues m'attendait à l'entrée de la salle. « Vous arrivez à point, m'a-t-elle lancé, il a faim ! »

C'était fantastique de le découvrir libéré de son attirail médical, mais il n'en paraissait aussi que plus fragile. Devant son minuscule visage qui avait perdu l'expression absente due aux sédatifs des dix premiers jours, et même si Sandy, citant son régiment d'experts, m'avait assuré qu'il ne garderait aucun souvenir de ce traumatisme initial, je n'ai pu m'empêcher d'être à nouveau assaillie par la culpabilité. Coupable de ce qui avait pu mal se passer pendant la grossesse, mais quoi, j'aurais été incapable de le dire... La voix que j'avais espérée disparue était soudain de retour, lancinante : « C'est à cause de toi qu'il est comme ça. Parce que tu ne l'as pas vraiment désiré, cet... »

Oh, assez ! Je me suis cramponnée aux rebords du berceau, frissonnante. L'infirmière me regardait, inquiète. À l'instar de la moitié des filles de cet hôpital, c'était une Irlandaise, encore très jeune. Un peu boulotte, très propre sur elle, et d'une gentillesse... extrême.

« Juste... juste un coup de fatigue, ai-je bafouillé en remarquant son nom sur le badge – McGuire.

— Qu'est-ce que ça va être quand il sera à la maison ! » a-t-elle fait remarquer avec un rire espiègle.

Je me suis forcée à sourire.

« Bien, vous êtes prête ? »

Non, je ne l'étais pas. Parce que je n'étais pas à la hauteur, parce que c'était insupportable, parce que...

« Oui », ai-je articulé en souriant toujours.

Elle l'a retiré prestement du lit. Il était très calme, jusqu'à l'instant où il s'est trouvé dans mes bras. Il a ouvert la bouche et s'est mis à crier. Pas très fort, non, mais avec insistance, comme si ce seul contact lui était désagréable. « Bien sûr qu'il pleure, m'a soufflé la voix, il sait bien que tu es un danger pour lui ! »

« C'est votre premier bébé ? m'a demandé l'infirmière.

— Euh... oui, ai-je fait en songeant que ma nervosité devait être patente.

— Ne soyez pas impressionnée par ses ronchonnements, alors. D'ici vingt-quatre heures il sera plus qu'habitué, vous allez voir. »

À quoi bon essayer de me rassurer, quand Jack lui-même « savait » ? Il sentait que j'étais incapable de lui procurer du bien-être, incapable d'être une mère. Et il avait réagi de tout son corps sitôt que son ennemie l'avait touché. *Il savait.*

« Vous voulez une chaise ?

— Oui, merci. »

Mes jambes se dérobaient sous moi, brusquement. Je me suis assise, tenant le bébé qui criait toujours. *Il a peur.*

« Vous pourriez peut-être commencer à lui donner le sein. C'est son heure.

— Je... Mon lait ne coule pas bien.

— Oh, il va régler ce problème en deux secondes ! » a-t-elle assuré avec un nouveau rire qui, au lieu de me mettre à l'aise, m'a crispée davantage. Calant Jack sur un bras, j'ai tenté de relever mon tee-shirt et mon soutien-gorge de ma main libre. Affolée par ses pleurs, je me suis débattue nerveusement, sans parvenir à rien.

« Donnez-le-moi une seconde, le temps de vous arranger. »

Arranger quoi ? Je ne peux pas arranger le fait d'être une...

« Merci », ai-je murmuré.

Dès qu'il a quitté mes bras, Jack s'est tu. En nage, j'ai remonté mon tee-shirt, sorti le sein droit. J'étais affolée par le souvenir du supplice de la pompe, mais aussi et surtout par le constat qu'aucune de ces pulsions maternelles dont les spécialistes faisaient tout un plat ne s'exprimait en moi. J'aurais dû être tendrement protectrice et j'étais seulement... terrorisée.

« Tu n'es pas faite pour ça ! Tu n'y arriveras jamais ! »

La réaction de Jack en retrouvant mes bras a été d'ordre pavlovien : ses pleurs ont aussitôt repris. Violemment. Mais à l'instant où ses lèvres ont touché mon sein, elles se sont retroussées avec avidité et sa langue s'est mise à émettre les petits claquements d'un être affamé. « Et le voilà parti », a approuvé gaiement l'infirmière. Ses gencives m'ont produit le même effet que si on avait fixé une pince à linge sur le téton. Même sans dents, elles étaient dures comme de l'acier et j'ai laissé échapper un cri de surprise endolorie.

« Tout va bien ? s'est enquise l'infirmière, qui restait tout sourire mais devait certainement m'avoir cataloguée comme la plus maladroite et la plus indigne des mères.

— Il serre fort et c'est... »

Mon explication s'est terminée en un piaillement de souffrance. Le pire, c'est qu'en sursautant je l'avais arraché de mon sein, ce qui a déclenché chez lui un nouvel accès de larmes. Éperdue, je ne pouvais que répéter « Pardon, pardon, pardon... » mais l'infirmière, avec un calme très professionnel, m'a pris Jack et l'a calmé. J'étais là, inutile, stupide avec mon sein à l'air et plus que jamais rongée par le sens de ma faute.

« Il n'a rien ? ai-je demandé, encore sous le choc de la douleur.

— Il a eu une petite peur, c'est tout. Comme vous.

— Je ne voulais pas le...

— Vous vous débrouillez très bien, franchement. C'est fort courant, vous savez. Surtout quand le lait a du mal à couler, au début. Mais attendez une seconde, on va régler ça ! »

De sa main libre, elle a attrapé son talkie-walkie. Deux minutes plus tard, une collègue s'est approchée. Avec l'une de leurs maudites pompes.

« Vous vous êtes déjà servie de ça ?

— Oui, hélas !

— Alors allez-y. »

La torture n'a été que de courte durée, cette fois. Même si j'avais les joues baignées de larmes quand le canal s'est enfin décongestionné, le soulagement était fabuleux. L'infirmière m'a confié Jack. Mon Dieu, qu'est-ce qu'il détestait que je le touche ! Mais il s'est cramponné à moi de ses lèvres au moment où elles ont senti le goût du lait et j'ai supporté le calvaire en silence plutôt que de me donner à nouveau en spectacle devant cette jeune femme bien trop gentille. Et qui comprenait tout, visiblement, car elle a demandé :

« Ça fait encore un peu mal, n'est-ce pas ?

— Un peu.

— Vous n'êtes pas la première maman à dire ça. Ni la dernière ! »

Je ne méritais pas ses encouragements. Je repensais avec animosité à tous ces livres et articles que j'avais lus, toutes ces tirades sur les bienfaits physiologiques et psychologiques de l'allaitement, ces odes à la mamelle nourricière. Sous-entendu : celles qui choisissaient le biberon étaient d'irresponsables égoïstes. Ce qu'ils ne disaient jamais, ces doctes conseilleurs, c'est le supplice que cela représentait !

« Bien sûr que ça fait mal ! s'est exclamée Sandy lorsque je lui ai raconté ma première expérience au téléphone quelques heures plus tard. Moi, je redoutais le moment de la tétée comme la peste !

— Vraiment ?

— Ça ne m'a pas rendu un brin plus maternelle, je peux te le dire ! »

Je savais qu'elle mentait pour me rassurer : au cours

des mois suivant la naissance de son fils, j'étais souvent passée la voir et elle n'avait jamais manifesté la moindre objection à l'égard de l'allaitement. Elle était tellement douée pour ça que je l'avais même vue un jour repasser une chemise tout en donnant le sein à son bébé !

« C'est le début qui est duraille, a-t-elle ajouté. Quand est-ce que tu y retournes ?

— Ce soir, ai-je répondu, non sans appréhension.

— Je suis sûr qu'il est magnifique, ce petit. Tu as un appareil photo numérique ?

— Euh... non.

— Va t'en acheter un et commence à m'en envoyer par e-mail.

— Entendu... »

Je devais avoir une voix lugubre, parce qu'elle a aussitôt repris :

« Raconte-moi, Sally.

— Quoi ?

— Ce qui t'arrive.

— Rien du tout.

— À d'autres !

— Je n'ai pas trop la forme aujourd'hui, c'est tout.

— Sûre ?

— Oui. »

La vérité, c'est que... Oh, je n'en savais rien ! Ma seule certitude était que je ne voulais pas retourner à la nursery de l'hôpital ce soir-là. Après avoir raccroché, j'ai fui les ouvriers qui allaient et venaient dans la maison et je me suis réfugiée dans le bureau de Tony. Affalée dans son fauteuil rembourré, j'ai laissé mes yeux errer sur le clavier, le tas de feuilles bien net, le porte-crayons et le grand agenda relié de moleskine noire... Tony tenait un journal depuis toujours, une passion que j'avais découverte dès notre première nuit d'amour au Caire, lorsque je m'étais réveillée vers quatre heures pour aller aux toilettes et l'avais surpris dans le salon, en train d'écrire fébrilement dans un gros carnet noir.

« Alors, quelle note tu me donnes ? avais-je lancé du pas de la porte, en tenue d'Ève : cinq, huit ?

— C'est trop personnel, avait-il répliqué en refermant le carnet. Comme tout ce qu'il y a là-dedans. »

Il l'avait dit d'un ton amusé mais très ferme, sans appel, et depuis j'avais évité toute allusion à son journal intime. C'était une activité à laquelle j'avais moi-même tenté de m'adonner à mon arrivée au Moyen-Orient, mais quand bien même la matière n'aurait pas manqué, je n'étais pas assez disciplinée pour le compléter chaque jour, ainsi que le faisait Tony, et puis je n'aimais pas trop le côté nombriliste, genre plus-sincère-que-moi-tu-meurs. Je ne sais plus qui a prétendu que tenir un journal était un peu comme pour un chien de revenir renifler son vomi. Pour moi, celui ou celle qui mettait par écrit la chronique de sa vie quotidienne et ses réactions les plus personnelles à son entourage voulait fondamentalement envoyer un message aux êtres les plus proches, et donc être lu. C'était la raison pour laquelle, ai-je alors estimé, Tony avait laissé cet agenda en évidence sur sa table : tout en sachant que je respectais sa vie privée, à telle enseigne que c'était ma première intrusion dans son bureau en son absence, il avait sans doute décidé de me soumettre à un petit test de son cru. En silence, il me disait : Vas-y, ouvre-le si tu l'oses.

Ou bien avait-il tout bêtement oublié de le ranger, et ces raisonnements psychologisants n'étaient-ils qu'une nouvelle preuve de ma confusion mentale, de ma fragilité ? D'ailleurs, si tentée que j'aie été de prendre le journal et d'y découvrir de terribles vérités – et ma paranoïa galopante traçait déjà les mots les plus blessants devant moi –, j'avais conscience de me risquer sur un terrain qu'il valait sans nul doute mieux éviter. Pour résumer : il faut avoir vraiment perdu la boule pour vouloir connaître les pensées secrètes de son partenaire conjugal.

J'ai donc retiré ma main, résistant également à la tentation de survoler son manuscrit pour voir si Tony se prenait réellement pour un nouveau Graham Greene ou un Jeffrey Archer. Brusquement, je suis allée ouvrir le canapé-lit, j'ai saisi l'édredon et les coussins dans la malle en osier où il les rangeait, baissé le store de la fenêtre de toit, branché le répondeur téléphonique. Après m'être dépouillée de mon jean, je me suis étendue sous le duvet. Malgré le raffut de coups de marteau, de scies électriques et de ponceuses en bas, je dormais à poings fermés au bout de trois minutes.

Une voix familière m'a réveillée en sursaut.

« Qu'est-ce que tu fais ici ? »

Il m'a fallu un moment pour comprendre où j'étais, et que la nuit était venue, et que la grosse lampe du bureau était allumée, et que mon mari se tenait sur le pas de la porte, braquant sur moi un regard à la fois surpris et courroucé.

« Tony ?

— Tu sais quelle heure il est ? » Seigneur, non ! « La maternité essaie de te joindre depuis...

— Comment ? me suis-je exclamée en me redressant d'un bond.

— Jack a eu une petite rechute, cet après-midi. La jaunisse est revenue. »

J'étais déjà debout et j'attrapais mes vêtements.

« Allons-y ! »

Il m'a arrêtée en posant une main sur mon bras.

« J'y étais tout à l'heure. Tout est rentré dans l'ordre. Au début ils ont cru que ce pourrait être grave mais il n'y avait qu'un excès mineur de bilirubine à l'analyse de sang, donc pas d'inquiétude. Ils l'ont quand même remis aux soins intensifs. »

Je me suis dégagée d'un geste sec.

« Tu me diras tout dans la voiture.

— On reste ici.

— C'est ça ! Avec mon fils qui...

— On reste ici ! a-t-il répété en me saisissant à nouveau.

— Si tu ne veux pas y aller, laisse-moi tranquille !

— Mais tu vas écouter, à la fin ? Il est près de minuit !

— Il est... quoi ?

— Minuit moins sept.

— Tu te moques de moi.

— Tu as dormi toute la journée.

— Impossible.

— Oui ? L'hosto a cherché à te joindre à partir de trois heures de l'après-midi. Et moi, j'ai dû laisser dix messages sur ton portable.

— Pourquoi tu n'as pas essayé d'appeler les ouvriers ?

— Parce que je n'avais pas leur numéro de portable ! De toute façon, le problème n'est pas là. Le problème, c'est que tu as deux téléphones et qu'ils étaient l'un et l'autre sur répondeur pendant toute la journée, bon sang !

— Je sais, je sais... J'ai simplement voulu faire une sieste en revenant de la nursery ce matin.

— Une sieste de... douze heures ?

— Je suis désolée. »

Je me suis libérée, moins brutalement cette fois, et j'ai achevé de me rhabiller.

« J'y vais quand même.

— Il n'y a pas de visites en pleine nuit ! – Tony a fait un pas pour me barrer le passage. – Ce ne serait pas du tout intelligent que tu débarques là-bas maintenant. Surtout après...

— Après quoi ? ai-je crié avec l'étrange impression que je connaissais déjà la réponse.

— Après la manière dont ça s'est passé entre Jack et toi ce matin. »

Cette garce d'Irlandaise, avec ses airs doucereux. Elle m'avait cassée par-derrière !

« J'ai... C'était un simple problème d'allaitement !

— Oui, on m'a dit... Mais une des infirmières de garde a aussi raconté que tu as été très brusque avec lui.

— Juste un court instant. Il m'a fait mal.

— Je suis persuadé qu'il n'en avait pas conscience.

— Bien sûr que non ! Je n'ai jamais dit ça ! Et ce n'est pas comme si je l'avais jeté par terre ! J'ai... sursauté, c'est tout.

— Pour qu'elle fasse un rapport à la chef de service, ce devait être plus que ça. »

Je me suis assise sur le lit, le front dans les mains. À cet instant précis, je me sentais prête à attraper mon passeport, à filer à l'aéroport et à prendre le premier avion pour les États-Unis. « Tu n'y arriveras jamais. Tu es une mère catastrophique », me disait l'implacable voix, mais une autre s'est élevée qui répétait doucement, presque comme une berceuse : « Ça t'est égal, égal, égal... Tout t'est égal. » Pourquoi une caricature de mère se soucierait-elle de son enfant, au juste ? Et même si je m'y efforçais, les « autres », les médecins, les infirmières, mon mari, ne gardaient aucune illusion à mon sujet. Ils avaient les preuves. Ils savaient... quoi ? Comment pouvaient-ils savoir ce qui se passait en moi quand je n'en avais pas idée ? Comment expliquer que je puisse être accablée par le remords et la culpabilité et, dans la seconde suivante, totalement indifférente ? Parce que j'étais indigne, tout simplement indigne, comme dans cette chanson country où...

« Sally ? »

J'ai relevé les yeux. Tony m'observait toujours.

« Tu devrais aller te coucher, Sally.

— Je... je viens de dormir douze heures.

— C'était ton choix.

— Non. C'était le choix de mon organisme. Il a enregistré quelque chose que tu ne vois pas du tout, figure-toi : un accouchement est une épreuve physique épuisante. Et je suis épuisée, oui. Même si tu restes convaincu que c'est ce qu'il y a de plus facile au monde... »

Avec un petit sourire poli, Tony a entrepris de retirer l'édredon et les coussins du convertible.

« Je crois que je vais travailler un peu. Ne m'attends pas.

— Je ne veux pas dormir !

— À ta guise. Maintenant, si tu m'excuses...

— Tu te fiches de ce qui se passe, hein ?

— Pardon ? Qui a couru à l'hôpital aujourd'hui, pendant que la mère de notre enfant jouait les divas inaccessibles ? »

Cette dernière remarque, lancée avec le plus grand détachement, a eu sur moi l'effet d'une gifle en plein visage.

« C'est tellement... injuste », ai-je chuchoté.

Son sourire est devenu triomphant.

« Pas étonnant que tu le prennes ainsi. La vérité est rarement bonne à entendre... » Il s'est installé dans son fauteuil, me tournant le dos.

« Tu m'excuseras, maintenant.

— Va te faire foutre. »

Il a ignoré l'insulte, préférant remarquer sur le même ton odieux :

« Si tu te sens de me préparer un thé, ce ne serait pas de refus. »

À quoi j'ai répondu en me jetant hors de la pièce et en claquant la porte derrière moi. Arrivée en bas, j'ai été sur le point d'appeler un taxi, de faire irruption à

215

l'hôpital, d'exiger de voir Jack sur l'heure et aussi que l'on m'amène la sainte-nitouche, cette tête à claques, cette dissimulatrice qui m'avait calomniée... Oui, et je me retrouverais dans une camisole de force, direction l'asile de dingues le plus proche.

Je me suis mise à faire les cent pas dans le salon. Furieusement. Jusqu'à ce que je pense : *Regarde-toi, enfin ! On croirait une souris de laboratoire shootée aux amphétamines*. Je me suis assise, soudain glacée jusqu'aux os. Un vent polaire s'était abattu sur Sefton Street et j'étais sûre qu'il minait de son affreuse humidité les murs et les fondations de cette bicoque, de ce dérisoire investissement immobilier, de cet exemple de mesquinerie victorienne qui allait bientôt s'effondrer d'un coup et nous laisser à la rue... Et puis le temps a changé du tout au tout. Le thermomètre est monté de soixante degrés. De mi-janvier dans les Rocheuses canadiennes, je suis passée aux Tropiques. Aruba, me voici ! Vague de chaleur, canicule, quarante-cinq à l'ombre... Je dégoulinais de sueur. Je me suis levée d'un bond et me suis déshabillée entièrement, sans penser une seconde que les rideaux n'étaient pas tirés. La sensation d'être épiée m'a fait jeter un regard par-dessus mon épaule. Un chauffeur de taxi, qui venait de déposer quelqu'un en face, restait bouche bée à sa vitre. J'ai été tentée de me retourner entièrement, histoire de lui donner une vue imprenable sur des cicatrices de césarienne. Un reste de pudeur instinctive m'a au contraire précipitée dans le couloir, les escaliers, la salle de bains. Ouvrant le robinet d'eau froide en grand, je me suis placée sous le jet surpuissant – heureusement, j'avais au moins exigé une vraie douche américaine dans notre œuvre de rénovation ! – et...

Mais qu'est-ce qui m'arrivait ? Après avoir arrêté cette pluie glaciale, je me suis laissée aller contre le mur carrelé. Morte de peur en prenant conscience de la violence, de l'incohérence de ce nouvel accès de folie. Et surtout de la manière dont ces crises fondaient sur moi sans aucun signe avant-coureur. J'étais devenue une sorte de balle de flipper psychotique, qui rebondissait d'extrême en extrême dans sa descente inexorable, avec parfois des moments de douloureuse lucidité. Comme à cet instant, où j'aurais pu me taper la tête contre les murs en pensant que plus une seule de mes réactions ne m'appartenait encore.

Oh, et puis assez de pleurnicheries ! Où est passée ta sacro-sainte indépendance d'esprit, Sally ? Un accouchement difficile : il y a de quoi basculer dans la démence ? Tony a raison de te traiter comme une faiseuse d'histoires. Non seulement tu te donnes en spectacle mais tu sembles être décidée à ce que l'on te prenne pour une folle perdue. Ressaisis-toi, ma petite ! Et pendant que tu y es, va préparer une tasse de thé à ton mari !

Convaincue par le très sourcilleux censeur personnel qui venait de faire irruption dans mon esprit, je me suis séché les cheveux et j'ai enfilé un peignoir. Calme et rationalité seraient désormais mon lot. Je me présenterais à l'hôpital le lendemain matin avec des excuses pour ma disparition. J'irais trouver cette McGuire, je lui dirais que je comprenais parfaitement son inquiétude puis je lui prouverais qu'elle était infondée en donnant la tétée à Jack sans broncher. Je tranquilliserais Tony en jouant les épouses modèles pendant un temps.

C'est ainsi qu'en plus de la tasse de thé, j'ai aligné sur un grand plateau une assiette de ses biscuits préférés et une bouteille de Laphroaig, son malt de prédilection, avant de m'engager précautionneusement dans l'escalier, où j'ai manqué de perdre l'équilibre à deux reprises. La porte de son bureau était fermée. J'ai frappé en me servant de mon pied nu.

« Tony ? »

Pas de réponse, pourtant j'entendais une faible musique de fond à l'intérieur.

« Tony ? S'il te plaît. Je t'apporte ton thé... »

Il a ouvert et est resté devant moi, les yeux sur le plateau.

« Qu'est-ce que c'est, tout ça ?

— Un remontant dans les affres de la création littéraire. Et ma manière de m'excuser, aussi.

— D'accord. »

Il me l'a pris des mains, s'est à moitié détourné :

« Bon, je retourne à la tâche.

— Ça avance bien ?

— J'imagine. Ne m'attends pas. »

Et il a refermé derrière lui.

Typique. « *Ne m'attends pas.* » *Cette façon de gâcher le moment. Quand je faisais tout pour que les choses aillent bien... Mais assez ! Il travaille, c'est sérieux ! Et puis il y a eu cette petite* « *prise de bec* », *pour faire dans l'euphémisme british, et on ne peut pas lui demander de passer l'éponge aussi vite. Même s'il a eu ce commentaire fielleux... Assez ! Il a raison. Tu ferais mieux d'aller au lit. Oui, mais après avoir dormi douze d'heures d'affilée... D'accord, d'accord, alors trouve-toi une occupation pour passer le temps !*

L'occupation a consisté à déballer pratiquement toutes les caisses de déménagement qui n'avaient pas encore été vidées. Six heures de labeur acharné. Quand l'aube a commencé à poindre, j'étais moulue mais j'éprouvais aussi cette étrange satisfaction qui vient lorsqu'on achève une corvée domestique longtemps repoussée. J'ai parcouru les pièces, soudain encouragée par l'espace regagné, par les résultats visibles de la rénovation et surtout par la sensation d'ordre. Car c'était ce dont j'avais le plus besoin, l'ordre...

Je me suis fait couler un bain et j'y suis restée longtemps, m'émerveillant en silence de la facilité avec laquelle les dieux de l'équilibre et de la mesure étaient revenus se percher sur mon épaule. Un peu d'activité physique et l'optimisme était revenu. Pleine d'énergie, je me suis rhabillée et, sans même penser à m'étendre après cette nuit blanche, je suis montée risquer un œil dans le bureau de Tony. Il dormait. À pas de loup, je suis allée vérifier que le radio-réveil sur sa table était programmé pour neuf heures, puis j'ai griffonné un mot que j'ai laissé près de la pile de son manuscrit – elle s'était encore étoffée : « Je pars voir le petit. J'espère que tu aimeras le rangement dans la maison. Ce soir, restaurant de ton choix, c'est moi qui invite. Tiens-moi au courant. Je t'aime. »

J'espérais qu'il serait séduit par cette idée d'un dîner dehors, en tête à tête, comme aux temps bohèmes du Caire. Surtout que nous n'en aurions plus guère l'occasion lorsque Jack serait à la maison. Quand je suis redescendue, il n'était encore que sept heures. J'ai ouvert la porte d'entrée. Mes yeux sont tombés sur la mini-benne devant l'une des maisons du trottoir opposé. Ils devaient faire des travaux, eux aussi. Mesurant du regard le tas de cartons et de caisses vides dans le fond de notre couloir, j'ai pensé que je tenais le moyen de m'épargner un aller-retour à la décharge. Et je me suis aussi rappelé que les voisins ne s'étaient pas privés de se débarrasser de leurs vieilleries quand nous-mêmes avions eu une benne, au début de la démolition. Aussitôt dit, aussitôt fait. J'en étais à mon deuxième voyage quand la porte s'est ouverte en face. Un homme d'une quarantaine d'années, en costume gris sombre, s'est avancé sur le perron.

« C'est *notre* benne, vous savez ! a-t-il lancé d'un ton indigné.

— Ah, pardon. Comme elle était pratiquement vide, j'ai cru que...

— Il faudrait demander la permission, avant de faire des choses pareilles !

— Mais franchement, je...

— Vous seriez aimable d'enlever vos saletés de là, d'autant que...

— Ô Seigneur, mais écoutez-moi ça ! »

Il s'est tourné dans la direction de l'intruse, perdant de son aplomb en découvrant une grande femme blonde, le visage un peu ridé – j'ai remarqué que cela arrive souvent aux blondes dès qu'elles passent le Rubicon des quarante ans – mais avec encore beaucoup d'allure. Elle tenait en laisse un immense labrador, également très impressionnant, qu'elle promenait au moment où elle avait surpris notre échange. Je l'ai reconnue sur-le-champ : c'était elle qui était venue à ma rescousse dans la boutique de M. Noor. Évitant son regard impérieux, le costume-cravate a tenté de se justifier :

« Je faisais simplement une remarque.

— À quel sujet ?

— Je crois vraiment que cela ne concerne que madame et m...

— L'an dernier, quand j'ai refait ma cuisine et que j'ai eu une benne, moi aussi, qui l'a remplie en une nuit avec les rebuts de son grenier ? »

Le voisin a paru rapetisser devant ce que mes quelques mois en Angleterre m'avaient permis de déceler comme l'humiliation suprême, dans ce pays, une calamité à éviter coûte que coûte : perdre la face en public. Alors qu'en Amérique il aurait répliqué par une amabilité du genre « Occupez-vous un peu de vos affaires, OK ? », l'homme est devenu livide et n'a pu que murmurer d'une voix navrée :

« Je voulais juste faire une remarque... »

À quoi mon ange gardien au labrador a répondu avec un sourire glacial :

« Mais oui, mais oui. » Puis, en me lançant un clin d'œil : « Vous avez besoin d'un coup de main, pour le reste de ces cartons ?

— Non, merci. Je crois qu'on...

— Ravie de vous revoir, Sally, m'a-t-elle devancé en me tendant la main. C'est bien Sally ?

— Oui... Julia ?

— Bien vu ! »

Avec le discret toussotement de qui veut prendre congé, le voisin a précipitamment battu en retraite chez lui.

« Mauviette, a constaté Julia tout bas. Pas étonnant que sa femme l'ait plaqué le mois dernier.

— Je ne savais pas...

— Bah, rien qu'un de ces petits drames domestiques qui sont notre pain quotidien, à tous... À propos, j'ai appris que vous veniez d'être mère. Excellente nouvelle. Je serais passée vous apporter une babiole mais tous ces derniers temps j'étais en Italie, avec Charlie. C'est mon fils.

— Quel âge a-t-il ?

— Quatorze ans. Et vous, qu'est-ce que c'est ? Un garçon ou autre chose ?

— Un garçon, ai-je répondu en riant. Jack.

— Félicitations. Comment c'est, de ne plus fermer l'œil de la nuit ?

— C'est que... Il n'est pas encore avec nous. »

À la fin de mon résumé, aussi bref que possible, elle a poussé un soupir :

« Eh bien, vous avez vraiment passé un sale moment.

— Lui encore plus.

— Mais vous avez récupéré, n'est-ce pas ?

— Oui et non. Je ne sais plus, parfois.

— Vous avez le temps de venir prendre une tasse de thé ?

221

— J'aimerais beaucoup, mais il faut que je sois au plus tôt à l'hôpital, aujourd'hui.

— Évidemment. Enfin, passez quand vous voulez. Et remplissez-lui bien sa benne, à cet idiot ! »

Nous nous sommes séparées et j'ai suivi son conseil, ajoutant quatre sacs de gravats laissés par les ouvriers. Puis je me suis hâtée vers le métro en me répétant que c'était bon de savoir que l'une de mes voisines était humaine.

À mon énorme soulagement, Jack n'avait fait qu'un bref passage aux soins intensifs et il était de retour dans son berceau habituel. La chef du service m'a regardée arriver avec un air méfiant auquel j'ai répondu par mon meilleur sourire.

« Est-ce que Mlle McGuire est par là ? Je crois que je lui dois des excuses pour ma nervosité d'hier. »

L'acte de contrition a eu un effet immédiat : elle s'est détendue aussitôt.

« Elle a pris une semaine de vacances, en fait. Mais je le lui dirai à son retour.

— Et je suis désolée pour avoir disparu hier soir. Je... Pour être honnête, je me suis endormie comme une souche.

— C'est tout à fait normal. En plus, il se trouve que la rechute n'en était pas vraiment une. Je pense même que vous pourrez le ramener à la maison dès demain.

— Magnifique.

— Vous allez le nourrir, maintenant ? Il a très faim, visiblement. »

J'ai essayé de conserver mon air détendu en m'approchant du berceau. Jack était couché sur le côté et pleurait fort. Comme je ne savais pas s'il allait se mettre à hurler quand je le toucherais, j'ai lancé une remarque qui se voulait amusée :

« Oui, on dirait qu'il est affamé ! »

La chef a souri et... Je ne savais plus quoi faire :

devais-je le prendre ou la laisser me le donner ? D'un geste plutôt agacé, elle m'a fait signe de l'attraper et dès que mes mains moites l'ont effleuré ses cris se sont amplifiés. « Garde ton calme, me suis-je commandé, et surtout n'aie pas l'air d'avoir peur ! » Je l'ai serré contre moi, bercé un peu. Il n'arrêtait pas, au contraire. Alors je suis allée m'asseoir en hâte, j'ai ouvert mon chemisier, dégagé mon sein gauche du soutien-gorge et pincé le téton, espérant voir sortir une goutte de lait. Tant pis, il fallait tenter le coup ; l'infirmière en chef surveillait chacun de mes mouvements... Doucement, j'ai rapproché sa tête du sein et étouffé un gémissement quand ses gencives l'ont attrapé goulûment. Son avidité nous a sauvés, car il pompait si fort que les canaux se sont soudain libérés, laissant le lait couler en abondance. Il mangeait. Je le nourrissais.

Après m'avoir demandé si tout allait bien, elle s'est finalement retirée. Désormais seule avec Jack, je me suis penchée sur sa petite oreille pour chuchoter : « Merci. »

Dix minutes plus tard, il attaquait l'autre sein, et là encore sa voracité a fait des merveilles. Où avait commencé le problème ? Par la réaction physique ou par le blocage mental ? Généralement sceptique devant ce genre de tentatives rationalisantes, je n'en étais pas moins soulagée de constater que les choses pouvaient se passer normalement. En quittant l'hôpital ce matin-là, j'avais le sentiment d'être enfin sortie de l'impasse dans laquelle je me débattais depuis la naissance de mon enfant.

« Parfait, parfait, a commenté Sandy un peu plus tard au téléphone, mais surtout n'en fais pas tout un plat si jamais tu recommences à broyer du noir. Tu vas avoir besoin de toutes tes forces quand Jack sortira. Tu regretteras une vraie nuit de sommeil.

— J'ai passé la dernière debout et je me sens en pleine forme !

— Tiens, pourquoi ?

— Parce que j'avais dormi toute la journée.

— Oh, je n'aime pas ça !

— C'est ce qui pouvait m'arriver de mieux, je t'assure ! Il fallait que je disparaisse un moment. Et maintenant je suis de nouveau en phase, capable de remettre les choses en perspective. J'ai retrouvé une cohérence. » Comme la ligne restait silencieuse, j'ai demandé : « Sandy ? Tu es toujours là ?

— Oh oui. J'étais juste en train de me demander si tu t'étais inscrite chez les Moon.

— Merci !

— Que crois-tu qu'on pense quand on entend un baratin pareil ? "Je suis en phase" !

— C'est la vérité.

— Donc je suis *très* inquiète. »

Ma sœur et ses principes... Mais rien ne pouvait entamer ma confiance retrouvée, pas même le mot de Tony trouvé dans la cuisine après avoir raccroché avec Sandy. « Obligé de décliner l'invitation, à mon grand regret. Le secrétaire d'État américain est à Londres ce soir. Dîner à l'ambassade, ils n'ont prévenu que ce matin. À moi de me faire pardonner, maintenant... » Super. En aucun cas l'appeler pour le supplier de laisser tomber, cependant. Il fallait voir le bon côté, une fois encore : je resterais debout jusqu'à sept heures, et à mon retour de ma deuxième séance d'allaitement à l'hôpital je serais sans doute assez vannée pour dormir une bonne nuit. De quoi être fraîche et dispose le lendemain, quand je ramènerais mon fils à la maison.

À mon arrivée au Mattingly, cependant, j'accusais la fatigue plus que je ne l'avais pronostiqué. La tétée du soir s'est aussi prolongée car M. Hughes avait choisi ce moment pour offrir à un groupe d'étudiants une visite-surprise du service. En me voyant assise avec Jack, il les a pilotés vers nous et j'ai arboré un air aussi béatement maternel que possible.

« Le courant passe bien, alors ? s'est-il enquis.

— Parfaitement.

— Et à en juger par l'air de ce petit bonhomme, vous ne devez plus avoir de problèmes de canaux ?

— Aucun.

— Tant mieux, tant mieux. Vous ne voyez pas d'inconvénient à ce que je jette un rapide coup d'œil à ce jeune homme ? »

Peu satisfait d'être éloigné de son festin, Jack s'est agité comme un asticot pendant que je refermais rapidement mon chemisier, ayant surpris le regard appuyé d'un étudiant sur mon téton gonflé, intérêt sans doute plus clinique qu'érotique, certes, vu son expression. Ses camarades s'étaient déjà regroupés autour du berceau de mon fils, écoutant le médecin leur narrer par le menu sa naissance difficile. Mentionnant ma tension élevée pendant la grossesse, il a expliqué aux carabins qu'il avait envisagé de provoquer un accouchement prématuré, car cette situation présentait un risque pour la santé de la mère.

« Vous ne m'en avez jamais parlé ! »

Tous se sont retournés d'un bloc. Le Dr Hughes fronçait les sourcils : il n'aimait pas être interrompu, c'est vrai, encore moins devant un auditoire admiratif, et encore moins par une Yankee prétentieuse...

« Vous disiez, madame Goodchild ?

— Vous ne m'avez jamais parlé d'avancer l'accouchement.

— Parce que vous étiez loin de l'éclampsie, et parce que votre tension est revenue à la normale. Mais il est vrai qu'au début vous auriez pu être un cas limite pour une césarienne d'urgence et...

— Ravie de l'entendre, même si c'est un peu trop tard. Mais je pense que s'il y avait eu un danger pour l'enfant ou pour moi, le choix m'aurait été proposé ?

— Il est toujours dans l'intérêt de l'enfant d'être

porté jusqu'à son terme, dans la mesure du possible. Et il se trouve, madame Goodchild, que la médecine obstétrique est plutôt performante de ce côté de l'Atlantique *aussi*... Ce qui signifie que, oui, nous avons fait ce qui était cliniquement le meilleur pour votre fils et vous. Plus concrètement encore : à peine quinze jours après un accouchement extrêmement complexe et périlleux, votre enfant prospère, à l'évidence. Bonsoir, madame Goodchild. »

Et il s'est éloigné avec sa troupe. *Bravo, Sally ! Bien joué. Curieux que les chasseurs de têtes du Département d'État ne t'aient pas encore repérée pour tes talents diplomatiques...* La tête baissée sur le berceau, j'essayais de deviner si des regards indignés pesaient sur moi, s'il était encore temps de bredouiller des excuses. Relevant les yeux, j'ai constaté qu'ils étaient déjà absorbés par le cas suivant. Hughes avait juste eu le temps de me remettre à ma place, de m'humilier et de tourner les talons. Mais je n'étais pas juste une mère parmi d'autres, ici : j'étais une Américaine incapable de réfléchir avant de parler, de pratiquer ces vertus anglaises si prisées que sont la modération, la discrétion et l'art de ne jamais vraiment révéler ce que l'on pense.

Une vague de colère, mais aussi d'impuissance, m'a secouée, m'obligeant à me retenir au bord du berceau et à fermer les yeux.

« Ce bébé attend la suite », a soudain commenté une voix sévère à ma droite : l'infirmière de garde ce soir-là, tapie dans les parages pendant que Hughes me descendait en flammes, semblait approuver entièrement le traitement que je venais de recevoir, à en juger par son expression hautaine. Et brusquement j'ai constaté que Jack pleurait et tempêtait tandis que je restais là, tremblante, égarée. Ainsi ramenée à la réalité, je me suis dépêchée de reprendre la tétée sous l'œil noir de la nurse.

« Bien. J'ai été en communication avec le Dr Reynolds il y a quelques heures. Il pense que votre fils est en mesure de sortir. Nous vous serions donc reconnaissants de venir le chercher demain matin, pas plus tard que onze heures. Cela présente-t-il une difficulté ?

— Non, non, ai-je répondu sans pouvoir soutenir son regard.

— Alors c'est parfait. »

Dix minutes plus tard, ayant laissé Jack endormi dans son berceau, je descendais Fulham Road en taxi et pleurais comme une idiote. Le chauffeur, un jeune à l'air peu commode, ne cessait de me surveiller dans le rétroviseur, partagé entre l'agacement d'avoir une fontaine à larmes sur son siège arrière et la tentation de me demander ce qui n'allait pas sans pour autant paraître « indiscret ». De toute façon, je n'ai jamais été du style à m'épancher avec de parfaits inconnus, encore moins si j'étais la seule et unique responsable de ma détresse. Que le persiflage de Hughes m'ait démoralisée à ce point demeurait incompréhensible. Mais j'ai réussi à reprendre mon calme avant notre arrivée. Quand je l'ai payé, ses yeux ont soigneusement évité les miens.

À peine rentrée, je suis montée au plus vite dans ma chambre, j'ai jeté mes vêtements au sol, enfilé un tee-shirt, je me suis cachée sous les couvertures et j'ai fait le vide dans ma tête. Et le lendemain, à huit heures, il m'a fallu un moment pour reconnaître la voluptueuse sensation éprouvée dès mon réveil, celle que laisse un sommeil de plomb. J'ai pris mon temps, puisque Tony m'avait promis de se libérer pour me conduire à la maternité et nous ramener avec Jack. Mais quand je suis descendue à la cuisine j'ai trouvé sur la table un Post-it collé sur une petite liasse de billets froissés.

« Urgence au canard. Voilà 40 livres pour deux taxis. J'essaie de rentrer au plus tôt ce soir, T. »

Ma main était déjà sur le téléphone. Répondeur à sa ligne directe du journal, j'ai donc essayé son portable.

« Je ne peux pas te parler maintenant.

— Je me fiche de ton urgence. Tu me rejoins à l'hôpital, compris ?

— Impossible de parler. »

Comme il avait raccroché, j'ai répété immédiatement son numéro, mais il avait déjà détourné les appels sur répondeur. Le cœur battant, en proie à une indignation aussi soudaine que violente, j'ai hurlé plus que laissé un message : « Comment tu oses me faire une saloperie pareille ? Tu te pointes à l'hosto, espèce de faux cul d'Anglais de merde, ou je ne réponds pas de ce qui se passera après ! Pigé ? »

En réalité, je n'aimais pas du tout cette tirade, pas plus que la rage qui me serrait le ventre, mais tout de même, me lâcher ainsi un jour pareil... C'était impossible ! Et pourtant je n'ai plus eu de nouvelles de lui pendant toute la matinée. Je n'avais d'ailleurs pas le loisir de pester sur son incroyable égoïsme si je ne voulais pas arriver en retard à la maternité et aggraver encore ma réputation de harpie. Une douche ultrarapide, un semblant de maquillage et j'ai foncé au Mattingly, où je suis arrivée une demi-heure avant le délai fixé.

« Votre mari n'est pas avec vous, ce matin ? s'est étonnée l'infirmière en chef, qui marchait de toute évidence sur des œufs, ne sachant pas comment je serais lunée.

— Il a eu une urgence au travail, malheureusement.

— Je vois. Et comment comptez-vous ramener votre fils à la maison ? »

J'ai brandi le porte-bébé, que je n'avais pas oublié dans la précipitation du départ.

« Et des vêtements, vous lui en avez apporté ? »

Hé, je peux être larguée mais je ne suis pas encore totalement stupide !

« Mais oui, ai-je acquiescé poliment.

— Très bien. »

Jack n'appréciait toujours pas le contact de mes mains, ni apparemment ma technique de change, surveillée de près par la matrone du service. Le caser dans son pyjama a aussi été toute une histoire, de même que boucler la sangle du porte-bébé autour de lui.

« Je suppose que la conseillère de santé de votre quartier vous appellera demain.

— Oui ? Je ne sais pas, personne ne m'a encore rien dit.

— Oh, elle vous rendra très bientôt visite, j'en suis sûre. Si vous avez des questions sur des sujets de puériculture, vous pourrez les lui poser. »

Sous-entendu : Tu risques d'être une catastrophe ambulante mais tu pourras compter sur une certaine aide.

« Merci, alors. Merci pour tout.

— J'espère qu'il vous rendra très heureuse. »

Une infirmière m'a aidée à descendre et le réceptionniste a commandé un taxi. Le chauffeur, qui n'a pratiquement pas lâché son téléphone portable du trajet, ne paraissait pas avoir remarqué la présence de Jack jusqu'au moment où, ayant évité de justesse la collision avec une fourgonnette blanche, il a baissé sa vitre pour tempêter : « Sale con ! Tu vois pas que j'ai un bébé à l'arrière ! » À notre arrivée, il m'a aidée à le porter sur le perron. Empochant son dû, il m'a demandé :

« Et votre jules, où il est ?

— Au bureau.

— Ah, sans doute qu'il en faut bien un pour rapporter la thune... »

Entrer dans une maison vide avec un petit être silencieux à côté de soi, c'était... curieux. Comme à chaque moment clé de l'existence, on attendrait une sorte de révélation, du moins une sensation de gravité. Et comme chaque fois, la minute paraît encore plus prosaïque en regard de la charge symbolique présumée. Décevante, en fait. Pour ma part, j'ai ouvert la porte, saisi le couffin, déposé Jack dans le salon, refermé. Point. Avec une idée que je ne pouvais m'enlever de la tête : cela aurait pu être un événement si mon mari avait été là...

Comme Jack s'était endormi pendant le trajet, je l'ai monté dans sa chambre, je l'ai libéré des sangles et l'ai étendu dans le berceau en le recouvrant d'un drap et du petit édredon en patchwork que Sandy m'avait envoyé pour lui. Les bras collés au corps, il n'a pas bronché. Je me suis assise dans le fauteuil en osier pour le regarder. Contempler mon fils en guettant en moi le ravissement, la joie, la fierté et l'inquiétude, toutes ces émotions garanties par les auteurs d'ouvrages pour mamans. Non. Je ne ressentais qu'un vide poignant, immense, et la conviction que cet enfant, même s'il « venait de moi », littéralement, était un étranger.

Le téléphone m'a brutalement tirée de ces sombres vaticinations. J'espérais un Tony relativement contrit à l'autre bout de la ligne, ou Sandy, qui m'aurait écoutée pester contre le glaçon ambulant que j'avais épousé, mais c'était une inconnue au fort accent londonien, une certaine Jane Sanjay, qui s'est présentée comme ma « conseillère de santé ». Malgré le ridicule du titre, elle m'a d'emblée paru agréable, serviable, sans obséquiosité ni prétention. Elle voulait savoir si elle pourrait me rendre visite dans l'après-midi.

« Il y a une raison particulière pour que ce soit aujourd'hui ?

— Pas de panique, a-t-elle plaidé avec un rire détendu. Ce n'est pas la police des berceaux !

— Oui, mais qu'est-ce qu'ils vous ont dit, à l'hôpital ?

— Franchement, rien du tout. Nous n'avons pas de contact avec les maternités, à moins qu'il y ait un sérieux problème. Et vous ne me donnez pas l'impression d'en avoir. »

Sans doute, avec ma voix d'incurable optimiste américaine... Mais les apparences peuvent être trompeuses.

J'ai accepté qu'elle vienne deux heures plus tard. M'étant attendue à l'archétype de l'assistante sociale, j'ai été agréablement surprise par sa jeunesse, la simplicité de ses manières, sa joliesse d'Anglo-Indienne en corsaire noir et Nike argentés. Elle m'a tout de suite mise à l'aise en s'informant avec simplicité de la santé de Jack, en m'encourageant à lui expliquer comment une Yankee s'était retrouvée à Londres – elle a été très impressionnée quand j'ai mentionné mon séjour professionnel en Égypte –, et enfin en me demandant avec tact de quelle manière j'avais vécu la phase postérieure à l'accouchement. Avec ma hantise d'être jugée incompétente, j'ai eu la tentation de lui brosser un tableau idyllique de mon état psychique, mais je devais donner l'impression de vouloir me confier puisque, une fois achevée sa chek-list de recommandations basiques quant au confort et à l'hygiène de l'enfant, elle m'a regardée avec franchise :

« Je vous l'ai dit, Sally, je ne suis pas de la police des bébés. Toutes les femmes qui viennent d'accoucher reçoivent une visite comme celle-ci. Donc, ne pensez surtout pas que je sois venue espionner.

— Oui, mais ils vous ont bien raconté des choses...

— Qui, "ils" ?

— L'équipe du Mattingly.

— Non, rien. Pourquoi ? Il y a un détail dont je devrais être au courant, d'après vous ?

231

— Rien de précis, non. Simplement... j'ai l'impression qu'ils n'aiment pas ma façon d'être, là-bas. Peut-être parce que j'étais un peu sur les nerfs.

— Et alors ? Avec ce qui vous est arrivé, vous aviez le droit de l'être, je pense !

— Mais... je me suis débrouillée pour braquer le chef de clinique contre moi.

— Ah oui ? Entre nous, c'est son problème ! En tout cas, ils ne m'ont rien dit et s'ils avaient eu le moindre doute à votre sujet, ils ne s'en seraient pas privés, croyez-moi.

— Alors... tant mieux.

— Donc, si vous avez envie de me parler un peu... »

Machinalement, je me suis mise à bercer Jack dans le couffin où je l'avais à nouveau installé après l'arrivée de Jane.

« Eh bien, je dirais que j'ai le moral pas mal en dents de scie, depuis la... naissance.

— Ça n'a rien d'inhabituel.

— Et je suis sûre que tout va être différent, maintenant qu'il est avec nous, à la maison. Mais pour l'instant... – Pour l'instant quoi ? Je ne discernais pas ce que je voulais exprimer, mais elle a patienté en silence. – Enfin... Je peux vous poser une question directe ?

— Bien entendu.

— C'est plutôt inhabituel, non, de ne pas se sentir vraiment... proche de son enfant, tout de suite ?

— Inhabituel ? Au contraire ! L'immense majorité des nouvelles mères ont exactement la même interrogation. Pourquoi ? Parce que tout le monde attend d'elles que la relation avec leur bébé soit immédiatement fantastique, épanouissante, etc. En tout cas, c'est ce qu'elles trouvent dans les livres. Sauf que la réalité est autrement plus complexe. Il faut du temps, parfois beaucoup de temps. Conclusion : pas d'angoisse ! »

Ce soir-là, pourtant, il aurait été difficile de ne pas

être angoissée. Tout d'abord, Jack s'est réveillé à dix heures et n'a pas cessé de crier pendant les cinq suivantes. Comme si cela n'était pas assez stressant, mes seins se sont à nouveau refusés à laisser filtrer la moindre goutte de lait, tant sous ses implacables gencives qu'avec la pompe électrique. Affamé, il n'en criait que plus fort et je me suis donc jetée à la cuisine pour préparer le premier biberon de ma vie d'adulte, me brûlant la main en le sortant du micro-ondes. Revenue à sa chambre en courant, je l'ai installé sur mes genoux et lui ai glissé la tétine stérilisée entre les lèvres, mais après trois ou quatre aspirations goulues il s'est débattu et m'a soudain vomi dessus. En pleurant de plus belle.

« Oh, Jack..., ai-je murmuré en regardant la mixture jaunâtre couler sur mon tee-shirt.

— Ne le dispute pas. »

J'ai sursauté. C'était Tony, entré dans la pièce derrière moi.

— Je ne le dispute pas. Je n'adore pas être couverte de dégueulis, c'est tout.

— Tu t'attendais à quoi en lui donnant un biberon ? C'est de ton lait qu'il a besoin, pas de...

— Mais pour qui tu te prends ? Le Dr Spock ?

— Tout le monde sait ça.

— J'ai les seins à nouveau bloqués.

— Tu n'as qu'à les débloquer.

— Et toi, tu n'as qu'à déguerpir et retourner dans ta tanière !

— Avec plaisir ! »

Tony n'avait jamais claqué une porte devant moi, jusque-là. Il l'a fait avec une telle violence que Jack s'est mis à hurler encore plus fort, et soudain j'ai été prise du besoin irrépressible de... passer mon poing par le carreau d'une fenêtre, par exemple. Serrant les dents, j'ai enlevé mon tee-shirt souillé, dégrafé mon soutien-gorge, et j'ai vissé le bébé à mon téton droit. Ma tête allait exploser. La douleur dans mes seins devenait presque négligeable en comparaison de la cocotte-minute qui sifflait sous mon crâne. Et quand le lait a enfin coulé, on ne sait comment, je n'ai pas éprouvé de soulagement en voyant Jack se repaître, soudain calmé. J'avais pénétré dans un univers inconnu, ce territoire inquiétant qui s'appelle... l'hystérie.

C'est ce que j'ai pensé, en tout cas, tandis que les sanglots se succédaient dans ma gorge et qu'un cri muet mais assourdissant montait en moi. J'avais l'impression de me regarder pleurer, de voir ma bouche distendue par cet ululement sauvage, toujours plus perçant, qui m'a bientôt obligée à abandonner Jack dans son berceau et à fuir, à fuir jusqu'à ma chambre pour me jeter sur le lit en pressant un oreiller contre ma tête. Étonnamment, ce simple geste a eu l'effet souhaité. Soudain, il n'y a plus eu de cri dans mes entrailles, plus de larmes dans mes yeux, seulement le silence. Ou plutôt l'absence de son. Mes tympans avaient éclaté, je ne pouvais plus rien entendre. Tant mieux. Je suis restée là, savourant sombrement cette surdité bénie. Quelques minutes, m'a-t-il semblé, sans doute plus car soudain la porte s'est ouverte et Tony a surgi. Il gesticulait mais je n'ai rien entendu de ce qui sortait de ses lèvres, même si je ne plaquais plus l'oreiller sur mes oreilles. Et puis cela a été comme si on avait remis la bande-son, à plein volume, et alors sa voix, déformée par la fureur, et plus loin les cris de Jack, encore.

« ... ce que tu fais couchée là quand ton enfant est... »

En deux secondes, j'étais debout, courant à la chambre. Prendre Jack, sortir mon sein gauche, m'asseoir. Heureusement, le lait a coulé tout de suite. Heureusement, il s'est tu pour boire à nouveau. C'est le lot des humains : nous cessons de pleurer dès que nous

234

avons obtenu ce que nous voulons. Pour un moment, au moins.

Adossée au fauteuil, j'ai fermé les yeux, goûtant ce silence retrouvé, ce « vrai » silence. Il a bientôt été troublé par la voix de Tony, revenue à la normale.

« Qu'est-ce qui s'est passé, ici ? »

J'ai rouvert les paupières, très calme.

« Où ?

— Tu étais sur le lit, la tête enfouie sous l'oreiller. Tu ne te rappelles plus ?

— À cause de mes oreilles.

— Hein ?

— Oui. Mal aux oreilles. Je n'en pouvais plus... Cette douleur, je veux dire. Ça n'a pas été long. Juste... »

Je me suis tue, écœurée par ce débit incohérent.

« Je dois appeler le médecin ?

— Pas besoin, non, ai-je répondu, immédiatement ramenée à la lucidité par la perspective de devoir feindre encore, d'être encore jugée...

— Je pense que ce serait mieux.

— Tout est rentré dans l'ordre. C'était seulement un... malaise temporaire. »

Plus british qu'une Anglaise pure souche. Tony continuait à m'observer d'un œil soupçonneux.

« Tu n'as jamais eu brusquement mal aux tympans ? C'est atroce mais ça part comme c'était venu, bam !

— Si tu le dis.

— Désolée de m'être emportée.

— Je commence à avoir l'habitude. Bon, ça va si je retourne travailler ?

— Très bien.

— Je serai là-haut, au cas où tu aurais besoin de moi. »

« Je commence à avoir l'habitude. » *Le salaud.* Nous consacrer une pauvre bribe de son précieux temps le premier jour où son enfant nouveau-né se trouvait sous son toit, puis repartir dans son sanctuaire avec une mine offensée parce que j'avais osé répondre à ses lieux communs sur la supériorité du lait maternel ! Où avait-il pêché ça, d'ailleurs ? Dans le supplément féminin de son horripilant journal, qu'il devait sans doute parcourir en quinze secondes d'un air dédaigneux ? Et ensuite, quoi ? Dès que Jack se remettrait à pleurer, cet homme exemplaire nous sortirait le discours du « Je dois dormir, moi, il faut bien que quelqu'un fasse bouillir la marmite » ! Et hop, dans le canapé-lit pendant je resterais sur le pont toute la nuit...

Ce scénario s'est réalisé tout de suite, dès le premier soir de Jack à la maison. Le plus fou, c'est que j'ai moi-même encouragé Tony à prendre du repos. À une heure et demie du matin, lorsqu'il a daigné redescendre de son perchoir, j'étais dans le salon, la télé allumée sans le son, berçant Jack sur mes genoux en espérant le voir s'endormir enfin pour de bon, après une interminable série de crises de larmes entrecoupées de brefs moments de vague sommeil.

« Ma pauvre... C'est comme ça depuis quand ?

— Trop longtemps.

— Je peux faire quelque chose ?

— Va te reposer. Tu en as besoin.

— Sûr ?

— Il va bien finir par capoter, tôt ou tard. »

À 3 h 17, exactement. Je fixais un œil las sur le bulletin de la BBC, *News 24*, dont le fond d'écran était toujours muni d'une horloge digitale. Enfin rassasié après cinq heures de tapage incessant, mon fils a lâché un rot sonore et parfumé avant de tomber dans les bras de Morphée. Je ne pouvais croire à ma chance. Le temps de le déposer dans son berceau, de me débarrasser de ma tenue de nourrice et de passer sous une douche brûlante, j'étais au lit, certaine d'être moi aussi bientôt terrassée par le sommeil.

Rien. Je restais obstinément réveillée. Contempler le plafond de longues minutes ne m'a pas aidée, pas plus que de prendre un livre : après quelques pages de *Portrait of a Lady* – encore une Américaine en Europe –, le style solennellement compassé de Henry James n'est pas parvenu à me fermer les paupières. Résignée, je suis descendue me préparer une camomille, puis j'ai vérifié que Jak dormait toujours à poings fermés, ce qui était le cas, et après avoir avalé deux aspirines je suis retournée au lit, où j'ai encore tenté de m'absorber dans l'histoire d'Isabel Archer en attendant le sommeil.

Soudain, il était cinq heures ou presque et j'étais parvenue au passage où Isabel va détruire sa vie en épousant cette minable crapule de Gilbert Osmond en me disant qu'Edith Wharton avait autrement mieux réussi dans cette veine avec *The House of Mirth*, et que James faisait des phrases de deux kilomètres, et que s'il n'arrivait pas à m'endormir, rien ni personne ne le pourrait, et... Jack s'est remis à crier.

Je suis allée le prendre. Je l'ai dépouillé de sa couche garnie, j'ai lavé son petit derrière crotté puis remis une couche propre ; je me suis assise, j'ai relevé mon tee-shirt, porté sa bouche sur mon sein gauche, me résignant déjà à souffrir. Miracle : le lait a coulé sans aucune difficulté.

« Au moins un problème de réglé, apparemment, ai-je commenté devant Jane le lendemain. Si je pouvais dormir un peu, maintenant...

— Il n'a pas fermé l'œil de la nuit ?

— Si. Moi non.

— Ah, ça devrait s'arranger, espérons. En tout cas, je trouve que vous vous en sortez plutôt bien, vu le contexte. Mieux que je ne pourrais, franchement !

— Vous avez des enfants ?

— Hé, j'ai l'air folle ? »

La nuit suivante, à deux heures, je n'étais pas loin

de croire que je le devenais bel et bien, folle. Tony, qui venait de rentrer assez ivre d'un dîner d'anciens correspondants à l'étranger, m'a trouvée effondrée devant la télé, avec sur mes cuisses un Jack repu mais impossible à calmer.

« Encore debout ? s'est étonné mon mari, la langue pâteuse.

— Pas par choix. Et toi, tu tiens encore debout ?

— Tout juste. Un repas de journaleux, tu sais ce que c'est...

— Ouais. Je pense me rappeler vaguement.

— Tu voudrais que je fasse quelque chose, là ?

— Me fendre le crâne avec une massue, tu pourrais ?

— Un peu trop homme des cavernes à mon goût. Un thé ?

— Camomille, s'il te plaît. Même si ça n'aura aucun effet. »

Je n'ai jamais pu le vérifier puisque Tony, qui avait fait un détour par les toilettes avant de se mettre à l'ouvrage, s'est finalement effondré tout habillé en travers du lit. Je n'aurais jamais pu le bouger pour me faire un peu de place mais c'était inutile, de toute façon : quand Jack a fini par sombrer vers trois heures, je n'ai pas réussi à mettre mon cerveau en veilleuse.

« Comment, deux nuits blanches d'affilée ? s'est exclamée Jane Sanjay l'après-midi suivant. C'est préoccupant, ça. Votre fils n'a pas l'air d'être un gros dormeur non plus. Vous allez vous épuiser, à ce rythme. Quel est le problème, d'après vous ?

— Je n'en sais rien de rien. À part que j'ai la tête qui bouillonne pas mal, en ce moment.

— Les débuts sont difficiles, oui. Est-ce que votre mari aide un peu avec le bébé, la nuit ?

— Il a été beaucoup pris par son travail, ai-je répondu, ne voulant pas commencer à me plaindre de sa notion très particulière du soutien paternel.

— Il faudrait peut-être envisager une auxiliaire de nuit pendant quelque temps, juste pour que vous puissiez récupérer un peu ? Honnêtement, cette insomnie, ce n'est pas bon pour vous.

— Je suis au courant, oui. Mais ce soir je suis sûre que je vais m'effondrer dès que Jack aura mangé. »

Erreur, et aucunement de la faute de mon fils, qui s'est comporté cette fois en petit gentleman, me laissant six heures d'affilée entre deux tétées. Au lieu d'en profiter pour reprendre des forces, j'ai consacré ce moment de répit nocturne à boire tisane sur tisane, à traîner dans un bain brûlant additionné de sels relaxants, puis à regarder l'un des films les plus bavards d'Éric Rohmer – il n'y a que les Français pour être capables de truffer de citations de Pascal un dialogue où un homme essaie d'emballer une femme –, puis à me lancer dans la lecture du *Sister Carrie* de Theodore Dreiser tout en prenant garde de ne pas déranger mon époux. Il avait en effet exceptionnellement décidé de passer la nuit dans notre lit, à mon avis avec des intentions sexuelles qu'il n'a pu mettre en pratique, tellement épuisé par ses libations de la veille qu'il ronflait à peine la tête sur l'oreiller.

Dix heures moins dix, onze heures moins cinq, minuit, une heure cinq, deux heures dix, trois heures et quart... C'était devenu un jeu de consulter ma montre en essayant de tomber sur le moment précis où les deux aiguilles ne font plus qu'une. L'une de ces distractions idiotes qui occupent lorsque le manque de sommeil commence à embrumer sérieusement le cerveau. Avant que je puisse voir quatre heures vingt sur le cadran, Jack s'est réveillé. Une nouvelle journée débutait.

« Tu as dormi un peu ? m'a demandé Tony en descendant royalement à neuf heures.

— Oui, un peu, ai-je menti, soudain anxieuse que

239

l'insomnie vienne s'ajouter à la liste de mes bizarreries.

— C'est déjà pas mal, alors ?

— Oui. Je me sens bien mieux. »

Jane, qui ne pouvait venir ce jour-là, m'avait donné
son numéro de portable au cas où j'aurais voulu lui
parler. Je n'avais pas envie de parler, non, mais de...
dormir, justement. Pas Jack, hélas ! Et la routine des
changes et des tétées s'est à nouveau enclenchée,
inexorable. Lorsqu'il a encore une fois vidé mes seins
à trois heures de l'après-midi, j'avais des troubles de
la vision tant j'étais épuisée. Une banale chaise de cuisine me paraissait soudain aussi haute qu'un clocher
d'église. La sensation de m'enfoncer dans une tranchée
de laquelle je ne sortirais jamais, dans des ténèbres de
découragement où pas une lumière ne pointait, devenait intolérable. Non seulement j'étais devenue une
mère incomplète et une épouse inutile, mais j'allais le
rester pour toujours. Condamnée aux travaux domestiques à perpétuité, avec à côté de moi un homme qui
de toute évidence ne m'aimait pas.

Au moment où le gouffre du désespoir se rouvrait
en grand, Jack s'est remis à pleurer et à crier. Je l'ai
bercé dans mes bras le long du couloir, je lui ai proposé
une tétine, mon sein flétri, j'ai tenté de le changer, de
le promener dans la rue, de le remettre au lit, de me
balancer encore dans ce fauteuil en osier que j'avais
maintenant en horreur... Au bout de trois heures de
hurlements ininterrompus, je commençais à ne plus
entrevoir qu'une sortie d'urgence radicale. Me jeter par
la fenêtre du deuxième étage, par exemple. N'importe
quoi plutôt que de supporter ces cris une minute de
plus...

Ensuite, il y a un blanc dans mes souvenirs, puis je
me rappelle avoir composé le numéro de Tony,
annoncé à sa secrétaire que je devais lui parler sur-le-

champ. Elle a répondu qu'il était en réunion, j'ai dit que je m'en fichais, que c'était urgent, et elle : « Dans ce cas, je peux prendre un message ?

— Oui, ai-je répliqué avec le plus grand calme apparent. Dites-lui que s'il n'est pas à la maison d'ici une heure, j'étrangle notre fils. »

7

JE N'AI PAS ATTENDU QU'IL ME RAPPELLE, parce que Jack, après s'être époumoné cinq heures durant, s'est endormi d'un coup, épuisé. Après l'avoir posé dans son berceau, je suis partie au radar dans ma chambre, j'ai débranché le téléphone – mais non le babyphone sur la table de nuit –, j'ai arraché mes vêtements et enfin capitulé devant la fatigue.

Quand j'ai rouvert les yeux, il faisait nuit noire et Jack criait. Ma cervelle de plomb a mis un moment à assimiler le constat que j'avais disparu durant plus de neuf heures, mais elle a retrouvé toute son agilité sous le choc d'une question bien plus préoccupante : comment mon fils avait-il pu rester tranquille tout ce temps sans une nouvelle couche, et surtout sans s'alimenter ?

La culpabilité est sans doute la force la plus motivante qui soit. Elle peut vous tirer en quelques secondes d'une gueule de bois épouvantable, vous extirper d'un sommeil comateux encore plus vite. En deux bonds, j'étais dans la chambre de Jack, vérifiant à l'odeur qu'il avait en effet besoin d'être changé mais aussi qu'un biberon vide trônait sur la commode, preuve indubitable qu'il avait été nourri. J'avais du mal à en croire mes yeux, puisque je ne me rappelais que trop bien sa réaction lorsque j'avais tenté de lui donner du lait maternisé. Et d'ailleurs qui...

« Alors tu ne l'as pas étranglé, finalement. »

Tony était arrivé derrière moi. Il avait les traits tirés, de grands cernes. Sans un mot, j'ai saisi Jack pour le porter sur la table à langer. Au moment où je commençais à enlever un caca laiteux de ses fesses, les mots sont sortis machinalement de ma bouche :

« Je m'excuse.

— Tu as fait pas mal paniquer ma secrétaire. Elle est venue me chercher jusque dans le bureau de Sa Seigneurie en chuchotant je ne sais quoi à propos d'urgence familiale. Elle a eu l'intelligence d'attendre qu'on soit dehors pour me répéter tes paroles. Et me demander si elle devait prévenir la police. »

Tête baissée, j'ai fermé les yeux, écrasée de honte.

« Je ne savais plus ce que je disais, Tony...

— Oui, c'est ce que j'ai pensé. Mais juste pour être certain que tu n'avais pas choisi l'infanticide, j'ai téléphoné ici, et comme il n'y avait pas de réponse j'ai effectivement eu un moment de doute, alors j'ai jugé que ça valait la peine de venir voir. Ratant du même coup *Le Hollandais volant* à Covent Garden, suivi d'un dîner au Caprice avec l'ambassadeur autrichien. Pas une grosse perte, je déteste l'opéra. Et je vous ai découverts tous les deux en train de ronfler comme des sonneurs, donc j'ai coupé l'interphone pour qu'il te laisse te reposer.

— Tu aurais dû me réveiller.

— Tu n'as pas dormi depuis des nuits... Oui, je sais, tu m'as raconté le contraire mais tu mentais. C'était évident. »

Silence.

« Tu sais que je n'ai jamais pensé un instant faire du mal à Jack...

— J'espère bien que non.

— Ah, Tony, je suis suffisamment désolée, n'en ra...

— Ce petit accepte très bien le biberon, tu sais ? En tout cas quand *je* lui donne.

— Mais... bravo. Et tu l'as changé, aussi ?

— Sans doute. Pardon d'avoir remis le babyphone, ensuite, mais puisqu'il était calme j'ai pensé que je pourrais me remettre un peu au livre.

— Bien sûr. Je devais me lever, de toute façon.

— Tu es certaine que tout va bien ? »

À part une culpabilité près de m'étouffer, oui...

« Je suis navrée, vraiment.

— Tu l'as déjà dit. »

Je me suis assise dans le fauteuil en osier et Jack, maintenant tout propre et habillé de frais, s'est jeté sur mon sein. J'ai poussé un petit soupir de soulagement en sentant que le lait coulait aussitôt.

« Ah, encore une chose, a repris Tony. Je me suis permis de te prendre un rendez-vous avec ton médecin traitant. C'est demain... Enfin, aujourd'hui, à deux heures.

— Pourquoi ? »

Je voyais la réponse venir, grosse comme une maison.

« Puisque tu fais de l'insomnie...

— Je suis sûre que c'est seulement passager.

— Ça ne coûte rien de vérifier. J'ai aussi contacté une boîte, Les Nannies d'Annie, ça s'appelle. C'est quelqu'un du journal qui me les a conseillées. Pour que tu aies un peu d'aide.

— Je n'ai pas besoin d'aide. Tout va bien. De toute façon, ce serait beaucoup d'argent, une nounou.

— C'est mon affaire. – Comme je ne répondais rien, il a montré le plafond du doigt. – Bon, tu ne vois pas d'inconvénient à ce que...

— Bosse bien. »

La façade s'est effondrée dès qu'il a disparu. Les sanglots m'ont cassée en deux, mais Jack n'a pas du tout apprécié de sentir mon front peser sur lui et il a répliqué en mordant plus fort mon sein, ce qui m'a obligée à reprendre mon calme. Dans un silence coupable, désormais, je me suis demandé comment j'avais pu dire une chose pareille. Et pour la première fois depuis sa naissance, j'ai ressenti le profond désir de protéger Jack, la farouche volonté d'éloigner de lui toute menace. Cette révélation pulsionnelle a cependant soulevé une question terrible : fallait-il que je le protège... de moi-même ?

Après avoir passé le reste de la nuit debout, je n'ai pas eu un instant de repos dans la matinée ; ma fatigue était donc visible lorsque je suis entrée au cabinet médical, avec Jack dans son porte-bébé. Par chance, le Dr McCoy était là, car je ne sais pas si j'aurais encore pu supporter le petit prétentieux qui m'avait reçue la fois précédente. McCoy a d'abord gentiment examiné Jack. Elle connaissait très bien les circonstances de la naissance, au point que j'ai craint qu'elle n'ait aussi eu vent de mes simagrées postnatales.

« Bien, à vous. On dirait qu'il vous empêche de dormir.

— Je m'en empêche toute seule, ai-je corrigé en lui décrivant mes récentes habitudes d'insomniaque.

— Un bon sommeil, c'est essentiel. Pour vous et pour le bébé. Je propose de vous prescrire un tranquillisant bénin, juste de quoi vous aider à vous endormir en cas de besoin. Point important : est-ce que vous vous sentez un peu déprimée, d'humeur maussade ?

— Non.

— Vous êtes sûre ? C'est souvent lié à l'insomnie, vous savez.

— Franchement, quelques nuits normales et tout ira bien, je pense.

— Ces comprimés vont vous aider, pour cela. Attention, cependant : après en avoir pris un, vous devrez attendre huit heures avant de donner le sein.

— Entendu.

— Et si ça ne passe pas, ou si vous commencez à vous sentir abattue, il faudra revenir me voir tout de suite. Ce ne sont pas des choses à prendre à la légère. »

En revenant à la maison, je me suis dit qu'elle « savait ». J'étais également persuadée que Tony avait mentionné ma phrase menaçante à l'encontre de Jack. Combinée au rapport que Hughes avait dû lui faire, et à sa conviction que j'avais menti à propos de mon état psychologique, cette information l'avait sans doute amenée à me classer dans la catégorie des patientes « à risques ». Une de plus à être convaincue de ma criante incapacité en tant que mère, et à me soupçonner de... Bon Dieu, je n'allais pas recommencer ! J'ai ralenti en crispant les mains sur le volant, accablée par l'idée que le monde entier m'était hostile, à commencer par l'imbécile en Mercedes manifestant son impatience par des appels de phares puis par un grand coup de klaxon qui m'a poussée à accélérer mais a réveillé Jack. Il s'est mis à pleurer, a continué pendant que nous attendions chez le pharmacien, et n'a plus arrêté jusqu'au soir. Je l'ai inspecté sous toutes les coutures, à la recherche d'irritations dues aux couches, d'infection gingivale, de signes avant-coureurs de déshydratation, de tétanos, de peste bubonique et que sais-je encore. Deux heures après sa tétée, il semblait avoir encore faim, aussi lui ai-je donné le biberon. Après l'avoir vidé, il a recommencé ses hurlements. En désespoir de cause, j'ai appelé Sandy, qui a tout de suite perçu ses cris en arrière-fond.

« Ça, c'est des poumons ! a-t-elle approuvé. Comment ça va ?

— Plus que mal. »

Je lui ai tout raconté, à l'exception de mes propos choquants à la secrétaire de Tony. Même à ma sœur, ma seule vraie confidente, je ne pouvais avouer pareille stupidité.

« Ouais, c'est le merdier postnatal classique ! S'il pleure tout le temps, c'est qu'il doit avoir des coliques. Les miens devenaient fous, à cause de ça. Et moi avec, du coup ! Je comprends donc parfaitement ton état. Mais ça finira par passer.

— Oui, c'est aussi ce qu'on dit d'un ouragan... »

Jack s'est débrouillé pour achever sa mélopée tragique juste au moment où Tony est rentré, l'haleine chargée d'au moins six gin tonics et l'esprit soudain à la gaudriole. Pour la première fois depuis... Cela remontait à si longtemps, en fait, que j'avais oublié à quel point il était désastreux au lit quand il avait trop bu. Dans ce cas, les préliminaires consistaient à me baver dans le cou, à enfoncer sa main dans mon jean, sous ma culotte, et à agiter deux doigts sur moi comme s'il était en train d'écraser une cigarette dans un cendrier où se serait trouvé par hasard mon clitoris. Après cette peu érotique entrée en matière, il laissait tomber son pantalon sur ses chevilles et me pénétrait pendant moins d'une minute, puis c'était fini. Il roulait sur le côté en geignant à propos de son « mal de cheveux » avant de disparaître dans la salle de bains. À ce stade, cette nuit-là, j'ai été convaincue que ce n'était pas vraiment la complicité sexuelle et sentimentale que j'avais espérée.

Le temps qu'il émerge, j'étais déjà en bas pour téléphoner à notre livreur de pizzas habituel, car les placards de la cuisine étaient particulièrement vides, ces derniers jours. Tony est entré d'un pas mal assuré. Il a débouché une bouteille de rouge, a rempli deux verres et a avalé le sien en deux gorgées. Puis, étouffant un rot :

« Comment a été la journée ?

— Super. Je t'ai commandé une pepperoni avec beaucoup de fromage. Ça te convient ?

— Que peut-on demander de plus ?

— Tu avais une raison particulière de te soûler, ce soir ?

— Oh, des fois, on a juste besoin de se...

— Pinter ?

— Tu lis dans mes pensées.

— Parce que je te connais bien, mon cher.

— Ah oui ? a-t-il lancé d'une voix brusquement plus sérieuse.

— C'était de l'ironie.

— Non. Tu étais critique. Avec ta manie de juger, tu...

— Arrêtons ça tout de suite.

— Mais c'est marrant, non ? Et ça faisait long-temps...

— Comme ce coup minable qu'on vient... pardon, que *tu* viens de tirer ? »

J'ai quitté le salon sans aller me jeter sur le lit en pleurs, ni m'enfermer aux toilettes, ni prendre le téléphone pour me plaindre à Sandy. Je me suis installée dans le fauteuil de la nursery, me laissant envahir par un vide silencieux où plus rien ne comptait. Le monde s'était aplati, je marchais sur ses bords, tout près, tout près, et je m'en fichais complètement. Je n'ai pas bougé en entendant la sonnerie de l'entrée ni, cinq minutes plus tard, lorsqu'il a gratté à la porte en chu-chotant de sa voix avinée que ma pizza m'attendait en bas. Le temps n'avait plus de sens, soudain. J'avais seulement conscience d'être assise, les yeux fixés devant moi. Et de la présence d'un enfant endormi dans cette pièce. Et du fait qu'il s'agissait de mon fils. Mais au-delà, rien.

À un moment, ma vessie a été tellement pleine que

j'ai dû me lever pour aller au petit coin. Ensuite, je suis descendue, j'ai allumé la télévision et me suis laissée tomber sur le canapé. C'était *News 24* sur la BBC, ai-je noté distraitement. Comme l'heure au coin de l'écran, 01 : 08. Comme le carton à pizza sur la table basse. Mais rien de plus.

Je me suis pelotonnée sur les coussins, consciente du mouvement des images et de l'odeur de la pizza. Il fallait que je mange, je n'avais rien dans l'estomac depuis... hier ? Avant-hier ? Peu importait. Et puis Jack s'est mis à pleurer. D'une seconde à l'autre, je suis passée de la prostration à l'hyperactivité. En me maudissant pour ma passivité. Allez, au boulot ! Surtout que je connaissais la manœuvre par cœur, pour avoir déjà répété tous ces gestes tant de fois.

Est-ce d'avoir vu Jack s'endormir sitôt repu ? Je mourais de sommeil, moi aussi. J'ai chancelé jusqu'à la chambre, peu surprise de trouver le lit vide, Tony ayant emporté sa pizza et sa soûlographie dans son bureau. Je me suis allongée et... il ne s'est rien passé. Une, deux heures, trois. Recroquevillée sur moi-même, j'ai attendu en vain, jusqu'à ce que j'aie à nouveau besoin d'aller aux toilettes. Assise sur la cuvette, j'ai laissé mes yeux errer sur la tablette au-dessus du lavabo, remarquant le flacon de somnifères. L'issue de secours vers le vide réparateur.

En le débouchant, j'ai été tentée de tout avaler en seule fois. Cinq capsules, cinq gorgées d'eau, et je disparaîtrais de ce monde pour un bon moment. Je me suis néanmoins limitée à trois comprimés – un de plus que la dose prescrite, mais j'avais besoin d'être vraiment sonnée. Je venais de me recoucher quand l'alarme du babyphone s'est déclenchée. Cette fois, je n'avais plus aucun ressort. Ma tête semblait remplie d'une sorte de gélatine visqueuse, le moindre geste me coûtait. Il m'a fallu toute ma volonté pour arriver à me lever, retourner à sa chambre, recommencer l'opération du change, de la tétée. À la fin, il me restait juste assez de force pour me traîner jusqu'à mon lit, où j'ai instantanément plongé dans un noir absolu.

Dix ans ou dix minutes après, Tony me secouait par les épaules. Sa voix déformée par l'angoisse me suppliait de me lever. Mais pourquoi ? Pourquoi retourner à cette absurde succession de jours et de nuits ? Pourquoi contempler à nouveau l'échec lamentable qu'était ma vie ?

« C'est Jack ! Il a l'air... évanoui.

— Comment ?

— Il ne se réveille pas ! Et ses yeux... »

Les quelques pas entre notre chambre et la nursery, que je faisais vingt fois par jour, ont été cette fois une course d'obstacles, un labyrinthe semé de pièges pour mon cerveau encore abruti par les somnifères. Arrivée devant le berceau, j'ai eu besoin d'un moment pour ajuster mon regard sur lui. Ce que j'ai vu m'a réveillée de la plus radicale, de la plus brutale manière. Jack paraissait sans connaissance.

Je l'ai pris dans mes bras avec l'impression de tenir une poupée de son. Je l'ai attiré contre moi, j'ai crié son nom. Ses yeux restaient vides, blancs. En approchant mon visage du sien, j'ai senti son souffle ténu, à peine une source de réconfort devant la brutalité de ce mystère.

Dix minutes plus tard, nous foncions vers l'hôpital dans une ambulance, Tony et moi à l'arrière. D'apparence encore plus fragile sur la grande civière, Jack était connecté à un moniteur cardiaque. Hypnotisée par la courbe verte de son cœur, j'avais peine à répondre à l'ambulancier qui nous assaillait de questions. Y avait-il eu des précédents ? Convulsions, poussées de fièvre, évanouissements ? Non, rien. Rien, rien, rien.

Nous sommes arrivés à... l'hôpital St Martin's,

d'après ce que j'ai entendu à travers mon brouillard. Dans la salle des urgences où ils avaient porté Jack, une jeune et très efficace interne nous a reposé les mêmes questions tout en lui faisant un fond d'œil. Et elle a continué : était-il soumis à un traitement pharmaceutique particulier ? Là, j'ai senti les cheveux se dresser sur ma tête, réellement : j'avais compris ce qui allait suivre.

« Et vous, vous avez pris des médicaments quelconques ? m'a-t-elle demandé.

— Oui.

— Quel genre ?

— Des somnifères,

— Et vous pensez que vous auriez pu oublier d'attendre le délai nécessaire avant de lui donner le sein ? »

Je sentais les yeux de Tony sur moi. Si on m'avait donné un revolver à cet instant, je me serais brûlé la cervelle sans la moindre hésitation.

« Il m'a réveillée en plein sommeil. J'étais dans un tel brouillard, je ne me suis pas du tout... J'ai...

— Mais enfin ! Tu as perdu la tête ou quoi ? »

La doctoresse a fait signe à Tony de garder son calme. Elle s'est tournée vers moi.

« Ce sont des choses qui arrivent souvent. À cause de la fatigue, bien sûr.

— Mais lui ! s'est inquiété Tony. Est-ce qu'il va...

— À quelle heure avez-vous pris ces comprimés ? m'a-t-elle interrogé.

— Je... je ne sais pas.

— Comment ça, tu ne sais pas ? a-t-il bondi.

— Vers trois heures, je pense.

— Tu *penses* ?

— Je peux parler, s'il vous plaît ? a-t-elle lancé à Tony, un peu agacée, avant de poser la main sur mon bras : Vous n'avez pas à vous blâmer, vous savez.

— Je... je l'ai tué.

— Absolument pas, a-t-elle répliqué avec fermeté. Maintenant, pouvez-vous me dire...

— J'ai menacé de le tuer et c'est ce que j'ai fait...

— Je vous en prie ! Bon, ces comprimés, vous les avez pris à trois, quatre heures ?

— Oui... Je crois.

— Et il vous a réveillée pour téter à... ?

— Je ne sais pas. Mais il faisait encore nuit.

— Bien. Et qui s'est rendu compte de son état ?

— Moi, a répondu Tony. Vers neuf heures du matin.

— Donc, cinq ou six heures après la tétée... »

Elle s'est rapprochée de l'infirmière pour lui donner des instructions à voix basse.

« Et maintenant ? a demandé Tony.

— J'ai demandé que votre fils soit placé sous perfusion de sérum physiologique, pour éviter la déshydratation. Et nous allons contrôler son rythme cardiaque. Mais j'ai déjà vu des cas similaires et ce qui se passe, en général, c'est que le bébé dort jusqu'à ce que le somnifère soit éliminé, tout simplement.

— Et s'il y a des conséquences... à long terme ? a insisté Tony.

— J'en doute. La dose qu'il a pu absorber est réellement minime et... » C'est là que mes jambes m'ont lâchée. Je me suis cramponnée à la barre de la civière roulante sur laquelle Jack était étendu, telle la passagère d'un paquebot en train de couler, qui ne veut pas abandonner le navire mais n'a pas la moindre idée de ce qu'elle pourrait faire. Déjà l'infirmière me guidait vers une chaise en me soutenant. J'ai accepté d'un signe le verre d'eau qu'elle me proposait mais c'était trop tard : ma tête est partie en avant, je me suis mise à hoqueter. Seule de la bave verdâtre a dégouliné sur mes genoux.

« Oh non..., a gémi Tony tandis que je continuais à hoqueter.

« — Ça ne vous dérangerait pas d'attendre dehors ? »
lui a lancé la toubib.

Il est sorti. L'infirmière a nettoyé ma robe et m'a
aidée à m'asseoir sur la civière qui faisait face à celle
de Jack.

« Vous n'avez pas mangé depuis quand ? m'a
demandé le médecin.

— Je ne sais plus. Deux jours, peut-être ?

— Et vous vous sentez déprimée depuis longtemps ?

— Je ne suis pas déprimée !

— Quand on ne s'alimente plus, c'est qu'on...

— C'est de la fatigue, simplement.

— Un autre symptôme de la dépression.

— Je ne suis pas... »

Je n'ai pas pu terminer ma phrase, cette fois. Une
partie de moi-même n'était plus convaincue.

« Et puisque vous avez besoin de somnifères, il est
évident que...

— J'ai voulu le tuer.

— C'est faux.

— Je devrais mourir, moi aussi.

— La dépression, encore.

— Ah, laissez-moi tranquille !

— Vous n'avez jamais été dans cet état auparavant,
n'est-ce pas ? Et c'est votre premier enfant ? Bien. Je
vais vous hospitaliser. » Comme je ne répondais pas,
gardant mon visage plongé dans mes mains, elle a
poursuivi sans élever la voix : « Vous m'entendez ?
Apparemment, vous subissez une dépression postnatale
importante. Je pense qu'il est préférable de vous mettre
en observation. Encore une fois, votre état n'a rien
d'inhabituel... »

Je me suis laissée tomber sur la civière et j'ai pressé
l'oreiller sur ma tête. Je l'ai entendue quitter la salle
avec l'infirmière. Restée seule avec Jack, je n'ai pas

eu la force de le regarder. Je ne pouvais pas supporter l'idée de ce que je lui avais fait. Quelques minutes plus tard, elle est revenue :

« J'ai informé votre mari de mon diagnostic. Il est d'accord. Il a dit qu'il devait aller travailler mais il reviendra ce soir, et d'ici là... »

Voyant que je m'étais à nouveau cachée sous l'oreiller, elle s'est interrompue. Elle a pris le téléphone, donné quelques ordres. Puis elle s'est approchée de moi :

« Ne vous en faites pas. Je vous assure que tout ira bien. »

Déjà ils emportaient Jack sur sa civière. Peu après, deux aides-soignants m'attachaient sur la mienne et me poussaient dans un univers grisâtre où flottait une odeur de désinfectant et de relents fétides. *L'hôpital, encore*, ai-je songé avec un étrange détachement, indifférente à tout, désormais. Un interminable couloir, une succession de lourdes portes battantes. J'ai aperçu une plaque dans la périphérie de ma vision : UNITÉ DE PSY-CHIATRIE. La civière a roulé encore, des heures peut-être, et puis nous sommes entrés dans une petite chambre. Une seule fenêtre – avec des barreaux –, un poste de télévision boulonné au mur, deux lits étroits. *J'ai de la compagnie*, ai-je pensé en remarquant quelques effets personnels sur l'une des deux petites commodes.

Un visage mince, orné de lunettes à fines montures dorées, est apparu au-dessus de moi.

« Sally ? »

J'ai regardé la nouvelle infirmière sans un mot. Shaw, indiquait son badge. J'ai gloussé, soudain.

« George Bernard ?

— Pardon ?

— George Bernard... Shaw ! »

Un rire sauvage m'a secoué. Elle m'a souri avec calme.

« Amanda Shaw, en fait. »

Je n'avais jamais rien entendu d'aussi amusant. Elle a attendu patiemment que je cesse de ricaner comme une idiote, épuisée par cette crise d'hilarité.

« Bien. Maintenant, ces messieurs vont avoir besoin de la civière, donc je vous demanderais de vous asseoir et... – Je n'ai pas bougé. – Sally ? S'il vous plaît ? Vous voulez bien vous redresser, ou je dois demander à ces messieurs de vous aider ? » Elle gardait un ton égal mais il y avait une menace voilée qui m'a poussée à obéir.

« Bravo. Vous pensez que vous pouvez vous lever toute seule ? »

J'ai hésité quelques secondes, le temps que l'un des aides-soignants s'approche et chuchote « Allez, hein ? » d'une voix presque suppliante. Je les ai laissés m'aider à gagner le lit et à m'étendre. Aussitôt après, ils ont disparu en poussant la civière. L'infirmière s'est plantée à côté de moi.

« Parfait. Si vous voulez bien, je vais vous donner deux ou trois explications sur le fonctionnement de notre unité. » Quel mot ! « Pour commencer, votre fils est à dix pas d'ici, au bout du couloir. Vous pouvez aller le voir quand vous voulez, vingt-quatre heures sur vingt-quatre. Vous êtes libre de l'amener ici, également, même si nous préférerions qu'il passe la nuit là-bas, pour vous permettre de bien récupérer, car vous en avez besoin. »

Oui, comme ça vous le gardez à l'abri de son monstre de mère...

« Ensuite, comprenez bien que vous n'êtes pas en prison, ici. Contrairement à d'autres patients de cette unité, vous n'avez pas fait l'objet d'un internement... » *Ni d'une lobotomie, pour l'instant.* « En conséquence, vous êtes tout à fait libre de sortir prendre l'air. Nous vous demandons uniquement de prévenir la surveillante de garde chaque fois. » *Pour qu'elle t'ouvre la porte de cette forteresse. Et parce que vous n'avez pas envie que la folle s'enfuie avec son bébé pour le soumettre à d'autres atrocités...* « Des questions ? » J'ai secoué la tête. « Bon. Vous avez une chemise de nuit dans cette commode. Ce serait mieux que vous la passiez, je pourrais donner vos vêtements à la laverie. » *Oui, avec tout ce vomi dessus...* « Enfin, j'ai cru comprendre que vous n'avez rien mangé depuis longtemps. Je vais donc vous faire porter un bon repas. D'ici là, désirez-vous voir votre enfant ? » Un long silence. J'ai encore secoué la tête. Impassible, l'infirmière a conclu : « Aucun problème. Dès que vous serez décidée, il suffira d'appuyer sur ce bouton d'appel, là... » Mais pourquoi aurais-je envie d'aller voir Jack ? Il avait à peine vu le jour et déjà il sentait le danger que je représentais pour lui. « Dernier point : notre psychiatre, le Dr Rodale, va venir dans deux heures, à peu près. Entendu ? Bien. Dans ce cas je vais vous laisser vous changer. »

Elle est sortie. Je n'ai pas bougé un cil. Elle était de retour au bout d'un moment que j'aurais été incapable d'évaluer.

« Vous avez besoin d'aide pour passer cette chemise de nuit, Sally ? » Sans un mot, je me suis redressée sur le lit et j'ai déboutonné ma robe. « Très bien », a constaté l'infirmière avant de repartir. J'ai enfilé la chemise rêche, qui empestait la lessive. J'ai roulé en boule mes habits et les ai fourrés dans un tiroir. Les draps étaient raides et froids. Je m'y suis glissée en priant pour m'endormir enfin, mais déjà la porte s'est rouverte et une infirmière plus jeune est entrée. Patterson, d'après son badge.

« B'jour ! » Australienne, à l'accent. « Ça va pour vous ? Oui ? Voilà le déjeuner. Il faut manger, hein ? » J'ai eu de la peine pour elle : engager une conversation avec une débile mentale. Car à ce stade j'avais tout bonnement perdu l'usage de la parole. Elle a posé le plateau sur la table roulante, positionné celle-ci au-dessus de mon lit. Elle m'a souri, attendant une réaction. « Vous avez donné votre langue au chat ? » J'ai fermé les yeux. « Oui, pardon, c'est un peu bête, ce que j'ai dit. Mais il faut que vous vous alimentiez. Votre voisine de lit, elle a fait la grève de la faim pendant plus de cinq jours et total, on a dû... » Elle s'est arrêtée brusquement, comme si elle voulait garder un secret que je n'étais pas censée connaître. Pas encore, du moins. « Mais vous allez au moins goûter, pas vrai ? Ou boire quelque chose... »

J'étais étendue sur le ventre. Je me suis légèrement tournée pour prendre le verre d'eau sur le plateau, que j'ai porté à mes lèvres. Dans cette position, difficile de ne pas en renverser sur mon cou et sur les draps.

« Elle est bien mignonne ! s'est félicitée la jeune infirmière. Et maintenant, on goûte un peu à la graille ? » J'aurais voulu sourire à cette irruption d'argot du bush en plein hôpital londonien, mais j'en étais incapable.

« Bon, je vais vous laisser ça et je reviens dans, disons, une demi-heure, OK ? Juste pour que vous grignotiez un brin. »

Je n'ai pas bougé. Quand elle est revenue, elle a froncé les sourcils à la vue du plateau intact mais a gardé ses manières enjouées :

« Oh, allez ! Il faut bien vous remplir un peu le bedon, quand même ! »

Non. Je veux dépérir. Me rétrécir comme un fruit sec. Disparaître peu à peu de ce monde. À jamais. Pour le plus grand bien de tous.

Elle s'est assise sur mon lit et m'a pris le bras :

« Écoutez, je sais que vous vous sentez patraque et tout. Mais je préfère vous prévenir. Rodale, la toubib qui va venir dans pas longtemps, elle ne prend pas du tout l'anorexie postnatale à la légère. Vous pourrez demander à votre copine de chambre, quand ils la ramèneront. Alors vous gâchez pas encore plus la vie, croquez-moi au moins un coup dans cette pomme avant que la psy se pointe. »

Je n'ai pas réagi. Dès que le médecin annoncé est entré, son apparence a suscité en moi une sourde appréhension. Une très grande femme d'une quarantaine d'années, qui exsudait le sens pratique et la rationalité militante depuis ses chaussures plates jusqu'à ses lunettes perchées au bout du nez.

« Madame Goodchild... Sally ? Je suis le Dr Rodale, psychiatre de l'unité. »

Elle m'a tendu la main. Pour la serrer, il aurait fallu que je bouge et donc... Impossible. Elle a répondu à ce manque de courtoisie par un sourire froid. Tirant un bloc-notes et un stylo de son attaché-case, elle s'est installée sur une chaise à côté de moi. « Très bien, essayons de commencer, alors... »

Des questions, nettes et précises, se sont succédé. Elle semblait très au courant de mon dossier médical et de celui de Jack. Surtout, j'ai découvert qu'elle n'appartenait pas du tout à l'école de la « psychologie douce ». Par cet interrogatoire en forme de monologue – je ne prononçais toujours pas un mot –, il était clair que son seul but était d'obtenir assez d'informations pour décider du traitement dont j'allais avoir besoin. Mais elle a bientôt découvert qu'elle ne me tirerait pas de mon silence :

« Je sais que vous m'entendez et que vous jouissez de votre pleine conscience, Sally. Je voudrais aussi que vous mesuriez les conséquences de votre comportement sur vous-même et sur votre entourage. Votre refus de vous exprimer est un symptôme en soi, vous comprenez ? Donc, reprenons, si vous voulez bien. »

Elle est revenue au début de sa liste de questions, sans plus de réponses. Au bout d'un moment, je me suis retournée dans le lit, lui présentant mon dos. Elle n'a pu réprimer un soupir de lassitude.

« Avec cette attitude, madame Goodchild, vous ne ferez que retarder votre guérison... et prolonger le temps passé avec nous. Je ne peux vous forcer à répondre, évidemment. C'est à vous de choisir. Pour l'instant, en tout cas. Vous pouvez également décider de continuer à refuser de vous alimenter. Mais vous savez pertinemment qu'on ne peut pas vivre sans se nourrir, et que ce choix aura donc des conséquences... radicales. Enfin, je vois que votre médecin traitant vous avait prescrit un léger somnifère. Je vais demander à l'infirmière de vous administrer la même posologie tous les soirs. Et demain, quand je reviendrai vous voir, j'espère que nous pourrons avancer un peu. Bonne fin de journée. »

Peu après son départ, la porte battante s'est ouverte d'un coup et j'ai pu faire la connaissance de ma compagne de chambre. Enfin, pas vraiment, puisqu'elle était sur une civière, inconsciente, sans doute tout juste sortie de la salle d'opération car sa tête était entourée de pansements. Une femme noire, d'environ mon âge, ai-je réussi à voir. Après l'avoir transportée dans son lit avec l'assistance des aides-soignants, l'infirmière Patterson a pris son pouls, consulté sa feuille de soins et bordé les couvertures autour d'elle. Surprenant mon regard, elle s'est mise à parler à voix basse :

« Elle s'appelle Agnes. Son garçon, Charlie, est dans la même chambre que votre mouflet. Vous allez avoir de quoi causer ensemble, quand elle se réveillera, parce que vous êtes passées toutes les deux par la même chose. Enfin, elle, elle n'en est pas encore sortie. C'est franchement une honte, si vous voulez me croire. Ce que vous faites, ça n'a ni rime ni raison. Il suffit de reprendre le contrôle avant que ça vous mette vraiment dans un sale état... ce qui est arrivé à cette pauvre Agnes ici présente. Mais elle vous le racontera elle-même. Quelqu'un de très brillant. Une belle carrière et tout. Sauf que dans la maladie on est tous pareils, pas vrai ? »

Elle est revenue s'asseoir sur mon lit. J'aurais préféré qu'elle s'en abstienne.

« Et puisqu'on en est au sujet des trucs moches qui arrivent à des gens très bien, laissez-moi vous faire une petite confidence : vous n'avez pas produit une fantastique impression à notre psy. Le problème, c'est qu'il vaut mieux que ce genre de toubib vous ait à la bonne, si vous voyez ce que je veux dire. Elle, c'est la vieille école. Très à cheval sur les principes, convaincue de savoir ce qui est le mieux pour vous... Et elle a sans doute raison, même si ça m'embête de le reconnaître. Parce que bon, il n'y a pas grand monde qui la trouve sympathique, mais pour sortir du pétrin des filles comme vous, elle s'y entend plutôt. Un conseil, en tout cas : le meilleur moyen de ne pas vous éterniser ici, c'est de nous aider à vous aider... Oui, je sais, c'est une formule toute faite. Conclusion : grignotez un petit quelque chose ! »

Oui, elle veut m'aider. Le problème, c'est qu'il y a un problème, c'est ça le problème, justement... J'ai vu sa main s'approcher de mon visage. Elle me tendait un bout de sandwich.

« Juste deux bouchées, c'est rien... »

C'est gentil. Sauf que je suis partie et je ne reviendrai pas dans le jeu.

« Une pomme ? Un verre de lait ? Un de nos fameux biscuits ? Rien ne vous tente, sûr ? » Elle a soupiré. « Bon, et si vous sortiez un peu de ce lit pour aller voir Jack ? Il ne serait sans doute pas contre casser une graine, lui... »

La seule idée de lui donner le sein a enfin provoqué une réaction en moi : celle de me cacher la tête dans l'oreiller.

« Ah, j'ai encore trop parlé ! Mais il faut bien qu'il mange, pas vrai ? »

Si. Mais pas mon lait. Pas ce poison que je sens encore ronger mes veines. Et après ce qui s'est passé, il ne voudra même pas que je m'approche de lui. Donc... c'est hors de question.

Le bipeur de l'infirmière s'est mis à vibrer. Elle a jeté un coup d'œil à l'écran.

« On me demande. À tout à l'heure, alors. Si vous avez besoin de quoi que ce soit, vous avez la sonnette, d'accord ? »

Mais je n'avais besoin de rien, et surtout pas de voir surgir Tony une heure plus tard, armé d'un exemplaire de son journal et d'une boîte de bonbons à la réglisse enrubannée. Quand il s'est penché sur moi pour m'embrasser, j'ai vu à sa montre qu'il était cinq heures et quart. Le remords l'avait donc aiguillonné jusqu'ici bien avant le bouclage.

« Comment ça va ? » Silence. « Je t'ai apporté... » Il a déposé le tout sur la commode, cherchant des yeux une chaise avant de se décider à rester debout, sans savoir comment se comporter devant mon état de prostration.

« Euh... Je suis passé voir Jack. Tout est en ordre. Il est réveillé et d'après l'infirmière il a englouti deux biberons d'affilée, tellement il était affamé. Il a l'air en pleine forme. »

Bien sûr, puisqu'il est loin de moi. L'oreiller, mon seul refuge.

« Sally ? Il paraît que tu... Bon, si tu préfères que je m'en aille... » Il a attendu un moment. « D'accord. J'espère que tu récupères. »

Quand j'ai été sûre qu'il n'était plus là, j'ai relevé la tête.

« Qui êtes-vous ? »

Une voix inconnue. La question m'était adressée, apparemment. Je me suis tournée sur le côté. Agnes était assise dans son lit, l'air perdu, assez hagarde... Mais je n'étais pas moi-même un modèle de lucidité, n'est-ce pas ?

« Vous étiez là hier ? Je ne me rappelle pas... Mais maintenant vous êtes là, oui ? Ou bien... » Elle s'est tue, étourdie par cet enchaînement de questions. « Moi, c'est Agnes. Vous avez tout le temps la tête dans un oreiller ? Agnes ? Vous comprenez ? »

Oui. Et je suis bien contente de ne plus être seule sur la planète des siphonnés.

« Agnes ? Comme... Agnes, quoi ! A, g, n...

— Ah, c'est qu'elle n'est pas bavarde, notre Sally ! »

L'infirmière Patterson était entrée.

« Sally ? a répété ma voisine.

— Oui, c'est ce que j'ai dit. S, a, l, l, y. Elle n'est pas très causante, aujourd'hui. Mais c'est bien que vous insistiez. Qu'on puisse entendre un peu son accent américain... »

Agnes a cligné des yeux, enregistrant peu à peu ces informations.

« Pourquoi... pourquoi est-elle américaine ?

— Pourquoi ? s'est exclamée l'infirmière en riant. Parce qu'elle est née là-bas, j'imagine. Et elle a un petit garçon, comme vous.

— Il s'appelle Charlie ?

— Non ! C'est le vôtre, Charlie.

— Je sais, je sais. Simplement, je...

— Lui, c'est Jack. Il s'appelle Jack.

— Et moi... moi, je...

— Vous êtes encore légèrement dans les vapes, c'est tout. Comme la dernière fois. Mais je vous promets que demain vous serez comme une fleur. Bon, et pour le thé, qu'est-ce que vous aimeriez ? Ah non, on va pas recommencer ! Vous savez où ça vous a...

— Du porridge, a lancé Agnes précipitamment. Je vais manger du porridge.

— Parfait. Et vous, Sally, qu'est-ce que ce sera ? Bon, vous n'irez pas loin, de cette façon. » Elle s'est approchée, un verre d'eau dans une main, un petit gobelet en plastique dans l'autre. « Je ne vais pas vous donner la soupe de force, hein ? Mais par contre, il faut que vous m'avaliez ces comprimés. C'est exactement la même chose que ce que vous avez pris hier soir. »

Pour empoisonner mon fils, oui.

« Allez, allez, on fait plaisir au docteur ! En prime, on s'offre une bonne nuit de sommeil. Surtout que votre mari a dû vous le dire : il pète le feu, votre Jack ! Alors... » Elle a secoué le gobelet, dans lequel les cachets ont cliqueté.

« S'il vous plaît, Sally. Ne m'obligez pas à... »

En une seconde, je me suis redressée. Les comprimés, le verre d'eau. Me lever, gagner les toilettes, vider ma vessie. Revenir me coucher, les couvertures sur la tête, et attendre que le somnifère fasse son effet. *Adieu.*

Ensuite, il faisait jour et mon cerveau flottait dans la stratosphère, mais après la question d'usage, « Où suis-je ? », j'ai été en mesure de constater, petit *a*, que mon bras était relié à une perfusion et, petit *b*, que ma compagne d'infortune n'était pas dans son lit. Un moment vaporeux s'est écoulé, puis une infirmière inconnue a posé sur la table roulante un plateau de nouveaux mets tentateurs. Elle était petite et massive, avec l'accent écossais.

« Bien dormi ? »

En guise de réponse, j'ai posé les pieds à terre et suis partie vers la salle de bains en traînant la perche de la perfusion. Après m'être soulagée, je me suis lavé les mains et j'ai jeté un peu d'eau sur mon visage, dont j'ai surpris le reflet dans la glace. Cauchemardesque. Je m'en fichais.

De retour dans la chambre, je suis tombée sur mon lit. L'infirmière a réinstallé la perche à ma gauche.

« Donc, nous avons ici des flocons d'avoine, des toasts, deux œufs sur le plat et un thé bien fort qui va vous requinquer ! »

Je lui ai tourné le dos.

« Après, on ira voir le fiston, n'est-ce pas ? Hello ? Bon, comme vous voudrez... mais le Dr Rodale ne va pas être contente. »

Agnes est rentrée peu après le départ de l'infirmière. C'était la première fois que je la voyais debout. Élancée, d'un maintien élégant, elle présentait bien malgré l'épuisement qui se lisait sur ses traits. Elle s'est recouchée lentement, les yeux sur moi,

« Vous étiez là hier, non ? Vous êtes l'Américaine ? Ou quelqu'un d'autre ? C'est que ma mémoire... » Sa voix s'est brisée, puis : « Pourquoi vous ne parlez pas ? Vous avez donné votre langue... au bébé ? » Un rire brutal, un fou rire qui s'est interrompu aussi soudainement qu'il avait commencé. *Tu as tout pigé, ma belle*, me suis-je dit.

« Vous devez... vous devez manger. Autrement, vous allez avoir des ennuis. De sérieux ennuis, vous savez ? Je sais, parce que moi aussi... Et il ne faut pas que vous connaissiez ça. Il ne faut pas ! » Elle a plaqué ses mains sur son visage. « Pardon, pardon, pardon ! Je ne veux pas insister mais... »

Ensuite, il n'y a eu que le silence. Vers trois heures, Rodale est arrivée. Elle a jeté un coup d'œil au plateau intact près de mon lit avant de consulter ma feuille de soins. *Un problème, doc ?*

« Comment allons-nous aujourd'hui, Sally ? »

Je fixais le mur devant moi.

264

« Oui... Je vois ici que vous avez refusé le dîner hier soir, le petit déjeuner ce matin, et maintenant... Encore une fois, c'est votre droit. Vous avez cependant constaté que nous vous avons placée sous perfusion. D'ici un jour ou deux, il faudra bien que vous décidiez si vous allez coopérer avec nous, dans votre intérêt, ou non. Enfin, la nuit a été bonne, apparemment. Pas de réactions secondaires aux calmants, à part la tête un peu lourde le matin ? Hmmm. Et vous n'avez pas souhaité voir votre fils, non plus. Cela n'a rien d'exceptionnel, dans un cas comme le vôtre, mais évidemment ce ne peut être bon ni pour vous, ni pour lui. Nous avons ici une psychothérapeute avec qui vous pourriez évoquer vos... difficultés, mais en toute logique elle ne parviendra à vous aider que si vous abandonnez votre mutisme. C'est un cercle vicieux dont il faut sortir, Sally ? Alors, êtes-vous disposée à me parler ? »

Silence sur la ligne.

« Entendu. Vous saisissez à quel point votre attitude complique encore notre tâche ? Oui ? Non ? Je vous reverrai demain. »

Quand elle est passée à Agnes, j'ai remarqué que ma voisine se raidissait. Elle paraissait réellement terrorisée par Rodale.

« Alors, Agnes ? Comment vous sentez-vous, aujourd'hui ? L'appétit est de retour ?

— Je... mange.

— Oui. Et cette fois, les contrecoups ne sont pas difficiles ?

— Ma mémoire...

— Cela ne durera pas. Dans vingt-quatre heures, tout sera revenu à la normale.

— Il n'y en aura pas... d'autres ?

— On verra », a répliqué la psychiatre sans lever les yeux de la feuille de soins.

J'ai tiré le drap sur ma tête. J'avais compris, ou plutôt je craignais d'avoir compris le genre de traitement auquel ils la soumettaient. Et je me rendais compte que j'avais plus qu'intérêt à parler, à m'alimenter, mais le même constat revenait sans cesse dans toute son absurde logique : pour communiquer, il faut commencer par dire quelque chose ; pour se nourrir, il faut ouvrir la bouche. Ces fonctions instinctives ne me semblaient plus nécessaires. Erreur fatale sur mon disque dur, la chaîne de commandes régissant ces actes de base s'était rompue, et même si je percevais qu'une certaine angoisse grandissait en moi, elle était étouffée par l'inertie du désespoir. Plus rien ne comptait, tout simplement.

Tony est apparu à huit heures du soir. À nouveau en service, l'infirmière Patterson avait dû lui expliquer la situation car il n'a cessé de jeter sur mon dîner ignoré des coups d'œil qui trahissaient à la fois l'inquiétude, le mépris et la résignation. Eh oui, ce mystère ambulant qu'était mon mari parvenait à exprimer des sentiments aussi divers par quelques discrètes mimiques, et cela tout en évitant soigneusement de me regarder ou de tenter le moindre contact avec moi. Il a dit « Bonsoir », certes, avant d'essayer de meubler le silence avec un « Jack va bien », puis un « Ils s'inquiètent rudement pour toi, tu sais », puis un « Bon, je vais y aller », sa manière de dire « Je suis capable de voir quand je ne suis pas le bienvenu quelque part ».

Un peu plus tard, c'est l'époux d'Agnes qui s'est présenté. J'avais imaginé un grand Jamaïcain tiré à quatre épingles, le sourire facile, tout en souplesse et décontraction, bref, un condensé de la plupart des clichés à propos des Noirs des Caraïbes. En fait, c'était un Blanc effacé, frisant la quarantaine, en costume gris passe-partout, qui semblait plutôt mal à l'aise dans ce contexte. Assis à côté d'elle, il lui tenait la main en lui parlant tout bas. À un moment, il a même réussi à la faire rire. Les couples sont si souvent imprévisibles... Impossible de saisir ce qui peut attirer mutuellement des êtres dissemblables, la complexité des liens qui les unissent, la force qui les maintient liés dans des crises comme... celle que ces deux-là traversaient, par exemple. C'était un petit homme gris et pourtant j'enviais Agnes d'avoir dans sa vie quelqu'un d'aussi prévisible, d'aussi stable... même si les apparences sont toujours trompeuses. C'est pourquoi j'ai avalé en une seconde les cachets que l'infirmière Patterson m'apportait : pour ne plus avoir devant moi le spectacle de ce simple bonheur.

Une fois encore, le somnifère a opéré son miracle chimique. Je me suis réveillée à six heures et quart, après une longue nuit d'inconscience. Le cerveau en marmelade, certes, parce que l'effet produit par ces comprimés s'apparentait plus à un coup de crosse sur le crâne qu'à un sommeil naturel. Après vingt minutes passées à retrouver mes repères, la journée s'est écoulée dans son train-train de plateaux refusés et de silence obstiné. J'ai cependant été contente de constater qu'Agnes recouvrait un certain équilibre mental, puisqu'elle a tenté d'engager la conversation avec moi et est allée voir son fils.

À trois heures, le Dr Rodale est entrée en scène. Tels les acteurs d'une mauvaise pièce, nous connaissions nos lamentables répliques par cœur. Ou plutôt elle connaissait les siennes, puisque mon rôle se bornait à regarder le plafond sans desserrer les dents. Son seul apport au scénario a été de conclure sur une chute menaçante : « Je vais téléphoner à votre mari pour que nous parlions de votre état et des solutions qui nous restent. » À huit heures, Tony est entré dans la chambre. Cette fois, il m'a embrassée sur la joue, a tiré une chaise près du lit. Il m'a même pris la main au moment de se lancer dans sa tentative de persuasion :

« Il faut que tu recommences à manger, Sally. »
Silence. « Cette psychiatre, Mme Rodale... Elle m'a
appelé. Elle dit que si tu refuses encore de t'alimenter
ils devront envisager un traitement par... électrochocs.
D'après elle, c'est le meilleur moyen de te sortir de là.
Légalement, elle a besoin de mon accord pour
commencer... » Il a baissé les yeux. « Je ne voudrais
pas, Sally. Mais je ne veux pas te voir t'enfoncer dans
cet état, non plus... » Il s'est penché vers moi : « À ta
place, je me ressaisirais tout de suite. » J'ai détourné
la tête : « Je t'en prie, Sally... »

Je me suis cachée sous les couvertures, tout en me
demandant pourquoi je me conduisais comme une sale
gosse. Brusquement, il a arraché le drap, m'a fixée
droit dans les yeux et, les dents serrées :

« Ne me force pas la main. »

L'instant d'après, il était dehors et je me suis dit : *Il
signera leurs fichus papiers en un quart de seconde, et
je serai bonne pour mon nouveau rôle, Sally la Zombie...* Peu après, Agnes s'est levée et s'est approchée
de mon lit. Sa démarche était encore hésitante, son
regard un peu trouble, mais sa voix était ferme :
« Écoutez... Sally, c'est ça ? Bon, écoutez-moi bien,
l'Américaine. Mon mari non plus, il ne voulait pas
signer. Pendant une semaine, il m'a suppliée de me
nourrir, de faire comme si j'étais la plus heureuse au
monde. Je n'ai pas changé. Et quand j'ai commencé à
enlever la perfusion chaque fois qu'ils me la remet-
taient, eh bien... ils n'ont plus eu le choix, j'imagine.
La veille du jour où ils devaient commencer la "thérapie", mon mari s'est mis à pleurer, à me supplier
encore et encore... Le lendemain, ils ont commencé les
électrochocs. Hier, c'était ma cinquième séance. Il faut
croire que ça a des effets, puisque je mange, maintenant, et j'arrive à rester un peu avec Charlie. Seulement... seulement, ils vous disent que vous allez

avoir juste quelques petits troubles de mémoire alors que, pour moi en tout cas, une partie entière de mon cerveau a été effacée. Balayée. Et j'essaie de la récupérer, j'essaie, mais... Vous savez ce que je crois ? Je crois que cette électricité finit par vous griller une portion de cervelle. Ou frire. Rodale n'arrête pas de répéter que ça va me revenir, mais c'est un mensonge. C'est... Écoutez-moi ! Vous pouvez éviter ça ! Vous devez ! Juste en mangeant un peu. Un tout petit peu. Regardez... »

Elle a attiré la table, le plateau du dîner intact. Elle a rompu le petit pain, approchant le morceau de ma bouche.

« Juste ça. Je peux vous le beurrer, si vous voulez. »

De son autre main, elle m'a attrapée par la nuque pour m'empêcher de me détourner.

« Allez, vous pouvez ! »

Nous avons lutté un moment en silence, presque sans bouger, puis elle a soudain poussé le bout de pain beurré entre mes lèvres. Ses doigts s'étaient resserrés sur mon cou. Je me suis débattue et j'ai craché le morceau. De sa main libre, elle m'a giflée violemment. Je me suis entendue crier :

« Quelqu'un, venez ! »

L'infirmière Patterson a passé la tête par la porte, comprenant du premier coup d'œil ce qui s'était passé :

« Ah ! Vous avez récupéré votre langue, finalement ! »

Non. Mais après une nouvelle nuit de sommeil assisté, après l'habituel réveil dans les brumes, je me suis aperçue que j'avais retrouvé une sensation oubliée : la faim. Et lorsque l'infirmière écossaise m'a apporté le petit déjeuner, un mot est sorti tout seul de ma bouche : « Merci. » Elle a sursauté avant de se ressaisir aussitôt. Voyant que je me redressais dans le lit, elle m'a aidée à bien caler mon dos sur l'oreiller et a approché la table roulante, allant même jusqu'à déplier la serviette en papier pour moi.

« Vous voudrez peut-être du thé ? » J'ai hoché la tête. « Je reviens tout de suite. »

Après une semaine de diète absolue, avaler ne fût-ce qu'un bol de porridge était toute une affaire. Au bout de quelques cuillerées, je me suis sentie nauséeuse, mais j'ai tout de même continué. Il le fallait. Revenue avec une tasse de thé, l'infirmière rayonnait de me voir enfin manger et j'ai songé que c'était pour elle un grand succès, une malade qui franchissait un cap critique.

À un moment, Agnes s'est réveillée. Comme elle était elle aussi sous somnifères, il lui a fallu un temps d'accoutumance avant de revenir à la réalité. Ses yeux, qui erraient à travers la pièce, ont fini par tomber sur moi, penchée sur mon plateau, cuillère à la main. Elle a eu l'élégance de ne rien dire, se contentant de m'adresser un signe de tête avant de se lever pour gagner la salle de bains. Mais à son retour elle a murmuré en passant devant moi :

« Pardon, pour hier.

— Non. Tout va... bien.

— Pas trop de mal, pour la première fois ? a-t-elle demandé en montrant du menton le petit déjeuner. Oui, je sais. Pour moi aussi, ça a été dur. Il faut avouer aussi que la cuisine d'hôpital n'est pas ce qu'il y a de mieux pour reprendre goût à la vie. »

J'ai réussi à sourire. Parler restait difficile, en revanche. Après un mot ou deux, ma gorge semblait se crisper, barrant la route aux sons. Sur ce point également, Agnes a tenu à me rassurer en me voyant déglutir désespérément : « Pas de panique. Ça ne revient pas tout de suite. »

Au déjeuner, j'ai réussi à ingurgiter la moitié d'une cuisse de poulet, un peu de la mixture blanchâtre qui était censée être de la purée de pommes de terre et quelques carottes à la consistance de caoutchouc. Mais je voulais que la performance soit aussi impressionnante que possible, à quelques heures de la visite de Rodale, et elle avait perdu de sa sévérité habituelle lorsqu'elle est entrée dans la chambre.

« J'ai appris la grande nouvelle, Sally. C'est très encourageant. Il paraît que vous avez même dit quelques mots. Vous pensez que nous pourrions parler un peu, maintenant ?

— Je... j'essaierai.

— Rien ne presse, a-t-elle assuré, stylo et bloc-notes déjà en main. Mais cela m'aiderait beaucoup de savoir si... »

Et elle a repris pour la énième fois sa liste de questions, auxquelles je me suis efforcée de répondre, d'abord par onomatopées puis de manière plus satisfaisante, à tel point qu'elle m'a sincèrement félicitée à la fin, non sans noter que sa responsabilité avait été de réagir fermement aux tendances autistes de ma dépression.

« Il reste du chemin à parcourir, évidemment, a-t-elle observé, et il faudra avancer avec prudence. Par exemple, est-ce que vous vous sentez prête à voir Jack, maintenant ? » J'ai fait non de la tête, plusieurs fois. « C'est compréhensible, et sans doute même raisonnable, vu le contexte. Vous devrez être vraiment sûre de vous pour passer ce cap. L'important, c'est que vous soyez revenue sur terre. Un traitement est désormais possible. Avec une cure d'antidépresseurs, vous constaterez de nets progrès d'ici, disons, un mois et demi. »

Six semaines ? Dans cette chambre ? Elle a remarqué l'expression horrifiée qui m'était venue.

« Je sais, je sais, cela paraît affreusement long, mais croyez-moi, j'ai vu des cas de dépression qui pouvaient durer des mois. Et si vous réagissez bien au traitement, vous serez en mesure de rentrer chez vous dès que nous le jugerons possible. »

C'est-à-dire quand je ne serai plus un danger pour mon bébé et pour moi-même ? Cette fois, cependant, j'ai réagi fermement contre cette idée récurrente. Pas question de basculer à nouveau dans l'engrenage.

« Oui ? Vous vouliez demander quelque chose ? Vous avez une question ?

— Non, ai-je répondu avec une voix tellement convaincue qu'elle a approuvé du chef. Tout va bien. »

J'avais recommencé à mentir.

8

LA PSYCHIATRE AVAIT RAISON. Un traitement rapide contre la dépression est aussi improbable que la semaine des quatre jeudis. Pas d'Alka-Seltzer dont les bulles insouciantes emporteraient cette mélasse noire dans laquelle on se débat. Non, il faut la faire partir peu à peu, par pellicules successives, en sachant qu'elle résistera longtemps et que la confiance en soi pourra souvent se perdre en chemin, juste pour rappeler que la guérison se gagne de haute lutte et qu'il est toujours trop tôt pour pavoiser.

Dans mon cas, certes, ces six redoutables semaines évoquées par le Dr Rodale n'équivalaient pas à une peine de prison. Puisque je n'avais pas été officiellement internée, j'étais libre de quitter « l'unité » si j'en exprimais la demande expresse. Mais je sentais que, tout en se croyant obligée de me rappeler mes droits, elle ne souhaitait pas du tout me voir me précipiter dehors. Son souhait était que je progresse sous sa surveillance jusqu'à ce que, pour reprendre sa formule, « nous soyons tous à l'aise avec l'idée que vous retrouviez votre univers domestique ».

Comme s'il s'agissait de rentrer à la maison au retour du front, oui. Mais mon « univers domestique » londonien n'avait jamais été un refuge, un havre de sérénité. Le serait-il un jour ? Tony semblait vouloir le croire, endossant le rôle de l'époux attentionné et allant même jusqu'à exprimer son regret d'avoir réagi brutalement à mon état.

« C'était surtout de la frustration, m'a-t-il expliqué le soir où j'avais recommencé à m'alimenter. J'ai pensé qu'il fallait te... comment dire, secouer ? »

Voire électrosecouer ?

« Eh bien, a-t-il repris, tu es allée voir Jack ?

— Non.

— Ah, évidemment, évidemment. Mme Rodale m'a expliqué que ça prendrait du temps. Et que vous allez sans doute rester ici encore un moment, vous deux... »

Il faisait de son mieux pour dissimuler sa satisfaction de se savoir temporairement à l'abri de la routine conjugale, sans parler des tracas inhérents à la coexistence avec un nourrisson, et ce, même s'il n'avait pas vraiment eu à subir le terrorisme nocturne de Jack, là-haut, dans son nid d'aigle d'apprenti romancier.

« J'ai expliqué la situation, au journal. Ils ont été très compréhensifs. Ils m'ont dit d'arranger mon emploi de temps comme j'en aurais besoin. »

Besoin pour quoi ? Pour venir me tenir la main dans une chambre d'hôpital ? Ça m'étonnerait... Mais sur ce plan il a démenti mon scepticisme instinctif : il passait au moins une heure avec moi chaque jour, m'apportant une sélection de quotidiens britanniques et, quand mon cerveau s'est remis à fonctionner à peu près normalement, des romans ou de vieux numéros du *New Yorker*. Il s'est même montré assez généreux pour m'acheter un baladeur et un impressionnant casque d'écoute Bose, puis m'a rapporté peu à peu de la maison des disques de ma collection. À ma grande surprise, il semblait au courant de mes goûts musicaux, choisissant plusieurs *concerti grossi* de Corelli et Haendel, ou l'enregistrement des *Variations Goldberg* par Glenn Gould en 1955 – un de mes trésors les plus sacrés –, ou le célèbre *Sunday at the Village Vanguard* de Bill Evans, que je tenais pour le summum de la sophistication cool depuis mes années d'étudiante et qui me le paraissait encore plus, vu le monde confiné où je me trouvais.

Dans ma situation, la musique est devenue aussi un moyen d'évaluer ma capacité à retrouver une sensibilité relativement normale. Je n'oubliais pourtant pas la mise en garde de la doctoresse, lorsqu'elle m'avait confié : « Au début, vous allez peut-être vous demander si les antidépresseurs ont un effet quelconque. C'est qu'il faut un moment pour qu'ils se mettent à agir, et cela varie chaque fois selon les individus. »

Elle m'avait aussi parlé d'effets indésirables, qui n'ont pas tardé à se faire sentir, et ce avant les bienfaits du traitement. Cela a d'abord été la bouche plus sèche qu'un coup de trique, sensation d'autant plus inquiétante qu'elle s'est étendue à mes yeux. Rodale m'a proposé des gouttes tout en me recommandant de boire deux litres d'eau par jour. Il y a eu ensuite des nausées, qui n'allaient pas jusqu'au vomissement mais n'en étaient pas moins désagréables. « Ça passera, a-t-elle assuré. Il faut continuer à manger. » Car c'était une véritable obsession chez elle, la nourriture, au point que je me suis demandé si elle avait passé trop de temps à soigner des anorexiques ou si elle en avait été une elle-même. Mais elle devait avoir de bonnes raisons car la jeune Patterson m'a raconté que le refus de s'alimenter, assez commun chez les récentes accouchées, pouvait souvent aggraver les tendances dépressives en affaiblissant l'organisme.

Malgré tous mes efforts de volonté, toutefois, mon appétit tardait à revenir à la normale, en partie parce que le chef cuisinier de cet hôpital était une calamité publique ; Tony a donc pris l'habitude de s'arrêter au rayon traiteur du Marks and Spencer le plus proche avant de venir me voir, m'apportant des sandwichs, des salades, et consultant même les infirmières sur des points de diététique. Là encore, sa soudaine sollicitude m'a agréablement surprise. Bien entendu il n'a proposé aucune explication à ce notable changement d'attitude.

« Est-ce que c'est important de chercher à savoir ça ? » m'a demandé Ellen Cartwright un après-midi. « L'important est qu'il s'implique. Vous ne trouvez pas ? » Ellen était la psychothérapeute affectée à notre « unité ». Alors que Rodale prescrivait des médicaments, elle, pour sa part, cherchait à s'adresser à l'imbécile qui était en vous, prêchant le pire pour obtenir pire encore. Pragmatique jusqu'au bout des ongles, à l'instar de tout le staff hospitalier avec lequel j'avais été en contact, elle développait une approche extrêmement anglaise de l'absurdité de l'existence, selon laquelle il y a toujours un moyen de s'en dépatouiller. La cinquantaine bien en chair, elle aimait porter d'immenses chemises en lin sur des jupes très flottantes. Ses longs cheveux gris et son goût pour les bracelets indiens dénotaient l'ancienne militante alternative, capable cependant de manifester un solide bon sens dans l'exercice de son métier.

Son entrée en matière à notre deuxième rencontre le prouvait assez :

« Vous avez changé de pays, mis votre carrière entre parenthèses, vous êtes devenue mère tout en essayant de vous habituer à la vie conjugale avec un homme qui vous inspire fréquemment des doutes... Et tout cela avant même de rappeler que la naissance de votre enfant a constitué une expérience difficile pour vous deux. En considérant cet ensemble de facteurs, pouvez-vous encore soutenir que vous faites des histoires pour rien ?

— C'est juste que je me sens... comment dire ? Pas à la hauteur.

— Sur quel plan ?

— Tous les plans. »

Le sujet de nos échanges se résumait à peu près à cela : l'éternelle sensation d'être un niveau au-dessous de ce que j'aurais dû être, qui me poursuivait depuis l'école, au temps où j'étais invariablement l'« élève B + », régulière mais incapable de parvenir à l'excellence. Que j'aie été choisie par un journal important, que je sois devenue correspondante internationale, avec la réputation de savoir ce que je voulais, n'y changeait rien : au fond de moi, je n'avais cessé de douter, de craindre d'être « démasquée » un jour ou l'autre.

« Mais cela n'arrivera pas, a répliqué Ellen Cartwright à ce propos, car il n'y a aucun mensonge dans votre trajectoire. Pourquoi ne pas être satisfaite de ce que vous avez déjà accompli ? De *qui* vous êtes ?

— Je suis une femme qui a mis la vie de son enfant en danger. »

Cette conviction a farouchement résisté durant les deux premières semaines de traitement. Elle s'accompagnait d'une peur panique de me retrouver en présence de Jack. De le voir, même. Tony a fini par renoncer à me demander si j'étais prête à rendre visite à notre bébé, préférant éviter le sujet. Le Dr Rodale, en revanche, ne craignait pas d'insister : pour elle, ma capacité retrouvée à assumer pleinement la condition maternelle marquerait une nouvelle étape importante dans la guérison, comme le fait d'avoir recommencé à m'alimenter. Elle s'abstenait de mentionner ce point, mais ce serait aussi la preuve que les antidépresseurs agissaient positivement. Et en effet je ressentais en moi, peu à peu, le retour non d'un équilibre épanoui – les soudaines poussées d'angoisse continuaient à se produire, me poussant dans la salle de bains pour sangloter loin des regards –, mais d'une sorte de calme précaire. Si la psychiatre se déclarait satisfaite par mes progrès, chaque réveil demeurait pourtant une épreuve, jusqu'à ce que la nouvelle dose d'antidépresseurs et une bonne heure en compagnie de Glenn Gould sur mon baladeur me ramènent à une quiétude apparente.

J'avais découvert que Sandy avait téléphoné constamment depuis mon hospitalisation, bombardant les infirmières de questions. Quand je suis revenue à une relative normalité, elle s'est mise à appeler tous les jours, à un moment dont nous étions convenues : seize heures à Londres, onze heures du matin à Boston, c'est-à-dire quand elle avait sa pause à l'école où elle enseignait. Je recevais l'appel sur un téléphone public dans la salle des visites, toujours déserte en milieu d'après-midi. Ellen et le Dr Rodale, qui jugeaient important pour moi de garder des relations étroites avec ma famille, veillaient à ce que je ne sois pas dérangée pendant une trentaine de minutes.

Tony, qui avait dû lui téléphoner pour lui donner la mauvaise nouvelle de mon transfert à l'unité de psychiatrie, avait affirmé sur le ton de la plaisanterie que ma sœur aurait eu autant besoin d'antidépresseurs que moi, et c'est vrai qu'au premier appel je l'ai trouvée très inquiète. Mais, comme d'habitude, elle avait également pensé à consulter tous les avis autorisés accessibles dans la région. Devenue une experte en dépression postnatale, elle s'était même débrouillée pour entrer en contact avec un fameux professeur de pharmacologie à Harvard, qui lui avait confirmé que le dosage de mon traitement était pertinent au milligramme près. Je n'ai cependant pas beaucoup apprécié qu'elle ait pris l'initiative d'appeler directement ma psychiatre. « Juste pour voir ce qu'elle valait, hein, et elle me semble très bien.

— Elle l'est, oui. Tant qu'on lui obéit au doigt et à l'œil.

— Ouais. En tout cas, tu as échappé aux électrochocs. Il paraît qu'ils vont jusque-là dans les cas vraiment graves, ici.

— Ici aussi, ai-je fait remarquer en pensant à cette pauvre Agnes.

— Enfin, cette Rodale t'a remise en selle, au moins.

— Je n'irais pas aussi loin.

— Je t'assure, comparé à plein d'histoires qu'on m'a racontées, tu... »

Mais je n'avais pas envie de les entendre. Je voulais sortir de là, rien d'autre.

« Il faut que tu les laisses décider de ça, a affirmé ma sœur dans un étonnant revirement en faveur de la compétence des médecins britanniques. Tu es encore fragile, je le sens à ta voix. »

Comme pour me rappeler la fragilité de toutes choses, j'ai eu peu après des nouvelles d'Agnes. Trois semaines environ s'étaient écoulées depuis sa sortie, pendant lesquelles j'avais eu une série de voisines de chambre temporaires, gardant une distance polie avec elles. Un jour que j'accomplissais ma promenade quotidienne dans la triste courette où j'étais autorisée à prendre l'air, j'ai ressenti avec une particulière intensité l'impulsion de m'enfuir. Cela n'avait rien de difficile, techniquement, et je portais les vêtements de ville que Tony m'avait apportés de la maison. En outre, rien ne me « forçait » à rester ici, ainsi que la psychiatre prenait soin de me le rappeler. J'avais déjà évoqué cette fantaisie devant Ellen, et lorsque je l'ai mentionnée encore elle m'a demandé comment elle se déroulait, dans ma tête.

« C'est simple comme tout. Je m'habille, mais au lieu de me rendre dans la cour j'emprunte l'autre couloir. Dehors, je vais à la première station de taxis. Chez nous, je fais ma valise, je prends mon passeport, le métro jusqu'à Heathrow, et je m'achète un billet pour Boston, New York, Washington, ou même Philadelphie... N'importe où sur la côte Est.

— Et quand vous êtes en Amérique ?

— Eh bien... »

Elle a eu un sourire compréhensif.

« Nous avons tous des rêves de fuite, vous savez.

— Même vous ?

— Mais oui ! Ce que vous ne devez jamais oublier, pourtant, c'est que vous êtes malade. Une dépression, ce n'est pas une punition infligée à une petite fille qui n'a pas été sage. Ni une preuve de faiblesse. C'est une maladie, dont il est possible de guérir mais qui peut être grave. Si grave, en fait... » Elle a hésité un instant. « Avec le Dr Rodale, nous nous sommes demandé si je devais vous le dire, et nous avons décidé que c'était préférable, plutôt que vous l'appreniez par hasard. Vous vous souvenez d'Agnes Shale, la jeune femme avec qui vous partagiez la chambre à votre arrivée ?

— Bien sûr. Il... il lui est arrivé quelque chose ?

— Hélas ! Agnes s'est jetée sous une rame de métro la semaine dernière. Elle a été tuée sur le coup. » J'ai fermé les yeux. « D'après son mari, tout allait bien la première semaine. Mais elle a cessé de prendre ses antidépresseurs, sans doute parce qu'elle n'était pas d'accord avec le principe. Elle a recommencé à faire de l'insomnie. Son mari nous a affirmé qu'elle avait une bonne relation avec son fils, cependant, et qu'elle allait plutôt bien. Jusqu'au matin où... » Elle s'est éclairci la gorge. « Que ce soit parfaitement clair, Sally. Le suicide d'Agnes ne peut être formellement expliqué par son choix de quitter l'hôpital avant que quiconque ici ne soit convaincu qu'elle ait été prête à sortir. Rien n'est typique, dans une dépression. Je veux dire, il est impossible d'établir son origine empiriquement, ni d'anticiper sur son développement. Je ne cherche pas du tout à envoyer le message : "Voyez ce qui peut arriver si vous ne nous écoutez pas." Ce que j'essaie de vous faire comprendre, c'est que nous devons tous rester vigilants, car votre état demeure fragile. Mais vous irez mieux, avec le temps. »

Sandy l'a approuvée sans réserve quand je lui ai appris le sort d'Agnes lors de notre conversation téléphonique de l'après-midi :

« Elle a tout à fait raison. Il est exclu que tu t'abandonnes à la régression. »

Ce jargon ! Ma sœur chérie avait donc recommencé à trop lire de manuels de psychologie grand public... Mais Ellen avait fait le bon choix en me racontant cette terrible histoire, qui encourageait à la prudence et à la lucidité devant la lenteur inévitable de la guérison. Alors j'ai continué à prendre mes comprimés, à parler trois fois par semaine à Ellen et chaque jour avec Sandy, qui continuait à me menacer de prendre un avion pour Londres afin de vérifier mes progrès de ses propres yeux, en feignant d'oublier le petit détail qu'elle enseignait à plein temps tout en élevant seule trois garçons. Je n'ai pas changé d'humeur lorsque Tony a été contraint par les aléas de l'actualité internationale à sauter quelques-unes de ses visites. À la fin de la quatrième semaine, les crises de larmes avaient cessé. J'ai découvert sur la balance que j'avais repris la moitié des huit kilos perdus dans la dernière période, ce qui était rassurant... et suffisant ! Avec l'accord du Dr Rodale, j'ai arrêté les somnifères. Il y avait toujours ce sombre marécage en moi, dans lequel je me sentais parfois près de basculer encore, mais une sorte de garde-fou s'était constitué, m'arrêtant chaque fois que je m'approchais trop du précipice.

Et puis un matin, je me suis réveillée, j'ai pris mes médicaments, j'ai terminé mon petit déjeuner et annoncé à l'infirmière de garde que j'aimerais rendre visite à Jack. Ce n'était pas un coup de trompette dans les ténèbres, ni un soudain rayon de soleil venu percer mon brouillard mental, ni quelque révélation mystique des bienfaits de la maternité : je voulais le voir, c'est tout. Elle ne m'a pas tapoté l'épaule en s'exclamant : « Magnifique... il était peut-être temps de se bouger, non ? » Elle s'est contentée de me faire signe de la suivre.

L'entrée de la nursery était commandée par une lourde porte métallique solidement verrouillée, précaution qui ne m'a pas paru exagérée dans un service psychiatrique. Pour l'ouvrir, l'infirmière a composé un code sur le clavier mural. À l'intérieur, il n'y avait que quatre bébés pensionnaires. Jack était dans le premier berceau. J'ai pris ma respiration avant de poser mon regard sur lui.

Il avait grandi, évidemment. D'une bonne quinzaine de centimètres. Mais le véritable choc, le vrai bonheur, a été de découvrir qu'il n'avait plus les traits flous et la forme inachevée d'un prématuré. C'était un petit garçon, avec sa physionomie propre et son caractère, même s'il était alors profondément endormi. Pour cette raison, j'ai hésité à le prendre, mais mon accompagnatrice m'y a encouragée d'un geste. Au lieu de se crisper et de se mettre à crier à mon contact, il a blotti sa tête dans mon cou. En l'embrassant, j'ai senti l'odeur de talc et de nourrisson. Je l'ai tenu dans mes bras longtemps, très longtemps.

Plus tard, j'ai demandé à l'infirmière Patterson s'il pouvait être installé dans ma chambre et, à son arrivée le soir, Tony est resté bouche bée en me découvrant assise sur mon lit, occupée à donner le biberon à Jack. La nouvelle de mes retrouvailles avec mon enfant s'est propagée rapidement. Le lendemain après-midi, le Dr Rodale était tout sourire avec moi, non sans m'avertir une nouvelle fois que l'on ne sortait pas d'une dépression comme d'un mauvais rêve et que j'avais encore du chemin à parcourir.

De son côté, Ellen a voulu attirer mon attention sur un point d'importance :

« Jack ne se souviendra jamais de toute cette période, vous savez.

— Il a de la chance.

— Et une fois la guérison complète, je pense que vous commencerez à vous pardonner à vous-même. Quoique, de mon point de vue, vous n'ayez rien à vous reprocher. »

Ils m'ont gardée quinze jours de plus, qui se sont écoulés d'autant plus vite que j'étais tout le temps avec Jack. Tous les soirs, ils le reconduisaient à la nursery car la doctoresse voulait que j'aie des nuits entières de sommeil, mais il était de retour pour le change et le biberon du matin, ne me quittant plus de la journée. Je l'emmenais aussi lors de ma promenade dans la cour, ne le laissant que lors de mes trois séances hebdomadaires avec Ellen.

« Le sentiment général est que vous êtes en mesure de rentrer chez vous, m'a-t-elle déclaré alors que j'entamais la septième semaine. La vraie question, c'est : vous-même, vous sentez-vous prête ?

— Eh bien... il faudra que je m'en aille un jour ou l'autre, non ?

— Vous et votre mari, avez-vous envisagé de prendre une nurse ? »

Tony avait évoqué cette possibilité en me rappelant l'agence de Battersea qu'il avait trouvée peu avant mon hospitalisation, Les Nannies d'Annie, et il m'avait même donné leur numéro de téléphone. Une partie de moi résistait cependant à cette perspective, parce que je voulais me donner une autre chance de m'occuper de Jack et aussi par crainte que la présence d'une nounou ne soit la preuve de mon inaptitude domestique. Après tout, je ne travaillais pas et mon enfant était encore à l'âge où il dormait la majeure partie de la journée. Choisissant une solution médiane, j'ai envoyé un message à Tcha, notre femme de ménage, en lui demandant si elle pourrait venir trois matinées supplémentaires par semaine pour garder un œil sur Jack et me laisser m'échapper un moment de Babyland. Tony a immédiatement approuvé cette option, notamment parce qu'elle nous coûterait trois fois moins qu'une nounou à plein temps. Ellen, pour sa part, était nettement plus sceptique :

« Si cela reste dans vos moyens, vous devriez penser à une aide quotidienne. Vous n'êtes pas encore totalement sortie d'affaire et...

— Je vais très bien.

— Personne ne prétend le contraire. L'amélioration est impressionnante. Mais un mois ou deux avec une nounou à plein temps ne serait pas du luxe, jusqu'à ce que vous en soyez au stade où... À moins que ça ne soit parce que vous vous sentez encore coupable ? Vous pensez devoir prouver au monde entier vos capacités de mère ? » J'ai haussé les épaules, mais je n'avais rien à répondre. « Comme je l'ai dit dès nos premières séances, il n'y a rien de honteux à reconnaître qu'on ne peut pas faire face à certaines situations...

— Mais je peux, maintenant.

— Tant mieux. N'oubliez pas, cependant, que vous êtes encore dans le cadre hyperrégulé de l'hôpital, où tous vos repas et les biberons de Jack sont préparés, où les draps sont changés, où quelqu'un veille sur votre enfant quand vous dormez, où...

— À part les nuits, la femme de ménage peut faire tout cela pour moi. Et s'il recommence à m'empêcher de fermer l'œil, je pourrai toujours m'accorder une sieste quand elle sera là.

— D'accord, comme vous voudrez. Mais je décèle tout de même une certaine culpabilité dans...

— Est-ce qu'Agnes se sentait affreusement coupable ? »

Elle m'a observée avec attention.

« Coupable de quoi ?

— D'avoir abandonné son fils et son mari.

— Je ne suis pas en droit de parler d'un autre patient. Dites-moi... vous pensez souvent à elle ?

— Tout le temps.

— Vous aviez sympathisé, à l'époque ?

— Pas trop, vu que j'étais... je n'étais pas vraiment là. Mais il est certain que je pense beaucoup à elle. Parce que... »

Ma voix a flanché.

« Parce que vous vous demandez si vous allez finir sous un métro, vous aussi ?

— Oui. Exactement.

— Le pire est derrière vous, Sally.

— Vous en êtes sûre ?

— Vous, vous l'êtes.

— Mais Agnes était plus forte...

— Réellement, c'est ce que vous croyez ?

— Elle le croyait, elle. Ou peut-être... Peut-être que les électrochocs l'ont détruite.

— Je ne peux que répéter ce que je vous ai déjà dit. Agnes est sortie quand personne ici n'était convaincu qu'elle en était capable. Vous, au contraire, vous allez nous quitter sur un avis médical favorable. Nous sommes sûrs que vous êtes prête à repartir dans la vie.

— Ici, ce n'est pas la vie, alors ? »

Pour la première fois dans tous nos entretiens, j'avais réussi à faire rire Ellen. Mais, avant de signer la décharge officielle, la psychiatre m'a soumise à un interrogatoire en règle, dont le but était d'ajuster au mieux la posologie des antidépresseurs. Sommeil, alimentation, changements d'humeur, comportement avec Jack, avec Tony, avec moi-même, elle a tout passé au peigne fin. Y compris la manière dont je me sentais en présence de Tony.

« Donc, vous n'avez plus cette impression de vide obscur qui vous effraie mais aussi vous attire ? Comment vous l'appeliez, déjà ?

— Le marécage.

— Oui, c'est cela. Vous avez encore cette sensation ?

— Seulement quelques fois, quand le médicament commence à perdre son effet.

— Oui... Je pensais augmenter la fréquence des prises, justement.

— Cela signifie que je vais marcher aux antidépresseurs pendant encore longtemps ?

— À moyen terme, oui. Mais puisqu'ils vous aident à fonctionner... »

Ainsi, c'est ce que j'étais devenue : une femme sous assistance. Pourtant, le Dr Rodale a voulu terminer la séance sur une note optimiste : « Votre cas est un encouragement pour tous, un contrepoids à des exemples hélas moins... » Elle s'est interrompue et m'a souhaité bonne chance. *Moins quoi ? Moins encourageants ? Comme Agnes ?*

Le lendemain matin, Tony est venu me chercher en voiture vers dix heures. J'avais déjà fait mes adieux à la jeune Patterson la veille, car elle n'était pas de service ce jour-là, exprimé mes remerciements à toute l'équipe et décidé avec la psychiatre que je reviendrais la voir dans quinze jours, pour « faire le point ». Ellen m'avait proposé de continuer nos conversations si je le désirais, aussi avais-je pris son numéro de téléphone en affirmant que j'allais y penser. Lorsque j'ai mentionné ce point à Tony, il a lancé :

« Si tu as besoin de payer quelqu'un juste pour te plaindre de ton impossible mari, ne te gêne pas. »

Derrière l'autodérision coutumière, j'ai senti percer

des remords. Mais une fois encore j'ai transféré sur moi la culpabilité qu'il pouvait ressentir, décidant aussitôt que je ne puiserais pas dans notre budget déjà serré pour m'offrir une psychothérapeute à cinquante livres de l'heure. J'étais presque rétablie, après tout. Le traitement fonctionnait. Si jamais j'avais besoin de déblatérer, il y aurait toujours Sandy de l'autre côté de l'Atlantique, prête à écouter mes doléances téléphoniques. Tout irait bien.

Il faut reconnaître que Jack s'est montré un parfait gentleman pendant les premiers jours. Il dormait cinq heures d'affilée et engloutissait ses repas sans exprimer la moindre objection à propos du service, de son nouveau matelas ou de sa transplantation dans un milieu inconnu. Tony paraissait s'accommoder de sa présence, allant jusqu'à rendre de petits services, stériliser les biberons par exemple ou même changer sa couche à deux reprises. S'il n'a pas bougé la nuit où Jack s'est mis à crier à trois heures, il a insisté pour que je fasse la sieste le lendemain pendant qu'il gardait un œil sur lui. Mais il fallait qu'il retourne au journal, et en reprenant la vie active il a aussi renoué avec son indifférence envers notre univers domestique. Jamais à la maison avant neuf ou dix heures, il m'a téléphoné une fois bien après minuit, du Groucho Club, où il prenait un verre – plusieurs, même – avec des collègues.

« Ne t'inquiète pas, l'ai-je assuré. Jack n'a pas l'air de vouloir beaucoup dormir, ce soir, donc je serai sans doute encore debout quand tu rentreras. » Il était cinq heures passées quand il a fini par surgir. Assise devant ce disque rayé qui a pour nom CNN, j'essayais d'aider Jack à surmonter une méchante colique en le berçant sur mes genoux. Tony avait l'alcool agressif, cette nuit-là :

« Pour qui tu te prends ? Ma mère ? a-t-il lancé d'une voix à la fois pâteuse et méprisante.

« — Jack a eu mal au ventre, c'est tout, ai-je expliqué.

— Ouais, mais moi je suis pas un gosse à la con. Et j'aime pas... Je supporte pas... Enfin, ça veut dire quoi, de rester là à me guetter comme si j'étais un, un... malfaiteur ?

— Va dormir, Tony.

— Tu n'as pas à me dire ce que...

— Va te coucher. »

Il m'a observée avec étonnement, à court de mots, puis il a chancelé jusqu'à l'escalier. Peu après, Jack a enfin cédé au sommeil et je l'ai couché dans son berceau. Dans notre chambre, Tony était jeté en travers du lit, ivre mort. Après avoir étendu une couverture sur lui, j'ai débranché le babyphone et je l'ai emporté avec moi dans le bureau de mon mari. En quelques secondes, j'avais ouvert le canapé-lit, je m'étais pelotonnée sous le duvet et je disparaissais de ce monde.

L'instant d'après, il faisait jour et l'odeur du café flottait dans mes narines. Tony était penché au-dessus du canapé, me tendant une tasse. Il avait l'air épuisé, et très honteux.

« Je pense que je te dois plus que des excuses, a-t-il commencé.

— Oh, tu étais soûl, ai-je constaté, surprise par la gentillesse de ma voix.

— J'ai été atroce avec toi.

— Merci pour le café. »

L'un des aspects les plus étonnants de la vie sous antidépresseurs est la manière dont le traitement finit par arrondir tous les angles, gommer toutes les aspérités, jusqu'à ce que l'on réponde aux contrariétés par un sourire placide. La psychiatre ne s'était pas trompée : c'était seulement à ce stade, après mon retour à la maison, que les effets cumulatifs du médicament se faisaient réellement sentir. Ils étaient d'autant plus spectaculaires chez quelqu'un dans mon genre, naturellement incapable de tenir ma langue et douée d'un solide esprit de contradiction. Je n'avais pas été soudain transformée en robot complaisant, cependant : c'était plutôt comme si je vivais désormais sous des tropiques mentaux où l'arôme sucré de la ganja provoquait une tranquille indifférence face à tout ce que la vie pouvait avoir de déplaisant. Est-ce forcer un peu le tableau ? Admettons, mais en tout cas les antidépresseurs semblaient avoir endormi la zone du cerveau qui génère la colère et le ressentiment. Dans le passé, je n'aurais jamais toléré sans broncher ce que Tony m'avait encore infligé. Là, au contraire, j'ai accepté la tasse de café, le baiser maladroit plaqué sur mes cheveux et son air contrit.

L'origine de ce *Ego te absolvo* n'était pas seulement d'ordre chimique. Au fond de moi, j'étais terrifiée par la perspective de retrouver ma combativité tant elle risquait d'être à nouveau interprétée comme une preuve d'instabilité psychologique. En outre, il fallait bien reconnaître que je n'avais pas été facile à vivre, moi non plus, et Tony avait droit à un moment d'adaptation, le temps de trouver ses marques dans cette nouvelle existence à trois... Les quinze jours suivants, il s'est d'ailleurs montré d'une politesse exemplaire, même si je le sentais secrètement préoccupé. Entre le bouclage au journal et l'écriture de son roman, qui, disait-il, continuait à avancer à grands pas, je ne le voyais guère. Mais je ne protestais pas. Lorsqu'il lui prenait l'envie de revenir au lit conjugal pour satisfaire ses besoins sexuels, environ deux fois par semaine, je l'accueillais volontiers. S'il préférait s'enfermer dans son nid d'aigle, je n'avais pas d'objection. Le plus important pour moi était d'avoir négocié tacitement un certain modus vivendi familial. Et de constater que mon propre équilibre passait favorablement l'épreuve du quotidien.

Car c'est là une autre surprise que réserve la longue cure d'une sévère dépression : la routine devient un objectif désirable, un besoin encore plus évident lorsqu'il s'agit de se plier à l'emploi du temps d'un nourrisson et à sa régularité de métronome, change, biberon, attente du rot libérateur, berceuse, sieste, éventuel embarras gastrique, autre couche, autre biberon... Mais comme je ne soupirais pas après quelque formidable stimulation intellectuelle ou professionnelle, j'accueillais avec soulagement ce train-train – d'autant que Tcha était avec nous chaque jour de neuf heures à midi. Elle n'avait pas d'enfants elle-même et, tout en gardant une attitude réservée, elle était très capable de s'occuper de Jack si je ressentais le besoin de dormir un peu ou d'aller me promener sur les berges de la Tamise.

Un matin que je m'attardais sur ma tasse de cappuccino au Coffee Republic de Putney, regardant par la vitrine les jeunes mères qui passaient avec leur poussette, observant l'agitation aseptisée d'un quartier londonien privilégié, un constat s'est soudain imposé à moi : c'était ma vie, désormais. J'y ai répondu avec mon stoïcisme de fille de la Nouvelle-Angleterre, cependant. J'avais survécu au plongeon dans les eaux troubles du désespoir, je m'en étais tirée avec quelques horions mais sans perdre la raison, j'étais apparemment parvenue à une certaine entente cordiale avec mon mari, j'avais mon fils et le courant vital passait désormais entre nous. Un jour ou l'autre, je serais en mesure de retrouver ma place au sein du monde du travail, mais pour le moment telle était mon existence et... elle aurait pu être pire, ou bouleversée par un mauvais coup du sort.

Comme celle de ma pauvre sœur, qui m'a appelée tard dans la nuit le lendemain, aux abois : Dean, son ex-époux, avait fait une chute mortelle quelques heures plus tôt alors qu'il escaladait le mont Kathadin, au nord du Maine. Guide de montagne, il conduisait alors un petit groupe à travers un endroit particulièrement traître, le « Fil du Rasoir », ainsi nommé parce qu'il s'agissait d'un étroit passage surplombant un précipice vertigineux. Il l'avait parcouru une bonne quinzaine de fois, et c'était un alpiniste chevronné, mais une soudaine rafale de vent l'avait projeté dans le vide. La mort avait été instantanée, d'après les sauveteurs qui avaient retrouvé son corps disloqué, et pourtant je n'ai pu m'empêcher de penser qu'il avait eu le temps de voir sa fin venir à lui, dans une chute de près de trois cents mètres. Je n'en ai rien soufflé à Sandy, qui criait entre deux sanglots : « Cet idiot ! Je lui avais bien dit de ne pas retourner dans cet endroit de merde ! On l'avait fait pour notre voyage de noces, tu te rappelles ? »

Oui, et je me souvenais aussi d'avoir trouvé l'idée totalement saugrenue. Mais il ne vivait que pour la montagne, et Sandy, alors folle amoureuse de lui, n'avait pas hésité une seconde à le suivre alors qu'elle avait le vertige en montant un escalier.

« Tu sais ce qui me scie ? C'est la comédie que je lui ai faite quand on est arrivés à ce passage, à répéter que je ne traverserais pas un cauchemar pareil, qu'il allait devoir me laisser là... Et lui, il m'a dit : "Je ne t'abandonnerai jamais, où que ce soit." Et je l'ai cru, je l'ai cru ! »

D'une voix étranglée par le chagrin, elle a ajouté que ses trois fils étaient effondrés, et la petite amie de Dean dans tous ses états. Sans la connaître, j'avais éprouvé une antipathie immédiate envers elle, car elle semblait très contente d'avoir ruiné un ménage, mais à présent je ressentais une sincère pitié : fermant la marche de l'expédition, elle l'avait forcément vu tomber.

Et que dire de Sandy, pleurant toutes les larmes de son corps sur un homme qualifié quelques semaines plus tôt de « pire salaud que la Terre ait jamais porté » ? N'est-ce pas l'essence même de nombreux divorces, cependant ? Brusquement, on déteste l'être autour duquel tout son univers tournait, au point qu'il est parfois impossible de ne pas se demander si la virulence de cette haine n'a pas pour source l'amour sans espoir qui continue.

« Je viens », ai-je annoncé sans un instant d'hésitation quand Sandy m'a appris que l'enterrement aurait lieu trois jours plus tard. Elle s'est récriée, soutenant que je n'étais pas en état de traverser l'Atlantique, qu'elle avait les garçons auprès d'elle, mais je suis restée ferme sur ma décision et l'ai prévenue que je la rappellerais pour lui donner de plus amples détails.

Quand je lui ai téléphoné pour le mettre au courant, Tony s'est montré remarquablement compréhensif. Non seulement il m'a assuré que sa secrétaire allait me réserver une place pour Boston, mais il m'a de plus conseillé d'appeler l'agence pour voir si une nounou à plein temps ne serait pas disponible pendant quatre ou cinq jours.

« Mais cela ne va pas nous coûter une fortune ? ai-je objecté.

— C'est une urgence familiale, non ? »

Avant toute chose, j'ai contacté le Dr Rodale, que j'ai eu la chance d'attraper à son cabinet de Wimpole Street. La semaine précédente, elle s'était dite satisfaite de mon évolution, sans aller jusqu'à réduire la dose d'antidépresseurs. Elle m'a affirmé sans hésitation qu'elle me jugeait tout à fait en mesure d'accomplir le voyage. Ensuite, quand j'ai confié à Tcha que j'allais être absente soixante-douze heures et que je devais trouver une nounou, elle s'est portée volontaire, à cent livres la journée. Je l'ai embauchée sur-le-champ.

Quelques instants plus tard, nous installions un lit dans la chambre de Jack afin qu'elle puisse passer les nuits près de lui. L'arrangement a reçu la pleine approbation de Tony, sans doute soulagé de ne pas avoir à payer une nurse professionnelle. Quant à moi, je m'épargnais ainsi les délires paranoïaques habituels à l'idée de laisser mon mari seul avec une nounou, bien certaine que même en état d'ébriété avancée il ne tenterait jamais de faire du plat à une énergique femme de ménage thaïlandaise de cinquante-cinq ans.

Rassurée par cette organisation, je suis allée prendre l'avion de Virgin pour Boston le lendemain. Une surprise m'attendait à l'enregistrement : Tony m'avait réservé une place en Premium Economy, l'équivalent de la classe affaires sur cette compagnie. Dès que j'ai eu ma carte d'embarquement, je l'ai appelé au journal :

« Tu es devenu fou, ou quoi ? Mais un fou adorable, je dois dire...

— Tu n'es pas contente ?

— Bien sûr que si ! Sauf que tu as dû payer une fortune et nous...

— Oh, c'était un tarif intéressant. À peine trois cents livres de plus qu'en éco.

— C'est encore beaucoup, pour nous.

— Avec ce que tu viens de traverser, et avec ce qui t'attend là-bas, il faut que tu sois en forme à ton arrivée. Sandy va avoir besoin de toi. »

Je n'en croyais pas mes oreilles. Tony, tellement... prévenant ?

« Je suis vraiment touchée.

— Pas de quoi. C'est le moins que je puisse... »

Impossible de savoir s'il s'était interrompu ou si la réception était mauvaise.

« Tony ? Tu es toujours là ?

— Pardon, mais il faut... »

À nouveau un blanc bizarre. Mon téléphone portable devait me jouer un tour.

« On... on me demande.

— Tout va bien ?

— Oui, oui... Encore une réunion, c'est tout.

— Prends soin de notre garçon.

— Pas d'inquiétude. Bon voyage et appelle-moi dès que tu es là-bas.

— Promis.

— Je t'aime. »

Quelques heures plus tard, au-dessus de l'Atlantique, j'ai soudain pensé qu'il ne m'avait pas dit qu'il m'aimait depuis... Je ne me rappelais pas quand, honnêtement.

Les trois jours suivants ont été un cauchemar. Ma sœur était sens dessus dessous, mes neveux partagés entre l'incrédulité et le chagrin. Pour la cérémonie funéraire, chacun a occupé son territoire : Sandy, ses enfants et moi d'un côté de la nef ; de l'autre, la famille de Dean, Jeannie – sa petite amie – et toute une escouade de gaillards musclés et bronzés qui devaient appartenir au Sierra Club, la société d'alpinisme dont le drapeau recouvrait le cercueil du défunt. Si les parents de Dean sont venus adresser quelques mots à leurs trois petits-fils après l'enterrement, leur groupe a soigneusement évité Sandy et cette sœur au regard rendu vitreux par l'effet cumulé du décalage horaire et des antidépresseurs.

Le reste de la journée m'a paru encore plus pénible parce que j'aurais eu besoin d'un ou deux verres, mais l'alcool me demeurait interdit en raison de mon traitement. J'arrivais particulièrement mal à supporter la mesquinerie de ces tensions familiales, le spectacle de ce ressentiment que même une mort tragique ne pouvait dissiper. Malgré l'avertissement que le destin de Dean aurait dû représenter, ces gens étaient restés enfermés dans de dérisoires questions d'amour-propre, sans prendre la mesure de la fragilité de l'existence. Ou bien était-ce le contraire ? Est-ce parce que nous avons l'intuition de l'essentielle évanescence de toutes choses que nous tentons désespérément de leur donner une certaine importance au moyen de conflits, de querelles, de reproches ? Notre vanité va-t-elle jusque-là ?

À notre retour chez Sandy le soir, les enfants étaient tellement épuisés par cette épreuve qu'ils sont allés tout droit au lit. Restée enfin seule avec moi, ma sœur s'est laissée tomber sur le canapé pour laisser libre cours à ses sanglots. Elle a pleuré sur mon épaule un long moment, puis elle s'est essuyé les yeux, m'a regardé : « Cet imbécile, il m'a brisé le cœur. » Après, nous avons parlé pendant des heures, ou plutôt je l'ai écoutée. La veille, l'avocat de Dean l'avait contactée pour l'informer qu'il avait légué ses maigres biens – il y avait toutefois une police d'assurance vie d'un montant de deux cent cinquante mille dollars – à sa petite amie. Du coup, sa situation financière déjà difficile devenait encore plus inquiétante pour Sandy puisqu'elle ne pourrait plus compter sur la pension alimentaire qu'il lui versait pour les garçons, sept cent cinquante malheureux dollars qui constituaient cependant un apport vital à son budget très serré. Je n'ai pu que regretter à haute voix de ne pas être en mesure de lui assurer ce complément mensuel, et elle venait de répliquer par un « Tu as déjà assez de problèmes comme ça » lorsque Tony a téléphoné. J'ai consulté ma montre, envahie par une soudaine inquiétude : il était sept heures à Boston, donc minuit à Londres... Mais il voulait simplement prendre de mes nouvelles, me rassurer à propos de Jack et, tout en m'interrogeant sur le moral de Sandy, me faire savoir que Tcha était « très efficace, même si elle a oublié ce que signifie sourire ». Après m'avoir indiqué qu'un chauffeur m'attendrait à l'aéroport de Heathrow le surlendemain matin, il m'a annoncé qu'il devait faire un saut à Paris pour couvrir quelque réunion des ministres des Affaires étrangères du G 7, mais serait de retour par le dernier Eurostar de la journée, à temps pour m'accueillir à la maison.

« Ça a l'air de bien aller entre vous, a remarqué Sandy lorsque j'ai raccroché.

— Oui. C'est incroyable comment les antidépresseurs peuvent retaper un mariage en morceaux...

— Il n'y a pas que les comprimés, quand même. Tu pourrais te reconnaître un certain mérite, aussi.

— Mérite de quoi ? D'avoir perdu les pédales au point d'échouer dans un service psychiatrique ?

— C'est une forme de maladie. Pas un caprice.

— Ils n'arrêtent pas de me le répéter, oui.

— Et tu as franchi le cap le plus difficile.

— C'est ce qu'ils disent.

— Et Tony se comporte correctement.

— Nous sommes parvenus à une sorte d'armistice, je crois.

— Ça paraît mieux que beaucoup de couples de ma connaissance.

— Comme Dean et toi ?

— Oh, ça marchait plutôt bien, entre nous... En tout cas c'est ce que je croyais. Jusqu'à ce qu'il soit pris par l'envie d'autre chose.

— Ou peut-être était-il...

— Quoi ? Déçu que je sois devenue grosse et moche ?

— Ah, ne commence pas !

— Mais c'est vrai.

— Non. Ce qui est vrai, probablement, c'est qu'il a eu besoin d'un peu de drame dans sa vie.

— De... drame ? – Elle m'a lancé un regard interloqué. – Je ne te suis pas.

— Il était sans doute très heureux avec toi, avec les gosses, et puis cette nana a croisé son chemin et...

— Et ?

— ... et il a peut-être vu là une occasion de corser son existence, simplement. Un nouveau départ, au contact de la nature... Très romantique, tout ça, jusqu'au moment où l'on se rend compte que guider des touristes sur des pistes de montagne, ça peut *aussi* devenir barbant. Or, nous avons tous une peur bleue de nous ennuyer. Plus encore que de mourir, je pense. Tout semble si dérisoire, quand on se sent prisonnier d'une vie sans surprise. C'est pour ça qu'on ne doit jamais sous-estimer le besoin de drame caché en chacun de nous. Voir sa vie sur grand écran, en Technicolor, et non tel un petit feuilleton quotidien sans intérêt... »

Sandy m'a dévisagée un moment, puis : « Rappelle-moi le nom de ces médicaments, déjà ? »

Je n'ai certes pas oublié de prendre mes deux cachets à mon réveil le lendemain, avant d'appeler la maison. Pas de réponse : Tcha avait dû emmener Jack en promenade. J'ai essayé le portable de Tony, sur répondeur : « Je sais que tu es à Paris mais je voulais juste dire bonjour, et que j'ai hâte de retrouver mes deux hommes... »

J'ai passé l'après-midi à faire du shopping avec Sandy. Ayant trouvé quelques habits pour Jack, je n'ai pas reculé devant le prix d'un blouson en cuir Banana Republic qui irait bien à Tony. Deux comprimés à midi, puis deux autres juste après avoir embrassé une Sandy émue aux larmes de me laisser repartir en ces contrées hostiles. En salle d'embarquement, j'ai de nouveau essayé d'appeler Londres au cas où Tcha serait encore debout, car il était déjà minuit et quart là-bas. Jack et elle dormaient certainement, car le téléphone a sonné dans le vide. Quelques instants plus tard, confortablement installée dans mon siège et remerciant en pensée Tony pour sa générosité, je sombrais moi-même dans un lourd sommeil.

Je n'ai pas vu le voyage passer. À Londres, où nous sommes arrivés avec quarante minutes d'avance grâce aux vents favorables, un chauffeur m'attendait comme prévu. Il était sept heures moins le quart seulement lorsque nous nous sommes engagés sur la M 4, en route vers la capitale, et j'ai renoncé à sortir mon cellulaire, craignant de réveiller Tcha ou Tony, qui avait dû rentrer très tard dans la nuit. Nous avons atteint Putney en un temps record, le chauffeur a porté mon sac sur le perron avant de prendre congé et j'ai ouvert la porte.

Dès le premier pas à l'intérieur, j'ai senti que quelque chose n'allait pas. Il m'a fallu quelques secondes pour interpréter ce que mes yeux avaient repéré : toute la collection de daguerréotypes du vieux Caire que Tony avait rapportée d'Égypte manquait sur le mur dans l'entrée. Il avait peut-être décidé de les suspendre ailleurs ?

J'avais gravi quelques marches lorsque je me suis arrêtée net. Mon regard était tombé sur les étagères du salon, en contrebas. Elles étaient presque vides. Il manquait notamment les nombreux CD que Tony s'était offerts depuis notre arrivée à Londres et qu'il ne gardait pas dans son bureau au grenier, et la chaîne stéréo. J'ai repris mon ascension à toutes jambes, en appelant Tony, et j'ai ouvert la porte de la nursery le cœur battant. Rien. Mais vraiment *rien* : le berceau, les jouets, la poussette, la commode n'étaient plus là. Et Jack non plus.

Je suis restée tétanisée sur place. Ce n'était pas un cambriolage, c'était...

Le bureau de Tony avait été partiellement vidé. Je suis redescendue à notre chambre en me tenant aux murs. J'ai ouvert la penderie. Mes vêtements étaient là, mais non ceux de Tony. Hagarde, je suis entrée dans la salle de bains. Il ne restait que mes affaires sur la tablette et dans le placard. Je suis revenue m'asseoir sur le lit, essayant de me convaincre en silence : « C'est impossible. Cela n'a tout bonnement pas de sens ! » Mais c'était aussi la réalité : mon mari et mon fils avaient disparu.

9

UN CAUCHEMAR. EN UN INSTANT, J'AVAIS ÉTÉ PROPULSÉE dans la plus atroce irréalité. Comment en sortir ? Que faire ? La cuisine ! C'était la seule pièce que je n'avais pas vérifiée. Le stérilisateur, les biberons, les boîtes de lait en poudre, la chaise de bébé... envolés, tout comme les rares objets qui importaient ici à Tony, sa batterie de couteaux Sheffield ou son pot de Marmite, cette ignoble mixture dont il avait l'habitude de tartiner ses toasts.

C'était impensable. Comme si une force mystérieuse avait soudain balayé la maison, emportant jusqu'à la moindre trace du passage de Tony et de Jack. J'ai attrapé le téléphone, pianoté son numéro de portable. Ma voix tremblait quand j'ai laissé un message qui se voulait rationnel : « C'est moi. Je suis à la maison. Il faut que tu me dises ce qui se passe ici. Tout de suite. S'il te plaît. » Ensuite, j'ai essayé à tout hasard son bureau, même s'il était presque impossible d'y trouver qui que ce soit à sept heures et demie du matin. J'ai obtenu sa messagerie et répété ma dérisoire demande d'explications.

Sur le portable de Tcha, une voix désincarnée informait que ce numéro n'était pas joignable. Soudain, on a sonné à la porte et je me suis précipitée pour l'ouvrir, espérant de tout mon cœur que Tony serait sur le perron, Jack endormi dans ses bras. À la place, j'ai découvert un jeune type engoncé dans un costume trop petit, des bourrelets de graisse débordant sur son col d'un blanc douteux, la cravate tachée de sauce. Adipeux mais exsudant l'agressivité, aussi.

« Sally Goodchild ?

— Oui... C'est moi.

— J'ai quelque chose pour vous, a-t-il annoncé en ouvrant son attaché-case.

— Quoi ?

— Des papiers pour vous. » Il m'a pratiquement obligée à prendre la grande enveloppe qu'il avait sortie.

« Qu'est-ce que c'est ?

— Arrêté judiciaire *in absentia*, poupée ! »

Il était déjà reparti. Le cauchemar continuait... J'ai sorti le document de l'enveloppe. Une décision signée par le juge de paix Thompson, Haute Cour de justice, et datée de la veille. Je l'ai relue deux fois, sans rien comprendre. Après avoir entendu Anthony Hobbs, 42, Albert Bridge Road, London SW 11, il avait été reconnu à ce dernier, en l'absence de l'autre partie, la responsabilité parentale sur la personne de son fils, Jack Hobbs, et ce en attente d'une décision de justice exhaustive.

Tony avait obtenu le droit de garde de notre enfant... Mais pourquoi ? Et que représentait cette adresse, 42, Albert Bridge Road ?

J'ai dévalé les escaliers du perron, rattrapé le gros huissier au moment où il se casait derrière le volant de sa voiture.

« Vous devez m'expliquer..., ai-je commencé, haletante.

— Pas mon boulot, poupée.

— S'il vous plaît ! Il faut que je comprenne...

— Trouvez-vous un avocat. Il vous expliquera, lui. »

Il a démarré en trombe. Je suis revenue à la maison d'un pas d'automate, me suis assise à la table de la cuisine, et j'ai repris le document en m'efforçant de décortiquer chacune de ces trois phrases. Un vide glacé s'est fait en moi, me laissant frissonnante. C'était impossible, impossible... Je me suis levée d'un bond, les yeux sur l'horloge : 7 h 58. J'ai réessayé d'appeler ce mystère qu'était mon mari. Cette fois, mon message a été plus ferme : « Je ne sais pas quel jeu tu as décidé de jouer, Tony, mais tu dois me parler. Tout de suite. »

J'ai ouvert le tiroir où nous rangions toutes les clés. Celles de l'auto avaient disparu. Soudain, la peur est montée. Pourquoi était-il allé devant un juge ? Qu'est-ce qu'il lui avait raconté ? En quoi avais-je mérité... ça ? J'ai repris le téléphone. Un taxi est arrivé en cinq minutes. Je me suis jetée dedans et j'ai donné l'adresse au chauffeur : 42, Albert Bridge Road.

Nous étions en pleine heure de pointe. Mon conducteur, immigré de fraîche date, avait encore à apprendre les subtilités du trafic londonien, et sa vieille Volvo aurait eu besoin de nouveaux amortisseurs, mais il fredonnait gaiement dans les embouteillages. Après s'être trompé d'intersection à deux reprises, il a remarqué ma nervosité grandissante : « Pas problème, je vous amène, je vous amène. » Il nous a cependant fallu près d'une heure pour parcourir moins de quatre kilomètres.

Je ne sais quel instinct m'a poussée à lui demander de m'attendre pendant que je gravissais le perron de l'imposante résidence victorienne et que j'abattais rageusement l'étincelant heurtoir en laiton. Au bout d'un long moment, la porte a été ouverte par une petite femme au teint olivâtre, aux yeux cernés, dont l'accent révélait les origines hispaniques.

« C'est pour quoi ? »

Par-dessus son épaule, j'apercevais le hall d'entrée, décoré « tendance ». Cela respirait le bon goût convenu et l'architecte d'intérieur hors de prix.

« Qui habite ici ?

— Mais... Mme Dexter.

— Personne d'autre ?

— Elle a un ami.

— Comment s'appelle-t-il ?

— Mais... M. Tony.

— Oui. Et il a un petit garçon, M. Tony ?

— Un bébé, que c'est un bonbon ! a-t-elle lancé avec un sourire extasié.

— Ils sont là ?

— Ils *se* sont partis.

— Où ?

— À la campagne.

— Mais encore ?

— Moi je ne sais pas. Elle a une maison dans la campagne, Mme Dexter.

— Vous connaissez l'adresse ? Le téléphone ?

— Je ne peux pas... »

Elle refermait déjà le lourd battant, que j'ai coincé d'un pied.

« Écoutez ! Je suis la mère de ce bébé, il faut que je...

— Je ne peux pas !

— Aidez-moi, s'il vous plaît.

— Vous devez partir, maintenant.

— Juste un numéro de téléphone. Je suis... »

Le mot « désespérée » s'est arrêté sur mes lèvres. Plus que la colère, c'était le chagrin qui me paralysait. Elle m'a observée avec inquiétude.

« Je vous en prie », ai-je murmuré.

Elle a lancé un regard à la ronde, comme pour s'assurer que nous étions seules.

« Ils sont allés au bureau de M. Tony.

— Quand ?

— Il y a une demi-heure. Ils devaient passer là-bas avant de se partir à la campagne.

— Merci », ai-je soufflé en effleurant sa main.

De retour au taxi, j'ai prié le chauffeur de me conduire à Wapping, puis j'ai tenté de traiter le peu d'informations que j'avais obtenues. Il y avait une femme, cette Dexter. Elle était riche, apparemment, puisqu'elle avait cette demeure londonienne cossue et une maison de campagne. Et que mon mari soit connu de ses domestiques sous le nom de « M. Tony » prouvait... quoi ? Qu'il fréquentait cette maison réguliè-rement, et depuis longtemps. C'était la partie de l'histoire sur laquelle je butais. Quand avait commencé leur relation ? À quel moment avaient-ils décidé de... d'aller devant un juge ? J'avais déjà saisi mon télé-phone cellulaire mais je me suis ravisée. Inutile d'an-noncer mon arrivée à la rédaction. Il serait capable de me faire retenir à la réception ou de... Jusqu'où pour-rait-il aller ? Que manigançait-il ?

« Trouvez-vous un avocat, poupée. » Je n'en connaissais aucun, à Londres. D'ailleurs, je n'avais personne sur qui je pouvais vraiment compter, à qui confier ce... cette absurdité ? Cette horrible plaisante-rie, ce gigantesque malentendu qui était en train de dégénérer en... J'ai repensé à ses manières prévenantes, au soutien qu'il m'avait exprimé pour ce voyage à Bos-ton. Mais comment donc, chérie, va vite consoler ta sœur, et tiens, je t'offre même la classe supérieure en avion ! Et pendant que tu seras de l'autre côté de l'océan, je pourrai... Assez ! J'étais en train de tomber dans la plus pure paranoïa, alors qu'il *devait* y avoir une explication rationnelle, que tout allait s'éclairer à l'instant où...

Le chauffeur était obligé de me laisser devant l'en-ceinte fortifiée de Wapping. Après lui avoir donné les trente livres qu'avait coûté cette longue course, je me suis approchée du poste de garde que Tony surnom-mait « notre Checkpoint Charlie ». Pas d'officier de la

Stasi, pourtant, mais un vigile en uniforme derrière son bureau.

« Je peux vous aider ?

— Je viens voir mon mari.

— Pour quel journal travaille-t-il ?

— Le *Chronicle*. Tony Hobbs. Chef du service étranger.

— Ah, lui ! Et vous êtes sa dame, vous dites ? »

J'ai hoché la tête. Il a décroché son téléphone en me proposant de prendre un siège. Son visage placide s'est soudain crispé en écoutant son interlocuteur à l'autre bout de la ligne. Il m'a jeté un regard préoccupé. Après avoir grommelé quelques « Bien, entendu », il a raccroché.

« On va venir vous chercher à l'instant.

— Qui, "on" ? me suis-je étonnée en me levant. Ce n'est pas à mon mari que vous avez parlé ?

— On va vous expliquer...

— Expliquer quoi ?

— Elle arrive, je vous assure.

— Qui, "elle" ? »

Il s'est raidi, parce que j'avais soudain élevé la voix, puis il a préféré détourner les yeux, feignant de s'absorber dans son registre des entrées, histoire de me signifier que la conversation était close et que j'avais intérêt à me tenir tranquille. Je me suis rassise sur la chaise en plastique, refoulant mon indignation. Une ou deux minutes plus tard, j'ai vu Judith Crandell approcher. C'était la secrétaire de Tony. Une quinquagénaire peu commode, qui avait passé trente années de sa vie au même poste du service étranger et connaissait tous les secrets du petit monde de la rédaction. Fumeuse invétérée, elle avait une cigarette à la bouche mais paraissait inhabituellement mal à l'aise quand elle est venue vers moi.

« Bonjour, Sally.

— Qu'est-ce qui se passe, ici ? » ai-je demandé avec plus de véhémence que je ne l'aurais souhaité.

Elle a rapproché une chaise de la mienne et s'est penchée sur moi en prenant un ton de conspiratrice.

« Tony a démissionné du journal hier. »

Tony a *quoi* ? Tout cela était de plus en plus absurde.

« Vous mentez.

— Je préférerais, a-t-elle constaté en avalant une bouffée.

— Mais... pourquoi ?

— C'est à lui qu'il faudrait demander.

— Il est là, non ?

— Il *était* là. Il y a un quart d'heure à peine.

— Je ne vous crois pas. Il est là. Avec Jack. »

Elle a écrasé sa cigarette, en a rallumé aussitôt une autre.

« Je ne mens pas. Il vient de s'en aller.

— Avec mon fils ?

— Non, tout seul. Il est arrivé en voiture, il a pris ses affaires, il a dit au revoir à certains d'entre nous et il est reparti.

— Il vous a laissé une adresse pour son courrier ?

— Albert Bridge Road, à Battersea.

— Celle qu'il a donnée au juge pour... »

À sa mimique gênée, j'ai compris qu'elle était au courant de toute l'histoire.

« Qui est cette femme ?

— Je ne sais pas.

— Vous savez très bien.

— Il n'a pas parlé d'elle.

— Allons !

— Sincèrement.

— Menteuse ! »

Le vigile a sursauté. Il a contourné son bureau pour s'approcher de moi.

« Je dois vous demander de vous en aller.

— Sally, a tenté Judith, cela n'arrangera rien, vous savez...

— Il m'a pris mon enfant ! Vous êtes au courant ! Il s'est enfui avec mon bébé. Je ne bougerai pas d'ici. Je sais que vous le protégez. Je le sais ! »

Ils ont pâli tous les deux car ma voix était encore montée dans les aigus. Le vigile a vite retrouvé ses esprits, pourtant :

« Je ne le redirai pas deux fois. Ou vous quittez les lieux de votre propre gré, ou je serai forcé de vous reconduire dehors. Et si vous résistez, il faudra que j'appelle la police. »

Judith a fait mine de prendre ma main, puis elle a changé d'avis.

« S'il vous plaît, Sally. Ne l'obligez pas à faire ça.

— Vous êtes au courant de tout, n'est-ce pas ? ai-je repris, cette fois en murmurant. Vous savez qui est cette Dexter, et depuis quand il la fréquente, et pourquoi il est allé devant un juge pour m'empêcher de... de... »

J'étais en larmes, soudain. Je suis retombée sur ma chaise en sanglotant. Le vigile a fait un pas vers moi, mais Judith l'a arrêté en chuchotant quelque chose à son oreille. Elle est venue se pencher à mon côté :

« Vous avez besoin d'aide. Je peux appeler quelqu'un pour vous ?

— Ah, c'est ce qu'il vous a raconté, hein ? Que j'étais folle à lier ? » J'avais crié à nouveau. Voyant le garde s'apprêter à intervenir, je me suis hâtée de lancer : « Je m'en vais ! »

Quelques instants plus tard, je chancelais le long d'une artère interminable, bordée d'un mur continu contre lequel j'ai fini par m'effondrer. La sensation de chute imparable, l'obscurité vertigineuse, qui avaient été les premiers symptômes de la dépression, m'assaillaient à nouveau. Cette fois, pourtant, elles étaient amplifiées par la réalité elle-même, par le terrible constat que mon mari m'avait enlevé mon enfant et avait obtenu la protection de la loi pour le tenir loin de moi. Un juge avait finalement sanctionné ce que tout le monde savait déjà : j'étais une mère abominable, et désormais il ne me restait plus qu'à continuer jusqu'à ce pont que j'apercevais au loin, Tower Bridge sans doute, enjamber la rambarde et...

« Hé, m'dame, vous vous sentez bien ? »

Un bobby qui passait par là m'avait remarquée. Je devais avoir l'air plutôt désespérée, pour qu'un policier habitué à la détresse quotidienne des grandes villes prête attention à une femme adossée à un mur...

« M'dame ?

— Oui... oui, ça va.

— On ne croirait pas.

— Je... si, si.

— Vous savez où vous êtes, là ? Oui ? Alors vous pouvez me le dire ?

— À... Londres.

— Oui, mais plus précisément ?

— Wapping.

— Vous êtes américaine ?

— Oui.

— En visite ?

— Non ! Je... j'habite ici.

— Et vous n'avez besoin de rien ?

— Rien, non. C'est... personnel. Ah, si... un taxi.

— Vous voulez un taxi ?

— S'il vous plaît.

— Pour aller où ?

— Chez moi.

— Et c'est où, exactement ? »

Dès qu'il m'a entendue nommer Putney, il a compris que je disais la vérité. Quelle touriste américaine pourrait connaître ce quartier excentré ?

« Vous êtes sûre que vous voulez rentrer chez vous ?

— Oui. Je peux y aller, maintenant ?

— Personne ne vous en empêche, m'dame. »

Il a levé le bras. Un taxi s'est arrêté presque aussitôt, j'ai remercié le policier et me suis laissée tomber à l'arrière. À dix heures, j'étais de retour dans une maison au silence pesant, désertée. Je n'ai pu m'empêcher de retourner voir la chambre d'enfant dénudée, puis j'ai avalé deux comprimés, je me suis étendue sur le lit et j'ai fermé les yeux, mais j'étais incapable de rester calme. J'ai réessayé le portable de Tony, laissé un message tout en sachant qu'il ne me rappellerait pas. Avec en poche son arrêté du tribunal valide quinze jours, il s'était évaporé après avoir tout calculé et organisé.

Pourquoi avait-il décidé de quitter le journal, cependant ? Son travail ayant été la principale constante dans sa vie, je n'arrivais pas à l'imaginer s'en séparer si facilement. J'ai repris le téléphone pour tenter de joindre Tcha. Cette fois, elle a décroché à la troisième sonnerie. En reconnaissant ma voix, elle a semblé nerveuse, sur la défensive.

« Je peux pas parler à vous, a-t-elle articulé péniblement, la nervosité lui faisant oublier sa syntaxe.

— Pourquoi ? Qu'est-ce qu'ils vous ont dit ?

— Ah... Ils m'ont dit... ils m'ont dit que je travaille plus pour vous.

— Quand est-ce qu'ils ont tout enlevé de la maison ?

— Avant-hier. Ils ont emmené une nurse avec eux.

— Une nurse ? Lorsque vous dites "ils", vous parlez de mon mari et de... – Silence au bout de la ligne. – Allez, Tcha !

— Elle... Je ne sais pas comment elle s'appelle.

— Son nom de famille, c'est Dexter ?

— Je ne savais pas.

— Quel âge a-t-elle ?

— Je... sais pas.

— Tcha...

— Il faut que je m'en aille.

— Est-ce que vous pourriez vous arranger pour passer, aujourd'hui ? J'ai vraiment besoin de...

— Je travaille plus pour vous, ils ont dit.

— C'est à moi de décider de ça. Et je veux que vous continuiez à venir ici.

— Je... je peux pas. Ils m'ont payée.

— Payée ? Pour faire quoi ?

— Pour que je travaille plus chez vous.

— Mais c'est invraisemblable !

— Ils ont dit que je devais pas vous parler.

— Il faut que vous m'expliquiez, Tcha !

— Il faut que... je m'en vais. »

Elle a raccroché, et quand j'ai refait son numéro je suis tombée sur le même message d'absence que le matin.

Il l'avait payée pour ne plus m'approcher ? Je n'y comprenais rien. Cela dépassait l'entendement. C'était... La sonnerie de l'entrée a retenti. J'ai bondi en bas, ouvert la porte à la volée. Un blond à l'air suffisant, en costume sombre et cravate à fleurs, se tenait devant moi.

« Vous êtes... vous êtes avocat ? »

Il a lâché un rire étonné tout en me jaugeant avec méfiance.

« Je suis Graham Drabble, de l'agence immobilière Playfair, à Putney. Je viens prendre les mesures de la maison.

— Qu'est-ce que vous racontez ?

— Vous êtes bien Mme Hobbs ?

— Sally Goodchild.

— Eh bien, nous avons été chargés par un M. Hobbs de...

« — C'est mon mari.

— Donc vous êtes Mme Hobbs ! »

J'ai décidé de ne pas objecter à son machisme obstiné.

« Qu'est-ce qu'il vous a demandé ?

— Mais... de vendre votre maison, évidemment ! On fait ça très bien, chez Playfair.

— Eh bien je ne suis pas au courant », ai-je répliqué en lui refermant la porte au nez.

Il avait mis la maison en vente ? Sans mon accord ? Il n'avait pas le droit ! Une partie de moi n'aspirait qu'à retourner au lit et à fuir la réalité sous un oreiller. Une autre, au contraire, s'élevait contre ce fatalisme épuisé et, d'une voix très américaine, m'exhortait : « Cherche-toi un avocat, tout de suite ! » Sauf que je n'avais pas la moindre piste pour commencer, et que j'ignorais presque tout du système judiciaire anglais. En une année à Londres, je ne m'étais pas fait une seule amie, à part Margaret, autre Yankee exilée ici puis repartie aux États-Unis avec son avocat de mari... Prise d'une soudaine impulsion, j'ai cherché son numéro à New York et l'ai appelée. Au bout d'un très long moment, elle a répondu d'une voix ensommeillée.

« Oh non ! Je t'ai réveillée !

— Non... Oui... Qui est...

— Je retéléphone plus tard, pardon !

— ... Sally ?

— Écoute, je suis désolée de...

— Qu'est-ce qui se passe ?

— Je n'ai pas du tout pensé qu'il était encore tellement tôt chez vous et...

— Qu'est-ce qui se passe, j'ai dit ! »

Je lui ai tout raconté, en retenant mes larmes. À la fin, il lui a fallu un moment pour trouver ses mots :

« C'est complètement dingue.

— Mais réel, aussi.

— Et tu n'as rien soupçonné dans son attitude, avant ça ?

— Rien. Il a même été plutôt attentionné quand j'étais à l'hôpital.

— Et cette... femme ?

— Je ne sais rien d'elle, à part qu'elle habite une énorme baraque juste à côté du parc de Battersea, qu'elle a une maison de campagne et qu'elle est actuellement en compagnie de mon mari et de mon fils.

— Il ne peut pas t'enlever ton enfant comme ça.

— Il a cette décision du juge.

— Mais comment l'a-t-il obtenue ? Sur quels arguments ?

— Je ne peux pas lui demander, puisqu'il est passé dans la clandestinité. Ce qui est sûr, c'est que ce salaud essaie de vendre la maison dans mon dos.

— Elle est aussi à ton nom, n'est-ce pas ?

— Bien sûr. Le problème, c'est que je n'ai aucune idée de comment la loi fonctionne, ici.

— Écoute. Alexander est à Chicago en ce moment. Pour ses affaires. Je vais attendre encore une heure, le temps qu'il se réveille, et je vais l'appeler afin qu'il réfléchisse à un bon avocat à Londres. Je te joins dès que possible, d'accord ? »

Je n'ai pas eu à attendre longtemps son appel. Son mari était scandalisé, m'a-t-elle annoncé, et il était certain que j'allais arriver à... « négocier un accord » avec Tony.

« Négocier ? Il plaisante ? Jack est mon fils, rien ne pourra me...

— Du calme, ma chérie, du calme ! Nous sommes de ton côté, Alexander comme moi.

— Pardon. Simplement, je n'arrive pas à...

— Inutile de t'expliquer. Ce qui t'arrive est une infamie. Enfin, il t'a déjà trouvé une très bonne étude londonienne, Lawrence and Lambert. Il ne connaît aucun de leurs avocats personnellement mais ils ont tous une excellente réputation, d'après lui. Évidemment, tu peux te recommander d'Alexander quand tu les contacteras. Et moi, je suis toujours là si tu as besoin, tu le sais. »

J'ai appelé sitôt notre conversation finie. La standardiste de Lawrence and Lambert, une vraie harpie, n'a pas du tout apprécié que je ne sois pas en mesure de nommer un seul collaborateur du cabinet.

« Je voulais juste parler à la personne spécialisée en droit familial.

— Nous avons cinq avocats qui ne font que cela.

— Eh bien... Pourriez-vous m'en passer un, s'il vous plaît ? »

Attente interminable, puis une voix de femme, jeune, un rien vulgaire :

« Consultation de Virginia Ricks, puis-je vous aider ?

— Euh... Est-ce que Mme Ricks s'occupe de droit familial ?

— Qui la demande ? »

Je me suis présentée en soulignant que j'appelais sur les conseils d'Alexander Campbell.

« Et M. Campbell connaît Virginia Ricks, donc ?

— Je... ne pense pas, non.

— Il se trouve qu'elle a des audiences toute la journée, de sorte qu'il vaudrait mieux...

— C'est assez urgent. Très.

— Vous voulez bien me rappeler votre nom ? »

Je me suis nommée à nouveau, je lui ai donné mon numéro de portable et celui de la maison, elle a pris congé avec la promesse que l'avocate essaierait de me joindre avant la fin de la journée, puis j'ai raccroché en fixant le mur devant moi : « Et maintenant, quoi ? » Le point d'interrogation était énorme, la réponse excessivement simple : rien. Je ne pouvais rien faire, je ne savais rien au sujet de Jack, je ne voyais rien qui... Brusquement, j'ai décidé de tenter un pari risqué : cette histoire de maison de campagne n'était peut-être que du bluff. Déjà, je rappelais la compagnie de taxis et cette fois le chauffeur connaissait chaque rue de Londres. Vingt minutes plus tard, j'abattais le heurtoir en laiton contre la porte. La femme de chambre n'a guère été contente de me revoir.

« Je vous ai dit, ils *se* sont partis !

— Je préfère m'en assurer moi-même. »

Ignorant ses protestations, je l'ai poussée de côté pour me ruer à l'intérieur. J'ai couru de pièce en pièce en appelant Jack. La demeure était aussi vaste qu'elle le paraissait du dehors. Dans un brouillard, j'ai entrevu quelques tableaux de prix, un mobilier minimaliste qui devait valoir une fortune. Au premier étage, j'ai ouvert quelques portes avant de découvrir ce qui n'était autre qu'une chambre d'enfant... Non, c'était « la » chambre de Jack. Le même papier peint que celui que j'avais choisi, les mêmes meubles, la même lampe animée qui égrenait une berceuse lorsqu'elle tournait, le même mobile au-dessus du berceau... La réplique était d'une précision effrayante et prouvait avec quel soin maniaque Tony avait monté toute l'opération.

La femme de chambre est entrée en trombe, les traits déformés par la colère et la peur.

« Vous partez ou je téléphone la police !

— Je m'en vais. »

Dehors, j'ai prié le chauffeur, qui m'attendait, de me ramener à mon domicile. Découvrant en chemin que je n'avais plus guère de liquide sur moi, je lui ai demandé de m'arrêter devant une caisse automatique de West Still, sans doute l'une des artères les plus glauques de tout le Sud londonien. J'ai introduit ma carte, composé mon code. Un message s'est affiché sur l'écran : « Votre compte NatWest n'est plus en service. Veuillez contacter votre agence. » J'ai recommencé la manœuvre, obtenant la même réponse. Comment, « plus en service » ? Ce faux jeton l'avait donc fermé à mon insu ? J'ai pioché dans mon portefeuille la carte American Express que je partageais avec Tony. Fébrile, j'ai entré la combinaison. « Carte désactivée ».

De son siège, le chauffeur m'observait avec un air préoccupé. J'ai raclé le fond de mon sac, réunissant la somme totale de huit livres quarante, alors que j'allais lui en devoir au moins vingt... Soudain, je me suis souvenue de la MasterCard que j'avais gardée sur mon vieux compte à Boston. Le code secret m'est revenu aussitôt en mémoire et j'ai pianoté 8476 sur le clavier avant de demander deux cents livres. « Crédit insuffisant ». Essayons cent, alors... Idem. Cinquante ? J'ai poussé un grand soupir en voyant cinq billets de dix apparaître par la fente.

De retour à la maison, et alors que ma fortune disponible s'élevait désormais à trente-six livres quarante après avoir payé le taxi, j'ai appelé la banque sur-le-champ. Oui, m'a-t-on confirmé, notre compte commun avait été fermé deux jours auparavant. Et le compte Visa également, Tony ayant dû couvrir le débit de 4 882,31 livres qu'il présentait alors. Trop aimable de sa part.

« Et les fonds qui restaient sur le compte courant ?

— Il n'y en avait pas. Il était débiteur de... 2 420,18 livres. Mais la situation a été régularisée avant-hier.

— Permettez-moi une question : vous n'avez pas besoin des deux signatures, pour fermer un compte conjoint ?

— Ce n'en était pas un. Il a toujours été au seul nom de M. Hobbs. Il s'est contenté de demander un accès limité pour vous, il y a de cela, voyons... dix mois. »

Accès limité. Quel meilleur résumé à toute cette supercherie ? J'essayais de saisir la logique, néanmoins : Tony démissionne, il crée une copie conforme de la chambre de Jack chez cette mystérieuse Dexter, nos comptes sont fermés et plus de sept mille livres d'endettement remboursés...

« Quoi, tu ne piges pas ? s'est étonnée Sandy après avoir entendu, muette d'horreur, le récit de mon retour à Londres. Il a rencontré une garce assez friquée pour l'entretenir et il a voulu te mettre devant le fait accompli au plus vite. Il aurait pu donner *ton* adresse pour le jugement. Pourquoi il a mis celle de cette salope, d'après toi ?

— Je ne sais pas.

— Sans doute pour que tu découvres sa nouvelle vie d'un seul coup. Imagine qu'il se soit tiré sans laisser de traces. Tu aurais mis la police à ses trousses ! Tandis que là, tu as tous les éléments de son jeu.

— Mais pas la raison !

— La raison, on s'en fiche ! L'important, c'est qu'il t'a pris ton enfant et que tu dois le récupérer. La première chose, c'est de trouver un avocat.

— On doit me rappeler pour ça.

— Avec quoi tu vas le payer ?

— Tu te rappelles le livret d'actions que papa et maman nous ont laissé à toutes les deux ?

— Le mien, je l'ai claqué depuis longtemps !

— Eh bien, c'est ce que je m'apprête à faire, moi aussi. Je devrais avoir dans les dix mille dollars, depuis le temps.

— Ce n'est pas rien.

— Mais sans autres revenus, je ne vais pas aller loin.

— Chaque chose en son temps. Pour l'instant, c'est l'avocat.

— Oui... sans doute, ai-je concédé, prise d'une soudaine mais intense fatigue.

— OK. Encore plus important : tu as des amis qui peuvent être avec toi, là-bas ?

— Euh... oui. Je leur ai laissé un message.

— Mon œil. Oh, Sally... – Sa voix a flanché. – C'est tellement dégueulasse !

— Ça l'est, oui.

— Si je pouvais prendre un avion...

— Tu as assez de pain sur la planche.

— Mais tu ne vas rien faire de stupide, n'est-ce pas ?

— Non. Pas tout de suite, en tout cas.

— Bon, maintenant je suis vraiment inquiète !

— Pas de quoi, je t'assure. »

La vérité, cependant, était que je commençais à avoir peur de moi-même.

À trois heures de l'après-midi, j'ai rappelé Virginia Ricks et parlé à son répondeur. Deux heures plus tard, c'est sa secrétaire qui a répondu. En condescendant enfin à me donner son nom, Trudy.

« Virginia est au tribunal toute la journée, je vous l'ai dit.

— Mais c'est urgent ! Je vous assure, il faut que je... »

J'ai couvert le combiné de ma main, incapable de refouler mes larmes, entendant sans les écouter ses « Allô, vous êtes toujours là ? » qu'elle modulait sur tous les tons les plus châtiés, encore plus désespérée par sa froideur policée. Quand j'ai retrouvé l'usage de la parole, cela a été pour découvrir qu'elle avait raccroché. J'ai composé à nouveau le numéro, obtenu la messagerie encore une fois, supplié qu'elle me rappelle. Mais mon téléphone est resté silencieux jusqu'à dix heures du soir, et c'était Sandy qui venait aux nouvelles.

« Tu devrais aller dormir un peu, a-t-elle observé sobrement après avoir écouté le récit de mes déboires téléphoniques tant avec cette bande de prétentieux qu'avec le portable de Tony.

— Bonne idée, oui. »

Malgré les deux somnifères que j'avais avalés – le Dr Rodale les avait prescrits au cas où les antidépresseurs se révéleraient insuffisants –, je me suis réveillée en sursaut à trois heures du matin. Effrayée par le silence sépulcral de la maison, je suis allée à la chambre de Jack. Si la voix rassurante d'Ellen Cartwright ne cessait de résonner dans ma tête, elle ne parvenait plus à me convaincre. Tout était ma faute. J'étais la seule responsable de cette détresse absolue, de cette solitude infinie. Mais j'avais tellement besoin d'une oreille amie que, le matin venu, j'ai décidé de contacter la psychothérapeute sur le numéro qu'elle m'avait donné pour les « cas d'urgence ». C'en était un, me suis-je répété tout en préparant une formule d'excuse pour l'appeler à huit heures et quelques... À la place d'Ellen, toutefois, j'ai eu encore un répondeur m'informant qu'elle serait absente pendant trois semaines pour congés annuels.

J'ai préparé un café, fait couler un bain dans lequel je n'ai pas osé entrer, de peur que Tony appelle à ce moment précis. Évidemment, j'aurais pu brancher une rallonge et rapprocher le téléphone de la salle de bains, mais mon cerveau ne fonctionnait plus selon cette simple logique. Il nageait en pleine confusion, assailli par la même question répétée en boucle : que faire, maintenant ? Et la même réponse : rien, tant que cette avocate ne m'aura pas contactée...

Elle s'est enfin décidée vers neuf heures et demie ce matin-là. Une voix musicale jusqu'à l'affectation snobinarde, avec un arrière-fond de bruits de moteur et de klaxons.

« Sally Goodchild ? Ginny Ricks à l'appareil. Ma secrétaire m'a dit que vous aviez un problème urgent ?

— Oui. Mon mari a disparu avec notre fils.

— Vraiment ?

— Enfin, pas exactement disparu. Pendant que j'étais en voyage, il a obtenu un arrêt du tribunal lui confiant la garde de l'enfant et...

— Il serait sans doute préférable d'en parler de vive voix. Comment se présente votre fin de semaine ? Vendredi, autour de quatre heures ?

— Mais c'est dans deux jours !

— Je n'ai rien de mieux à vous proposer, hélas ! Les divorces n'arrêtent pas, en cette saison. Donc après-demain, quatre heures ?

— Entendu.

— Vous savez où nous sommes ? Chancery Lane. »

Margaret a appris mon rendez-vous avec une star de Lawrence and Lambert quand elle m'a téléphoné dans l'après-midi.

« C'est un début.

— Encore deux jours à attendre et je me fais peut-être des idées, mais elle m'a paru sacrément frimeuse.

— Ah, ils sont tous un peu comme ça, que veux-tu !

— Alexander ne connaît personne d'autre ?

— Je peux lui demander, mais le temps de recommencer tout le processus...

— Compris.

— Tu n'as pas des amis anglais qui pourraient t'en indiquer un ? »

La grande question, à nouveau. Le hic, c'était que j'étais arrivée ici enceinte, avant d'être pratiquement assignée à résidence pour une stupide histoire d'hypertension. Donc je n'avais guère eu l'occasion de prendre mes marques dans cette ville. Et la faute n'en revenait qu'à moi.

« Non, Margaret. Je ne connais personne assez bien pour demander ça.

« — Tu n'as pas à prendre ce ton contrit, tu sais. Il m'a fallu plus d'un an pour commencer à établir des contacts. C'est Londres.

— Il faut... il faut que je voie Jack. »

Son absence était devenue une douleur que je ressentais dans tout mon corps, et les quarante-huit heures suivantes ont été une longue torture. J'ai nettoyé la maison de fond en comble, à deux reprises. J'ai appelé ma banque de Boston pour les prier de liquider mon compte d'épargne et de transférer la totalité des fonds en Angleterre. J'ai pris mes antidépresseurs à la minute près, en me demandant si ce soutien pharmacologique n'était pas pour moi la seule et dernière barrière face à la démence. J'ai même téléphoné à Judith Crandell, la secrétaire de Tony, en lui présentant mes excuses. Elle s'est montrée très compréhensive, mais aussi plus que réservée lorsque je lui ai demandé si elle avait une idée de ce qui avait poussé son ancien chef à bouleverser aussi soudainement sa vie.

« Ce n'est pas de la loyauté aveugle, Sally. Simplement, je ne me sens pas autorisée à m'impliquer d'une manière ou d'une autre dans vos affaires.

— Mais Tony vous a parlé de ma... maladie, non ?

— Il a dit que vous ne vous sentiez pas bien, en effet.

— Donc vous connaissez une bonne partie de l'histoire. Vous devez certainement savoir quelque chose au sujet de cette femme.

— C'est très gênant, je vous assure.

— Il faut juste que je parle à Tony. Ce qu'il a fait est trop... injuste.

— Je suis désolée, Sally, mais je ne peux rien faire pour vous, sur ce plan. »

Simon Pinnock, l'ex-adjoint de Tony au service étranger, s'est montré tout aussi évasif quand je l'ai contacté peu après, invoquant une réunion urgente pour masquer son embarras. Je suis allée jusqu'à chercher sur Internet le numéro de sa sœur, qu'il ne voyait plus depuis longtemps et qu'il ne m'avait jamais présentée. Elle habitait le Sussex, désormais. Et elle a accueilli mon appel avec froideur.

« Cela fait des années que je n'ai pas parlé à Tony. Pourquoi me téléphonerait-il maintenant ?

— J'ai seulement pensé qu'il...

— Vous êtes mariés depuis combien de temps ?

— Huit mois.

— Et il vous a déjà abandonnée ? Il n'a pas perdu de temps ! Ça ne m'étonne pas du tout. C'est bien son genre.

— Quoi ? Ce n'est pas la première fois qu'il fait une chose pareille ?

— Peut-être.

— Ce n'est pas une réponse.

— Peut-être que je ne me sens pas obligée de vous répondre... Surtout avec le ton que vous employez avec moi.

— Quel ton ?

— Je ne vous connais pas, après tout.

— Si je vous ai offensée, je le regrette profondément. Mais je...

— Je n'ai pas envie de continuer à vous parler. »

Elle a raccroché brutalement et je n'ai pu que me frapper le front devant cette nouvelle preuve de finesse diplomatique que je venais de donner. J'avais encore une fois mis mes grands pieds de Yankee dans le plat du langage codé britannique. Comme si je n'avais rien appris de tous ces mois londoniens ! Et c'est pourquoi je suis arrivée à mon rendez-vous avec Virginia Ricks après m'être juré de surveiller ma langue.

Les bureaux de Lawrence and Lambert se trouvaient dans une maison XIXᵉ de Chancery Lane. Un vigile a vérifié mon identité à l'entrée avant de me laisser prendre l'étroit ascenseur jusqu'au troisième. J'ai été invitée à patienter à la réception, une grande pièce au décor discrètement moderne. Tous les quotidiens du jour étaient étalés sur la table basse. J'ai soigneusement évité l'exemplaire du *Chronicle*. Peu après, une jeune femme est venue à moi. Grande, blonde permanentée, tailleur tape-à-l'œil.

« Bonjour. Je suis Trudy. Nous nous sommes parlé hier. Vous allez bien ?

— Euh... oui.

— Parfait. Écoutez, Ginny est retenue au tribunal, donc, si vous préférez que nous reportions à lundi...

— Il faut que je la voie aujourd'hui.

— Je comprends. Elle devrait être de retour à cinq heures... »

Je suis allée traîner dans une librairie de Fleet Street, j'ai acheté un café au Starbucks local et fini sur un banc de Lincoln's Inn, tremblante de froid mais aussi apaisée par l'impression de calme et de sécurité que donne un jardin public au milieu d'une grande ville, sensation à laquelle les deux comprimés que je venais d'avaler n'étaient sans doute pas étrangers. Ces fragments de nature préservés dans le chaos urbain, avec leur solide géométrie, m'apportaient pour un instant une illusion de logique et d'harmonie.

Moins de la trentaine, Virginia Ricks était telle que je l'avais imaginée : blonde, le visage un peu chevalin mais parfaitement maquillé, un maintien plein d'assurance légèrement méprisante, certainement inculqué dès le plus jeune âge par des parents aisés qui avaient eux-mêmes appris à dissimuler leurs doutes derrière une arrogante façade. Après m'avoir serré la main et m'avoir désigné une des chaises de la salle de réunion où elle me recevait, elle s'est laissée tomber sur un siège en face de moi et s'est mise à parler avec un débit étourdissant :

« Désolée pour ce retard, la journée a été terrible, c'est Sally, n'est-ce pas ? j'espère que Trudy vous a proposé un thé. Ah, c'est qu'elle est un peu spéciale, cette chère Trude, certains de nos clients trouvent qu'elle a un drôle de genre mais il faut la voir avec toutes ces épouses de footballeurs qui viennent nous consulter, elle les met tout de suite à l'aise, allez savoir pourquoi, enfin, je vous écoute avec la plus grande attention, maintenant, mais nous allons devoir nous limiter à une demi-heure, je le crains, ah, les bouchons du vendredi soir, quel cauchemar ! vous connaissez le bas Sussex, je présume, rien de tel pour un week-end en amoureux et... » Elle s'est interrompue brusquement, lâchant un petit rire. « Non, mais vous m'entendez divaguer ? Désolée, Sally, désolée ! Allez, on y va. Donc, vous nous avez été recommandée par...

— Alexander Campbell.

— Connais pas.

— Il a dirigé le bureau londonien de Sullivan and Cromwell pendant trois ans.

— Mais il n'a jamais été en affaires avec notre étude, si ?

— Non. Il m'a simplement dit... par l'intermédiaire de sa femme, en fait... que vous étiez les meilleurs de toute la ville, en droit familial.

— C'est assez juste, oui. Donc j'en conclus que vous êtes là pour un divorce.

— Pas vraiment. »

Je lui ai résumé l'histoire en quelques phrases. Elle a scanné en un coup d'œil la décision du juge qu'elle m'avait demandé de lui montrer :

« Mmoui. L'avocat de votre mari a de toute évidence convaincu ce magistrat que vous n'étiez pas en état d'assumer vos responsabilités maternelles. Ce qui nous amène à la peu agréable mais nécessaire question : pensez-vous l'être, au contraire ? »

Je me suis agitée sur ma chaise, d'autant plus mal à l'aise que Ginny Ricks m'observait maintenant avec la plus grande attention.

« Je... je ne sais pas.

— D'accord. Procédons autrement : est-ce que vous avez physiquement maltraité votre enfant ? L'avez-vous secoué quand il pleurait, jeté contre un mur, ce genre de chose ?

— Non. Je me suis mise en colère une ou deux fois, mais...

— Rien de grave. Les parents perdent souvent patience, ils peuvent crier, dire des horreurs... Mais les paroles s'envolent, comme vous aimez à le remarquer en Amérique. » Ah bon ? Je l'ignorais. « Tant qu'il n'y a pas eu de sévices corporels, notre position est forte. Et quant à ce séjour à l'hôpital... Vous n'avez pas été internée, n'est-ce pas ?

— Non. C'était une hospitalisation volontaire.

— Bien. De nos jours, il n'y a rien de plus courant qu'une dépression postnatale. Nous allons évidemment étudier les preuves que votre mari a utilisées contre vous, mais à première vue tout cela n'est pas sérieux.

— Comment a-t-il obtenu cette décision, alors ?

— Vous étiez à l'étranger, son représentant a certainement réuni un dossier soutenant que vous constituiez un danger pour l'enfant... À propos, c'est un garçon ou une fille ?

— Un garçon. Jack.

— Ah. Ils ont sans doute choisi un juge connu pour ses préjugés misogynes, et comme vous n'étiez pas présente à l'audience il lui a été encore plus facile de n'entendre qu'un seul son de cloche.

— Mais il a le droit de trancher sans avoir entendu ma version ?

— Lorsque la sécurité de l'enfant est en cause, oui. Absolument.

— Est-ce que cela signifie qu'ils m'interdisent de voir Jack, pour le moment ?

— Malheureusement oui. L'aspect positif, toutefois, c'est que la décision *in absentia* est seulement valide jusqu'à l'audience suivante, qui doit se tenir dans dix jours, je vois. Ce qui nous en laisse cinq pour préparer notre dossier, en excluant les week-ends.

— Ce sera suffisant ?

— Il faudra bien.

— Vous pensez que vous arriverez aussi à apprendre qui est cette femme, cette Mme Dexter ?

— Ah oui, la femme fatale ! a-t-elle gloussé. Pardon, je m'égare... Oui, ce devrait être faisable. Maintenant, il faut un peu parler de l'intendance. Je prends deux cents livres de l'heure. Je vais avoir besoin d'une assistante pour mener les recherches, à environ cinquante livres de l'heure. Il faudra aussi quelqu'un pour plaider au civil, mais c'est seulement à l'audience. De sorte que, voyons, une provision de deux mille cinq cents suffira pour commencer, je pense... » Même si je m'attendais à une somme approchante, je n'ai pu m'empêcher de tressaillir. « C'est un problème ?

— Non, non... Simplement... »

J'ai dû lui raconter ce qui était arrivé à nos comptes. « Ah, si vous ne lui avez jamais demandé l'égalité d'accès, évidemment...

— Je pensais que cela allait de soi.

— Vous êtes quelqu'un de très confiant, je vois.

— Et son intention de vendre la maison ?

— Vous avez la copropriété, tout de même ?

— Je... c'est ce que je croyais.

— Nous allons vérifier. De toute façon, vous récupérerez au moment du divorce l'argent que vous y avez mis. Et si vous obtenez la garde de Jack, vous aurez certainement la maison... Tant que votre fils sera scolarisé, au moins.

— Et pour que mon mari participe financièrement
à...

— Oh, c'est pour la semaine prochaine, ça ! s'est-
elle exclamée en regardant sa montre. Lundi matin,
donc, il nous faudra le chèque de provision, ainsi
qu'une liste de personnel médical et de témoins de
bonne foi qui pourront s'exprimer sur votre comportement, vos relations avec l'enfant, etc. C'est vital,
ça. » Elle a ouvert son agenda relié de cuir. « Lundi
est une abomination mais on va dire cinq heures moins
le quart, entendu ?

— Ce n'est pas tard, si nous n'avons que cinq jours
ouvrables ?

— Sally..., a-t-elle soupiré avec un petit sourire hautain. J'essaie de vous trouver un moment alors que je
ne devrais même pas envisager de prendre un nouveau
client. Maintenant, si vous pensez trouver mieux ailleurs...

— Non, non ! Lundi en fin d'après-midi, d'accord. »

Elle était déjà debout et me tendait la main.

« Super ! Et bon week-end. »

Plus tard, au téléphone, j'ai décrit Ginny Ricks à ma
sœur : « Un peu jeune mais avec un toupet infernal, ce
qui pourrait être un avantage, dans ma situation.

— Elle t'a paru avoir de l'expérience ?

— C'est une baratineuse hors pair, ça c'est sûr.
Question tact et délicatesse, en revanche, c'est une
catastrophe.

— Quel tact, quelle délicatesse ? Ce qu'il te faut,
c'est une salope sans merci. Et tu as l'air d'être tombée
sur le bon numéro. »

Après deux jours interminables, le lundi matin est
enfin arrivé. Comme la banque avait reçu le virement
de Boston, j'ai demandé un chèque bancaire d'un montant de deux mille cinq cents livres, ce qui me laissait

environ six mille dollars, ou plutôt quatre mille livres sterling. De quoi subsister un moment, à condition que les honoraires d'avocat ne s'accumulent pas trop...

C'est l'une des préoccupations que j'ai exprimées devant Ginny Ricks lorsqu'elle m'a reçue avec une demi-heure de retard. Mais je lui ai d'abord soumis ma modeste liste de témoins de moralité. Quatre noms en tout et pour tout : le Dr Rodale, Ellen, mon médecin traitant et Jane Sanjay, la conseillère de santé. J'ai souligné que ma psychothérapeute était absente, et l'avocate m'a certifié qu'il ne serait pas difficile de trouver sa trace. Mais est-ce que je ne pourrais pas aussi présenter une amie, anglaise de préférence ? « Ce serait un bon point devant le juge, histoire de montrer que vous vous êtes bien acclimatée, que vous vous sentez presque chez vous, ici. » Et elle a poursuivi :

« Voyez-vous, ces témoignages écrits doivent être parvenus au juge avant l'audience de la semaine prochaine. Plus vous aurez de gens en mesure de souligner vos qualités maternelles, mieux ce sera.

— Je ne suis pas mère depuis si longtemps...

— Oui, bien sûr, mais vous avez sûrement des copines.

— Écoutez, je n'ai même pas passé un an dans ce pays, et je n'ai pas vraiment eu l'occasion de rencontrer des...

— Je vois, je vois. Bon, je vais demander à l'un de nos enquêteurs de nous fignoler ces déclarations. Ah, avant que j'oublie : vous avez le premier versement avec vous ? »

Je lui ai tendu le chèque.

« Si nous pouvions ne pas dépasser cette somme, je vous en serais très reconnaissante. Mes finances sont loin d'être illimitées.

— Nous ferons de notre mieux, mais si nous devons partir à la recherche de gens, les frais seront différents, bien entendu.

— À ce stade, j'ai exactement quatre mille livres, pas de travail, pas de compte en banque, et une carte de crédit sur laquelle je suis déjà débitrice d'environ deux mille livres.

— Je comprends votre situation, a-t-elle affirmé en se levant. Nous allons nous reparler très prochainement, je n'en doute pas. »

Ma seule interlocutrice chez Lawrence and Lambert, cependant, s'est révélée être l'une de ses assistantes, une certaine Deirdre Pepinster, qui affectait au téléphone le même phrasé chochotte que Virginia, dite Ginny, mais avec en sus une inflexion du style « Tout cela est tellement ennuyeux ! » qui m'a immédiatement rendue méfiante.

« Cette Ellen Cartwright, cela fait deux jours que nous tentons de la joindre.

— J'ai prévenu Virginia Ricks qu'elle était absente !

— Oui, oui, c'est entendu, mais il se trouve qu'elle est en randonnée quelque part au Maroc, injoignable pour la semaine à venir. Quant à cette Jane Sanjay, elle a pris un congé sans solde, quatre mois au moins. Au Canada, si j'ai bien compris.

— Aucun moyen de la retrouver ?

— Cela entraînera des frais supplémentaires, j'imagine.

— Je peux m'en charger moi-même. Elle m'aimait bien, je pense qu'elle pourra dire exactement ce...

— Il vaut mieux que je suive ça, croyez-moi.

— Et je suis sûre d'être moi aussi capable de glaner plein de choses sur cette femme qui a pris la poudre d'escampette avec mon mari.

— Nous sommes là pour ça. Ce sont des informations qui nous seront utiles.

— Mais ce sera du travail supplémentaire que vous allez me facturer, non ?

— Quand nous prenons un dossier, nous voulons qu'il soit impeccable. »

Elle n'a plus donné signe de vie jusqu'au vendredi : « Alors voilà. Elle s'appelle Diane Dexter. 42, Albert Bridge Road. Elle a aussi une maison à Litlington, East Sussex, et un appartement rue du Bac à Paris. Un quartier plutôt chic, mais Litlington est assez huppé également. Tout près de l'opéra champêtre de Glyndebourne, en plus. Dont elle est une bienfaitrice.

— Elle est très riche, alors.

— Pas mal, oui. Elle est à la tête d'une société de marketing, Dexter Communications, pas énorme mais extrêmement bien cotée. Cinquante ans, divorcée, pas d'enfants. »

Jusqu'ici, en tout cas...

« Et comment elle a rencontré mon mari, vous avez une idée ?

— Il faudrait engager un détective privé, pour ce genre d'informations. Nous nous limitons au profil social, nous autres.

— Donc vous ne savez pas non plus où ils sont ?

— Cela ne faisait pas partie de mes instructions. Mais j'ai obtenu le témoignage écrit de votre médecin traitant et de votre psychiatre à St Martin's, cette... Rodale.

— Qu'est-ce qu'elle a dit ?

— Que vous aviez souffert de "dépression postnatale aiguë", mais que vous réagissiez favorablement au traitement prescrit. Rien de plus. Oh, à propos, j'ai aussi appris ce qui s'était dit à l'audience où vous étiez absente. Il paraît que vous avez menacé de supprimer votre nourrisson, un certain soir...

— C'était l'épuisement, l'énervement, la...

— Le problème, c'est que vous l'avez dit à la secrétaire de votre mari. Cela signifie qu'une tierce partie a entendu cette... déclaration. Ils ont pratiquement exigé une session d'urgence un samedi soir devant un certain juge Thompson, qui a la réputation de prendre le parti du père dans des cas douteux, et auquel ils ont présenté tout votre dossier psychiatrique... Qui plus est, vous étiez en voyage à l'étranger, ils ont utilisé ce fait pour plaider que vous ne pensiez qu'à vous.

— J'étais à un enterrement !

— Oui ? Le juge l'ignorait. Ce qu'il savait, c'est que vous étiez une mère traitée aux antidépresseurs qui parlait de tuer son fils et avait quitté le pays à la première occasion. Et comme c'était une décision temporaire, il n'a pas hésité une seconde. Je regrette, mais c'est ainsi. Enfin, pour revenir à vos témoins, cette Jane Sanjay a quitté l'adresse de Vancouver qu'elle a donnée aux services d'immigration. Elle sillonne le Canada et ne sera pas de retour ici avant quatre mois.

— Elle a peut-être une adresse e-mail ?

— Vous l'avez, vous ?

— Non, ai-je reconnu en réprimant un soupir exaspéré, mais si vous contactez son service à Putney, ils vous...

— D'accord, d'accord, a-t-elle coupé sans dissimuler sa lassitude. Je vais voir ça.

— Et vous pourriez demander à Ginny de m'appeler ? L'audience est fixée à mardi, n'est-ce pas ?

— Exact. Tous les témoignages doivent être au tribunal avant lundi soir. »

En d'autres termes, elle n'avait que le week-end pour chercher Jane sur Internet, à condition que cette dernière pense à s'arrêter dans un cybercafé entretemps et que la débordée Mlle Pepinster déniche son adresse électronique.

Tout le vendredi, j'ai attendu en vain le coup de fil de Ginny Ricks, après avoir laissé deux messages à sa secrétaire. La troisième fois, Trudy m'a appris que sa patronne avait déjà quitté Londres et me contacterait dès son retour de « la campagne », où elle était sans doute encore partie en week-end dans ce coin exceptionnel du Sussex avec son « copain », qui devait « avoir une position à la City », et son tailleur attitré à Jermyn Street, et ses entrées aux soirées estivales de Glyndebourne où Diane Dexter, en tant qu'illustre membre du conseil d'administration, allait certainement convier son nouveau protégé... et le rejeton de celui-ci !

D'un bond, je me suis retrouvée devant le placard de la cuisine où nous rangions divers livres de recettes, les annuaires et plusieurs guides routiers de la Grande-Bretagne. Litlington, East Sussex, était à environ cent trente kilomètres de Londres, et facilement accessible depuis Putney. Suivant mon impulsion, j'ai téléphoné aux renseignements. Dexter D., à Litlington ? Ils avaient le numéro, oui, que j'ai noté sur un bout de papier en résistant à l'envie de le former aussitôt. Feuilletant l'annuaire de British Telecom, j'ai découvert qu'il suffisait de composer le 141 si l'appelant ne voulait pas que son propre numéro apparaisse sur le récepteur de la personne qu'il cherchait à joindre. Il m'a pourtant fallu une heure, et ma dose vespérale de tranquillisants, pour réunir le courage nécessaire. À l'autre bout de la ligne, la sonnerie a résonné cinq fois, tel un glas, et j'allais raccrocher lorsqu'on a enfin répondu.

« Oui ? »
Tony.

J'ai dû m'asseoir. J'avais laissé le combiné retomber sur son socle et à présent je n'aurais rien désiré d'autre que de pouvoir ajouter l'effet de l'alcool à celui des médicaments. Une bonne rasade de vodka, par exemple. Non que j'aie eu le cœur brisé d'entendre sa voix.

Pas du tout. Depuis le début de ce cauchemar, mon mari ne m'avait inspiré qu'une colère indignée, encore accrue lorsqu'il était devenu évident qu'il n'avait pas manigancé son mauvais coup de la veille. J'avais repassé les derniers mois dans ma mémoire en me demandant quand sa liaison avec cette femme avait commencé, en essayant d'imaginer comment il l'avait connue, s'il s'était agi d'un coup de foudre ou si elle appartenait à cette catégorie de prédatrices qui repèrent les hommes faibles, sensibles à la flatterie... J'avais médité sur tous ces soirs passés au journal bien après l'heure de bouclage normale, sur ses voyages à Paris ou La Haye, sur cette occasion en or que je lui avais donnée en restant cloîtrée des semaines à l'hôpital ; pas de femme, pas d'enfant, la liberté...

Minable. Il n'y avait pas d'autre terme. Alors que la douleur d'être séparée de Jack semblait souvent me pousser au bord de la folie, la haine lucide que j'éprouvais envers cet homme m'apportait une sorte d'équilibre paradoxal, un contrepoids à la culpabilité angoissée qui me rongeait tel le plus terrible des cancers. Entendre le son de sa voix avait été l'une de ces gifles que le destin vous décoche sans préavis et qui vous tirent brutalement de votre stupeur, vous force à regarder enfin la réalité en face, si accablante soit-elle.

Jusqu'à ce coup de fil dans le Sussex, une partie de mon cerveau avait refusé de croire que tout cela m'arrivait en vrai, choisissant le déni, pour employer ce mot détestable, ou plutôt une incrédulité entêtée, ce refuge dans un espace chimérique où il semble que la vie, d'un instant à l'autre, va reprendre son cours troublé par une injustice dépassant l'entendement. Désormais, il m'était impossible d'esquiver la sinistre réalité : il habitait chez cette femme, avec notre fils. Et il avait mis en branle la machine juridique qui finirait par me couper à jamais de Jack.

Après une nuit sans sommeil, j'ai appelé Budget dès sept heures. Par chance, ils avaient une agence dans le centre commercial proche de la station de métro de Putney. J'y suis entrée pratiquement en même temps que les employés et j'ai loué une petite Nissan à trente-deux livres la journée que j'ai payées en liquide, non sans que le directeur ait exigé une empreinte de ma carte Visa – dont le crédit était plus qu'épuisé... – en garantie. Ma bonne étoile me suivait, il faut croire, car ils n'avaient qu'une vieille enregistreuse manuelle qui ne leur permettait pas d'appeler le centre de traitement.

Une heure et demie de route très dégagée et j'ai atteint le bourg de Lewes où j'ai demandé mon chemin vers Litlington, qui ne se trouvait qu'à quinze minutes au sud-est, au milieu d'un paysage bucolique seulement gâché par quelques stations à essence. À la bifurcation indiquée « Alfriston/Litlington », j'ai pris à droite et me suis retrouvée en pleine carte postale, dans ce fantasme d'Angleterre rurale préservée du temps que seuls les habitants les plus fortunés de ce pays peuvent encore s'offrir. Je connaissais le nom de la propriété, Forest Cottage. Coup de veine, encore : en roulant au pas, je n'ai eu besoin que de cinq minutes pour repérer le panneau à moitié couvert par les buissons. Une courte marche arrière et je me suis engagée dans l'allée en pente.

Soudain, le doute m'a submergée : qu'est-ce que j'allais faire une fois chez « elle » ? Je n'avais aucun plan, aucune ligne de conduite mûrement réfléchie. Je voulais revoir Jack, rien d'autre. Je suis bientôt parvenue à un portillon devant lequel j'ai arrêté la voiture. Une jolie ferme s'élevait cent mètres plus loin, aussi scrupuleusement entretenue que le jardin qui l'entourait. Une Land Rover rutilante était garée en face de l'entrée. Encore quelques pas et ce serait le moment de vérité... Mais l'illusion était longue à se dissiper :

curieusement, je restais en partie convaincue qu'il leur suffirait de me voir surgir ici pour que Tony et sa complice, rongés de remords, placent Jack dans mes bras et nous laissent repartir.

La porte s'est ouverte. C'était elle. Une grande femme racée, au visage bien découpé, cheveux courts et sombres avec quelques pointes de gris, habillée avec une coûteuse décontraction, jeans noirs, col roulé anthracite, veste en cuir et chaussures de marche qui sortaient à l'évidence d'un magasin à la dernière mode. Elle avait aussi l'un de ces porte-bébés dans lequel reposait... J'ai failli hurler son nom. Je me suis retenue, ou peut-être était-ce la stupéfaction qui m'a rendue muette. Cette femme, cette... étrangère, portait Jack sur son ventre. Et on aurait pu croire qu'il était son fils, tant il était paisible.

Elle se dirigeait vers l'auto lorsqu'elle m'a aperçue. Avait-elle vu une photo de moi ? En tout cas, elle a compris au premier regard et a pilé sur place, en proie à une surprise non feinte. Nous sommes restées un long moment ainsi, à nous observer mutuellement sans pouvoir décider quelle allait être la suite. Instinctivement, elle a entouré Jack de ses bras puis les a retirés tout aussi brusquement, comme si elle venait de se rendre compte de... de quoi ? Qu'elle avait commis le pire des forfaits, un acte répugnant au-delà de toute expression ?

Je me suis accrochée des deux mains au portillon. Je voulais courir à elle, lui arracher mon fils et m'en aller avec lui, m'en aller, mais j'étais incapable de bouger. Peut-être à cause de ce coup de massue, le spectacle d'une intrigante pressant mon enfant sur son sein, ou alors j'étais paralysée par la peur, la soudaine terreur d'être allée trop loin, d'avoir pris une initiative susceptible de se retourner contre moi. Ma seule présence ici était une aberration, tactiquement parlant, mais je n'avais pas eu d'autre choix : je « devais » voir de mes propres yeux, affronter la réalité. Et Jack m'avait tant manqué...

Elle a tourné les talons, revenant vers la maison d'un pas précipité, ses bras à nouveau sur mon fils. Je l'ai entendue appeler Tony de toutes ses forces. C'était fini. Et je me suis retrouvée au volant de ma voiture, effectuant un tête-à-queue pour rebrousser chemin. Dans le rétroviseur, j'ai entrevu Tony, sorti près d'elle. Ils me regardaient disparaître.

C'est seulement une fois revenue à la route principale, bien après Litlington, que je me suis rangée sur une aire de repos. J'ai arrêté le moteur, plongé mon visage dans mes mains, et je suis partie là où personne ne pouvait m'atteindre. Longtemps après, je me suis forcée à rouvrir les yeux, j'ai agrippé le volant et le levier de vitesse. Une sorte de pilote automatique hagard m'a guidée jusqu'à Londres, Putney, l'agence Budget où l'employé n'arrivait pas à croire que je rende le véhicule aussi tôt. Puis je suis rentrée à la maison, dans mon lit. Double dose de médicaments, cette fois : il fallait effacer la souffrance, parvenir au plus vite à l'inconscience. Encore quatre comprimés dans la soirée, huit heures de coma, un nouveau jour qui se levait et... À ce stade, pourquoi ne pas continuer dans ce coton chimique ?

Lundi matin. Le téléphone sonnait.

« Ginny Ricks à l'appareil. – Elle semblait tendue, préoccupée. – Désolée de ne pas avoir pu vous parler vendredi mais c'était la fo-lie. Enfin, pour aller vite : Deirdre a réuni tous les témoignages, nous les déposons devant le juge tout à l'heure ; je dois voir l'avocat qui va plaider pour vous cet après-midi, et l'audience est demain matin, dix heures et demie au tribunal de grande instance. Vous savez où ça se trouve, je pense ?

— Euh... En fait...

— Sur le Strand. C'est facile comme tout, vous pouvez demander à n'importe qui, tout le monde connaît. Et je vais dire à Deirdre de vous attendre à l'entrée principale pour vous conduire jusqu'à nous. Ah, je suppose que vous avez la tenue appropriée. Quelque chose de chic mais de simple, aussi. Un tailleur, ce serait l'idéal. Noir, si possible.

— Je vais voir ce que... Pardon, je ne suis pas...

— Vous vous sentez bien, Sally ? s'est-elle enquise avec une certaine impatience.

— Sale... nuit.

— On dirait, en effet. J'espère que vous irez beaucoup mieux demain parce que le juge va vous voir, même s'il ne vous demandera pas de déposer. Et si vous avez l'air... dans les vapes, disons, cela ne fera que lui inspirer des doutes. Or il en a déjà suffisamment, vous me suivez ?

— Promis... Je serai là.

— J'espère bien, oui ! »

De retour du week-end passé chez des amis sur la côte avec ses enfants, Sandy a instantanément remarqué mon état quand elle a appelé après trois jours d'interruption. Elle a tout de suite compris que ma voix pâteuse et mes phrases à peine cohérentes s'expliquaient par un abus de tranquillisants. J'ai tenté de la rassurer, sans succès. Elle voulait savoir ce qui m'avait poussée à me cacher dans un sommeil hébété, mais j'ai été incapable de lui raconter mon expédition à Litlington, le choc d'avoir vu Jack dans les bras de cette femme. La honte et l'humiliation me retenaient, d'abord, mais malgré l'abrutissement dans lequel les médicaments m'avaient plongée je me rappelais aussi que ma sœur restait fragile, hantée par la mort de Dean. Il y avait quelque chose d'à la fois poignant et irritant dans son affliction, dans cet attachement au souvenir d'un homme qu'elle avait de toute évidence adoré mais

336

qui l'avait rejetée comme on met au rancart un vieux fauteuil éventré. Je ne voulais pas ajouter encore à l'inquiétude qui la rongeait à la perspective de l'audience du lendemain.

« Tu dois m'appeler dès que tu auras la sentence, promis ? Qu'est-ce que l'avocate t'a dit, aujourd'hui ?

— Eh bien... Pas grand-chose. Il faut attendre, je pense...

— Sally ? Combien de cachets tu prends, en ce moment ?

— Mais... la dose habituelle.

— Je ne te crois pas.

— Pourquoi veux-tu... Pourquoi tu veux... »

J'ai fermé les yeux, incapable de continuer.

« Sally ?

— Ah, je ne sais pas... Un ou deux en plus ?

— Oui ? En tout cas, ne recommence pas ça ce soir.

— Endentu... Euh entendu.

— Tu promets ?

— Je jure. »

J'ai avalé un comprimé juste après cette piteuse conversation. À cinq heures du matin, je me suis réveillée en sueur, fiévreuse, l'estomac retourné. Tel un astronaute revenu trop vite d'une stratosphère artificielle.

Un bain bouillant, avec une serviette chaude sur le visage, puis me sécher les cheveux en ignorant ma tête de folle dans le miroir, puis deux cafetières pleines, retour à la salle de bains pour tenter de masquer les dégâts sous une couche de fond de teint et de mascara. Mes mains ne cessaient de trembler : trop de médicaments, trop de caféine, trop de peur, pure panique en fait, parce que j'allais être jugée, et tout en me répétant que Ginny Ricks connaissait son boulot je m'attendais au pire.

Tailleur noir, donc. Un peu plus de compact sur mes

cernes. Dans le métro, je me suis fondue sans difficulté parmi la foule de fonctionnaires mal réveillés mais stoïques, qui supportaient en silence la promiscuité, l'humidité oppressante et la perspective d'une ennuyeuse journée de travail. À part que je me dirigeais non pas vers un bureau familier, mais vers une salle de tribunal où des inconnus allaient décider si je pouvais revoir mon unique fils ou non.

Je suis sortie à la station Temple et j'ai remonté le Strand. Comme j'avais une heure d'avance, je me suis assise dans un café, tentant vainement de surmonter ma nervosité. Même si Ginny Ricks m'avait prévenue que mon mari n'était pas obligé de se présenter en personne à l'audience, l'improbable éventualité de le revoir me terrifiait. Je ne savais pas si je pourrais me contrôler en face de lui.

J'ai gravi les escaliers du tribunal de grande instance à dix heures et quart. Une jeune femme d'aspect commun, imperméable noir et lunettes à monture d'écaille, me regardait arriver d'un air interrogateur. Je l'ai saluée d'un signe de tête.

« Deirdre Pepinster, s'est-elle présentée. C'est par là. » Elle m'a pilotée à travers un immense hall de marbre, solennel et caverneux comme une église. Les couloirs se sont succédé, ce qui m'a permis d'atteindre un semblant de calme en concentrant mon esprit sur la marche. Nous sommes parvenues à une porte massive, flanquée de longs bancs en bois de chaque côté. Ginny Ricks était installée sur l'un d'eux, en conversation avec un homme d'une quarantaine d'années, au teint cireux, en costume gris passe-partout.

« Voici Paul Halliwell. Il va plaider pour vous. »

Il m'a tendu une main molle et moite.

« Je n'ai eu les témoignages que ce matin, m'a-t-il expliqué sans me regarder, mais tout paraît en ordre.

— Comment ça, "que ce matin" ? l'ai-je repris, aussitôt méfiante.

338

— J'ai failli vous appeler à ce sujet hier soir, est intervenue Ginny Ricks. L'avocat que j'avais retenu est tombé malade, donc j'ai dû trouver un remplaçant in extremis. Mais ne vous inquiétez pas, Paul est plus que compétent.

— Oui, mais s'il n'a eu le dossier que maintenant, je... »

Nous avons été interrompus par l'arrivée de la partie adverse. À première vue, c'était une copie exacte de notre fine équipe : un bonhomme maladif et gris, une grande blonde d'allure autoritaire, un peu plus âgée que Ginny Ricks mais visiblement issue du même milieu. Ils se connaissaient tous et se sont salués avec une fausse nonchalance. J'ai compris que les rôles étaient inversés, puisque c'était la blonde « fille du châtelain » qui allait plaider au civil alors que le triste sire était l'avoué de Tony. Elle m'a lancé plusieurs fois des regards incisifs tout en bavardant avec les autres. Paul Halliwell s'est rapproché de moi et m'a prise à part pour chuchoter :

« Vous avez compris qu'il s'agissait d'une session intérimaire, à laquelle vous n'êtes pas forcée d'assister. Cela risque d'être... pénible pour vous.

— Je veux y être, ai-je affirmé, sur le point d'ajouter : Pas comme mon faux derche de mari, qui confie le sale travail à d'autres.

— Bien, bien. C'est évidemment préférable, le juge verra ainsi que vous vous impliquez. Alors je vais lire ça en vitesse... – Il a brandi la petite liasse de témoignages écrits qu'il tenait à la main – ... mais apparemment tout semble très clair. Le rapport de la psychiatre est essentiel : progrès encourageants, efficacité du traitement, etc. Quant à cette histoire d'avoir menacé d'étrangler votre enfant, vous deviez être surmenée, c'est cela ?

— Je ne dormais plus depuis des jours.

— Voilà. Et vous n'avez jamais frappé votre fils ?

— Bien sûr que non.

— Entendu. Ce qui est fondamental, c'est que la cour soit convaincue que vous ne représentez en aucune façon un danger pour votre enfant.

— Ainsi que je l'ai dit à Ginny Ricks, je... »

Comme par magie, l'intéressée est apparue devant nous :

« Nous allons commencer dans cinq minutes.

— Courage, a soufflé Paul Halliwell. Tout ira bien. »

C'était une grande salle lambrissée dans le style victorien, avec des vitraux aux fenêtres. Le juge allait occuper un imposant fauteuil, face au blason de la famille royale. Nous avons pris place sur les deux premières des six rangées de bancs, notre groupe à gauche, nos adversaires à droite. J'étais assise entre Deirdre et Ginny Ricks, qui m'a expliqué à voix basse que, pour une audience ordinaire, les avocats plaidants n'étaient pas tenus de porter la perruque, ni le juge d'être en toge.

« J'aime bien votre tailleur, à propos, a-t-elle ajouté tandis que nous attendions l'entrée du magistrat. Il va tout de suite voir que vous êtes quelqu'un de respectable, pas je ne sais quelle harpie... Et votre présence prouve à quel point vous voulez retrouver votre fils. »

Un greffier ayant annoncé l'entrée de la cour, nous nous sommes tous levés. Le juge est arrivé par une porte latérale. Un certain Merton, m'avait expliqué Ginny Ricks auparavant, connu pour s'en tenir aux faits et ne pas perdre de temps en digressions : « C'est plutôt une chance pour nous, vu le nombre de misogynes acharnés qui exercent cette fonction. Il est de la vieille école, lui, mais honnête. »

Sévère trois-pièces sombre, cheveux argentés et maintien patricien, le juge a demandé à la représentante de Tony d'« ouvrir les débats ». En deux minutes, elle a résumé les raisons de notre présence, les conclusions de la session d'urgence *in absentia*. Après avoir confirmé qu'il avait pris connaissance du dossier, le magistrat a donné la parole à Paul Halliwell, que son teint blafard et sa maigreur rendaient encore plus pitoyable dans un environnement aussi grandiose. Mais il s'exprimait avec clarté, et une certaine assurance, quand il a exposé mon point de vue. Comme il n'avait que survolé le dossier, pourtant, il faisait un peu penser à ces officiants embauchés à la dernière minute pour réciter l'éloge funèbre d'un parfait inconnu avant la crémation. C'était un récapitulatif des faits, plus qu'une plaidoirie, et il a dû consulter ses notes en arrivant au moment le plus délicat : « Quant à la menace d'attenter à la vie de son fils, euh, Jack... La réalité est que Mme Goodchild n'a jamais fait subir de sévices à cet enfant et a aussitôt regretté sincèrement cette remarque. À ce sujet, il est important de souligner que ma cliente, mère pour la première fois, était alors en état de privation de sommeil, ce qui peut induire chez n'importe qui une certaine irascibilité, un certain emportement dans les propos, mais n'affecte en rien la profondeur de l'amour maternel qu'elle portait et porte à son fils. Je me permets aussi de rappeler à Votre Honneur que ma cliente souffrait à ce moment d'une dépression postnatale dont les symptômes et le traitement sont décrits avec compétence dans le rapport médical dont Votre Honneur a reçu une copie... »

Après avoir mentionné mon passé de « journaliste émérite », l'avocat a conclu sur l'extrême gravité d'une décision séparant un enfant en bas âge de sa mère, l'estimant absolument injustifiée dans mon cas. Au total, j'ai été plutôt satisfaite par sa prestation, surtout compte tenu du peu de temps qu'il avait eu pour la préparer. Mais le tour de la représentante de Tony était venu, et elle s'est levée. Ginny Ricks s'était contentée de me dire qu'elle s'appelait Lucinda Fforde, peut-être parce qu'elle voulait me laisser découvrir par moi-même ce qu'elle savait déjà : cette femme était aussi hargneuse et tenace qu'un pitbull.

En apparence, pourtant, elle semblait une vivante image de la pondération et de la conviction raisonnée. Avec une redoutable précision, elle a commencé son travail de démolition en soulignant que son client n'avait jamais nié « l'état de santé préoccupant de Mme Goodchild » mais qu'il m'avait au contraire apporté « tout le soutien matériel et psychologique possible ». Puis elle a noté que la question n'était pas « les mérites professionnels jadis reconnus à Mme Goodchild ni le fait qu'elle paraisse réagir favorablement au traitement d'une grave dépression postnatale, mais le salut d'un nourrisson sans défense ».

Elle est passée à l'artillerie lourde en citant le témoignage de la secrétaire de Tony, remarquant perfidement que « si presque toutes les mères souffrent de manque de sommeil et de surmenage dans les semaines suivant une naissance, il est extrêmement rare qu'elles menacent de, je cite, "étrangler" leur progéniture. Et même en admettant que ce commentaire plein de haine ait été proféré sous l'influence de la fatigue, le fait que Mme Goodchild l'ait répété à une autre occasion prouve... »

Un « Quoi ? » indigné s'est échappé de mes lèvres. En une seconde, tous les yeux étaient sur moi, notamment ceux du juge, mais Ginny Ricks ne lui a pas laissé le temps de réagir. Elle était déjà debout :

« Si Votre Honneur veut bien accepter nos excuses. Cela ne se reproduira pas.

— J'ose l'espérer... – Il a reporté son attention sur Lucinda Fforde. – Vous pouvez poursuivre.

— Merci, Votre Honneur, a-t-elle articulé avec un

calme qui dissimulait parfaitement sa satisfaction. Comme je le disais, cette menace ne constitue pas un événement isolé. Peu après son accouchement à l'hôpital Mattingly, et alors que son comportement irrationnel avait déjà suscité la préoccupation du personnel médical, une infirmière a entendu Mme Goodchild dire à son mari, qui se trouvait à son chevet, et Votre Honneur dispose de la copie de ce témoignage... Je cite textuellement : "Il va mourir et je m'en fiche. Tu m'entends ? Ça m'est complètement égal !" »

Ginny Ricks m'a regardée avec effarement. J'ai baissé la tête.

« Plus encore, une autre infirmière l'a vue repousser l'enfant de son sein pendant qu'elle l'allaitait, avec une telle violence que ce témoin a cru qu'elle allait le jeter au sol. Il s'agit de Mlle Sheila McGuire, dont Votre Honneur a également la déclaration écrite, aide médicale employée au Mattingly depuis cinq ans. Et nous avons encore le rapport d'un éminent obstétricien, M. Desmond Hughes, qui n'a pu que remarquer l'état d'agitation dans lequel Mme Goodchild se trouvait, au point d'avoir douté de la capacité de cette dernière à, je cite, "faire face aux responsabilités naturelles d'une mère envers son nouveau-né". »

Le massacre en règle ne s'est pas arrêté là : elle est revenue sur l'hospitalisation en urgence de Jack, « plongé dans l'inconscience par l'ingestion forcée de puissants somnifères », mon placement en service psychiatrique, les longues semaines en observation... Inconsciemment, j'ai plaqué mes mains sur ma tête toujours baissée pour me protéger de cette avalanche, et surtout du coup de grâce que je sentais imminent. Elle l'a préparé en expliquant que son client avait renoncé à une position professionnelle d'exception pour être en mesure de s'occuper à plein temps de son fils, ce qui a failli m'arracher une nouvelle protestation, puis en décrivant les hauts faits de Mme Dexter, son esprit d'entreprise, son rôle de patronne des arts et des lettres, sa prospérité méritée et son intention d'épouser M. Anthony Hobbs dès que le divorce serait prononcé :

« Plus encore, Mme Dexter a répondu à cette situation de détresse familiale en assurant à Jack la sécurité et le bien-être dont il était privé. Elle a engagé une nurse à plein temps pour compléter la constante attention d'un père qui, je le répète, a décidé de faire passer ses responsabilités paternelles avant une brillante carrière au *Chronicle*. Il ne fait aucun doute que M. Hobbs et Mme Dexter sauront procurer à cet enfant un environnement affectif et matériel dans lequel il pourra pleinement s'épanouir. Il est tout aussi clair que, malgré l'efficacité probable du soutien pharmaceutique qui lui a été procuré, de sérieuses questions subsistent quant à la stabilité mentale de Mme Goodchild. J'en veux pour preuve le fait qu'il y a seulement deux jours celle-ci s'est présentée à l'entrée de la propriété de Mme Dexter, dans le Sussex, sans s'être annoncée et sans y avoir été invitée, un geste des plus inquiétants et contraire à ce que stipulait la décision de justice prise antérieurement contre Mme Goodchild. Pour conclure, je voudrais souligner que ni mon client ni Mme Dexter ne cherchent à nuire à Mme Goodchild. Au contraire, M. Hobbs n'a cessé d'exprimer son inquiétude pour sa santé, et il a été contraint d'en appeler à la loi dans le seul but de protéger son enfant contre de nouveaux mauvais traitements. Depuis, Mme Dexter a non seulement assuré un toit à ce bébé mais également veillé à ce qu'il bénéficie des soins d'une nourrice professionnelle vingt-quatre heures sur vingt-quatre. Son comportement à un moment aussi critique, et alors qu'elle n'est pas la mère naturelle de l'enfant, me paraît en tout point exemplaire. »

Après avoir remercié la cour, Lucinda Fforde s'est assise. Le juge a annoncé qu'il se retirait vingt minutes, le temps de considérer sa sentence. D'un coup de coude, Deirdre Pepinster m'a enjointe de me lever lorsqu'il a quitté la salle, mais je tenais à peine sur mes jambes.

Pendant que la partie adverse pliait bagage, Paul Halliwell s'est arrêté à ma hauteur.

« Désolé, a-t-il lancé d'un ton sec, mais j'ai dû faire avec les cartes que j'avais. » Je me suis affalée sur le banc, sans voix. Après un long silence, Ginny Ricks s'est penchée sur moi :

« Vous êtes vraiment allée à sa maison de campagne ce week-end ? – J'étais incapable de répondre. – Et pourquoi nous avoir caché cette histoire de somnifères ? Et ce que vous avez dit à votre mari, quand vous étiez à la maternité ? Si vous aviez été franche avec nous, nous aurions encore pu... »

Je me suis relevée péniblement.

« Je dois... Les toilettes. »

J'ai fait quelques pas chancelants. Deirdre Pepinster m'a retenue par le bras au moment où j'allais m'effondrer dans la travée.

« Restez avec elle », lui a ordonné Ginny Ricks avec une inflexion dégoûtée qui ne laissait aucun doute : elle avait hâte que ces vingt minutes s'écoulent, le temps d'écouter une sentence méritée, d'être débarrassée de ma vue et d'oublier toute cette lamentable affaire. J'aurais voulu lui répliquer qu'elle n'était qu'une petite garce trop gâtée, une poseuse qui avait joué la pro hypersollicitée tout en négligeant de vérifier chaque point de l'histoire avec moi, en improvisant ma défense au dernier moment et en prétendant maintenant me faire endosser sa propre négligence. À la place, je me suis laissé conduire sans un mot jusqu'aux W-C, où je me suis enfermée dans l'un des box avant de tomber à genoux devant la cuvette et de vomir tout le liquide brunâtre que contenait mon estomac.

Quand j'ai enfin réémergé, Deirdre Pepinster a jeté un coup d'œil à sa montre avant de chuchoter nerveusement : « On ferait mieux de retourner là-bas. » J'ai tout de même eu le temps de me rincer la bouche en hâte. À notre retour, les deux femmes censées défendre mes intérêts ont échangé un regard excédé, mais déjà le greffier annonçait l'entrée du juge. Il a repris sa place, s'est éclairci la gorge et s'est mis à parler pendant cinq minutes. Soudain, la salle était vide autour de moi, plongée dans un silence que Ginny Ricks a rompu en me lançant d'une voix sifflante : « Voilà, ça pouvait difficilement être pire. »

10

Le juge ne m'avait pas regardée une seule fois. Il semblait communiquer sa sentence à un point dans le vide, quelque part devant lui. Mais ce qu'il avait dit, sur un ton ferme et avec concision, m'était directement adressé.

Non seulement il ne voyait pas de raison de revenir sur la décision antérieure mais il la prorogeait de six mois, jusqu'à l'audience finale qui établirait définitivement la « résidence » de Jack. Grand seigneur, il ajoutait cependant quelques aménagements à l'arrêté initial : il établissait que « la mère » aurait droit à « un contact hebdomadaire avec l'enfant, sous supervision et dans les locaux de la CAFCASS les plus proches de son domicile ». Il exigeait aussi qu'un rapport soit présenté à la cour cinq semaines avant l'ultime comparution des parents, qui donnerait lieu à une résolution « définitive et sans appel ».

Après son départ, Lucinda Fforde avait échangé une brévissime poignée de main avec mon représentant, s'était emparée de son cartable et avait disparu en compagnie du terne avoué de mon mari, en route vers d'autres vies gâchées, d'autres pitoyables batailles. Parachuté dans cette affaire, Paul Halliwell avait ensuite pris congé avec un air contrit. Personne n'aime perdre, n'est-ce pas ? Puis cela avait été le tour de

Deirdre Pepinster de s'esquiver. Restée seule avec moi, Ginny Ricks avait ostensiblement soupiré avant d'exprimer sa pénétrante conclusion : « Voilà, ça pouvait difficilement être pire. » Une pause, puis : « Ce que je dis toujours dans des cas pareils, c'est aussi ce que Halliwell remarquait tout à l'heure. On doit jouer avec les cartes que l'on a. Et celles que j'ai reçues de vous étaient faussées, malheureusement. Si au moins j'avais su... »

À nouveau, j'ai été tentée de lui révéler le fond de ma pensée sur elle, ses manières et son efficacité, mais je ne m'en sentais pas la force.

« J'ai seulement besoin d'un... d'une traduction.

— Pfff... La résidence de l'enfant, ce n'est pas compliqué, tout de même ! Lequel des deux parents aura la garde. Pour l'instant, le juge maintient ce qui a été décidé il y a quinze jours, et ce pour les six prochains mois. D'ici là, et en espérant que la convention parentale définitive vous sera plus favorable, vous pourrez retrouver votre fils dans un bureau du centre social de Wandsworth. Une heure par semaine, en présence d'une assistante qui devra veiller à la sécurité de l'enfant. Le CAFCASS, c'est le Child and Family Court Advisory and Support Service, la direction des Affaires familiales. Ce sont eux qui vont enquêter sur vous, votre mari, sa nouvelle compagne, pour aider la cour à prendre sa décision finale. Vu le dossier qu'ils ont déjà réuni contre vous, très honnêtement, je ne vois pas comment vous pourriez modifier les choses. D'autant plus que, d'ici là, l'enfant aura certainement trouvé une réelle stabilité dans ce nouveau foyer. Bien entendu, si vous nous demandiez alors de faire appel, nous...

— C'est absolument exclu, ai-je lancé en la regardant droit dans les yeux.

— Ah, a-t-elle fait d'un air hautain. C'est votre

droit le plus entier. Bonne journée, madame Goodchild. »

J'étais toute seule dans cette vaste salle, désormais. Et je n'avais pas l'intention d'en sortir. Un juge britannique venait de conclure que j'étais une mère indigne. Pendant les vingt-six semaines à venir, je ne pourrais voir mon fils que sous la surveillance d'une inconnue. Ginny Ricks avait raison : en considérant d'un côté les preuves rassemblées contre moi, de l'autre le statut social et les ressources de la Dexter, aucun juge ne m'accorderait la garde de Jack, ni même le droit de l'avoir de temps à autre avec moi dans un contexte normal.

Je venais de le perdre. On m'avait retiré mon enfant.

J'ai tenté d'assimiler cette monstruosité, répétant les mêmes mots dans ma tête. Je venais de perdre mon fils. C'était trop énorme. Dix minutes ont dû s'écouler ainsi, puis le greffier s'est approché pour me prier de quitter les lieux.

La rue, le métro. Quand la rame s'est engouffrée dans la station, je me suis plaquée contre le mur, incertaine d'être capable de résister à l'envie de me jeter sous les wagons. Ensuite, je me rappelle seulement être entrée dans ma chambre, avoir baissé les stores, débranché le téléphone, tiré les couvertures au-dessus de ma tête, et découvert que malgré tout mon désir de l'abolir le monde restait là, derrière la fenêtre, indifférent au cataclysme personnel qui s'était abattu sur moi.

Je suis restée ainsi des heures, attendant en vain la délivrance éphémère d'un sommeil sans rêves. Mais l'abîme de la dépression ne s'est pas ouvert devant moi, cette fois, et je ne me suis pas enfoncée dans ce marécage si familier. Était-ce l'effet cumulatif des comprimés ou une déchirure dans le voile pesant du désespoir par laquelle j'avais réussi à fuir ? Je gardais la tête froide, les pieds sur terre. Mon avenir m'apparaissait dans toute son horrible clarté.

Je me suis forcée à me lever, à rester sous une douche tour à tour brûlante et glacée. J'ai remis de l'ordre dans la chambre, qui s'était transformée en infâme tanière au cours des derniers jours. Les sanglots qui m'ont secouée au moment où je venais de refermer la porte de la penderie n'annonçaient pas une plongée dans un vide sans retour. C'était juste le chagrin, une tristesse intense mais définissable.

Dès que je l'ai à nouveau branché, vers quatre heures, le téléphone s'est mis à sonner. C'était Sandy, qui tentait de me joindre depuis un moment et avait déjà déduit le résultat de l'audience. Cela ne l'a pas empêchée d'être scandalisée par les clauses de la sentence.

« Bonté divine, tu n'es quand même pas une meurtrière !

— Non, mais ils ont fourni assez de munitions à cette maudite avocate pour qu'elle fasse comprendre au juge que je pourrais le devenir d'un instant à l'autre. Et je n'ai certainement pas arrangé mes affaires en...

— En quoi ? »

Je n'ai eu d'autre choix que de lui raconter mon équipée du week-end, en m'excusant de la lui avoir cachée.

« Pas grave. Même si tu devrais savoir que tu peux tout me confier. Et quand je dis tout, c'est *tout*. Ce que je ne pige pas, c'est que ce juge n'ait pas trouvé normal de conclure à ton besoin de voir ton fils. Après tout, tu n'as pas débarqué là-bas à trois heures du mat' avec un fusil à canon scié dans la main. Tu n'as même pas posé un pied dans sa propriété, si ?

— Non. Mais le gars qui plaidait pour moi ne connaissait pas le quart de la moitié du dossier.

— Hein ? »

En apprenant la manière dont Ginny Ricks avait bâclé la préparation de l'audience, Sandy a failli s'étouffer de fureur.

« Mais qui te l'a conseillée, cette salope ?

— Le mari de Margaret Campbell, une amie à moi.

— Celle qui vivait à Londres mais qui est revenue aux States ? À Irvington, c'est ça ? »

La mémoire de ma sœur restait fabuleuse...

« Oui, elle.

— Tu parles d'une amie !

— Ce n'est pas sa faute, ni celle de son mari. J'aurais dû mieux me renseigner, mieux chercher, mieux...

— Tu vas arrêter ? Comment aurais-tu pu connaître les avocats londoniens spécialisés en droit familial, enfin !

— C'est vrai. Mais j'ai quelques idées à leur sujet, maintenant. »

Dans la soirée, la sonnerie du téléphone a encore retenti. C'était, à mon plus grand étonnement, Alexander Campbell en personne.

« J'espère que je ne vous dérange pas. Votre sœur a appelé Margaret tout à l'heure et lui a raconté comment cette... Virginia Ricks, c'est bien ça ? Comment elle s'était comportée. Je voulais vous dire que je suis révolté, sincèrement. Et j'ai l'intention de contacter Lawrence and Lambert dès demain.

— Le mal est fait, Alexander.

— Je me sens d'autant plus responsable.

— Comment auriez-vous pu prévoir ?

— J'aurais dû interroger d'autres collègues à Londres.

— Et moi, je n'aurais jamais dû engager la première avocate avec qui j'ai parlé. Mais c'est ainsi, et c'est trop tard.

— Et maintenant ?

— Maintenant ? Je crois que j'ai perdu mon fils. »

Margaret a téléphoné un peu plus tard, elle aussi, pour exprimer sa solidarité.

« En plus, ils ont dû te plumer, ces avocats...

— Ton mari en est un. Tu sais bien qu'ils font toujours ça.

— Combien ?

— Cela n'a plus aucune importance.

— Combien ?

— Deux mille cinq cents livres de provision, mais je m'attends à une note finale encore plus corsée.

— Tu vas pouvoir assumer ? »

Il allait bien falloir... La facture de Lawrence and Lambert était dans ma boîte aux lettres le lendemain matin, et je ne m'étais pas trompée : mille sept cent trente livres d'honoraires, en plus de l'acompte, le tout dûment justifié et détaillé, évidemment... Dans la matinée, j'ai reçu un coup de fil de Deirdre Pepinster, plus froide et laconique que jamais.

« J'ai failli vous en parler hier, mais il y avait eu assez de mauvaises nouvelles pour la journée... – *Oh non, quoi, encore ?* – J'ai vérifié auprès du cadastre. La maison est à vos deux noms... – *Mieux que rien, j'imagine.* – ... mais les représentants de votre mari nous ont indiqué avant la session qu'il avait la ferme intention de la vendre au plus vite.

— Il a le droit ?

— Légalement, l'une ou l'autre partie en copropriété peut exiger la vente, mais cela prend du temps et le juge chargé du divorce a le pouvoir d'arrêter le processus. Si vous aviez la garde de l'enfant, la situation serait bien sûr entièrement différente. Aucun magistrat n'autoriserait la vente de votre résidence. Dans votre cas, en revanche...

— Compris.

— Donc, ils ont fait une proposition. Un règlement à l'amiable, je veux dire.

« — Et ?

— Euh... Ginny Ricks m'a informée que nous ne vous représentions plus, à partir de maintenant.

— C'est exact.

— Alors, tout ce que je peux faire, c'est vous le faxer. »

Quelques minutes plus tard, une longue lettre des avocats de Tony sortait du télécopieur. Ils écrivaient que leur client, tout en désirant un divorce rapide, tenait à se montrer aussi généreux que les circonstances le permettaient. Tout d'abord, il était exclu de prévoir une participation aux frais de garde de l'enfant, puisque M. Hobbs « continuerait à assurer la résidence de son fils ». Une pension alimentaire en ma faveur n'était pas envisageable non plus : j'étais parfaitement en mesure de reprendre la profession de journaliste que j'avais exercée avant de venir à Londres et de subvenir à mes besoins. Étant donné que leur client avait apporté quatre-vingts pour cent des fonds nécessaires à l'acquisition de la maison, il aurait été logique qu'il reçoive la même proportion des bénéfices éventuels de la vente, qui de toute façon ne seraient guère importants puisque nous n'étions propriétaires que depuis sept mois. Sur ce point, pourtant, son offre était des plus magnanimes : en cas de vente, je recevrais, en plus des vingt mille livres que j'avais placées dans l'achat, les sept mille couvrant les frais d'aménagement du grenier – payés de ma poche –, ainsi que dix mille en guise de « gratification », et cinquante pour cent du profit résiduel de l'opération. Petit détail : cet arrangement n'était envisageable que si je renonçais à contester la décision sur le droit de garde. Mon refus les obligerait à porter l'affaire devant les tribunaux, évidemment... En d'autres termes, je devais me préparer à payer le lourd prix de la justice. Avec un argent dont je ne disposais même pas.

Seule petite concession dans cette déclaration de guerre formulée avec une scrupuleuse politesse : ils m'octroyaient vingt-huit jours de réflexion avant de lancer la procédure légale. Un moment de répit qui me permettait de surseoir à ma décision et surtout de régler des questions plus urgentes, à commencer par ma peu brillante situation financière.

Dans ma grande ingénuité, j'avais pensé un instant que Lawrence and Lambert se seraient contentés de la provision versée, après une sentence aussi négative pour leur cliente. Au contraire, ils avaient salé la facture, poussant la mesquinerie jusqu'à faire figurer en lettres capitales au bas de la note d'honoraires : « À régler sous quinzaine. » Si je m'étais écoutée, je l'aurais envoyée directement à la poubelle, et si j'avais été plus en fonds j'aurais peut-être pris un avocat afin d'attaquer Ginny Ricks pour incompétence notoire. Mais j'ai pensé que cette étude d'influents fumistes risquerait alors de me faire une réputation de quasi-infanticide doublée d'une malhonnête insolvable. Peu après, je suis donc allée demander un deuxième chèque bancaire de mille sept cent trente livres que j'ai aussitôt posté, avant de m'asseoir dans un café de la rue principale en méditant sur mes avoirs réduits à deux mille cinq livres, de quoi survivre quelques mois mais certainement pas d'engager un nouvel avocat pour obtenir la garde de mon enfant...

Le chantage conçu par les avocats de Tony manifestait une admirable intelligence stratégique, il fallait le reconnaître. « Acceptez nos conditions, disaient-ils en substance, et vous aurez un petit pécule qui vous permettra de prendre un nouveau départ. Refusez-les, et vous vous retrouverez entraînée dans une bataille juridique dont vous n'avez pas les moyens et qui ne changera en rien le destin de Jack, qui est de grandir avec son père et la protectrice de celui-ci. » La première option était tentante, bien sûr : signer leurs fichus papiers, accepter l'argent, essayer de trouver un toit et un travail en espérant pouvoir parvenir un jour à un terrain d'entente en ce qui concernait Jack. Mon fils grandirait alors en considérant cette usurpatrice comme sa mère tandis que je ne serais pour lui qu'une pièce rapportée, le rappel embarrassant de cette présence funeste qui avait plané sur sa prime enfance. Compte tenu de leur comportement jusqu'alors, j'étais certaine que Tony et son égérie allaient tout faire pour le dresser contre moi et, même s'ils finissaient par se montrer moins hargneux, ils auraient la bénédiction de la justice pour m'empêcher d'élever mon enfant. Ce qui était une perspective tout simplement inconcevable.

« Tu as l'air de tenir le coup mieux que je ne pensais, franchement, a fait remarquer Sandy quand nous nous sommes parlé le soir.

— Oui ? Oh, il m'arrive de me mettre à pleurer comme une idiote. Mais cette fois, c'est différent. Cette fois, j'ai vraiment la haine. »

Elle a éclaté de rire.

« Bonne nouvelle ! »

Ma colère était cependant tempérée par des considérations de realpolitik. J'avais été roulée dans la farine sur les plans juridique et financier mais je n'y pouvais pas grand-chose, à part encaisser le coup et me montrer sous mon meilleur jour au reste du monde. Cette opération de reprise en main psychologique commençait par mes contacts avec les assistantes sociales du centre qui m'avait été assigné. Il était exclu d'apparaître aigrie ou agressive, ou même telle une mère convaincue que ses droits sur son enfant sont inaliénables. Pour ces fonctionnaires, les termes de la sentence étaient assez clairs : je représentais un danger potentiel pour mon fils. Dépression ou pas, manipulation des faits par une avocate sans scrupules ou pas. Pas question de me poser en victime. Que cela me plaise ou non, j'étais forcée de reconnaître que mon avenir allait dépendre de leur opinion à mon sujet.

J'ai donc accepté avec empressement le rendez-vous qu'une Clarice Chambers, conseillère des services sociaux de Wandsworth, m'a proposé par téléphone. Deux jours plus tard, je suis entrée avec un quart d'heure d'avance dans un immeuble en parpaings, à quelques pas de Garret Lane et d'une hideuse tour d'appartements, l'Arndale Centre, connue comme l'endroit idéal pour acheter une dose de crack ou se retrouver nez à nez avec une femme dont les yeux au beurre noir résumaient la vie conjugale. Les trois autres « mères indignes » venues en consultation offraient d'ailleurs un tableau vivant de la misère domestique, complétée par la détresse d'avoir été séparées de leurs enfants. Nous étions alignées sur un banc dans un couloir au lino élimé et aux murs en béton brut. Mes compagnes d'infortune étaient plus jeunes que moi, l'une d'elles carrément adolescente. La deuxième avait un regard égaré trahissant l'usage assidu de quelque substance chimique, légale ou non. La troisième, presque obèse, semblait sur le point d'éclater en sanglots à tout instant. Nous n'avons pas échangé un seul mot en attendant d'être appelées.

Par chance, mon tour est arrivé en premier. Une réceptionniste m'a conduite à la salle 4, deux portes plus loin sur la droite. J'y suis entrée avec une appréhension qui approchait la peur panique. Je n'avais pas la moindre idée de la manière dont j'allais réagir en revoyant Jack. Mais il n'y avait dans la pièce que Clarice Chambers, une Antillaise massive, au sourire aussi direct que sa poignée de main. Nous étions au milieu de ce qui ressemblait en tout point à une chambre d'enfant, avec un parc, des jouets en éponge sur un tapis, un papier mural décoré de petits animaux, un décor surréaliste dans la lumière des néons et sous un plafond aux dalles en polyester disjointes.

« Où est Jack ? ai-je demandé avec une visible nervosité.

— Il va venir dans une minute, m'a-t-elle annoncé en me faisant signe de prendre place sur une chaise en plastique en face d'elle. Mais avant, j'aimerais échanger quelques mots avec vous et vous expliquer comment nous fonctionnons, ici.

— D'accord », ai-je acquiescé d'une voix que j'essayais d'affermir.

Elle m'a encore souri avant de préciser que ce premier contact, mercredi à onze heures du matin, ne serait pas inclus dans mon quota de temps autorisé avec Jack. Le père de l'enfant en avait été informé, et la nurse amènerait le petit mais ne serait pas présente lors de nos moments ensemble. Si je le désirais, je pouvais aussi désigner parmi mes amis ou parents un témoin autre que Clarice, à condition que cette personne soit approuvée par le service des Affaires sociales de Wandsworth.

« Je ne suis pas à Londres depuis très longtemps, donc je ne vois pas vraiment qui... »

J'ai dû m'arrêter, la voix cassée par l'émotion.

« Très bien, a-t-elle observé en effleurant ma main. Je serai là. »

Elle a poursuivi en m'expliquant que je pourrais lui apporter les jouets ou les vêtements que je voulais. J'avais le droit de le prendre dans mes bras, de jouer avec lui ou tout simplement de le regarder dormir, de lui donner un biberon – Clarice servirait d'intermédiaire entre la nurse et moi pour vérifier ses heures de repas et le type de lait employé.

« La seule restriction, c'est que vous n'êtes pas autorisée à quitter la pièce avec lui. Et ma responsabilité est de toujours rester présente. » Elle m'a adressé un nouveau sourire rassurant. « Je sais que cela vous paraît artificiel, mais nous allons faire au mieux. D'accord ? » J'ai acquiescé d'un signe. « Bon. Je reviens tout de suite. »

Elle est sortie de la pièce un moment, avant de revenir avec un couffin.

« Le voilà », a-t-elle annoncé à voix basse en me le tendant.

Il était profondément endormi. Comme il avait grandi en trois semaines... Et il s'était remplumé, aussi. Ses joues étaient plus rondes. Même ses mains semblaient plus longues.

« Vous pouvez le prendre, si vous voulez.

— Je... je préfère ne pas le déranger. »

Après avoir posé le couffin au sol, je me suis penchée pour caresser son petit poing fermé. Instinctivement, il a ouvert les doigts, attrapé mon index et l'a serré fort. Ce simple geste m'a fait perdre la bataille que je livrais contre mes émotions : je me suis mise à pleurer, ma paume pressée contre mes lèvres afin d'étouffer mes sanglots. Quand je suis parvenue à reprendre mes esprits, Clarice Chambers m'observait, impassible.

« Pardon... Tout ça est un peu...

— Vous n'avez pas à vous excuser. Je sais que c'est difficile.

— C'est simplement que... je suis si contente de le voir. »

Il ne s'est pas réveillé une seule fois. Au bout de dix minutes, il a lâché mon doigt et je suis restée assise près de lui, le berçant dans son couffin en admirant la paisible douceur de ses traits. Pendant tout le reste de ma « visite », Clarice est restée silencieuse mais j'avais conscience de son regard sur moi. Elle voulait voir comment je me comportais avec Jack, comment je réagissais à une situation aussi étrange et inconfortable.

Sans tenter le moins du monde de l'impressionner par de grandes démonstrations d'amour maternel, je me suis contentée d'apprécier ce moment de très relative intimité avec mon fils. Soudain, elle a murmuré : « C'est bientôt l'heure, désolée... » J'ai ravalé de nouveaux sanglots. Elle m'a accordé encore une minute avant de s'approcher de nous. Rapidement, je me suis penchée pour déposer un baiser sur les cheveux de Jack, respirant son odeur de bébé, puis j'ai traversé la pièce et me suis postée devant la fenêtre qui donnait sur une cour jonchée de détritus pendant que l'assistante sociale s'en allait avec le couffin. Elle est venue à moi dès son retour :

« Vous allez bien ?

— J'essaie.

— C'est toujours plus dur, la première fois. » Je suis restée silencieuse, tout en pensant : *Non, ce le sera autant les suivantes...* « La semaine prochaine, vous pourrez lui apporter des habits ou des jouets, je vous l'ai dit. » Comme si mon fils était une poupée que je pouvais habiller à ma guise, ou du moins une heure tous les sept jours... J'ai fermé les yeux à cette pensée. Clarice m'a touché le bras doucement. « Ça ira mieux, je vous assure. »

Je suis rentrée chez moi. Je me suis assise sur le lit, résistant au besoin de me cacher à nouveau sous les couvertures, de fuir cette injustice, et j'ai pleuré, longtemps. Il paraît que les larmes sont le meilleur moyen de se libérer d'un chagrin trop enfoui en soi. Cependant, je ne me suis pas sentie soulagée ni rassérénée lorsque je suis enfin allée à la salle de bains pour m'asperger le visage d'eau froide. Au contraire. Et la terrible hypothèse que mes relations avec Jack restent à l'avenir ce que je venais de connaître me forçait à me poser la question : Est-ce que je parviendrai jamais à m'y faire ?

Les six jours suivants ont été une lugubre succession d'actions machinales et de mauvaises nuits. J'étais sans appétit, sans énergie, et le Dr Rodale s'est tout de suite inquiétée de mon état quand je me suis rendue à sa consultation à l'hôpital St Martin's.

« Les dernières semaines n'ont pas été géniales...

— Oui. J'ai appris le résultat de l'audience. J'en suis navrée pour vous.

— Merci », ai-je répliqué assez sèchement, froissée par son apparente froideur, par son refus d'exprimer une véritable indignation devant la manière dont on m'avait traitée... Mais j'ai réagi à cet accès de colère en me répétant que je n'avais pas d'autre choix que d'accepter la réalité.

« Comment vous sentez-vous, psychologiquement ? » s'est-elle enquise, apparemment soucieuse de revenir à un terrain strictement médical. Pas de pathos, donc... J'ai soutenu son regard, décidée à ne rien cacher :

« Je pleure très souvent. Je suis révoltée, presque tout le temps. Je trouve que ce qui m'est arrivé est affreusement injuste.

— Oui. Et cette sensation de perdre pied que vous m'avez souvent décrite ?

— Cela m'arrive moins fréquemment. J'ai bien sûr des moments de désespoir mais j'arrive à me ressaisir, jusqu'à présent. De là à vous déclarer que je suis très heureuse... »

Elle a eu l'ébauche d'un sourire, puis :

« Qui le pourrait ? » Elle a observé un instant de silence. « Vous ne nagez évidemment pas dans le bonheur, mais d'après ce que j'entends vous avez retrouvé un certain équilibre. C'est très positif, cela, donc je pense qu'il n'y a pas de raison de changer le traitement, pour le moment. En ce qui concerne le reste, avez-vous revu Ellen Cartwright ? »

Celle-ci m'a justement téléphoné le lendemain. Elle a commencé par s'excuser de ne pas avoir été joignable. Comme le message laissé sur son répondeur par l'assistante de mon avocate n'avait pas été des plus clairs, j'ai dû lui expliquer pourquoi j'avais cherché à obtenir son témoignage. Contrairement à la psychiatre, elle n'a pas dissimulé son indignation en apprenant l'issue du procès :

« Mais c'est scandaleux ! Je me sens encore plus mal, maintenant ! C'est vraiment horrible...

— En effet.

— Vous aimeriez me parler ? Reprendre nos séances ?

— Je pense que ce serait une bonne idée.

— Très bien. Je ne suis autorisée à suivre à St Martin's que les personnes hospitalisées là-bas. Si vous voulez continuer, donc, ce sera à ma consultation privée.

— Quels sont vos honoraires ?

— Soixante-dix livres de l'heure. Vous avez une assurance médicale personnelle ?

— Nous sommes à la BUPA.

— Pas de problème, alors. Passez-leur un coup de fil, qu'ils vous disent combien de semaines ils sont prêts à couvrir. Ils vous demanderont aussi une ordonnance du Dr Rodale, certainement, mais ce sera tout... »

Une surprise m'attendait lorsque je les ai appelés, pourtant. Après m'avoir demandé mon nom, mon adresse et mon numéro d'assuré, la « représentante du service clientèle », ainsi qu'elle s'était présentée, est revenue en ligne au bout d'une minute :

« Votre contrat a été annulé, malheureusement. Vous étiez couverte par la police de votre mari, que son employeur a supprimée après son départ volontaire de l'entreprise, à ce que je vois... »

J'ai fait quelques rapides calculs. Une séance hebdomadaire avec Ellen pendant six mois signifierait débourser mille six cent quatre-vingt livres, une dépense impensable dans mon budget... J'allais donc devoir me contenter de mes antidépresseurs et de mes longues conversations téléphoniques avec Sandy.

« Il va falloir que tu trouves un autre avocat, a-t-elle déclaré le soir même. Surtout si tu dois régler ce problème avec la maison très vite.

— Je ferais peut-être mieux d'accepter leur offre.

— Tu plaisantes ?

— Dans un cas comme dans l'autre, je suis perdante. Tony le sait très bien. En plus, il a cette femme derrière lui, avec tout l'argent dont ils ont besoin pour me démolir. Ce qui est certainement son intention. J'aimerais mieux sortir de grandes phrases du genre "Ils ne m'auront pas" ; le fait est qu'ils en sont capables et ne reculeront devant rien.

— Quoi que tu décides, ne t'engage à rien tant que tu n'as pas un nouvel avocat.

— Sauf que c'est au-dessus de mes moyens, pour l'instant.

— Tu vas bien devoir reprendre le travail, non ?

— Non seulement je dois, mais je veux ! J'en ai besoin, même. Avant de perdre complètement la boule. »

C'est ce que j'ai expliqué en termes plus châtiés à Jessica Law, l'inspectrice des Affaires sociales passée me voir à la maison pour un « premier contact ». À peu près de mon âge, habillée avec discrétion, regard attentif derrière ses lunettes rondes, elle s'attendait visiblement à se retrouver devant la sorcière déséquilibrée que mes adversaires avaient dû dépeindre dans leur dossier. Elle semblait noter chaque nuance de mon comportement, mon style vestimentaire – jean, col roulé et mocassins noirs, ce jour-là –, les livres et les disques de musique classique sur les étagères, voire le détail que je lui serve du vrai café et non quelque imbuvable instantané. Trop polie pour l'exprimer tout de go, elle m'a laissé entendre que j'étais l'objet d'une véritable enquête de moralité et que la décision de justice finale serait largement tributaire de ma coopération.

« C'est difficile pour vous, a-t-elle commenté en sucrant son café.

— Ça l'est, en effet, ai-je répliqué en remarquant qu'elle utilisait la même expression que Clarice Chambers : était-ce une reconnaissance feutrée de mon infortune ou une manière diplomatique de m'informer que le pire était encore à venir ?

— Bien. J'ai l'intention de vous voir deux ou trois fois en tout avant de rédiger et de soumettre mon rapport. Théoriquement, le premier entretien formel devrait se dérouler avec votre mari, mais étant donné la... complexité de vos relations, j'ai décidé de l'écouter séparément. Il est important de souligner qu'il ne s'agira en aucun cas d'interrogatoires. Vous n'êtes pas devant un tribunal. Ma seule mission, c'est de présenter à la cour un tableau exhaustif de votre situation. »

Donc, nous étions censées bavarder le plus tranquillement du monde, peut-être ? Encore un trait merveilleusement anglais : feindre le confort douillet d'une conversation de salon de thé alors qu'il s'agissait justement d'un interrogatoire, d'un jugement avant le jugement.

« Je comprends.

— Parfait, a-t-elle approuvé en prenant un biscuit au gingembre et en le contemplant quelques secondes avant de mordre dedans. Ils viennent de chez Marks and Spencer, non ?

— Exact.

— C'est ce que je pensais. Délicieux. Alors, si vous voulez bien, je commencerai par une première question. J'ai vu dans votre dossier que vous étiez à Londres depuis moins d'un an : comment trouvez-vous la vie en Angleterre ? »

Quand j'ai rapporté cette question à Sandy dans la soirée, elle a eu un rire incrédule :

« Tu me charries ! Elle t'a vraiment demandé ça ?

— Après, ils disent que les Américains manquent d'humour.

— Et alors, tu lui as répondu quelque chose de bien salé, j'espère ?

— Pas du tout. Je suis restée très polie, et relativement honnête. Je lui ai dit que l'adaptation n'avait pas été simplissime, mais comme j'avais été malade tous ces derniers mois je ne pouvais pas avoir le même point de vue que si j'avais totalement pris pied dans la vie quotidienne. À ce moment, elle m'a demandé : "Et vous en avez l'intention ?" Je lui ai répondu oui, bien sûr, et je lui ai rappelé que j'avais été journaliste et que j'avais la ferme intention de retrouver du travail à Londres, "une ville pleine de ressources pour les correspondants de presse". Elle : "Et dans le cas où le juge vous confierait la garde de l'enfant, vous seriez disposée à ce qu'il grandisse en Angleterre ?" Moi : "Oui, tout à fait, ne serait-ce que parce qu'il serait proche de ses deux parents."

— Bonne réponse, a approuvé Sandy. Elle a dû être impressionnée, non ?

— Je pense. Et il me semble qu'elle ne m'est pas hostile, ce qui est un bon point de départ. Mais le plus important, maintenant, c'est que je me trouve un boulot pour leur prouver que je suis capable de m'"intégrer".

— Tu t'en sens la force ? Franchement, je pense que...

364

— Je sais ce que tu penses, mais je n'ai pas le choix. »

La recherche d'un travail ne s'est pas révélée aisée, pourtant. Pour commencer, mes contacts professionnels à Londres étaient très limités : deux ou trois chefs de rubrique que j'avais connus au temps de ma brève correspondance pour le *Boston Post*, ainsi qu'un producteur de CNN, Jason Farrelly, avec qui j'avais plutôt sympathisé pendant les quatre mois où il avait été en poste au Caire et qui avait été depuis rétrogradé au placard de la section Économie de leur bureau londonien. Il avait cependant le titre de responsable du programme *Business News Europe* de la chaîne, ce qui le rendait peu accessible au téléphone, d'autant que les journalistes de télévision parvenus à un certain rang semblent mettre un point d'honneur à ne pas répondre aux messages, histoire de prouver à quel point ils sont débordés... Après cinq tentatives infructueuses, j'ai donc décidé de tenter ma chance auprès d'Isobel Walcott, chef adjointe du service Magazine au *Daily Mail*. J'avais jadis déjeuné avec elle quand je préparais un article sur l'irréversible déclin des légendaires « bonnes manières » anglaises, sujet auquel elle avait consacré un amusant petit essai. Je me souvenais de quelqu'un qui combinait une élocution ultrachâtiée à l'usage immodéré du mot *fuck*, avait fait un sort à la bouteille de blanc que j'avais commandée, n'avait pas manqué une occasion d'employer la formule « vous autres Américains » mais avait aussi tenu à me dire à la fin du repas : « Si vous avez une idée de papier sociétal susceptible d'intéresser mon canard, n'hésitez pas à me passer un coup de fil. »

Quand je l'ai appelée sur sa ligne directe après avoir retrouvé sa carte de visite, elle m'a toutefois répondu d'un ton abrupt :

« Nous nous connaissons ?

— Eh bien, j'étais correspondante du *Boston Post* il y a quelques mois. Nous avons déjeuné ensemble, vous vous rappelez ? »

Loin de la dégeler, ce rappel a paru la rendre encore plus distante.

« Ah, oui, oui... Je suis plutôt occupée, là...

— Je peux retéléphoner plus tard ? J'ai deux ou trois projets d'articles, et comme vous m'aviez proposé de...

— Oh, nous avons les tiroirs pleins de sujets, en ce moment ! Mais pourquoi pas m'envoyer ça par e-mail, que je regarde un peu ? Il faut vraiment que je file. Au revoir. »

Je lui ai adressé un courrier électronique, persuadée qu'elle n'y répondrait pas. Je ne me suis pas trompée. J'ai aussi tenté ma chance auprès d'un journaliste travaillant au supplément du *Sunday Telegraph*, un certain Edward Jensen, qui avait connu Tony à Francfort et restait dans mes souvenirs un garçon assez amical bien qu'un peu mou. Là non plus, je n'ai pas été reçue à bras ouverts, mais cette fois le ton était plus embarrassé que cassant :

« Ce n'est pas trop le bon jour pour moi, malheureusement... Euh, comment va Tony ?

— C'est que...

— Oh, quel idiot je suis ! J'ai appris, en effet...

— Vous avez appris quoi ?

— Euh, que vous deux, c'était... Je suis affreusement désolé. Et je crois que vous avez été souffrante, aussi ?

— Je vais bien, maintenant.

— Parfait, parfait. Ah, j'ai une réunion qui commence dans une minute ! Est-ce que je peux vous rappeler ? »

Je lui ai donné mon numéro, tout en sachant qu'il ne s'en servirait pas. Je ne me suis pas trompée.

Il devenait clair que notre histoire avait amplement circulé dans le petit monde journalistique londonien, et la version de Tony était la seule connue, puisque c'était son milieu. Peu surprenant que je sois devenue une pestiférée, dans ces conditions... Finalement, Jason Farrelly s'est décidé à me retéléphoner et même à se montrer fort cordial, tout en s'empressant de préciser que *a*, il était débordé et que *b*, je n'avais pas la moindre chance de trouver un poste à CNN pour l'instant.

« Vous êtes au courant des compressions de personnel que nous avons eues depuis la fusion... Je peux m'estimer heureux d'avoir encore un job et croyez-moi, le service Business, ce n'est pas précisément la joie ! Mais enfin, c'est super d'avoir de vos nouvelles ! Alors, vous vous plaisez à Londres ? »

C'était l'approche américaine typique lorsqu'il s'agit d'annoncer une mauvaise nouvelle : se montrer ultra-amical et ultrapositif, même si le message à communiquer implicitement est des plus négatifs. Dans la même situation, les Anglais manifesteront une raideur embarrassée qui pourra aller jusqu'à la brutalité. Je préférais peut-être le second comportement, tout compte fait, au moins on sait ce qui va venir, sans être pris au dépourvu par la fausse bonhomie qu'un Jason Farrelly pratiquait avec une telle aisance.

« Ça me ferait plaisir de vous revoir, Sally. En plus, on ne sait jamais, quelque chose pourrait se libérer pour vous ici... »

Si peu convaincante qu'ait été cette dernière remarque, j'ai préféré y voir un soupçon d'encouragement après toutes ces rebuffades.

« Ce serait fantastique, Jason. Je sais que la situation de CNN a pas mal changé. La mienne aussi, d'ailleurs. Mais tout ce que vous pourrez me trouver sera le...

— Il y a un problème : je dois partir assurer la

direction de notre bureau parisien pour les trois semaines à venir. Notre gars a dû rentrer d'urgence aux États-Unis, un décès dans sa famille... Enfin, je disparais dans deux jours et jusque-là je suis atrocement charrette, hélas !

— Moi, je suis plutôt libre, en revanche, donc si vous pouvez me consacrer même une demi-heure.

— Neuf heures et quart demain matin, ça vous irait ?

— Où ?

— Vous connaissez un restaurant qui s'appelle Bank ? Alydwich ? Ils font les petits déjeuners, aussi. Je n'aurai pas beaucoup de temps, mais bon... »

J'ai accepté tout de suite, même s'il était légèrement risqué de me rendre dans le West End alors que mon rendez-vous sous surveillance avec Jack avait lieu à onze heures, dans une autre partie de la ville. En terminant avec Jason à dix heures moins le quart, cinq minutes pour courir à la station Temple puis le métro direct jusqu'à East Putney, l'arrêt le plus proche du centre social, puis un kilomètre jusqu'à Garrett Lane... Le tout était faisable en une heure, sans problème. Je n'ignorais pas non plus que, dans le dur métier de journaliste, il est indispensable de saisir au vol une perche qui vous est tendue, même du bout des doigts. Si l'on coupe le contact radar, on peut se compter parmi les pertes définitives.

En conséquence, j'ai porté mon fameux tailleur noir chez le teinturier, abandonné trente livres à un bon coiffeur de Putney et suis arrivée le lendemain avec un quart d'heure d'avance au restaurant que Jason avait proposé, l'un de ces « espaces » plus que branchés tout en verre, chrome et clients ultrachics qui menaient un tapage affecté même en cette heure matinale. On m'a conduite à la table que Jason avait réservée, j'ai eu le temps de prendre un cappuccino, de lire *The Inde-*

pendent, et j'avais consulté ma montre à dix reprises quand, à neuf heures et demie passées, j'ai commencé à m'inquiéter sérieusement. Pas de message de mon hôte, m'a confirmé à trois reprises la serveuse. Il était 9 h 43, et je venais de payer la note, lorsqu'il est apparu, un peu échevelé, en m'expliquant à toute allure le coup de Bourse inattendu qui venait de se produire à Hong Kong et qui avait évidemment bouleversé l'actualité et... « Vous connaissez le métier, je n'ai pas besoin de vous faire un dessin ».

Certes, mais je devais m'en aller, et je ne voulais surtout pas avoir à lui dire pour quelle raison. Je comprenais également que je n'aurais sans doute pas d'autre occasion de parler à Jason, aussi ne pouvais-je laisser échapper cette chance de prouver aux Affaires sociales que j'étais capable de trouver un travail, donc d'être socialement responsable, donc d'être jugée digne d'avoir la garde de mon fils... Cet enchaînement de motivations m'a décidée à tenter le va-tout : j'écornerais encore un peu plus mes économies en prenant un taxi jusqu'à Wandsworth, et préciserais à Jason que j'étais obligée de partir à dix heures et quart, dernière limite... Le problème est qu'il n'a pas arrêté de parler des difficultés de la chaîne, des licenciements au siège d'Atlanta, de la situation moins catastrophique des bureaux européens, qui restaient autorisés à employer des reporters dans le cadre de contrats ponctuels... J'ai réprimé un soupir de soulagement, pensant qu'il allait en venir à mon cas, mais il a repris son souffle une seconde avant de me lancer :

« Vous savez que nous nous séparons, Janie et moi ? »

J'avais rencontré sa femme, également au Caire, alors qu'ils étaient mariés depuis quatre ans. La trentaine, blonde, elle était agent immobilier à Atlanta et se plaignait des salaires de misère auxquels les journalistes étaient cantonnés. En veine de confidences, Jason s'est lancé sur ce nouveau sujet :

« Quand on s'est connus, cette fille de la Géorgie profonde trouvait hypersexy de sortir avec un type de Harvard embauché par CNN à vingt-cinq ans à peine. Ensuite, elle n'a pas arrêté de se plaindre de la vie à l'étranger. Au Caire, ça n'allait pas, à Paris c'était l'horreur... Je peux le dire maintenant : c'est le genre d'Américaine qui vomit les Français. Lorsqu'ils m'ont proposé Londres, je me suis dit que notre mariage irait peut-être mieux si elle revenait dans un environnement anglophone. Grosse erreur ! Comparés aux Britanniques, les Français étaient aussi bien que les sudistes, brusquement ! Mais les Anglais... "Sans doute les gens les plus déprimants, mal élevés et puants de toute la planète. Et, oui, je sais que j'ai le même accent que Scarlett O'Hara."

— Elle a vraiment dit "puants" ? » ai-je relevé pour paraître intéressée, même si je devenais de plus en plus nerveuse. 10 h 10. Il fallait que j'arrête ce flot de paroles, mais il en était arrivé au point de sa saga où la blonde agressive revenait d'une visite à Atlanta pour lui apprendre ses retrouvailles avec un ancien petit ami du lycée qui avait ravi son cœur...

« Un type qui s'appelle Brad, en plus ! Un des plus gros promoteurs de Géorgie. Fana de golf, évidemment. Et il doit se balader en 4×4 Mercedes, je parie. Et...

— Euh, Jason...

— Quel épouvantable bavard je fais !

— Non, mais... il me reste deux minutes, pas plus.

— Ah ! D'ailleurs, quoi de neuf, pour vous ?

— Mon mari et moi ne sommes plus ensemble.

— Sans blague ? Mais vous ne veniez pas d'avoir un enfant, tous les deux ?

— Si. Écoutez, Jason... Vous savez que j'ai une

expérience assez complète, en journalisme. J'ai fait du desk, couvert des guerres, dirigé un bureau à l'étranger. Je pense que...

— Vous n'avez pas besoin d'essayer de me convaincre, Sally. Vous m'avez appris tellement de choses pendant ces quelques mois au Caire ! Le hic, c'est la situation budgétaire. Rien que moi, on m'a demandé de me séparer de deux reporters du staff...

— Mais vous disiez que CNN Europe avait recours à des free-lances...

— Pour cette raison, justement ! Et ça ne concerne pas Londres, pour le moment. Maintenant, si vous vouliez essayer de décrocher six mois à Moscou ou à Francfort, je suis presque sûr que vous auriez vos chances.

— Je ne peux pas m'éloigner d'ici.

— Dans ce cas...

— Je ne prétends pas au poste du siècle, Jason ! Même un mi-temps, même un quart de temps, ça irait. Il faut réellement que j'aie une situation professionnelle.

— Je comprends, Sally, je comprends, et Dieu sait si je voudrais vous aider. Mais j'ai les mains liées par la direction. En plus, comme je vous l'ai dit, je pars demain à Paris pour un mois. »

J'ai jeté un regard à ma montre. 10 h 18.

« Moi aussi, il faut que je parte.

— Bien sûr ! Pas de problème. Encore mes excuses, alors, mais on reste en contact ! Vous ne m'oubliez pas, hein ?

— Oh non. »

En deux secondes, j'étais dehors. Une douzaine de taxis me sont passés sous le nez, tous vides. Aucun n'a semblé remarqué mes gesticulations. 10 h 25. Un plan d'urgence devenait indispensable. Je me suis mise à courir vers Embankment Station, espérant trouver un chauffeur se dirigeant vers le Strand et que je pourrais convaincre de prendre une autre direction. Les jambes flageolantes mais sans m'arrêter, j'ai appelé les renseignements sur mon portable. L'opératrice ne parvenant pas à trouver un numéro pour le centre des Affaires sociales de Wandsworth, elle m'a donné celui de la mairie, qui a répondu au bout de vingt sonneries pour me connecter à un disque d'attente. En arrivant à la bouche de métro, j'étais en nage, désespérée, ulcérée par l'attitude de Jason. Même au cas où un hélicoptère m'aurait attendue sur l'esplanade, il était clair que j'allais être en retard. En retard pour la seule et unique heure de la semaine où j'étais autorisée à voir mon fils.

Durant l'interminable trajet vers le sud, j'ai tenté frénétiquement de joindre à nouveau la mairie, n'obtenant un signal que durant le court instant où le métro est revenu à la surface à South Kensington. Lorsque j'ai retrouvé la lumière du jour à East Putney, il était 11 h 28. Téléphone inutilement pressé contre l'oreille, j'ai foncé à la guérite de mini-vans qui se trouvait non loin de la sortie, supplié l'employé de me trouver une voiture à l'instant. La vieille Vauxhall poussive qu'il m'a assignée n'aurait pu survoler le chantier sur Upper Richmond Road, de toute façon, de sorte qu'il était midi moins vingt quand je suis enfin parvenue au centre, sans avoir été en mesure de parler à un seul être humain à la mairie de Wandsworth.

La réceptionniste avait l'air d'attendre mon apparition, car sans me poser la moindre question elle m'a lancé un brusque « Attendez ici ! » tout en pianotant sur son standard. Peu après, Clarice Chambers a traversé le hall dans ma direction.

« Je suis... désolée à un point ! ai-je bredouillé tout en la suivant déjà vers la salle où avait eu lieu notre premier contact. J'avais un entretien... pour un travail... à l'autre bout de la ville, et ce... cette personne était en retard... et impossible d'avoir un taxi... » Brusquement, elle a obliqué à gauche et m'a fait entrer dans un petit bureau.

« Fermez la porte et asseyez-vous, je vous prie. »

J'ai obéi, soudain prise d'angoisse.

« Il y a... Il s'est passé quelque chose ?

— Oui. Vous deviez être ici depuis quarante-cinq minutes.

— Mais j'essayais de vous expliquer que...

— Je sais. Un entretien. À en juger par votre tenue, je n'ai aucun doute quant à votre bonne foi. Sauf que l'heure qui vient presque de s'écouler est votre unique occasion de voir votre fils pendant la semaine, et que le fait d'avoir manqué cette deuxième visite ne va pas...

— Je ne l'ai pas manquée ! Je suis là !

— Oui. Mais votre enfant est reparti à la maison avec sa nurse il y a dix minutes. Sur mes instructions.

— Vous... vous n'auriez pas dû.

— Vous n'étiez pas là, je n'avais pas de nouvelles de vous, et comme il avait un peu de colique, j'ai...

— Il est malade ?

— Juste un peu de colique. Mais bon, il était grognon, vous n'étiez pas là, donc j'ai décidé qu'il serait mieux chez lui.

— J'ai essayé d'appeler !

— Je n'ai eu aucun message, en tout cas. Désolée.

— Et moi donc !

— La semaine prochaine, tout ira bien, a-t-elle affirmé, remarquant la détresse dans ma voix.

— On ne peut pas organiser une autre rencontre, d'ici là ?

— Ce serait enfreindre l'ordre du tribunal. Ni vous ni moi ne pouvons faire une chose pareille. – J'ai fermé les yeux. Je me maudissais d'avoir tout gâché pour ce stupide rendez-vous. – À l'avenir, a repris Clarice d'un ton posé, il vaudra mieux garder votre matinée du mercredi entièrement libre. Vous êtes censée être là. »

C'est ce que Jessica Law m'a répété deux jours plus tard, lorsqu'elle m'a téléphoné – une demi-heure avant de se présenter chez moi – pour me demander si je ne voyais pas d'objection à ce qu'elle me rende une petite visite. Je m'attendais à un savon en règle. Au contraire, elle a accepté volontiers une tasse de café, une assiette de ces biscuits au gingembre qu'elle appréciait tant, puis elle a commencé : « Je suis sûre que vous comprenez pourquoi je suis venue comme ça, un peu à l'improviste ?

— Si je pouvais simplement expliquer...

— Clarice s'en est chargée. Que cela soit bien clair entre nous : je ne suis pas là pour vous accabler à propos de ce qui constitue à l'évidence une erreur.

— En fait, j'ai eu cet entretien professionnel, c'était le seul moment que l'on pouvait m'accorder, mon interlocuteur est arrivé tellement en retard que...

— J'ai lu le rapport de Clarice.

— Vous... Elle a fait un rapport écrit pour ça ?

— Elle n'avait pas le choix, malheureusement. Vous étiez absente à une rencontre avec votre enfant régie par une décision de justice. Cependant nous savons, vous, elle, moi, que cela s'est produit pour des raisons dépassant votre volonté. Il n'empêche que cela reste un mauvais point pour vous, et les avocats de votre mari sont susceptibles de s'en servir lors de l'audience finale... Ce dernier commentaire reste entre vous et moi, bien entendu.

— Absolument. Mais de quelle manière puis-je essayer de réparer les dégâts ?

— En vous présentant toujours à l'heure aux visites suivantes, pour commencer. Quant à moi, je vais indiquer dans mon rapport que nous avons eu cette conversation, que vous êtes la première à déplorer ce retard et que celui-ci était essentiellement dû à vos démarches en vue de retrouver un travail. À propos, comment s'est-il passé, cet entretien ?

— Ah...

— Continuez à chercher. »

C'était plus qu'un conseil : dans les limites de ses prérogatives, elle me laissait entendre que ma position serait bien moins défendable au cours du jugement final si j'étais toujours sans emploi. Mais l'objectif n'avait rien d'évident. Des villes aussi ouvertes en apparence que New York ou Londres peuvent devenir d'impénétrables forteresses lorsqu'on y débarque en tentant de prendre sa place dans un milieu professionnel déjà dominé par une forte concurrence. C'est encore plus vrai dans le monde clos du journalisme, à partir du moment où l'on ne dispose plus de ses anciens réseaux et où il s'agit de recommencer une carrière dans un pays étranger. L'une des règles de l'embauche, au sein de ce milieu, c'est qu'il n'est jamais bon de parier sur quelqu'un dont on ne peut être entièrement sûr.

J'ai passé les semaines suivantes à essuyer un refus après l'autre auprès de tous les principaux médias américains, NBC, CBS, ABC, le *New York Times*, le *Wall Street Journal*, et même mon ancien employeur, le *Boston Post*. Toutes les places à Londres étaient prises. Thomas Richardson, mon ex-rédacteur en chef, n'était pas disponible quand je l'ai appelé mais il m'a envoyé quelques jours plus tard un e-mail aussi courtois que sans appel :

Chère Sally,

N'ayant plus de nouvelles de vous depuis un moment, je présume que vous n'êtes pas revenue sur votre décision de décliner notre offre de poste à Boston. Tout en regrettant évidemment de ne pas pouvoir vous compter parmi nous, je vous souhaite le plus grand succès dans vos entreprises futures.

Je lui ai aussitôt répondu que ma récente maternité ne me permettait pas de quitter Londres mais que je serais heureuse de rétablir une relation de travail sur la base d'un contrat de free-lance assurant quelques articles en provenance de cette partie du monde, si le journal en voyait l'intérêt. J'ai également rappelé en quelques mots le dévouement que j'avais toujours manifesté, puis laissé entendre, le plus discrètement possible, qu'il s'agissait d'une garantie sociale dont j'avais grand besoin à ce point de mon existence. Aussi fiable qu'à son habitude, Richardson m'a répondu avant la fin de la journée qu'il serait ravi de me donner un poste de correspondante adjointe à Londres mais que « le redoutable et redouté département financier » ne voulait plus entendre parler de nouveaux reporters rattachés à un service étranger déjà réduit à la portion congrue.

Ma seule issue était donc de tenter à nouveau ma chance avec la presse britannique, en assumant le fait d'être pratiquement inconnue. En outre, je n'allais certainement pas jouer la carte du « Je suis l'ex-nana de Tony Hobbs ». Mes interlocuteurs au *Guardian* et à l'*Observer* ont daigné accepter que je leur envoie un dossier et des propositions par e-mail. Cela n'a abouti à rien, ainsi que je m'y attendais : dans ce métier, il ne suffit pas d'avoir des idées, il faut aussi avoir un nom.

Même le mari de Margaret, Alexander, a passé plusieurs coups de fil pour tenter de me trouver une place quelconque chez Sullivan and Cromwell, son cabinet londonien. Je sentais bien qu'il voulait se racheter de m'avoir involontairement aiguillée sur ce cauchemar d'avocate, sans parler des remontrances que sa femme devait lui adresser chaque jour à propos de l'affaire, mais je ne pouvais en rien prétendre à un travail de ce genre, qu'il s'agisse d'être secrétaire, assistante juridique ou même rédactrice, et ses collègues de Londres ont naturellement abondé en ce sens. Je n'ai donc pu que le remercier et lui assurer qu'il n'était en rien responsable de tout cela.

Si je n'obtenais aucun signe encourageant sur le plan professionnel, j'avais au moins la modeste consolation d'être dans les petits papiers de mes « surveillantes » du centre social de Wandsworth. Clarice a bientôt fait remarquer devant moi que je paraissais avoir une « bonne communication » – quel mot ! – avec Jack, qui exprimait son contentement lorsque je lui donnais le biberon, quand je le changeais ou le gardais simplement dans mes bras en luttant silencieusement contre la tristesse de savoir notre heure bientôt terminée. Dès que la séance s'achevait et que la nurse, avec laquelle je n'avais pas le moindre contact, reprenait mon fils, je ressortais tête baissée dans la glauque réalité de Garret Lane, je faisais quelques pas avant de cacher mon visage contre un mur et de m'abandonner aux larmes une minute ou deux.

Tout chagrin se développe essentiellement autour de la certitude qu'il est impossible d'éviter son destin. À certains moments, vous pouvez échapper en partie à sa sévérité, ressentir une sorte d'apaisement temporaire, mais la peine est toujours là, au fond de vous, prête à resurgir. Pleurer n'est donc pas qu'une réaction à la souffrance morale, c'est aussi le constat que sa cause restera à jamais présente, transformant radicalement votre vision du monde.

Je me suis abstenue de mentionner à Jessica Law ces accès de larmes aux abords du centre social, et les soudaines apparitions du désespoir, qui me surprenait à n'importe quel moment de ma morne existence quotidienne. Tout ce que je pouvais lui dire était : « Je trouve ça affreusement dur », et elle me regardait alors avec un mélange d'impassibilité professionnelle et de sympathie, avant de murmurer : « Je sais. » Qu'aurait-elle pu dire d'autre ? Que la douleur finirait par se dissiper telle une effrayante migraine ? Nous savions toutes deux que ce ne serait pas le cas, et qu'au mieux je pouvais m'attendre à obtenir la garde partagée lors de l'audience finale, tant les preuves qu'ils avaient réunies contre moi étaient accablantes.

« J'espère que vous considérez votre avenir de mère avec un certain réalisme, a-t-elle risqué lors de notre troisième "petite conversation".

— Vous voulez dire que je ne dois pas m'attendre à avoir Jack avec moi ?

— Non, Sally, ce n'est pas ce que je pense. Les quatre mois et demi qui restent peuvent changer beaucoup de choses. Mais ce qui est vrai, c'est... » Elle s'est interrompue, cherchant à rester aussi neutre que possible. J'ai décidé de crever l'abcès.

« C'est que j'ai été jugée mère indigne, et que ce n'est pas facile d'effacer ça de mon dossier ?

— Oui, malheureusement c'est ainsi. Mais cela ne signifie pas qu'il est impossible de parvenir à un compromis devant le juge. Cela ne sera peut-être pas idéal pour vous, mais ce sera en tout cas toujours préférable à la situation actuelle. »

Après son départ, je me suis rendu compte qu'elle avait suggéré par cet échange qu'elle ne me considérait pas, pour sa part, comme inapte à assumer mes responsabilités maternelles. Ce qu'elle attendait de moi, c'était une pleine – quoique douloureuse – lucidité. Alors que Sandy ne cessait de m'exhorter à garder l'espoir pour aller de l'avant, le message de Jessica Law était exactement inverse : si je voulais aller de l'avant, il fallait renoncer à espérer.

Je sortais sous une pluie battante de ma quatrième séance avec Jack quand mon côté le plus américain s'est brusquement insurgé contre la résignation pragmatique que prônait Jessica Law. Je trouvais sa démarche terriblement... anglaise, soudain. Exaltée par cette résurgence de combativité, j'ai songé que le côté fleur bleue et bucolique des Anglais s'expliquait facilement : c'était leur antidote personnel à ce réalisme pur et dur auquel ils adhéraient. Je me suis souvenue d'une émission de Radio 3 consacrée à Vaughan Williams et à Elgar et diffusée quelques jours plus tôt. Le présentateur avait voulu montrer comment ces deux compositeurs si intrinsèquement anglais unissaient toujours dans leur musique la plus sombre mélancolie à la nostalgie d'une Arcadie champêtre, le vert pays de la mythologie. C'était peut-être là une des sources de la morosité anglaise : le constat tacite que cette Angleterre idéale n'était que du folklore, impitoyablement contredit par la stratification sociale, les limites personnelles de chaque individu et l'essentielle vanité d'une existence à laquelle il fallait cependant donner un semblant d'ordre et de logique.

Comme la plupart des Américains, j'avais pour ma part grandi à l'ombre d'un tout autre mythe, celui de l'opiniâtreté toujours récompensée, de l'optimisme toujours confirmé. La conviction, biaisée mais très puissante, que l'on peut devenir ce que l'on veut être à condition d'y croire, que le monde est une infinité de possibles. « Si tu veux aller de l'avant, il faut renoncer à espérer » : l'idée me semblait aberrante, presque taboue. Mais alors que je m'engageais dans Sefton et que mes yeux erraient sur ces étroites façades d'une bourgeoise placidité, j'ai remarqué une nounou en train d'installer le bébé dont elle avait la charge à l'arrière d'une Land Rover, je me suis rappelé comment Jack pressait son petit nez contre ma joue vingt minutes plus tôt, et je me suis dit qu'optimiste ou pas, j'allais devoir tenir compte de la lettre qui se trouvait pour l'heure dans la poche arrière de mon jean, un courrier des avocats de Tony m'informant que, le délai de grâce de vingt-huit jours étant passé, ils allaient prendre les mesures légales pour assurer la vente du bien immobilier si je refusais leur offre de compensation financière, et je me suis soudain immobilisée. Tout espoir venait de m'abandonner.

J'ai dû m'appuyer au capot d'une des voitures stationnées devant chez moi, assaillie par les larmes. J'avais pleinement conscience de pleurer en plein milieu de la rue où j'habitais mais j'étais incapable d'aller me réfugier derrière la porte d'une maison d'où j'allais bientôt être chassée.

« Sally ? »

Il m'a fallu un moment pour comprendre qu'on venait de prononcer mon nom. C'était une première, dans une rue où personne n'avait daigné faire ma connaissance. Personne, sauf...

« Sally ? »

J'ai relevé la tête. Julia Frank, la voisine que j'avais rencontrée devant le kiosque à journaux des semaines plus tôt, se tenait à côté de moi. Elle avait posé une main sur mon bras.

« Sally ? Vous vous sentez bien ? »

J'ai repris ma respiration en m'essuyant rapidement les yeux.

« Oui... Mauvaise journée, c'est tout.

« Je peux vous être d'une aide quelconque ?

— Non, ça va aller, ai-je chuchoté en me redressant. Merci.

— Une tasse de thé, au moins ?

— Avec plaisir. »

Elle m'a fait entrer chez elle, m'a conduite à la cuisine. Pendant que la bouilloire commençait à crépiter, j'ai demandé un verre d'eau, sorti le flacon de tranquillisants de ma veste et avalé un comprimé suivi d'une gorgée de liquide. Elle avait tout vu mais s'est abstenue du moindre commentaire, se contentant de préparer le thé, de disposer les tasses et une assiette de biscuits sur la table. Puis, très calmement :

« Je ne veux pas être indiscrète, mais il vous est arrivé quelque chose ?

— Oui. Quelque chose...

— Si vous voulez en parler... »

J'ai fait non de la tête.

« D'accord. Du lait ? Du sucre ?

— Les deux, s'il vous plaît. »

Elle m'a offert ma tasse, que j'ai remuée lentement. J'ai relevé les yeux :

« On m'a pris mon fils. Il y a un mois et trois semaines. »

Elle m'a regardée, incrédule.

« On vous a... Pardon ? »

J'ai répété ma phrase, hésité un instant, puis je lui ai tout raconté. Assise en face de moi, elle ne m'a pas interrompue une seule fois. Le thé était froid quand j'ai terminé mon histoire. Julia a réfléchi un moment avant de retrouver la parole :

« Et vous allez les laisser faire ça ?

— Je ne sais pas comment les empêcher. »

Elle a encore observé un instant de silence pensif avant de déclarer : « Bon... alors nous allons vous chercher quelqu'un qui saura, lui. »

11

Dès que je suis entrée dans son bureau, Nigel Clapp m'a déplu. Non qu'il ait eu l'air bizarre, ou inquiétant, ou antipathique : en fait, il avait l'air de rien de tout et je n'ai pas aimé. Le genre d'individu que l'on peut croiser plusieurs fois dans la rue sans jamais le remarquer. Il semblait être né à l'âge de quarante ans, déjà équipé de cette dégaine de fonctionnaire passe-muraille, de ce costume gris bon marché, de cette chemise blanche en nylon et de cette cravate en tricot marronnasse.

À la limite, j'aurais pu passer sur le piètre goût vestimentaire, les épaules voûtées et couvertes de pellicules, la maigre chevelure, et même sur le fait qu'il ne vous regardait pas dans les yeux en vous parlant. Après tout, comme disait ma chère mère, grand amateur de ces proverbes en cursive qui ornent tant de coussins en Amérique, « il ne faut jamais juger un livre à sa jaquette ». Mais ce qui m'a instantanément rebutée, chez Nigel Clapp, ç'a été sa poignée de main, si l'on pouvait appeler ainsi le survol fugace de ma paume droite par quatre doigts moites et mous. L'impression était non seulement d'avoir effleuré un poisson mort, mais aussi d'être en face de quelqu'un de totalement dépourvu de personnalité. Et sa voix ne faisait que confirmer cette première perception : faible, monocorde, marquée par une permanente hésitation. Ajoutons au tableau l'expression perplexe de ses traits quelconques, celle d'un homme venant juste de se rendre compte qu'il a fait un pas dans une cage d'ascenseur vide. Tout cela était loin d'inspirer confiance.

Et c'était là une légitime raison d'inquiétude pour moi, car Nigel Clapp n'était autre que mon nouvel avoué, autrement dit mon unique espoir de retrouver mon fils.

Pourquoi lui, parmi des milliers d'autres ? Ici encore, je peux citer l'un des lieux communs préférés de ma mère : « Un mendiant ne dîne jamais à la carte. » Mon entrée dans le bureau de Nigel Clapp était la conséquence d'un complexe processus entamé dans la cuisine de Julia Frank lorsque, ayant écouté ma confession, elle avait commencé par téléphoner à l'une de ses amies, chef de rubrique au *Guardian*, qui entre autres prérogatives supervisait la publication hebdomadaire de deux pages « Justice et droit » dans lesquelles les questions de divorce et de conflits parentaux revenaient souvent.

Après avoir entendu Julia lui résumer mon histoire – en précisant que j'étais encore mariée à un journaliste en vue mais sans citer le nom de Tony, très astucieusement –, son interlocutrice lui avait expliqué que je pouvais sans doute bénéficier de l'aide juridictionnelle, puisque je n'avais pas de revenus fixes. Elle lui avait donné le numéro d'une avocate spécialisée en droit familial, Jane Arnold, que Julia avait aussitôt appelée et qui l'avait aiguillée vers une amie à elle, une certaine Rose Truman, laquelle travaillait à l'Association du droit, l'organisme chargé d'enregistrer tous les avocats d'Angleterre. Après être restée en ligne avec Julia un bon moment, celle-ci avait promis de m'envoyer la liste des avoués de ma circonscription qui acceptaient de travailler dans le cadre de l'aide juridictionnelle.

La rapidité avec laquelle ma voisine avait déroulé ce fil n'était pas seulement renversante : elle me permettait de mesurer à quel point j'ignorais comment les choses fonctionnaient à Londres.

« On avance, a constaté Julia avec satisfaction après avoir raccroché. Bon, ma copine du *Guardian* meurt d'envie que je lui balance le nom de votre mari. Elle a ses contacts dans la presse à scandale, qui se feraient une joie de démolir un journaliste "sérieux" voleur d'enfant. Je vois d'ici les gros titres, mais aussi la contre-attaque pour diffamation, etc. Ça n'arrangerait pas votre affaire devant le juge. Mais croyez-moi, elle sera toujours là pour lâcher le morceau et les laisser lui tailler un sacré costume !

— Je ne cherche pas à nuire à Tony, seulement à récupérer mon fils. De toute façon, il n'est plus rien sur le plan journalistique. Juste un père à plein temps qui doit essayer de terminer le roman du siècle.

— Et un rusé salopard qui s'est trouvé une riche égérie pour financer ses ambitions littéraires ! Je suis prête à parier gros que votre bébé faisait partie du pacte faustien conclu entre ces deux-là... »

J'ai baissé les yeux sur ma tasse.

« Cette idée m'a traversé l'esprit à moi aussi.

— Vous savez quoi ?

— Non, ai-je avoué en relevant la tête.

— À mon avis, vous avez besoin de quelque chose d'un peu plus corsé que du thé, là, tout de suite.

— Je confirme, mais avec ces comprimés, c'est...

— Des antidépresseurs, non ?

— Eh bien... oui.

— Lesquels ? – Je lui ai donné le nom du médicament. – Ah, dans ce cas, une vodka ne vous tuera pas ! Même une double.

— Mais... comment le savez-vous ?

— Parce que j'en ai pris moi-même, pendant mon

divorce. Et il se trouve que ma sœur est pharmacienne. À l'époque, c'est elle qui m'a donné le feu vert pour une rasade d'Absolut de temps à autre. Vous aimez la vodka, j'espère ?

— Oui, dans ce cas ce sera volontiers. »

Elle a sorti une bouteille du frigo, rempli deux petits verres. J'ai observé le mien avec une certaine appréhension.

« Vous êtes vraiment sûre ?

— Moi, ça ne m'a jamais fait le moindre mal. Mais il faut préciser que je suis de Glasgow.

— Vous n'avez pas d'accent, pourtant.

— Mes parents sont de là-bas, en fait. Mon père nous a emmenés quand j'avais sept ans, et je n'y suis jamais retournée. Une vraie déracinée, j'imagine... »

Nous avons trinqué. À la première petite gorgée, je me suis rendu compte que j'avais complètement oublié le pouvoir anesthésiant de la vodka glacée. Je l'ai gardée dans ma bouche un moment avant de la laisser envahir ma gorge d'une brûlure délicieuse. Enfin, j'ai poussé un soupir de satisfaction.

« Ça veut dire que vous approuvez ? a demandé Julia.

— Vous choisissez bien votre vodka, c'est un fait.

— Cela compense le fait que je choisisse si mal mes hommes, a-t-elle lancé en allumant une cigarette. Ça ne vous embête pas que je sacrifie à cette hideuse dépendance ?

— Vous êtes chez vous.

— Bonne réponse ! Je ne vous mets pas à la porte, alors. »

Elle a vidé son verre d'un trait, l'a rempli à moitié.

« Est-ce que je peux vous poser une question personnelle ? ai-je demandé.

— Allez-y.

— Quand vous preniez des antidépresseurs, cela... Vous aimiez ?

— Terriblement. Et vous ?

— Je les conseillerais à quiconque vient de se voir arracher son enfant... – J'ai avalé une autre gorgée. – Pardon. Je fais du mauvais esprit.

— Pas de problème.

— Pendant combien de temps avez-vous été sous traitement ?

— Un an, presque.

— Oh !

— Ne paniquez pas. On arrive à en sortir, surtout quand ils vous réduisent la dose progressivement. Mais même maintenant, quand je me retrouve à me battre contre mes vieux démons, c'est avec beaucoup de tendresse que je repense à ce flirt prolongé avec une drogue légale.

— Et vous prenez quelque chose, à la place ?

— Marlboro Light et Absolut. Pas du tout aussi efficace que les antidépresseurs lorsqu'il s'agit de se confronter à ce que vous êtes en train de vivre. En comparaison, mon monstrueux divorce, c'est à peine une égratignure !

— Certaines égratignures font très mal. Ça a été vraiment affreux, alors ?

— À mon avis, il ne faut jamais croire quelqu'un qui vous dit qu'il a eu un divorce facile. C'est impossible. Mais le mien... Non, ce n'est pas mon meilleur souvenir !

— Vous étiez mariés depuis longtemps ?

— Neuf ans. Avec les hauts et les bas classiques, bien entendu, mais j'avoue que j'ai été estomaquée quand Jeffrey m'a annoncé qu'il partait vivre avec la petite Frenchie qu'il fréquentait en douce depuis plus d'une année... Pas un instant je n'avais pensé qu'il puisse coucher ailleurs, encore moins avoir une relation stable. C'est encore ce qu'il y a de pire, je crois, quand on découvre un truc pareil, de se sentir tellement crédule, tellement idiote...

— Ne jamais sous-estimer la capacité de dissimulation des hommes. Surtout quand il s'agit de sexe. Vous avez perdu les pédales, alors ? »

Elle a lâché un rire bref, tiré sur sa cigarette.

« C'est une question plutôt directe, chère voisine.

— Hé, je suis une damnée Yankee, n'oubliez pas ! Plus direct, impossible.

— Eh bien, pour l'être à mon tour : oui, je me suis effondrée. "L'amour qui meurt", etc. J'ai lu quelque part – un roman irlandais, je crois – qu'un divorce est pire que la mort de son conjoint. Parce que vous ne pouvez pas l'enterrer, ce salaud ! Et il est encore là, quelque part, à continuer sa vie sans vous.

— Mais vous avez continué de votre côté, vous aussi, non ?

— Et comment !

— Vous avez quelqu'un, en ce moment ? »

Elle a pris une rapide gorgée de vodka.

« Ça s'est terminé il y a six mois environ.

— Désolée.

— Pas moi. Ça durait depuis moins d'un an, ce qui était déjà beaucoup trop. »

Elle m'a alors expliqué que, peu avant son divorce, la petite maison d'édition où elle travaillait avait été engloutie par un gros consortium et qu'elle avait perdu son poste d'éditrice, une victime parmi d'autres du « recalibrage » ayant suivi la fusion-acquisition (« "Recalibrage !" Le diable seul sait ce que ça veut dire ! »). À l'époque, elle vivait avec son mari et leur fils, Charlie, dans une grande maison de ville à Barnes. La convention de divorce lui avait accordé la garde de Charlie et une compensation financière suffisante pour qu'elle puisse acheter au comptant son plus modeste cottage de Putney (« Ce qui fait de moi une privilégiée par rapport à la majorité des occupants de la planète, donc je ne me plains pas... même si cet enfoiré ne donne que cinq cents livres par mois pour l'éducation de son fils »). Elle avait cependant réussi à s'assurer des revenus réguliers en tant qu'éditrice free-lance et à repartir sur ces nouvelles bases.

« Je gagne assez pour que nous ayons une vie agréable, Charlie et moi. Et bon, je n'ai peut-être pas de petit ami stable en ce moment, mais je sais que mon fils va rester avec moi pendant encore quelques années, ce qui rend tout beaucoup plus... – Elle a plaqué sa main sur sa bouche. – Je vous demande pardon ! Je parle sans réfléchir.

— Non. Ce que vous venez de dire est juste. C'est pour ça que c'est si dur, toute cette... saloperie.

— Quand vous recevrez la liste des avoués, choisissez-en un capable de se battre pour vous.

— Contre une femme bourrée de fric et contre un énorme dossier aussi accablant ? Je doute d'en trouver un prêt à se lancer dans une galère pareille... »

La liste est arrivée, avec quelques explications qui m'ont permis de découvrir deux aspects de la réalité anglaise. Tout d'abord, l'aide juridictionnelle ne couvrait tous les frais de justice que pour les gens sans ressources et pratiquement sans toit. Autrement, si l'on était dépourvu de revenus fixes mais copropriétaire d'un bien immobilier, comme moi, il s'agissait en fait d'un prêt, à faible taux certes, mais qui obligeait à rembourser la totalité des frais couverts une fois perçue votre part de la vente de votre propriété. En clair, cela signifiait que je m'endettais à nouveau, avec la perspective quasi certaine de devoir quitter la maison contre mon gré. Seule consolation, les honoraires demandés étaient beaucoup plus modestes que ceux qu'exigeaient des avocats privés – et nuls – du style de Ginny Ricks.

Second point : il existait plus de vingt hommes de loi travaillant pour l'aide juridictionnelle dans mon district. Et comme je ne voyais par où commencer, j'ai décidé de les appeler en suivant l'ordre alphabétique de la liste. Les quatre premiers n'étaient pas joignables ce jour-là, ni avant la fin de la semaine d'après leurs secrétaires respectives. Le cinquième, Nigel Clapp, était au contraire prêt à me rencontrer le lendemain, à dix heures et demie. Donc j'y suis allée, et ma première réaction a été : impossible.

Si son allure était décourageante, son étude vous flanquait des envies de suicide. Il était installé à Balham, un autre quartier du district de Wandsworth que j'ai rejoint en prenant le train à Putney, en changeant à Clapham Junction et en continuant deux arrêts au sud. Les wagons étaient couverts de graffitis, les banquettes tachées, le sol jonché de détritus. Après la réaction de dégoût initiale, j'ai cependant constaté avec surprise que je m'étais d'une certaine manière habituée à cette saleté générale et que je m'attendais même à la trouver dans certains secteurs de cette ville tentaculaire. Vivre à Londres supposait-il se résigner à un environnement urbain miteux ? La grand-rue de Balham était une succession des magasins habituels et de curieux vestiges commerciaux des années soixante – une boutique spécialisée en matériel pour coiffeurs, par exemple –, avec quelques signes de la lente avancée de la modernité : bars à cappuccino, immeubles design... Le bureau de Nigel Clapp était situé au-dessus d'un marchand de journaux, dans l'incontournable maison victorienne en brique rouge de la banlieue londonienne. Une porte avec *Clapp & Co* gravé sur la vitre dépolie, un petit escalier étouffant. J'ai sonné. Une femme grassouillette d'une cinquantaine d'années m'a ouvert.

« Vous v'nez pour l'certificat d'décès ? m'a-t-elle demandé avec un fort accent banlieusard.

— Non. Je suis Sally Goodchild.

— Qui ? a-t-elle lancé plus fort, comme si elle était un peu sourde, et j'ai répété mon nom. Ah oui, l'aide juri ! Entrez, entrez ! Il est occupé, là, mais ça ne devrait pas être long. »

Il y avait deux pièces et un étroit couloir servant de salle d'attente avec un canapé en skaï, deux plantes en plastique et un porte-revues rempli de vieux numéros de *Hello !* et de prospectus d'agences immobilières. La seule décoration sur les vilains murs était constituée par un calendrier publicitaire d'un restaurant indien local. Le lino jaune citron faisait mal aux yeux sous la lumière crue des néons. Pendant que je feuilletais distraitement un catalogue immobilier, découvrant avec stupéfaction que certaines maisons de cette zone atteignaient facilement les sept cent cinquante mille livres, la secrétaire-factotum de Clapp répondait au téléphone sur le même ton rogue qu'elle m'avait réservé tout en piochant dans une boîte de chocolats au bourbon sur sa petite table envahie de papiers.

« Voyons un peu s'il a enfin terminé avec c'coup de fil ! s'est-elle soudain écriée en se levant pour aller ouvrir l'unique porte intérieure, passer la tête à l'intérieur et annoncer : Votre cliente est arrivée. »

D'un signe, elle m'a fait comprendre que je pouvais entrer. Nigel Clapp s'est au moins levé pour me donner sa déprimante poignée de main, puis il m'a fait asseoir sur une chaise en plastique orange en face de lui et s'est mis à farfouiller dans des dossiers en évitant soigneusement mon regard. J'ai remarqué trois ou quatre cadres sur son bureau, photos de famille et diplôme de la faculté de droit. Pendant quelques longues minutes, il n'y a eu que le vacarme de la circulation au-dehors et, venue de l'autre pièce, la voix de stentor de sa secrétaire, qui ponctuait de nombreux « Z'avez dit quoi ? » ses communications téléphoniques. Comme ces citadins infortunés dont les fenêtres donnent sur une gare mais qui finissent par oublier le bruit incessant des trains, Clapp ne paraissait aucunement affecté par cet environnement sonore, et il est resté penché sur mon dossier lorsqu'il a enfin pris la parole :

« Votre représentante de l'époque... – Il s'exprimait d'une voix si basse et embarrassée que j'ai dû me pencher pour mieux entendre. – ... elle n'a pas pensé à... se pourvoir en appel ?

— Nous n'avons plus été en contact dès que la sentence a été communiquée.

— Je vois... Et pour la maison... Vous rappelez-vous le nom des avoués qui ont supervisé la procédure translative de propriété ? »

Je lui ai donné les noms, qu'il a notés avant de refermer le dossier et de me jeter un regard mal assuré.

« Et maintenant... Vous voudrez peut-être me raconter toute l'histoire ?

— Qu'entendez-vous par "toute" l'histoire ?

— Eh bien, depuis votre, euh... rencontre avec votre futur mari jusqu'à... voyons, aujourd'hui, je pense ? Pas dans tous les détails, évidemment. Un tableau... général ? Que je puisse avoir une vue, euh, d'ensemble. »

Je me sentais plus découragée à chaque seconde. Ce bonhomme était une véritable carpette. Toutefois, je me suis lancée dans un récit complet, les mois au Caire, le déménagement à Londres, l'accouchement, mon hospitalisation prolongée et le cauchemar dans lequel j'avais plongé après mon retour de Boston. Je ne lui ai rien caché de mes explosions de colère ni de mes accès de dépression, lui rapportant même mon absurde expédition dans la campagne du Sussex. Après avoir fait pivoter sa chaise comme pour être en mesure d'observer un point du mur quelque part à sa gauche, Clapp n'a pas bronché durant les vingt minutes de mon exposé. J'aurais aussi bien pu m'adresser à un poisson rouge dans son bocal. Et quand j'ai terminé, il a laissé s'établir un silence gêné, qui m'a conduite à me demander s'il avait bien compris que mon histoire était finie. Puis il a rouvert la chemise, tourné quelques pages, refermé le dossier.

« Oui... Très bien, alors. Nous avons, euh, votre adresse et votre téléphone, n'est-ce pas ?

— Tout est sur le premier formulaire, là. »

Il a repris le dossier, plissé les yeux dessus et finalement s'est levé.

« Parfait, donc... Ah, l'aide juridictionnelle d'urgence s'applique dès à présent mais, euh... la confirmation définitive ne viendra qu'une fois votre... demande traitée par les services compétents. Je vous, euh... contacterai d'ici là. »

J'en suis restée sans voix. J'étais certaine qu'il aurait des questions, qu'il évoquerait les principaux points de droit soulevés par mon cas, se risquerait même peut-être à ébaucher une stratégie et à évaluer mes chances devant la cour. À la place, je n'ai eu que ses doigts flasques dans ma paume, et j'étais tellement abasourdie que je suis partie après avoir murmuré un « Au revoir ».

Une heure plus tard, j'étais assise dans la cuisine de Julia, devant un petit verre d'Absolut. Non seulement j'en avais grand besoin, mais mon expérience précédente m'avait confirmé qu'un cordial de temps à autre ne créait aucun cocktail explosif avec les antidépresseurs.

« Ce type est simplement incroyable. On pourrait lui marcher dessus avant de se rendre compte qu'il est dans la pièce.

— C'est peut-être son caractère, rien de plus ?

— Exactement. Et c'est une catastrophe. Bon, au début je me suis dit : "Qu'est-ce qu'il est fadasse !", ou pour être plus précise : "C'est l'être le plus fadasse que j'ai vu de ma vie." Mais quand je lui ai raconté toute la folie de ces dernières semaines, sa seule réaction a été : "Je vous contacterai" ! Vous auriez dû le voir pendant ma confession : on aurait cru qu'il était en pleine méditation transcendantale. Avec les yeux ouverts.

— Il est peut-être juste un peu timide ?

— Pathologiquement timide, vous voulez dire ! Au point que je n'imagine même pas qu'il puisse dire un seul mot en ma faveur.

— Si vous lui donniez sa chance, quand même ?

— Je n'ai pas beaucoup de temps devant moi. Moins de quatre mois, en tout. Ensuite, ce n'est pas pour rien qu'ils l'appellent "finale", cette audition. Il me faut quelqu'un qui puisse au moins limiter les dégâts, ou en tout cas essayer. Je n'attends pas de miracle, mais lui... Il me fait penser à l'un de ces avocats de polars américains, commis d'office dans un procès où son client risque la chaise électrique et qui s'endort pendant le réquisitoire du procureur ! C'est... »

Je me suis arrêtée. Julia se contentait de me sourire.

« D'accord, d'accord, je force le trait, mais...

— Je mesure les enjeux pour vous, Sally. Complètement. Et s'il ne vous convient pas du tout comme avoué, je ne vois pas pourquoi la direction de l'aide juridictionnelle ne vous laisserait pas en choisir un autre, tant que vous leur donnez une bonne raison. Il vous suffit de reprendre cette liste et d'en appeler d'autres, en espérant qu'ils seront libres. »

C'est ce à quoi je me suis consacrée le lendemain matin. J'en ai contacté trois, parmi lesquels une certaine Helen Sanders m'a retourné mon appel en me proposant de lui expliquer tout de suite mon cas au téléphone, parce qu'elle serait occupée toute la semaine. Une fois encore, j'ai passé un quart d'heure à raconter ma saga. Elle m'a rendu son verdict sans attendre : « Quelle que soit l'injustice du traitement que l'on vous a réservé, il est incontestable que le dossier d'accusation monté contre vous est solide. Plus concrètement, et peut-être d'autres avocats vous l'ont-ils déjà expliqué : une fois que l'enfant a été attribué à l'un des deux parents, la cour est toujours très très réticente à le faire déménager. »

C'était exactement ce dont l'impossible Ginny Ricks m'avait avertie à la veille de notre piteuse prestation devant le juge, et j'ai donc dû demander à mon interlocutrice :

« Selon vous, c'est sans espoir, alors ?

— Je ne pourrai pas être si catégorique tant que je n'aurai pas vu les décisions de justice et le reste du dossier. Mais d'après ce que vous venez de me dire, je ne veux pas vous mentir : je ne pense pas que vous ayez une seule chance d'obtenir la garde de votre fils. »

Bien qu'elle m'ait proposé d'en discuter plus longuement à son étude la semaine suivante, je l'ai remerciée et j'ai raccroché. Qu'y avait-il à dire de plus ? Mon cas était indéfendable.

« Il ne faut pas penser comme ça, m'a affirmé Julia lorsque je lui ai rapporté la conversation.

— Ce n'est pas mieux de voir les choses en face ?

— Je suis sûre qu'il y aura bien un avocat assez compétent pour aller piocher dans la relation de votre mari avec cette Dexter et découvrir comment ils ont manigancé leur sale coup.

— Peut-être. Mais dans ce cas il faudrait qu'il soit déjà sur la piste, à enquêter sur le passé de cette bonne femme. Le facteur temps est contre moi, là encore.

— Vous n'avez pas une ou des amis très riches qui pourraient vous aider à engager un détective privé ? Ou votre famille ? »

Parmi mes relations, il n'y aurait eu que Margaret et

Alexander Campbell, mais je répugnais à solliciter une telle faveur, à ce stade : ce serait comme si j'attendais qu'ils se rachètent de m'avoir envoyée chez Lawrence and Lambert, et cela signifierait sans doute la fin de mon amitié avec Margaret. Cela arrive trop souvent dès que l'on demande de l'argent à un ami.

« Je vous l'ai dit, ma sœur est toute ma famille, et elle est fauchée. Mes parents étaient enseignants, ils ne possédaient que leur maison. Mais l'immobilier n'est pas toujours un bon placement, comme nous l'ont rappelé ces chers avocats, et puis leur décès a été si soudain... Bref, le fruit de la vente a fini en grande partie dans les caisses des impôts. Ensuite, il y a eu le procès après leur mort et...

— Le procès ? Quel procès ? »

Je suis restée à regarder mon verre, avant de reprendre à voix basse :

« Contre notre père. Le rapport d'autopsie montrait qu'il avait dépassé le taux d'alcoolémie légal de deux verres de vin. Ce n'était pas énorme, mais il n'aurait pas dû être au volant. Et le fait qu'il ait percuté un break avec une famille de cinq personnes à l'intérieur... »

Julia ouvrait de grands yeux, maintenant.

« Il y a eu... des victimes ?

— La mère, âgée de trente-deux ans. Et son bébé de quatorze mois. Le mari et les deux autres enfants s'en sont tirés... Lui, c'était un prêtre épiscopalien, très à cheval sur le principe de toujours tendre la joue gauche. Alors, en apprenant que mon père était légalement en état d'ivresse au moment de l'accident, il a tenu à ce que cette information reste confidentielle. Non seulement pour nous protéger, Sandy et moi, mais aussi pour lui. Il m'a dit : "C'est déjà assez tragique. Je ne veux pas voir ça dans les journaux, je ne veux pas de la pitié publique et je ne veux pas que vous et votre sœur soyez montrées du doigt parce que votre père a commis une erreur." »

Je me suis tue un moment.

« Je ne crois pas avoir rencontré un type plus incroyable que lui. Sur le moment, je me suis même demandé si sa générosité ne provenait pas d'un déséquilibre posttraumatique. Ce n'est pas affreux, de penser une chose pareille ?

— Non, c'est honnête.

— En tout cas, nous avons promis d'accepter tout ce que sa compagnie d'assurances demanderait. Ce fut la totalité de l'assurance vie de nos deux parents, le reste de la vente de la maison, pratiquement tout, quoi... Nos avocats n'ont pas arrêté de nous répéter que nous devions défendre nos intérêts, mais nous nous sentions tellement coupables vis-à-vis de cet homme d'Église et de sa famille. Il m'a même téléphoné un jour pour me dire que nous ne devions pas renoncer à l'intégralité de l'héritage. Toujours cette idée de ne pas chercher vengeance ou compensation. C'est fou, non ? Mais cela n'a fait que nous convaincre encore plus qu'il avait droit à tout. C'était plus que chercher à donner rétribution : c'était un acte de contrition.

— Contrition ? Mais ce n'est pas vous qui conduisiez, quand même ! C'était votre père ! »

J'aurais voulu m'arrêter là mais j'ai dû rompre le silence, finalement :

« Oui, c'était lui qui conduisait. Mais avant de prendre le volant, il avait assisté avec maman à ma fête de fin d'études. Il était content, il avait bavardé avec mes amis de fac... Tout le monde aimait la compagnie de mon père. À un moment de la soirée, je lui ai apporté un verre de la piquette infâme que nous servions, il m'a dit qu'il avait assez bu, vraiment, et moi... Je me souviendrai toujours de cette remarque imbécile. Je lui ai lancé : "C'est moi qui te fais prendre un coup de vieux, papa ?" Il a éclaté de rire, m'a répondu : "Jamais de la vie !" et il a bu son vin d'un trait. Et ensuite... »

J'ai baissé les yeux sur mon verre de vodka. Instinctivement, je l'ai poussé de côté.

« Je n'y arrive pas. Après toutes ces années, c'est là, ça me hante chaque heure de chaque jour. C'est tellement devenu une partie de moi, de l'air que je respire...

— Comment a réagi votre sœur quand elle l'a appris ?

— Justement... Elle ne l'a jamais appris. Je n'ai jamais eu la... force de lui dire.

— À qui l'avez-vous dit, alors ? » Comme je ne répondais pas, elle a attendu un instant avant de reprendre : « À personne, c'est ça ?

— J'en ai parlé avec un psychologue, à l'époque.

— Pas à votre mari ?

— J'ai eu l'intention de le lui raconter au moment où j'ai su que j'étais enceinte, mais j'ai pensé... Comment dire ? J'ai pensé que je me rabaisserais aux yeux de Tony en avouant que j'avais gardé cette culpabilité pour moi pendant tant d'années. Je l'entendais déjà : "Quel enfantillage !" Maintenant, je me rends compte qu'il s'en serait surtout servi pour me démolir un peu plus devant les tribunaux : vous imaginez, une mère indigne qui a également été complice matérielle d'un homicide...

— Attendez, attendez ! Vous ne vous jugez tout de même pas responsable de la mort de cette femme et de cet enfant ?

— C'est moi qui ai donné à mon père le verre fatal.

— Non, vous lui avez proposé un verre de vin et vous vous êtes gentiment moquée de lui. Il savait qu'il allait devoir conduire après cette soirée et il savait combien il avait déjà bu.

— Essayez de convaincre ma conscience de ça... Parfois, je me dis que j'ai choisi de travailler dans tous ces pays pour mettre la plus grande distance possible entre ma faute et moi.

— C'est la logique de la Légion étrangère française.

— Tout à fait. Et elle a fonctionné, pendant un temps. Ou du moins j'ai appris à vivre avec ma culpabilité.

— Jusqu'à... jusqu'à ce qu'ils vous prennent Jack ?

— Je suis si transparente ? Oui, c'est vrai. J'ai décidé que c'était une sorte de punition cosmique pour avoir provoqué cet accident. Jack contre ce bébé tué par la voiture que mon père conduisait. »

Julia a posé une main apaisante sur mon bras.

« Vous savez bien que c'est faux.

— Je ne sais plus rien, en fait. Ces derniers mois, j'ai perdu tous mes repères. Plus rien n'a de sens...

— Il y a au moins une chose qui en a : vous n'êtes pas frappée par quelque châtiment divin à cause de cet accident. D'abord parce que vous n'avez tenu aucun rôle dedans, ensuite parce que les rapports entre le Ciel et nous autres humains ne marchent pas du tout comme ça. C'est une catholique vaguement pratiquante qui vous parle. »

J'ai lâché un petit rire sans joie.

« Dieu sait si je regrette de ne pas avoir tout raconté à ma sœur il y a déjà des années.

— Ça aurait changé quoi ?

— Je ressens un énorme besoin de le lui avouer, depuis un moment.

— Promettez-moi de ne pas le faire. Ni maintenant ni jamais. Je suis convaincue que vous n'avez rien à avouer. Vous ne feriez que décharger sur ses épaules toute la culpabilité que vous avez accumulée depuis si longtemps. Là, c'est la catholique convaincue qui vous le dit : il y a beaucoup de choses qu'il vaut mieux garder pour soi, dans cette vie. Nous éprouvons tous le besoin de nous confesser. C'est certainement la pulsion la plus humaine qui soit : rechercher une sorte d'absolution pour le gâchis créé autour de nous, alors que ceux qui nous ont précédés n'ont pas fait mieux et que ceux qui nous suivront ne seront pas plus brillants. Je crois que c'est la grande constante de l'histoire humaine, cette capacité à tout bousiller, pour nous et pour les autres. Et le plus affligeant, mais aussi le plus rassurant, c'est que nous ne sommes pas les premiers. On est tous tellement prévisibles, non ? »

Cette déclaration m'est revenue, plus tard dans la journée, alors que je contemplais d'un œil morne ma liste d'avoués, parmi lesquels une bonne part étaient spécialisés en droit familial. Ces histoires de divorce, d'implosions domestiques, devaient finir par se mélanger dans leur tête, me suis-je dit, ou du moins par se résumer à quelques éléments de base d'un scénario dix mille fois répété : « Il a rencontré quelqu'un d'autre... Nous nous disputons à tout propos... Il ne m'écoute même pas... Elle fait comme s'il n'y avait rien d'autre que la maison et les enfants... Il ne supporte pas que je gagne plus d'argent que lui. » Toute cette frustration, cette déception ont sans doute pour origine les habituelles incompatibilités d'humeur et la non moins habituelle incapacité à coexister, mais Julia avait raison de souligner aussi l'essentielle fébrilité humaine, elle-même provoquée par la peur obsédante de la mort, la conscience de la finitude de tout ce qui est, sous le soleil. C'est ce ressort qui nous pousse à transformer en tragédie nos petites insatisfactions, même si ce faisant nous détruisons ce qui se trouve autour de nous.

J'ai réduit la recherche de mon nouvel avoué à quatre noms sur la liste, en me fondant sur un seul et unique critère : leur étude était assez près de chez moi pour que je m'y rende à pied. Ils allaient tous me sortir

399

le même refrain, je n'en doutais pas. Je n'avais aucune chance de gagner. Mais il fallait bien que j'aie quelqu'un pour me représenter à l'audience finale, non ? Lorsque j'ai été prête à commencer la ronde des appels téléphoniques, je me suis rendu compte qu'il était presque cinq heures. Un vendredi soir. Je ne pourrais traiter qu'avec des répondeurs ou des secrétaires pressées de rentrer à la maison pour le week-end. Mieux valait attendre lundi matin et m'offrir à la place une promenade sur les rives du fleuve. Encore ébranlée par la révélation que je venais de faire à Julia, je n'arrivais pas vraiment à croire que j'avais enfin confié à quelqu'un ce qui avait hanté toute ma vie d'adulte. Cela ne me procurait pas de soulagement, pourtant, pas plus que sa réaction ne pouvait me consoler. Même quand les autres vous encouragent à vous libérer de toute culpabilité, il est incroyablement difficile de parvenir à cet objectif parce qu'il faut d'abord que vous *vous* accordiez le pardon, et c'est bien ça le plus dur.

Ayant enfilé une veste et passé des chaussures de marche, je m'apprêtais à prendre mes clés, que je laissais toujours dans une coupe en verre à la cuisine, quand le téléphone a sonné. Et m... ! J'ai été tentée de ne pas décrocher, car le ciel s'était soudain éclairci et j'avais réellement besoin de prendre l'air. Les scrupules, ou plutôt ma tendance affirmée à l'autoflagellation, m'ont poussée à répondre.

« Euh... J'aimerais parler s'il vous plaît à madame... Goodchild. »

Fabuleux. Exactement la personne que j'avais envie d'entendre à cet instant ! Je me suis forcée à garder un ton urbain, toutefois.

« Monsieur Clapp ?

— Oh, c'est vous ! Je ne sais pas si... je dérange ?

— Non, pas vraiment.

— Eh bien... Alors...

400

— Monsieur Clapp ? Vous êtes toujours là ? ai-je demandé, luttant contre mon agacement.

— Oui, madame... Goodchild. Je... je voulais juste vous informer que l'audience s'est bien passée. »

À mon tour de rester silencieuse.

« Qu'est-ce que... Quelle audience ?

— Ah, je ne vous ai pas dit ?

— Dit quoi ?

— J'ai saisi la cour en urgence pour demander une résolution enjoignant euh, votre mari à payer les traites de la maison jusqu'à... la signature de la convention de divorce. C'était ce matin.

— Vous avez fait ça ? ai-je murmuré, abasourdie.

— J'espère que... ah, j'espère que vous n'objectez pas ?

— Non... non. Simplement, je n'étais pas au courant.

— Eh bien, c'est que, voyez-vous... Comme vous aviez été menacée d'expulsion, j'ai pensé...

— Vous n'avez pas à vous excuser. Je vous remercie.

— Ah, de rien, de rien... Quoi qu'il en soit, le juge a semble-t-il, voyons... Il a tranché en faveur du maintien du statu quo.

— Il a... Qu'est-ce que vous voulez dire ?

— L'arrêté m'a été notifié il y a... deux heures, oui. Et donc, malgré les protestations de l'avoué de votre, euh... mari, le juge a stipulé que celui-ci... votre époux, j'entends... continuerait à rembourser le prêt immobilier jusqu'à l'acceptation mutuelle de la convention financière.

— Pardon ? Ça signifie... Est-ce que ça signifie qu'ils ne peuvent pas vendre la maison contre mon gré ?

— C'est exact, oui... S'il ne paie pas la banque tous les mois, d'ici là, ce sera considéré comme un outrage

401

à la cour. En clair, euh... il pourrait se retrouver en prison, au cas où il n'assumerait pas ses responsabilités envers vous.

— Mon Dieu, ai-je soufflé.

— Par ailleurs... son avoué dit qu'il veut vous faire une offre... de soutien matériel temporaire.

— Il a dit ça ? Vous êtes sûr ?

— À mon avis, il a eu peur que le juge réclame une somme mensuelle importante pour vous... vu les circonstances, n'est-ce pas ? Alors ils ont pris les devants et ils ont, euh... proposé... mille livres par mois, avant règlement définitif du contentieux.

— Vous plaisantez ?

— Ce n'est pas... suffisant ?

— Non, c'est que je n'accepterai pas un penny !

— Ah, d'accord... Mais le prêt immobilier ?

— C'est différent. La maison est un investissement commun. Pour le reste, je refuse de toucher à l'argent de cette... femme.

— Ah, oui... Vous êtes libre, en effet. Si vous désirez que je continue à suivre l'affaire, euh... je les informerai de votre décision, bien entendu. Mais si vous préférez poursuivre avec l'un de mes confrères, je, ah... je comprendrais très bien. »

Pourquoi se dépréciait-il ainsi, bon sang ? J'ai réfléchi un quart de seconde avant de répliquer :

« Je suis ravie que vous vous occupiez de mon cas, monsieur Clapp.

— Ah oui ? a-t-il marmonné, apparemment dépassé par ce témoignage de confiance. Eh bien alors... merci. »

12

Si je n'ai plus entendu la voix hésitante de Nigel Clapp pendant une semaine, il m'a envoyé la copie de la décision qu'il avait obtenue contre Tony ainsi que la lettre de son avocat confirmant son engagement à payer les traites bancaires et enregistrant mon refus d'une somme forfaitaire de mille livres mensuelles en guise de « participation aux frais » de la part de celui qui était encore légalement mon mari, ce qui signifiait que M. Hobbs ne se sentait plus tenu de proposer une quelconque aide financière jusqu'à la signature de la convention définitive établissant que bla, bla, bla.

« Tu aurais dû le prendre, cet argent ! s'est exclamée Sandy. Lui, il a sa maman gâteau qui paie tous ses caprices mais toi, ça t'aurait permis de souffler un peu et de te payer un meilleur conseil juridique.

— Comme je l'ai dit à Clapp, je ne veux rien de cette femme.

— Toi et ta fierté à la gomme ! Il serait temps que tu piges la règle numéro un dans le jeu du divorce : si tu ne cognes pas sur l'autre, il te cogne dessus. Le petit Tony et sa richarde pourrie l'ont bien compris, eux ! Non, dans ta situation, c'est de la grandeur d'âme déplacée. Surtout que ton représentant actuel, ce Clapp ou Trapp, ce n'est pas vraiment l'aigle des salles d'audience ! Au procès, ils vont te le bouffer tout cru, les autres requins !

— Ce n'est pas un procès, c'est une audience. Et je t'ai déjà expliqué que Clapp est avoué, sans pouvoir de plaider au civil. Pour ça, il faut un avocat, qu'il va me trouver.

— Ouais, on imagine le zombie qu'il va te dégoter ! Une lavette, comme lui ! Une plaidoirie, c'est du théâtre, non ? Tu vois un grand acteur accepter de faire tandem avec ce zéro intégral ?

— Tu es un peu dure pour lui.

— Moi ? Je répète ce que tu m'as raconté, rien de plus !

— Oui, mais c'était avant qu'il ne gagne cette manche à propos de la maison. Sans lui, j'étais à la rue. Bon, j'admets que je ne suis pas rassurée de devoir compter sur un type plus ennuyeux que le crachin londonien, mais n'oublions pas que la flamboyante nullité de Lawrence and Lambert, avec toute sa clientèle friquée, est ce qui m'a fourrée dans ce pétrin.

— Une pétasse qui se croit sortie de la cuisse de Jupiter, ça ne résume pas toute la profession à Londres, je présume. Il doit bien y avoir des spécialistes du divorce à la fois connus et compétents !

— Oui, mais ils sont au-dessus de mes moyens et, d'accord, je sais ce que tu vas dire, mais j'assume le fait d'avoir renvoyé son aumône à la figure de Tony. Ce que je constate, c'est que pour la première fois de tout ce cauchemar j'ai marqué un point, et ce grâce à mon très inclassable avoué. Pourquoi est-ce que j'enverrais bouler un type qui a réussi à remonter les bretelles à mon charmant époux ? »

Sandy n'avait pas entièrement tort, cependant : traiter avec Nigel Clapp, c'était se risquer dans l'insondable. Après sa victoire ponctuelle, il a disparu sept jours d'affilée, et quand il m'a enfin rappelée à la maison il n'a encore une fois pas reconnu ma voix.

« Euh, je voudrais parler à Mme Goodchild... s'il vous plaît.

— C'est moi.

— Vraiment ?

— J'en suis presque sûre, oui.

— Ah, d'accord... Bien. Les noms.

— Les noms ?

— Oui, les noms.

— Je crains de ne pas comprendre.

— J'ai besoin de l'identité de tous les membres du personnel hospitalier et des services sociaux avec lesquels vous avez été en contact. » Il a marqué un temps d'arrêt, comme si l'effort de prononcer une phrase d'un seul trait l'avait épuisé. « Et aussi le nom des baby-sitters ou des nurses auxquelles vous avez pu avoir recours.

— D'accord, pas de problème. Vous les voulez par e-mail aujourd'hui ?

— E-mail, euh... oui, pourquoi pas...

— Vous savez que mon avocate précédente avait recueilli à peu près tous les témoignages à mon sujet, à part celui de l'assistante sociale qui est venue me voir après l'accouchement, parce qu'elle était quelque part au Canada ?

— Je... je suis au courant, oui. Je les ai devant moi.

— Vous les avez ?

— Eh bien... oui.

— Comment avez-vous fait pour vous les procurer ?

— J'ai obtenu copie de tout le, euh... dossier.

— Ah... Mais dans ce cas, vous avez aussi leur nom, n'est-ce pas ?

— Oui, mais c'est que je voudrais... j'aimerais leur parler à mon tour.

— Je vois. C'est nécessaire, vous pensez ?

— En fait... en fait, oui. »

Plus tard, j'ai exprimé à Julia mes doutes sur sa capacité à convaincre mes anciens témoins de se montrer un peu moins tièdes s'ils devaient encore parler en ma faveur. Mais quatre nuits plus tard, à une heure du matin, le téléphone m'a réveillée en sursaut. Ce ne pouvait être qu'un faux numéro composé par quelqu'un qui avait forcé sur la bouteille, ou alors de très très mauvaises nouvelles. Pleine d'appréhension, j'ai entendu une voix féminine, jeune, avec un accent londonien mais qui m'appelait de loin, vu les grésillements sur la ligne.

« Madame Goodchild ? Sally ?

— Qui est à l'appareil ? ai-je demandé, encore groggy.

— Jane Sanjay.

— Qui ?

— Jane Sanjay, la conseillère de santé. Vous vous rappelez ?

— Oh oui, bien sûr ! Bonjour, Jane. Mais vous ne deviez pas être en voyage ?

— Je le suis. Au Canada. Le parc national de Jasper, ça vous dit quelque chose ? Tout en haut de la province de l'Alberta. Un endroit fascinant, cela change de Londres Sud... Mais bon, votre avoué, M. Clapp, m'a contactée au relais où je travaille pour quelques mois et il...

— Il vous a trouvée là-bas ?

— Oui. Il m'a tout expliqué et m'a demandé si je pouvais témoigner en votre faveur. Je ne demande que ça, évidemment, et d'ailleurs je vais reprendre mon poste à Wandsworth, donc on se reverra bientôt. Mais là, j'appelais... Il faut que j'aille vite, ma carte est presque épuisée... J'appelais juste pour vous dire à quel point je suis écœurée par ce qu'ils ont fait, à vous et à Jack. M. Clapp m'a raconté la dépression, l'histoire des somnifères... La belle affaire ! Dans notre district, nous voyons des choses hallucinantes, des mères qui maltraitent physiquement leur enfant et qui le gardent pourtant avec elles. Ce qui vous arrive est scandaleux. Donc je voulais que vous sachiez que je suis avec vous à cent pour cent. »

Stupéfaite et très émue par cette manifestation de solidarité venue des immensités au-delà de l'Atlantique, j'ai bredouillé de sincères remerciements et je lui ai proposé de venir déjeuner avec moi dès son retour. Tout à fait réveillée désormais, j'ai téléphoné à Sandy pour lui annoncer la bonne nouvelle.

« Génial ! Elle t'a vue chez toi, avec Jack, donc son témoignage va peser très lourd, surtout que c'est son job, de vérifier comment les nouvelles mères se comportent. À propos, comment ça s'est passé avec le petit, hier ? »

Décalage horaire ou pas, ma sœur avait dans sa tête un calendrier rien que pour moi.

« Je crois qu'il me reconnaît, maintenant. Ou bien je me fais des idées.

— Non, non. Les bébés ont un sens pour ça.

— Oui, et il pense sans doute que cette bonne femme est sa mère.

— Il n'a que quelques mois, voyons ! Il ne sait pas qui est quoi dans sa vie.

— Tu essaies de me remonter le moral, là.

— En effet. Mais cette réaction que tu perçois, c'est certainement la preuve que vous avez établi une bonne communication. »

Encore ce mot, juste ciel !

« Ouais, on communique comme des chefs, une heure par semaine ! Mais Clarice... celle qui suit mon cas... a l'air satisfaite. Et Jessica Law, la fille qui doit...

— ... rédiger le rapport CAFCASS pour le tribunal.

— Tu m'épates.

— Non, je mémorise ce que tu me racontes, c'est

tout. Mais tiens, voilà une question que tu pourrais poser à Jessica : comment se fait-il que Tony ne t'ait pas appelée une seule fois ?

— Très simple : parce que c'est un poltron fini.

— C'est clair. Mais à mon avis, ça vaut la peine de lui demander, à elle. Elle voit régulièrement Tony, sur la même base que toi, et puisqu'elle a une impression plutôt favorable à ton sujet, pourquoi ne pas glisser que tu es un peu surprise que ton mari ne t'ait jamais contactée ? Dans l'avenir, pourtant, il faudra bien que vous vous consultiez à propos de l'éducation de Jack, et ce, quel que soit le parent qui aura la garde. Tu vois où je veux en venir ? »

Oui, et Nigel Clapp a soulevé le même point de sa propre initiative lorsque je l'ai appelé le lendemain pour le féliciter d'avoir retrouvé la trace de Jane Sanjay.

« De rien, merci, a-t-il marmonné, apparemment gêné par cette expression de gratitude.

— Mais vous avez dû y consacrer un temps fou ! Quand je pense que la fille de Lawrence and Lambert n'est parvenue à rien parce que Jane n'arrêtait pas de changer d'endroit au Canada...

— Ah oui ? Vraiment ? Mais... Mlle Sanjay m'a dit qu'elle travaillait au relais de ce parc national depuis quatre mois. Et en fait, euh... deux coups de fil ont suffi. J'ai appelé la mairie de Wandsworth, qui a contacté sa mère, qui... m'a appelé, et j'ai eu une bonne conversation avec sa fille. Ah, et puis... au cas où le retour de Mlle Sanjay serait retardé, j'ai, euh... trouvé un avocat à Jasper. Je lui ai parlé hier. Il va prendre sa déclaration sous serment et la faire certifier devant notaire pour utilisation éventuelle devant une cour anglaise. Juste par... précaution, vous voyez ? – Il a émis un son qui ressemblait à un petit rire puis : – Je suis du genre prudent, peut-être. »

Il m'a aussi appris que presque toutes les personnes que j'avais nommées dans mon e-mail avaient déjà donné leur témoignage à Mme Keating.

« Mme Keating ? Qui est-ce ?

— Ah, vous ne connaissez pas Mme Keating ?

— Mais... non, ai-je avoué en me retenant d'ajouter : Si je la connaissais, je ne poserais pas la question.

— Je... ne vous ai pas présentées, alors ?

— Où est-ce que j'aurais pu la rencontrer ?

— À mon étude. Vous êtes venue combien de fois ?

— Une seule.

— C'est tout ?

— Mais oui !

— Eh bien... Rose Keating est ma secrétaire. »

L'aveu semblait lui coûter.

« Et elle est allée voir tous ces gens ?

— Elle... Oui. Elle est excellente pour ça.

— Je n'en doute pas. Donc, vous êtes content des nouveaux témoignages ?

— Content ? a-t-il répété comme si la signification de ce mot lui échappait. Je pense qu'ils sont bien, oui. Mais content... »

Il y a eu un long silence, pendant lequel il méditait sans doute les implications existentielles du mot. Bonté divine ! Il était plus impénétrable que la Cité interdite, ce type ! À la faveur de nos quelques échanges, j'étais parvenue à la conclusion que je ne le comprendrais jamais. Sa timidité maladive lui faisait visiblement préférer les contacts téléphoniques, d'ailleurs il avait trahi une panique horrifiée lorsque j'avais suggéré que je pourrais passer le voir à son bureau. Cependant, j'avais l'impression qu'il était très conscient de sa maladresse en société, d'un comportement confinant presque à la fuite autiste, et je savais aussi, désormais, qu'il faisait remarquablement bien son métier. Il avait une vie privée, une femme, des enfants – les photos encadrées sur son bureau me l'avaient indiqué –, mais je sentais qu'il ne chercherait jamais à révéler cet aspect de lui-même à ses clients, moi y comprise. Ce n'était pas non plus l'un de ces Anglais excentriques auxquels leurs bizarreries confèrent un certain respect social : Nigel Clapp n'était pas loufoque, mais tout simplement insaisissable. Et ce constat ne m'apaisait pas particulièrement, compte tenu du fait qu'il incarnait ma seule chance d'échapper à ce cauchemar, mais j'avais cependant commencé peu à peu, avec un mélange d'incrédulité et d'immense soulagement, à lui accorder ma confiance.

« Vous êtes là, monsieur Clapp ?

— Je... je pense, oui. Il y avait donc autre chose, euh... que nous devions aborder ?

— Je ne sais pas, monsieur Clapp, ai-je reconnu sans aucune agressivité. C'est vous qui m'avez appelée.

— Ah oui, c'est vrai, c'est vrai... Alors, voilà, j'ai pensé que vous devriez... pourriez écrire une lettre. Vous n'êtes pas, euh... froissée que je dise ça ?

— Pas du tout. Si vous estimez que c'est nécessaire à notre stratégie, je veux bien rédiger toutes les lettres qu'il faudra. Mais j'ai besoin de savoir ce que je dois mettre dedans.

— Ce serait un courrier à... votre mari. J'apprécierais une preuve écrite de votre désir de... d'éclaircir avec lui ce qu'il en est de la vie de votre fils dans ce nouveau contexte, quelles sont les relations de cette, euh... dame avec l'enfant, et comment il envisage lui-même, votre époux, l'avenir. Pas trop longue, la lettre, n'est-ce pas ? J'aimerais aussi que vous lui proposiez une rencontre en tête à tête... pour discuter de l'avenir de Jack.

— Pour l'instant, je n'ai aucune envie de le voir, monsieur Clapp. Je ne crois pas que je serais capable de supporter sa présence.

— Cela me paraît plus que... disons, compréhensible. Mais voyez-vous, et je peux me tromper, bien entendu... j'ai commis des erreurs d'appréciation dans le passé, j'en commets encore... mais je n'ai pas l'impression qu'il acceptera de vous rencontrer. C'est la... culpabilité, vous comprenez ? Il se sentira trop coupable. À moins que je me trompe du tout au tout, peut-être...

— Non, monsieur Clapp. Je ne pense pas. Et ma sœur a eu exactement la même idée, figurez-vous.

— La même idée que... quoi ? »

J'ai changé de sujet pour ne pas nous laisser nous enfoncer dans une plus ample confusion, mais le soir même je me suis attelée à la rédaction d'une lettre « pas trop longue », ainsi que mon avoué me l'avait suggéré.

Cher Tony,

Je ne suis pas en mesure de décrire la souffrance que tu m'as infligée, pas plus que je n'arriverai à comprendre comment tu as pu nous trahir, ton enfant et moi, et manifester un égoïsme aussi féroce. Tu as profité de ma maladie – un état cliniquement attesté, et pratiquement surmonté maintenant – pour m'arracher mon fils et refaire ta vie avec une femme que de toute évidence tu fréquentais déjà quand j'étais enceinte. Que tu aies distordu et manipulé la réalité de ma dépression postnatale afin de prétendre que je représentais un danger pour Jack révèle une cruauté et une perfidie inimaginables.

Néanmoins, je sais que tu as une certaine conscience et que tu finiras par devoir regarder en face ce que ton attitude et tes actes ont eu de répugnant. Je ne voudrais pas être à ta place lorsque ce moment de vérité arrivera. Pour autant que nous le voulions, nous ne pouvons pas échapper au mal que nous infligeons aux autres, surtout lorsqu'il est aussi délibéré et méthodique que celui dont tu m'as accablée. Mais c'est une autre question, bien plus urgente, qui me conduit à t'adresser cette lettre.

Quels que puissent être nos sentiments réciproques, le fait demeure, pour le restant de notre vie, que nous devrons penser ensemble au bien-être et à l'avenir de notre fils. Dès à présent, force m'est de constater que moi, sa mère, je suis délibérément privée de la moindre information sur la ou les personnes qui s'occupent de Jack, de la moindre garantie qu'il reçoive les soins et l'attention dont un nourrisson a besoin. Il est également nécessaire de commencer à envisager ce que sera son éducation, et ce sans préjuger de la convention parentale à laquelle nous serons capables de parvenir.

C'est ce point que je veux encore souligner ici : au-delà de la tristesse d'avoir été si brutalement séparée de mon fils, au-delà de la colère que m'a inspirée ta trahison, mon principal souci reste l'épanouissement de Jack et son bonheur futur. Pour cette raison, je suis prête à surmonter mes émotions afin de te rencontrer pour la première de ce qui devrait être une série de conversations à propos de notre enfant. Dans l'intérêt de Jack, nous devons mettre de côté notre animosité pour communiquer.

J'espère recevoir une prompte réponse de ta part, dans laquelle tu me proposeras le lieu et l'heure qui te paraîtront préférables à cet effet.

Sally.

Quand je lui ai montré l'ultime version de la missive, Julia a laissé échapper un petit sifflement avant de s'exclamer :

« Vous êtes maligne, il n'y a pas à dire !

— C'est M. Clapp qu'il faut saluer. Il m'a fait refaire trois brouillons avant de s'estimer satisfait.

— Sans blague ? Clapp le mollasson a joué les rédacteurs en chef avec vous ?

— Plus que ça. Il m'a renvoyé des tas de suggestions par e-mail pour que ça frappe là où ça fait le plus mal, sans bien sûr mentionner une seule fois que son but était précisément tel.

— Oui, le résultat est impressionnant. Pas de pathos, mais un rappel des faits qui lui met le nez dans son caca et soulève pas mal de questions sur ses véritables motivations. Et vous... tu te montres tellement magnanime, mais sans laisser planer le moindre doute sur le salopard qu'il a été, qu'il est et qu'il ne sera peut-être plus... Chapeau.

— Encore une fois, le mérite revient à ce drôle de M. Clapp. À sa manière de disséquer ma lettre mot par mot, on aurait cru qu'on était en train de négocier les accords d'Oslo.

— Il ne t'a pas soumis un projet, alors ?

— Non, il a tenu à ce que... enfin, chez lui, c'est peut-être un grand mot... il m'a laissé entendre que je devais l'écrire moi-même. Avec ses conseils, d'accord, mais moi-même.

— Et le résultat lui plaît ?

— Il ne faut pas oublier que nous avons affaire à un type qui n'en croyait pas ses oreilles quand je lui ai demandé s'il était content de quelque chose. Sa réaction à la version finale a été : "Hummmmm..."

— Je ne te crois pas !

— Tu as raison. En fait, il a dit : "Hummmmm... Ça devrait aller, je pense." Ensuite, il m'a conseillé d'envoyer une copie à Jessica Law. C'est elle qui est chargée du rapport CAFCASS pour l'audience définitive.

— C'est un vrai stratège, non ?

— Oh oui. »

Une réponse de Tony est arrivée trois jours plus tard.

Chère Sally,

Compte tenu des menaces répétées que tu as proférées contre la vie de notre fils, et de ton incapacité à assumer les responsabilités maternelles les plus basiques après sa naissance, je trouve que tu ne manques pas d'arrogance à m'accuser maintenant de « trahison ». C'est toi qui as trahi un enfant en bas âge, sans défense et innocent.

Quant à l'accusation de t'avoir trompée alors que tu étais enceinte, elle m'amène à préciser que Diane Dexter est une amie très chère depuis des années. J'ai fait appel à son soutien amical lorsque ta santé mentale a commencé à décliner brutalement, et mes relations avec elle n'ont pris un caractère plus intime qu'après le moment où ton irresponsabilité a conduit mon fils à l'hôpital. Elle est la mère de substitution idéale pour lui, et lui assure d'ores et déjà tout le calme et l'équilibre dont il a besoin.

Je conçois parfaitement que ton apport dans les décisions concernant l'avenir de Jack soit important, puisque tu es sa mère naturelle. Toutefois, je ne me sens pas autorisé à en parler avec toi tant que je ne serai pas certain que tu ne représentes plus aucun danger pour lui. J'espère sincèrement que tu es maintenant bien engagée sur la voie de la guérison, qui devrait aussi te conduire à assumer le comportement nuisible que tu as eu envers notre enfant. Sois assurée que, loin de nourrir le moindre ressentiment à ton endroit, je te souhaite de tout cœur le meilleur succès.

Bien à toi,

Tony.
c/o Jessica Law, Wandsworth DHSS.

Mes mains tremblaient quand je l'ai relue, puis aussitôt faxée à Nigel Clapp. Je me suis retrouvée devant la porte de Julia, qui m'a offert un café et sa sympathie. Elle a étudié le courrier de Tony, les sourcils froncés.

« C'est évident qu'un avocat lui a tenu la plume.

— Comme à moi.

— Non. Tu exprimais tes sentiments, dans la tienne. Tandis que ce truc... On se croirait revenu à l'époque victorienne. "Comportement nuisible". Qu'est-ce que c'est que ce jargon ?

— Ce n'est pas son style habituel, c'est certain. Et il ne pense pas un mot de la fin, non plus. Tout ce qu'il souhaiterait, c'est me voir terminer sous un autobus au plus vite.

— C'est un divorce, Sally. Tout est moche et ne cesse de le devenir de plus en plus. Surtout lorsque la barre a été placée si haut. »

M. Clapp m'a téléphoné dans l'après-midi.

« Euh... Au sujet de la lettre de votre époux...

— Elle m'inquiète beaucoup.

— Ah, vraiment ?

— Oui, elle permet à ce salaud de réfuter par écrit tout ce que j'ai avancé dans mon courrier et de proclamer noir sur blanc que la garce a "sauvé" mon fils. Ce n'est pas seulement un mensonge, c'est un crachat à la figure.

— Je pensais bien que vous seriez, euh... contrariée par ce point, oui. Pour le reste, eh bien... c'est ce que j'attendais.

— Sérieusement ?

— Je suis... sérieux, oui. C'est ce que j'attendais, et ce que je voulais.

— Que vous *vouliez* ?

— Mais... oui. » Il a observé l'un de ses silences surprenants, qui indiquaient habituellement son désir de changer de sujet de conversation. « Puis-je me permettre de vous demander si... vous avez avancé dans la recherche d'un travail.

— J'ai essayé, mais la chance n'a pas l'air d'être avec moi, pour l'instant.

— Ah... euh... j'ai parlé avec le Dr Rodale, votre... » Comme il butait visiblement sur ce terme embarrassant, je l'ai aidé en complétant :

« Ma psychiatre.

— Voilà. Elle m'a dit qu'elle allait rédiger une attestation indiquant qu'en raison de votre, euh...

— Dépression ?

— Oui. Que pour cette raison elle estime que vous n'êtes pas encore en état d'exercer un travail à plein temps. Cela nous... couvrira si le représentant de votre mari veut avancer contre vous l'argument que vous êtes sans emploi. Mais évidemment, si vous, euh... pouviez trouver quelque chose d'ici là, ce serait un élément important pour établir que vous avez bien surmonté votre, ah...

— Dépression.

— Exactement. »

Quelques jours plus tard, Julia m'a appelée du bureau de l'un de ses amis éditeurs. Elle n'avait pas oublié que j'avais évoqué une fois le job de correctrice occupé pendant les vacances d'été, au temps de mes études, dans une maison d'édition de Boston.

« Quand mon ami m'a dit qu'il avait un gros travail de correction mais que ses deux correctrices habituelles étaient déjà occupées, j'ai pensé à toi. Si ça t'intéresse, bien sûr.

— Plutôt ! »

Le lendemain, je suis allée voir cet éditeur, Stanley Shaw, à son bureau de Kensington. La cinquantaine, mince, réservé mais avec une réelle prestance, il supervisait la publication d'ouvrages de référence pour une grande compagnie, dans ce cas précis un *Guide des CD classiques*, véritable somme qui comptait pas moins de quinze cents pages.

« La musique classique vous est-elle plus ou moins familière, madame Goodchild ?

— Je peux faire la distinction entre du Mozart et du Mahler.

— C'est déjà ça », a-t-il approuvé avec un sourire avant de m'interroger sur mon expérience en correction d'épreuves, ma connaissance des particularités de la langue anglaise telle qu'elle est pratiquée en Grande-Bretagne, ma maîtrise de la terminologie musicale, des codes de catalogues, etc. Je lui ai affirmé que j'apprenais vite, en général...

« Tant mieux, parce que ce guide doit être prêt à l'impression d'ici deux mois. C'est un ouvrage complexe, techniquement parlant. Une recension critique des meilleures versions d'œuvres dues à quelques centaines de compositeurs ultraconnus ou absolument obscurs. Pour être très honnête, je ne confie jamais un tel travail à une personne n'ayant pas corrigé d'épreuves depuis aussi longtemps que vous, mais je n'ai pas le choix. Et si Julia pense que vous en êtes capable, je le pense aussi... À condition que vous le sentiez également, compte tenu de ces délais très courts.

— Je suis partante. »

Nous avons conclu notre accord par une poignée de main. Le lendemain, un coursier m'a livré une grosse boîte en carton qui contenait l'énorme liasse et le contrat d'édition. J'avais déjà dégagé la table de la cuisine, installé une lampe orientable et préparé un pot rempli de crayons soigneusement taillés. J'ai signé le contrat et l'ai faxé à Nigel Clapp, qui m'a téléphoné moins d'une heure après.

« Vous avez un travail, alors ?

— Apparemment. Mais je me demandais une chose, brusquement : est-ce que ça n'invalide pas mes droits à l'aide juridictionnelle ?

— Eh bien... voyons... Vous pourriez demander une modification du contrat, n'est-ce pas ? Paiement à parution de l'ouvrage, c'est-à-dire... dans cinq mois, si je lis bien. De cette façon, nous serions en mesure de montrer à la cour que vous avez travaillé, mais comme la rénu... rémunération n'interviendra qu'après l'audience finale, cela vous laisse éligible à l'aide juridictionnelle. Dans le cas où vous pouvez vous passer de cet argent d'ici là, bien entendu... »

Il restait deux mois et demi avant le jugement, et à peine l'équivalent de mille cinq cents livres dans ma bourse... C'était beaucoup trop serré.

« Et si je demande un tiers à la signature ?

— Hmmm... Oui, vous resteriez dans les limites prévues pour l'octroi de l'aide. »

Stanley Shaw ne voyait aucune objection à reformuler le contrat, bien au contraire : « En trente ans de métier, je n'avais encore jamais vu un auteur ou un correcteur demander un paiement différé ! » s'est-il exclamé. Peu après notre conversation téléphonique, je me suis livrée à un petit calcul : j'avais soixante et un jours de travail devant moi, ce qui signifiait vingt-quatre pages et demie quotidiennes, huit heures par jour, soit... trois pages à l'heure. Faisable, si je ne me laissais aller à aucune distraction, si je m'interdisais le moindre moment d'abattement à l'idée de Jack si loin de moi, si je refusais de penser que tout cela était inutile, finalement, parce que le juge allait donner raison à Tony et... non et non ! Assez ruminé, au boulot !

Il m'a fallu quatre jours pour venir à bout des entrées A : Albinoni, Alkan, Arnold, Adams... Bientôt, j'étais immergée dans la famille Bach, un océan d'œuvres qui excitaient particulièrement la verve des critiques : fallait-il préférer, pour la *Messe en si* de Jean-Sébastien, l'approche traditionnelle, très « Kappelmeister », d'un Karl Richter, ou la version plus universaliste d'un John Eliot Gardiner, ou la virtuosité d'un Masaki Suzuki, ou...

Pour quelqu'un comme moi, qui appréciais la musique classique sans être une connaisseuse chevronnée, ce guide était une découverte car il révélait l'importance de l'interprétation, de la manière dont chaque chef d'orchestre, soliste ou chanteur revisitait toutes ces compositions. Prenez par exemple Beethoven, que j'ai atteint au début de ma deuxième semaine de correction : sa *Symphonie pastorale* pourra suggérer une promenade valétudinaire à travers un paysage pesamment bucolique avec Otto Klemperer, ou au contraire une chevauchée impétueuse sur les pics escarpés d'une épique grandeur avec Claudio Abbado. Certains aimeront la riche gravité du Philharmonique de Berlin sous la baguette de Karajan, d'autres la précision tendue des London Classical Players et de Norrington. Quelle que soit la version choisie, pourtant, ce sera toujours la *Sixième Symphonie* de Beethoven : on peut jouer avec les attaques et les tempi mais la partition reste là et il est impossible de s'en éloigner trop. Au contraire, un conte, un récit, une intrigue littéraire demeureront toujours ouverts aux hypothèses, aux conjectures, voire à la réinvention, à telle enseigne qu'on se demande parfois, en les répétant, ce qui est arrivé à la narration originelle, pourquoi tel ou tel personnage a soudain accaparé la vedette, présentant une version de la même histoire sans aucun point commun avec celle des autres...

« Ça doit te rendre folle, de relire mot par mot tout ce fourbi de musicologues, a soupiré Sandy pendant l'une de nos conversations téléphoniques.

— Non, ça me plaît, je dois dire. Parce que j'apprends plein de choses mais aussi parce que ça m'apporte ce dont j'avais besoin depuis des mois : un sens à mes jours. »

Trois pages par heure, deux fois quatre heures avec une pause de trente minutes entre les deux. Bien sûr, je devais adapter cette rigoureuse organisation à ma rencontre hebdomadaire avec Jack, mes deux entretiens mensuels avec Jessica Law, mes visites au Dr Rodale tous les quinze jours... Mais, ainsi délimité, le temps semblait passer plus vite dans l'attente angoissée du jugement final. Et si la correction d'épreuves était souvent répétitive, si elle demandait une attention constante, si je pouvais parfois me sentir écrasée par l'ampleur de la tâche, je prenais aussi un certain plaisir à avancer dans l'alphabet. Au bout de trois semaines, Berlioz n'était plus qu'un lointain souvenir et je peaufinais Roy Harris, puis Hindemith. Le cheminement à travers l'énorme partie consacrée à Mozart m'a rappelé la période où j'avais traversé le Canada en voiture, cette phrase qui revenait sans cesse dans ma tête : « Il doit bien y avoir un moment où la route s'arrête ! »

Au milieu de la cinquième semaine, j'ai soudain été envahie par la panique. Je venais d'attaquer les S, avec des compositeurs aussi prolifiques que Schubert ou Schumann. Stanley Shaw (encore un S !) me téléphonait fréquemment pour prendre des nouvelles du travail et me rappeler discrètement qu'il me restait moins de vingt jours. Je le rassurais, tout en commençant à me demander si j'allais tenir les délais. Je suis passée de huit à douze heures de travail quotidien, ce qui a porté ses fruits puisque j'avais terminé Telemann et j'attaquais Tippett quand la sixième semaine a été à son mitan. À la consultation suivante, le Dr Rodale m'a déclaré qu'elle avait décidé de réduire progressivement la prescription d'antidépresseurs tant elle était satisfaite par mes progrès. Et six jours plus tard, alors que je corrigeais l'appareil critique consacré aux symphonies de Vaughan Williams, Nigel Clapp m'a téléphoné pour me communiquer la date à laquelle l'audience finale avait été fixée : le 18 juin.

« La personne que j'aimerais nommer pour votre défense... travaille aussi dans le cadre de l'aide juridictionnelle... Très compétente dans ce genre d'affaires... Elle s'appelle...

— C'est une femme ?

— Oui, mais elle est idéale, dans votre situation et... Oh, pardon, pardon, vous allez prendre ça mal ?

— Je comprends ce que vous voulez dire. Donc, elle s'appelle...

— Maeve Doherty.

— Irlandaise ?

— Eh bien... oui. Née et élevée là-bas. Ensuite, Oxford, et pendant un moment elle a été dans des groupes juridiques plutôt... radicaux, mais...

— Je vois.

— Elle a apporté... une très importante contribution au droit familial. Elle est disponible et elle est, euh... plus que capable de mener ça à bien.

— Et si nous nous retrouvons devant un juge conservateur qui ne peut pas souffrir ses vues politiques ?

— Euh... Eh bien, on ne peut pas tout avoir, n'est-ce pas ? »

Je n'ai pas eu le loisir de m'attarder sur ce problème car après Ralph Vaughan Williams (1872-1958) venaient déjà Verdi, Vivaldi, Walton, Weber, Weekes, et mes dernières vingt-quatre heures sont arrivées quand je passais à Wesley. Mon éternelle tasse de café à la main, j'ai certifié à Stanley Shaw qu'il pouvait m'envoyer un coursier le lendemain à neuf heures du matin avant de liquider toutes les œuvres pour orgue de Widor. J'ai atteint la dernière entrée, Zwillich, bien après minuit. Brusquement, il faisait jour et j'alignais l'ultime page sur mon tas d'épreuves avec le sourire fatigué du devoir accompli. Un long bain chaud. Je me suis habillée, prête à l'arrivée du coursier. À dix heures, Stanley Shaw m'a appelée pour me féliciter ; à onze heures, je tenais Jack dans mes bras sous l'œil de moins en moins vigilant de Clarice Chambers, qui m'a annoncé qu'elle allait nous laisser seuls, cette fois, mais elle serait à la cafétéria au bout du couloir si j'avais besoin d'elle.

« Alors, qu'est-ce que tu en penses ? ai-je demandé à mon bébé. Rien que nous deux, enfin ! » Mais il était trop occupé avec son biberon pour réagir.

À sept heures du soir, j'étais au lit. Je ne m'étais pas sentie aussi dispose depuis des mois quand je me suis réveillée le lendemain matin. Mon optimisme était revenu, encore stimulé lorsque Stanley Shaw m'a téléphoné quelques jours plus tard.

« J'imagine que vous ne seriez pas libre pour un autre travail ?

— Il se trouve que si.

— Excellent ! C'est encore un pavé, je dois vous prévenir. Notre fameux *Guide du cinéma*, qui atteint, voyons, mille cinq cent trente-huit pages pour l'édition révisée. Neuf semaines pour la correction. On garde les mêmes conditions ?

— Parfait.

— Très bien. Vous voulez passer demain vers midi, que je vous explique un peu le principe du bouquin ? Ensuite, nous pourrions déjeuner ensemble quelque part, si cela vous dit.

— J'y serai. »

Bientôt, j'étais plongée dans une nouvelle encyclopédie critique recensant cette fois à peu près tous les films de la planète. À Sandy qui me demandait comment j'arrivais à m'absorber dans un travail aussi minutieux, j'ai expliqué qu'il me suffisait de m'asseoir devant ma pile d'épreuves pour oublier le reste du monde pendant quelques heures : « C'est un peu comme la novocaïne, en fait. Un anesthésique très efficace mais qui ne flanque pas trop la migraine. Et c'est pas mal payé, en plus ! »

Au bout de trois semaines environ, j'ai reçu un coup de fil de Maeve Doherty. Enfance dublinoise ou pas, elle s'exprimait avec l'accent recherché des anciens d'Oxford ou de Cambridge, mais aussi sur un ton naturellement enjoué. Même si Nigel Clapp lui avait transmis mon dossier, elle avait pour principe de toujours rencontrer personnellement ses clients avant une audience, et me proposait donc d'envisager une entrevue. Quatre jours plus tard, m'étant octroyé un après-midi de liberté, j'ai rejoint le centre-ville en métro et cherché une ruelle donnant sur Fleet Street, Inner Temple, pour entrer dans une sorte de reproduction à taille réduite du campus anglais traditionnel, mélange d'architecture Tudor et néogothique miraculeusement protégé de l'agitation permanente de la capitale. Devant la porte, impeccablement calligraphiés en noir sur un tableau de bois, les noms des quinze avocats qui composaient l'étude à laquelle elle appartenait. *Mlle M. Doherty* figurait parmi les premiers de la liste.

Son bureau était exigu et elle-même toute menue, moins d'un mètre soixante, très mince. Elle n'était pas jolie mais l'intensité de son regard lui donnait une certaine séduction, et l'on sentait tout de suite la fermeté résolue de son caractère, certainement développée pour compenser sa petite taille. Après une franche poignée de main, elle est allée droit au but, sans aucune brusquerie :

« Permettez-moi de dire d'entrée qu'à mon avis vous avez été diffamée. M. Clapp m'a aussi rapporté que votre représentant devant la cour avait eu connaissance de l'affaire très peu de temps avant le début de l'audience. C'était M. ... – Elle a feuilleté quelques pages de mon dossier. – M. Paul Halliwell, oui...

— Vous le connaissez ? me suis-je enquise, car j'avais noté une nuance péjorative dans sa voix.

— C'est un petit monde que le nôtre, vous savez. Donc je connais M. Halliwell, en effet.

— La vraie coupable, c'est mon avouée de l'époque. Virginia Ricks, de chez Lawrence and Lambert.

— Non : *anciennement* de chez Lawrence and Lambert. Ils lui ont donné congé le mois dernier, pour une énorme bourde au cours d'une procédure de divorce concernant un client de Dubaï très important pour eux. D'après ce que je sais, personne n'a voulu d'elle depuis. »

Au cours de la demi-heure suivante, elle m'a posé une série de questions très précises sur mon mariage, la personnalité de Tony, son comportement plus fuyant que jamais après la naissance de Jack.

« J'ai lu la lettre que vous lui avez envoyée, et sa réponse. Excellente stratégie, je dois reconnaître, notamment en ce qu'elle l'a conduit à affirmer par écrit que sa relation avec cette femme était restée platonique jusqu'à récemment. Si les recherches dans le passé de Mme Dexter que Nigel Clapp a diligentées donnent le résultat que nous escomptons, cela nous fournira un argument très intéressant à présenter devant la cour.

— M. Clapp fait enquêter sur elle ?

— C'est ce qu'il m'a dit.

— Par qui ?

— Il ne l'a pas précisé. Par ailleurs, vous avez probablement constaté que M. Clapp n'est pas la loquacité

424

personnifiée. Cela noté, il est peut-être le meilleur avoué auquel j'aie jamais eu affaire. Consciencieux à l'extrême, et très opiniâtre. Surtout dans un cas comme le vôtre, quand il estime que son client a été victime d'une grave injustice.

— Il... il vous a dit ça ?

— "Dit" n'est pas le terme exact, a-t-elle relevé avec un sourire, mais nous avons travaillé ensemble assez souvent pour que je puisse savoir quand il prend un cas réellement à cœur. Et c'est manifestement ce qui se passe avec le vôtre. Simplement, ne vous attendez pas à ce qu'il l'exprime devant vous... »

Je prenais certes garde à ne pas lui poser trop de questions. Au cours de notre conversation téléphonique suivante, lorsque je lui ai tout de même demandé s'il avait engagé un détective privé contre notre adversaire, il s'est aussitôt troublé, devenant presque cassant : « C'est juste, euh... quelqu'un. Quelqu'un qui vérifie des... choses pour moi. » Et je n'ai pas insisté, je voyais bien désormais qu'il connaissait son métier.

Moi aussi, je me suis concentrée sur mon job, à savoir cet éléphantesque manuscrit. Les semaines se sont écoulées dans cette routine bien établie : travail, Jack, rendez-vous, coups de fil de Nigel Clapp m'informant de la préparation de l'audience. Celle-ci, estimait-il après consultation avec les représentants de Tony, allait durer au moins deux jours. J'ai eu également trois brefs contacts téléphoniques avec Maeve Doherty, qui désirait vérifier certains points et m'a encouragée au passage à ne pas trop m'inquiéter de la personnalité du juge : de toute façon, m'a-t-elle précisé, son nom ne nous serait communiqué que la veille de la séance.

Juste quinze jours avant l'audience, à huit heures du soir, le téléphone a sonné. C'était Nigel Clapp. Il n'appelait pas aussi tard, d'habitude.

« Pardon, mais...

— Aucun problème. Je travaillais.

— Ah ! Comment, euh... ça avance ? a-t-il soufflé, dans une piteuse tentative de conversation à bâtons rompus.

— Bien, merci. Stanley a déjà d'autres épreuves à corriger pour moi après celles-ci. Apparemment, j'aurai des rentrées d'argent régulières, bientôt.

— Oh, parfait, parfait... – Un de ses silences tendus. – Alors, si vous étiez, euh... libre, demain après-midi ?

— Vous voulez me voir ?

— Ce n'est pas une obligation, mais... »

J'étais soucieuse, d'un coup.

« Vous devez me dire quelque chose de vive voix ?

— Ce serait mieux, oui...

— C'est grave ?

— Ce n'est pas... fameux.

— Dites-le-moi maintenant.

— Si vous pouviez venir à l'étude, je pense que...

— Dites-le-moi, monsieur Clapp.

— Eh bien... si vous insistez...

— J'insiste, oui.

— Alors... Il y a deux... problèmes, je le crains. Le premier, c'est que j'ai reçu aujourd'hui une copie du rapport de Mlle Law pour la CAFCASS... »

Une main glacée s'est refermée sur ma nuque.

« Oh non ! Il n'est pas défavorable, quand même ?

— Pas vraiment. Elle indique qu'elle est très impressionnée par votre personnalité, la manière dont vous avez réagi à tout... ça. L'ennui... euh... c'est qu'elle est aussi très... impressionnée par votre mari et par Mme Dexter. Et même s'il ne lui appartient pas d'émettre une recommandation, elle laisse entendre que, comment dire... que l'enfant est entre de très bonnes mains. »

Je tremblais, maintenant.

« Attention, cela ne signifie pas qu'elle pense que le petit doive rester avec Mme Dexter, mais...

— Le deuxième problème, c'est quoi ? l'ai-je coupé.

— Ah, ça... Eh bien, je l'ai appris il y a environ une heure et j'avoue... j'avoue que je suis encore sous le choc. Une lettre par porteur spécial de l'avocate de votre mari. Il m'apprend que, euh... votre époux et Mme Dexter déménagent à Sydney pour raisons professionnelles, et y resteront... cinq ans au moins. Mme Dexter a été nommée à la tête d'une toute nouvelle société de marketing là-bas.

— Mais c'est super ! Ils s'en vont, bon débarras !

— Oui, seulement... seulement, ils ont l'intention, euh... d'emmener Jack. »

Je suis restée sans voix un long moment puis, dans un murmure :

« Ils en ont la possibilité, légalement ?

— Si l'audience tourne en leur faveur et qu'ils présentent la demande, il y a...

— Oui ? Terminez, monsieur Clapp.

— Je préférais...

— Terminez ! »

Je l'ai entendu prendre sa respiration avant de prononcer sans temps d'arrêt ce qui était certainement l'une des plus longues phrases de sa vie : « Si l'audience tourne en leur faveur, s'ils arrivent à convaincre le juge que vous constituez un danger pour votre fils, vous ne pourrez avoir aucun recours : ils seront libres d'emmener l'enfant où ils voudront. »

13

« LA VRAIE QUESTION, A COMMENCÉ MAEVE DOHERTY,
c'est : où l'enfant sera-t-il le mieux ? Ce sera le seul
critère retenu par la cour, et comme il y a déjà eu deux
décisions de justice en faveur du père, nous allons
devoir convaincre le juge que la meilleure solution
pour votre fils passe, au minimum, par la garde
conjointe. Avec si possible plus de temps avec la mère.

— Et au cas où Tony obtiendrait la garde exclusive ?

— Dans ce cas, vous n'aurez rien à dire sur le lieu
de résidence de votre fils avec son père. De sorte que,
s'ils ont l'intention de s'installer plusieurs années à
Sydney, ainsi que ses avocats nous l'ont indiqué, ils
pourront certainement le faire quand bien même nous
objecterions à un éloignement géographique aussi
considérable. Bien entendu, nous pourrions exiger le
maintien de votre droit de visite, mais dans la pratique
cela n'arrangera pas grand-chose. À moins que vous
ne soyez prête à partir en Australie ?

— Sans travail, sans visa ? Allons !

— Espérons que ça n'ira pas jusque-là, alors. Le
problème, c'est qu'ils vont plaider une troisième fois
sur une ligne déjà approuvée à deux reprises. Pour les
contrer, nous avons un certain nombre de témoignages

de personnes compétentes en votre faveur. À combien en sommes-nous, Nigel ?

— Euh... huit. Tous très favorables à Mme Goodchild, n'est-ce pas ?

— OK. Huit témoins pour nous. Là où le bât blesse, c'est le rapport de la CAFCASS. La cour y prête toujours la plus grande attention, donc ce document pèse chaque fois sur la décision finale, puisqu'il a été explicitement demandé par la justice et représente une sorte de dernière évaluation de la part des Affaires sociales. C'est ce qui me chiffonne, Sally. Il n'est pas très favorable. Vous partagez mes réserves à ce sujet, Nigel ? »

Deux jours après le coup de tonnerre de la lettre annonçant les projets australiens de Tony, nous nous étions retrouvés tous les trois à l'étude de Nigel, Maeve Doherty ayant jugé la situation assez grave pour venir jusqu'à Balham alors qu'elle traitait quatre autres affaires de front. Et c'est ainsi que, pour la deuxième fois seulement depuis le début de notre relation professionnelle, j'étais revenue dans les bureaux plus que modestes de M. Clapp.

« Eh bien, c'est que... D'après mon expérience, en effet, si le rapport de la CAFCASS ne conteste pas explicitement le statu quo établi par, euh... la décision intérimaire, la cour choisit en général de... ne rien changer. Ce qui voudrait dire, malheureusement... la garde pour votre mari, mais avec un droit de visite plus, disons... généreux pour vous. Et cela ne les empêcherait pas d'emmener l'enfant en, euh... Australie. Donc, je rejoins Mlle Doherty : nous devons nous concentrer sur la bataille pour obtenir la garde conjointe.

— Sauf que pour l'instant nous n'avons pas vraiment de munitions contre Tony et sa compagne, Nigel. Est-ce que votre détective a déterré quelque chose ? »

Nigel a eu un faible sourire.

« Je... je lui demande de venir, qu'elle nous parle de ce qu'elle a pu trouver ?

— Parce que c'est *une* détective ? » ai-je demandé ingénument.

Il a rougi, brusquement.

« En fait, c'est, euh... Mme Keating.

— Vous rigolez ? ai-je lancé avant de me rendre compte que ma réaction avait accru son malaise.

— Elle est... elle est plutôt efficace, vous savez...

— Je confirme, est intervenue Maeve.

— Pardon, je ne voulais surtout pas...

— Si vous l'appeliez, Nigel ? » a suggéré Maeve.

Il a saisi son téléphone. Immédiatement, nous avons entendu la voix de stentor retentir de l'autre côté du mur :

« Ouais ?

— Vous pourriez venir un moment, Rose ? Et merci de prendre, euh... le dossier Goodchild avec vous.

— J'arrive ! »

Quand elle est entrée dans la pièce, j'ai tout de suite remarqué des miettes brunâtres accrochées à sa vaste robe à motifs floraux, vestige de ses chocolats favoris, sans doute. Nigel a dû refaire les présentations, car, si elle m'avait ouvert la porte un quart d'heure plus tôt, elle me regardait comme si j'étais une parfaite étrangère.

« Ces, euh... dames aimeraient connaître le résultat de votre enquête sur le compte de Mme Dexter, Rose.

— Vous voulez tout le rapport ou juste un résumé ?

— Commençons par le résumé, s'il vous plaît, et ensuite nous... nous leur donnerons une photocopie, n'est-ce pas ?

— Ça me va, a-t-elle déclaré en se carrant sur une chaise et en ouvrant la chemise qu'elle tenait à la main. Tout est là. Diane Dexter, née le 15 janvier 1953 à

Leeds. Père employé à la compagnie du gaz, mère au foyer. Lycée public, bonne élève. Part à Londres avec un diplôme en sciences économiques de l'université de Leeds. Dix ans dans la pub, travaille pour quelques grosses boîtes, Dean Delaney, John Hegarty... Apple Grande-Bretagne la débauche pour lui confier la direction du marketing, elle fait cinq ans là-bas, spécialisée dans les études de marché. En 1987, elle crée avec un certain Simon Chandler la société Market Force Ltd. Ils sortent ensemble, à l'époque, mais quand ça casse entre eux en 1990, Chandler lui rachète ses parts, ce qui lui permet de fonder Dexter Communications, une société de conseil qui a tellement bien marché dans les dix dernières années que la Dexter pèse maintenant dans les onze ou douze millions de livres, avec des propriétés à... Bah, ça vous le savez, c'est dans l'enquête de Lawrence and Lambert.

« Ce que j'ai pu trouver de pas trop reluisant, maintenant : en 1990, deux mois en clinique spécialisée pour "dépendance à psychotropes", autrement dit abus de coke. Manque de chance, il n'y a pas d'arrestation pour usage ou détention illégale de drogue. Casier vierge, en fait. Bon, quelques points en moins sur son permis pour excès de vitesse... Depuis 1990, aucun problème de came. Elle a même donné bénévolement des conférences dans des programmes de prévention, et elle est une des bienfaitrices d'une campagne anti-drogue menée dans les établissements scolaires de Leeds et sa région. »

J'ai fermé les yeux. Je me battais contre une camée repentie dont le dossier restait impeccable depuis treize ans, qui aidait à l'édification des jeunes pour racheter son passé turbulent et avait de la thune à ne plus savoir qu'en faire.

« Cette histoire de cocaïne est intéressante, a noté sobrement Maeve Doherty. Il y a peut-être quelque chose à creuser. Rien d'autre ?

— En plus de l'intermède sentimentalo-business avec Chandler, deux mariages qui n'ont pas tenu. D'abord deux ans avec un copain de fac, contre lequel elle a demandé le divorce en 1975. Il est prof quelque part dans le Yorkshire, maintenant. Ensuite, six piges avec un réalisateur télé, Trevor Harriman, détrôné par Chandler en 1985, lequel est même cité comme codéfendeur dans la demande de divorce présentée par Harriman. Depuis sa séparation d'avec Chandler en 1990, elle a eu quelques liaisons, notamment avec un auteur de polars, Philip Kimball, mais rien de sérieux jusqu'à sa rencontre avec Tony Hobbs en 1999.

— Mais il affirme qu'ils étaient seulement amis, au début.

— Ouais ? C'est possible, mais elle l'a quand même emmené en vacances en Afrique du Sud cette année-là, puis ils ont fait un séjour de plongée sous-marine à la Grande Barrière de corail en 2000, puis elle a passé un mois avec lui au Caire en 2001.

— Quel mois ?

— Novembre.

— Ça se tient, puisqu'on s'est connus en décembre.

— Désolée de vous le dire, mais c'est elle qui l'a plaqué en novembre, pas le contraire. Elle voulait qu'il revienne à Londres vivre avec elle mais il a refusé. »

Maeve Doherty s'est redressée sur sa chaise.

« Vous avez pu établir à quel moment ils ont recommencé à se voir ?

— Ouais. Il y a environ dix mois, peu après le retour de M. Hobbs en Angleterre. »

Je me suis mordu les lèvres avant de l'interroger calmement :

« Comment l'avez-vous appris ?

— Par la bonne de Mme Dexter. Il est allé chez elle un après-midi.

— D'accord, est intervenue Maeve, mais est-ce que

432

l'ancienne employée de maison de Mme Dexter a précisé s'il s'agissait d'une simple visite ou de quelque chose de plus ?

— Oh, c'était plus, et comment ! Il est resté jusqu'à une heure du matin. Et pendant tout ce temps, ils étaient dans la chambre à coucher de Mme Dexter. »

Puis il était rentré à la maison et m'avait raconté qu'il était sorti « entre copains »... J'ai posé une nouvelle question :

« D'après la domestique, il est revenu régulièrement chez elle ?

— Plus que régulièrement. Il était tout le temps fourré là-bas.

— Je présume que l'avocat de M. Hobbs contestera la validité de ce témoignage, a remarqué Maeve. D'autant qu'elle ne fait plus partie de la maisonnée.

— Exact, a confirmé Rose. Renvoyée pour vol.

— Oh, super ! ai-je lâché, les dents serrées.

— Ouais, mais la bonne a consulté un avocat et elle a fini par avoir son ex-patronne. Non seulement Mme Dexter lui a envoyé une lettre d'excuses affirmant que cette accusation était infondée mais elle a lui payé un an de salaire, en guise de compensation.

— Est-elle disposée à témoigner ? a demandé Maeve.

— Oh ouais ! Elle ne porte pas la Dexter dans son cœur, croyez-moi. Et elle m'a aussi donné des détails sur leurs petites escapades romantiques au cours des six derniers mois. Deux fois à Bruxelles, une à Paris. J'ai dégoté le nom de l'hôtel à Bruxelles, le Montgomery, j'ai appelé et on m'a confirmé que M. Hobbs était en galante compagnie dans les deux cas. Et le réceptionniste m'a dit que c'était la même femme... Ah, une dernière chose, plutôt importante je pense : apparemment, Mme Dexter a fait une fausse couche au temps où elle forçait sur la blanche. L'année suivante, elle a essayé une FIV... une fertilisation artificielle, quoi. Ça n'a pas marché, elle a retenté le coup en 1992, en 1993, mais là elle atteignait la quarantaine, ça commençait à être juste... Surtout que le gynéco de Harley Street lui a finalement lâché le morceau : elle ne pourrait jamais avoir d'enfant. Cette histoire de gosse, d'après la bonne, est devenue une véritable obsession chez elle. À un moment, elle a sérieusement envisagé d'en adopter un, mais elle avait des difficultés financières à l'époque, des soucis au travail, alors elle a laissé tomber. »

J'ai dévisagé Rose Keating d'un œil stupéfait.

« Mais comment avez-vous pu trouver tout ça ?

— J'ai mes méthodes, a-t-elle répondu avec un sourire narquois.

— C'est un bon point, qu'ils se soient fréquentés pendant tout ce temps, a déclaré Maeve. Et encore meilleur qu'il ait menti sur la nature de leurs relations dans sa lettre. Quant au désir d'enfant manifesté par cette dame, eh bien, il ne devrait pas être difficile de démontrer que ceci explique cela... » Elle m'a regardée droit dans les yeux : « Cela dit, je tiens à être franche avec vous, Sally : aussi utiles que soient ces preuves, à mon avis elles ne contredisent pas, ni même n'amoindrissent tout ce qu'ils ont monté contre vous. Nigel et moi allons faire de notre mieux pour démentir leurs accusations, il faut cependant revenir à la question du départ : où, avec qui l'enfant sera-t-il le mieux ? Malgré tous les talents de fin limier que Rose vient encore de démontrer, rien de ce qu'elle a trouvé ne peut disqualifier Mme Dexter en tant que mère de substitution. Présentés adroitement, sa lutte pour surmonter ses erreurs passées et son désir d'enfant frustré pendant tant d'années seraient même des arguments en sa faveur. Et de toute façon, ce qui compte pour eux, ce n'est pas tant de la défendre que de vous accabler, vous. »

Brusquement, j'aurais eu besoin d'un ou deux comprimés d'antidépresseurs. Je me suis vue dans la queue interminable des candidats à l'immigration devant la Maison de l'Australie à Londres, puis tenter d'expliquer à un employé consulaire excédé que j'avais besoin d'un permis de résidence au pays d'Oz pour passer certains week-ends avec mon petit garçon, que mon ex-mari et sa compagne avaient emmené là-bas. Et je connaissais déjà la question qui suivrait : « Pour quelle raison votre ex-époux a-t-il obtenu la garde de votre fils, exactement ? »

« Euh... madame Goodchild ?

— Tout va bien, ma jolie ? s'est inquiétée à son tour Rose Keating.

— Je... j'essaie. »

Maeve Doherty poursuivait déjà :

« Je disais donc : le problème, c'est que l'audience est dans douze jours, maintenant, et que...

— Oui, je crois voir où Mlle Doherty veut, euh... en venir, a risqué Nigel Clapp, qui n'avait pourtant pas l'habitude d'interrompre les gens. Pour être tout à fait honnête avec vous, il faut que nous trouvions, ah... quelque chose sur votre mari ou Mme Dexter. Et comme Rose a pratiquement retourné toutes les, euh... pierres, il est difficile de...

— Vous voyez quoi que ce soit qui puisse nous être utile concernant M. Hobbs ? a insisté Maeve.

— À part le fait qu'il a fui le mariage pendant des années et m'a souvent répété qu'il ne voudrait jamais d'enfant, non.

— Mais il vous a emmenée à Londres alors que vous étiez enceinte, a commenté Maeve.

— Oui... Franchement, je ne sais pas. Avant moi, sa vie se résumait à son travail et à une petite amie de temps à autre, d'après le peu qu'il m'a raconté. En fait, la seule fois où j'ai eu un début d'éclairage sur son passé, c'est au cours d'une conversation avec un journaliste au Caire. Et... »

J'ai entendu un petit déclic résonner dans mon cerveau. Ou plutôt non, c'est une métaphore facile : ce que j'ai entendu, avec une netteté incroyable, c'était un court dialogue remontant à sept mois, auquel je n'avais guère accordé d'importance sur le moment mais qui avait attendu cet instant pour surgir du fatras encombrant ma mémoire.

« Madame Goodchild ?

— Rose ? Je peux passer un coup de fil, s'il vous plaît ? »

Je suis allée dans son officine pour appeler les renseignements et obtenir un numéro à Seaford. Sur le répondeur, j'ai laissé mes coordonnées, en précisant que c'était urgent. De retour dans le bureau de Nigel, je leur ai expliqué qui je cherchais à joindre, et pour quelle raison.

« C'est sans garantie aucune. Ce qu'elle a dit était tellement vague... Mais ça vaut la peine d'essayer de savoir ce qu'elle entendait par là.

— Oui... Et vous pensez arriver à la retrouver, à lui, euh... parler ? a interrogé Nigel. Il ne nous reste que douze jours. »

Je ne le savais que trop bien, tout comme je comprenais le scepticisme de Maeve Doherty : même si le juge éprouvait de la sympathie envers moi et trouvait remarquable mon rétablissement, il choisirait la respectabilité et le confort matériel pour l'enfant, ce qui lui éviterait du même coup de contredire les deux décisions précédentes. Douze jours ! Je suis rentrée chez moi en hâte pour écouter mon répondeur. Il n'y avait qu'un seul message : Jane Sanjay était de retour en Angleterre, mais elle passait une semaine chez des amis à Brighton avant de reprendre son travail.

436

J'ai composé à nouveau le numéro de Seaford, sans plus de succès, et j'ai décidé de me remettre à ce gigantesque guide du cinéma. Ce jour-là, pourtant, je n'ai pas réussi à me laisser prendre par la minutie du travail. Je ne cessais de lever les yeux vers le téléphone dans l'espoir de l'entendre sonner. Comme rien ne venait, j'ai rappelé, laissé un troisième message. Ensuite, j'ai recommencé toutes les trois heures. J'avais conscience d'aller trop loin, de friser la mauvaise éducation, de passer sans doute pour une Américaine sans scrupules. Tant pis. Il fallait que je lui parle.

En début de soirée, le téléphone s'est enfin réveillé. J'ai saisi avidement le combiné. C'était Rose Keating.

« Je voulais juste savoir s'il y avait du nouveau.

— Elle ne m'a toujours pas rappelée, non.

— Essayez encore, ma jolie », a-t-elle conclu gentiment, mais j'ai compris le message sous-jacent : « Il nous faut quelque chose. »

À minuit, alors que j'en étais à ma huitième tentative, je me suis endormie d'un coup, la tête sur mes épreuves, pour me réveiller en sursaut cinq heures après. Je me suis remise au travail, attendant une heure décente pour rappeler. Toute la journée a passé ainsi, et il faisait déjà nuit quand l'impossible s'est produit : on a décroché. Dès qu'elle a entendu ma voix, Pat Hobbs s'est exclamée d'un ton indigné :

« C'est vous qui n'arrêtez pas de téléphoner depuis hier ?

— Mademoiselle Hobbs... Pat ! Écoutez-moi, s'il vous plaît !

— Qui vous autorise à m'appeler par mon prénom ? Je ne vous connais même pas.

— Mais je suis la femme de Tony ! Je...

— Je n'ai pas oublié ça ! Vous m'avez déjà enquiquinée il y a des mois et maintenant vous...

— C'est un cas d'urgence.

— Quoi, il est mort ? Il est mourant ?

— Non, mais...

— Alors ce n'est pas urgent.

— Laissez-moi au moins vous expliquer pourquoi je...

— Je ne pense pas, non.

— Une question. Rien qu'une.

— Je n'y répondrai pas. Et vous avez intérêt à ne pas insister. »

Elle a raccroché et j'ai aussitôt composé son numéro. Occupé. Dix minutes plus tard, même chose. Une demi-heure, même chose. Elle l'avait laissé décroché, donc. J'ai fait les cent pas dans la cuisine, les yeux sur la pendule, avant d'avoir une inspiration. Le téléphone encore, cette fois pour appeler les renseignements ferroviaires. En attrapant le 21 h 32 pour Clapham Junction, puis le 21 h 51 en direction d'Eastbourne, je serais à Seaford à 23 h 22. Puisqu'il s'agissait d'une station balnéaire, il devait forcément y avoir des bed and breakfast. J'ai jeté quelques affaires dans un sac et j'ai couru à la gare.

En descendant sur le quai de Seaford, j'ai senti un air vif et iodé sur mon visage, signe que la mer était toute proche. Un seul taxi s'attardait à la sortie. J'ai montré au chauffeur l'adresse obtenue des renseignements téléphoniques. « C'est à trois minutes à pied », m'a-t-il expliqué en montrant la direction d'un supermarché Safeway de l'autre côté de l'esplanade. Je l'ai remercié et je suis partie. La ville semblait déserte. La faible lumière des lampadaires révélait un mélange de vieilles maisons édouardiennes et de constructions récentes. J'ai pris une rue bordée de magasins avec, au bout, quelques modestes villas. Le 26 était l'avant-dernier bungalow, crépi couleur crème avec des rideaux en dentelle aux fenêtres et un panneau en bois informant le monde entier que cette demeure avait été baptisée « Les Embruns ». Mon plan initial était de repérer les lieux, de trouver un hôtel et de régler mon réveil de voyage à six heures et demie pour être à sa porte à sept. Elle serait sans doute furieuse d'être importunée au petit matin mais c'était ma seule chance de l'attraper avant qu'elle ne parte au travail. Si elle en avait un, évidemment... En m'approchant du portail, cependant, j'ai vu plusieurs lumières encore allumées, ce qui m'a convaincue d'affronter sa colère tout de suite. J'ai sonné.

La porte s'est entrebâillée après deux minutes. La chaîne était mise mais j'ai pu distinguer un visage de femme très marqué, des yeux apeurés. Pourtant, c'est d'une voix agressive qu'elle a jappé :

« Qu'est-ce que vous voulez, à une heure pareille ? »

Sans perdre une seconde, j'ai engagé un pied dans l'interstice pour bloquer le battant.

« Je suis la femme de Tony, Sally Good...

— Allez-vous-en ! a-t-elle sifflé en essayant de me claquer la porte au nez, découvrant trop tard mon stratagème.

— Je vous demande de m'accorder cinq minutes, pas une de plus.

— Vous partez ou j'appelle la police.

— Écoutez-moi, s'il vous plaît !

— À minuit, comme ça ? Jamais de la vie ! Disparaissez ou...

— Il va me prendre mon enfant. »

Silence. Ma phrase avait fait effet.

« Qui va vous prendre votre enfant ?

— Votre frère.

— Vous avez un gosse avec Tony ?

— Un fils. Jack. Il a presque neuf mois. Et Tony... »

J'ai passé une main sur mes yeux, frissonnante. Je ne voulais surtout pas pleurer devant elle.

« Oui, quoi ? a-t-elle demandé d'un ton un peu moins hargneux.

— Il est parti avec une autre femme, et ils m'ont pris mon fils... »

Une expression à la fois inquiète et méfiante est passée dans son regard.

« Cela fait presque vingt ans que je n'ai aucun contact avec lui.

— Je comprends. Et je vous promets de ne pas vous retenir plus de dix minutes. Mais je vous en prie ! Je suis dans une situation vraiment désespérée. Vous pouvez être sûre que je ne serais pas venue vous déranger en pleine nuit si je n'avais pas... »

Je l'ai entendue décrocher la chaîne de sécurité.

« Dix minutes, c'est tout. »

Je me suis engagée sur une moquette à carreaux qui se prolongeait dans un couloir horriblement tapissé, puis dans le salon. Un canapé et deux fauteuils en vinyle beige, un poste de télé et un magnétoscope vétustes, une commode en acajou sur laquelle étaient posés une bouteille de Bailey's à moitié entamée et un quart de gin bon marché. Pas de cadres aux murs, couverts d'un papier aux couleurs passées. Une odeur de moisi flottait dans l'air.

« Vous vivez ici depuis longtemps ? ai-je demandé pour essayer de détendre l'atmosphère.

— Suffisamment. Alors, qu'est-ce que vous avez à me dire ? »

Pour la énième fois, j'ai raconté toute mon histoire en la condensant au mieux. Pat Hobbs s'était assise et m'écoutait, impassible, en allumant une Silk Cut après l'autre. Elle avait une dizaine d'années de plus que Tony mais, bien qu'elle ait gardé une silhouette assez jeune, ses traits ridés, son regard triste et l'informe peignoir à fleurs lui donnaient presque une allure de vieillarde. Vers la moitié de mon récit, elle m'a interrompue :

« Vous buvez du gin ? »

J'ai acquiescé. Elle s'est levée, a servi deux doses qu'elle a complétées avec du tonic éventé. J'ai pris une gorgée de ce breuvage tiède en retenant une grimace. Enfin, c'était de l'alcool, au moins. Et j'en avais besoin. Quand j'ai terminé, elle avait eu le temps de fumer deux autres cigarettes. Elle a réfléchi un moment, m'a regardée :

« J'aurais pu vous prévenir que mon frère était un salaud. Un charmant salaud mais un salaud quand même. Donc, à part me voir désolée pour tout ce qui vous est arrivé, qu'attendez-vous de moi ? »

J'ai bu encore un peu de gin pour me donner du courage. Si je n'arrivais pas à la convaincre à cet instant, toute cette visite nocturne n'aurait servi à rien.

« Vous vous rappelez la fois où nous nous sommes parlé, il y a quelques mois ? Quand je vous ai dit que Tony venait de me quitter, vous m'avez demandé... »

Je lui ai résumé notre échange, qui restait désormais gravé dans ma mémoire mot pour mot :

« *Vous êtes mariés depuis combien de temps ?*

— *Huit mois.*

— *Et il vous a déjà abandonnée ? Il n'a pas perdu de temps ! Cela ne m'étonne pas du tout. C'est bien son genre.*

— *Quoi ? Ce n'est pas la première fois qu'il fait une chose pareille ?*

— *Peut-être.* »

Braquant mes yeux dans les siens, je lui ai posé la question qui m'avait conduite à Seaford :

« Qu'est-ce que vous entendiez par "peut-être" ? »

Elle a allumé une nouvelle Silk Cut. Elle était en train de peser le pour et le contre, de se demander si elle devait s'impliquer, même un peu, dans le cauchemar où je me débattais. Ce que je lui demandais, maintenant, c'était de trahir Tony, avec lequel elle n'avait pas parlé depuis deux décennies, certes, mais qui restait son frère. Elle a pris une longue bouffée.

« Je vais vous répondre. Mais à une condition : je ne vous ai pas dit ça. Compris ? »

J'ai hoché la tête et elle s'est transformée à son tour en narratrice. Il y avait deux récits, en réalité, mais qui s'imbriquaient étroitement. À la fin, elle s'est levée pour disparaître dans le couloir, d'où elle est bientôt revenue avec un carnet d'adresses, une feuille de papier et un stylo. Elle a cherché deux numéros, les a notés et m'a tendu la feuille.

« Vous pouvez traiter avec ces deux personnes. Mais je le répète : pour ma part, c'est tout. »

Après lui avoir promis de garder le silence sur son aide, je l'ai remerciée avec gratitude, en soulignant que je mesurais la difficulté de son geste.

« Hein ? Pas difficile du tout, non... Bien, il faut que je me lève tôt, pour mon travail.

— Qu'est-ce que vous faites ?

— Comptable dans une société de crédit immobilier, ici, en ville.

— Ça vous plaît ?

— C'est un salaire.

— Encore une fois, je ne sais pas comment vous... – Elle m'a interrompue d'un signe. Elle ne voulait pas de ma reconnaissance. – D'accord, j'y vais, ai-je ajouté en reprenant mon sac. Mais je suis très touchée. »

Elle m'a ouvert la porte, m'a saluée d'une brusque inclination de la tête. J'ai failli lui demander où se trouvait le bed and breakfast le plus proche mais je ne voulais pas la retenir plus. Ce qu'elle avait fait était déjà énorme.

Je suis partie sur le trottoir en songeant : *Tant pis si tous les hôtels sont pleins ou déjà fermés. Je suis prête à attendre le train de demain matin sur un banc de la gare.* Le coup de dés avait payé. Une nuit blanche, en comparaison de ce que j'avais obtenu... J'avais franchi quelques mètres quand j'ai entendu Pat Hobbs me héler à voix basse : « Où vous allez, comme ça ? » Je me suis retournée. Elle s'était avancée sur le perron.

« Je ne sais pas. Je pensais qu'il y aurait un bed and breakfast ou un hôtel encore ouvert...

— À cette heure-là ? Tout le monde est couché, à Seaford ! Venez, j'ai une chambre. »

C'était une pièce exiguë qui sentait le renfermé. Il y avait un lit étroit, quelques poupées défraîchies tristement alignées sur le rebord de la fenêtre. Après m'avoir précisé que la salle de bains était au bout du couloir, et que je trouverais une serviette à mon usage dans le placard sous le lavabo, elle m'a souhaité bonne nuit et s'est retirée dans sa chambre. En quelques minutes, je m'étais déshabillée, glissée sous les draps, et je dormais à poings fermés.

Deux coups discrets à ma porte m'ont réveillée. Pat m'a appris qu'il était huit heures et m'a proposé de la rejoindre dans la cuisine. Elle avait revêtu son uniforme de travail, tailleur et chemise bleu marine, écharpe blanche et bleue frappée du logo de sa compagnie de crédit. Une vieille théière en grès marron attendait sur le chauffe-plats. Elle m'avait aussi grillé deux toasts. Un pot de confiture et de la margarine en tube étaient posés sur la table.

« Je me suis dit qu'un petit déjeuner ne vous ferait pas de mal.

— Merci, merci...

— Du thé, ça va ? Je ne bois pas de café.

— C'est parfait. »

Je me suis assise. Pendant que je tartinais un toast de margarine, elle a allumé une cigarette.

« J'ai passé ces coups de fil pour vous.

— Pardon ?

— Les deux personnes dont je vous ai donné les numéros cette nuit. Je les ai appelées moi-même. Vous pouvez aller les voir. Quel est votre programme ?

— Je suis libre, ai-je répondu, à la fois enchantée et un peu surprise par son initiative.

— Ça tombe bien, parce que la première, celle qui habite Crawley, a dit qu'elle serait chez elle ce matin. J'ai téléphoné à la gare, il y a un train pour l'aéroport de Gatwick à 9 h 3, mais il faut changer à Brighton. Vous arrivez à Gatwick à 10 h 6, et ensuite il y a dix minutes en taxi jusqu'à son domicile. La deuxième peut seulement demain matin. Elle est à Bristol. Elle vous attend à onze heures, de sorte que vous devrez partir de Londres vers neuf heures. Entendu ?

— Je ne sais pas quoi dire, sinon que je vous remercie infiniment et...

— Assez, a-t-elle murmuré. J'espère que ça sera positif pour vous, c'est tout ce que j'ai à ajouter sur le sujet. »

J'ai essayé de meubler le silence qui s'était installé entre nous.

« Vous habitez Seaford depuis longtemps ?

— Vingt-trois ans.

— Ah, ça fait un moment... Et avant ?

— Amersham. Avec mes parents, jusqu'à leur mort. Après, j'ai eu envie de changer. Pas envie de rester à me morfondre dans cette maison sans eux. J'ai demandé une mutation à la compagnie, ils m'ont proposé Seaford. Ça ne me déplaisait pas, l'idée de vivre pas loin de la mer. Je suis arrivée en 1980, j'ai acheté ici avec ma part d'héritage, et depuis je n'ai pas bougé.

— Vous avez été mariée, ou...

— Non ! Jamais fait cette bêtise. »

Elle a écrasé sa cigarette dans le cendrier. Je venais de franchir la frontière de l'indiscrétion. La conversation était close.

Nous avons marché ensemble jusqu'à la gare. Devant l'entrée, je me suis tournée vers elle :

« Merci encore de m'avoir hébergée. J'espère ne pas avoir trop dérangé.

— C'était la première fois que j'avais quelqu'un chez moi depuis sept ans. Ou plus.

— Est-ce que je pourrai vous appeler pour vous dire comment ça a marché ? l'ai-je interrogée en effleurant son bras.

— Vaut mieux pas, non. »

Encore un brusque signe de tête, un « Au revoir » à peine articulé, et elle a disparu.

En attendant mon train, je me suis retrouvée devant une carte de l'est du Sussex affichée au mur. Tandis que mon regard remontait distraitement au nord-est de Seaford, j'ai aperçu le nom d'une petite ville qui a réveillé en moi de très désagréables souvenirs. Litlington. J'ai mesuré la distance entre les deux points avec mon index, que j'ai ensuite posé sur l'échelle des miles. Tony passait désormais ses week-ends à moins de six kilomètres de l'endroit où habitait sa sœur.

Suivant les instructions de Pat Hobbs, je suis arrivée devant une maison moderne dans une résidence moyenne de Crawley. Après m'avoir accordé trente minutes, mon interlocutrice m'a raconté tout ce que je voulais savoir. Elle était prête à s'entretenir avec l'un de mes conseils juridiques, également. De retour à la gare, j'ai appelé Nigel Clapp pour lui narrer ce qui venait de se produire au cours des douze dernières heures. Sans un mot, il m'a écoutée débiter mon récit d'une voix enthousiaste. « Pas mal, hein ? ai-je conclu.

— Oui... Ce sont de plutôt bonnes nouvelles. »

Venu de lui, ce constat sonnait comme un retentissant cri de victoire. Mais c'est avec sa sobriété coutumière qu'il m'a communiqué son intention d'envoyer Rose Keating à Crawley afin de recueillir un témoignage écrit.

Le lendemain, vers midi, je lui ai téléphoné de Bristol avec d'autres « plutôt bonnes nouvelles » : mon second contact recommandé par Pat Hobbs m'avait donné exactement les informations que j'attendais, et son accord pour témoigner en ma faveur. À nouveau, il a fait preuve d'un enthousiasme débordant : « Bien travaillé, madame Goodchild. » Deux jours plus tard, après avoir étudié les résultats de mon enquête de détective amateur, Maeve Doherty m'a appelée à la maison pour manifester une satisfaction circonspecte : « C'est très intéressant, en effet. Et cela pourrait avoir un certain impact si nous nous en servons au bon moment devant la cour. Je ne dis pas que c'est la preuve accablante que j'aurais souhaitée, mais c'est du solide, indubitablement. »

Elle m'a priée de venir à son étude le lendemain, afin que nous préparions ensemble ma déposition à l'audience, les questions qu'elle pensait me poser et celles auxquelles je devrais m'attendre de la part de l'avocat de Tony. Une heure avec elle, plus une autre pour le trajet jusqu'à Chancery Lane et retour... Le temps devenait un problème angoissant : j'avais perdu plus d'une journée de travail dans mes voyages à Seaford et à Bristol, et j'avais décidé de terminer la correction avant le 18 juin, pour être sûre d'avoir une nuit de sommeil correcte avant le moment fatidique. Pendant l'entretien avec Maeve, j'étais dans un tel état de nervosité que je me suis mise à tordre un bout de papier entre mes doigts. Elle l'a remarqué, évidemment, et a souligné que ce genre d'attitude serait totalement à proscrire au cours de ma déposition. Après cette mise en garde, elle m'a soumise à un simulacre de contre-interrogatoire par la partie adverse : questions pièges, tirades moralisatrices, dissection sans merci de tous mes arguments, le test était rude.

« Vous m'avez flanqué une peur terrible, ai-je avoué quand elle a eu terminé.

— Vous ne devriez pas. Vous vous en êtes très bien tirée. Ce qu'il ne faut jamais oublier, c'est que son avocate va faire des prouesses pour vous pousser à vous contredire et à apparaître comme une menteuse invétérée. Elle va essayer de vous énerver, aussi. Ne mordez pas à l'hameçon, contentez-vous de réponses brèves et précises, évitez son regard, répétez la même chose plusieurs fois, ne vous éloignez pas de votre version des faits... Et tout ira bien. »

J'en doutais, pour ma part, mais l'appréhension de l'audience était heureusement relativisée par une angoisse plus immédiate, celle de ne pas arriver à tenir les délais pour le guide. La dernière semaine, je suis donc restée au travail quatorze heures par jour, sans quitter la maison sinon pour quelques courses et une rapide promenade sur les berges de la Tamise de temps à autre.

Et il y a eu ma rencontre hebdomadaire avec Jack, bien entendu. Il commençait à ramper sur son tapis, désormais, et à produire toute une série de bruits expressifs. Il adorait qu'on le chatouille et prenait grand plaisir à un jeu que j'avais inventé : étendue sur le sol, je le tenais à bout de bras, comptais « Un, deux, trois, boum ! » et l'entraînais brusquement sur mon sein, ce qui provoquait chez lui des gazouillis indiquant qu'il voulait recommencer, encore une fois, encore... Puis Clarice est entrée dans la pièce pour me prévenir que l'heure était passée.

C'était le moment le plus pénible, la séparation. Parfois, je le serrais contre moi en refoulant mes larmes. Ou bien il paraissait un peu déconcerté de devoir interrompre si soudainement nos jeux, son front se plissait et je luttais contre l'envie de pleurer. Ou encore il s'endormait, ou il se mettait à pleurer, et je me battais contre moi-même pour ne pas en faire autant. Ce jour-là, pourtant, était différent. Je me suis relevée avec lui, j'ai approché son visage du mien, l'ai embrassé, puis j'ai murmuré : « À la semaine prochaine, mon grand » et je l'ai confié à Clarice. De retour dans la pièce sans Jack, elle m'a trouvée effondrée sur une chaise, sanglotante. Jusqu'ici, j'avais toujours réussi à attendre d'être dehors.

Clarice a approché un siège du mien, elle a passé un bras autour de moi et m'a laissée cacher ma tête dans son épaule. Je lui serai à jamais reconnaissante de ne pas avoir cherché à me parler, d'être restée ainsi avec moi, en silence. Je crois qu'elle mesurait parfaitement la tension accumulée pendant ces mois, et l'enjeu écrasant de ce que j'allais devoir vivre trois jours plus tard, devant un juge, et ce qui m'attendait si l'audience m'était défavorable... C'est seulement quand j'ai recouvré mon calme qu'elle m'a soufflé, avec la plus grande douceur : « J'espère que la semaine prochaine, ces visites ne seront plus qu'un mauvais souvenir et que vous serez à nouveau avec votre petit garçon. »

Sur le chemin de la maison, pourtant, je n'ai pu me convaincre que cet optimisme avait la moindre chance d'être confirmé. Mais j'avais un travail à finir, et je m'y suis remise presque sans interruption jusqu'au lendemain soir, quand Sandy m'a appelée.

« Je voulais te demander : cette Haute Cour de justice, où ça se trouve ?

— À Londres. Au centre.

— Oui, mais plus précisément ?

— Sur le Strand.

— Et l'audience commence à quelle heure ?

— À dix heures et demie, mardi... Pourquoi toutes ces questions ?

— Ah, tu vas rire mais tant pis ! J'ai une amie très portée sur le mysticisme soufi, et elle a besoin de savoir l'heure et l'endroit pour arriver à envoyer les...

— Si tu dis "les bonnes vibrations", je raccroche.

— Le bon karma, ça te va ?

— Je raccroche aussi. Surtout que je suis en retard dans mon boulot.

— Alors mardi matin, dix heures et demie, la Haute Cour, le Strand : attends-toi à un super-karma !

— Je te téléphone mardi soir. »

J'ai travaillé jusqu'à trois heures, dormi jusqu'à sept, et continué sans relâche – à part une courte sieste dans l'après-midi – jusqu'au lendemain, même heure. Éreintée, je me suis étendue dans un bain chaud en me félicitant d'être parvenue à bout de ce tas d'épreuves dont je ne croyais plus voir la fin. À neuf heures, un coursier est venu les prendre. Ensuite, je suis allée faire des longueurs à la piscine, puis je me suis rendue chez le coiffeur, puis je me suis invitée à déjeuner, puis j'ai traversé la rue et je suis entrée dans le cinéma du quartier pour m'asseoir devant une niaiserie à l'eau de rose avec Meg Ryan, puis je suis passée reprendre mon seul tailleur correct chez le teinturier. Il était cinq heures, et je venais de rentrer à la maison quand Maeve m'a téléphoné. Elle venait d'apprendre le nom du juge qui allait présider l'audience, un certain Charles Traynor.

« Il a une bonne réputation ?

— Eh bien...

— Il a mauvaise réputation.

— Franchement, j'aurais préféré quelqu'un d'autre. Il est très vieux jeu. Très à cheval sur les textes. Plutôt conservateur... »

On aurait cru qu'elle décrivait celui qui m'avait accablée lors de l'audience intérimaire.

« Il hait les femmes, vous voulez dire ?

— Ah, ce serait sans doute un peu exagéré de le qualifier de misogyne. Mais il a une approche très orthodoxe des questions familiales, c'est un fait.

— Génial. Vous avez déjà plaidé devant lui ?

— Oh oui ! Il y a cinq ans, à peu près. Et je dois avouer qu'au début il m'a paru être le pire concentré de l'Angleterre collet monté : pompeux, suffisant, exprimant des valeurs complètement opposées aux miennes. Pourtant, à la fin de l'audience, j'éprouvais le plus grand respect pour lui. Parce que, malgré ses allures réactionnaires et ses évidents préjugés à l'encontre des femmes – notamment celles qui ne passent pas leur vie à la maison –, il manifeste une honnêteté intellectuelle impressionnante quand il s'agit d'appliquer la loi. Je crois que nous ne devrions pas être inquiets, donc. »

J'ai résolu de mettre entre parenthèses toutes mes craintes pendant la nuit, sachant très bien qu'elles viendraient m'assaillir dès le lever du jour. J'étais couchée à neuf heures, je me suis endormie assez vite. À mon réveil le lendemain, je suis restée quelques minutes dans une brume délicieuse avant d'être secouée par un fulgurant retour à la réalité : « Tout se joue aujourd'-hui. »

J'étais au tribunal à dix heures et quart, avec seulement quinze minutes d'avance car je n'avais pas voulu avoir à traîner sans but devant l'ogive gothique de l'entrée en me rongeant les sangs. Pendant le trajet en métro, ma nervosité m'avait déjà conduite à serrer si fort mon exemplaire de l'*Independent* dans ma main que le journal avait commencé à s'effilocher. Je suis restée un instant devant ce bâtiment où le drame judiciaire quotidien battait son plein, avec ses avocats perruqués, ses avoués chargés de lourdes mallettes de documents et ses simples mortels qui, accusés ou plaignants, transpiraient tous l'anxiété. J'ai aperçu Nigel, cramponné à l'une de ces sacoches à roulettes qu'utilisent les pilotes de ligne, avec à ses côtés Maeve Doherty en tailleur noir très strict. Elle m'avait précisé auparavant que même si l'audience se tenait dans les bâtiments de la Haute Cour elle relevait du droit familial, dispensant donc les avocats de revêtir leur perruque et leur robe mais non de se prêter, selon ses termes ironiques, aux « tristes simagrées habituelles ».

« Euh... Bonjour, madame Goodchild. »

Je me suis forcée à sourire. Maeve avait aussitôt capté mon état, cependant :

« Tout se présente bien, Sally. J'ai parlé à vos deux témoins hier. Vous avez fait du beau travail. »

Un taxi londonien s'est arrêté non loin de nous. La portière arrière s'est ouverte et, pour la première fois depuis des mois, j'ai eu en face de moi l'homme qui, légalement, était toujours mon mari. Il avait forci. Quand il se laissait un peu aller, le bas de son visage avait tendance à s'alourdir mais il restait séduisant, ai-je constaté avec un pincement au cœur. Il portait un élégant costume sombre, une chemise bleu nuit et une cravate que je lui avais achetée chez Selfridges parce qu'elle m'avait tout de suite plu. Lorsqu'il m'a découverte là, il a pâli d'un coup, sa main s'est plaquée instinctivement sur le nœud de sa cravate avant qu'il se ressaisisse. Une brévissime inclination de la tête et déjà il se détournait. J'avais du mal à le regarder, moi aussi, mais une image s'est soudain surimposée à la scène dans mon esprit : Tony Hobbs assis sur le plancher de l'hélicoptère de la Croix-Rouge dans lequel je venais de grimper, en Somalie, ses lèvres ébauchant un sourire engageant à mon intention, auquel j'avais répondu... Tout avait commencé ainsi et nous avait conduits sur le perron d'un tribunal, entourés par nos avocats respectifs, incapables de nous regarder dans les yeux.

Car Lucinda Fforde l'avait suivi hors du taxi, précédant l'avoué que je connaissais déjà, et finalement Diane Dexter a émergé de la voiture. Vue de plus près, elle ne démentait pas l'impression qu'elle m'avait donnée la première fois. Grande, élancée, elle était vêtue en femme d'affaires ultrachic. Encadré par ses cheveux noirs coupés court, le visage supportait plutôt bien son âge. Je n'aurais pu dire qu'elle était belle, ni même jolie, mais plutôt, malgré sa discrétion, formidablement impressionnante. Et elle n'a même pas pris la peine de m'éviter du regard, faisant tout simplement comme si je n'existais pas. Quelques secondes plus tard, nous montions les escaliers en groupe, les deux avocates échangeant des politesses, les autres restant silencieux. Je me suis rendu compte qu'à l'exception de Nigel Clapp dans son éternel complet gris souris, tous les autres acteurs de cette petite tragédie étaient en noir, comme si nous étions venus à un enterrement.

Maeve nous a guidés à travers le vaste hall, puis dans une cour qui desservait le bâtiment Thomas-More où, m'a-t-elle expliqué, la plupart des affaires plaidées ressortissaient au droit familial. Au deuxième étage, elle nous a fait entrer dans la salle 43, qui par ses proportions de nef, ses lambris et ses six rangées de bancs en bois m'a rappelé le décor de l'audience intérimaire. La table du tribunal était installée sur une estrade, avec la barre des témoins à gauche et, derrière, une porte qui devait sans doute conduire au greffe et au bureau du juge. Une sténo et un greffier attendaient, à leur poste.

Ainsi que Maeve me l'avait déjà expliqué, Tony allait occuper le rôle du « requérant » dans la procédure de l'audience, puisque formellement il postulait à conserver la garde de l'enfant. Quant à moi, je serais la « défenderesse », puisque j'étais forcée de répondre à sa requête. Alors que chaque avocate avait déjà soumis au juge la trame de son argumentation, celle de la partie adverse devrait ouvrir les débats et appeler ses témoins, que Maeve serait autorisée à interroger à son tour, puis Lucinda Fforde à nouveau si elle le désirait. « En droit familial, nous avons largement repris la méthode française, m'avait expliqué Maeve, ce qui signifie que, contrairement à ce qui se pratique aux États-Unis, aucune des parties n'a le droit d'interrompre le contre-interrogatoire d'un témoin, sauf en cas de nécessité absolue. »

Après, ce serait notre tour de présenter nos témoins, puis viendraient les conclusions, d'abord les nôtres et ensuite les leurs. Si Maeve désirait répondre, elle y serait autorisée mais ce serait de toute façon l'avocate de Tony qui aurait le dernier mot. « Et je sais ce que vous allez dire : c'est totalement injuste, puisque vous êtes défenderesse, précisément... Et vous aurez raison, hélas ! Mais le système est ainsi fait et ni vous, ni moi, ni personne n'y peut rien. À part en nous assurant qu'ils n'arriveront pas à démolir tout ce que nous aurons démontré à la cour. Et ça, c'est mon boulot ! » Tandis que le mien serait de rester assise dans mon coin en me demandant si je pourrais jamais vivre à nouveau avec mon fils...

Maeve a pris place sur le premier banc, Nigel Clapp et moi juste derrière elle. Même configuration dans le camp de Tony. J'ai regardé ma montre : 10 h 31, et aucun signe du juge... Sachant que l'audience n'était pas ouverte au public et que les rangées du fond resteraient donc vides, j'ai sursauté en entendant la grande porte s'ouvrir dans mon dos et quelqu'un lancer d'une voix mal assurée mais que j'aurais pu reconnaître entre dix mille : « Sally ? »

Je me suis retournée. Ma sœur se tenait au bout de la travée, les traits tirés et perplexes, une grosse valise à roulettes dans son sillage. Je me suis levée, ne pouvant en croire mes yeux :

« Mais qu'est-ce que tu fais là ? »

Ce n'était pas l'allégresse qui dominait dans le ton de cette question, et elle l'a immédiatement perçu.

« J'ai pensé... je me suis dit que je devais venir. »

Tony, dont la tête avait pivoté brusquement, paraissait stupéfait. « Qu'est-ce que vous regardez, vous ? » l'a tancé Sandy avec un rare aplomb, ce qui l'a conduit

453

à reprendre immédiatement sa position antérieure. En me voyant arriver devant elle, ma sœur a chuchoté :

« Quoi, tu n'es pas contente ? »

Je l'ai serrée rapidement dans mes bras.

« Mais si, mais si. C'est une drôle de surprise, simplement... Tu viens d'arriver ?

— Oui. J'ai débarqué à Heathrow et j'ai pris le métro. Je suppose que tu peux me trouver un toit pour quelques nuits ?

— Ce doit être faisable, oui, ai-je répondu avec un faible sourire. Qui s'occupe des garçons ?

— Tu connais mes voisins, les Fulton ? Comme leurs deux enfants sont partis en camp de vacances, ils n'ont eu aucun problème à... »

Elle s'est arrêtée, le greffier venant d'annoncer l'arrivée de la cour. Après lui avoir fait signe de s'installer de notre côté, j'ai couru reprendre ma place à côté de Nigel Clapp, qui s'était déjà levé.

« C'est ma sœur, ai-je murmuré à son intention.

— Ah... oh, d'accord. »

Charles Traynor a fait son entrée. La soixantaine bien rembourrée, il avait une crinière argentée, un port impérial trahissant la haute idée qu'il avait de lui-même. Impeccable trois-pièces noir, chemise d'un blanc aveuglant et cravate aux couleurs d'une grande école, peut-être Eton, me suis-je dit, sans préjuger de mes faibles connaissances en la matière, même si Maeve m'a confirmé par la suite que j'avais bien deviné. Une fois sur l'estrade, il s'est incliné dans notre direction, nous l'avons imité, il s'est installé dans son fauteuil, nous a fait signe de nous rasseoir, a chaussé des lunettes en demi-lune sur son nez, s'est éclairci la gorge. Le greffier a demandé le silence. Traynor observait l'assistance. J'ai vu son regard s'arrêter sur l'unique présence au fond de la salle.

« Qui cela peut-il bien être, là-bas ? »

Nigel a chuchoté quelques mots à Maeve Doherty, qui s'est levée :

« C'est la sœur de la défenderesse, Votre Honneur. Elle vient d'arriver des États-Unis pour être avec Mme Goodchild durant l'audience. Nous serions reconnaissants à la cour qu'elle soit autorisée à rester. »

Le regard de Traynor est passé à Lucinda Fforde.

« Est-ce que le représentant du requérant a une objection ?

— Je demande un moment, Votre Honneur, a-t-elle répondu avant de se livrer à une brève consultation avec Tony et l'avoué. Non, Votre Honneur, nous n'avons pas d'objection.

— Entendu. Sa présence est donc acceptée. »

Je n'ai pas osé me retourner vers Sandy, craignant de la voir manifester sa joie par quelque geste spontané qui n'aurait pas un effet positif dans ce cadre. Lever le pouce en l'air, par exemple. Sans perdre de temps en déclarations liminaires, Traynor a aussitôt prié l'avocate du requérant d'exposer la demande de son client. Elle s'est levée pour dépeindre ce qu'elle a appelé « une affaire aussi affligeante que vitale ». Il était question d'Anthony Hobbs, « l'un des journalistes les plus respectés de sa génération », rencontrant une femme dont il ne savait presque rien mais qui s'était retrouvée enceinte quelques semaines seulement après le début de leur relation. Assumant ses responsabilités de gentleman, M. Hobbs avait régularisé leur situation en l'épousant, puis en s'installant avec elle à Londres. Après une grossesse difficile, l'épouse du grand homme avait sombré dans une dépression de plus en plus grave. Et de reprendre tous les arguments déjà avancés à l'audience précédente, en noircissant encore le tableau de mon comportement « fantasque ». Pendant toute cette épreuve, cependant, M. Hobbs était resté d'une patience et d'un dévouement qui...

Un bruyant soupir d'exaspération est venu du fond de la salle. Ma sœur réagissait mal à ce tissu de calomnies. S'interrompant en pleine phrase, Lucinda Fforde a pivoté vers elle avec une irritation marquée. Maeve et Nigel se sont retournés, eux aussi, tandis que Traynor lançait un regard perçant par-dessus ses lunettes :

« Ai-je entendu quelqu'un ? »

Sur son banc, Sandy s'est faite toute petite sous cette attention réprobatrice.

« Veillez à ce que cela ne se reproduise pas », a-t-il sèchement lancé dans notre direction, d'un ton indiquant qu'il ne tolérerait pas une autre interruption. Il a redonné la parole à Lucinda Fforde. Patience et dévouement de Tony, donc, même après qu'il eut constaté que je nourrissais des pulsions de meurtre envers notre fils. Désespéré, il avait cherché un certain réconfort moral auprès d'une vieille amie, Diane Dexter, qui lui avait offert un abri loin des accès d'hystérie de... et ainsi de suite. Je devais reconnaître qu'elle était concise, efficace... et implacable. À l'écouter, il n'était pas difficile de conclure qu'entre une infanticide potentielle et le havre de paix proposé par Tony-Diane, l'avenir de Jack était tout tracé. Aucun de ses arguments n'était nouveau pour moi ; ils gardaient cependant tout leur redoutable impact. Lucinda Fforde connaissait son métier, pas de doute...

Le tour de Maeve est venu. Son intervention a été un modèle de brièveté solidement argumentée – elle m'avait dit que Traynor détestait les plaidoiries traînant en longueur. Après avoir rappelé mon passé de correspondante capable de garder son sang-froid dans cette bombe à retardement que l'on appelle le Moyen-Orient, elle a résumé mon histoire d'amour avec Tony Hobbs, la découverte de ma grossesse à trente-sept ans, cet âge du « maintenant ou jamais » pour les femmes qui n'ont pas connu la maternité, ma décision de venir à Londres et de mettre ma carrière de côté pour le bien de l'enfant à naître. Sans aucun pathos, elle a décrit les difficultés de l'accouchement, la sombre période qui avait suivi. C'était une narratrice hors pair, comme seuls peuvent l'être les avocats vraiment exceptionnels, et Traynor l'a écoutée attentivement jusqu'à la fin, où elle a résumé le stratagème de Tony pour obtenir en urgence la garde de Jack pendant mon absence, la manipulation d'incidents « isolés de leur contexte », la dureté d'une ordonnance réduisant une mère à ne voir son bébé qu'une heure par semaine. Et une dernière phrase sans concession : « Je soutiens que le requérant a infligé à son épouse un traitement inique, et ce dans la considération de ses seuls intérêts personnels. »

Elle s'est assise. Il y a eu un moment de silence et Lucinda Fforde a appelé son premier témoin : M. Desmond Hughes, qui est apparu dans un costume de haute couture, avec toute l'assurance non dénuée de morgue du médecin de Harley Street. Après avoir prêté serment, il a adressé au juge un signe de tête dans lequel le respect se mêlait à une certaine complicité de vieux camarade. C'est alors que j'ai remarqué sa cravate, aux mêmes couleurs que celle de Traynor.

« Monsieur Hughes, vous êtes considéré comme l'un des meilleurs obstétriciens du pays », a entamé l'avocate de Tony avant de rappeler à la cour que son témoignage figurait déjà dans le dossier et qu'elle se disposait seulement à vérifier certains détails avec M. Hughes. Par exemple : estimait-il que le comportement de « Mme Hobbs » durant son hospitalisation au Mattingly pouvait être caractérisé de « préoccupant » ?

Toujours aussi satisfait de lui-même, il a estimé qu'en ses longues années de pratique j'avais sans doute été l'une des patientes les plus agressives et incontrôlables qu'il ait eu à traiter. Au point que les infirmières avaient dû l'alerter au sujet de mes « crises de larmes suivies d'explosions de colère injustifiées » et de mon « désintérêt manifeste envers l'enfant, qui se trouvait alors aux soins intensifs ». Confirmait-il, lui a demandé l'avocate, que l'une de ses infirmières lui avait rapporté la fameuse phrase que j'avais lancée à mon mari ?

« C'est exact, malheureusement. Alors que son fils venait de se rétablir d'une jaunisse sans gravité, j'ai moi-même été contraint de la rappeler à l'ordre et de lui demander de changer d'attitude après un incident pénible en pleine maternité.

— Il se trouve qu'une dépression postnatale a ensuite été diagnostiquée chez la défenderesse. Vous avez certainement rencontré ce type d'affection avec d'autres patientes, je pense ?

— Évidemment. Cela n'a rien d'atypique. Toutefois, je n'ai pas souvenir de quiconque ayant témoigné d'une telle belligérance, au point de constituer un vrai danger. Et je n'ai donc pas été surpris lorsque j'ai appris que son mari avait dû saisir la justice pour l'éloigner de son enfant.

— Merci beaucoup, monsieur Hughes. Je n'ai pas d'autres questions, à ce stade. »

Maeve Doherty s'est levée. Elle se montrait froide, mais très polie.

« Monsieur Hughes ? Je voudrais savoir à quel moment vous avez été obligé de faire ligoter Mme Goodchild à son lit d'hôpital.

— Moi ? Mais... je n'ai jamais donné un ordre pareil ! a-t-il répliqué d'un ton indigné.

— Et à quel moment avez-vous dû lui administrer une dose massive de calmants ?

— Jamais ! On lui a donné un antidépresseur très léger à cause du choc postopératoire de la césarienne, c'est tout.

— Oui. Et à quel moment avez-vous décidé de la faire transférer au service psychiatrique du Mattingly ?

— Il n'a jamais été question de tout cela, enfin ! »

Maeve l'a regardé avec un mince sourire.

« Alors, comment pouvez-vous soutenir que ma cliente "constituait un réel danger" ? Si cela avait été le cas, vous auriez pris toutes les mesures que je viens d'envisager, n'est-ce pas ?

— Il est vrai qu'elle n'a pas perpétré de violences physiques. C'est son comportement verbal qui...

— Vous avez dit vous-même qu'elle était sous le choc d'une opération difficile, sans parler de l'inquiétude qui la rongeait puisque son bébé était aux soins intensifs, sans parler de l'anxiété provoquée par l'hypothèse que le nourrisson ait pu avoir subi des lésions cérébrales pendant l'accouchement. Est-ce que, dans un pareil contexte, il faudrait s'étonner que la patiente se montre agitée ?

— Il y a selon moi une différence entre être agitée et...

— Impolie ?

— Je vous prie de ne pas suggérer ses paroles au témoin, est intervenu Traynor.

— Je m'excuse, Votre Honneur. Je vais donc formuler ma question autrement, monsieur Hughes : puisque nous avons établi qu'il n'y avait rien de particulièrement violent ou dangereux dans son comportement, comment justifiez-vous votre affirmation selon laquelle ma cliente a été la patiente la plus difficile que vous ayez jamais eu à traiter ?

— Par le fait, que j'essayais d'expliquer à l'instant avant que vous ne m'interrompiez, qu'elle a manifesté en paroles une agressivité intolérable.

— Intolérable en quoi ?

— Intolérable d'irrespect et... d'impolitesse.

— Ah ! Elle s'est montrée irrespectueuse, donc. Envers vous, je suppose ?

« — Moi et le reste de l'équipe médicale, oui.

— Surtout vous, n'est-ce pas ?

— Elle a été très colérique, en effet.

— A-t-elle employé un vocabulaire injurieux ? Des insultes ? Des gros mots ?

— Non, non, pas exactement... Mais elle a contesté mon jugement médical.

— Et c'est ce que vous appelez une agressivité intolérable ? »

Hughes a jeté à Lucinda Fforde le regard de l'acteur qui a perdu le fil de sa tirade et supplie le souffleur de l'aider.

« Pouvez-vous répondre à ma question, s'il vous plaît ?

— Eh bien... Mes patientes ne discutent pas ce que je dis de cette manière, d'habitude.

— Mais cette femme, cette Américaine, a osé le faire. Et cela ne vous a pas plu, n'est-ce pas ? – Avant qu'il ait pu répondre, elle a enchaîné : – Ce sera tout, Votre Honneur. »

Lucinda Fforde avait-elle d'autres précisions à demander ? s'est enquis le juge.

« Merci, Votre Honneur. Monsieur Hughes, pourriez-vous, je vous prie, nous répéter ce que la défenderesse a déclaré à son mari alors que son enfant était dans un état critique, tel que l'infirmière de garde l'a surpris et vous l'a rapporté ? »

Les traits du médecin se sont décrispés en un commencement de sourire, puis il m'a regardée fixement, avec une animosité non dissimulée.

« Elle m'a prévenu que cette patiente avait dit : "Il va mourir et je m'en fiche. Tu m'entends ? Ça m'est complètement égal !"

— Pas d'autre question, monsieur Hughes. Merci. »

Après avoir été autorisé à quitter les lieux par Traynor, il est parti vers la porte latérale en toisant Maeve d'un air méprisant. Lui a succédé Sheila McGuire, l'infirmière qui avait rapporté la tension de mes premiers allaitements, en la dramatisant considérablement. Mal à l'aise, elle triturait un mouchoir dans ses mains, et elle a semblé réagir difficilement à mon regard neutre pesant sur elle, ainsi que Maeve m'avait conseillé de le faire avec ce genre de témoins hostiles. Cela ne l'a pas empêchée de répéter sa version dramatique des faits, insinuant que je n'avais pas été loin de jeter mon bébé à terre au cours d'une tétée. Son tour venu, Maeve l'a cuisinée sans merci :

« Pourriez-vous mieux décrire la scène, mademoiselle McGuire ? Si je vous comprends bien, la défenderesse, furieuse d'avoir été mordue, a soudain arraché l'enfant de son sein ?

— Euh, pas exactement.

— Mais encore ?

— Elle l'a plutôt... repoussé, disons. Ce n'était pas vraiment intentionnel.

— Pardon ? J'ai peur de ne pas saisir.

— C'est que Mme Goodchild... Mme Hobbs souffrait d'une mastite qui...

— Vous voulez dire une inflammation du sein qui empêche le lait de couler normalement ?

— Oui. Ça produit une obstruction des canaux qui peut être très douloureuse.

— D'accord. Donc, son bébé s'est agrippé brusquement à un téton déjà enflé et hypersensible, et elle a eu la réaction instinctive de n'importe qui soumis à une douleur soudaine ?

— Veuillez vous abstenir de suggérer ses réponses au témoin, est intervenu le juge.

— Je m'excuse, Votre Honneur, et je reprends ma question. Diriez-vous que le geste de Mme Goodchild a été un sursaut de surprise et de douleur, mademoiselle McGuire ?

461

— Oui, en effet.

— En conséquence, il ne s'agissait pas d'un acte réfléchi, prémédité, n'est-ce pas ?

— Non...

— Si nous sommes d'accord là-dessus, nous pouvons aussi convenir que pendant quelques secondes elle a donné l'impression d'être près de lâcher son fils et de le laisser tomber au sol ?

— Oui...

— Mais elle n'est pas allée jusque-là, si ?

— C'est que... nous étions là pour l'empêcher de...

— Avez-vous dû vous précipiter au secours du bébé ?

— Non.

— Donc Mme Goodchild a été capable de se contenir. Pas d'autre question, merci. »

Une courte pause a suivi ce témoignage, pendant laquelle Sandy s'est hâtée de me rejoindre alors que je m'entretenais avec mes défenseurs.

« Je suis désolée, pour tout à l'heure, mais je n'en pouvais plus d'entendre cette bonne femme faire passer une crapule pour je ne sais quel preux chevalier... »

Je l'ai arrêtée en posant ma main sur son bras.

« J'aimerais vous présenter ma sœur, Sandy, qui effectue une visite-surprise à Londres... »

Nigel s'est levé pour lui infliger sa pathétique poignée de main. Maeve l'a contemplée avec un demi-sourire avant de remarquer :

« Je comprends votre réaction, et cependant je dois vous prévenir que si vous voulez faciliter la tâche à votre sœur, vous devez prendre au sérieux ce qu'a dit le juge. Ne recommencez pas. »

Le reste de la matinée a été occupé par le témoignage de deux autres infirmières de la maternité. Même si Maeve a réussi à mettre en lumière la partialité de leur version, l'impression générale n'en demeurait pas moins que, pour le chef de clinique du Mattingly et son personnel, je n'avais été qu'une source d'ennuis et de soucis. Et puis, juste avant l'interruption du déjeuner, ma grande amie Jessica Law, dont le rapport d'évaluation manifestait une telle admiration pour la vie selon Tony Hobbs et Diane Dexter, s'est présentée à la barre. Après avoir salué « le courage et la ténacité » dont j'avais fait preuve pendant ces semaines atroces, corroborés par le bilan « exemplaire » que Clarice Chambers avait tiré de mes rencontres avec Jack, elle s'est lancée dans un panégyrique de la divine Mme D., ainsi que des qualités paternelles de mon Tony. Avec deux êtres aussi dévoués, et une nurse à plein temps en sus, Jack « ne pouvait être mieux que là où il se trouve maintenant », dernière remarque assassine qui allait susciter une contre-attaque fulminante de Maeve, ai-je pensé sur le coup. À la place, mon avocate s'est limitée à une seule question lapidaire :

« En toute impartialité et compétence, mademoiselle Law... Ne croyez-vous pas que Jack Hobbs gagnerait à être élevé par ses deux parents ?

— Bien entendu ! Mais...

— Ce sera tout. »

La brièveté de ce contre-interrogatoire et le fait que Maeve ne m'ait pas regardée en revenant à sa place ont été un coup de massue pour moi. Lucinda Fforde s'était déjà levée pour en terminer avec son témoin :

« Je ne vous retiendrai pas plus longtemps, moi non plus. Je vous prie simplement de confirmer la dernière phrase de votre déclaration précédente : avez-vous bien dit que "Jack ne peut être mieux que là où il se trouve maintenant", mademoiselle Law ?

— Oui, c'est ce que j'ai dit.

— Pas d'autre question, Votre Honneur. »

Après que le juge se fut retiré et que la bande à Tony

eut levé le camp avec des mines très satisfaites, je me suis penchée vers Maeve, les dents serrées :

« Je peux vous demander pourquoi...

— ... pourquoi je n'ai pas tenté de la descendre en flammes ? Parce que Traynor ne supporte tout simplement pas que l'on conteste un rapport CAFCASS, ou son auteur. C'est sans doute vieux jeu, mais il a pour principe de respecter l'avis des spécialistes en la matière. Je sais, sa déposition nous a fait du tort, seulement j'aurais encore aggravé les choses si j'avais mis en doute sa compétence ou suggéré qu'elle s'était laissé éblouir par la partie adverse, ce qui est manifestement le cas. Croyez-en mon expérience : nous nous serions mis Traynor à dos sur-le-champ.

— D'accord, mais comment réparer les dégâts ?

— La journée n'est pas terminée », a-t-elle répliqué, avant de m'annoncer qu'elle comptait profiter du déjeuner pour envisager quelques points tactiques avec Nigel.

C'est ainsi que nous avons battu en retraite dans un Starbucks du quartier, Sandy et moi.

« Hé, c'est comme chez nous ! s'est-elle exclamée en observant les lieux. À part les prix, évidemment... Bonté divine, comment tu arrives à survivre ici ?

— Je n'y arrive pas », ai-je rétorqué, d'assez méchante humeur.

Un peu plus tard, tout en engouffrant un triple brownie au chocolat fondu accompagné d'un cappuccino avec double ration de crème fouettée, elle a levé les yeux sur moi :

« S'il te plaît, ne me dis pas que je suis grosse comme une truie. Je le sais déjà et je compte bien m'atteler à la question dès la fin de l'été.

— Pas de problème, Sandy, ai-je murmuré en regardant mon espresso au fond du gobelet en papier.

— Mais toi, tu devrais manger quelque chose.

— Je n'ai pas faim.

— Ah... Tu sais, ton avocate a fait un superboulot avec cet immonde toubib et l'autre abrutie d'infirmière, l'Irlandaise... Mais qu'elle ait laissé cette poseuse d'assistante sociale s'en tirer comme ça, j'avoue que ça me dépasse.

— Je t'en prie, Sandy ! »

Elle s'est immobilisée, à la fois blessée et rattrapée par la fatigue du voyage.

« Je n'aurais pas dû venir, c'est ça ?

— Ce n'est pas ce que j'ai dit.

— Non, tu as raison. Ce que tu as dit, c'est que je ferais mieux de fermer ma sale bouche de goinfre et de...

— Arrête, ai-je prononcé fermement en lui prenant la main. Je suis très contente que tu sois là.

— Mais il y a autre chose.

— Non, je t'assure. Je n'aurais pas pu rêver d'avoir une sœur plus géniale, pendant toute cette monstruosité. Je n'aurais pas tenu le coup, sans toi. Simplement, c'est...

— Je comprends, je comprends. La tension est insupportable, aujourd'hui. – J'ai acquiescé d'un signe, incapable de parler. – C'est pour ça que j'ai décidé de venir. J'étais incapable de rester là-bas, à Boston, en me demandant à chaque minute comment ça se passait ici.

— Ça pourrait se passer mieux, si tu veux mon avis.

— Attends, attends... Elle n'a pas fait d'étincelles avec cette petite fonctionnaire, d'accord, mais rappelle-toi comment elle a esquinté le nabab de la maternité qui se croit sorti de la cuisse de Jupiter !

— La "petite fonctionnaire", comme tu l'appelles, détient la clé de l'audience. Pour le juge, son rapport est l'alpha et l'oméga de tout le truc, parce qu'il répond à une ordonnance judiciaire. Tu as entendu ce que

Maeve m'a répondu ? C'est pour ça que je suis si pessimiste. Bien sûr, je m'y attendais quand elle a lu son texte. Mais je croyais vraiment que Maeve allait lui rabattre son caquet.

— Ouais, on voit bien cette souris grise s'imaginer chez les stars en prenant le thé avec l'autre garce friquée et son mignon qui connaît tout le monde à Londres ! Elle ne devait plus se sentir pisser, si tu me passes mon franc-parler yankee.

— Je te le passe. Je pense même que tu as raison.

— Qui sont les autres témoins, cet aprèm ?

— Mon cher mari.

— Ah, ça va être le clou, ça. »

Je dois admettre que sa performance a été exceptionnelle. Aussi persuasif et enveloppant que je l'avais vu l'être avec quelque ministre de la Ligue arabe à qui il voulait soutirer une confidence, il est soudain redevenu l'Anthony Hobbs envoyé spécial du *Chronicle*, à la fois précis et documenté mais également capable d'une grande compréhension humaine lorsqu'il s'agissait d'évoquer son épouse si tragiquement diminuée par la maladie. Encouragé par Lucinda Fforde, il a donné un récit minutieux de ma dépression, de ses efforts pour me sortir de là et de mes constantes rebuffades. Ensuite, il a évoqué son « amitié » avec Diane Dexter, non dénuée d'une certaine attirance mutuelle mais qui n'avait évolué en relation amoureuse qu'une fois notre mariage ruiné par mes pulsions destructrices. Puis il a joué la corde de l'homme transfiguré, visité par la révélation des joies de la paternité, ces trésors de tendresse et d'humanité qu'il n'avait pas soupçonnés jusqu'alors. Cette transformation avait été bien entendu facilitée par Diane Dexter, qu'il a qualifiée de « compagne idéale » à deux reprises en la regardant fixement tandis qu'il chantait ses louanges. Il allait de soi qu'il avait été « désespéré » d'en être réduit à la décision d'éloigner Jack de sa mère, mais il ne doutait pas que je pourrais jouer un rôle dans la vie de notre enfant si je me ressaisissais enfin. Pour l'heure, il serait le « principal protecteur » du petit, responsabilité qui l'avait conduit à abandonner sa carrière et à ne pas envisager de reprendre une activité professionnelle permanente avant au moins un an, le temps d'être sûr que son fils adoré s'acclimatait bien à l'exotique Australie.

Seule la crainte que Sandy ne vienne à exprimer son indignation par des bruits incongrus au fond de la salle tempérait le dégoût et la colère qui montaient en moi. Enfin, Maeve Doherty a eu la parole. Elle s'est approchée de lui, calme, glaciale.

« Donc, monsieur Hobbs, nous venons d'entendre votre vibrant éloge de la paternité, ce qui est évidemment des plus louables, mais j'aimerais justement vous demander : pourquoi avez-vous attendu si longtemps avant d'avoir un enfant ?

— Votre Honneur ! s'est interposée Lucinda Fforde d'un ton excédé. Je suis obligée de contester ces méthodes. En quoi cela concerne-t-il l'affaire présente ?

— Laissez le témoin répondre, a répliqué Traynor.

— Volontiers, a affirmé Tony. Si je n'ai pas eu d'enfant avant de connaître Sally, c'est essentiellement en raison de mon métier, de cette existence de journaliste itinérant qui allait de guerre en guerre, de poste en poste. Je n'ai pas eu l'occasion de rencontrer quelqu'un avec qui m'installer dans une vie plus stable. Sally s'est retrouvée enceinte au moment même où je devais retourner à Londres pour prendre la direction du service étranger de mon journal, et cela m'a paru une coïncidence idéale pour m'engager sérieusement, vis-à-vis d'elle aussi bien qu'en tant que père.

— Vous n'avez donc eu aucune expérience de la paternité auparavant ?

— Aucune.

— Eh bien, vous rattrapez le temps perdu, visiblement.

— Mademoiselle Doherty ! a aboyé le juge.

— Je retire cette remarque, Votre Honneur. Passons à un autre élément important, monsieur Hobbs : votre décision de quitter le *Chronicle*. Vous travailliez pour ce titre depuis vingt ans, c'est exact ?

— En effet.

— Vous avez été l'un de leurs correspondants internationaux les plus en vue, Washington, Tokyo, Francfort, Paris, Le Caire. Et vous avez couvert plusieurs conflits, ainsi que vous l'avez vous-même rappelé. Quand vous avez été invité à revenir à Londres pour prendre un poste à la rédaction, est-ce que cette décision vous a plu ?

— Objection, Votre Honneur, et je le regrette, mais nous nous égarons et...

— Terminons-en avec ce témoin, si vous le voulez bien. Monsieur Hobbs, répondez à la question qui vous a été adressée.

— Je... Cela n'a pas été facile pour moi, je le reconnais. Mais je me suis fait à ma nouvelle vie, j'ai recommencé...

— À telle enseigne que vous avez abandonné votre poste au bout de quelques mois ? Et même démissionné du journal ? La même semaine, vous avez aussi résolu d'en terminer avec votre union conjugale, de réclamer une ordonnance judiciaire vous octroyant la garde de votre fils et de vous installer avec Mme Dexter ? Tous ces choix représentent un tournant assez radical, vous ne pensez pas ?

— Je crois avoir été assez clair : chacune de mes décisions a été déterminée par la nécessité de protéger mon fils.

— D'accord, monsieur Hobbs. Disons que vous avez soudain décidé qu'il était important de vous occuper de votre enfant en restant à la maison. Mais il n'est pas absurde d'envisager que la direction de votre journal aurait été assez large d'esprit pour comprendre vos raisons personnelles et vous accorder un congé avec ou sans solde. Alors, rompre tous les ponts avec un milieu professionnel dans lequel vous avez été immergé pendant vingt ans ? Quelles étaient vos motivations ?

— Je n'ai pas agi sur un coup de tête. C'est un choix que je mûrissais depuis un moment.

— Oui ? Vous aviez du mal à vous habituer à la routine du bureau ?

— Pas vraiment. Mais j'ai pensé que l'heure était venue de changer de...

— Pourquoi ?

— Pourquoi... Parce que j'ai entrevu d'autres intérêts dans ma vie et...

— Des ambitions littéraires, peut-être ?

— C'est exact. Je commençais un roman, à l'époque.

— Ah oui, votre roman... Dans son témoignage écrit, que vous avez certainement lu, Mme Goodchild note qu'à son retour de l'hôpital vous vous êtes toujours plus absorbé dans ce projet, au point de dormir dans votre bureau et de laisser à votre femme les nuits d'insomnie, les biberons du matin et autres inconvénients entraînés par la présence d'un nourrisson sous votre toit. Est-ce exact ? »

Tony s'attendait à l'attaque, visiblement.

« C'est une version profondément biaisée de la situation que nous connaissions alors. Quand Sally a perdu son travail, j'ai...

— Votre épouse n'a-t-elle pas été contrainte de renoncer à son emploi en raison de son état de santé, qui mettait en péril l'avenir de votre enfant ?

— D'accord ! Quand ma femme a été forcée de renoncer à sa position, donc, j'ai assuré la totalité des revenus de notre foyer. Neuf à dix heures de travail quotidien pour un journal qui ne me motivait plus, tout en essayant d'écrire un livre... Et tout en essayant d'aider ma femme, alors au fin fond de la dépression.

— Mais qui était là pour l'enfant vingt-quatre heures sur vingt-quatre. Car vous n'aviez pas de nurse à domicile, n'est-ce pas, monsieur Hobbs ?

— Non. Nos finances étaient un peu justes, à ce moment.

— Votre femme a donc tout assumé elle-même. Pour quelqu'un en pleine dépression postnatale, c'est assez remarquable, vous ne trouvez pas ?

— Elle a passé près de deux mois en service psychiatrique, tout de même.

— Où votre fils était hospitalisé également. Ce qui vous a laissé tout le temps de cultiver votre relation "amicale" avec Mme Dexter et de... »

Le juge a poussé l'un de ses petits soupirs exaspérés.

« Mademoiselle Doherty ! Résistez à la tentation d'extrapoler, je vous prie.

— Pardon, Votre Honneur. Bien, monsieur Hobbs. Lorsque votre femme est revenue de l'hôpital – où elle avait reçu des soins dans l'unité de psychiatrie sur sa demande et avec son total consentement, il faut le souligner –, l'avez-vous trouvée plus calme, plus équilibrée ?

— De temps à autre, oui. Mais elle avait encore des sautes d'humeur effrayantes.

— Comme n'importe qui en proie à la dépression.

— Elle m'inquiétait constamment.

— Même s'il n'y a pas eu un seul incident laissant penser que la vie de l'enfant était en danger ?

— Vous ne croyez pas que donner le sein à un nourrisson après avoir pris une dose massive de tranquillisants est une façon de le mettre en danger ?

— Monsieur Hobbs, ce n'est pas à vous de poser les questions, ici, a coupé le juge.

— Mais je vais y répondre, si vous permettez, Votre Honneur, a indiqué Maeve. Il s'agit d'une erreur commise par votre épouse sous le coup de la dépression mais aussi à cause d'un manque de sommeil important. Une erreur survenue pendant que vous passiez vos nuits bien tranquille sur le canapé-lit de votre bureau, au dernier étage. – Après avoir prononcé cette dernière phrase d'une voix cinglante, elle a repris son ton amène : – Ce que je vous demande, monsieur Hobbs, est très simple : une fois revenue de l'hôpital, Mme Goodchild a-t-elle agi une seule fois de telle façon que vous puissiez craindre pour la vie de l'enfant ?

— Je l'ai dit : elle avait de brusques changements d'humeur qui me faisaient redouter de la voir encore perdre les pédales.

— Elle ne les a pas perdues, si ?

— Non...

— Quant à ses accès de colère antérieurs, je vous le demande : ne vous est-il jamais arrivé de vous emporter, de prononcer quelque chose d'insensé sous le coup de la fureur ? Notamment dans un contexte de choc postopératoire et de dépression ?

— Je n'ai jamais eu à connaître l'un ou l'autre de ces états.

— Tant mieux pour vous. Mais vous ne vous êtes jamais emporté, dans toute votre vie ?

— Bien sûr que si. Mais pas au point de souhaiter la mort d'un enfant, en tout cas.

— Pour en revenir à votre livre... – Ce brutal revirement m'a paru de mauvais aloi. Il signifiait que Maeve, lui ayant concédé un point, essayait de changer de terrain au plus vite pour se couvrir. – ... je crois que vous avez reçu une avance pour sa rédaction, non ? »

Tony a semblé surpris qu'elle détienne cette information.

« Oui, en effet. J'ai signé récemment un contrat avec un éditeur.

— Récemment ? Il y a quatre mois, c'est cela ?

— Oui.

— Auparavant, qu'avez-vous fait pour gagner votre vie ?

— J'avais de petites économies.

— Et vous pouviez compter sur Mme Dexter, aussi ?

— Quand elle a appris que Jack était en danger, Mme Dexter... Diane a proposé de nous accueillir chez elle. Et comme j'avais décidé de me consacrer à mon fils à plein temps, elle a généreusement pris en charge nos dépenses quotidiennes.

— "À plein temps", dites-vous. Mais n'est-il pas vrai que Mme Dexter a engagé une nurse à demeure ?

— Eh bien, j'ai besoin de m'isoler pour écrire, à certains moments.

— Cette nurse est là en permanence, non ? Combien d'heures par jour vous occupe-t-il, ce livre ?

— Quatre ou cinq.

— Que fait donc la nurse pendant le reste du temps ?

— Eh bien... tout ce qui incombe à son emploi, j'imagine.

— Et après quatre ou cinq heures de travail, vous êtes avec votre fils, vous ?

— C'est exact.

— Donc il est faux que vous ayez quitté votre poste au *Chronicle* pour vous occuper de votre fils à plein temps. Vous avez abandonné le journalisme dans le but d'écrire un roman. Et Mme Dexter a décidé de subventionner cette activité. Autre chose, monsieur Hobbs : cette avance s'élevait à vingt mille livres, je ne me trompe pas ?

— C'est... en effet, a-t-il concédé avec un air étonné, à nouveau.

— Ce n'est pas une somme considérable, mais c'est ce qui se donne généralement pour un premier roman. Bien. Si je ne m'abuse, Mme Dexter a engagé cette nurse par le biais d'une agence appelée Les Nannies d'Annie, juste à côté de votre domicile à Battersea, non ?

— Je crois... je crois que c'est ce nom, oui.

— Vous "croyez" ? Le père dévoué que vous êtes n'est certainement pas resté étranger à cette décision. J'ai vérifié auprès d'eux : une nurse à plein temps revient à environ vingt mille livres annuelles, avant impôts. En d'autres termes, l'avance que vous avez reçue peut servir à couvrir cette dépense, rien de plus. Pour tout le reste, c'est Mme Dexter qui paie, n'est-ce pas ? »

Tony a jeté un regard à Lucinda Fforde, qui lui a signifié d'un signe qu'il devait répondre.

« Eh bien... je suppose qu'elle assure le gros des dépenses, oui.

— Mais vous, vous avez acheté à votre femme un billet d'avion pour les États-Unis quand elle a dû s'y rendre après la mort de son beau-frère, exact ?

— Son ex-beau-frère.

— Entendu. Votre femme y est allée afin de consoler sa sœur, non ?

— Si...

— L'avez-vous encouragée à effectuer ce voyage ?

— J'ai pensé que sa sœur aurait besoin d'elle, oui.

— L'y avez-vous encouragée, monsieur Hobbs ?

— C'était une urgence familiale, j'ai estimé que c'était le devoir de Sally de s'y rendre.

— Même si elle s'inquiétait de laisser son fils plusieurs jours ?

— Nous avions quelqu'un pour le surveiller. Notre femme de ménage.

— Répondez à ma question, s'il vous plaît : était-elle soucieuse de s'éloigner de son enfant plusieurs jours ? »

Un autre regard interloqué à Lucinda Fforde.

« Mais... Oui.

— Cependant vous l'avez encouragée à partir. Vous avez acheté son billet vous-même. Et pendant son absence, vous êtes allé demander une décision de justice contre elle, qui vous a accordé temporairement la garde de votre enfant. Cela s'est-il passé dans cet ordre, monsieur Hobbs ?

— Eh bien...

— Je vous prie de répondre, lui a enjoint Traynor, visiblement agacé par son hésitation.

— Oui, a reconnu Tony à voix basse, cela s'est passé ainsi.

— Une dernière question : ce billet que vous avez payé à votre femme, était-il en classe touriste ?

— Je... je ne me rappelle pas.

— Vraiment ? Je l'ai ici, ce ticket. Il s'agit du tarif le plus élevé de ce vol, équivalant à la classe affaires. Vous ne vous souvenez pas de lui avoir offert un voyage aussi coûteux ?

— J'ai laissé mon agence s'occuper des détails.

— Mais ils ont bien dû vous demander votre accord pour prendre ce tarif ? Il y a plus de trois cents livres de différence, tout de même.

— Ils ont sans doute suggéré la classe affaires comme une possibilité, et...

— Et vous teniez à ce qu'elle voyage confortablement, donc vous avez approuvé cette dépense supplémentaire ?

— Oui, sans doute.

— Et pendant qu'elle se rendait aussi confortablement à Boston, vous vous êtes empressé d'obtenir une ordonnance interdisant ni plus ni moins à votre femme de revoir son enfant ? »

Lucinda Fforde a bondi sur ses pieds, mais avant qu'elle ait pu protester Maeve a conclu :

« Ce sera tout, Votre Honneur. »

Tony arborait une mine renfrognée. Même s'il avait été en mesure de détourner certaines des attaques de Maeve, il avait positivement horreur d'être pris en défaut, et c'était ce à quoi elle était parvenue, plutôt bien à mon avis.

« D'autres questions à votre témoin ? a demandé Traynor à Lucinda Fforde avec cette perpétuelle nuance de lassitude dans la voix.

— Oui, Votre Honneur. Une seule, en fait. Monsieur Hobbs, voulez-vous nous rappeler encore une fois pourquoi vous avez jugé nécessaire de demander la garde de votre fils en urgence ?

— Parce que je craignais qu'elle ne retombe dans l'un de ses accès de dépression et mette alors ses menaces en pratique. Qu'elle attente à la vie de l'enfant. »

J'ai serré les poings, dans un effort énorme pour ne pas crier ma révolte. Cependant je devais admirer l'intelligence tactique de l'avocate, qui venait de mettre à bas toute la démonstration de Maeve en permettant à son client de terminer sur un mensonge aussi éhonté que percutant.

Libéré de ce mauvais moment, Tony est revenu s'asseoir auprès de Diane Dexter, qui lui a donné une brève accolade en murmurant à son oreille. Puis elle s'est levée, car le greffier venait de l'appeler à la barre.

Elle était très impressionnante, debout devant le juge. Grande, le maintien assuré et même impérieux. Je voyais bien ce que Tony lui avait trouvé, cette aura de glamour qu'il avait toujours secrètement désirée. Il avait certainement vérifié l'ampleur de ses biens personnels, aussi, et approuvé ses goûts en matière de décoration intérieure avant de conclure qu'il s'agissait d'une conquête de choix. Et elle, dans la cinquantaine, avait sans doute été flattée par les attentions d'un homme professionnellement admiré, qui avait parcouru le monde et y posait un regard sardonique, qui s'était soudain affranchi de la routine conjugale et journalistique... et qui arrivait avec un bébé, en plus.

Guidée par Lucinda Fforde, elle a cependant joué le rôle de la modestie personnifiée : une femme qui sent une ancienne amitié se transformer en passion amoureuse mais s'interdit de ruiner un mariage, notamment après la naissance d'un petit, puis se voit obligée de donner abri à deux êtres fuyant l'ire d'une mégère, et ainsi, de fil en aiguille... « Cela n'a pas été un coup de foudre, a-t-elle affirmé. Je crois pouvoir parler au nom de Tony et au mien en disant que nous éprouvions une attirance réciproque depuis des années, mais que nous n'avions encore jamais eu l'occasion de lui donner libre cours. »

Ensuite, l'avocate lui a permis de décrire ses talents de mère improvisée, son entier dévouement envers Jack : « Peut-être est-ce là la raison essentielle de ma décision de partir à Sydney quelque temps. J'aurais pu confier la direction de l'antenne que nous ouvrons là-bas à l'un de mes associés mais j'ai pensé que ce serait l'occasion de nous éloigner de l'existence londonienne, tellement épuisante, d'offrir à Jack la chance de grandir dans ce fantastique climat australien... » Elle avait déjà organisé son travail afin de passer le plus de temps possible avec l'enfant et loué une grande maison donnant sur la mer à Point Piper, avec d'excellentes écoles toutes proches quand le moment de la scolarisation arriverait... En écoutant son boniment, je me suis mordu les lèvres à plusieurs reprises, tant j'aurais voulu dire son fait à cette crapule.

Elle en est enfin arrivée à parler directement de moi : « Je ne connais pas Sally Goodchild personnellement, mais je n'ai rien contre elle, rien du tout. Au contraire, j'éprouve la plus grande commisération pour elle, et je peux imaginer l'épreuve terrible que ces derniers mois ont dû être. Je suis convaincue qu'elle regrette ses actes et son comportement. Je suis bien placée pour croire fermement aux vertus du pardon et du rachat personnel. Ainsi, je ne lui refuserai jamais l'accès à Jack. Je suis prête à me plier au système de visites qui lui conviendra le mieux, à l'avenir. »

Je me suis vue émerger de vingt-six heures d'avion pour rejoindre les antipodes, déposer mon sac dans quelque motel pouilleux et, abrutie par le décalage horaire, rejoindre en bus sa villa de rêve au-dessus de l'océan, où un petit garçon lui crierait avec un fort accent australien : « Je connais pas cette dame, m'man ! Je veux pas passer la journée avec elle ! »

« J'espère de tout cœur que Mme Goodchild se rétablira complètement, concluait la Dexter. Et un jour, qui sait, nous serons peut-être amies... » *Mais oui. Pas dans ce monde, en tout cas !* Maeve Doherty s'avançait déjà vers elle avec un sourire figé.

« Madame Dexter, vous avez été mariée à deux reprises, c'est exact ? »

Elle n'aimait pas cette entrée en matière et ne l'a pas déguisé :

« Oui, en effet.

— Avez-vous essayé d'avoir des enfants avec vos deux conjoints ?

— Oui, évidemment.

— Et vous avez fait une fausse couche vers 1990 ?

— Oui, et je sais aussi ce que vous allez me demander maintenant, alors je vous dirai que...

— Il faut d'abord laisser Mlle Doherty poser sa question, a objecté le juge.

— Pardon, Votre Honneur.

— Mais si, allez-y, je serais ravie d'entendre ce qu'allait être ma question suivante, d'après vous. »

Elle a jeté un regard noir à l'avocate.

« "Est-ce que vous avez perdu cet enfant à cause d'un usage répété de stupéfiants, madame Dexter ?" Et ma réponse sera : Oui. J'étais victime d'accoutumance à la cocaïne en ce temps-là, et c'est ce qui a provoqué ce drame. Après, j'ai décidé de lutter contre cette plaie avec l'assistance de spécialistes. J'ai passé deux mois dans une clinique de désintoxication, Le Prieuré. Depuis, je n'ai jamais plus touché à la drogue. Il m'arrive très rarement de boire un verre de vin au dîner. Et mon action en faveur de la prévention antidrogue est connue de tous.

— Vous avez aussi tenté la fertilisation *in vitro* à deux reprises, en 1992 et 1993 ? Sans résultat les deux fois ? »

À nouveau, elle a paru médusée par cette révélation.

« Je... je ne sais pas où vous avez obtenu cette information, mais elle est exacte, oui.

— Comme il est exact que le gynécologue de Harley Street que vous consultiez alors vous a appris que vous ne seriez plus en mesure de concevoir ?

— Oui, a-t-elle soufflé en baissant les yeux, c'est ce qu'il m'a dit...

— Et depuis, en... en 1996, n'est-ce pas ? vous avez tenté d'adopter un enfant, mais votre demande a été rejetée en raison de votre âge et de votre statut de célibataire ?

— Oui, a-t-elle chuchoté.

— Puis Tony Hobbs a resurgi dans votre existence. Il était à Londres, désormais, et il venait d'avoir un bébé avec une femme atteinte d'une grave dépression postnatale... »

Diane Dexter a fixé Maeve avec une rage mal contenue.

« J'ai déjà précisé que je...

— Permettez-moi de vous poser une petite question,

madame Dexter : si une personne de votre connaissance vous rencontre dans la rue avec Jack dans sa poussette et vous demande s'il s'agit de votre enfant, que répondrez-vous ?

— Je... je dirai : "Oui, je suis sa mère." »

Maeve a croisé les bras sans un mot, laissant cette dernière affirmation peser sur le silence de la salle. C'est le juge Traynor qui a fini par le rompre :

« Mais vous n'êtes *pas* sa mère, madame Dexter.

— Biologiquement parlant, non. Je suis cependant sa mère d'adoption. »

Après l'avoir observée par-dessus ses lunettes en demi-lune, Traynor a pris un ton professoral pour la tancer :

« Non, vous ne l'êtes pas. Il appartient à cette cour de décider si ce rôle de mère de substitution vous sera confié ou non. L'enfant en question a un père et une mère, il se trouve que vous vivez avec le père, mais cela ne vous donne pas le droit de revendiquer une quelconque autorité maternelle sur lui. Bien. D'autres questions, mademoiselle Doherty ?

— Non, Votre Honneur.

— Vous réexaminez votre témoin, madame Fforde ?

— Non, Votre Honneur, a répondu l'avocate, visiblement préoccupée.

— Dans ce cas, nous reprendrons les débats dans dix minutes. »

Une fois le juge sorti, Maeve est revenue s'asseoir devant Nigel et moi.

« Ah, ce n'était pas mal du tout, ça, a-t-elle constaté à voix basse.

— Pourquoi Traynor a-t-il réagi si vertement ?

— S'il y a une chose qu'il déteste au monde, en plus des avocats qui essaient de critiquer les conclusions des affaires sociales, c'est quand la tierce partie dans un divorce se met à vouloir jouer le parent de remplacement. C'est une offense à toutes les valeurs familiales qu'il défend. Il ne laisse jamais passer ça.

— C'est pour cette raison que vous l'avez entraînée sur ce terrain, évidemment...

— Évidemment.

— Vous avez été géniale, lui a lancé Sandy, qui venait de nous rejoindre. Ah, vous lui avez cassé les dents, à cette sale petite g...

— Du calme, Sandy, suis-je intervenue.

— Pardon, pardon. C'est que j'ai des vapeurs, aujourd'hui !

— Ou bien c'est le décalage horaire ? »

Maeve a regardé Nigel :

« Hobbs a tout de même marqué un point, non ?

— Eh bien, je pense que... Tout bien considéré, vous avez plutôt eu, euh... l'avantage.

— Mais son "Je n'ai jamais menacé de mort un enfant, moi" a fait mouche.

— Je ne crois pas que ce soit, euh... tragique. Surtout après ce que vous avez extirpé à... Mme Dexter.

— Et maintenant, qu'est-ce qui se passe ? ai-je demandé.

— À mon avis, le juge va revenir seulement pour lever les débats et nous demander d'être là à neuf heures demain matin. »

Au retour de Traynor, cependant, Lucinda Fforde a sorti un lapin de sa manche.

« J'aimerais appeler un témoin de dernière minute, Votre Honneur. »

Il a eu une moue contrariée. Il se voyait déjà chez lui, sans doute.

« Et pourquoi est-il "de dernière minute", exactement ?

— Parce qu'il réside aux États-Unis, Votre Honneur. À Boston, pour être précis. »

J'ai tressailli et me suis retournée pour consulter Sandy du regard. Elle a secoué la tête, aussi étonnée et tendue que moi.

« Nous n'avons pu obtenir son témoignage écrit qu'avant-hier et il est arrivé à Londres seulement ce matin, Votre Honneur. Je vous prie de nous en excuser.

— Puis-je voir cette déclaration ? Veuillez en remettre une copie à Mlle Doherty, également. »

Elle s'est exécutée. Après avoir parcouru rapidement le document, Maeve s'est rembrunie. Crispée, même. Sa lecture achevée, le juge a relevé les yeux :

« Ce M...., voyons... M. Grant Ogilvy est-il ici ? »

Grant Ogilvy. Le nom m'évoquait quelque chose.

« Oui, Votre Honneur. Et il est en mesure de déposer à l'instant.

— Eh bien, mademoiselle Doherty, qu'en dites-vous ? Vous pourriez soulever tout un tas d'objections, si vous le vouliez. Et moi, je serais obligé de vous approuver. »

J'ai observé Maeve, en train de réfléchir intensément.

« Avec votre permission, Votre Honneur, j'aimerais pouvoir discuter cinq minutes avec ma cliente avant de prendre une décision.

— Suspension de cinq minutes accordée. »

Elle nous a fait signe de la suivre dehors, Nigel et moi. Après s'être assise sur un banc et nous avoir invités à faire de même, elle a commencé à voix basse :

« Vous avez jadis consulté un psychologue du nom de Grant Ogilvy, Sally ? »

J'ai plaqué une main sur ma bouche. Ils l'avaient retrouvé ! J'ai senti mon cœur s'arrêter. J'étais sûre de perdre Jack, désormais.

« Madame Goodchild ? s'est inquiété Nigel.

— Est... est-ce que je peux lire ce qu'il leur a dit ?

— Faites vite, nous devons avoir décidé d'ici quatre minutes. »

J'ai saisi la déclaration. C'était bien ce que je redoutais. Je l'ai tendue à Nigel, qui a soulevé ses lunettes pour scruter le texte en quelques secondes.

« Il n'y aurait pas... euh, la clause de confidentialité professionnelle ne s'appliquerait pas, ici ?

— Je suis certaine que oui, a répliqué Maeve. Nous pouvons sans doute contester le témoin, cela retardera tout de quelques semaines et entraînera Traynor à nous maudire. Il aime passer les mois de juillet et août dans sa maison en Dordogne. Si nous l'obligeons à revenir à Londres pendant ses vacances, il sera terriblement en pétard. Par ailleurs, tout cela remonte à si longtemps que je ne vois pas comment Traynor pourrait retenir ça comme un témoignage contre vous. Nigel ? Vous avez l'air sceptique.

— Je crois qu'il y a, euh... un risque. Pardon, madame Goodchild, mais je dois dire que cela soulève des... questions sur votre personnalité. Sans changer en rien mon opinion, n'est-ce pas... à votre égard.

— Le problème, a repris Maeve, c'est que nous voulons leur servir deux témoins-surprises demain. Je pensais que cela allait être compliqué mais maintenant, si nous acceptons le leur, Traynor sera enclin à nous laisser faire de même. C'est un pari mais ça vaut le coup, à mon avis, car les nôtres auront beaucoup plus de poids que le leur. De toute façon, c'est à vous de choisir, Sally. Et tout de suite, je le crains. »

J'ai pris ma respiration.

« D'accord. Laissons-le parler.

— Bonne décision, a approuvé Maeve. Maintenant, vous avez deux minutes pour tout me raconter à son sujet. »

Quand nous sommes revenus dans la salle d'audience, Maeve a communiqué notre choix au juge :

« Dans le souci de ne pas contrarier les débats et d'éviter des ajournements, nous acceptons ce témoin impromptu.

— Parfait, Appelez M. Ogilvy. »

Il n'avait presque pas changé en quinze ans, ai-je songé en l'observant tandis qu'il remontait la travée. Il avait pris un peu d'embonpoint, et à cinquante ans passés il grisonnait, mais il portait le même genre de costume en gabardine brune qu'en 1988, la chemise bleue et la cravate à rayures que je lui avais toujours vues, les mêmes lunettes en écaille et les mêmes mocassins marron. Il a paru éviter de regarder dans ma direction mais je ne cessais de le fixer, moi. Une fois devant la barre, il a gardé les yeux sur Lucinda Fforde.

« Eh bien, monsieur Ogilvy, pour confirmer votre déclaration écrite : vous exercez la profession de psychologue dans la région de Boston depuis vingt-cinq ans, exact ?

— En effet.

— En 1988, après le décès de ses parents dans un accident de la route, Mme Goodchild vous a donc été adressée en consultation ?

— Oui.

— Pouvez-vous nous répéter ce qu'elle vous a dit au cours de l'une de vos séances ? »

Il a mis dix minutes pour rapporter l'histoire à peu près dans les termes où je l'avais racontée à Julia, sans essayer d'enjoliver ni de noircir quoi que ce soit. C'était un compte rendu équitable de mes confidences et cependant je ne pouvais m'empêcher de penser, les yeux toujours sur lui, qu'il était en train de profaner la confiance que je lui avais portée, et de se trahir lui-même. À la fin, Lucinda Fforde m'a regardée fixement :

« Alors, pour résumer, Mme Goodchild a donné à son père le verre d'alcool qui a conduit celui-ci à percuter le véhicule dans lequel...

— Objection, Votre Honneur ! a contré Maeve avec une indignation non feinte. Ma consœur ne se contente pas d'extrapoler : elle est en pleine fiction !

— Acceptée. Veuillez reprendre, madame Fforde.

— Volontiers, Votre Honneur. Bien que M. Good-child ait déclaré à sa fille qu'il avait dépassé la limite raisonnable, elle a néanmoins insisté pour qu'il prenne ce verre de vin. Est-ce exact ?

— Oui, c'est exact.

— Et plus tard dans la même soirée, il est entré en collision avec une autre voiture. Lui, sa femme, ainsi qu'une jeune mère d'une trentaine d'années et son nourrisson de quatorze mois, ont péri dans l'accident. Oui ?

— Oui.

— Et Mme Goodchild n'a confié la part qui lui revenait dans ce drame qu'à vous, seulement à vous ?

— À ma connaissance, oui.

— Elle n'en a rien dit à sa seule parente proche encore vivante, sa sœur ?

— Non, à moins qu'elle se soit décidée à le faire après nos entretiens. À l'époque, elle revenait souvent sur son incapacité à confier ce secret à sa sœur. Ou à quiconque, d'ailleurs. »

Un long sanglot étranglé est monté derrière moi. Je me suis retournée : Sandy s'était levée et courait à la porte, qu'elle n'a pas refermée derrière elle. On entendait ses gémissements se réverbérer dans le couloir. Je me préparais à la rejoindre lorsque Nigel Clapp a eu un geste fort étonnant de sa part. Me saisissant fermement par le bras, il m'a chuchoté d'un ton sans appel : « Vous devez rester ici ! »

Imperturbable, Lucinda Fforde a poursuivi son interrogatoire :

« Quel conseil professionnel avez-vous alors donné à Mme Goodchild ?

— Je lui ai dit qu'il serait préférable pour elle de s'en ouvrir franchement à sa sœur. »

L'avocate s'est tournée ostensiblement vers le fond de la salle :

« N'est-ce pas la sœur de Mme Goodchild qui vient de s'en aller, justement ? – Une pause solennelle, puis : – Je n'ai pas d'autre question, Votre Honneur. »

Maeve Doherty s'est levée, fixant un regard plein de mépris sur le témoin qui, incapable de le soutenir, a porté ses yeux ailleurs. Le juge a émis un toussotement en guise de rappel à l'ordre.

« Nous ne vous retiendrons pas longtemps, monsieur Ogilvy. Je n'ai pas envie de passer trop de temps avec vous, en fait. – Elle a observé un court mais menaçant silence. – Bien. Quel âge avait Mme Goodchild au moment où elle vous a consulté ?

— Vingt et un ans.

— Et son père, quel âge avait-il quand il a tragiquement perdu la vie ?

— La cinquantaine, je pense.

— Mme Goodchild lui a offert un verre au cours de cette soirée, c'est cela ?

— Oui.

— Et il l'a refusé ?

— Oui.

— Mais elle l'a taquiné à ce sujet et il a fini par le boire. C'est exact ?

— Oui.

— Et vous estimez que, pour ce geste, elle devrait être considérée comme coupable de l'accident dans lequel son père est mort ?

— On ne m'a jamais demandé de me prononcer sur sa culpabilité.

— Non, mais vous avez traversé tout l'Atlantique pour présenter la personnalité de Mme Goodchild sous un jour défavorable, n'est-ce pas ?

— On m'a fait venir pour que je rapporte l'information qu'elle m'avait donnée, c'est tout.

— Alors qu'elle était votre patiente, c'est cela ?

— Oui.

« — Vous n'avez pas de lois sur le secret médical, aux États-Unis ?

— Je ne suis pas médecin, mais psychothérapeute. Et ces lois existent, oui, mais elles s'appliquent essentiellement en cas de tentative de diffamation.

— Oui... mais puisque Mme Goodchild n'a confié son secret qu'à vous, comment les représentants de M. Hobbs ont-ils pu vous retrouver après toutes ces années, et pourquoi avez-vous accepté de venir témoigner contre elle ?

— Parce qu'ils m'ont demandé de le faire, voilà.

— Combien vous paient-ils, pour le dérangement ?

— Votre Honneur ! Je regrette de devoir encore intervenir, mais cela est très inconvenant ! »

Maeve a regardé Lucinda Fforde une seconde avant de répliquer d'un ton coupant :

« Oh, je vous en prie ! Il n'est pas venu ici par simple altruisme, si ?

— Il ne nous reste guère de temps, mademoiselle Doherty, a observé Traynor. Est-ce que ce genre de questions peut faire progresser les débats ?

— Je n'en ai pas d'autre, Votre Honneur. J'abandonne ce... monsieur. »

Le juge a poussé un grand soupir de soulagement. La maison, bientôt...

« Le témoin peut disposer. L'audience est ajournée jusqu'à demain matin, neuf heures. »

Aussitôt après le départ de Traynor, je me suis précipitée à la recherche de ma sœur. Elle était assise sur un banc du couloir, les yeux rouges, les joues encore mouillées de larmes. Sans un mot, elle a repoussé la main que je voulais poser sur son épaule.

« Sandy... »

À cet instant, Grant Ogilvy est sorti de la salle en compagnie de l'avoué de Tony. Avant que je puisse m'interposer, Sandy avait bondi devant lui.

« Je retourne à Boston après-demain ! a-t-elle crié. Et je vais tout faire pour que le maximum de vos collègues sachent ce que vous êtes venu fabriquer ici aujourd'hui. Vous comprenez ? Je vais ruiner votre carrière, espèce de fumier ! Vous ne méritez rien d'autre ! »

Un greffier s'approchait déjà, alerté par le bruit, mais l'avoué de Tony l'a arrêté d'un geste avant d'entraîner le psychologue défait, tête basse. Je me suis approchée de Sandy mais elle a gardé le silence. Devant l'entrée de la salle, Maeve et Nigel observaient la scène.

« Elle va tenir le coup ? m'a demandé Maeve.

— Il faut juste qu'elle reprenne son calme. Le choc a été dur pour elle.

— Pour vous aussi, a ajouté Nigel. Vous allez bien ? »

Ignorant la question, j'ai demandé à mon avocate :

« Jusqu'à quel point m'a-t-il fait du tort, d'après vous ?

— Je ne pourrais le dire, honnêtement. Mais le plus important, pour l'heure, c'est que vous vous occupiez de votre sœur, que vous essayiez de garder la tête froide et surtout que vous ayez une bonne nuit de sommeil. La journée de demain va être rude.

— Elle... elle a oublié ceci, a risqué timidement Nigel en me montrant la sacoche de Sandy qu'il tenait par la courroie. Je... je peux être utile d'une manière ou d'une autre ? » J'ai secoué la tête. Il a hésité quelques secondes : « Madame Goodchild, euh... Sally ? Ce qu'on vient de vous infliger est... révoltant. »

Puis, comme étourdi d'avoir manifesté ses émotions, il m'a saluée avant de s'éloigner d'un pas incertain.

En me dirigeant vers la sortie, je me suis soudain rendu compte que Nigel Clapp venait, pour la toute première fois, de m'appeler par mon prénom.

14

Sandy m'attendait dans le hall, adossée à une colonne.

« On va trouver un taxi.

— Comme tu veux. »

En chemin, elle ne m'a pas dit un mot. Elle paraissait épuisée, retranchée dans l'un de ses accès de mutisme que je lui avais souvent vus au cours de notre enfance. Je ne lui en voulais pas, évidemment. De son point de vue, je l'avais trahie, et pendant si longtemps... Tout en reconnaissant ma faute, j'essayais vainement de trouver le moyen de racheter une telle erreur de jugement. Mais je connaissais assez bien ma sœur pour comprendre que le mieux était encore de la laisser aller jusqu'au bout de cette crise de colère aussi monumentale que silencieuse. Une fois à la maison, j'ai préparé le lit d'appoint pour elle, je lui ai montré les toilettes et je lui ai signalé que le frigo était plein de plats préparés. Si elle voulait utiliser le micro-ondes, il était là, mais si elle préférait dîner avec moi...

« Je veux juste prendre un bain, manger un morceau et dormir. On parlera demain.

— Très bien. Je vais aller faire un tour, alors. »

Mon intention était d'aller frapper à la porte de Julia, de lui demander de me servir une vodka et de me défouler de mes angoisses un instant devant elle. En gravissant son perron, j'ai aperçu une feuille de papier qui dépassait du paillasson. C'était un mot pour moi : « Je meurs d'envie de savoir comment ça s'est passé aujourd'hui, mais j'ai dû aller régler un problème de travail à la dernière minute. Je pense être de retour vers onze heures. Si tu es encore debout et si tu veux de la compagnie, n'hésite pas à passer. J'espère que tu t'es tirée de ce pétrin. Julia. »

J'avais trop besoin de lui parler, d'être écoutée par quelqu'un, n'importe qui ! À défaut, j'ai trouvé un peu de réconfort à marcher le long du fleuve une petite demi-heure. En rentrant, j'ai constaté que Sandy, après avoir dîné d'un curry de poulet, était allée se mettre au lit, assommée par le décalage horaire et la colère. J'ai fait chauffer une portion de spaghettis alla carbonara, que j'ai picorée devant la télé. Une douche, ma dose d'antidépresseurs et de somnifères légers, qui ont agi cinq heures environ. Je me suis réveillée à quatre heures et demie, accablée de terreur. Parce que ce serait à moi de témoigner d'ici peu, et à cause de ce qui était arrivé à Sandy par ma faute, et en essayant d'évaluer l'influence que Grant Ogilvy pourrait avoir eu sur la décision du juge, et surtout, surtout, parce que j'étais désormais convaincue que j'allais perdre Jack.

En descendant à la cuisine pour me préparer une tisane, j'ai remarqué de la lumière dans le salon. Sandy était étendue sur le canapé, les yeux ouverts, perdue dans quelque méditation nocturne.

« Bonjour. Je peux t'apporter quelque chose ? Thé, café ?

— Tu sais ce qui me scie complètement ? Ce n'est pas cette histoire de verre de vin, non. C'est que tu n'aies jamais pu me parler de ça, merde !

— Je voulais, mais...

— Je sais, je sais ! Et je respecte tes raisons. Mais garder ça pour toi pendant si longtemps... Bonté divine,

Sally ! Tu pensais que je ne serais pas capable de comprendre ? C'est ça ?

— Je n'arrivais tout simplement pas à admettre que...

— Que quoi ? Que tu te trimbalais cette culpabilité idiote depuis quinze ans ? Bon sang, mais je t'aurais convaincue en une minute, moi ! Seulement, tu as choisi de me laisser de côté et de te vautrer dans ta putain de mauvaise conscience. C'est ce qui me révolte le plus, dans tout ça : ce stupide acharnement à te faire du mal.

— Tu as raison.

— Bien sûr que j'ai raison ! Tu as beau me prendre pour une grosse bêtasse de l'Amérique profonde, je suis tout de même...

— Qui est-ce qui se déprécie, maintenant ? »

Elle a eu un petit rire triste.

« Ouais. Je ne sais pas pour toi, mais moi j'ai toujours détesté notre nom de famille. Goodchild. Devoir être l'enfant exemplaire. C'est trop de pression, ça... – Elle s'est redressée. – Je crois que je vais retourner essayer de dormir un peu.

— Bonne idée. »

Je n'ai pas tenté de me remettre au lit, pourtant. Je me suis contentée de prendre sa place sur le sofa. Les yeux sur l'âtre vide de la cheminée, je me suis encore demandé pourquoi j'avais mis une telle obstination à ne pas lui parler, pourquoi j'avais fui le pardon que je désirais tant, pourquoi tous les enfants veulent être « bons » sans jamais arriver à se montrer à la hauteur de ce que les autres, et eux-mêmes, attendent. J'ai dû m'assoupir, car quand j'ai repris conscience Sandy était penchée sur moi, une tasse fumante à la main.

« Il est huit heures, service d'étage ! »

Après avoir avalé mon café, j'ai pris une douche, enfilé à nouveau mon tailleur, ravalé ma façade avec

490

fard et fond de teint. À huit heures et demie, nous étions en vue de la station de métro. C'était une belle matinée éclaboussée de soleil, mais j'en avais à peine conscience.

« Bien dormi ? m'a demandé Maeve au moment où je me suis assise sur le banc derrière elle.

— Pas trop mal.

— Et votre sœur ?

— Elle va un peu mieux, je crois. »

Nigel est arrivé, accompagné de la fidèle Rose Keating, qui m'a serrée brièvement dans ses bras.

« Vous ne croyiez pas que j'allais manquer ça ? a-t-elle plaisanté avec un clin d'œil. Qui est cette femme, là-bas ?

— Ma sœur.

— Elle a fait tout ce voyage pour venir vous soutenir ? Brave petite. J'vais aller m'asseoir à côté d'elle, tiens !

— Et nos témoins-surprises, comment ça va ? s'est enquise Maeve.

— Prêts pour cet après-midi, comme prévu. Tout est arrangé. Nigel va en chercher un à Paddington pendant l'heure du déjeuner, moi j'irai prendre l'autre à la gare de Victoria. »

Tony et sa suite ont fait leur entrée. Ses avocats ont échangé des signes de tête avec les miens, leur client et sa cavalière continuaient à m'éviter du regard et je ne demandais que cela. Le greffier nous a priés de nous lever. Le juge est apparu, a pris place dans son fauteuil, nous a salués d'un sobre « Bonjour » et a déclaré la séance ouverte. C'était au tour de Maeve d'appeler ses témoins et ma psychiatre, le Dr Rodale, venait en premier. Elle ne m'a pas souri en prenant place à la barre. Je me suis dit que sa froideur à mon égard était sans doute destinée à donner plus de poids à sa déposition.

Après avoir rappelé ses brillants états de service au

St Martin's, Maeve l'a invitée à décrire les symptômes classiques de la dépression postnatale, affection à laquelle elle avait consacré plusieurs articles scientifiques. Ensuite, elle est passée à mon cas précis, détaillant ma conduite à la suite de mon hospitalisation volontaire, les remords que j'avais exprimés, la relation rétablie avec Jack, les progrès que j'avais manifestés malgré l'adversité des derniers mois...

« D'après vous, Mme Goodchild est désormais capable de reprendre pleinement son rôle de mère ? »

Son regard braqué sur Tony, elle a répondu d'un ton ferme :

« D'après moi, elle en était déjà tout à fait capable quand elle est sortie de notre hôpital il y a dix mois.

— Je n'ai pas d'autre question, Votre Honneur. »

Lucinda Fforde s'est approchée du témoin.

« Au cours de vos vingt-cinq ans de carrière, docteur, combien de patientes atteintes de dépression postnatale avez-vous traitées ?

— Il serait difficile d'avancer un chiffre précis.

— Une simple estimation, alors.

— Autour de cinq cents, je dirais.

— Oui. Et dans combien de ces cas était-il rapporté que la mère avait menacé de mort son propre bébé ? »

Une expression embarrassée est apparue sur le visage du Dr Rodale.

« Quand vous dites "menacé de mort", vous...

— J'entends exactement cela : évoquer ouvertement son intention de tuer son enfant.

— Eh bien... Honnêtement, je me rappelle trois exemples de ce type, mais il faudrait...

— Trois sur cinq cents, docteur ! C'est donc un comportement plutôt rare. Et sur ces trois cas, ou plutôt quatre puisque l'on doit inclure celui de Mme Goodchild, combien d'entre elles ont effectivement mis leur menace à exécution ? »

La psychiatre s'est tournée vers le juge.

« Franchement, Votre Honneur, je trouve ce genre de questions...

— Vous devez répondre, docteur.

— Une seule, a-t-elle déclaré fermement à Lucinda Fforde. L'une d'elles a fini par tuer son enfant.

— Ah ! s'est exclamée l'avocate avec un sourire triomphant. Donc, par simple déduction mathématique : étant donné qu'une de ces quatre femmes est passée à l'acte, ne peut-on dire qu'il existait vingt-cinq pour cent de risque que la défenderesse tente de donner la mort à son enfant ?

— Votre Honneur... » Maeve n'a pas eu l'occasion de continuer, car Lucinda Fforde déclarait déjà :

« Pas d'autre question.

— Vous réexaminez, mademoiselle Doherty ?

— Avec votre permission, Votre Honneur, a rétorqué Maeve, la voix vibrante de colère. Voulez-vous nous parler de cette patiente, docteur ? Celle qui a tué son enfant ?

— Elle était atteinte de schizophrénie aiguë et représentait sans doute le pire cas de dépression monomaniaque que j'aie eu à traiter. Elle avait été internée, d'ailleurs. Le meurtre s'est produit au cours d'une rencontre sous surveillance avec son enfant. L'employée, prise d'un malaise, est sortie une minute afin de demander de l'aide. À son retour, la mère avait étranglé le bébé. »

Un silence lugubre s'est installé.

« Comment définiriez-vous la fréquence de ce genre de drame dans le suivi des dépressions postnatales ? a fini par demander Maeve.

— Rarissime. Ainsi que je l'ai dit, c'est le seul dans toute ma carrière. Et, encore une fois, ce que nous avions là était un état psychotique grave.

— Vous voulez dire qu'il n'y a aucune comparaison

possible entre l'état clinique de cette femme et celui de Mme Goodchild ?

— Aucune. Prétendre le contraire ne serait qu'une révoltante manipulation des faits.

— Merci, docteur. Ce sera tout. »

Clarice Chambers a été appelée à la barre. De sa place, elle m'a offert un sourire réconfortant, elle, avant de donner à Maeve un compte rendu lucide de mes rencontres avec Jack et de mon sincère repentir, ainsi qu'une appréciation très positive de la « communication » que j'avais su établir avec mon fils dans un contexte aussi peu favorable.

« Ayant été la seule et unique personne à avoir été témoin des relations entre Mme Goodchild et son fils au cours des derniers mois, et ce dans le cadre de vos compétences professionnelles, estimez-vous qu'il s'agit d'une mère au plein sens du terme ?

— Sans aucun doute. J'ai la plus grande confiance en ses sentiments maternels.

— Merci. Pas d'autre question. »

À nouveau, Lucinda Fforde a tenté l'approche en force :

« Dans la pratique de votre métier, avez-vous connu beaucoup de mères qui, soumises à un strict contrôle en raison du danger potentiel qu'elles représentaient pour leur progéniture, ne se soient pas "repenties" de leur comportement antérieur ?

— Non, bien sûr, puisqu'elles...

— Ce sera tout.

— Mademoiselle Doherty ?

— Est-il exact que, au cours des six dernières semaines, vous avez autorisé Mme Goodchild à rester en présence de son fils sans aucune surveillance ?

— Absolument.

— Pour quelle raison avez-vous pris cette décision ?

— Parce qu'il ne faisait pas de doute pour moi qu'il s'agissait d'une personne équilibrée ne désirant que le meilleur pour son enfant. C'est d'ailleurs ainsi que je l'ai considérée depuis le tout début.

— Merci, madame Chambers. »

Aussitôt, Jane Sanjay l'a remplacée à la barre. Après avoir expliqué la nature de ses fonctions de conseillère de santé, elle a émis un avis tout aussi favorable sur mes aptitudes de mère.

« Mais c'était avant que sa dépression n'arrive à son point culminant, n'est-ce pas ? a objecté Maeve.

— Oui. Cependant, elle présentait à l'époque un état de grande fatigue postopératoire, sans parler de la terrible inquiétude qui la rongeait à propos de son fils. Cette tension était amplifiée par le manque de sommeil et le fait qu'elle assumait toute seule le fonctionnement du foyer. Dans un contexte aussi difficile, j'ai trouvé qu'elle s'en tirait remarquablement bien.

— Vous n'ignorez pas qu'elle a donné le sein à son fils alors qu'elle était encore sous l'effet d'un somnifère. Ce genre d'oubli involontaire est-il rare chez de nouvelles mères, d'après votre expérience ?

— Pas du tout. Nous avons une dizaine de cas similaires chaque année, dans notre district. La mère ne dort plus, son médecin lui prescrit des cachets en lui demandant de faire attention. Le bébé se réveille en pleine nuit, la mère aussi. Sans y penser, l'esprit encore embrumé, elle veut simplement nourrir son enfant. En général, l'organisme du nourrisson assimile dans son sommeil la dose infime qui lui a été involontairement transmise. En ce qui concerne Sally... pardon, Mme Goodchild, cela ne signifie rien du tout quant à ses capacités maternelles, à mon avis.

— Pas d'autre question, merci. »

Lucinda Fforde s'est approchée.

« Bien, mademoiselle Sanjay. Cet incident du somnifère auquel vous venez de faire allusion ne s'est-il pas produit quand vous ne suiviez déjà plus Mme Hobbs ?

— En effet. Elle a été hospitalisée après mon départ.

— Non, elle a été envoyée en service psychiatrique, après votre départ. Mais dans ce cas, comment pouvez-vous caractériser cette erreur de banale alors que vous n'étiez plus là ?

— Parce que j'ai connu de nombreux cas semblables dans le passé.

— Mais celui-ci, précisément, vous n'avez pas pu le vérifier vous-même ?

— J'ai vu Mme Goodchild chez elle, à...

— Avant l'incident, oui ou non ? »

Un silence. Jane avait conscience d'avoir été piégée. « Oui, en effet...

— D'accord. Quant à la désinvolture avec laquelle vous avez évoqué les conséquences d'une telle erreur sur l'enfant, j'ai ici un article du *Scotsman*, en date du 28 mars passé, qui relate la mort d'un nourrisson âgé de deux semaines à l'hôpital de Glasgow après qu'il avait été nourri au sein par sa mère. Qui prenait exactement les mêmes somnifères que ceux prescrits à Mme Hobbs. Pas d'autre question.

— Mademoiselle Doherty ?

— Merci, Votre Honneur. Avez-vous connu un cas aussi dramatique que celui qui vient d'être évoqué, mademoiselle Sanjay ?

— Non, mais cela peut arriver, bien évidemment. À condition que la mère ait pris une dose très supérieure à la posologie normale. Il serait intéressant de vérifier si cette femme de Glasgow n'avait pas une dépendance aux drogues. C'est très fréquent chez les toxicomanes, de forcer sur les somnifères. Et dans ces conditions, oui, l'allaitement est susceptible de provoquer une tragédie. »

496

Le juge s'est raclé la gorge.

« Juste par curiosité, madame Fforde : cette mère écossaise dont vous nous parlez était-elle toxicomane ? »

L'avocate a perdu contenance, soudain.

« Eh bien... oui, en effet, Votre Honneur. »

Le moment que je redoutais le plus était arrivé. Maeve Doherty a prononcé mon nom. J'ai marché comme une automate vers la barre des témoins. J'éprouvais la même terreur panique que la seule fois où j'avais figuré dans une représentation théâtrale au lycée, l'impression d'être incapable de supporter tous ces regards braqués sur moi, et le fait que l'assistance soit si peu nombreuse n'y changeait rien. Mais Maeve a été extraordinaire. S'en tenant au scénario que nous avions mis au point ensemble, elle a évité la compassion facile – « Traynor ne marche pas dans ce style », m'avait-elle prévenue – et un interrogatoire trop dirigiste. Point par point, elle m'a aidée à relater la complexité de mes relations avec Tony, les doutes et les difficultés de ma grossesse, le traumatisme de la naissance à risques, puis la rapide plongée à travers les abîmes de la dépression.

« C'était... Vous connaissez cette image, "dans une obscure forêt" ?

— Dante ! a lancé le juge.

— Oui, Dante. C'est une bonne description de ce que je ressentais alors. »

Maeve m'a regardée avec attention.

« Mais dans les moments de lucidité, quand vous sortiez de cette "obscure forêt", comment vous sentiez-vous après avoir été agressive avec le personnel médical, ou après avoir eu ces regrettables commentaires à propos de votre fils, ou après lui avoir donné le sein par mégarde alors que vous étiez sous l'effet de somnifères ?

— Affreusement mal. Pire, encore. C'est ce que j'éprouve encore aujourd'hui. Je sais que j'étais malade, à l'époque, mais cela ne change rien à la culpabilité ni à la honte.

— Et la colère ? Y a-t-il en vous de la colère envers votre mari, en raison de la manière dont il s'est comporté avec vous ?

— Oui, sans aucun doute. Tout comme un sentiment de profonde injustice. Et la sensation que je viens de traverser le plus douloureux moment de toute mon existence. Encore plus dur que la mort de mes parents. Parce que Jack est mon fils, il est au cœur de ma vie, et il m'a été enlevé avec des arguments qui me paraissent non seulement infondés mais encore... biaisés. »

J'avais fini ma déclaration liminaire cramponnée à la barre, le seul moyen d'empêcher mes mains de trembler. C'était un spectacle que je ne voulais pas leur donner. Lucinda Fforde est venue à moi avec un sourire de provocation, le sourire de celui qui vous tient en joue et guette votre réaction au moment où il appuiera sur la détente.

« Est-il vrai qu'après avoir appris que votre fils se trouvait dans un état critique à la maternité, vous avez déclaré devant témoin : "Il va mourir et je m'en fiche. Tu m'entends ? Ça m'est complètement égal" ? »

Je me suis agrippée encore plus fort.

« Oui, c'est vrai.

— Et quelques semaines plus tard, est-il vrai que vous avez déclaré à la secrétaire de votre mari, au téléphone : "Dites-lui que s'il n'est pas à la maison d'ici une heure, j'étrangle notre fils" ?

— C'est vrai.

— Avez-vous allaité votre fils alors que vous étiez sous sédatifs, et cela malgré la mise en garde de votre médecin traitant ?

— Oui.

— Votre fils a-t-il dû être hospitalisé, en conséquence ?

— Oui.

— Et ensuite, avez-vous passé près de deux mois dans un service psychiatrique ?

— Oui.

— En 1988, votre père a-t-il assisté à votre fête de fin d'études au campus de Mount Holyoke, dans le Massachusetts ?

— Oui.

— Lui avez-vous offert un verre de vin ce soir-là ?

— Oui.

— Vous a-t-il répondu qu'il n'en voulait pas ?

— Oui.

— Mais vous l'avez mis au défi de le boire et il l'a fait. Est-ce exact ?

— Oui.

— Un peu plus tard, a-t-il pris le volant et provoqué un accident qui a coûté la vie à vos deux parents et à deux passagers d'un autre véhicule ?

— Oui.

— Je vous remercie d'avoir confirmé toutes les accusations retenues contre vous. Ce sera tout, Votre Honneur.

— Mademoiselle Doherty ?

— Oui, Votre Honneur. Avant de commencer, toutefois, je tiens à relever que la représentante du requérant vient d'employer le terme d''"accusations" à propos de ma cliente. Il conviendrait de rappeler que nous ne sommes pas au procès de Mme Goodchild, ici.

— Objection acceptée, a concédé Traynor avec un léger soupir de lassitude.

— Parliez-vous sérieusement lorsque vous avez fait les déclarations qui viennent d'être rapportées, madame Goodchild ?

— Non, pas du tout. Dans mon état, je ne savais plus ce que je disais, à certains moments.

— Souhaitiez-vous vraiment attenter à la vie de votre enfant ?

— Non. Je souffrais de dépression.

— Avez-vous commis la moindre violence sur la personne de votre fils ?

— Jamais.

— Lui avez-vous donné le sein alors que vous étiez sous sédatifs à d'autres reprises ?

— Jamais.

— Avez-vous désormais surmonté votre dépression postnatale ?

— Oui.

— Avez-vous donné un verre de vin à votre père en cette fatale soirée de juin 1988 ?

— Oui.

— Mais vous ne l'avez pas forcé à le boire sous la menace. Vous vous êtes contentée d'une petite remarque ironique. Et cependant, vous continuez à vous sentir coupable ?

— Oui. J'ai vécu avec cette culpabilité chaque jour de ces quinze dernières années. Et je vis encore avec.

— Pensez-vous mériter cela ?

— Que je la mérite ou non, la honte est là.

— C'est ce qu'on appelle avoir une conscience morale, je crois. Merci d'avoir reconnu aussi clairement la réalité des faits, madame Goodchild. Je n'ai pas d'autre question. »

Je suis revenue m'asseoir près de Nigel Clapp. Il a effleuré mon épaule en chuchotant : « Vous avez été très bien », et pour lui cela représentait un énorme compliment, mais je n'avais pas moins l'impression d'avoir été atteinte par le tir de barrage de Lucinda Fforde. Il restait encore un témoin avant l'heure du déjeuner : l'ancienne femme de ménage de Diane Dexter, celle qui m'avait ouvert la porte le jour où je m'étais ruée à son domicile londonien. Isabella Paz, immigrée mexicaine résidant en Grande-Bretagne depuis dix ans, congédiée par sa patronne quatre mois plus tôt, a confirmé que M. Hobbs avait été un visiteur régulier depuis 1998 et que, non, il n'avait pas dormi dans l'une des chambres d'amis lorsqu'il était venu voir Mme Dexter à plusieurs reprises depuis son retour à Londres. Elle a également indiqué que son ex-employeuse avait passé des vacances avec lui en 1999 et 2000, ainsi qu'un mois au Caire en 2001. Et, au cours de l'année écoulée, M. Hobbs s'était pratiquement installé chez elle pendant une longue période, près de deux mois en fait, que Maeve Doherty l'a aidée à circonscrire dans le temps : cela correspondait exactement aux huit semaines pendant lesquelles Jack et moi étions restés à l'hôpital St Martin's.

Lucinda Fforde a engagé son contre-interrogatoire avec une brutalité délibérée :

« Mme Dexter vous a mise à la porte pour vol, non ?

— Si, mais après elle a dit pardon et elle m'a donné de l'argent.

— Avant Mme Dexter, avez-vous travaillé chez M. et Mme Robert Reynolds, à Londres ?

— Si.

— Et vous avez été licenciée, également ? Pour la même raison : vol.

— Si, mais...

— Ce sera tout.

— Mademoiselle Doherty ?

— Une seule question, madame Paz : est-ce que les Reynolds ont porté plainte contre vous ?

— Non.

— Donc, vous n'avez pas d'antécédents judiciaires ?

— Non.

— Et si la cour voulait obtenir la preuve de ces dates dont nous parlions ? Par exemple des vacances que Mme Dexter a passées en compagnie de M. Hobbs ? Comment serait-ce possible ?

— Elle a un... agenda à côté du téléphone. Elle écrit tout dessus. Où elle va, avec qui elle va. À la fin de l'année, elle range le bouquin dans le placard sous le téléphone. Il y a, oh... dix ans de sa vie là-dedans.

— Merci, madame Paz. »

À la pause, je me suis penchée vers Maeve :

« C'est vrai, elle a été renvoyée pour vol une première fois ?

— Oui, a-t-elle chuchoté. Un collier de diamants qui, heureusement, a été retrouvé chez le prêteur sur gages où elle l'avait porté. Elle a réussi à convaincre ces gens de ne pas alerter la police. Et je suis presque certaine qu'elle a volé chez Diane Dexter aussi, mais quand elle a vu que sa patronne avait quelque chose à cacher elle a décidé de jouer les innocentes. Conclusion : si vous avez besoin d'une femme de ménage, ne faites pas appel à cette dame, mais... elle nous a bien servis, hein ? »

Elle a eu un petit haussement d'épaules, comme pour dire : « Je sais, ce n'est pas joli, mais il faut parfois se salir un peu pour gagner. Surtout face à des ennemis aussi peu scrupuleux... » Après quelques secondes, elle a poursuivi :

« Vous vous êtes bien débrouillée, ce matin.

— Et Lucinda Fforde m'a fait sortir tout ce qu'elle voulait, aussi...

— Oui, elle l'a joué finement, mais je pense que nous avons limité les dégâts quand même. »

Elle a pris congé, voulant préparer la séance de l'après-midi. Rose et Nigel étaient déjà partis chercher leurs témoins, je suis donc sortie avec Sandy et nous avons marché sur les quais de la Tamise, sans beaucoup parler car nous étions toutes deux épuisées par les émotions des deux derniers jours. À un moment, toutefois, elle a estimé que l'audience du matin avait été positive pour moi.

« Tony et sa garce ont été pris en flagrant délit de mensonge à propos de leurs relations prétendument platoniques. Et toi, je t'ai trouvée très convaincante...

— Il y a un "mais", non ?

— Mais son avocate t'a obligée à confirmer tout ce dont ils t'accusent. Tu ne pouvais pas l'éviter, bien sûr... Enfin, je suis sans doute trop pessimiste.

— Non, tu as vu la faille. Maeve aussi. J'ai peur, maintenant, parce que je n'arrive pas à discerner ce que pense le juge, comment il aborde l'affaire... À part qu'il veut en finir au plus vite. »

Nous sommes revenues au tribunal après les deux heures de pause. Maeve était déjà assise à sa place. Elle m'a expliqué à voix basse que Rose et Nigel étaient avec leurs témoins respectifs dans deux bars avoisinants, afin de garder secrète jusqu'au bout la surprise que nous préparions à Tony et consorts. Mais dès qu'ils seraient de retour...

À cet instant, mon mari est entré dans la salle, se comportant toujours comme si un mur de Berlin s'élevait entre nous. Aussitôt, Maeve a bondi dehors, son téléphone portable à la main. Hors d'haleine, elle est revenue au moment où le greffier annonçait l'entrée de la cour. En s'asseyant, Traynor a remarqué avec déplaisir Nigel en train de dévaler la travée pour rejoindre sa place.

« Eh bien, eh bien, certains sont en retard ?

— Je... désolé, Votre..., a bredouillé Nigel.

— Alors, mademoiselle Doherty ? a repris le juge en l'ignorant. J'espère que nous allons en terminer cet après-midi ?

« — Sans aucun doute, Votre Honneur. Mais je dois informer la cour que, tout comme le requérant, nous avons des témoins de dernière minute à présenter. »

Traynor a tressailli, lèvres pincées.

« "Des" témoins, dites-vous ? Combien, si vous me permettez ?

— Deux, Votre Honneur.

— Et pourquoi les présentez-vous si tard ?

— Nous n'avons pu recueillir leurs témoignages qu'hier, et il a fallu les vérifier, bien entendu.

— Sont-ils présents ?

— Tout à fait, Votre Honneur.

— Leurs noms, s'il vous plaît ? »

Maeve s'est tournée légèrement pour avoir Tony dans sa ligne de mire.

« Oui, Votre Honneur. Il s'agit d'Elaine Kendall et de Brenda Griffiths. »

Comme mû par un ressort, Tony s'est penché vers Lucinda Fforde pour murmurer à son oreille.

« Vous avez leur déclaration écrite ? »

Ouvrant son attaché-case, Nigel a tendu un gros dossier à Maeve.

« Absolument, Votre Honneur.

— Ah... Jetons un coup d'œil, alors. »

Elle a distribué des copies alentour. Après s'être emparé sans ménagement de celle de son avoué, Tony a lu à toute allure, le front plissé. Soudain, il s'est exclamé :

« C'est scandaleux ! »

Traynor a relevé la tête pour le fusiller du regard.

« Abstenez-vous de troubler le calme de cette salle, monsieur Hobbs. »

Lucinda Fforde s'est levée, une main autoritaire sur l'épaule de son client :

« M. Hobbs présente ses excuses, Votre Honneur. Pourrais-je lui parler une minute ?

— D'accord. Une minute. »

Des chuchotements agités se sont élevés du coin de Tony. Maeve, restée debout, les ignorait. Elle se montrait professionnelle jusqu'au bout, résistant à la tentation de triompher devant leur désarroi.

« Eh bien, a soufflé le juge une fois le délai écoulé, nous pouvons continuer, madame Fforde ?

— C'est que... nous avons un gros problème avec ces témoignages, Votre Honneur.

— Ah oui, lequel ?

— Alors que notre témoin a dû venir des États-Unis, avec tous les aléas techniques que cela comporte, nous avons la fâcheuse impression que la partie adverse a dissimulé les siens jusqu'au moment opportun. Il s'agit de personnes résidant en Angleterre.

— Que répondez-vous à cela, mademoiselle Doherty ?

— Je l'ai déjà expliqué, Votre Honneur.

— Oui. Donc, madame Fforde, vous contestez ces deux témoins ?

— En effet, Votre Honneur. Pour les raisons que je viens de donner.

— Oui... Puisque la représentante de la défenderesse a accepté le vôtre hier, et puisque nous désirons tous ici que l'affaire soit éclaircie au mieux, j'autorise ces personnes à déposer.

— Dans ce cas, Votre Honneur, je sollicite la possibilité de m'entretenir un moment avec mon client et d'envisager avec lui de demander une suspension des débats afin que...

— Je vous entends bien, madame Fforde. Et il est clair que la balle est dans votre camp, comme on dit : ou bien vous acceptez ces témoins de dernière minute de même que le vôtre a été accepté hier, ou bien nous allons nous dire au revoir pour les, voyons... quatre mois à venir, car je dois faire fonction de juge itinérant après la pause estivale. De ce fait, si vous réclamez du temps supplémentaire, nous devrons nous séparer sans être allés au bout du dossier et reprendre d'ici quatre mois alors que nous aurions pu parvenir à un règlement aujourd'hui. Bien entendu, ce choix est entièrement entre votre client et vous-même. Peut-être voudriez-vous le consulter un instant ?

— Merci, Votre Honneur. »

Un autre débat, à voix basse mais très animé, s'est produit chez l'adversaire, cette fois avec la participation active de la Dexter, passablement agitée, à voir ses grands gestes. Maeve s'est inclinée vers moi pour murmurer : « L'Australie... », et soudain j'ai entrevu tout ce que son plan avait de remarquable. Spéculant sur le fait que Diane Dexter avait hâte de commencer ses nouvelles activités à Sydney, elle avait pris le pari que celle-ci s'opposerait de toutes ses forces à un ajournement des débats. Même si Traynor finissait par leur donner raison, Tony et Jack ne seraient pas autorisés à la rejoindre avant quatre mois. Et c'était ce qu'elle plaidait maintenant, d'après ce que je pouvais voir : « Deux témoins de plus, la belle affaire ! Terminons-en au plus vite, nous avons l'avantage ! » Du moins, c'est ce que j'espérais... Leur manège a continué un moment. Rabroué par sa complice, Tony semblait à la fois prêt à un esclandre et tout penaud. Le juge a finalement interrompu leur conciliabule :

« Eh bien, madame Fforde ? Vous avez décidé quelque chose avec votre client ? »

L'avocate a consulté d'un dernier regard non Tony, mais Diane Dexter, qui a hoché vigoureusement la tête.

« Votre Honneur, ce n'est pas volontiers de notre part, mais parce que nous ne voulons pas retarder plus encore la conclusion de cette audience... nous acceptons les deux nouveaux témoins de la défenderesse. »

L'air ravi, Traynor a fait signe à Maeve d'appeler le premier. Ayant vite réprimé un sourire, elle a annoncé :

« Elaine Kendall, Votre Honneur. »

Nigel, qui s'était jeté dehors pour aller la chercher, est revenu en compagnie d'une femme d'une quarantaine d'années, assez petite, les traits fatigués et des paupières de fumeuse. Devant la barre, elle a observé Tony avec un dédain non dissimulé avant de prêter serment. Maeve n'a pas perdu une minute.

« Pouvez-vous expliquer à la cour comment vous connaissez M. Hobbs ? »

D'une voix heurtée, elle a raconté qu'elle était née à Amersham, où elle vivait toujours, qu'elle était serveuse dans un pub local et qu'un soir, vers Noël de l'année 1982, elle avait vu entrer « le gentleman assis là-bas ». Ils avaient bavardé un moment, ce qui lui avait permis d'apprendre qu'il était correspondant international d'un « journal sérieux » et était venu rendre visite à ses parents.

« Très charmant, très raffiné, il était. À la fin de mon service, il a voulu me payer un verre. On est allés dans une boîte, on a beaucoup bu, trop, et le lendemain on s'est réveillés l'un à côté de l'autre. Je ne l'ai pas revu ensuite, mais quelques semaines plus tard j'ai découvert que j'étais enceinte, alors j'ai essayé de le joindre par son journal. Rien à faire. Avec mes parents irlandais catholiques pratiquants, il était hors de question de ne pas le garder, ce mouflet... Mais lui était en Égypte ou je ne sais où, on a encore cherché à le contacter, on n'a eu que du silence. À la fin, on a dû prendre un avocat, qui a parlé à ses chefs. Ils lui ont dit qu'il devait faire un geste, quelque chose, et finalement il a accepté de me verser une sorte de... pension.

— De quelle somme s'agissait-il ?

— Cinquante livres par mois, en 1983. Huit ans plus tard, on a réussi à trouver un autre avocat qui a été plus ferme. Il a obtenu cent vingt-cinq livres mensuelles, lui.

— Et M. Hobbs n'a jamais manifesté le moindre intérêt, le moindre désir de voir votre fils ?

— Jonathan. C'est son nom... Lui, demander à le voir ? Jamais. Chaque année, je lui ai envoyé une photo de son garçon, au journal. Pas de réponse.

— Je suis obligée de vous poser la question, même si je connais la réponse et si je dois m'excuser d'aborder un sujet aussi douloureux : où est votre fils, maintenant ?

— Il est mort en 1995. D'une leucémie.

— Cela a sans doute été terrible.

— Ça l'a été, a-t-elle répondu d'une voix qui ne flanchait plus, sans quitter Tony des yeux.

— Avez-vous prévenu M. Hobbs du décès de son fils ?

— Je lui ai écrit, oui. Et j'ai aussi téléphoné à ses collègues, en leur demandant de le mettre au courant. Rien. Mais moi, je pensais qu'il pourrait au moins m'appeler, à ce moment-là. Juste un petit geste, c'était important. Juste un peu de... correction. »

Maeve Doherty est restée silencieuse un instant.

« Pas d'autre question. Merci. »

J'ai risqué un regard de leur côté. Lucinda Fforde et Tony discutaient ferme, penchés l'un vers l'autre tels des conspirateurs. Diane Dexter était assise les bras croisés, impassible.

« Madame Fforde ? Voulez-vous interroger le témoin ?

— Oui, Votre Honneur... »

Il était visible qu'elle tentait désespérément d'improviser une réplique, de limiter la casse. Elle s'est levée brusquement.

« Je regrette d'avoir appris une histoire aussi tragique, madame Kendall, mais je suis contrainte de vous poser cette question : pensez-vous qu'une aventure d'une nuit suppose un engagement à vie ?

— Quand un enfant en est le résultat, oui, je le pense.

— Mais M. Hobbs a assumé ses responsabilités financières envers vous et envers son fils, non ?

— En se faisant tirer l'oreille par mon avocat. En traînant les pieds.

— Attendez ! Il n'est pas exagéré de supposer que vous aviez une vie sexuelle... mouvementée, à l'époque. Vous avez passé la nuit avec M. Hobbs quelques heures après avoir fait sa connaissance, n'est-ce pas ? N'aurait-il pas pu demander un test de paternité, par exemple ?

— Je n'étais pas une Marie-couche-toi-là, si c'est ce que vous voulez dire. C'était *son* enfant. Avant lui, je n'avais pas connu d'homme pendant près d'un an.

— Mais il n'a pas exigé de test de paternité ?

— Non...

— Vous avez reçu de l'argent du père naturel de votre fils. Cinquante livres, en 1983, ce n'était pas rien. Et cent vingt-cinq quelques années plus tard non plus. Il ne vous a pas abandonnée, donc. Quant au décès de l'enfant, vous devez bien reconnaître que cela a été terrible pour vous mais que M. Hobbs n'avait aucune relation avec lui, et donc... »

Soudain, Elaine Kendall a éclaté en sanglots. Elle cherchait visiblement à lutter contre le chagrin mais en était incapable. Pendant une éprouvante minute, toute l'assemblée n'a pu qu'assister à cette scène, impuissante. Et rongée de remords, dans mon cas, puisque c'était moi qui l'avais attirée jusqu'ici, moi qui étais allée la voir dans la modeste maison de Crawley qu'elle détestait mais où elle était venue fuir ses souvenirs après la mort de Jonathan, moi qui l'avais écoutée me raconter qu'elle ne s'était jamais mariée, qu'elle avait accepté des emplois précaires pour survivre seule avec son fils, et s'était accommodée de cette existence, oui, son enfant lui avait apporté toute la joie dont elle avait besoin jusqu'à... sa leucémie.

C'était d'autant plus déchirant pour moi que, tout en sachant qu'elle ne surmonterait jamais son deuil, je devais admettre que j'avais trouvé dans son drame une occasion de me sauver moi-même, une preuve convaincante de l'ignoble égoïsme de Tony. Et je ne lui avais pas caché que son témoignage pourrait me rendre mon fils, quand bien même elle ne retrouverait jamais le sien. Elle avait accepté de m'apporter son aide mais la conséquence, pour elle, était cette nouvelle souffrance inutile, cette plaie rouverte en public. Alors, je la regardais pleurer, consumée de honte. Mais Elaine Kendall a surmonté sa peine. Elle s'est tournée vers Traynor :

« Je vous demande pardon, monsieur le juge. Jonathan était mon seul enfant. Même maintenant, d'en parler, ça me... Excusez-moi, s'il vous plaît.

— Vous n'avez aucune excuse à demander à la cour, madame Kendall. Au contraire, c'est nous qui vous en devons. – Puis, fusillant du regard l'avocate : – D'autres questions, madame Fforde ?

— Non, Votre Honneur. »

Ses yeux ne se sont pas radoucis en passant à Maeve :

« Vous voulez compléter la déposition, mademoiselle Doherty ?

— Non, Votre Honneur.

— Alors je vous remercie, madame Kendall. »

Elle s'est mise à marcher avec un certain effort. Quand elle est passée à côté de moi, j'ai murmuré un « Je suis désolée » qu'elle n'a pas entendu, ou pas voulu entendre ; elle s'est éloignée sans un mot.

Derrière ses airs impérieux, Traynor semblait avoir été affecté par la scène qui venait de se dérouler. Il est resté silencieux un moment avant de toussoter et de commander avec sévérité :

« Votre dernier témoin, madame Doherty.

— Oui, Votre Honneur. J'appelle Mme Brenda Griffiths. »

Le contraste avec Elaine Kendall n'aurait pas pu être plus frappant. La nouvelle venue respirait la confiance en soi, une assurance qui n'était pas sans rappeler celle de... Diane Dexter, justement. Portant avec élégance un simple tailleur-pantalon vert, c'était une femme qui avait abordé la quarantaine mais n'en faisait pas une maladie, au contraire. Et qui ne devait pas se laisser impressionner, à en juger par le bref et hautain signe de tête qu'elle a adressé à Tony avant de se placer devant la barre.

Comment avait-elle connu celui-ci ? lui a demandé Maeve. « Journaliste au *Chronicle*, j'ai été envoyée à Francfort en 1990 pour trois mois, afin de renforcer la couverture de l'actualité économique. Tony était le chef de poste, il n'y avait que nous deux au bureau, nous étions libres sentimentalement l'un et l'autre, nous avons eu une liaison. Et aussi, vers la fin de ma mission, une soirée très arrosée où nous n'avons pas pensé à la contraception... Après mon retour à Londres, j'ai compris que j'étais enceinte et j'ai contacté Tony, naturellement. Il n'a pas été du tout content. Et il n'a pas parlé de "sauver mon honneur", non ! Je n'attendais pas cela de lui, de toute façon. Mais, quand il m'a suppliée d'avorter, je lui ai répliqué que c'était hors de question. Sa réaction a été : "D'accord, dans ce cas, n'attends rien de plus qu'une aide financière de ma part." Ce n'était pas très chevaleresque, et sur le moment j'ai été révoltée mais j'ai aussi ressenti une sorte d'étrange admiration pour sa franchise. D'entrée de jeu, il avait voulu me faire comprendre qu'il ne voulait rien savoir de cet enfant.

« Il se trouve que je suis originaire d'Avon et que je ne me suis jamais vraiment plu à Londres. Quand j'ai su que j'étais enceinte, j'ai commencé à chercher des pistes de travail dans la région de Bristol. Il y avait une place au bureau local de la BBC, je l'ai prise, j'ai déménagé, j'ai donné naissance à mon enfant. Près d'un an plus tard, j'ai eu la chance de rencontrer un homme merveilleux, que j'ai épousé. Catherine, la fille que j'ai eue de Tony, considère Geoffrey comme son père. Nous avons eu une autre fille tous les deux, Margaret, et... je crois que c'est toute l'histoire.

— Oui, sinon que Tony Hobbs n'a jamais vu sa fille, n'est-ce pas ? Catherine a maintenant... douze ans.

— C'est vrai. Je lui ai envoyé un mot de temps à autre, pour lui proposer de faire sa connaissance, au moins. Comme il ne réagissait pas, j'ai continué ma vie. Cela va bien faire, voyons, six ans que je n'ai pas essayé de le joindre à ce sujet.

— Ce sera tout pour moi, Votre Honneur.

— Madame Fforde ?

— Merci, Votre Honneur. Madame Griffiths, pourquoi avez-vous accepté de témoigner aujourd'hui ?

— Parce que Mme Goodchild est venue me voir. Elle m'a expliqué ce que Tony avait fait avec leur bébé et m'a demandé si je pourrais raconter la manière dont il s'est comporté avec sa fille. Compte tenu de la situation critique de Mme Goodchild, et aussi du rôle de père modèle que Tony veut se donner, je me suis sentie obligée de rétablir cette vérité.

— Mais est-il impossible qu'au cours de ces douze années M. Hobbs en soit venu à une autre approche de la paternité ? Surtout confronté à une femme qui avait menacé physiquement leur...

— Je vous en prie, l'a coupée sans ménagement Traynor. Ce témoin n'est pas en mesure de répondre là-dessus.

— Pardon, Votre Honneur. Avez-vous emmené votre fille avec vous aujourd'hui, madame Griffiths ?

— Certainement pas ! Je ne l'exposerais jamais à une chose pareille !

— Je vous félicite pour cette détermination à ne pas froisser la sensibilité d'autrui.

— Ce qui signifie, madame Fforde ? a grondé le juge.

— Encore mes excuses, Votre Honneur. Pas d'autre question. »

À peine Brenda Griffiths avait-elle quitté la salle que Traynor, consultant sa montre, a invité les deux parties à présenter leurs conclusions. Ce qui s'est dit ensuite, pourtant, je ne l'ai pas entendu. J'étais toujours à ma place, consciente que Lucinda Fforde s'était lancée dans son réquisitoire, puis que Maeve développait ses arguments, puis que l'avocate de Tony, usant de ses prérogatives de requérant, reprenait une dernière fois la parole, mais quelque chose en moi interdisait à mon ouïe de fonctionner. C'était peut-être mon état d'épuisement parvenu à son comble, ou la honte cuisante à cause de ce que j'avais imposé à Elaine Kendall, ou encore un point de saturation à partir duquel toutes ces arguties cent fois répétées n'arrivaient plus à atteindre mon cerveau. Je ne sais pas. Ce qui est sûr, c'est que je suis restée ainsi, les yeux au sol, dans une salle qui n'était silencieuse que pour moi.

Soudain, Nigel Clapp m'a décoché un timide coup de coude. La voix de Traynor...

« Ayant entendu vos arguments, la cour se retire afin de considérer son jugement. Je serai de retour dans deux heures... À quatre heures et demie exactement, pour le communiquer. »

Retour brutal à la réalité. Quand le juge a été hors de vue, j'ai soufflé à Maeve :

« S'il revient dans deux heures, cela signifie-t-il qu'il a déjà rédigé l'essentiel de la sentence ?

— Peut-être, a-t-elle répondu d'un ton assez las. Ou

bien il veut tout simplement faire au plus vite pour ne pas avoir à revenir demain. Ça risque de vous paraître un peu cavalier mais c'est ainsi : il est connu pour ne pas aimer traîner, notre juge...

— Surtout s'il a déjà arrêté sa décision finale.

— Hélas, oui. »

Arrivée derrière moi, Rose Keating a posé une main réconfortante sur mon épaule.

« Vous allez bien, ma jolie ?

— À peu près. Et Elaine ?

— Elle tient le coup. Tout juste. Je crois que je vais la raccompagner chez elle.

— Bonne idée, a approuvé Nigel. Et moi, je, euh... reconduis Mme Griffiths à Paddington.

— Mais vous serez de retour pour la sentence ?

— Bien sûr. »

J'ai laissé mon regard flotter de l'autre côté de la travée. Diane Dexter se tenait immobile, raide, les traits figés dans une expression où se lisaient tout à la fois l'indignation, la fureur et la tristesse. Serré contre elle, Tony la haranguait à voix basse, se dépensant inutilement pour la ramener à lui après ces révélations accablantes sur son compte. Si leur relation était maintenant en péril, c'était uniquement parce qu'ils avaient essayé de me voler mon enfant, ils m'avaient poussée dans mes derniers retranchements en me forçant à me défendre par tous les moyens. Maeve et Lucinda Fforde ne s'étaient mutuellement pas ménagées, elles non plus, et désormais nous étions là, attendant avec anxiété le jugement qu'allait rendre une tierce partie, tous amoindris et affectés par cette féroce bataille. Dans une affaire de ce genre, il n'y a pas de vainqueur. Tout le monde en sort sali, écœuré. Prise d'une impulsion, j'ai serré la main de Maeve dans la mienne.

« Quoi qu'il arrive, je ne pourrai jamais vous remercier assez.

— Eh bien, Sally... je vais être franche avec vous : cela se présente mal. Je suis presque certaine que Traynor a détesté notre coup de théâtre final. Notamment ce qui est arrivé à cette pauvre Elaine.

— C'est ma faute. J'ai voulu faire du zèle, et voilà le résultat.

— Non, c'était le bon choix. Et elle a dit des choses très importantes. Mais j'aurais dû la préparer moi-même, m'assurer de sa résistance émotionnelle. C'était mon travail et je l'ai bâclé.

— Qu'est-ce que vous allez faire, jusqu'à quatre heures et demie ?

— Je dois repasser à mon étude. Et vous ? »

Moi ? J'ai pris ma sœur par le bras, je lui ai fait traverser le pont, j'ai réussi à acheter in extremis deux billets pour la grande roue et nous sommes parties dans les nuages. De toutes parts, la ville s'est étendue telle l'une de ces mappemondes du XVIe siècle qui arrivent presque à vous persuader que le monde est plat, qu'il est possible d'en apercevoir les bords, et au-delà le précipice. Sandy avait les yeux plissés vers l'ouest, au-delà du palais royal, de l'Albert Hall, de la masse luxuriante des jardins de Kensington, des solennelles demeures de Holland Park, toujours plus loin dans l'immensité banlieusarde. « Tu m'as dit que Londres a eu ses grandes heures, a-t-elle remarqué, mais la plupart du temps, quel ennui ! » Ce qui résume assez bien la destinée humaine, à mon avis.

Redescendues sur terre, nous avons mangé une glace, comme deux touristes momentanément libérées des contraintes habituelles de l'existence avant de revenir au Strand pour entrer une dernière fois au siège de la Haute Cour. Sur le perron, Sandy a brisé le silence :

« Je peux m'asseoir à côté de toi, pour la sentence ?

— J'aimerais beaucoup. »

Tony et consorts étaient déjà dans la salle, mais j'ai

remarqué que Diane Dexter était maintenant assise près de leur avoué. Quant à Nigel, il avait rejoint Maeve sur le premier banc. Personne ne s'est retourné, personne n'a dit un mot. J'ai pris place avec Sandy tout en surveillant ma respiration, cherchant un calme impossible à trouver dans cette salle sur laquelle planait une ombre accablante : celle de la peur, qui n'épargnait aucun d'entre nous. Cinq minutes se sont écoulées, dix. Il n'y avait rien à faire jusqu'au cérémonial déclenché par l'entrée du greffier : se lever, répondre par une demi-courbette à celle du juge, se rasseoir, le regarder ouvrir la chemise qu'il tenait entre ses doigts patriciens, l'écouter commencer son intervention. Ce que Maeve m'avait dit quelques jours plus tôt m'est revenu en mémoire : « Dans la sentence, il va se référer à ce qu'il appellera les "conclusions". En termes juridiques, ce sont des faits établis de manière irréfutable. Concrètement, cela signifie qu'une fois énoncées, elles ne peuvent plus être contestées. »

Avant d'en arriver là, pourtant, le juge Traynor a tenu à exprimer son mécontentement quant à la tonalité générale de l'audience : « Force m'est de constater que, durant ces deux jours, une considérable quantité de linge sale a été lavée en public. Nous avons appris que M. Hobbs avait eu des enfants avec deux autres partenaires sans établir la moindre relation avec l'un ou l'autre d'entre eux, et que sa nouvelle compagne, Mme Dexter, avait perdu un nourrisson en raison de son recours aux drogues, dépendance courageusement surmontée depuis. Je dois dire que la franchise avec laquelle elle a abordé ce difficile passé m'a paru réellement exemplaire. »

Oh non...

« Nous avons aussi entendu que son désir de maternité avait par la suite atteint de telles proportions que, à en croire la démonstration de la représentante de la défenderesse, elle avait accepté d'agir en collusion avec son compagnon pour arracher son fils à une mère, sur la base de preuves d'intentions malveillantes supposément fabriquées. »

Sandy m'a lancé un coup d'œil inquiet. Ce « supposément » indiquait sans doute que nous n'avions pas convaincu Traynor.

« Nous avons encore appris que, de nombreuses années auparavant, Mme Goodchild avait offert une boisson alcoolisée à son père, geste qui a contribué, ou non, à un accident de la route fatal à quatre personnes. Et nous avons aussi découvert que Mme Dexter et M. Hobbs n'avaient pas été de la plus grande honnêteté quant à la durée de leur relation sentimentale, et ce, même si la cour n'a pu déterminer à quel point il était important de savoir si leur intimité avait débuté il y a trois ans ou trois mois. »

À mon tour, j'ai regardé Sandy avec nervosité avant d'étudier les réactions du reste de l'assistance. Ils avaient tous la tête baissée. On se serait cru à l'église.

« Je me permets cette dernière remarque parce que, tout au long de ces débats, la question essentielle a souvent été perdue de vue, qui est : Où se trouve l'intérêt de cet enfant ? C'est la seule et unique considération valable ici. Tout le reste est, aux yeux de la cour, sans aucune pertinence. Cela étant précisé, il est évident que le rapport entre une mère et son enfant constitue la source même de la vie humaine, une donnée primordiale dans l'existence de chacun. C'est notre mère qui nous met au monde, nous nourrit et nous protège au moment le plus délicat de notre développement. Pour cette raison, la loi est toujours réticente à déranger, et a fortiori à rompre, ce lien essentiel. Elle ne se l'autorise que si la confiance que la société avait placée dans une mère a été gravement mise en cause.

« La représentante du requérant a récapitulé tout à

l'heure les "accusations", pour reprendre le terme employé, qui pèseraient sur la défenderesse. Il ne faut ni sous-estimer leur incontestable gravité, ni oublier que la mère en question traversait au moment des faits un état de santé troublant sérieusement son discernement. Mais tout en reconnaissant ces circonstances atténuantes, la cour peut-elle risquer de mettre en danger le bien-être et l'avenir de cet enfant ? Tel est le dilemme auquel il a fallu se confronter. Et qui requiert également d'étudier si le salut dudit mineur sera mieux assuré en le plaçant entre les mains de son père et de la nouvelle compagne de celui-ci, laquelle manifeste peut-être d'excellentes intentions en se revendiquant d'ores et déjà mère de substitution mais que la cour ne pourra jamais considérer comme telle. »

Il s'est interrompu, m'a considérée une seconde par-dessus ses lunettes avant de reprendre sa lecture :

« Menacer la vie d'un enfant, même dans l'égarement de la colère, est d'une extrême gravité. »

Sandy m'a agrippé la main, comme si elle voulait me dire : « Je suis avec toi, je reste avec toi maintenant qu'il va t'envoyer à la trappe. »

« Répéter ces menaces à deux reprises ne peut que susciter la préoccupation de tous. Et c'est aussi le cas lorsqu'un nourrisson est empoisonné par des somnifères, même s'il s'agit d'un accident sans intention préméditée. Mais ces actes autorisent-ils à annuler cette relation primordiale que j'évoquais à l'instant, ce lien entre la mère et son enfant ? Notamment quand les motifs réels du père pour le contester en saisissant la justice il y a huit mois sont pour le moins sujets à caution ?

« Nous revenons néanmoins au cœur du problème, une fois encore : si la mère se voit attribuer la garde exclusive ou conjointe de l'enfant, agira-t-elle conformément aux menaces antérieurement exprimées par elle ? Tout cela ne nous appelle-t-il pas à la prudence ? Ne devons-nous pas trancher ce lien essentiel afin précisément de garantir les intérêts de l'enfant ? »

Il s'est interrompu pour boire une gorgée d'eau. Devant moi, Nigel Clapp a plaqué ses doigts sur ses lèvres. La dernière phrase du juge venait de donner la clé de cet affreux suspense : nous avions perdu.

« Telles sont les questions que la cour se devait de considérer. Elles sont vastes, et complexes, mais une fois tous les éléments soigneusement étudiés, il est possible de leur apporter une réponse sans ambiguïté. »

J'ai baissé la tête, moi aussi. Mon heure était arrivée. L'heure du jugement.

« Donc, après réflexion, je dis que la mère, Mme Goodchild, n'a pas tenté de porter atteinte à son fils, et qu'elle ne peut être tenue pour responsable de ses paroles ou de ses actes pendant la période où elle souffrait d'une dépression cliniquement attestée. Je dis aussi que le père, M. Hobbs, a fait tout son possible pour casser le lien entre mère et fils, et que ses motivations, ainsi que celles de sa compagne, Mme Dexter, ne prennent pas en compte les intérêts premiers de l'enfant. Je dis également que, dans la poursuite de leurs propres objectifs, le requérant et Mme Dexter ont sérieusement distordu la vérité. »

Sandy a serré encore plus fort ma main dans la sienne, au point que je m'attendais à entendre des os se briser. Et cela m'était bien égal.

« Pour les raisons susmentionnées, la cour décide que l'enfant devra avoir accès à ses deux parents et passer des moments significatifs avec chacun d'eux... » Il ne s'est arrêté qu'une seconde, mais elle m'a fait l'effet d'une longue minute : « ... mais qu'il résidera avec la mère. » Il a encore marqué une pause, dans un silence écrasant avant de conclure :

« La cour ayant également estimé que la défenderesse avait été traitée avec malveillance, le requérant devra prendre en charge les frais de justice supportés par celle-ci. »

Lucinda Fforde était déjà debout.

« Je demande à interjeter appel ! »

Très posément, le juge Traynor a lâché deux mots :
« Demande rejetée. »

Après avoir refermé le dossier devant lui, il a retiré ses lunettes et son regard est passé sur nos visages stupéfaits.

« Pas d'autre objection ? La séance est levée. »

15

UN MOIS ET DEMI PLUS TARD, LONDRES A CONNU l'une de ses rares mais spectaculaires vagues de chaleur. Pendant une semaine, le ciel est resté d'un bleu intense et le thermomètre au plus haut.

« Ce n'est pas extraordinaire ? Cinq jours sans une goutte de pluie !

— Ça va se gâter d'un moment à l'autre, a prédit Julia. Et là, retour à la grisaille garantie. »

Nous étions à Wandsworth Park par une splendide fin d'après-midi. Un peu plus tôt, Julia était venue sonner à ma porte pour me proposer une petite promenade. Abandonnant le nouveau manuscrit que j'étais en train de corriger, j'avais installé Jack dans sa poussette, attrapé mes lunettes de soleil et mon chapeau de paille. Le temps de marcher jusqu'au parc, Jack s'était endormi. Après nous avoir conduits sur un talus tapissé de gazon au bord du fleuve, Julia a déposé au sol son sac à dos pour en sortir deux verres à pied et une bouteille de sauvignon bien frappé.

« J'ai pensé qu'on pourrait fêter la canicule avec une goutte de vin potable... Ça ne t'est plus interdit, maintenant ?

— Un verre de blanc ne me tuera pas, j'imagine. Je suis passée à deux comprimés par jour, seulement.

« — Impressionnant. Quand je pense qu'il m'a fallu presque un an pour me libérer de cette dope, moi !

— Bon, Rodale ne m'a pas encore estampillée "guérie"...

— Mais tu n'en es pas loin. »

Pendant qu'elle débouchait la bouteille, je suis restée étendue sur le dos, le visage baigné par les rayons déclinants, respirant l'arôme citronné de l'herbe fraîche qui dominait un instant les odeurs de la ville, et je me suis dit : *Tout cela est plutôt agréable.* Après avoir rempli nos verres, Julia a allumé une cigarette, puis nous avons trinqué :

« Buvons au travail accompli.

— Comme quoi ?

— Comme d'être débarrassée de ce foutu boulot !

— Tu veux dire ton *Histoire de l'Angleterre prémédiévale* ?

— Ouais, ce monstre-là... » Elle faisait allusion à un énorme bouquin qu'elle avait dû corriger et qui, d'après elle, lui tombait littéralement des mains. « Emballé pesé ce matin à l'aube. Quand on a vécu trois mois là-dedans, on a droit à quelques verres de bon vin, j'estime. Et toi, toujours sur ton dictionnaire du jazz ?

— Eh oui. Mille huit cents pages, quand même. Et je n'ai pas dépassé Sidney Bechet !

— Fais gaffe, Stanley va s'inquiéter.

— J'ai presque deux mois, encore. Et comme il vient de m'inviter à dîner, je pense qu'il ne sera pas trop dur avec moi... »

Julia a avalé de travers la fumée de sa cigarette.

« Stanley ? Il t'a invitée à dîner ?

— Je l'ai dit, non ?

— Eh bien... Pour une surprise, c'en est une !

— Je t'en prie ! Dans ma vie adulte, il est arrivé que des hommes veuillent dîner avec moi.

— Tu vois très bien ce que je veux dire. Stanley ! Ce n'est pas précisément un Casanova. Depuis son divorce, il n'a pas été du genre à batifoler.

— Il est assez charmant, à sa manière un peu guindée. En tout cas, c'est l'impression qui m'est restée de ce déjeuner ensemble, il y a si longtemps.

— Et il a à peine la cinquantaine. Et il se surveille physiquement. Et c'est un excellent éditeur. Et j'ai entendu dire qu'il a un adorable cottage dans le Kent. Et...

— ... et il est sans doute capable de se servir de son couteau et de sa fourchette à table.

— Oh, pardon ! Ne crois pas que j'aie voulu faire de la pub pour lui.

— Tu peux en faire tant que tu veux. Je lui ai dit que j'étais trop occupée pour accepter son invitation, à court terme.

— Pourquoi ? Rien qu'un dîner !

— Oui, sauf qu'il représente ma seule et unique source de revenus, pour l'instant. Je n'ai pas envie de risquer ça en m'aventurant sur un terrain non professionnel. J'en ai besoin, de ce travail.

— Tu n'es pas encore arrivée à un accord avec les avocats de Tony ?

— Si, on vient d'y parvenir. »

Le mérite en revenait à Nigel Clapp. Il avait réussi à les pousser dans leurs ultimes retranchements par son hésitante obstination, définition qui semblerait paradoxale pour n'importe qui d'autre mais qui allait comme un gant à Nigel. Une semaine après l'audience, nos adversaires lui avaient soumis une première offre : maintien de la copropriété de la maison en échange du paiement à hauteur de cinquante pour cent du crédit immobilier en cours, et versement d'une pension alimentaire de cinq cents livres mensuelles. Puisqu'il n'était plus salarié, il aurait été d'après eux abusif de demander à Tony d'assumer l'intégralité des deux mille quatre cents livres de remboursement hypothécaire tout en accordant un demi-millier de livres à son fils et son ex-épouse. Nigel leur avait alors – je le cite textuellement – « rappelé qu'il avait, euh... une mécène fortunée, et que, bon... nous étions en mesure de camper sur nos positions jusqu'à ce qu'il, euh... renonce à son titre de propriété sur la maison en votre faveur. Non que nous ayons eu des chances énormes de gagner sur ce point, mais hum... j'ai senti qu'ils n'avaient pas trop envie de se lancer dans une bagarre pareille ».

La proposition amendée était venue rapidement : droits partagés sur la maison, et sur le montant de la vente au cas où, mais Tony prenait en charge le remboursement intégral du prêt et me versait mille livres mensuelles. Cela couvrait à peine nos besoins, en fait, mais je ne voulais pas demander plus. Après la stupéfaction d'avoir finalement gagné le procès et de pouvoir retrouver Jack, mon sentiment dominant était le souhait de voir et d'entendre M. Tony Hobbs aussi peu que possible. Certes, nous partagions l'autorité parentale sur Jack et son père s'était engagé à le prendre un week-end sur deux, mais le fait qu'il soit parti vivre à Sydney rendait cette disposition ridicule, et ce même si Nigel avait été informé par ses avocats que Tony reviendrait régulièrement à Londres voir son fils.

Tony m'a répété de vive voix ces assurances lors de notre unique conversation – exactement sept jours après le verdict, ainsi que nos avocats respectifs en étaient convenus –, qui correspondait au moment où il devait me rendre Jack. Nigel appelait cela « le transfert », ce qui avait un parfum de film d'espionnage de la guerre froide mais collait étrangement à la réalité. La veille du grand jour, en effet, j'ai reçu un appel de la compagnie de déménagement Pickford me signalant qu'un camion contenant « une chambre d'enfant complète » arriverait le lendemain matin à neuf heures, origine de la livraison : Albert Bridge Road. Peu après, Nigel m'a téléphoné pour me prévenir que les avocats de Tony avaient proposé que le « transfert » ait lieu à midi.

« Est-ce qu'ils ont dit qui allait m'amener Jack ? ai-je demandé.

— Oui. La nounou. »

Du Tony tout craché, encore une fois. Se défausser du sale boulot sur un tiers... Au jour prévu, les déménageurs se sont présentés avec une heure d'avance. En quelques instants, ils ont remonté et installé le berceau, la penderie et la commode de Jack. J'ai passé le reste de la matinée à ranger ses affaires, suspendre le mobile au-dessus de son lit, rebrancher le stérilisateur à biberons dans la cuisine et déplier au salon le parc à jeu que je lui avais acheté. Ces gestes simples, je m'en suis rendu compte, permettaient de commencer à effacer les souvenirs d'une maison sans enfant.

À midi pile, on a sonné à l'entrée. Si j'étais nerveuse ? Évidemment. Mais ce n'était pas la peur de flancher, non. C'était parce que j'avais perdu l'espoir de voir ce moment arriver. Et quand, contre toute attente, un événement important finit par se produire n'importe qui se sent... nerveux, justement. Dans mon cas, la stupéfaction est venue s'ajouter à la tension lorsque, ouvrant la porte d'un coup, j'ai découvert Tony en face de moi. Aussitôt, mon regard s'est porté plus bas, pour voir s'il avait Jack avec lui. Oui. Confortablement installé dans le couffin, une tétine dans la bouche, mon fils serrait un canard en mousse dans ses menottes.

« Bonjour », a murmuré Tony. J'ai répondu d'un signe de tête. Il paraissait fatigué, les traits encore plus bouffis. Un long silence gêné s'est installé, puis il a poursuivi d'un ton hésitant :

« Je... j'ai pensé que ce serait mieux que je m'en charge.

— Je vois.

— Tu ne t'y attendais pas, je parie.

— J'essaie de penser à toi le moins possible, tu sais. Mais merci. »

D'un geste emprunté, il m'a tendu le berceau, que nous avons tenu ensemble un bref instant. Lorsqu'il l'a lâché, je n'ai pas posé Jack au sol : je voulais le garder encore contre moi. Je l'ai regardé à nouveau. Il était là, captivé par son jouet, sans soupçonner le moins du monde que sa vie venait de prendre un nouveau cours avec cet échange, ce « transfert ». Après, l'avenir restait inconnu, certes, mais il serait de toute façon différent de celui qu'il aurait eu s'il était resté avec son père.

« Eh bien... Je crois que nos avocats ont au moins résolu la question des visites. Un week-end sur deux, c'est ça ? Donc tu viendras vendredi en huit ?

— Euh, en fait..., a-t-il commencé en détournant les yeux, nous partons en Australie mercredi prochain. »

Il s'est interrompu, presque comme s'il attendait une réaction de ma part. Devais-je m'étonner qu'il ait gardé de bonnes relations avec Diane après les peu édifiantes révélations sur son passé au cours du procès ? Ou lui demander dans quel quartier de Sydney ils allaient s'installer ? Ou comment avançait son stupide roman ? Mais je n'avais aucune question. Je voulais simplement qu'il s'en aille.

« Alors tu ne seras pas là vendredi, j'imagine.

— Non, je ne pense pas. »

Encore un silence embarrassé.

« Bon. Quand tu reviens à Londres, tu sais où nous trouver.

— Tu... vous allez rester en Angleterre ?

— Je n'ai pas encore décidé. Mais puisque nous partageons la responsabilité parentale, tu seras parmi les premiers informés. »

Tony a regardé Jack en clignant des paupières. Aucune larme n'est apparue dans ses yeux, cependant, et son visage est demeuré impassible. Il fixait ma main sur les anses du couffin, maintenant.

« Alors... il va falloir que j'y aille, je suppose...

— Oui. Je suppose aussi.

— Et donc... au revoir ?

— Au revoir. »

Son regard est revenu sur moi.

« Je suis désolé. »

Il l'a dit d'une voix étrangement neutre, comme s'il énonçait un constat empirique. Était-ce une manière de reconnaître sa faute, d'exprimer ses regrets, ou simplement l'aveu de sa défaite après avoir joué si gros pour gagner ? Du Tony Hobbs cent pour cent, ce moment tout en ambiguïtés, en non-dits et en constipation émotionnelle, qui laissait pourtant entrevoir vaguement une blessure secrète. Des excuses qui n'en étaient pas tout à fait. La réaction prévisible d'un homme qui avait joué et perdu.

J'ai déposé Jack dans le hall pour refermer la porte. À l'instant où je relâchais le loquet, le petit s'est mis à pleurer. Je me suis penchée pour le prendre et, des sanglots de gratitude dans la gorge après l'avoir soulevé à hauteur de mon visage, j'ai perçu l'odeur bien connue. Sa couche était pleine.

« Bienvenue à la maison ! » ai-je murmuré en déposant un baiser sur son crâne. Ce témoignage de tendresse n'a pas calmé sa mauvaise humeur. Il voulait avoir les fesses au sec, rien de plus.

Une demi-heure plus tard, alors que je lui donnais le biberon en bas, Sandy a appelé de Boston. Elle voulait savoir comment le « transfert » s'était déroulé et elle est restée sans voix – ce qui était plutôt exceptionnel, chez ma sœur – en apprenant que Tony s'était déplacé en personne.

« Et en plus, il a demandé pardon ?

— À sa manière bizarroïde, oui.

— Tu ne crois pas qu'il espérait revenir dans ta vie en faisant ami-ami ?

— Il part aux antipodes avec sa dulcinée dans quelques jours, donc je ne pense pas, non. Je ne sais pas pourquoi il est venu, ni ce qu'il avait en tête exactement... Tout ce dont je suis sûre, c'est que je ne vais pas le voir pendant un bon bout de temps, et j'en suis très contente.

— Il ne s'attend quand même pas que tu lui pardonnes ?

— C'est exclu, mais il a sans doute des espoirs là-dessus. En fin de compte, tout le monde rêve d'être pardonné, non ?

— Ah, je crois déceler dans cette remarque un reste de culpabilité sans fondement à propos de papa.

— Tu as raison.

— Eh bien, si tu attends un pardon quelconque de moi, tu perds ton temps parce que, comme je te l'ai dit à Londres, je n'ai aucun reproche à te faire. La grande question, c'est si tu peux te pardonner à toi-même. Il n'y a que toi qui puisses. Même chose pour Tony : c'est à lui d'assumer le fait de s'être aussi mal comporté. S'il y arrive, ce sera...

— Quoi ? La révélation sur le chemin de Damas ? Tu crois qu'il va battre sa coulpe en public ? C'est un Anglais, bon sang ! »

J'aurais pu ajouter : « Et en bon Britannique expert de la haine de soi, il ne supporte pas notre conviction américaine selon laquelle il suffit d'un peu de bonne volonté, d'honnêteté et de cœur au ventre pour prendre un nouveau départ. Ici, la vie est perçue comme un tragique gâchis dont il faut s'arranger. Pour nous, elle l'est aussi mais nous arrivons à nous persuader que nous pouvons nous réinventer et, au bout du compte, apporter un semblant de cohérence à toute cette absurdité. » Comme si elle avait lu dans mes pensées, Sandy a remarqué : « De toute façon, tu n'auras bientôt plus à supporter leurs salades ! »

C'était son grand espoir, qu'elle m'avait confié une semaine plus tôt alors que nous attendions le départ de son vol à Heathrow. Le procès venait de se terminer avec le départ précipité de Tony et de sa bande à l'instant où le juge finissait de lire la sentence, une Diane Dexter mortifiée en tête de la retraite. Après avoir serré rapidement la main aux avocats de la partie adverse, Maeve et Nigel étaient restés avec ma sœur et moi, tous les quatre encore sous le choc de la nouvelle. Puis, en réunissant ses dossiers, Maeve avait rompu le silence :

« Je ne parie pas souvent, avait-elle lâché, un sourire étonné aux lèvres, mais je n'aurais certainement pas misé d'argent sur ce résultat, j'avoue... »

Je m'étais levée, les jambes un peu tremblantes.

« Je ne sais pas comment vous remercier, vous deux. Vous m'avez sauvée de... »

Occupé à ranger son lourd cartable, Nigel avait levé une main en l'air, comme pour demander : « Pas de sentimentalisme, je vous prie. » Mais une certaine émotion perçait dans sa voix quand il avait murmuré :

« Je suis heureux pour vous, Sally. Très heureux. »

Pendant ce temps, Sandy était restée à sa place, le visage baigné de larmes. Ma merveilleuse, mon impossible sœur, exprimait ouvertement ce qui nous serrait le cœur. Maeve s'est penchée vers moi :

« Vous avez de la chance de l'avoir.

— Je sais, ai-je répondu, encore étourdie par la surprise. Et maintenant, je crois que nous aurions tous besoin d'un verre pour fêter ça.

— J'aimerais bien, mais j'ai une audience demain sur laquelle j'ai pris beaucoup de retard, et donc...

— Et vous, monsieur Clapp ?

— J'ai une signature de contrat de vente à cinq heures. »

Alors qu'ils prenaient congé, je les ai à nouveau remerciés, informant Nigel que j'attendais son appel lorsque les représentants de Tony seraient prêts à commencer les négociations pratiques.

« Vous voulez continuer avec moi, alors ?

— Avec qui d'autre ? »

Pour la première fois depuis que j'avais fait sa connaissance, j'ai vu Nigel Clapp sourire.

Comme l'heure tournait, nous avons décidé de trinquer à l'aéroport, une fois que Sandy se serait fait enregistrer, et c'est en sirotant une infâme piquette dans l'un des cafés du terminal qu'elle m'a soudain demandé : « Quand est-ce que vous venez vivre à Boston, Jack et toi ? — Chaque chose en son temps », avais-je alors répondu. Lorsqu'elle est revenue à la charge au téléphone, je me suis montrée encore plus ambiguë :

« Je n'ai pas encore décidé.

— Ouais. Mais après la manière dont ils t'ont traitée, tu ne vas sûrement pas rester là-bas, si ? »

J'ai failli lui rétorquer que ce « ils » ne désignait pas l'Angleterre ni les Anglais, mais deux êtres qui avaient semé le malheur autour d'eux en prétendant à ce qu'ils ne pouvaient avoir. À la place, je me suis bornée à un prudent :

« Je n'ai pas choisi, pour l'instant.

— D'accord, mais ta place est ici, en Amérique.

— Ma place est n'importe où. Et j'ai découvert que Londres me convenait plutôt.

— Tu ne survivras pas à un hiver de plus, avec toute cette pluie.

— Je viens de survivre à bien pire que ça, tu sais.

— Ne tourne pas autour du pot, Sally. Je veux te voir ici, à Boston.

— Je répète : toutes les options restent ouvertes. Pour le moment, tout ce dont j'ai besoin, c'est passer du temps avec mon fils et d'avoir ce qui m'a tellement manqué ces derniers mois, une vie normale. »

Elle est restée silencieuse quelques secondes, puis :

« Une vie normale ? Qu'est-ce que c'est que ce machin ? »

C'était il y a plus d'un mois, déjà. Même si je conviens avec Sandy que la « vie normale » n'existe pas, je me suis efforcée d'approcher d'aussi près que possible une existence paisible, régulière, sans histoire. Je me lève quand Jack me réveille le matin. Je m'occupe de lui, nous nous amusons ensemble, puis il reste sur sa chaise ou dans son parc pendant que je travaille. Je l'emmène quand je dois faire des emplettes au supermarché sur la rue principale. Depuis son retour, je l'ai confiée à une baby-sitter à deux reprises le soir, le temps d'aller voir un film avec Julia. Autrement, nous ne nous quittons pas et cela me convient parfaitement, non seulement parce que nous rattrapons ainsi le temps perdu, mais aussi pour la régularité, la stabilité que cette proximité apporte à notre vie. Elle ne durera pas toujours, je le sais, mais pour l'instant la simplicité de cette routine quotidienne est tout ce dont nous avons besoin.

Et le beau temps persistant ne fait rien pour gâter notre joie, évidemment.

« Je te parie cinq livres qu'il ne pleuvra pas demain, ai-je lancé à Julia tandis qu'elle se versait un autre verre de blanc.

— Tope là. Tu as perdu.

— Pourquoi, tu as écouté le bulletin météo ?

— Non, pas du tout.

— Alors, comment tu peux savoir ?

— Mon pessimisme congénital. Rien à voir avec ta mentalité américaine, toujours à chercher le positif...

— Je suis modérément optimiste, c'est tout !

— En Angleterre, cela fait de toi une inconsciente incurable.

— OK, je plaide coupable. Il faut croire qu'on reste toujours ce qu'on a été... »

Bien entendu, il s'est mis à pleuvoir dans la nuit. J'étais dans la cuisine, en train de donner un biberon à mon insomniaque de fils, quand un énorme coup de tonnerre a soudain annoncé l'ouverture imminente des cieux. Cinq minutes après, une averse tropicale criblait les vitres avec une telle violence que Jack a lâché un instant la tétine pour fixer de grands yeux sur les fenêtres ruisselantes.

« Tout va bien, lui ai-je soufflé en le serrant contre moi. C'est la pluie, tu sais ? On a intérêt à s'y habituer, toi et moi. »

Remerciements

D'abord une dette, immense, envers Frances Hughes, de chez Hughes Fowler Carruthers à Chancery Lane, Londres WC2A : elle m'a non seulement initié aux subtilités du système judiciaire britannique mais elle a aussi eu la patience de vérifier deux versions antérieures de mon manuscrit. J'espère juste ne jamais être obligé de recourir à ses remarquables compétences professionnelles.

Le Dr Alan Campion s'est assuré de la pertinence de toutes les références à la terminologie et à la pratique médicales contenues dans ce livre. Une femme d'exception, que je me bornerai à appeler « Kate », m'a décrit avec une précision et une sincérité des plus précieuses sa descente personnelle dans les ténèbres de la dépression postnatale.

Toute erreur ou méprise d'ordre juridique et médical ne serait que de mon seul fait.

Deux amies installées de chaque côté de l'Atlantique, Christy Macintosh à Banff (Canada) et Noeleen Dowling à Dublin, ont lu plusieurs moutures du présent livre. Ce sont vraiment de « fidèles lectrices », qui ne prennent pas de gants lorsqu'elles estiment nécessaire de me dire que mon récit s'est ici ou là égaré.

Ce roman a été commencé à la résidence de l'Institut des Arts de Banff, en pleine majesté des Rocheuses canadiennes, la meilleure retraite dont un écrivain puisse rêver.

Sue Freestone, mon éditrice, sait toujours ce qu'elle veut, et je me réjouis de l'avoir pour alliée. Mes plus vifs remerciements vont aussi à Françoise Triffaux, la directrice des éditions Belfond. Quant à mon agent littéraire, Antony Harwood, c'est sans doute le meilleur ami que l'auteur de ces lignes puisse avoir.

Et puis, vingt ans après notre rencontre, je veux aussi remercier Grace Carley d'être toujours Grace Carley.

Révélations posthumes

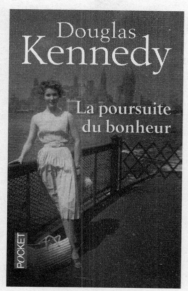

Douglas Kennedy
La poursuite du bonheur

(Pocket n° 11687)

Le jour de l'enterrement de sa mère, Kate Malone rencontre Sara Smythe, une vieille dame inconnue qui se présente comme une ancienne amie de ses parents et lui confie le manuscrit de ses mémoires. Kate va alors découvrir avec stupeur la double vie de son père, ainsi que « l'arrangement » conclu entre ses parents, et la tourmente des années terribles du maccarthysme...

Il y a toujours un Pocket à découvrir

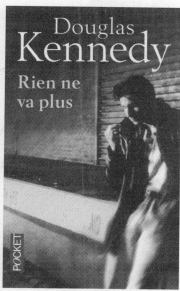

Douglas KENNEDY

Rien ne va plus

POCKET

(Pocket n° 11971)

David Armitage, scénariste raté, rame depuis plus de dix ans dans l'espoir de décrocher un contrat à Hollywood. Sa femme, Lucy, a abandonné ses rêves d'actrice depuis longtemps. Seule leur fille, la petite Caitlin, donne encore un sens à leur couple. C'est alors que le miracle se produit, un des scénarios de David est adapté à la télévision et connaît un succès retentissant, faisant de lui un homme riche et célèbre.
Il change de carrière, de femme, de vie.
Attiré par des promesses mirobolantes, David est alors entraîné dans un terrible engrenage qui le conduit droit à sa perte…

Il y a toujours un Pocket à découvrir

Descente aux enfers

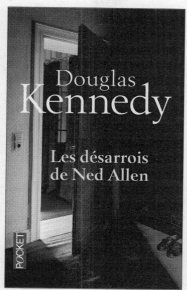

(Pocket n° 10917)

Responsable de la vente
d'espaces publicitaires
pour un célèbre magazine
d'informatique, rien ni
personne ne résiste à
Ned Allen. Jusqu'au jour
où le journal est racheté,
et Ned, comme la plupart
des employés, est licencié.
Commence alors pour lui
le pire des cauchemars :
sa femme le quitte, il est
évincé de la profession
à cause d'un coup
d'éclat, et se retrouve
sans argent ni logis.
Alors qu'il a tout perdu,
un copain lui propose
enfin un travail, qui va
bouleverser sa vie…

Il y a toujours un Pocket à découvrir

Photocomposition Nord Compo
59650 Villeneuve-d'Ascq

Imprimé en France par

à La Flèche (Sarthe)
en mars 2010

POCKET – 12, avenue d'Italie - 75627 Paris cedex 13

N° d'impression : 57102
Dépôt légal : mars 2010
S19924/01